KB026885

# 에이미와 이저벨

**AMY AND ISABELLE**
by Elizabeth Strout

Copyright © Elizabeth Strout, 1998
Korean Translation Copyright © MUNHAKDONGNE Publishing Corp., 2016

This Korean edition is published by arrangement with Random House, an imprint of Random House Publishing Group, a division of Random House, Inc. through Imprima Korea Agency
All Rights Reserved.

이 책의 한국어판 저작권은 Imprima Korea Agency를 통해 Random House, an imprint of Random House Publishing Group, a division of Random House, Inc.와 독점 계약한 (주)문학동네에 있습니다.
저작권법에 의해 한국 내에서 보호를 받는 저작물이므로 무단 전재 및 무단 복제를 금합니다.

이 도서의 국립중앙도서관 출판예정도서목록(CIP)은
서지정보유통지원시스템 홈페이지(http://seoji.nl.go.kr)와
국가자료공동목록시스템(http://www.nl.go.kr/kolisnet)에서 이용하실 수 있습니다.
(CIP제어번호: CIP2016010934)

# 에이미와 이저벨

## Amy and Isabelle

엘리자베스 스트라우트 장편소설 | 정연희 옮김

문학동네

일러두기

1. 주석은 모두 옮긴이주이다.
2. 본문 중 고딕체는 원서에서 이탤릭체나 대문자로 강조한 부분이다.

자리나에게

헤아릴 수 없이 많은 도움을 준
마티 파인먼, 대니얼 미내커, 캐시 체임벌린에게 감사한다.

차례

# 1장

로버트슨 선생이 타운을 떠난 그 여름은 몹시 무더웠고 강물은 한동안 죽은 듯 보였다. 강은 타운의 중심을 관통하며 죽은 뱀처럼 납작하게 드러누워 있었고, 그 언저리에는 더러운 거품이 싯누렇게 부글거렸다. 고속도로를 지나가는 타지 사람들은 메슥거리는 유황 냄새에 차창을 끝까지 올려 닫으며, 강물과 공장에서 고약한 냄새를 풍기는 이런 곳에서 어떻게 사람이 사는지 모르겠다며 고개를 갸웃거렸다. 하지만 셜리폴스 사람들은 이미 그런 것에 익숙했고, 이렇게 지독한 무더위에도 아침에 눈을 떴을 때에만 그 냄새를 맡았다. 아니, 사실 그 냄새가 딱히 거슬리지 않았다.

그 여름, 사람들은 오히려 하늘에서 파란 빛깔이 보이지 않는 것에 마음을 쓰고 있었다. 타운 전체가 지저분한 거즈로 덮인 듯, 하늘은 밝은 햇빛이라면 스며들지 못하게 아예 몰아내버리고, 그게 뭐가 됐든 사물에 색깔을 부여하는 그것도 들어오지 못하게 차단해버려, 타운에는 희미하고 느른한 느낌만 감돌았다. 사람들이 마음을 쓴 것은 이런 것이었고, 시간이 지나자 사람들은 불안해하기 시작했다. 다른 걱정거리들도 있었다. 강의 상류로 올라가면 경작이 시원찮았다. 줄기에 달린 덩굴제비콩은 잘고 쪼글쪼글했고, 홍당무는 아이의 손가락 크기만큼 자란 뒤 더는 자라지 않았다. 듣기로는 주州 북부에 UFO 두 대가 나타났다고 했다. 정부에서 조사단까지 파견했다는 소문이 나돌았다.

공장 사무실에서는 여자들이 송장을 분류하거나 서류를 정리하거나 주먹으로 탕탕 쳐가며 봉투에 우표를 붙이면서 하루를 보냈는데, 한동안 그들 사이에서도 꺼림칙한 말들이 오갔다. 어떤 여자들은 이러다 종말이 올 것 같다고 했고, 그 정도까지 극단적이지 않은 이들도 인간을 우주에 보내는 것은 바람직한 생각이 아니다, 인간이 감히 달에 올라가 걸어다니다니 그건 안 될 말이다, 정도의 말은 주고받았다. 하지만 더위는 무자비했고 창문에서 달달거리는 선풍기들은 영 신통찮아서, 결국 여자들은 활기를 잃고 큰 나무책상 앞에 앉아 다리를 살짝 벌린 채 목덜미를 덮은 머리칼을 들어올렸다. 시간이 더 지나자 대화는 "이게 말이 돼?" 정도가 전부였다.

상사인 에이버리 클라크가 그들을 일찍 퇴근시킨 날도 한 번 있었지만, 더 무더운 날이 이어지자 일찍 가도 좋다는 말은 더이상 없었다. 그러니 그런 일이 또 있을 것 같지도 않았다. 가만히 앉아서 버틸 수밖에 없었으므로, 그들은 버텼다. 사무실은 후끈후끈했다. 천장이 높고 나무 바닥이 삐걱거리는 너른 공간이었다. 책상은 두 개씩 나란히 붙이고 각각 앞 책상과 마주보게 하여 사무실 끝까지 쭉 늘어놓았다. 금속 캐비닛들이 벽을 따라 늘어서 있었다. 한 캐비닛 위에는 필로덴드론 화분이 놓여 있었는데, 어린아이가 점토로 만든 화분처럼 줄기가 똘똘 말린 넝쿨 화분이었지만 길게 늘어져 바닥에 닿은 줄기도 있었다. 사무실에 초록색이라고는 그것 하나였다. 창가에 놓은 베고니아 화분 몇 개와 얼룩자주달개비는 죄다 갈색으로 시들어 있었다. 이따금 선풍기가 뜨거운 바람을 토하면 죽은 잎들이 날려 바닥으로 떨어졌다.

이렇게 나른한 장면 속에 한 여자가 다른 여자들과 좀 떨어져 있었다. 더 정확히 말하면 그녀의 자리가 나머지 여자들의 자리와 떨어져 있었다. 이름은 이저벨 굿로, 에이버리 클라크의 비서여서 그녀의 책상은 누구의 책상과도 마주하지 않았다. 그 대신 유리로 가로막힌 에이버리 클라크의 사무실을 향해 놓여 있었다. 그의 사무실은 판자와 커다란 유리를 특이하게 잇대어 전체 공간에서 분리한 것으로(표면적으로는 여자들이 제대로 일하는지 감시하기 위해 이렇게 만들었지만 그는 좀처럼 책상에서 고개를 들지 않았다) 보통 '어항'이라고 불렸다. 비서라는 사실 때문에 이저벨 굿로가 다른 여자들과 다른 지위를 얻긴 했지만 어쨌거나 그녀는 달랐다. 예컨대 옷차림도 흠잡을 데 없어서 이렇게 더운데도 팬티스타킹을 신고 있었다. 언뜻 예뻐 보이지만 가까이에서 보면 예쁘다고 하기는 그렇고 그냥 평범한 수준이었다. 숱이 적은 진갈색 머리도 둥글게 말아올리거나 틀어올려서 누가 보더라도 평범했다. 이런 머리 모양 때문에 고리타분한 여선생 같은 인상을 줄 뿐 아니라 실제보다 더 나이들어 보였고, 짙은 색의 작은 눈동자는 늘 놀란 눈빛이었다.

여자들이 한숨을 푹푹 쉬거나, 허리가 아프네 발이 퉁퉁 부었네 푸념을 늘어놓거나, 신발을 벗었다간 백 년이 지나도 다시 못 신을 테니 절대 벗으면 안 된다고 충고하면서 음료수 자판기를 왔다갔다하는 와중에도 이저벨 굿로는 담담히 앉아 있었다. 이저벨 굿로는 무릎을 붙이고 어깨를 젖힌 채 가만히 앉아 한결같은 속도로 타자기를 두드렸다. 그녀의 목은 생김새가 좀 특이했다. 작은 키에 비해 지나치게 길어 보였고, 그 여름 가장자리에서 거품이 부글거리는 강둑 옆 죽은 듯 보이는 강물에 꼼짝 않고 떠 있는 백조의 목처럼 옷의 칼라 위로 쑥 나와 있었다.

어쨌거나 그 여름 열여섯이 된, 이저벨의 딸 에이미의 눈에는 그렇게 보였다. 에이미는 최근에 엄마의 목(딱 잘라 말해, 엄마)

이 꼴 보기 싫어졌고, 안 그래도 백조라는 것은 조금도 좋아해본 적이 없었다. 어디를 뜯어봐도 에이미는 엄마를 닮지 않았다. 엄마의 머리가 칙칙하고 숱이 적다면 에이미는 풍성하고 다채로운 금발이었다. 심지어 지금처럼 귀밑 길이로 들쑥날쑥 잘랐을 때도 눈에 띄게 건강하고 튼튼해 보였다. 게다가 에이미는 키가 컸다. 손은 큼직하고 발은 길쭉했다. 눈은 엄마보다 컸지만 이따금 엄마처럼 겁먹은 빛이 어렸고, 이런 놀란 눈으로 뚫어져라 바라보면 상대는 불편하게 느낄지도 몰랐다. 그렇지만 에이미는 수줍음을 많이 타서 누구를 빤히 쳐다보는 일은 드물었다. 오히려 흘끔 보고 재빨리 고개를 돌리기 일쑤였다. 아무튼 예전에는 거울만 보이면 그 앞에 가서 자기 모습을 한참 뜯어보았지만, 사실 에이미는 자신의 인상이 어떤지 잘 몰랐다.

하지만 그 여름에 에이미는 거울을 보지 않았다. 오히려 피해 다녔다. 그럴 수만 있다면 엄마도 피하고 싶었지만 그건 불가능했다. 사무실에서 같이 일을 해야 했으니까. 이번 여름에 거기서 일하게 된 것은 순전히 몇 달 전 엄마와 에이버리 클라크가 멋대로 결정했기 때문이었다. 에이미는 감사해야 한다는 말을 듣긴 했지만 그런 마음은 들지 않았다. 일은 단조롭기 짝이 없었다. 에이미가 맡은 일은 책상에 수북이 쌓인 오렌지색 송장의 맨 끝 세로줄에 있는 숫자들을 계산기로 더하는 것이었다. 딱 한 가지 좋은 점은 이따금 생각이 없어진다는 점이었다.

물론 진짜 문제는 엄마와 온종일 붙어 지내는 것이었다. 에이미는 자신이 엄마와 검은 선으로 연결되어 있는 것 같았다. 그 선은 고작 연필로 그은 정도의 굵기였지만 늘 거기 존재했다. 이를테면 둘 중 하나가 사무실을 나서서 화장실이나 현관 식수대에 가더라도 검은 선은 끄떡없었다. 그 선은 벽을 뚫고 그들을 연결했다. 그들은 최선을 다했다. 그나마 책상은 서로 멀찍이 떨어져 있어 얼굴을 마주보지 않아도 되었다.

에이미의 자리는 한쪽 구석, 뚱뚱이 베브와 마주보는 책상이었다. 원래 도티 브라운의 자리였지만 그 여름에 도티 브라운은 자궁절제수술을 받고 집에서 쉬고 있었다. 아침마다 에이미는 뚱뚱이 베브가 1파인트짜리 오렌지주스 통에 질경이씨 섬유소 적정량을 넣고 세게 흔드는 것을 지켜보았다. "넌 좋겠다." 뚱뚱이 베브가 말했다. "젊고 건강한데 뭐가 부러울까. 똥눌 걱정이 뭔지도 모를 거야." 에이미는 어쩔 줄 몰라 시선을 피했다.

뚱뚱이 베브는 오렌지주스 통을 다 비우면 곧바로 담배에 불을 붙였다. 몇 년 뒤에는 법이 바뀌어 일터에서 담배를 피우는 것이 금지되지만—그때쯤 베브는 5킬로그램쯤 더 불어난 몸무게로 은퇴한 뒤다—이때는 맘껏 빨아들였다가 천천히 내뱉어도 상관없었다. 그녀가 유리 재떨이에 꽁초를 비벼 끄며 에이미에게 말했다. "효과가 나타났어. 시동이 걸렸는데." 베브는 에이미에게 눈을 찡긋한 뒤 비대한 몸뚱이를 일으켜 화장실로 어기적어기적 걸어갔다.

그 사실은 참으로 흥미로웠다. 담배를 피우면 대변이 잘 나온다는 사실을 에이미는 처음 알았다. 스테이시 버로스와 함께 학교 뒤 숲속에서 담배를 피웠지만 그렇지는 않았다. 게다가 다 큰 여자가 대변보는 이야기를 그렇게 편하게 하는 것도 처음 보았다. 에이미는 특히 이 점 때문에 자기하고 엄마가 다른 사람들과 얼마나 다르게 살았는지 알 수 있었다.

뚱뚱이 베브는 화장실에서 돌아와 한숨을 푹 쉬며 자리에 앉았고, 큼직한 민소매 블라우스 앞쪽에서 작은 실밥 몇 개를 뜯어냈다. 그녀가 "이제," 하며 전화기에 손을 뻗는데 겨드랑이 밑으로 연푸른색 천에 반달 모양의 땀자국이 보였다. "할망구 도티한테 전화를 해야겠어." 뚱뚱이 베브는 도티 브라운에게 매일 아침 전화했다. 연필 끝으로 다이얼을 돌리고 송수화기를 목과 어깨 사이에 끼웠다.

"아직 피가 나와?" 그녀가 분홍색 손톱으로 책상 위를 톡톡 치며 물었는데, 원반 모양의 분홍색 손톱은 살 속에 파묻혀 있다시피 했다. 한번은 베브가 에이미에게 매니큐어 병을 보여주었다. 수박 속 같은 분홍색이었다. "기록을 세우겠다고? 신경쓰지 마. 서두를 것 없다니까. 너를 보고 싶어하는 사람은 아무도 없어." 뚱뚱이 베브가 〈에이번〉 지를 집어 부채질을 하면서 뒤로 기대자 의자가 삐걱거렸다. "내 말이 그거야, 도트. 네가 경련이 일어났네 어쨌네 구시렁거리는 소릴 듣느니 에이미 굿로의 예쁘장한 얼굴을 보는 편이 훨씬 낫다니까." 그러면서 에이미에게 눈을 찡긋했다.

에이미는 시선을 피하며 계산기를 두드렸다. 뚱뚱이 베브가 그렇게 말해준 건 고마웠지만 물론 그 말은 진심이 아니었다. 뚱뚱이 베브는 도티를 몹시 그리워했다. 왜 아니겠는가? 그들은 에이미가 살아온 세월보다 더 오랜 시간을 이 사무실에서 함께 일해온 영원한 친구였고, 그런 생각을 하면 에이미는 기분이 묘했다. 게다가 또 한 가지 고려할 점은 뚱뚱이 베브가 수다떨기를 참 좋아한다는 사실이었다. 본인 입으로 그렇게 말했다. "입을 다물고 오 분을 못 버티겠어." 어느 날 에이미가 시계를 보면서 시간을 쟀는데 그 말이 맞았다. "나는 말을 해야 산다니까." 뚱뚱이 베브가 설명했다. "신체적인 이유지." 그녀의 말이 맞는 것 같았다. 그녀에게는 수다가 라이프세이버스 사탕과 담배만큼이나 절실히 필요했다. 에이미는 뚱뚱이 베브를 좋아했지만 자기가 말이 없어 베브가 실망하는 것 같아 괜스레 미안했다. 생각이 여물지 않은 채로 그녀는 엄마 탓을 했다. 엄마도 그다지 말이 많은 편이 아니었다. 가만히 지켜보면, 이저벨은 하루종일 타자기 앞에 앉아 있을 뿐 다른 여자들의 책상을 기웃거리며 안부를 묻거나 더위가 어떻다는 둥 불평하는 일 따위는 하지 않았다. 잘난 척하는 여자로 보이는 것은 이저벨 자신도 알 것이다. 그녀의 딸이니 에이미도 그렇게 보일 것이다.

하지만 뚱뚱이 베브는 에이미와 같이 구석자리를 쓰는 것이 전혀 실망스럽지 않은 눈치였다. 그녀는 전화를 끊자 허리를 숙이고 비밀을 속삭이는 나직한 목소리로 도티 브라운의 시어머니는 이 동네에서 가장 이기적인 여자라고 에이미에게 말했다. 도티가 감자 샐러드를 몹시 먹고 싶어했다는데, 그건 물론 아주 좋은 신호였다. 도티가 근방에서 감자 샐러드를 가장 잘 만든다고 소문난 시어머니 비 브라운에게 그 말을 꺼냈더니, 시어머니라는 사람이 침대에 누워 있는 도티에게 일어나서 직접 감자를 벗기라고 했다는 것이다.

"어지간하네요." 에이미가 진지하게 말했다.

"그렇지." 뚱뚱이 베브는 뒤로 기대고 하품을 하면서 투실투실한 목을 쓰다듬었다. 눈에는 눈물이 맺혔다. "있지," 그녀가 고개를 주억거리며 말했다. "너는 엄마가 죽고 없는 남자와 결혼해."

공장 휴게실은 지저분하고 허름했다. 자동판매기들이 한쪽 벽을 따라 늘어서 있고, 금간 거울이 다른 쪽 벽면을 통째로 차지했다. 여자들은 리놀륨이 벗겨진 탁자들을 이리저리 붙이거나 떼고 무리 지어 앉아, 점심을 싸온 봉지와 탄산음료 캔과 재떨이 따위를 늘어놓고 샌드위치를 싼 파라핀지를 벗겼다. 에이미도 여느 날과 다르지 않게, 금간 거울에서 멀찍이 떨어져 앉았다.

이저벨도 같은 탁자에 앉아, 비 브라운이 도티에게 했다는 어처구니없는 말을 들으며 고개를 내둘렀다. 알린 터커는 호르몬 탓이라며 비 브라운의 턱을 유심히 보면 수염이 났을 거라고 했는데, 그런 여자들은 성질이 고약하게 마련이라는 것이 알린의 믿음이었다. 로지 탕궤이는 비 브라운이 그 모양인 건 사는 동안 단 하루도 일하지 않았기 때문이라고 했고, 그 말이 끝나자 여자들은 몇 명씩 붙어 어수선하게 떠들어댔다. 어떤 이야기에는 중간중간 와르르 웃음이 터졌고, 또다른 이야기 중에는 심각하게 쯧쯧거렸다.

에이미는 이 자리가 즐거웠다. 어떤 이야기도, 심지어 냉장고가 고장났다는 이야기도 재미있었다. 0.5갤런이나 되는 초콜릿 아이스크림이 부엌 개수대에서 녹았는데 아침이 되자 시큼한 냄새가 온 천지에 진동하더라는 것이다. 그들의 목소리는 편안하고 위로가 되었다. 에이미는 묵묵히 그들의 얼굴을 둘러보았다. 자신을 대화에서 배제하는 것은 아니지만 딱히 끌어들이지도 않는 예의 혹은 아예 그럴 생각조차 하지 않는 무심함이 이 여자들에게는 있었다. 그래서 에이미는 마음이 편했다. 물론 엄마가 없었다면 더 재미있었겠지만, 여전히 둘 사이에 존재하는 검은 선에도 불구하고, 그 공간의 지나치지 않은 소란함은 서로에게 휴식이 되어주었다.

뚱뚱이 베브가 음료수 자판기의 버튼을 탁 치자 탭 한 캔이 요란하게 굴러떨어졌다. 그녀가 비대한 몸뚱이를 숙여 캔을 꺼냈다. "삼 주 뒤면 도티도 섹스를 할 수 있대." 그녀가 말했다. 에이미와 이저벨 사이의 검은 선이 팽팽해졌다. "도티는 석 달 뒤면 좋겠다던데." 이쯤에서 캔 따는 소리가 났다. "월리가 자꾸 보채나봐. 안달이 난 거지."

에이미는 샌드위치 껍질 부분을 꿀꺽 삼켰다.

"혼자 처리하라고 하지." 누군가의 말에 웃음이 터졌다. 에이미는 심장이 콩닥거렸고 입술 위로는 땀방울이 송골송골 맺혔다.

"자궁절제수술을 받으면 거기가 말라버리거든." 알린 터커가 의미심장하게 고개를 끄덕이며 말했다.

"난 안 그렇던데."

"난소를 들어내지 않았으니까." 알린이 또 고개를 끄덕였다. 그녀는 자기가 말한 대로 믿는 사람이었다. "도트는 송두리째 들어냈잖아."

"하, 우리 엄마는 폐경기가 왔을 때 화끈거린다고 난리도 아니었어." 누군가가 이렇게 말하자 고맙게도—에이미는 콩닥거리던 심장박동이 잦아들면서 후끈한 더위 속에서 얼굴이 식는 것 같았다—안달이 난 월리는 화제에서 밀려났다. 폐경기 때 찾아오는 열감과 한 번씩 터지는 울음에 대한 이야기가 그 자리를 대신했다.

이저벨은 남은 샌드위치를 다시 파라핀지에 싸서 봉지에 넣었다. "너무 더워서 못 먹겠어요." 그녀가 뚱뚱이 베브에게 중얼거렸다. 에이미가 더위를 언급하는 엄마를 본 것은 이번이 처음이었다.

"제길, 그거 참 부럽네." 베브가 낄낄거리자 커다란 가슴이 부풀어올랐다. "먹지도 못할 만큼 덥다는 건 나한텐 있을 수 없는 일이거든."

이저벨은 빙그레 웃고 손가방에서 립스틱을 꺼냈다.

에이미는 하품을 했다. 갑자기 힘이 쫙 빠지는 느낌이었다. 탁자에 머리를 대면 곧바로 잠들 것 같았다.

"있지, 궁금한 게 있어." 뚱뚱이 베브가 말을 걸었다. 담배에 불을 붙이고 자욱한 연기 너머로 에이미를 쳐다보고 있었다. 입술에 묻은 잎담배 조각을 떼어내 흘끗 보더니 바닥에 튕겼다. "머리는 뭣 때문에 자른 거야?"

검은 선이 윙윙거렸다. 에이미는 자기도 모르게 엄마를 쳐다보았다. 이저벨은 고개를 살짝 뒤로 젖히고 손거울을 보며 립스틱을 바르다가 그대로 손을 멈췄다.

"귀여워." 베브가 덧붙였다. "어쩜 이렇게 귀여울까. 그냥 궁금했어. 그뿐이야. 너처럼 머리가 풍성한 아이가."

에이미는 귓불을 만지며 창문으로 시선을 돌렸다. 여자들은 점심을 싸온 봉지를 쓰레기통에 버리고 옷에 떨어진 부스러기를 떨고는 주먹으로 입을 가리고 하품을 하며 일어섰다.

"그렇게 자르니 더 시원하겠네." 뚱뚱이 베브가 말했다.

"네, 훨씬 시원해요." 에이미는 베브를 잠깐 쳐다본 뒤 시선을 돌렸다.

뚱뚱이 베브가 야단스레 한숨을 쉬고 말했다. "자, 이저벨, 그만 가지. 다시 일하러 돌아가야지."

이저벨은 양 입술을 맞붙여 지그시 누르며 손가방을 탁 닫았다. "그래야죠." 그리고 에이미에게는 눈길도 주지 않고 말했다. "고단한 자에게 휴식이란 없는 법이니."

이저벨에게는 사연이 있었다. 오래전 타운에 옮겨와 22번 도로에서 가까운 크레인 씨의 낡은 주택을 빌린 뒤 많지 않은 살림살이를 풀고 젓먹이 딸아이(옅은 금발의 곱슬머리에 진지한 표정을 한 아기)와 함께 정착했을 때, 그녀는 회중교회 신자들 사이에 그리고 그녀가 일하게 된 공장 사무실에 근무하는 여자들 사이에 호기심을 불러일으켰다.

하지만 젊은 이저벨 굿로는 속마음을 드러내지 않았다. 남편도 부모도 죽었고, 벌이가 더 나을까 해서 강을 따라 셜리폴스까지 내려왔다고 말할 뿐이었다. 정말로, 이보다 더 많이 아는 사람은 없었다. 그녀가 처음 타운에 왔을 때 손가락에 결혼반지를 낀 것을 몇 사람이 알아챘지만, 얼마 지나자 그마저도 끼지 않았다.

친구를 사귀는 것 같지도 않았다. 성실하게 일해서 고속으로 승진했지만, 적이 생기지도 않았다. 승진할 때마다 사무실에서 불만의 소리가 들렸고, 특히 이번에는 에이버리 클라크의 개인 비서가 되면서 남들보다 훨씬 높은 자리에 올랐지만, 그녀에게 나쁜 일이 생기기를 바라는 사람은 없었다. 때때로 이저벨의 등 뒤에서 그녀도 긴장을 풀고 건초 더미에서 뒹굴 줄 알아야 한다는 농담이나 쓴소리가 오갔지만 세월이 지나자 그런 말도 줄어들었다. 그 무렵에는 이저벨도 고참 축에 들었다. 엄마가 고상한 척하는 사람으로 보일 거라는 에이미의 두려움은 막연한 근거에서 비롯한 것이었다. 여자들끼리 서로 뒷말이 많은 건 사실이었지만, 서로를 가족같이 여기는 그들의 마음이 엄마에게까지 닿아 있다는 것을 에이미는 아직 어려서 이해하지 못했다.

하지만 이저벨을 안다고 단언할 수 있는 사람은 없었다. 그 불쌍한 여자가 지금 온갖 고난을 헤쳐나가는 중이라는 사실을 짐작할 사람은 말할 것도 없었다. 그녀가 평소보다 조금 더 야위고 조금 더 해쓱해 보인다 해도 뭐, 지독하게 더웠으니까. 더구나 하루가 끝나가는 지금도 너무 더워서, 에이미와 이저벨이 걸어가는 주차장의 타르 바닥에서 열기가 후끈거렸다.

"잘 가, 거기 둘." 뚱뚱이 베브가 차에 몸을 쑤셔넣으며 소리쳤다.

부엌 개수대 위쪽 창턱에 놓은 제라늄에 소프트볼 크기의 선홍색 꽃봉오리가 맺혔지만 잎사귀 두 개가 또 노랗게 변해 있었다. 이저벨은 식탁에 열쇠를 놓다가 그것을 알아채고 곧바로 가서 뜯어냈다. 여름이 이렇게 가혹할 줄 알았다면 제라늄 따위는 애당초 사지도 않았을 것이다. 앞쪽 창밖의 화분 상자에 연보라색 피튜니아를 심지도, 뒤뜰에 토마토와 마리골드, 봉숭아를 심지도 않았을 것이다. 이것들이 조금만 고개를 숙여도 이제 그녀는 몰락하는 느낌이 들었다. 화분에 담긴 흙을 손가락으로 꾹꾹 눌러 습기를 확인했는데 몹시 축축했다. 제라늄에겐 이렇게 후텁지근한 더위가 아니라 밝은 햇빛이 필요했다. 그녀는 개수대 밑 쓰레기통에 잎사귀들을 버리고, 뒤로 물러서서 에이미에게 자리를 비켜주었다.

요즘은 에이미가 저녁식사 당번이었다. 옛 시절(이번 여름 이전을 일컬어 이저벨이 혼자 부르는 말)에 그들은 번갈아 저녁을 준비했지만 지금은 에이미가 도맡았다. 암묵적인 합의는 이랬다. 에이미가 하긴 하는데, 비트 캔을 따고 팬에 햄버거를 굽는 정도다. 에이미는 서서 천천히 찬장을 열고 심드렁하게 손가락으로 햄버거 고기를 찔렀다. "손부터 씻어야지." 이저벨이 말하고는 딸을 스쳐 계단으로 걸어갔다.

그 순간 조리대 한 귀퉁이에 흐트러짐 없이 처박혀 있던 전화기가 울렸고, 이저벨과 에이미는 둘 다 화들짝 놀랐다. 불현듯 희망이 솟구쳤다. 가끔은 전화기가 며칠 동안 울리지 않고 잠잠할 때도 있었다.

"여보세요?" 에이미가 받자, 이저벨은 계단에 발을 올린 채 걸음을 멈추었다.

"아, 너구나." 에이미는 엄마를 쳐다보지 않고 전화기를 손으로 가린 채 말했다. "제 전화예요."

이저벨은 느린 걸음으로 계단을 올라갔다. "응." 에이미의 말소리가 들렸다. 에이미는 곧 목소리를 더 죽였다. "네가 키우는 개는 요즘 어때?"

이저벨은 천천히 침실로 걸어갔다. 에이미의 어떤 친구가 개를 키우는 걸까? 침실은 지붕 바로 밑에 있어서 이 시간에는 찜통처럼 더웠지만 이저벨은 에이미가 들으라고 일부러 야단스레 문을 닫았다. 봐, 엄마는 네 사생활을 존중할 줄 아는 사람이야.

에이미는 팔목에 전화선을 둘둘 감은 채 문 닫히는 소리를 들으며 엄마의 속마음을 금세 알아챘다. 한순간 좋은 엄마로 보여 쉽게 한두 점을 따려는 것이다. "그럴 수는 없어." 에이미는 통화하면서 햄버거 고기를 손바닥으로 꾹 눌렀다. "안 돼, 아직 말 안 했어."

침실 문에 딱 붙어 있으면서도 이저벨은 엿듣는다고는 생각하지 않았다. 너무 걱정이 되어 에이미가 전화기를 붙잡고 있는 동안 세수하고 옷을 갈아입는 일이 내키지 않았다는 말이 오히려 더 맞을 것이다. 하지만 에이미가 말을 많이 하는 것 같지는 않았고, 잠시 뒤 전화를 끊는 소리가 들렸다. 이어서 냄비와 팬이 달가닥거리자 이저벨은 샤워를 하러 욕실로 갔다. 샤워가 끝나면 기도를 한 뒤 저녁을 먹으러 내려갈 것이다.

사실 이저벨은 이 기도라는 것에 점점 좌절하고 있었다. 예수님이 그녀의 나이였을 때 올리브 숲을 거닐며 용기를 그러모은 뒤 담대하게 십자가로 걸어가, 입술에 신 포도주를 적시고 십자가에 매달려 견딘 사실은 그녀도 알았다. 하지만 여기 셜리폴스에 사는 그녀는(젖가슴에 베이비파우더를 바르면서 자신도 유다 같은 딸에게 배반을 당했다고 생각하긴 했지만) 지나갈 올리브 숲이 없었고 용기는 말할 것도 없었다. 어쩌면 신앙심도 없었다. 요즘 그녀는 하느님이 자신의 곤경을 알아주는지조차 의심스러웠다. 누가 뭐라든 하느님은 능히 빠져나갈 수 있는 존재였다.

〈리더스 다이제스트〉에서는 꾸준히 기도하면 기도하는 능력이 향상된다고 했지만, 이저벨은 〈리더스 다이제스트〉가 상황을 좀 단순하게 보는 경향은 없는지 의문이 생겼다. '나는 조의 뇌입니다'라든가 '나는 조의 간입니다' 같은 글은 탐독했지만, '기도, 연습하면 완벽해진다' 같은 글은 정말이지, 조금만 깊이 생각해도 시시했다.

그래도 그녀는 노력했다. 오랫동안 기도하려 노력해왔고, 지금도 샤워를 하고 촉촉해진 몸으로 하얀 침대보 위에 누워 낮고 하얀 천장을 향해 눈을 꼭 감은 채 그분의 사랑을 구해달라고 기도해볼 것이다. 구하라, 그리하면 받으리니. 까다로운 문제였다. 엉뚱한 것을 달라고 요구하거나 헛다리를 짚고 싶지는 않았다. 가톨릭 신자들이 그러듯 뭘 달라고 요구해서 하느님에게 이기적으로 보이기도 싫었다. 알린 터커의 남편은 콕 집어 새 차를 달라고 기도하러 성당에 갔지만 이저벨은 그런 것이 끔찍이 싫었다. 설사 구체적으로 무언가를 요구한다 하더라도 차를 달라는 따위의 천박한 기도는 하지 않을 것이다. 차라리 남편이나 더 착한 딸을 달라고 기도할 것이다. 물론 그럴 생각도 없었다. (하느님, 제발 남편을 보내주세요. 적어도 제가 참아낼 수 있는 딸이라도.) 아니, 오히려 침대에 누워 신의 사랑과 인도를 구하고, 그분이 신호만 보내면 자신은 언제든 따를 준비가 되어 있다는 사실을 알릴 것이다. 하지만 뭔가를 느끼기는커녕 그 작은 방의 열기 속에서 입술 위로, 겨드랑이 밑으로 땀방울만 송골송골 맺혔다. 이저벨은 지쳤다. 하느님 또한 지쳤을 것이다. 그녀는 일어나 앉아 목욕가운을 걸치고 딸아이와 저녁을 먹으러 부엌으로 내려갔다.

힘에 부쳤다.

대부분의 시간 동안 그들은 서로 눈을 피했다. 에이미는 꼭 대화를 나누어야 한다는 생각 같은 건 전혀 하지 않는 듯했다. 이 낯선 존재, 나의 딸. 아직 누가 쓰지 않았다면 〈리더스 다이제스트〉에 실릴 글의 제목이 될 수도 있겠지만, 어딘지 익숙한 느낌이 드는 걸 보니 누가 이미 썼을 것 같았다. 흠, 그녀는 더이상 생각하지 않을 참이었고, 더 생각하는 것을 견딜 수도 없었다. 이저벨 앞 식탁에는 자기로 된 작은 벨리크 크리머*가 놓여 있었는데 원래 어머니의 것이었다. 그녀는 은은한 빛을 내는, 정교하고 조가비 같이 생긴 그것을 어루만졌다. 에이미가 이저벨이 차를 마실 수 있도록 크리머를 채워놓았다. 이저벨은 더운 날씨에 식사할 때 차를 곁들이는 것을 좋아했다.

이저벨은 호기심을 억누를 수 없어서, 어떻게 따져보더라도 자신에게 알아야 할 모든 권리가 있다는 생각을 굳히며 기어코 물었다. "누구랑 통화한 거니?"

"스테이시 버로스요." 에이미는 심드렁하게 말하고 햄버거 고기를 입속으로 가져갔다.

이저벨은 이 스테이시라는 아이의 얼굴을 애써 떠올리며 접시에 놓인 비트를 썰었다.

"눈이 파랗던가?"

"네?"

"크고 파란 눈에 머리는 빨간 아이 아니야?"

"그런 것 같네요." 에이미가 살짝 얼굴을 찡그렸다. 엄마의 얼굴이 기다란 목 끝에서 가터뱀처럼 기우는 것을 보자 에이미는

---

* 크림을 담는 조그만 용기.

짜증이 났다. 베이비파우더 냄새도 싫었다.

"그런 것 같다니?"

"아, 뭐, 그애 맞아요."

은제 포크가 접시에 닿는 소리가 조그맣게 들렸다. 둘 다 입을 거의 움직이지 않고 조용히 음식을 씹었다.

"아버지는 어떤 일을 하시니?" 마침내 이저벨이 물었다. "대학과 관련이 있는 사람이던가?" 그가 공장과 관련이 없다는 것은 이저벨도 알았다.

에이미는 음식을 우물거리며 어깨를 으쓱했다. "음, 글쎄요."

"그애 아버지가 무슨 일을 하는지 대충은 알 거 아냐."

에이미는 우유를 한 모금 삼키고 손으로 입을 닦았다.

"제발." 이저벨이 혐오스럽다는 듯 눈을 내리뜨자 에이미는 냅킨을 집었다.

"대학에서 가르칠걸요." 에이미가 순순히 인정했다.

"전공은?"

"심리학이라던가."

더 보탤 말은 없었다. 그게 사실이라면 이저벨에게는 그저 그가 미쳤다는 의미였다. 에이미가 미친 남자의 딸을 친구로 삼은 이유는 알 수 없었다. 턱수염을 기른 남자의 모습이 떠올랐고, 그 소름 끼치는 로버트슨이라는 선생도 턱수염을 길렀다는 사실이 덩달아 떠오르자 이저벨의 심장은 숨이 멎을 듯 빠르게 벌렁거렸다. 베이비파우더 냄새가 가슴에서 올라왔다.

"왜요?" 에이미가 접시 위로 고개를 숙인 채 눈을 치떴다. 접시 위에는 고기 핏물이 스며 눅눅해진 토스트 조각이 그녀의 입속으로 들어가기를 기다리고 있었다.

이저벨은 고개를 가로젓다가 옆쪽에서 바람이 불어 흰색 커튼이 살짝 부푸는 것을 보았다. 교통사고 같은 거였다고, 그녀는 생각했다. 그런 일이 생기면 사람들은 이런 말을 혼자 되뇌곤 하지 않는가. 내가 교차로에 다다랐을 때 트럭이 이미 그곳을 지나간 뒤였다면. 에이미가 고등학교에 가기 전에 로버트슨 선생이 이미 이 타운을 떠났더라면. 하지만 당신은 다른 데 정신이 팔린 채 차를 출발시키고, 그러는 동안 트럭은 덜컹거리며 인터체인지를 빠져나와 타운으로 들어서고, 때마침 당신도 타운으로 들어간다. 그러면 끝. 당신의 삶은 결코 이전과 같지 않다.

이저벨은 손끝에 묻은 빵 부스러기를 떨었다. 이번 여름이 오기 전에 그들의 삶이 어땠는지 벌써 가물가물했다. 불안이 늘 도사리고 있었다는 것, 그 사실만 또렷이 기억났다. 돈은 넉넉한 적이 없었고 늘 스타킹의 올이 풀린 기분이었다(이저벨은 올이 방금 풀렸다고 둘러댈 때가 아니면 그런 스타킹은 절대 신지 않았다). 에이미는 점토와 스펀지고무로 바보 같은 입체지도를 만들거나 가정 숙제로 바느질을 하는 등—이런 것에도 돈이 들어갔다—학교 과제가 있었다. 하지만 희뿌연 햇살이 레인지와 바닥에 길게 떨어지는 이른 저녁에 딸(이 낯선 존재)의 맞은편에 앉아 햄버거와 토스트를 먹고 있자니, 이저벨은 그 시절에 대한 그리움이 사무쳤다. 자잘한 일들을 걱정하던 그 특권에 대한 그리움이.

묵묵히 먹기만 하자니 분위기가 너무 무거운 것 같고, 그렇다고 다시 스테이시로 화제를 돌리기는 싫어서 이저벨은 이렇게 말했다. "베브 말이지. 정말 골초야. 먹기도 많이 먹고."

"알아요." 에이미가 대답했다.

"제발 좀 냅킨을 써." 이저벨은 참을 수가 없었다. 에이미가 손가락에 묻은 케첩을 빨아먹는 것을 보자 화가 치밀었다. 그렇게, 분노는 마음속에 도사리고 있다가 고개를 쳐들었고 이저벨의 목소리는 이루 말할 수 없이 매정했다. 솔직히 매정함을 넘었을지도 모른다. 정말 솔직해진다면, 목소리에 증오의 날이 서 있었을지도 모른다. 이 순간 이저벨은 자기 자신이 미웠다. 할 수만 있다면 뱉은 말을 주워담고 싶었지만 이미 늦었다. 그녀는 얇게 썬 비트를 포크로 찌르면서 에이미가 손바닥으로 종이냅킨을 돌돌 말아 접시에 놓는 것을 보았다.

"하지만 좋은 사람이에요." 에이미가 말했다. "전 뚱뚱이 베브 아줌마가 좋아요."

"누가 베브가 좋은 사람이 아니래."

그날 저녁은 그들 앞에 끝나지 않을 듯이 펼쳐져 있었고, 바닥을 가로지르는 희뿌연 햇빛은 한풀 꺾인 채 거의 움직임이 없었다. 에이미는 손은 무릎에 올리고, 목은 자동차 뒤쪽에 놓여 빨간 신호등에 걸릴 때마다 바보같이 고개를 까딱거리는 강아지 인형처럼 쑥 빼고 앉아 있었다. '허리를 펴고 앉아.' 이저벨은 이렇게 말하고 싶었지만 그저 고단한 목소리로 "일어나도 좋아. 오늘 설거지는 엄마가 할게"라고만 말했다.

에이미는 머뭇거리는 것 같았다.

옛 시절에는 한 명이 다 먹지 않으면 나머지 한 명도 일어나지 않았다. 이 습관, 이 예절은 에이미가 아장아장 걷고 꾸무럭거리며 먹던 시절, 의자에 시어스 카탈로그 두 권을 놓고 앉아 식탁 앞에서 가느다란 다리를 대롱거리던 그 시절로 거슬러올라갔다. "엄마." 이저벨이 먼저 다 먹으면 에이미는 불안스레 묻곤 했다. "같이 앉아 있어줄 거죠?" 이저벨은 늘 같이 있어주었다. 이저벨은 저녁이면 지치고 신경이 곤두설 때가 많아, 솔직한 심정으로는 쉬면서 잡지를 뒤적이거나 일어서서 설거지를 해치우고 싶었다. 하지만 아이의 조그만 소화기관을 놀래고 싶지 않아 재촉은 하지 않았다. 두 사람만의 오붓한 시간이었다. 그녀는 앉아 있었다.

그 시절 이저벨은 일하러 가면서 에이미를 에스터 해치의 집에 맡겼다. 해치의 집은 타운 변두리에 있는 다 쓰러져가는 농가였는데, 아기들과 고양이들이 우글거리고 고양이 오줌 냄새가 코를 찌르는 끔찍한 곳이었다. 하지만 당시 이저벨의 벌이로 감당할 수 있는 곳은 그곳뿐이었다. 무엇을 더 할 수 있었을까? 그녀는 에이미를 그 집에 두고 떠나기 싫었고, 에이미가 헤어질 때 인사하지 않는 것도, 창문으로 쪼르르 달려간 뒤 소파에 기어올라 멀어지는 엄마를 지켜보는 것도 싫었다. 이따금 이저벨은 그 집 진입로에서 차를 빼면서 에이미를 쳐다보지도 않은 채 손을 흔들었는데, 그건 차마 볼 수 없었기 때문이었다. 에이미가 창가에서 그렇게, 창백한 얼굴로 웃지도 않는 것을 보면 누가 목구멍에 뭔가를 억지로 쑤셔넣는 기분이 들었다. 에스터 해치는 에이미가 한 번도 울지 않았다고 했다.

심지어 에이미가 아무것도 하지 않고 의자에 앉아 있기만 하던 시기도 있었다. 에스터 해치는 그 모습을 보면 소름이 돋는다며 에이미가 다른 아이들처럼 일어나 돌아다니지 않으면 더는 봐줄 자신이 없다고 불평했다. 이저벨은 더럭 겁이 났다. 그녀는 울워스에서 인형을 사서 에이미에게 주었는데, 머리카락이 용수철처럼 굵고 백금색인 플라스틱 인형이었다. 인형 머리가 금세 떨어져나갔지만 에이미는 그것이 무척 마음에 드는 모양이었다. 인형보다는 인형 머리를 더 좋아했다. 어디든 머리를 가지고 다녔고 플라스틱 입술은 빨갛게 칠했다. 그뒤로 에스터 해치가 더이상 불평하지 않은 걸 보면, 에이미가 그 집에서 혼자 의자에 처박혀 지내기를 그만둔 듯했다.

그때는 이저벨이 저녁마다 아이와 같이 식탁에 앉아 있는 이유가 분명했다. "이띠 비띠 스파이더 노래 불러주세요." 에이미가 꼬물거리는 손가락으로 라이머콩을 꼭 쥐고 사랑스럽게 부탁한다. 이저벨은—지긋지긋해서—안 부르겠다고 한다. 너무 피곤해서 안 부르겠다고. 하지만 에이미는 더없이 사랑스럽고 귀여운 아이이며, 엄마가 식탁 맞은편에 앉아 있는 것이, 팔만 뻗으면 닿을 거리에 있는 것이 마냥 기쁘다. 아이는 행복해서 다리를 대롱대롱 흔들고, 분홍색 잇몸에 하얀 조약돌처럼 박힌 앙증맞은 치아를 드러내며 조그맣고 촉촉한 입으로 활짝 웃는다.

이저벨이 눈을 감자 복장뼈 한복판에서 익숙한 통증이 느껴졌다. 그 시절에 그녀는 가만히 앉아 있었다. 그러지 않았던가? 그때는 그랬다.

"제발," 그녀가 눈을 뜨며 말했다. "일어나도 좋아." 에이미는 일어서서 나갔다.

커튼이 또 나부꼈다. 저녁 공기의 흐름에 커튼이 펄럭이네, 커튼이 잔물결을 일으킬 만큼, 창턱 위에서 임산부의 옷처럼 잠시 부풀었다가 이내 원래 자리로 얌전히 돌아갈 만큼, 그러다 주름들이 살짝 방충망을 건드릴 만큼 바람이 부네, 이저벨이 그렇게 받아들일 수 있다면 그건 좋은 신호였다. 하지만 이저벨은 바람이 부네, 이런 생각은 하지 않았다. 오히려 커튼을 빨 때가 되었네, 빤 지 한참 되었어, 라고 생각했다.

그녀는 부엌을 둘러보며 수도꼭지가 반짝거려서 다행이라고, 세제 찌꺼기가 말라붙어 조리대에 줄무늬 얼룩을 남길 때도 더러 있는데 오늘은 그러지 않아서 다행이라고 생각했다. 그리고 어머니가 쓰던 벨리크 크리머가 있었다. 조가비 모양에 정교하고 은은한 빛을 내뿜는 자기 크리머. 몇 달 전에 에이미가 찬장에서 꺼내더니 저녁마다 쓰자고 제안했다. "할머니가 쓰시던 거라면서요." 에이미가 말했다. "게다가 엄마가 무척 좋아하는 거잖아요." 이저벨도 그러자고 했다. 하지만 지금 이 순간 퍼뜩 위험한 느낌이 들었다. 소매로, 맨팔로 한 번 스치기만 해도 떨어져 산산조각 날 수 있으니까.

이저벨은 일어서서 남은 햄버거를 파라핀지에 싸서 냉장고에 넣었다. 접시를 씻자 비트에서 나온 불그스름한 물이 하얀 개수대로 소용돌이치며 빨려들어갔다. 설거지를 끝내고 접시를 다 치우고 나서야 벨리크 크리머를 씻었다. 그녀는 그것을 정성스레 씻고 조심스레 닦아 찬장 안쪽 깊숙이 보이지 않는 곳에 넣었다.

에이미가 자기 방에서 나와 계단 꼭대기 쪽으로 가는 소리가 들렸다. 이저벨이 벨리크 크리머는 매우 소중한 것이고 자칫 깨질지 모르니 앞으로 쓰지 않겠다고 말하려던 찰나, 에이미가 계단 아래를 향해 소리쳤다. "엄마, 스테이시가 임신했대요. 그냥 알고 계세요."

# 2장

강물은 타운을 둘로 가르며 흘렀다. 동쪽 메인 스트리트는 넓고 쾌적한 도로인데, 우체국과 시청을 지나 곡선을 그리다가 강폭이 0.25마일로 좁아지는 곳에 이르렀다. 그곳에서 도로는 다리로 이어졌다. 다리 양 가장자리에는 사람이 걸어다닐 수 있는 널찍한 보도가 있었다. 차를 타거나 걸어서 서쪽을 향해 다리를 건너다 고개를 들면, 저만치 물보라가 이는 화강암 판석 위로 공장 건물의 뒤쪽 끄트머리와 시커먼 아랫부분이 조금 보였다. 다리를 다 건너면 강 언저리에 작은 공원이 있었는데, 겨울에는 여기서 스산한 일몰 풍경을 볼 수 있었다. 분홍빛이 감도는 금빛 조각들이 수평선을 따라 잘려나갔고, 강둑에는 짙은 빛깔의 느릅나무들이 근엄하고 당당하게 알몸으로 서 있었다. 하지만 오랫동안 그 공원에 들어가는 사람은 좀처럼 없었다. 공원은 망가진 그네와 벤치 몇 개가 흩어져 있을 뿐 그 자체로 볼 만한 곳은 아니었다. 그나마 벤치도 앉는 자리의 널판이 빠진 것이 수두룩했다. 누가 들어오더라도 대개는 십대였다. 그들은 추위에 어깨를 웅크린 채 맨손을 오므려 담배를 감싸고는 벤치 모서리에 불안하게 앉아 있었다. 이따금 해질녘에 몇 명이 무리 지어 마리화나를 돌려 빨며 밀 로드 쪽을 흘끔거렸다.

메인 스트리트를 따라 다리를 건너면 그대로 밀 로드로 이어지고 그 길을 쭉 따라가면 마침내 공장이 나왔는데, 그전에 먼저 바닥에 톱밥이 나뒹구는 오래된 A&P 슈퍼마켓과 쇼윈도에 빛바랜 소파들이 놓인 아웃렛 가구점, 옷가게와 커피숍 몇 곳, 먼지를 뒤집어쓴 아프리카제비꽃 조화가 환자용 변기 한가운데에 변함없이 꽂혀 있은 지가 벌써 여러 해째인 약국이 있는 상점가를 구불구불 돌아가야 했다.

공장은 그 상점가 바로 너머에 있었다. 강물은 거기서 가장 흉측하게 보였지만—세차게 소용돌이치며 거품이 부글거리는 싯누런 강물—한 세기 전에 빨간 벽돌로 지은 건물 자체는 들어앉은 모양새로 보아 옛날 옛적에 타운의 중심을 자처했던 듯한 자족적인 우아함이 흘렀다. 한 세대 전에 캐나다에서 내려와 정착한 집안의 노동자들에게 공장은 사실상 타운의 중심이었다. 또한 생활의 중심이었다. 그들의 집도 거기서 멀지 않은 동네의 좁은 길에 흩어져 있었고, 길가에 늘어선 작은 식료품가게 진열창에는 푸른 불빛을 깜박이는 맥주 광고가 걸려 있었다.

이 구역은 베이슨으로 통했지만 지금 그 이유를 기억하는 사람은 없는 것 같았다. 집들은 한 층에 한 가구씩 사는 커다랗고 허술해 보이는 3층짜리 아파트로, 앞쪽의 포치*는 기우뚱했다. 지붕널을 올린 작은 단독주택들도 있었는데, 차고 문이 늘 열려 있어 한쪽 구석에 쑤셔박은 타이어와 자전거, 낚싯대 따위가 고스란히 보였다. 이런 집들의 상당수는 청록색이나 연보라색, 심지어 분홍색으로 칠해져 있었고, 앞마당에는 성모상을 놓거나 욕조에 흙을 담아 피튜니아를 심었는데 겨울이면 눈이 수북이 쌓여 고요한 정취를 자아냈다. 눈 위에 플라스틱 순록이나 천사를 놓고 깜박거리는 전구로 장식하는 사람들도 있었다. 추운 바깥에 사슬로 묶여 있는 개가 이따금 순록을 향해 밤새도록 짖어댔지만, 편안한 잠을 고대하거나 요구하는 강 건너 사람들은 어떨지 몰라도, 집주인이나 경찰에 전화하는 사람은 아무도 없었다.

강 건너편은 오이스터포인트로 통했는데, 셜리폴스에서 몇 안 되는 의사, 치과의사, 변호사 들이 사는 곳이었다. 여기에는 공립학교가 있었고, 십오 년 전에 라킨데일 들판이 바라보이게 지은 커뮤니티칼리지와 회중교회도 있었다. 소박한 흰색 첨탑이 솟은

* 건물의 현관 또는 출입구의 바깥쪽으로 튀어나와 지붕으로 덮인 부분.

소박한 흰색 교회는 언덕 위 베이슨 구역에 세워진 스테인드글라스 창문이 있는 거대한 가톨릭 성당과는 많이 달랐다. 이저벨 굿로가 살겠다고 결심한 곳은 여기 오이스터포인트 구역의 개신교도 동네였다. 이유야 어떻든, 이사할 집으로 앞마당에 휑뎅그렁한 눈동자의 성모상을 놓은 연보라색 아파트 꼭대기 층을 고려해야 했다면 이저벨은 마다했을 것이다. 강을 거슬러, 떠나온 타운으로 되돌아갔을 것이다. 하지만 행운이 따라(처음에는 하느님의 뜻이라고 생각할 때도 더러 있었다) 크레인 씨의 오래된 사유지에 있는 마구간을 개조한 집을 빌릴 수 있었고, 그래서 그녀는 오이스터포인트의 변두리이자, 22번 도로에 인접한 이 집으로 어린 딸을 데려와 살기로 했다. 나무가 울창한 언덕과 들판 아래 지어진 집이었다.

그 집은 작고 단열이 잘 되지 않아 여름에는 덥고 겨울에는 추웠지만, 그것만 빼면 그들의 요구에 잘 들어맞았다. 원래는 세기가 바뀔 무렵 말을 키우는 작은 마구간으로 지어졌다가 나중에 관리인이 살 별채로 개조했는데, 그러고 얼마 지나지 않아 사유지에 불이 났다. 크레인 씨 사유지의 본채 건물이 불에 타서 폭삭 주저앉았다. 불이 난 정확한 원인은 끝내 밝혀지지 않았다. 아마도 배선에 문제가 있었을 것이다. 그러나 항간에는 판사로 재직했던 크레인에게 애인이 있었는데 그 여자가 밤중에 불을 질렀다는 소문이 나돌았다. 크레인이 직접 불을 질러 아내를 죽인 뒤 시체에 모자를 씌워 옆에 앉히고 고속도로를 달렸다는 소문도 있었다.

어쨌거나 그 비슷한 이야기였다. 오래전 일이기도 하고 이제는 관심도 시들해졌다. 결국 조카의 아들이(이제는 그도 늙었다) 그 땅—새로 심은 포플러 묘목이 자라는—과 개조한 집을 물려받았다. 그 세월 동안 그는 숱한 사람들에게 집을 빌려주었다. 보스턴에서 왔다는 교수가 거기서 책을 쓰며 여름을 보내기도 했고, 한동안 짧은 머리의 사서가 유치원 교사와 함께 살기도 했다(크레인 영감은 그것이 못내 마뜩잖다가 그들이 이사를 가자 기뻐했다). 캐나다 사람들 몇 명이 강을 따라 내려와 공장에서 일하며 잠시 머물렀던 적도 있었지만, 크레인 씨는 공장 노동자들에게 집을 빌려주느니 차라리 그냥 비워둘 때도 더러 있었다.

딸을 키워도 괜찮을지, 정말로 소망하는 남편을 구할 수 있을지—그녀가 정말 원했던 것—그 가능성을 알아보려고 이저벨 굿로가 처음 셜리폴스에 슬그머니 내려왔을 때도 집은 비어 있었다. 그 작고 하얀 집을 보자 그녀는 대번에 '임시 거주지'로 완벽하겠다는 느낌이 들었다. 그날 얼굴에 검버섯이 피고 머리가 벗어지기 시작한 크레인 씨가 호주머니에 손을 찔러넣은 채 거실에 서서 고개를 주억거릴 때 그녀는 정확히 그 표현을 썼다. 그는 벽에 페인트칠을 해주고 색깔도 직접 고르게 해주겠다고 제안했다. 그녀는 색깔의 이름에 마음이 끌려서 철물점에서 반짝이는 옅은 베이지색을 골랐다. '천국의 문'이라는 이름이었다. 창문에 걸려 있던 커튼을 수선하고 뒤쪽 마당에 화단을 만들었다. 창밖 화분 상자에는 보라색 피튜니아와 분홍색 제라늄을 심었다. 크레인 영감은 흐뭇해했다. 그가 꽤 괜찮은 값에 집을 팔겠다고 여러 번 제안했지만 이저벨은 어머니가 남겨준 밑천이 조금 있었음에도 늘 거절했다. 그곳은 그저 임시 거주지였으니까.

하지만 가만 보면 그렇지도 않았다. 그들은 벌써 십사 년째 이곳에서 살고 있었다. 그 생각만 하면 이저벨은 연못에 고인 물을 들이켠 것처럼 속이 메스꺼웠다. 삶이란 것이 그렇듯 그녀의 삶도 앞으로 나아가고 있었지만 그녀는 울타리에 앉은 새처럼 정처가 없었다. 그리고 짐작하건대 언젠가 크레인 씨가 죽으면 울타리조차 없을지 몰랐다. 그런 일이 일어났을 때 임대계약이 어떻게 될지 공손하게 물어볼 생각은 미처 하지 못했다. 하지만 집을 살 엄두는 나지 않았고, 자신의 진짜 삶은 여기가 아닌 다른 곳에 있다는 생각도 포기할 수 없었다.

한편 그 집은 다락이나 지하실이 없어서 여름에 참을 수 없이 더웠는데, 이번 여름은 특히 최악이었다. 더위를 피할 방법도, 서로를 피할 방법도 없었다. 지붕 밑에 자리잡은 두 침실 사이에는 얇은 석고벽뿐이라 사생활을 누릴 수도 없었다. 이저벨은 합선으로 불이 날까 무서워 자는 동안에는 선풍기도 틀지 못하게 했다. 무더운 밤은 쥐죽은듯 고요해서 얇은 벽을 통해 돌아눕는 소리까지 다 들렸다.

오늘밤 에이미는 티셔츠와 팬티만 입고 침대 모서리에 맨다리를 걸친 채 누워, 엄마가 방귀 뀌는 소리를 들었다. 예의를 지키려고 애쓴 짧고 메마른 소리. 어둠 속에서 에이미는 손으로 얼굴을 가리고 눈동자를 굴렸다. 아까 저녁을 먹은 뒤 그녀는 방으로 올라와 책상 서랍에서 작은 일기장을 꺼냈다. 엄마가 지난 크리스마스 때 선물로 준 것이었다. 천상의 나날이 또 하루 지나갔네, 라고 쓰여 있었다. 물론 엄마는 일기장을 훔쳐볼 것이다. 줄곧 그래왔으니까. 크리스마스 때 선물 포장을 벗기는 순간 에이미는 알았다. "너도 이런 걸 좋아할 나이가 됐다고 생각했어." 엄마가 말했고, 서로의 눈길을 피하는 그 짧은 순간에 에이미는 진실을 알았다. "마음에 들어요." 에이미가 말했다. "고맙습니다."

그래서 에이미는 늘 조심했다. 그저 이렇게만 썼다. 오늘 스테이시와 즐겁게 점심을 먹었다. 그 말인즉 학교 뒤 숲속에서 담배 두 대씩을 피웠다는 얘기였다. 하지만 올여름에는 앙갚음을 하고 싶어 펜을 꽉 쥐고 밤마다 같은 문장을 썼다. 천상의 나날이 또 하루 지나갔네. 날짜 밑에 같은 문장만 조심스럽게 쓴 것이 오늘로 벌써 열세번째였다. 다 쓰고 나서 침대 옆 바닥에 일기장을 내려놓고 다시 누웠다. 아래층에서 마지막 찬장 문이 닫히는 소리가 들렸으니 엄마는 이제 거실로 가서 〈리더스 다이제스트〉를 뒤적거릴 것이다. 그 순간 에이미는 그들 사이의 검은 선은 여전히

(그리고 늘) 그대로 존재하며 그 선이 그녀의 침대에서 아래층에 있는 엄마에게 곧장 이어져 있다는 느낌에 사로잡혀 벌떡 일어나 아래층을 향해 소리쳤다. "엄마, 스테이시가 임신했대요. 그냥 알고 계세요."

그렇게 된 것이다. 그래서 그녀가 그렇게 말했던 것이다.

이제 밤은 이슥하고 엄마는 방귀를 뀌었으며 두 사람은 갈 곳이 없었다. 그저 잠드는 것뿐. 하지만 이런 무더위에 잠은 쉽사리 오지 않는다. 에이미는 천장을 물끄러미 바라보았다. 밤에 켜두는 포치의 전등빛이 창문으로 흘러들어왔고, 큰 접시 크기의 얼룩이 유리창에 흐릿하게 번진 것이 눈에 띄었다. 지난겨울 지붕에서 눈이 녹아내렸을 때 생긴 별것 아닌 얼룩이었다(하지만 얼마나 큰 재난이었는지 모른다. "이런, 젠장." 그날 밤 이저벨은 에이미의 방문 앞에 서서 말했다. "이런, 젠장, 젠장, 젠장." 그 때문에 그녀가 다치기라도 할 것처럼).

하지만 에이미는 그 얼룩만 보면 고통스러운 친구처럼 어떤 기억이 되살아났는데, 그녀가 기억하기로 그 일은 지난겨울 1월, 로버트슨 선생을 만나기 전날 밤에 일어났기 때문이다.

에이미는 학교에 가기가 싫었다. 제멋대로 부유하는 플랑크톤 같은 아이들 속에 억지로 끼고 싶지 않았다. 몇 년 전 사춘기가 다른 아이들보다 먼저 겁없이 찾아왔을 때에는 어줍짢게 반항하는 얼간이 쪼다가 될 수도 있겠다고 생각했지만, 자신이 그중 하나가 아니라는 것은 그녀도 잘 알고 있었다. 스테이시 버로스, 잘나가는 여자애들 무리에 속한 아이였지만 어느 가을날 에이미에게 처음 담배를 가르쳐주고 점심시간의 일탈을 함께해온 그애와의 굉장한 우정만 빼면 에이미는 오히려 그 시기를 온순하게 지나온 것 같았다. 그 점심시간은 에이미의 하루에서 유일하게 밝은 시간이었다. 복도를 지나다닐 때 에이미의 얼굴은 그녀의 자랑거리라 할 만한 길고 풍성하고 굽슬굽슬한 금발머리에 가려져 있을 때가 많았다. 잘나가는 여자애들조차 이따금 화장실에서 발랄하게 말하곤 했다. "우아, 멋지다, 에이미. 그 머리, 정말 부러워." 하지만 그녀의 삶은 조용했으며, 아리송한 수치심이 들 때도 더러 있었다.

그래서 1월의 그 특별한 날에, 크레인 영감이 부린 고용인이 그들의 집 지붕에서 눈을 치우는 동안, 에이미는 재미있는 일은 당연히 일어나지 않을 거라 생각하며 수학 수업이 있는 교실로 들어갔다. 그녀는 수학도, 수학을 가르치는 데이블 선생도 싫었다. 학생들 모두 같은 마음이었다. 데이블 선생은 나이가 많았고, 역시 나이가 많은 오빠와 같이 살았는데, 예전부터 학생들은 미련퉁이 데이블이 오빠와 섹스를 한다는 농담을 지껄여댔다. 참으로 소름 끼치는 생각이었다. 그 여자 머리는 비듬투성이에 군데군데 발긋한 두피가 들여다보였는데 흉터처럼 색깔이 선명했다. 심지어 겨울에도 민소매 블라우스를 입었다. 칠판에 글씨를 쓰려고 팔을 들면 예외 없이 겨드랑이에 똘똘 뭉친 희끄무레한 털이 보였는데 데오도런트가 덕지덕지 묻어 있었다.

하지만 그녀의 모습은 보이지 않았다. 1월의 그 특별한 날에, 칠판 앞에는 데이블 선생이 아니라 한 남자가 서 있었다. 키는 작고 당밀 색깔의 머리는 곱슬곱슬했는데, 같은 색깔의 수염이 더부룩하게 자라 입술을 완전히 덮고 있었다. 그는 수염을 살짝 잡아당기면서 갈색 테의 안경 너머로 줄지어 들어오는 학생들을 지켜보고 있었다. 그를 보고 에이미는 깜짝 놀라 순간적으로 주변 아이들을 의식했다. 그녀는 인기 많은 캐런 킨과 눈길을 주고받았다. 학생들이 자리에 앉자 수런거리던 분위기가 평소와는 달리 금세 진정되었다. 데이블 선생이 없다는 사실만으로도 이미 공간은 달라 보였다. 벽면 가득 진초록색 칠판이 펼쳐져 있었고, 문 위에 걸린 커다란 시계는 정확히 열시 이십이분을 알리고 있었다. 응집된 기대감이 교실 안에 고여 있었다. 엘시 백스터가 의자에 걸려 넘어지고는 저 혼자 바보같이 낄낄거렸지만, 다들 엘시라면 으레 그러려니 했고 어쨌거나 그 선생의 표정은 변하지 않았다. 그는 잠잠히 기다렸다가 이윽고 말했다. "내 이름은 토머스 로버트슨이다."

처음 보는 남자였다.

약간 구부정한 자세로 뒷짐을 진 채 그는 친절한 목소리로 덧붙였다. "이번 학년의 남은 기간 동안 같이 공부하게 되었다."

에이미는 가슴속에서 어렴풋이 자신의 삶에 커다랗고 조용한 변화가 일어나려 한다는 것을 느꼈고, 그 남자가 몇 살인지 궁금했다. 젊다고 할 수는 없었지만 늙었다고 할 만큼 나이가 많아 보이지도 않았다. 마흔이 넘을락 말락.

"자, 수업을 시작하기 전에," 로버트슨 선생은 여전히 뒷짐을 진 채로 교실 앞을 서성이며 바닥을 내려다보다가 이윽고 묵직한 목소리로(서로 다른 음색이 어울려 진동하는 참 멋진 목소리였다) 나직이 말했다. "먼저"—여기서 그는 잠시 말을 멈추고 학생들을 탐색하듯 바라보았다—"너희의 이야기를 듣고 싶구나." 곱슬곱슬한 갈색 수염 사이로 분홍색 입술이 보였고, 그가 웃자 촘촘하고 노란 이가 언뜻 드러나며 눈가로 주름이 퍼져나갔다. "내가 원하는 건, 너희의 이야기를 듣는 것이다." 그는 이 부분을 강조하려는 듯 눈을 내리떴다.

"무슨 이야기요?" 엘시 백스터가 손도 들지 않고 말했다.

"자기가 누구인지, 자기를 어떤 사람이라고 생각하는지." 로버트슨 선생은 빈 책상으로 가서 그 위에 앉고는 의자에 발을 올렸다. "숫자들을 다루기 전에"—그는 '숫자number'라는 단어를 매사추세츠 사람들의 방식대로 혀를 굴리지 않고 발음했다—"십 년 뒤의 자기 모습을 어떻게 그리고 있는지 알고 싶구나." 그는 유쾌하게 눈썹을 치키고 가슴 앞으로 팔짱을 낀 채 손으로 재킷 소매를 쓸면서 학생들을 바라보았다. "생각해봐. 십 년 뒤의 너희 모습은 어떨지."

여태 이런 질문을 한 선생은 없었기 때문에, 어떤 학생들은 긴장되면서도 즐거운지 앉은 채로 들썩거렸고, 또 어떤 학생들은 가만히 앉아 곰곰이 생각했다. 창밖으로는 겨울 하늘이 저만치 아주 멀리 바라보였다. 교실은 중요한 장소가 될 것처럼 보였다. 기름칠을 한 나무 바닥은 더없이 중요한 뭔가를 북돋우는 듯했고, 분필과 아이들의 땀냄새는 들뜬 분위기를 말해주고 앞날을 암시하는 듯했다.

"데이블 선생님한테 무슨 문제가 생겼나요?" 엘시 백스터가 이번에도 손을 들지 않고 불쑥 물었다.

로버트슨 선생은 고개를 끄덕였다. "아, 그렇지." 그가 말했다. "그걸 알고 싶겠구나." 자리에 앉은 뒤부터 꼼짝하지 않고 있던 에이미는 이제 손을 무릎에 올린 채 그 할망구가 혹시 죽은 것은 아닌지 궁금해했다. 그렇다고 해도 안타까운 마음은 없었다.

하지만 그런 일이 일어난 것은 아니었다. 데이블 선생은 자기 집 지하실 계단에서 굴러떨어져 머리뼈에 금이 갔다고 했다. 입원해서 안정을 찾은 상태지만 나오려면 시간이 한참 걸릴 거라고 했다. "카드를 보내면 기쁘게 받으실 것 같구나." 로버트슨 선생이 말했다. 하지만 아무도 그럴 생각은 없었다. 로버트슨 선생은 이렇게 말하며 근심스러운 듯 눈썹을 치켰다가 양미간을 좁혔는데, 이 방식에는 학생들을 진정시키는 뭔가가 있었다. 다른 때라면 데이블 선생에게 이러저러한 걸 보내고 싶다고 비아냥거렸을 학생들도 말을 참았다.

로버트슨 선생은 데이블 선생의 상태를 알려준 뒤 경의를 표할 시간이 필요한 것처럼 말없이 잠시 바닥을 내려다보다가 이윽고 고개를 들어 학생들을 쳐다보며 조용히 말했다. "이제 너희에 대해 알고 싶구나."

선한 인상에 인기가 많고 잘생긴 플립 롤리가 머뭇머뭇 손을 들었다. 그가 큼큼거린 뒤 말했다. "프로농구 팀에서 뛰고 싶어요."

"멋지구나." 로버트슨 선생이 손뼉을 딱 쳤다. "멋진 운동이지. 나는 그 운동이 발레와 다름없다고 생각한다. 아름다운 춤 같지."

에이미는 농구를 발레에 빗댄 것을 플립이 어떻게 생각할지 궁금해서 흘끗 쳐다보았다. 그는 열심히 고개를 주억거리고 있었다. 로버트슨 선생은 자기 말에 영감을 받은 듯 책상에서 폴짝 내려섰다. 그러더니 칠판 앞으로 다가섰다. "이걸 봐." 그가 농구 경기의 포메이션을 구체적으로 그렸다. "정말 굉장하고 아름다운 운동 아닌가?" 그리고 칠판 턱에 분필을 내려놓으며 결론을 내리듯 말했다. "경기를 훌륭히 펼친다면 말이지." 그가 코듀로이 바지에 손을 닦고 플립을 향해 고개를 끄떡했다. "최고의 행운이 네 앞길을 비춰주기 바란다."

그러자 아이들은 손을 들고 별의별 이야기들을 다 쏟아냈다. 메리앤 밤블은 간호사가 되고 싶어했다. 그애가 "다른 사람들을 돕고" 싶다고 하자 로버트슨 선생은 수염을 살짝 당기며 고개만 끄덕였다. 메리앤의 얼굴에는 실망한 기색이 역력했다. 선생이 좋은 생각이라며 자기 꿈의 아름다움에 대해 말해줄 거라고 기대했기 때문이었다.

"다음은 누가 할까?" 로버트슨 선생이 물었다.

에이미는 눈을 가린 풍성한 머리카락 사이로 그를 골똘히 쳐다보았다. 그는 키가 작음에도 가슴과 어깨가 딱 벌어져 건장하고 탄탄해 보였고 분홍색 셔츠를 입었음에도 남자다운 활력이 느껴졌다. 머리는 그녀가 생각하는 보통 중년 남자의 머리보다 길었다. 더 젊었다면 대학가에서 히피로 통했을 것 같았다. 하지만 그는 분홍색 셔츠에 적갈색 타이를 맸고, 갈색 코듀로이 바지에 같은 색 스포츠 재킷을 입고 있었다. 여지없는 어른이었고 권위라는 옷을 입고 있었다. 목소리만 들어도 알 수 있었다.

"그렇다면"—로버트슨 선생이 손을 올렸다—"너희는 인생의 결정적인 시점에 와 있구나. 더는 어린애가 아니지." 그가 줄 맞춘 책상들 사이로 걸어가자 아이들의 고개도 따라갔다. "모든 것에 의문을 품어야 한다." 그가 주먹을 불끈 쥐며 힘주어 말했다. 손을 든 학생들은 그가 무엇을 하려는지 몰라 다시 책상 위로 주춤주춤 손을 내렸다.

"너희는 이제 젊은 어른이다." 그가 말을 이었다. "이 교실에는 이제"—그는 이쯤에서 말을 멈추고 창가로 걸어가, 어깨를 으쓱하며 코듀로이 바지 주머니에 손을 넣고 동전을 잘랑거렸다—"자신을 아이로 생각할 사람은 아무도 없다."

이 남자의 근사한 목소리에도 불구하고 학생들이 전적으로 감동한 것은 아니었다. 그들은 스스로 아이라고 여기지 않은 지 제법 되었고, 선생이 자기들을 얕잡아보는—그 순간 그들의 마음에 이 단어가 떠오른 것은 아니었지만—게 아닌가 생각했다.

"너희는 인생의 어떤 시점에 이르렀다." 그가 말을 이었다. "모든 것에 의문을 품어야 하는 시점에."

에이미는 이 남자가 공산주의자일지도 모른다고 생각했다. 수염과 머리를 길게 기른 것을 보면 불쑥 화제를 돌리면서 마리화나의 합법화를 주장할지도 몰랐다.

"모든 것에 의문을 품어야 한다." 그는 같은 말을 되풀이하며 빈 의자를 옆으로 치웠다. 애초에 자연이 그를 키 크고 체격 좋은 남자로 만들려고 의도했던 것처럼 그의 손은 큼지막했지만, 의자를 옮기는 손의 움직임에는 더없이 부드러운 느낌이 감돌았다. "마음을 단련하기 위해. 그뿐이다. 항상 정신을 바짝 차릴 수 있게."

그는 공산주의자가 아닐지도 몰랐다.

"오늘 아침에 너희가 먹고 싶었던 게 정말로 치리오 시리얼이었나?" 그가 교실을 둘러보며 질문했다.

그저 괴짜일 뿐인지도 몰랐다.

"아니면 그저 습관으로 치리오를 먹었나? 엄마가 먹으라고 했으니까?"

에이미의 뒤에 앉은 엘시 백스터가 그날 아침 치리오를 먹지 않았다고 시끄럽게 소곤거렸지만, 에이미는 못 들은 척했고 플립 롤리는 입다물라는 표정으로 엘시에게 눈을 흘겼다. 이런 식으로 로버트슨 선생의 편이 생겼다.

"자," 로버트슨 선생은 손바닥을 비비며 목소리를 바꾸어 다시 활기차고 다정하게 말했다. "어디까지 했지? 너희 이야기를 듣고 있었는데. 너희 이야기를 정말로 듣고 싶다."

케빈 톰킨스는 변호사가 되고 싶다고 말했다. 더듬거리면서 말했는데, 누구도 그가 그런 말까지 한 것은 들은 기억이 없었다. 사촌 여동생이 어렸을 때 강간을 당했는데 범인이 벌을 받지 않고 풀려났다고 했다. 그래서 변호사가 되고 싶다고 했다. 로버트슨 선생은 많은 질문을 하면서 케빈의 말을 주의깊게 들었고, 케빈은 입술을 핥으며 더듬더듬 대답했다. "인생이란 재미있는 것 아닌가?" 이윽고 로버트슨 선생이 말했다. 벽시계의 검은 바늘이 재깍 소리를 내며 다음 숫자로 넘어갔다.

그가 손가락으로 에이미를 가리켰다.

"저요?"

"그래, 너. 넌 뭐가 되고 싶니?"

에이미는 정신이 아뜩했다. "선생님이 되고 싶어요." 대답은 했지만 긴장해서 목소리가 실제로 떨렸을지도 몰랐다. 모두의 앞에서 난처한 순간을 들키는 것은 끔찍했다. 그리고 그의 앞에서.

로버트슨 선생은 에이미를 한참 바라보았다. 에이미는 얼굴을 붉히며 책상을 내려다보았다. 머리카락 사이로 눈을 치떴는데 그가 여전히 표정 없이 빤히 쳐다보고 있었다. "진심으로?" 이윽고 그가 물었다.

두피가 홧홧했다. 그가 손가락으로 수염을 천천히 쓰다듬는 것이 보였는데, 입술 바로 밑의 불그스름한 부분이었다. "하지만 말이다." 그가 생각에 잠긴 듯 에이미의 시선을 붙잡으며 말했다. "나라면 배우라고 말했을 거야."

에이미는 곁눈으로, 플립 롤리가 호기심 어린 눈으로 자기를 쳐다보는 것을 느꼈다. 교실에 있는 아이들 모두가 그런 눈길로 쳐다보고 있을지 몰랐다. 로버트슨 선생은 세상의 모든 시간을 이 문제를 생각하는 데 할애하려는 것처럼 창턱에 몸을 기댔다. "아니면 시인이나."

그러자 에이미는 심장이 콩닥거렸다. 침대 밑 구두 상자에 넣어둔 시에 대해 그가 어떻게 알았을까? 몇 년 전에 에드나 세인트 빈센트 밀레이의 시들을 외운 것을, 가을날 아침이면 오, 세상아, 아무리 너를 바짝 끌어안아도 부족하구나, 라고 읊조리며 희망에 부풀어 학교로 걸어갔다가 그치지 않는 비처럼 슬픔이 내 가슴을 후려친다, 라는 시구에 실의에 빠져 지친 발을 끌며 터덜터덜 집으로 돌아오던 것을, 그는 어떻게 알았을까? 이 남자가 어떻게 알 수 있었을까? 메리앤 밤블에게는 시인을 기대하지 않았으니 그는 알았던 것이다. 그렇지 않은가? 더듬거리는 케빈 톰킨스에게도 기대하지 않았으니까.

"이름이 뭐지?"

"에이미요."

그는 눈썹을 치키며 손바닥을 오므려 귀 뒤에 댔다.

"에이미요." 그녀가 목을 가다듬으며 다시 말했다.

"에이미. 성은?"

"굿로요."

"에이미 굿로." 그는 돌아서서 다시 교실 앞으로 걸어가더니 칠판에 몸을 기대고 한 발을 들어 아무렇지 않게 벽에 댔다. 그의 시선이 교실 전체를 둘러보고 있었기 때문에 에이미는 이제 그와 볼일이 끝났다고 생각했다. 하지만 그가 또 불쑥 물었다. "에이미, 정말로 교사가 되고 싶은 거니?" 그가 그 순간을 그렇게 망쳐버리지만 않았어도, 고개를 꼿꼿이 들고 "아니면 교사가 되는 것이 엄마가 좋아하는 일이기 때문이니?" 하고 묻지만 않았어도, 그녀는 시인이 더 되고 싶다고 고백할 뻔했다.

그 말이 사실이었기에 그녀는 속이 상했다. 사실 에이미가 교사가 되면 좋겠다는 것은 이저벨의 생각이었다. 정작 교사가 되고 싶었던 사람은 이저벨이었다. 하지만 교사가 된다고 해서 문제될 것은 없었다. 에이미는 지금까지 줄곧 교사가 된 자신의 모습을 그려왔으니까.

"저는 선생님이 되고 싶어요." 그녀가 조용히 말했고, 그가 대수롭지 않게 "좋아" 하고 말했을 때 그녀는 무시당했다고 느꼈다.

세라 제닝스는 서커스단에 들어가 광대가 되고 싶어했다. 로버트슨 선생은 친근하게 고개를 기울이며 그런 소망은 고귀하다고 선언했다.

에이미는 그를 미워하기 시작했다. 그가 셔츠 소매를 걷은 채 한 발을 의자에 올리고 책상 위에 앉는 모습도 싫었다. 그 첫날 이후 그는 재킷을 입지 않았다. 대신 타이를 느슨하게 풀고 소매를 걷어올린 채 거만하게 고개를 기울였다. 그가 분필 가루 묻은 손으로 곱슬머리를 쓸어넘기는 꼴이 싫었고, 책상에서 풀쩍 뛰어내린 뒤 날렵하게 칠판으로 걸어가 숫자들을 휘갈기고 삼각형을 그리는 것이, 분필로 칠판을 세게 쳐서 요점을 강조하는 것이, 그러다 이따금 분필이 툭 부러지는 것이, 그 토막이 날아가 바닥에 떨어져도 지금부터 설명해야 하는 내용이 이루 말할 수 없이 중요하고 흥미진진한데 부러진 분필 따위가 무슨 대수냐는 듯 내버려두는 것이 싫었다.

그녀는 같이 수업을 듣는 아이들이 그를 좋아하는 것이, 그가 불쑥 개인적이고 멍청한 질문을 던질 때 아이들이 솔깃해하는 것이 싫었다. (어느 날 그가 책상 위로 허리를 숙이며 엘시 백스터에게 물었다. "이따금 우울해지니?") 아이들이 이런 말에 홀딱 넘어가는 것도 싫었다. "로버트슨 선생님은"—그녀는 아이들이 이렇게 말하는 것을 들었다—"음, 괜찮은 것 같아. 멋있어." 그녀는 그가 위선자일지 모르겠다고 생각했다.

"그 선생님은 자기가 특별한 사람이라고 생각하나봐." 에이미는 점심시간에 학교 건물 뒤쪽에서 스테이시 버로스와 함께 담배에 불을 붙이며 푸념했다. 스테이시는 관심이 없었다. 그녀는 로버트슨 선생 수업을 듣지 않았다. 웨더비 선생이 가르치는 '멍청이 반'에서 배웠다. 하지만 스테이시는 이렇든 저렇든 시큰둥했을 것이다.

"남자들이란 죄다 쥐새끼들이야." 스테이시가 코로 연기를 내뿜으며 대꾸했다.

에이미는 엄마에게 데이블 선생 대신 수염을 기른 이상한 사람이 가르친다고 했다.

"키가 작아?" 엄마가 세면대에서 팬티스타킹을 빨며 물었다.

"만나신 적 있어요?" 생각만 해도 난감했다.

"아니." 엄마는 스타킹을 말리려고 샤워기 꼭지에 걸치면서 고개를 가로저었다. "하지만 키 작은 사람들이 종종 수염을 기르거든. 더 남자답다고 느끼는 거지." 에이미는 엄마가 이런 문제에 박식해서 좋았다. "자기 공부만 잘하면 돼." 이저벨이 충고했다. "중요한 건 그거야."

그래서 에이미는, 구석에서 라디에이터가 요란하게 돌아가고 옆에 앉은 플립 롤리가 더이상 그녀를 미래의 배우로 쳐다보지 않는 대신 그 큰 눈으로 그녀의 답안을 곁눈질해 훔쳐보는 답답한 교실에서 열심히 공부했고, 책상 앞에 앉아 얼굴의 대부분을 곱슬곱슬한 긴 머리로 가린 채 방정식을 깨끗이 필기하면서 그 모든 것을 무시하려고 애썼다.

그러던 어느 날 로버트슨 선생이 물었다. "에이미. 왜 머리카락 뒤에 숨어 있지?"

겨드랑이가 따끔한 것에 찔린 듯 화끈거렸다.

그는 술통 같은 가슴을 앞으로 내밀어 팔짱을 끼고 한쪽 무릎을 구부려 벽에 발을 댄 익숙한 자세로 벽에 기대서 있었다. 구석에서 라디에이터가 탁탁거렸다. 누군가는 연필을 떨어뜨렸다.

"네 머리는 더할 나위 없이 아름답구나." 로버트슨 선생이 말했다. "누구라도 너를 처음 보면 머리부터 볼 거야. 하지만 너는 그 뒤에 숨어 있지. 얼굴을 제대로 볼 수도 없는데 너는 그걸 알고 있니?"

물론 알고 있었다.

"거북처럼, 에이미." 그가 벽에서 떨어지며 말했다. "딱딱한 등딱지 대신 머리카락이라는 갑각이 있을 뿐이지." 아이들은 그가 욕설이라도 한 것처럼 킥킥거렸다(에이미는 물론이고 누구도 '갑각'이 무슨 뜻인지 몰랐음에도).

"최근에 잡지에서 만화를 봤어." 로버트슨 선생이 자기 책상으로 걸어가며 말을 이었다. "그 만화를 보면서, 에이미, 네 생각을 했지."

머리가 멍하고 무지근하게 아파왔다.

"거북 두 마리가 있어. 한 마리는 머리를 친근하게 빼고 있고, 다른 한 마리는 등딱지 속에 쏙 집어넣고 있지. 친근한 거북이 이렇게 말하는 거야. 얼른 나와, 모두 너에 대해 알고 싶어하잖아."

아이들이 또 와르르 웃었다. 로버트슨 선생은 손가락 마디로 책상을 톡톡 두드렸다. "그러니까 얼른 나와, 에이미 굿로. 모두 너에 대해 알고 싶어하잖아."

에이미가 그에게 느낀 증오심은 자기가 그런 사람을 오랫동안 미워해온 것처럼 지극히 순수해서 거의 마음이 편하게 느껴질 정도였다. 그녀는 책상을 물끄러미 내려다보고 종이에 쓰인 숫자들을 하나씩 눈으로 좇으면서 엄마의 기다란 목을 떠올렸다. 자신이 거북 같은 피조물의 자식이라고 생각하니, 또 자신에게서 시인(배우)을 읽어낸 남자가 이제 자기를 거북에 비유하니, 그녀는 울고 싶어졌다.

종소리가 교실과 복도로 퍼져나가자 교실 문이 열리며 벽에 쾅쾅 부딪히는 소리가 났다. 의자가 밀리고 책이 떨어졌다. 밖으로 나가려는 에이미를 그가 붙잡았다. "에이미." 그가 고갯짓을 했다. "잠시 이야기를 하고 싶은데." 그녀는 책을 꼭 끌어안은 채 얌전히 걸음을 멈추었다. 아이들이 그녀를 스쳐지나갔고, 몇 명은 잠시 로버트슨 선생과 그녀를 번갈아 쳐다보았다.

로버트슨 선생은 아이들이 다 빠져나갈 때까지 기다렸다가 조용히 말문을 열었다. 어찌나 심각한지 대단한 비밀이라도 알려주려는 것 같았다. "너를 화나게 한 것 같구나. 그럴 마음은 없었는데, 아무튼 사과한다. 정말 미안하다."

그녀는 고개를 삐딱하게 기울인 채 그를 곁눈질했다. 두 사람은 키가 거의 같았다. 너무 커 보이지 않으려고 발 옆쪽에 무게를 실어도 그녀는 큰 키였고, 그의 키는 꼭 그만큼 작아서, 두 사람은 서로 얼마 떨어지지 않은 거리에서 얼굴을 마주보게 되었다.

"우리는 친구지?" 그가 그녀와 각도를 맞추려는 듯 고개를 삐딱하게 기울였다.

그녀가 다른 아이였다면. 예컨대 캐런 킨 같은. 만약 캐런 킨이었다면 명랑한 얼굴로 이렇게 말했을 것이다. "그럼요. 우린 친구예요." 그러면 그도 그녀를 좋아했을 것이고 그들은 서로 농담을 주고받았을 것이다. 하지만 에이미는 묵묵히 버텼다. 표정조차 바뀌지 않았다. 머리카락으로 반쯤 가린 얼굴이 씰룩거리지도 않는 것을 그녀 스스로 느꼈다.

"알았다." 그가 말했다. "우리는 친구가 아니로구나." 그녀는 그의 목소리에서 크로뮴을 씌운 듯한 단단한 것이 보일락 말락 번득이는 것을 느꼈다. 그는 돌아서서 가버렸다.

그녀는 여학생 화장실로 가서 벽에 상스러운 낙서를 했다. 전에는 이런 낙서를 해본 적이 없었지만 화장실의 우둘투둘한 벽에 비뚤비뚤 글씨를 휘갈기면서 누군지 모르지만 작년에 체육관을 파손한 그 아이에게 친밀감마저 느꼈다. 젖은 눈雪이 들러붙은 이 화장실 유리창을 당장에라도 깰 수 있을 것처럼.

두번째 종이 울렸다. 에이미는 가정 수업에 늦었는데, 수업에 늦는 것은 이번이 처음이었다. 하지만 그녀는 화장실 벽에 한마디를 더 남겼다. 생각해보면 가정 선생도 개똥 같기는 마찬가지였으니까.

그뒤로 그는 그녀를 내버려두었지만 수학 시간이 되면 에이미는 조바심이 났다. 우선 그녀는 예전과는 완전히 다른 방식으로 수학을 이해했고, 교실 밖으로 끝없는 회색빛 하늘이 펼쳐지고 얼어붙은 라일락나무의 검은 잔가지들이 창문을 톡톡 치는 1월의 을씨년스러운 날에는 이따금 로버트슨 선생의 질문에 손을 들고 싶은 마음도 불쑥불쑥 일었다. 물론 그런 일은 없었다. 하지만 손을 든 학생들이 틀린 답을 말하고 로버트슨 선생이 분필 도막을 들고 칠판 옆에 서서 "누구 또 없나?" 하고 기다리면 그녀는 마음이 조마조마했다. 그와 시선이 마주치는 짧은 순간에는 그녀도 손을 들고 싶었지만 틀릴까봐 겁이 났다.

답을 말했어도 틀리지는 않았을 것이다. 로버트슨 선생이 칠판을 돌아보며 정답이 나올 때까지 그 문제를 한번 더, 필요하면 여러 번 설명해줄 때 보면, 에이미가 용기만 냈다면 얼마든 정답을 맞힐 수 있는 문제였다.

그는 엄해야 한다고 느끼면 그럴 수 있는 사람이었다. 뒤쪽에 시무룩하게 앉아 있는 불쌍한 여드름쟁이 앨런 스튜어트는 어느 날 무심코 펜을 딸깍거리다가 방과후에 남아야 했다. 덩치가 크고 수다스러우며 코 옆으로 기름이 번질거리는 엘시 백스터도 자주색 풍선껌을 크게 불다가 얼굴이 다 덮이도록 펑 터뜨리는 바람에 남으라는 소리를 들었다. 하지만 그녀가 잘못을 빌고 껌을 버리자 로버트슨 선생은 마음이 누그러져 가벼운 농담으로 넘겼다. 발그레해지는 얼굴을 보면 그녀가 그에게 반했음을 알 수 있었다. ("엘시는 집안이 대단하진 않아." 에이미의 엄마가 말했다.)

그의 성질을 돋우려는 아이는 아무도 없었다. 그는 달랐기 때문에 인기가 있었고, 그가 이랬다저랬다 변덕스럽다 해도 그로 말미암은 불안한 분위기가 오히려 교실에 활기를 불어넣는 효과가 있었다. 줄곧 그를 미워한 에이미조차 그렇게 느끼지 않을 도리가 없었다. 어느 날 수업이 끝나갈 즈음 어떤 이론을 설명하면서 로버트슨 선생이 주먹으로 칠판을 탕 쳤다. "이 아름다움을 모르겠나?" 그가 뒷줄에서 하품을 하고 있던 앨런 스튜어트에게 물었다. "장담하건대, 너희가 조금이라도 섬세하다면, 이걸 보고 울고 싶어질 거다."

몇 명이 키득거렸지만 그건 실수였다. 로버트슨 선생은 그들을 노려보며 말했다. "지금 진지한 이야기를 하고 있단 말이다. 여기 세 개의 선이 있다. 세 개의 단순한 선이지." 그러고는 분필로 그 세 개의 선을 따라갔다. "이 선들이 지닌 아름다움을 봐." 그가 갑자기 잠잠해지자 키득거리던 학생들이 자세를 바로잡았다.

하지만 칠판에 그어진 선들을 물끄러미 바라보던 에이미에게 어떤 기억이 떠올랐다. 예전에 읽은 한 시구였다. 유클리드만이 아름다움을 있는 그대로 보았네.

로버트슨 선생은 학생들을 둘러보다가 에이미에게 잠깐 시선을 멈추었다. "할말이 있나?" 그가 턱짓으로 그녀를 가리키며 물었다. 하지만 지쳤는지 어투가 딱딱했다. 에이미는 눈을 내리뜨며 고개를 가로저었다. "좋아. 그렇다면," 그가 한숨을 쉬었다. "수업은 이만."

점심시간에 담배를 태우는데 에이미는 머리가 지끈거렸다. 그녀는 담배 때문에 어질해서 쓰러진 통나무에 기댄 채 스테이시가 성냥을 찾아 호주머니를 뒤지는 것을 지켜보았다. "괜찮아?" 스테이시가 두번째 담배에 불을 붙이면서 눈을 찡그렸다.

"학교가 싫어."

스테이시가 고개를 끄덕였다. "나도 싫어. 아침에 토해서 집에 있으려고 했는데 엄마가 억지로 보냈어."

"토했어?"

스테이시가 다시 고개를 끄덕였다. "엄마는 신경도 안 쓰더라. 머리빗으로 내 팔을 때렸어."

"농담이지?"

스테이시가 어깨를 으쓱하며 해군복 스타일의 감청색 코트 소매를 걷었다. "엄마는 완전히 미쳤어." 그녀는 담배를 물고 눈을 찡그리며 손목에 생긴 불그죽죽한 멍을 골똘히 쳐다보다가 소매를 내렸다.

"어머나, 스테이시." 에이미가 눈밭에 담뱃재를 톡톡 떨고 부츠로 밟았다.

스테이시는 연기를 내뿜었다. "요즘은 늘 토하고 싶어."

하루종일 지끈거려도 구토보다는 두통이 나았다. 에이미의 두통은 그렇게 시작되려 하고 있었다. 집에 돌아와 식탁 앞에 앉아 냉기가 흐르는 집에서 숙제를 할 때도 두통은 사라지지 않았다. 에이미는 먼저 수학 숙제부터 하는 습관이 생겼고, 숙제를 끝내면 엄마가 돌아오기 전에 방으로 올라가 거울에 자기 모습을 비춰 보았다. 그녀는 자기가 어떻게 생겼는지 알 수 없었다. 화장대 앞에 놓인 둥근 의자(실은 오래된 술통이었는데, 이저벨이 분홍색 러플 장식을 두르고 위에 쿠션을 놓은 것이었다)에 앉아 거울을 들여다봤지만 자기가 어떻게 보이는지 도무지 알 수 없었다.

두 눈 사이는 넓고 이마는 톡 튀어나왔는데, 이저벨은 그 두 가지 모두 똑똑함을 나타내는 표시라고 했다. 하지만 그런 건 에이미의 관심 밖이었다. 그녀는 예뻐 보이고 싶었고, 그러자면 키가 작고 발이 아담한 편이 더 나으리라 생각했다. 두 눈 사이의 간격이 넓은 건 좋은 거라고 했지만 그래봤자 특별한 느낌은 없었다. 눈동자는 강렬한 파란색도, 신비한 갈색도 아니었다. 그저 우중충한 초록색이었다. 피부는 하얬는데 겨울에는 눈 밑의 피부가 파랗게 비쳐 보일 정도였다.

머리카락만큼은 아름다웠다. 사람들이 줄곧 그렇게 말해주어서 그녀도 어느 정도는 알고 있었다. "그 머리는 누구한테 물려받았나요?" 에이미가 쇼핑카트에 타고 다닐 만큼 어렸을 때 모르는 사람들도 엄마에게 말을 붙이곤 했다. "어머, 얘 머리 좀 봐." 가끔 손을 뻗어 곱슬곱슬한 머리를 만지거나 잡아당기는 사람도 있었다.

에이미는 아이들이 세상을 아는 방식으로(로버트슨 선생이 나중에 주장하겠지만 아이들은 모든 것을 안다) 엄마가 모르는 사람이 딸을 만지는 것을, 딸의 머리에 대해 언급하는 것을 좋아하지 않는다는 사실을 알아차렸다. 그러나 에이미는 사람들이 자기를 만져주는 것을 좋아했기 때문에 어쩌면 그녀에게는 그것이 최초의 죄의식이었을지도 모른다. 에이미는 모르는 사람의 손이 다가오는 방향으로 얼굴을 돌렸고, 그들이 "예쁘기도 해라. 이 머리는 누구한테 물려받았니?" 하고 다정하게 말하면서 손가락을 오므려 머리카락을 만질 때 그 느낌을 즐기려고 일부러 머리를 숙였다.

이저벨에게 물려받은 건 아니었다. 모르는 사람도 그 정도는 눈치챌 수 있었다. 이저벨이 숱이 적은 짙은 색 머리를 하나로 틀어올린 것을 보면 누구라도 금세 알 수 있었다. 그 머리는 아버지에게서 물려받은 것이었다. 이저벨이 입을 꾹 다물고 마뜩잖아하는 이유였다. 에이미는 오래전에 그 사실을 깨달았다. 그녀가 태어나고 얼마 되지 않아 아버지가 죽어서 그런 거라고 짐작하는 게 고작이었다. 아버지는 캘리포니아에서 골프를 치다가 심장마비로 죽었다고 했다. "캘리포니아에는 뭐하러 가셨어요?" 에이미가 물으면 대답은 한결같이 "출장"이었다. 더 많이 알아낼 수는 없었다. 하지만 아버지가 어떤 사람이건 에이미는 그에게서 머리카락을 물려받았고, 그 겨울날 오후 거울 앞에서 머리를 빗으면서 어깨에 흩어져내린 온갖 빛깔의 금발에 감사했다.

그러던 어느 날 학교 식당에서 점심을 먹고 일찍 나오면서(스테이시는 학교에 오지 않았다) 에이미는 마침 교무실에서 나온 로버트슨 선생과 딱 마주쳤다. "안녕하세요"라고 에이미가 인사했지만 소리는 나오지 않고 메마른 입술만 달싹였다. 그녀는 얼른 고개를 숙였다.

"에이미 굿로." 로버트슨 선생은 이름만 말하고 그녀를 지나쳐 계속 걸어갔다. 하지만 그녀는 그의 발걸음이 멈추는 소리를 들었고, 그가 돌아서서 자신을 지켜보는 시선을 어깨 너머로 느꼈다. 그는 고개를 느리게 가로젓더니 이렇게 말했다. "하느님만이 너의 금발이 아니라, 있는 그대로의 너를 사랑할 수 있겠지."

그로부터 여러 달이 지난 뒤, 이저벨은 침대 모서리에 앉아 부들부들 떨리는 손으로 일기장을 넘겨 보면서 이 모든 일이 언제 시작되었는지 알아내겠다고 마음먹지만, 1월 10일 날짜에 끼적인 악의 없는 내용 말고는 더 찾을 수가 없었다. 할망구 데이블이 계단에서 굴러떨어져 운좋게 머리만 깨졌다.

# 3장

사무실 창문에서는 선풍기가 돌아가고 있었다. 방금 하루가 시작된 이른 시간이었다. 늘 그렇듯 여자들이 비누 향을 풍기며 아침 인사를 나눌 때 숨결에 치약 냄새가 배어나오는 고요한 시간이었다. 지금 그들은 책상 앞에 앉아 하루 중 어느 때보다 착실하게 일에 몰두했다. 이따금 금속 캐비닛이 찰칵 닫히는 소리와 휴지통이 바닥에 짧게 끌리는 소리가 났다. 에이버리 클라크는 소매를 걷어올리고 그의 사무실 입구에 서 있었다. "이저벨, 잠시 나 좀 볼까요?"

불쌍한 이저벨. 오늘 에이버리가 받아쓰는 일을 시킬 줄 알았다면 리넨 드레스를 입고 오는 건데. 사실 100퍼센트 리넨은 아니고 약간 섞인 혼방인데, 색깔은 페리윙클 블루였다. ("말하기도 재미있고 입기도 재미있는" 옷이라고 판매원이 유쾌하게 설명했다.) 이저벨은 그 옷을 자주 입지 않으려고 했다. 너무 자주 매력적으로 보이면 사람들이 더 기대할 테고, 그러면 실제로는 그렇지 않다는 것도 더 자주 알아차리게 될 테니까.

게다가 어젯밤 잠을 설친 탓에 눈이 붓고 피부도 까칠해서 그녀가 오늘 매력적이지 않은 것은 분명했다. (간밤에 그녀는 에이미 방 문 앞에 서서 망설이며 물었다. "스테이시는 그 아기를 어떻게 하겠다니?" 그러자 에이미는 침대에서 돌아누우며 태평스레 말했다. "줘버리겠죠, 뭐.") 안 돼, 이저벨은 잠을 설쳤고, 지금 속기용 공책을 찾으면서 마음속으로 이 바보 같은 격자무늬 스커트를 입은 채 에이버리 옆을 지나가야 한다는 사실을 떠올렸다. 길이는 너무 길고 골반도 도드라져 보이지 않았다.

속기용 공책은 보이지 않았다. 그녀의 책상에는 서류 뭉치와 노란 서류봉투만 온순하고 해쓱하게 놓여 있었다. 속기용 공책이 보이지 않는다는 것, 이건 어리석고 가혹한 운명이었다. 그녀는 정리정돈을 잘하는 사람이었으니까. "잠깐만요." 그녀가 말했다. "어디 뒀는지 모르겠어요." 그녀는 진땀이 났지만, 에이버리는 손등으로 허리를 짚은 채 사무실 한가득 앉아 있는 여자들을 지켜보면서 무심히 고개만 끄덕였다. "바보가 따로 없어." 이저벨이 거기, 그녀의 책상 위에 줄곧 놓여 있던 속기용 공책을 탁 치며 말했다. "바보 같긴." 그녀가 말했지만 에이버리는 듣지 못한 것 같았다. 그가 태연히 비켜서며 그녀를 들어오게 했다.

에이버리의 사무실은 벽 두 면이 거의 통유리로 되어 있어서 이저벨은 그곳에 들어가 그와 함께 있으면 늘 노출된 느낌을 더 많이 받았다. 어쨌거나 유리는 별 의미가 없었다. 아마 일하는 여자들을 감시하라고 유리벽을 설치했겠지만 사실 그는 관리를 철저히 하는 사람은 아니었기 때문이다. 드물긴 했지만 그가 말을 잘 듣지 않는 직원에게 마지 못해 일을 제대로 못한다고 지적해야 했을 때는(몇 년 전에 여자들이 한 여자의 체취가 매우 불쾌하다며 말을 좀 해달라고 끈덕지게 요구한 사건이 있었다. 나중에 그는 그때 그 일이 끔찍하고 불쾌했다며 절대 잊을 수 없을 거라고 이저벨에게 털어놓았다) 여자들이 각자의 자리에 앉아 그 장면을 흥미진진하게 구경했다. "저 어항 안에서 무슨 일이 벌어질까?" 서로 소곤거렸다.

하지만 이저벨은 비서인 터라 그의 사무실에 들어가도 그녀의 존재가 특별히 주의를 끌지는 않았다. 그녀 스스로 말하기론, 그녀의 불편한 심정을 알아채는 사람은 에이버리 말고는 없었다. 게다가 그는 관심이 없어 보였다. 그가 책상 위에 놓인 서류를 뒤적이며 고개도 들지 않고 짤막하게 말했다. "자, 그러면 시작할까요?"

"준비됐습니다."

지난 세월 동안 이저벨은 잠이 잘 오지 않으면 어떤 장면들을 그려보며 숱한 밤을 보냈다. 이를테면 그녀는 병원 침대에 누워 있고 에이버리 클라크는 늙어가는 얼굴에 근심 어린 표정을 띤 채 옆에 앉아 있는 것이다. 단순히 과로로 입원한 때도 있었고, 길을 건너다가 차에 치인 때도 있었으며, 때로는 팔이나 다리를 잃기도 했다. 간밤에는 강도의 총에 맞았는데, 총알이 그녀의 심장을 가까스로 빗나갔고 에이버리는 그녀에게 연결된 기계장치의 모니터가 일정한 간격으로 삑삑거리는 것을 지켜보면서 걱정으로 얼굴이 하얗게 질려 있었다.

지금 그의 맞은편에 격자무늬 스커트를 입고 속기용 공책을 무릎에 올린 채 앉아 있으려니, 그녀는 그 상상이 새삼 창피하고 수치스러워 정신이 아뜩했다. 사무실의 흰색 불빛 아래 그는 멍하니 몰두한 표정으로—턱에는 아침에 면도하다 생긴 불긋불긋한 흔적이 남아 있었다—자신의 삶을 형성한 소소한 일들의 방대한 대지로부터 그녀를 분리해내고 있었다. (그녀는 그가 즐겨 먹는 음식이 뭔지도 몰랐다. 그의 집에 피아노가 있는지 없는지도. 문득 그가 오늘 아침 일찍 면도를 하다가 턱에 피가 났을 때 어떤 색깔의 화장지로 닦았는지 궁금했다.)

"그럼," 그가 메마른 목소리로 말했다. "히스웰 렌텍스 회사로 세 부. 친애하는 아무개 씨. 파일에서 보내는 사람 이름을 정확히 확인하고 써넣어요."

"네, 그럼요." 이저벨이 그의 말을 속기용 공책에 휘갈긴 뒤 무릎에 펜을 톡톡 두드렸다. "어렵지 않습니다."

지난 세월 동안 그녀는 이 모든 것을, 이 남자를 형성한 온갖 잡다한 사건들을 상상하려고 애썼다. 심지어 그가 아이였을 때 어떤 모습이었을지도 상상했다. (틀림없이 키가 크고 어수룩한 아이였을 거라고 생각하면서 그녀는 사무치는 감동을 느꼈다.) 결혼식 날 그가 머리를 단정하게 빗고 예복 차림에 격식을 갖추어 반듯하게 서 있는 모습도 상상했다. (남자들은 모두 그렇다고 하던데, 그 역시 숨은 두려움이 있었을 것이다.) 그렇다면 지금 그의 삶은 어떨까? 그녀는 셔츠가 한 줄로 걸린 옷장과 그의 잠옷이 든 서랍장을 상상……

"계약서에 위험은 구매자가 부담한다고 명시되어 있습니다. 제4절 세번째 줄을 참조하십시오." 에이버리 클라크는 말을 멈추고 책상에 놓인 종이를 골똘히 쳐다보았다.

이저벨은 입술을 앙다물었다. 립스틱이 끈적거렸다.

"그걸 읽어봐줘요, 이저벨."

그녀가 읽어주었다.

"확인해볼 테니 잠시만 기다려요."

그가 몇 가지 서류를 훑어보는 동안 그녀는 가만히 앉아 있었다. 예전에는 쉬는 시간에 함께 커피를 마셨기 때문에 그녀는 지금 몹시 속이 상했다. 그녀가 바로 이 자리에 앉아, 눈 녹은 물이 처마 밑으로 떨어졌다거나 냉장고에 넣어둔 우유가 이따금 언다는 말을 하면 그는 문제가 무엇이든 거의 늘 이렇게 대답했다. "흠, 아주 잘 처리한 것 같군요, 이저벨."

지금 그는 "문단을 바꾸어서"라고 말하며 그녀를 흘끗 쳐다보기만 했다. "올해 6월의 마지막 주에……"

오 하느님.

6월의 마지막 주라면 한 달도 채 지나지 않았지만 그녀의 삶은 그때 무너졌다. 허물어졌다. 그녀의 손이, 그녀의 발이, 그 세월 동안 조심스러운 팬티스타킹에 갇혀 있던 그녀의 다리가 한낱 모래와 다르지 않은 것처럼. 더욱이 그 사건을 목격한 사람이 에이버리 클라크였다는 사실은 무엇보다 곤혹스러웠다. 그다음 날 아침 그녀가 상기되어 눈물이 그렁한 채 그의 사무실로 들어가 다짜고짜 "에이버리, 말해주세요. 그래도 에이미가 월요일부터 여기서 일을 시작해야 하나요?" 하고 물었을 때 그는 고개도 들지 않고 대답했다. "물론입니다." 그가 달리 어떻게 할 수 있었을까, 이저벨은 생각했다.

하지만 그들은 그뒤로 쉬는 시간에 함께 커피를 마시지 않았다. 그뒤로는 의미라곤 찾아볼 수 없는 업무 이야기를 빼면 대화도 없었다.

그가 몸을 앞으로 숙이자 의자가 삐거덕했다. "……제품이 배달되지 않았을 경우 삼 주."

그가 뭔가 의미 있는 말을 해준다면. 간단한 인사라도. "이저벨, 어떻게 지내요?" 이렇게.

"약관을 첨부합니다. 서명 부탁드립니다."

지난가을 이저벨이 10월의 꽃장식을 맡아 교회 제단을 노박덩굴과 단풍잎으로 장식한 것을 두고 집사의 아내 바버라 롤리가 부적절하다고 평한 일 때문에 마음이 얼마나 쓰라렸는지 그에게 털어놓은 날을 떠올리며 그녀는 공책을 덮었다.

"그 잎들은 아름다웠어요." 그때 에이버리는 그녀를 위로했다. "에마와 그런 말을 주고받았지요."

그거면 됐다. 그가 고개를 끄덕여주는 것. (에마에 대한 언급은 듣지 않는 편이 나았지만—예배가 끝난 뒤 값비싼 옷을 입고 고약한 냄새라도 맡은 것처럼 서 있던 매정한 에마.)

"오늘 아침에 보낼 수 있으면……" 에이버리가 말했다.

"네, 할 수 있습니다." 이저벨이 일어섰다.

그는 손가락을 펴서 뺨에 대고 사무실 의자에 기대어 유리벽 너머로 여자들이 어수선하게 들락날락하는 것을 지켜보았다. 이저벨은 일어서서, 이 흉측한 격자무늬 스커트 때문에 모양이 나지 않는 엉덩이가 그에게 오래 보이지 않게 서둘러 문으로 걸어갔다.

"이저벨." 그가 조용히 불렀다. 그녀가 밖으로 나가려는 찰나였다. 주문을 걸듯 하도 조용히 불러서 하마터면 못 들을 뻔했다.

"네." 그녀가 그의 목소리에 맞추어 부드럽게 대답하며 돌아섰다. 하지만 그는 고개를 살짝 숙여 숱이 적은 백발로 덮인 정수리만 드러낸 채 맨 위 서랍을 들여다보고 있었다.

"내가 세 부라고 했던가요?" 그가 서랍을 더 빼냈다. "네 부로 하는 게 낫겠군요."

뚱뚱이 베브가 다 마신 오렌지주스 통을 철제 휴지통에 던져 넣자 조용한 사무실에 통 소리가 울렸다. 그녀는 손등으로 입을 닦으면서 맞은편에 앉은 에이미 굿로를 쳐다보았다. 베브는 이 아이가 안쓰러웠다. 그녀는 딸 셋을 키웠는데 에이미를 보면 어딘지 이상했다. 얼굴에 감정의 변화가 없었다. 중년 여자들이 우글우글한 후텁지근한 사무실에서 일하는 것이 따분하지 않다는 표정은 아니었다. (베브는 그날 아침 로지 탕궤이가 아무렇지 않게 "여기 기사가 났네, 베브. 다중중독에 대해" 하고 말하며 책상에 툭 던지고 간 잡지로 부채질을 했다. 제기랄, 로지, 점심으로 당근을 먹다니.) 하지만 에이미라는 아이에게는 어딘지 잘못된 구석이 있다고, 이 후텁지근한 공간에서 따분한 일을 하는 것을 넘어서는 뭔가가 있다고 생각하며 베브는 부채질을 하면서 찬찬히 뜯어보았다.

이를테면 에이미는 껌을 씹지 않았다. 베브의 아이들은 껌을 입에 달고 살았다. 커다란 껌덩어리를 입속에서 굴리고 딱딱 소리를 내고 풍선을 빵 하고 터뜨려서 주변 사람들을 환장하게 했다. 막내 록샌은 이제 스물한 살인데 아직도 그랬다. 이 아이는 토요일이면 간밤에 즐긴 파티로 눈화장이 번진 채 세탁기를 쓰러 왔는데 껌을 우물거리지 않는 때가 없었다.

그런 예라면 더 있었다. 에이미 굿로는 화장을 하지 않았다. 해야 할 나이였다. 아이섀도를 조금만 바르고 속눈썹을 칠하면 사람들을 뒤돌아보게 할 수도 있었다. 베브는 담배를 찾으면서, 이 아이는 사람들이 뒤돌아보는 것을 좋아하지 않을 거라고 생각했다. 당장에 코를 얻어맞을 개처럼 늘 고개를 숙이고 다니는 지독히 수줍은 아이였으니까. 몹시 안타까웠다. 매니큐어나 향수에도 관심이 없는 듯 보였는데, 십대 소녀라면 당연히 그런 것에 관심이 있지 않나? 앉아서 잡지를 뒤적이지도 않았고, 옷이 어떻다는 말도 없었고, 친구에게 전화를 걸지도 않았다. "전화라도 좀 하렴." 푹푹 찌는 더운 날에 에이미가 지루해하는 듯 보이자 뚱뚱이 베브가 말했다. 에이미는 고개를 가로저었다. "괜찮아요."

그러니까, 이건 자연스럽지 않았다.

그리고 머리는 어쩌다 저 모양이 됐지? 제정신이라면 누가 그렇게 아름다운 곱슬머리를 자르겠는가? 오, 여자아이들에게는 저들만의 단계가 있다는 것을 베브도 알았다. 그녀의 맏딸은 머리를 빨갛게 염색해서 한동안 백치 같아 보였고, 록샌은 몇 주 동안 투덜거리면서도 그 끔찍한 파마를 끈질기게 하고 다녔다.

그런데 그런 머리카락을 자르다니. 머리 모양은 형편없었고 얼굴에 잘 어울리지도 않았다. 솔직히, 화학치료나 방사선치료를 받는 사람처럼 들쑥날쑥 자른 그 머리 모양새를 보면 몸서리가 쳐질 때도 있었다. 클래라 스완이 그런 치료를 받으러 하노버에 다녀온 뒤 머리 모양이 이랬다. 뭐, 똑같지는 않았다. 에이미는 머리카락이 뭉텅뭉텅 빠진 곳은 없었으니까. 이건 그냥 엉망으로 자른 머리였다. 판단을 잘못 내려 일어난 끔찍한 결과.

담배에 불을 붙이면서 베브는 암에 걸릴지도 모른다는 생각이 들어 불안해졌다. 클래라 스완은 마흔셋밖에 되지 않았고, 뇌종양에 걸렸지 폐암은 아니었다. 뇌종양은 누구에게나 생길 수 있는 병이니 운에 맡길 수밖에 없었다. 뇌종양에 걸릴 운명이었다면 베브는 처음에는 차라리 기뻐했을 것이다. 그녀는 담배 연기를 내뱉고 피둥피둥한 손으로 연기를 흩었다. 로지 탕궤이는 아까 휴게실에서 이렇게 말했다. "연구 결과가 그렇게 많은데 담배를 피우는 이유를 당최 모르겠다니까."

연구라. 그딴 연구는 로지 탕궤이의 비쩍 마른 궁둥이에나 쑤셔넣으라지. 베브가 담배를 피우는 데는 다 이유가 있었다. 먹는 이유와 같았다. 뭔가 기대감을 주기 때문이다. 그렇게 간단했다. 삶이 시큰둥해지면 뭔가 기대할 것이 필요했다. 결혼 초기에 그녀는 갱오버 스트리트에 있는 작고 더운 아파트에서 남편 빌과 밤마다 잠자리에 들기를 고대했다. 오, 그들은 행복한 시간을 보냈다. 그것은 돈이나 빨아야 할 양말, 변기 앞에 떨어진 오줌 방울에 대한 말다툼을, 결혼하면 익숙해져야 하는 그 모든 사소한 일들을 덮고도 남았다. 잠자리에만 들면 그런 문제는 싹 사라졌다.

그렇게 좋은 것이 어떻게 시들해지는지 신기할 따름이었다. 하지만 시들해졌다. 베브는 첫아기가 태어난 뒤로 흥미를 잃었다. 빌이 단단한 그것을 들이대며 밤마다 졸라대자 베브는 성질을 냈다. 그녀는 피곤해 죽을 지경이었고 아기는 끊임없이 울어댔다. 성난 아기는 그녀의 젖꼭지가 갈라질 때까지 세게 젖을 빨았고 그 바람에 그녀의 젖가슴도 변했다. 살은 전혀 빠지지 않았다. 몸은 계속 부어 있는 것 같았고, 제기랄, 그녀는 또 임신하고 말았다. 그래서 그녀의 집이, 그녀의 삶이 자꾸 그들먹해질 때 그녀는 억누를 수 없는 상실감을 경험했다. 오, 그런 문제는 어쩌면 더이상 중요하지 않았을지도 모른다. 그들은 아직도 이따금 조용히, 그리고 항상 어둠 속에서 그것을 했다. (신혼 때 이따금 주말 내내 침대에서 뒹굴다보면, 창문에 내린 햇빛 가리개를 통해 햇빛이 비스듬히 들어왔다.)

그녀는 담배를 비벼 껐다. 불평할 생각은 없었다. 그녀는 어린아이가 아니었다. 하지만 아릿한 통증은 가슴에 남아 있었다. 환희에 가까운 무엇이 아련하게 윙윙거리면서 그녀의 기억 언저리에 살아 있었다. 그것은 한때 응답을 받았으나 이제는 받을 수 없는 어떤 갈망이었다. 그녀는 이해할 수 없었다. 그녀는 선량한 남자와 결혼했지만 많은 여자들은 그렇지 않았다. 그녀는 원하던 아기들을 낳았고 모두 건강하게 살아 있었다. 그렇다면 이 통증은 무엇인가? 그녀가 라이프세이버스 사탕을, 감자튀김과 햄버거와 초콜릿 케이크를, 뭐든 닥치는 대로 쑤셔넣는 이 붉고 깊숙한 구멍은 무엇인가? 사람들은 그녀가 뚱뚱한 것을 좋아한다고 생각할까? 활달한 베브. 뚱뚱이 베브. 그녀는 뚱뚱한 것이 싫었다. 하지만 그 검붉은 통증은 돌아가는 청소기처럼, 끔찍한 구멍처럼 거기 있었다.

에이미 굿로가 재채기를 했다.

"블레스 유."* 베브가 말을 할 기회가 생겼다는 사실에 기뻐하며 말했다. 사람은 말을 너무 오래 참으면 병이 생긴다. 그녀는 딸들에게 늘 이렇게 조언했다. 울적하면 말할 상대를 찾아.

"고맙습니다." 에이미가 쑥스럽게 미소를 지으며 말했다.

"감기 기운 있어? 날씨가 워낙 개판이라 어떤 바이러스가 돌아다니는지 누가 알겠어?"

가엾은 소녀는 수줍어서 대꾸도 하지 못했다.

하긴(베브는 하품을 하고 시계를 보았다), 이저벨과 같이 살면 별로 재미가 없을 것이다. 도티는 걸핏하면 피는 못 속인다고 말

* Bless you. 영어권에서 누가 재채기를 할 때 옆에 있는 사람이 해주는 말.

했고 베브도 같은 생각이었다. 이저벨 굿로는 묘한 여자였다. 전형적인 처녀자리 여자였다. 불쾌한 느낌은 주지 않았지만 경직된 것 같았다. 라이프세이버스 한 알이 그 방향으로 굴러갔는지 보려고 전화기를 옮기면서 뚱뚱이 베브는 이저벨이 어딘지 모르게 안쓰럽다고 생각했다. 하지만 그녀가 어떤 사람인지 알아낸 이는 아무도 없었다. 뚱뚱이 베브는 배가 빵빵해지는 익숙한 느낌이 들자 거의 감각적인 기대감을 느끼며 일어섰다. 하느님도 삶의 기쁨 중 하나는 성공적인 배변임을 알 테니까.

에이미가 앞에 놓인 오렌지색 송장 뭉치에서 고개를 들자 엄마가 에이버리 클라크의 사무실 안에 있는 것이 보였다. 엄마가 팔을 조금씩 움직이고 눈을 내리깔고 있는 것은 뭔가 받아쓰고 있다는 뜻이었다. 그 안에서 다정한 행동은 보이지 않았다. 에이미는 계산기의 숫자를 두드리며 가슴속 깊은 곳에서 차마 이름 붙일 수 없는 역겨움을 느꼈다. 그녀의 엄마는 그 남자에게 빠져 있었다.

"너는 엄마가 결혼하지 않아서 좋겠다." 날씨가 막 추워지기 시작한 어느 날 스테이시가 숲속에서 말했다. "엄마가 그 짓을 하는 걸 상상하지 않아도 되잖아."

"오, 제발." 에이미가 잠시 담배 연기에 콜록거리며 말했다.

스테이시가 눈동자를 굴리다 잠시 눈을 반쯤 감자 도톰하고 파리한 눈꺼풀에 그려진 아이라이너가 드러났다. "한번은 엄마 아빠가 벌거벗은 걸 봤는데, 내가 말했나?"

"아니." 에이미가 대꾸했다. "구역질나."

"역겨웠지. 토요일이었어. 부모님 침실을 지나가는데 문이 조금 열려 있더라. 둘이 홀랑 벗고 침대에 누워 잠들어 있었어." 스테이시는 나무껍질에 담배를 비벼 껐다. "아빠의 허연 궁둥이는 투실투실하고 멍청해 보였어."

"맙소사." 에이미가 말했다.

"그래, 넌 아빠가 없는 걸 다행으로 생각해야 돼. 아빠가 그 짓을 하는 걸 상상하지 않아도 되잖아."

사실을 말하면, 에이미는 그때만 해도 누구라도 그 짓을 하는 걸 상상할 수 없었다. 그녀는 "그 짓"이 실제로 무엇인지도 제대로 몰랐다. 이저벨이 늘 지켜보고 있으니 또래 친구들처럼 X등급 영화를 훔쳐볼 수도 없었다. (이를테면 스테이시는 그런 영화를 본 뒤 백인 남자와 흑인 여자가 욕조에서 무슨 짓을 하는지 에이미에게 알려주었다.) 게다가 침대 밑에 야한 잡지를 숨겨두는 언니 오빠도 없었으니 에이미는 아는 것이 거의 없었다.

물론 생리에 대해서는 알고 있었다. 생리를 하는 것이 정상이라는 건 알았지만 어떤 복잡한 사실들이 연관되어 있는지는 잘 몰랐다. 몇 년 전에 이저벨이 난자에 대해서는 간략하게, 냄새에 대해서는 자세하게 알려주었다. ("개들 근처에는 가지 마." 그녀가 충고했다. "개들은 기가 막히게 알아내거든.") 그리고 도표가 그려진 분홍색 책자를 에이미에게 주었다. 에이미는 자기가 알아들었다고 생각했다.

그러던 어느 날 여학생 화장실 벽에 굵은 매직으로 쓴 낙서가 발각되었다. 남자의 성기가 여자의 구멍에 오 분 동안 들어가 있으면 임신한다. 에이미는 그제야 그 의미를 이해했다. 하지만 체육 선생이 여학생들을 탈의실에 모아놓고 화장실 벽에 쓰인 낙서는 틀렸다고 말했고, 그뒤로 학교는 가정 시간에 성교육을 하겠다고 결정했다. 에이미는 화장실 벽에 쓰인 말의 어느 부분이 잘못된 것인지 알 수 없었고 가정 수업은 결국 아무런 도움이 되지 않았다.

가정 선생은 겁이 많은 여자였는데 겨우 일 년을 버텼다. 게다가 발이 길쭉하고 무릎이 오렌지처럼 톡 튀어나와 아이들 사이에서 놀림거리가 되었다. "자, 여러분. 성교육은 예쁘게 몸단장을 하는 것으로 시작하면 좋겠어요." 이렇게 말하고 그녀는 손가방을 뒤졌다. "빗의 질에 따라 머리카락의 질도 달라져요." 이런 수업이 몇 주 동안 이어졌다. 가정 선생은 손톱을 다듬는 여러 가지 방법, 발가락을 씻는 방법을 설명했고, 어느 날은 칠판에 데오도런트 제조법을 써주었다. "급하게 필요할 때, 마침 똑 떨어졌을 때를 대비해서 말이에요." 그들은 제조법을 받아 적었다. 탤컴파우더와 베이킹소다, 그리고 소금물 약간을 혼합한다. 나중에 그녀는 이와 별반 다르지 않은 치약 제조법을 알려주었고 (탤컴파우더만 뺀다), '땀'이라는 속된 표현을 대신할 '임한淋汗' 이라는 단어의 쓰임에 대해 강의했다. 소녀들은 발목을 긁으며 시계를 보았고 엘시 백스터는 불쑥 수업이 지겨워 죽겠다고 말했다가 교장실로 불려갔다.

어쨌거나 오래전의 일처럼 느껴졌다. 에이미는 이제 그 시절의 자기가 아니라고 느꼈다. 엄마가 "그 짓을 하고" 있지 않은 것은 분명했지만 상사이자 끔찍하고 무미건조한 그 남자에게 계속 빠져 있다는 사실은 외면할 수 없었다. 에이미와 이저벨이 서로 대화를 나누던 시절, 집에서 그의 이름이 튀어나오던 방식을 보면 알 수 있었다. "에이버리가 나더러 차를 바꾸래. 나를 위해 자기가 아는 딜러에게 말을 해주겠다고." 아침에 엄마가 립스틱을 바른 뒤 두 입술을 맞붙여 비비면서 "가엾은 에이버리. 요즘 일을 너무 많이 한다니까" 하고 말하는 방식에서 알 수 있었다.

하지만 에이버리 클라크는 나이가 많고 가정적인데, 누가 그런 사람에게 관심을 둔단 말인가? 클라크 부부가 주일마다 교회 신자석에 앉아 있는 모습은 죽은 막대기 두 개 같았다. 그들이 지난 백 년 동안 그 짓을 하지 않았다는 것은 누가 봐도 알 수 있었다.

에이미는 재채기를 하고("블레스 유." 뚱뚱이 베브가 말했다) 다시 어항을 바라보았다. 엄마가 한 손에는 속기용 공책을 들고 다른 손으로는 스커트 뒷자락을 매만지며 일어서고 있었다. 에이버리 클라크는 누구도 알아채지 못할 거라는 듯 몇 가닥 남은 번질번질한 머리카락을 모아서 가린 그 머저리 같은 대머리를 끄덕이고 있었다. 에이미는 계산기를 두드리면서 에이버리 클라크의 길쭉하고 축축한 입과 누런 이빨, 교회에서 헌금 접시 옆을 지나갈 때 풍기는 텁텁한 입냄새를 떠올렸다. 게다가 그 머저리 같은 영감이 신은 구두는 장식이랍시고 잔구멍들이 송송 뚫린 것이었다. 그를 생각하면 에이미는 속이 메슥거렸다.

이저벨이 나오다가 걸음을 멈추는 것을 보니 그가 엄마의 이름을 부른 듯했다. 에이미가 다시 고개를 들어 흘끗 보는데 엄마의 하얀 얼굴에 순종과 희망의 표정이 어리다가 사라졌다. 에이미의 가슴속에 구멍이 뚫렸다. 방금 본 장면은 끔찍했다. 엄마의 적나라한 얼굴. 그녀는 엄마를 사랑했다. 그들을 연결하는 검은 선을 타고 맹렬한 사랑의 공이 빛을 번쩍이며 엄마에게 날아갔지만, 엄마는 이제 자리로 돌아가 타자기에 종이를 끼우고 있었다. 그 순간 에이미는 희한하게 생긴 엄마의 기다란 목과 거기 들러붙은 젖은 머리카락이 끔찍이 싫다는 느낌이 들었다. 하지만 이 싫은 느낌은 오히려 애달픈 사랑을 더욱 키우는 것 같았고 검은 선은 그 무게로 바르르 떨렸다.

"여기, 나 좀 봐." 뚱뚱이 베브가 빨간색 라이프세이버스 한 알을 입속에 톡 집어넣으며 말했다. "이번 여름에 네 친구들은 뭘 하니? 캐런 킨이 맥도널드 계산대에서 일하지 않던가?"

에이미가 고개를 끄덕였다.

"네 친구 아니야?"

에이미는 다시 고개를 끄덕이고 계산기의 합계 버튼을 눌렀다. 설명할 수 없는 근심과 슬픔이 회색 눈물이 되어 눈꺼풀 뒤에서 소용돌이쳤다. 그녀는 타자기를 두드리고 있는 엄마를 다시 흘끗 보았다. 엄마가 창턱에서 구해준 베고니아가 책상 위에서 팔랑거리고 있었다. 에이미는 파리한 꽃송이 하나가 그 잎들 속으로 떨어지는 것을 보았다.

"애들은 여름에 일을 해야지." 뚱뚱이 베브가 라이프세이버스를 입안에서 굴려 자그락거리며 말하고 있었다. "우리 애들도 모두 열두 살쯤에 일을 시작했을걸."

에이미는 살짝 고개를 끄덕였다. 뚱뚱이 베브의 목소리가 좋아서 무슨 이야기든 계속 듣고 싶었지만 질문에는 어떤 대답도 하고 싶지 않았다. 특히 캐런 킨에 대한 질문이라면 더더욱 대답하고 싶지 않았다. 캐런 킨을 떠올리면 에이미의 눈동자에 깃든 불안이 더욱 커졌다. 어렸을 때 그들은 서로 친구였다. 운동장에서 사방치기를 했고 쓰레기통 주변에 우글거리는 말벌을 피해 함께 달아났다. 한번은 에이미가 캐런의 집에 놀러가 자게 되었는데, 밸런타인 드라이브에 있는 앞쪽에 단풍나무들이 자라는 흰 저택이었다. 환하고 양지바른 집이었고 시끌벅적했다. 남자애들은 뒷마당에 나가서 놀았고 캐런의 언니는 수건으로 머리카락을 말리면서 통화를 했다. 하지만 에이미는 집으로 돌아가고 싶었고, 저녁을 먹을 때는 엄마가 부엌에서 혼자 끼니를 때울 생각에 욕실로 가서 울었다. 하지만 좋은 시간도 있었다. 캐런이 그녀의 집에 놀러 와서 이저벨의 허락을 받아 함께 쿠키를 만들었을 때가 그랬다. 이저벨이 화단의 잡초를 뽑는 동안 두 사람은 뒤쪽 계단에 앉아 쿠키를 먹었다. 에이미는 아직도 기억이 났다.

"중학교에 가면 모든 게 달라져요." 에이미가 불쑥 말했지만 마침 뚱뚱이 베브는 라이프세이버스가 책상에서 굴러떨어지는 바람에 그것을 주우려고 고개를 숙이고 있었다.

"뭐라고 했니?" 베브가 사탕을 줍느라 벌게진 얼굴로 묻는데 그 순간 전화벨이 울렸다. 베브는 에이미를 향해 손가락을 들어 올리며 전화기에 대고 말했다. "네 몹쓸 시어머니는 지금 뭐해?"

에이미는 무슨 말을 하려고 했던 걸까? 중학교에 가면 뭐가 달라지는지를, 그러니까 그녀의 가슴이 다른 아이들보다 먼저 커졌다는 것을, 그것을 막아보려고 엎드려 잤지만 결국 소용없었다는 것을, 엄마가 아무렇지 않은 척 줄자로 가슴둘레를 재서 시어스에서 브래지어를 주문해주었다는 것을 뚱뚱이 베브에게 정말로 말할 생각은 아니었다. 배달된 브래지어를 착용했을 때 그녀의 가슴은 더 커 보였고, 바보같이 어른 가슴 같아 보였다. 학교에서는 남학생들이 그녀의 옆을 지나가면서 재채기를 하는 놀이가 유행했다. "누구 크리넥스 없어?" 그들이 말했다.

"그깟 건 잊어버려." 엄마가 타일렀다. "그냥 잊어버리면 돼. 누가 신경이나 쓴다고."

하지만 에이미는 신경이 쓰였다.

그리고 그 무섭던 날 그녀는 아침에 일어나 팬티에 묻어 있는 동전 크기의 거무스름한 얼룩을 보았다. 그녀는 부엌에 있는 엄마에게 그 팬티를 가져갔다. "에이미." 엄마가 말했다. "오, 에이미. 세상에."

"왜요?"

"오, 에이미." 엄마가 슬프게 말했다. "오늘은 아주 흥분되는 날이구나."

아랫배에서는 묵직함을, 허벅지에서는 야릇한 통증을 느끼며 점심을 싸가는 갈색 봉지에 생리대를 넣어 학교로 걸어가면서 그녀는 어쩐지 혐오스럽고 무서운 기분이 들었다. (학교에 핸드백을 가져오는 여자아이는 아직 없었다.) 수업 시간에 그녀는 칠판 앞에 서서 한 문장의 구조를 분석하게 되었다. 학생들 전부가 그녀의 코듀로이 스커트 속 사타구니에 끼워진 두툼하고 흉물스러운 물건을 쳐다보기라도 하는 것처럼 머리가 어질하고 부끄러워 그 앞에 선 채로 기절할 것 같았다.

엄마의 제안으로 그녀는 그걸 하는 날을 공책에 기록으로 남겼다. 이저벨은 생리가 느닷없이 시작해 놀라지 않도록 날짜를 꼬박꼬박 기록하는 것이 좋겠다고 조언했다(하지만 에이미의 생리는 제멋대로여서 지금도 그녀는 깜짝깜짝 놀란다). 그러던 어느 토요일 캐런 킨이 집에 놀러왔다. 에이미는 욕실을 쓴 뒤 방으로 들어가다가 캐런 킨이 침대에 앉아 후다닥 공책을 덮는 것을 보았다. "미안해." 캐런이 손가락으로 머리를 꼬며 말했다. "아무한테도 말하지 않을게. 진짜."

하지만 말했다. 소문을 내버렸다. 아이들이 수군거리고 쪽지가 돌았다. 엘시 백스터는 이런 말까지 했다. "에이미, 오늘 도시락 봉지에는 뭐가 들었어?" 그녀가 괴물이라도 된다는 듯한 투였다. 시간이 흘러 다른 아이들도 하나둘씩 가슴이 커지고 생리를 시작했지만 에이미는 자기가 어딘지 엽기적이고 해괴망측한 괴물이라는 생각을 떨칠 수가 없었다.

"내가 시누이한테 물어봤어." 뚱뚱이 베브가 엄연한 사실이라는 듯 전화에 대고 말했다. "시누이는 육 주 내내 피를 흘렸대. 쏟아졌다거나 그런 게 아니라 질질 흐르는 거 있잖아. 똑똑 떨어지는 거." 그러다 에이미와 눈이 마주치자 라이프세이버스를 통째로 내밀었다.

에이미는 방긋 웃고 고개를 가로저었다. 이 순간 뚱뚱이 베브를 좋아한 것처럼 다른 누구를 좋아해본 적이 없었을 것이다. 덩치 크고 나이든 뚱뚱이 베브, 대변이 어떻다거나 생리혈이 어떻다는 말을 눈 하나 깜짝하지 않고 이 세상 어떤 일보다 평범하게 꺼낼 수 있는 사람. 한편 베브는 도티 브라운의 얘기를 들으면서, 이 아이의 가냘픈 얼굴에 순간적으로 미약하나마 떨리는 갈망이 희뜩 스치는 것을 보고 놀랐다.

로버트슨 선생은 에이미에게 자부심에 대해, 품위에 대해, 그리고 예의에 대해 가르쳤다. 정말로, 정말로 그랬다. 어느 날(2월이었고, 햇빛도 바뀌어 희망을 암시하는 노란색을 담뿍 담고 있었다) 그가 책상들 사이로 걸어가면서 그녀에게 말했다. "옷이 예쁘구나."

에이미는 허리를 숙이고 있었고 얼굴 옆으로 머리카락이 흘러내려서 처음에는 그가 말을 걸고 있는지조차 몰랐다.

"에이미." 그가 말했다. "옷이 예쁘구나."

그녀가 고개를 들었다.

"아주 예뻐." 그가 그녀 쪽으로 걸어왔고, 고개를 주억거리며 정말 그렇다는 뜻으로 생강 색깔의 눈썹을 치켰다.

"만들어 입은 거래요." 대화에 끼고 싶은지 엘시 백스터가 거들었다. "에이미가 전부 혼자 만들었대요."

그 말은 사실이었다. 가정 시간 숙제였으니까. 에이미는 이저벨과 함께 포목점에 갔고, 같이 심플리시티 견본책을 뒤지다가 텐트 드레스*에 어울리는 무늬를 찾았다. "지퍼는 손으로 박아야

* 어깨 쪽은 몸에 맞고 밑단으로 갈수록 펑퍼짐하게 내려오는 드레스.

해." 이저벨이 주의를 주었다. "지퍼는 꼭 손으로 박아야 해. 그래야 지저분해 보이지 않아."

하지만 무릎이 튀어나온 가정 선생은 재봉틀로 지퍼를 박으라고 했고, 그래서 에이미는 창가에 놓인 재봉틀 앞에 앉아 열심히 씨름했다. 옷감은 울고 지퍼는 자꾸 삐져나왔다. 다른 아이들도 재봉틀을 하나씩 차지한 채 웃고 떠들며 실수라도 하면 욕설을 내뱉었지만, 에이미는 비뚤어진 바늘땀을 묵묵히 뜯고 또 뜯으면서 손가락에 땀이 나도록, 얼굴이 벌게지도록 애를 썼다. 마침내 해냈다. 옷은 완성되었고, 입고 다녀도 손색없어 보였다. 어떤 아이들의 옷은 그렇지 않았다.

"직접?" 로버트슨 선생이 물었다. 어느새 그가 그녀의 책상 옆에 서 있었고, 에이미는 곁눈질로 그의 갈색 코듀로이 바지를 보았다. 깊고 그윽한 목소리로 그가 말했다. "참 예쁘구나."

에이미가 책상 위로 허리를 숙이자 머리카락이 흘러내려 얼굴을 가렸다. 그가 진심으로 그 말을 했는지 아닌지조차 알 수 없었다. 그녀는 모르는 어른의 방식으로 그가 놀리는 것일 수도 있었다. 어쩌면 그냥 친절을 보인 것일 수도 있었다. 정말 알 수 없었다. 그래서 계속 고개를 숙이고 있었다.

이윽고 로버트슨 선생이 말했다. "자, 얘들아, 두번째 문제로 넘어가자. 누가 나와서 칠판에 풀어볼까." 하지만 그는 그 자리에서 움직이지 않았다. 그가 그녀 옆의 빈 의자에 앉는 소리가 들렸고, 그녀는 조심스레 머리를 뒤로 넘겼다. 그가 팔짱을 끼고 의자에 기대앉아 그녀를 쳐다보고 있었다. 진지하고 다정한 얼굴이었다. 농담을 한 표정은 아니었다. 그는 걱정스러운 듯 고개를 숙이며 부드럽게 말했다. "여자라면 칭찬을 우아하게 받아들이는 법을 배워야지."

사무실에서는 버저가 시끄럽게 울렸다. 하루에 여덟 번 공장 전체에 울려퍼졌고, 지금은 오전 휴식 시간이었다. 십오 분 뒤면 다시 버저가 울리고 여자들은 각자의 책상으로 돌아가겠지만 지금은 복도를 돌아다니거나 화장실에 갔다. 원하면 휴게실로 가 자동판매기에서 크래커나 쿠키를 뽑고 탄산음료나 아이스티 캔을 따서 마실 수도 있었다. 로지 탕궤이는 파라핀지 봉지에서 당근을 꺼내 먹을 것이고, 알린 터커가 집에서 가져온, 더위 때문에 프로스팅이 줄줄 녹아 대부분이 포장지의 골로 스며들어 굳어버린 초콜릿 케이크 반쪽은 뚱뚱이 베브가 도티 브라운의 출혈이 멈추지 않는다고 알린에게 알려주면서 손가락으로 집어먹을 것이다.

에이미는 자리를 떠나지 않고 책상 앞에 앉아 로버트슨 선생을 생각하며 창문에서 돌아가는 선풍기들을 멍하니 바라보고 있었다. 이저벨은 잠을 설친 바람에 속이 울렁거려 화장실로 가서 젖은 종이수건으로 얼굴을 꾹 눌렀지만, 어젯밤 그 아기를 스테이시가 어떻게 할 생각인지 물었을 때 에이미가 내뱉은 대답 말고는 아무것도 떠오르지 않았다. 줘버리겠죠, 뭐.

# 4장

그해에는 또다른 사건이 일어났다. 지난 2월에 열두 살 된 소녀가 집에서 유괴됐다. 그 사건은 타운 두 개 건너 헨콕에서 일어났고, 에이미와 이저벨은 그 소식에 정신이 팔려 사흘 동안 간이탁자를 놓고 텔레비전 앞에서 저녁을 먹었다. "쉿." 뉴스만 나오면 서로 이렇게 말했다.

"데비 케이 돈에 대한 수사가 진행되고 있습니다." 기자의 얼굴은 비장했다. 그에게도 자식이 있을지 몰랐다. "경찰은 화요일 오후 두시에서 다섯시 사이에 집에서 행방불명된 열두 살 소녀에 대해 새로 밝혀진 사실은 없다고 합니다." 에이미와 이저벨은 소파에서 몸을 앞으로 숙였다.

"사랑스러운 아이인데." 소녀의 사진이 텔레비전에 나오자 이저벨이 중얼거렸다. 같은 사진이 어젯밤에도 나왔고 그날 아침 신문에도 실렸다. 얼굴은 넓적하고 곱슬곱슬한 머리는 귀 뒤로 넘겼고, 눈이 가느스름해서 아이가 깔깔거리며 웃기 직전의 모습을 사진에 담은 것 같았다. "정말 사랑스러워." 이저벨이 말했다. 뒤이어 더 천천히 말했다. "정말, 정말 사랑스러워." 에이미는 엄마에게 더 가까이 붙어 앉았다. 이저벨이 말했다. "쉿. 기자가 무슨 말을 하는지 들어보자."

이미 들었던 이야기뿐이었다. 2월 10일 아침, 데비 케이 돈은 학교로 가려고 집을 나서다가 집 앞 진입로의 얼음판에서 미끄러졌다. 심하게 넘어지지는 않았지만 어쨌거나 학교에 가지 않았고, 부모가 맞벌이를 하기 때문에 혼자 집에 있었다. 엄마는 두시에 딸과 통화했고 다섯시에 집으로 돌아왔지만 아이는 사라지고 없었다. 코트도 사라졌다. 집의 문은 잠겨 있었다. 잃어버린 물건도 없었고 집에서 키우는 개도 잠잠했다. 이 사실에 근거해 경찰은 데비를 유괴한 자가 아는 사람일 거라고 추측했다.

"어쩌나." 이저벨이 텔레비전을 끄려고 일어서면서 한숨지었다. "저런 상황이라면 어떻게 할 도리가 없지." 하지만 무수한 밤 동안 그녀는 문 앞에 의자를 대놓았다.

에이미는 그 생각이 머릿속에서 떠나지 않았다. 달빛이 유리창에 낀 성에를 어루만질 때 침대에 누워 잠을 청하면서 그 장면을 상상하고 또 상상했다. 초록색 겨울 코트를 입은 소녀가 집 앞 진입로에서 넘어진다. 공책과 도시락 봉지가 공중으로 날아오르고 소녀는 얼음판에서 쭈르륵 미끄러진다. 엄마가 허겁지겁 달려나온다. "우리 아가, 괜찮니?" 엄마는 고단해 보이지만 예쁜 얼굴일 테고, 아이를 부축해 들어와 초록색 코트를 벗겨 문 옆의 고리에 건다. 에이미의 상상 속에서 데비는 소파에 누워 있다. 엄마는 침대에서 퀼트이불을 가지고 나와 딸에게 덮어주고는 소녀의 넓은 이마에 입맞춘 뒤 곱슬곱슬한 머리를 쓸어넘겨준다. 그리고 어쩌면 이렇게 말할 것이다. "문은 열어주면 안 돼."

에이미가 그려본 개는 몸집이 자그마한데, 낯선 사람이 오면 방방 뛰면서 러그를 흩뜨리고 어쩌면 화분 한두 개를 쓰러뜨릴지도 모른다. 하지만 상황이 안전하다는 것을 알면 적당한 곳에 자리를 잡고 가만히 엎드려 있는 그런 개다. 어쩌면 그날 아침 그 개는 데비가 머리를 긁어주면서 텔레비전 퀴즈 쇼를 보는 동안 함께 소파에 엎드려 있었을 것이다. 그러다, 에이미의 생각에, 데비는 배가 고파졌을 테고—아파서 집에 있는 사람 같지 않게—소파에서 일어나 부엌으로 간다. 데비가 찬장을 뒤져 그레이엄 크래커와 포테이토칩을 찾아 소파로 돌아오는 동안 겨울 아침 햇살이 창문으로 비쳐들어 텔레비전 화면이 환해진다.

지금쯤 소녀는 아마 죽었을 것이다.

알린 터커의 시동생이 예전에 주 경찰에서 일했는데, 알린이 말하기로 유괴범들은 대부분 최초 이십사 시간 내에 희생자를 죽였다. 이저벨은 공장에서 집으로 돌아오자마자 에이미에게 이 말을 전했다.

그러니까 데비 케이 돈은 아마 죽었을 것이다. 이 사실이 에이미의 머릿속에서 떠나지 않았다. 그 소녀도, 그 소녀를 안다는 사람도 몰랐지만, 그 아이가 죽었을지 모른다는 사실을 떨쳐낼 수가 없었다. 그날 아침 소녀는 학교에 가려고 옷을 입은 뒤 공책을(에이미가 다시 돌아누우며 상상하기를, 아마도 겉에 꽃과 하트와 전화번호를 연필로 끼적였을) 가슴에 끌어안고 그날 자기가 유괴된다는 사실은 물론 까맣게 모른 채, 오늘도 겨울날 특별할 것 없는 또 하루의 따분한 화요일이 될 거라고 생각하며 집을 나선다. 작은 타운에 살고 머리가 곱슬곱슬하며 점심으로 포테이토칩을 싸들고 다니는 평범한 소녀들은 보통 집에서 개와 함께 텔레비전을 보고 있을 때 유괴되지 않는다. 하지만 그런 일이 일어났고, 그것도 여기서 두 타운밖에 떨어지지 않은 헨콕에서 일어났다.

"수사팀을 구성했대." 에이미가 다음날 숲속에서 스테이시에게 말해주었다. 몹시 추운 날이어서 두 사람은 코트 주머니 깊숙이 주먹을 찔러넣은 채 어깨를 움츠리고 서 있었고, 숨을 쉴 때마다 눈앞에서 입김이 춤을 추었다. "자원자들로 수사팀을 꾸렸대. 엄마가 그러는데 유괴범이 그 팀에 들어갔을 수도 있대. 좀 오싹하지 않아?"

하지만 스테이시는 데비 돈에게 관심이 없었다. 그저 눈이 얼어붙어 잎이 빳빳해진 소나무들을 바라보며 추위 속에서 도톰한 입술을 바들바들 떨었다. "난 누가 나를 유괴해주면 좋겠는데." 그녀가 생각에 잠긴 채 말했다.

"하지만 그애는 죽었을지도 몰라." 에이미가 말했다.

"어쩌면 다 귀찮아서 달아났을지도 모르지." 스테이시가 나무 밑동을 가볍게 찼다.

"사람들은 그렇게 생각하지 않아." 에이미가 심각하게 말했다. "열두 살짜리 애들은 보통 달아나지 않는대."

"아냐, 그럴 수도 있어. 자동차를 얻어 타고 보스턴으로 갔을지도 모르지."

"보스턴에서 뭘 하게?" 에이미는 7학년 때 수학여행으로 보스턴에 갔다. 버스 차창으로 건물 계단에 널브러져 있거나 공원 벤치에 누워 자는 남자들을 보았다. 머리는 엉겨붙고 발은 신문지로 둘러 묶은 지저분한 남자들. 그날 밤 에이미가 집에 돌아왔을 때 이저벨이 말했다. "무사히 돌아와서 다행이야! 총이라도 맞지 않았을까 걱정했어."

"몸을 팔 수 있겠지. 버스터미널에서 잘지도 모르고. 몰라. 뭐든 가출한 애들이 하는 걸 하겠지." 스테이시는 눈 덮인 통나무에 조심스레 걸터앉아 얼굴로 흘러내린 빨간 생머리를 휙 넘겼다.

"나만 해도 끊임없이 달아나고 싶은걸." 그녀는 에이미를 바라보며 얼굴을 찡그렸다. "배가 고픈 건지 안 고픈 건지 모르겠어."

에이미는 주머니에서 크래커를 꺼냈다. 그들의 점심이었다. 짭짤한 크래커에 땅콩버터와 핑크잼을 바른 것이었다. 에이미는 포장지를 벗기다가 추위 때문에 손가락을 베였다.

스테이시는 담배를 발로 비벼 끈 뒤 크래커 한 개를, 늘 그러듯이 도톰하고 건조한 두 입술이 살짝만 맞닿게, 조금씩 베어먹었다.

"어쨌거나," 에이미는 데비 돈에 대한 생각을 멈출 수가 없었다. "친척이나 뭐 그런, 확인해볼 사람들이 있잖아. 그 사람들까지 다 조사했는데 가출이 아닌 게 확실하대. 경찰이 분명히 밝혔어. 살해당하지 않았을까 의심한대. 유괴됐으니까. 그애는 학교에서 문제를 일으킨 적도 없고 행복한 아이였대."

"지랄." 스테이시는 한 손으로 크래커를 먹으면서 다른 손으로 해군복 스타일의 감청색 코트 칼라를 단단히 감아쥐어 목을 감쌌다. "열두 살은 행복하지 않아."

에이미는 알싸한 잼이 들어 달콤한 맛이 나는 크래커를 한 개 씹으면서 이 말을 곰곰이 생각했다. 크래커를 처음 먹으면 언제나 몹시 허기가 졌다. 담배 한 대를 더 태우면 배가 고프지는 않을 것이다.

"난 확실히 행복하지 않았는데. 너는?" 꽁꽁 얼어붙은 눈 때문에 무거워진 가문비나무의 가지에서 까마귀가 푸드덕 날아오르자 스테이시가 고개를 들었다.

"나도."

스테이시가 갑자기 에이미의 팔을 떠밀었다. "차 온다. 엎드려."

소녀들은 바닥에 쪼그려앉았다. 얼어붙은 자갈길 위를 달려오는 차 소리는 가까워질수록 더욱 커졌다. 에이미는 눈밭에 떨어진 납작한 꽁초를 쳐다보며 기다렸다. 지금 그들을 가려줄 수 있는 것은 꽁꽁 얼어붙은 소나무와 가문비나무의 가지들뿐이었기에 예전처럼 길에서 보이지 않게 숨기가 어려웠다. 누가 지나가다가 고개만 돌리면 그들을 볼 수 있었다. 두 소녀가 처음 이 장소를 발견한 가을에는 무성한 단풍잎들이 바람에 살랑거리며 은밀한 느낌을 주었다. 쓰러진 나무는 허리 높이인데다 잘 말라서 걸터앉기에 딱 좋았다.

차는 파란색이었다. "젠장, 퍼디였을 거야." 스테이시가 슬쩍 곁눈질을 하며 교장 선생이었을 거라고 짐작했다. "괜찮아, 안 들켰어."

그들은 다시 일어서서 쓰러진 통나무에 기댔다. "퍼디가 맞아?" 에이미가 물었다. 담배를 피우다가 걸리면 정학이었다. 엄마가 공장 사무실에서 타자기를 두드리다가 그런 전화를 받는 장면은 상상조차 할 수 없었다.

스테이시는 고개를 가로저었다. "못 봤을 거야. 아무튼 널 알아보지는 못할걸. 에이미 굿로에 대해서는 아무도 의심하지 않아. 그래도 모르니까 후드는 덮어쓰고 있어." 스테이시가 눈을 가늘게 뜨고 에이미를 살펴보며 충고했다. "그 잘난 머리카락 때문에." 그러고는 크래커를 입에 문 채 에이미가 미처 하기도 전에 후드를 끌어올려 에이미의 머리에 씌워주었다. 스테이시의 차가운 손가락이 잠시 에이미의 뺨에 닿았다.

"캐런 킨은 열두 살 때 행복했을 거야." 에이미가 밸런타인 드라이브에 있는 흰 집을 떠올리며 말했다.

스테이시는 담배를 숨겨두는 플라스틱 탐팩스 생리대 케이스에서 담배 한 개비를 꺼냈다. "캐런 킨은 바위 밑에서 뱀이 기어나오기만 해도 지랄할걸. 뱃속이 이렇게 엿 같은데 담배를 피우다니 나도 미쳤지. 이거 정말 메슥거리는데." 그녀는 고개를 가로젓더니 자신이 혐오스럽다는 듯 심드렁한 표정으로 눈을 내리떴다. 그러자 도톰하고 파리한 눈꺼풀이 드러났다. 한쪽 눈가에 아이라이너가 번져 있었다. "얼어죽을 추위에 여기서 얼쩡거리고 있으니 우리야말로 역겨운 쥐새끼들이지 뭐야."

에이미가 불쑥 물었다. "점심시간에 나랑 같이 있는다고 사람들이 너를 이상하게 생각하지는 않아?" 무심코 튀어나온 질문에 그녀는 불안해져서 가슴이 콩닥거렸다.

코트 소매에 떨어진 담뱃재를 손가락으로 튕기다가 스테이시는 놀란 표정으로 고개를 들었다. "어떤 사람들?"

"알잖아, 네 친구들. 캐런 킨이나 그런 애들."

스테이시가 눈을 가느스름하게 뜨고 에이미를 보았다. "아니. 전혀." 얼어붙은 눈이 가지에서 툭 떨어졌다. 그들은 까마귀가 다른 나무로 날아가는 것을 잠시 지켜보았다. "점심시간에 너랑 같이 있는다고 나를 이상하게 여기는 사람은 없어." 스테이시가 말했다. "너는 자신을 부정적으로 보는구나, 에이미."

"그런 것 같아." 에이미는 땅 위로 튀어나온 화강암 돌멩이에 붙은 눈을 부츠로 찼다. 그녀의 부츠는 가죽처럼 보이는 비닐이었다. 그녀는 그 부츠가 싫었다. 돌멩이에 긁혀도 흠집이 나지 않았고, 스테이시의 진짜 가죽 구두처럼 발에 꼭 맞는 느낌도 없었다. 품위 없고 뻣뻣한데다 해지지도 않았다.

"자기를 부정적으로 본다는 이유 때문에 사람들은 우리 아빠한테 돈을 갖다 바쳐." 스테이시는 담배 두 개비를 한꺼번에 물더니 웃었다. "자신을 더 좋은 사람이라 느끼려고 우리 아빠를 찾아가는 게 말이 돼? 정말 웃기는 짓이야." 그녀가 고개를 가로저으며 담배 두 개비에 불을 붙여 한 개비를 에이미에게 건넸다. "웃기는 개수작이야. 깡그리 개수작이라니까." 스테이시가 코로 연기를 내뿜었다. "그 사람들에 대해 알고 싶어?"

"어떤 사람들?" 에이미가 물었다. 손끝이 추위 때문에 홧홧했다.

"캐런 킨이랑 그런 애들. 죄다 머저리들이야." 연기가 날아와 닿자 스테이시는 한쪽 눈을 찡긋 감고 다른 눈으로 에이미를 쳐다보았다. "머저리. 쪼다. 하지만 넌 아니야. 내가 아는 애들 중에서 머저리 쪼다가 아닌 사람은 너뿐이야."

그렇게 2월이 계속되었다. 단조롭고 하얗고 추운 날들이 숱하게 지나갔다. 하늘은 종종 타운 변두리에 펼쳐진 지긋지긋한 설원처럼 하얀색이었고, 온 세상은 그렇게 끝없이 하얗게 뻗어 있었다. 지평선을 따라 얼어붙은 거무스름한 나무들과, 낡아서 지붕이 내려앉고 있는 붉은 헛간만이 그 풍경을 깨뜨리고 있었다. 눈은 갑자기 녹았다. 찬란한 날이었다. 하늘은 푸르렀고, 햇살은 눈 녹은 물이 똑똑 떨어지는 나무에 튕겨 흩어졌다. 세상은 메인 스트리트의 보도에 또각또각 울리는 구두 소리와 눈이 녹으면서 길가에 생긴 개울로 생기가 넘쳤다.

"오늘 같은 날에 불쌍한 영혼은 자살이라도 하겠는걸." 이저벨은 칸막이 자리에 꼿꼿하게 앉아 확신에 차 말을 내뱉고는 달그락 소리를 내며 잔 받침에 스푼을 내려놓았다. 토요일 오후 그들은 다리가 끝나는 곳 옆에 있는 리오 커피숍에 앉아 있었다. 창문으로 비쳐들어온 햇빛은 푸른색 리놀륨 탁자 위에서 한 번 꺾여 이저벨이 잡은 금속 크리머에 닿았다가 튕겨나왔다.

"통계치에 따르면 그래." 이저벨이 커피에 우유를 따르려고 잠시 손을 멈추었다가 말을 이었다. "자살은 대부분 한파가 꺾인

직후에 일어난대. 첫 햇살이 따스하게 비치는 날."

에이미는 도넛을 하나 더 먹고 싶었다. 하지만 엄마가 안 된다고 할까봐 지금 먹고 있는 것을 천천히 씹었다.

"예전에 알던 어떤 남자는, 엄마가 어릴 때 말이야." 이저벨이 생각에 잠긴 듯 고개를 주억거렸다. "아주 과묵한 남자였어. 아내는 선생님이었고. 어느 날 아내가 집에 돌아왔더니 남편이 복도에 죽어 있었대. 스스로 총을 쏴서. 불쌍한 영혼."

에이미는 도넛을 먹다가 엄마를 쳐다보았다. "정말요?"

"그래. 정말 슬픈 일이지."

"왜 그랬대요?"

"음, 그건 나도 모르겠구나." 이저벨이 커피를 저었다. "복도가 엉망진창이었다는데. 나도 거기까지만 들었어. 벽에 새로 페인트를 칠해야 했다나."

에이미는 손가락에 묻은 부스러기를 빨아먹었다. "전 죽은 사람은 아직 못 봤어요."

이저벨의 접시에 갈색 도넛이 놓여 있었다. 그녀가 도넛을 칼로 잘라 손끝으로 한 조각을 살며시 집었다.

"죽은 사람들은 자는 것처럼 보여요?" 에이미가 물었다.

이저벨은 도넛을 오물거리며 고개를 가로저었다. 그러고는 종이냅킨으로 입을 톡톡 두드렸다. "아니. 죽은 사람은 죽은 것처럼 보여."

"자는 것처럼 보이는 거랑은 어떻게 달라요? 스테이시 버로스의 할아버지는 자다가 죽었는데, 할머니는 자고 있다고 생각해서 오전 내내 내버려뒀대요."

"그렇다면 그 할머니는 새 안경이 필요한 모양이지." 이저벨이 대꾸했다. "죽은 사람은 잠들어 있는 게 아니라, 가버린 것처럼 보여. 제발 입에서 손가락은 좀 빼지 그러니. 사람들 있는 곳에서는 몸에 있는 구멍은 뭐든 후비면 안 돼."

하지만 에이미는 겨울 햇빛을 받으며 도넛을 즐기는 이 순간이, 유리창에 뿌연 김이 서리고 공기중에 커피 냄새가 떠도는 이 순간이 마냥 행복했다. 엄마도 행복할 거라고 생각했다. 갈매기가 날아가는 모양처럼 엄마의 양미간에 항상 자리잡고 있던 주름도 지금은 펴져 있었고, 에이미가 도넛을 하나 더 먹고 싶다고 하자 허락도 해주었다.

"우유도 좀 마셔." 이저벨이 잔소리를 했다. "도넛 두 개는 지방이 너무 많잖아."

그들은 말없이 먹으면서 커피숍 안을 둘러보았고 커다란 유리창으로 메인 스트리트를 지나가는 사람들을 바라보았다. 에이미가 리오 커피숍을 좋아하는 이유는 여기 오면 자신도 평범한 아이처럼 느껴지기 때문이었다. 두 사람 모두 평범하게 느껴졌다. 토요일 오후에 놀러 나온 엄마와 딸처럼. 에이미는 시어스 카탈로그에 나오는 여자아이가 된 것 같았다. 그리고 이제 정말로 봄

기운이 완연했다. 커피숍 옆에 세워놓은 차들은 펜더에서 빛을 튕겨냈고 눈은 녹아 질퍽했다. 이저벨은 등을 기대고 냅킨을 만지작거렸다.

"문은 왜 열어줬을까요?" 에이미는 두번째 도넛까지 먹어치운 뒤 접시를 밀어놓으며 마침내 입을 열었다. "엄마가 열어주지 말라고 했는데."

이저벨이 고개를 끄덕였다. "음, 이런 거겠지. 엄마가 너한테 절대 문을 열어주지 말라고 신신당부했지만, 이를테면 네가 혼자 집을 지키는데 에이버리 클라크가 전화를 걸어 엄마에게 사고가 났으니 너를 데리고 병원에 가겠다고 하면? 그런 일이 생긴다면 말이지. 너라도 따라가지 않겠니?"

"아마 그러겠죠."

"에이버리는 너를 다치게 하지 않을 거야." 이저벨이 말했다. "에이버리는 파리 한 마리 못 죽일 양반이거든. 그저 예를 든 거지." 그러고는 잔 받침 밑에 잔돈을 찔러넣었다. 그녀는 보이는 곳에는 절대 팁을 남기지 않았다. "그만 갈까?"

그들은 천천히 보도를 걸어갔고(더없이 평범하게!) 보통 모녀지간처럼 머리를 맞대고 진열창을 들여다보며 구두나 핸드백, 둘 다 절대 입지 않겠다는 드레스 따위를 손가락으로 가리켰다. 오, 에이미에게 그런 순간은 천국이었다.

하지만 그런 순간은 드물었다.

그들이 A&P 주차장에 차를 세웠을 무렵에는 그 기분이 벌써 희미해지고 있었고 그 순간도 사라져버렸다. 에이미는 그 순간이 지나가는 것을 느낄 수 있었다. 어쩌면 우유로 가득한 뱃속에서 도넛 두 개가 불어가는 것에 지나지 않았겠지만 에이미는 마음이 무거워지고, 마음속 물살이 방향을 바꾸는 익숙한 느낌이 들기 시작했다. 그들이 다리를 건너는데 햇빛이 한낮의 발랄한 노란색에서 이른 저녁의 황금색으로 변하는 듯 보였다. 금빛 햇살이 그윽하고 애잔하게 강둑에 부딪히면서 에이미의 가슴속에 숨겨진 갈망을, 기쁨을 갈구하는 그 열망을 끌어내는 것은 얼마나 가슴 아픈 일인가.

"나중에 스타킹을 빨아야 한다고 말해줘." 이저벨이 말했다.

A&P의 바닥에는 톱밥이 깔려 있었는데, 입구는 사람들의 질퍽거리는 구둣발에 젖어 지저분해 보였다. 에이미가 쇼핑카트를 밀자 한쪽 앞바퀴가 홱 돌아가면서 카트가 톱밥 깔린 바닥 위에서 달달거렸다. "먼저 이것부터 사자." 이저벨은 눈을 가느스름하게 뜨고 손에 쥔 목록을 쳐다보며 한숨지었다. 엄마의 기분도 달라져 있어서 에이미는 그들의 가라앉은 기분이 자신의 행동 탓인 것 같아 책임감을 느꼈다. 도넛 두 개를 먹었기 때문에 두 사람이 이렇게 되기라도 한 것처럼.

슈퍼마켓에서 그녀는 울고 싶어졌다. 여기서는 희망과 절망이 묘하게 부딪쳤다. 벽에 걸린 전화기가 울리고 은식기가 식탁에서 젱그렁거리고 레인지에 올린 냄비들이 김을 내뿜는, 이 세상 모든 불 켜진 부엌들의 희망. 그리고 비트 캔과 옥수수 캔이 몇 겹으로 줄지어 놓여 있는 절망. 고단하고 웃음기 없는 사람들이 카트를 밀고 지나갔다.

"이런." 이저벨이 손에 든 참치 캔을 골똘히 쳐다보며 나직이 말했다. "그 끔찍한 여자가 오네."

그러자 키 큰 바버라 롤리가 긴 겨울 코트를 입고 장갑 낀 손을 턱까지 올린 채 샐러드드레싱을 살펴보면서 나타났다. 이저벨은 그녀가 꼬리를 짚고 일어선 가터뱀을 닮았다고 생각했고, 에이미는 그녀가 아름답다고 생각했다. 바버라가 그들을 돌아보는데, 커다란 눈은 갈색이고 머리는 샴푸 광고에서 보는 것처럼 윤기가 돌았다. 불그스름한 귓불에는 진주 귀걸이를 했고, 입을 벌려 미소를 짓자 적갈색 립스틱 때문에 치아가 더욱 새하얗게 보였다.

하지만 진짜가 아닌 가식적인 미소였다. 그건 이저벨도 에이미도 알 수 있었다. 교회 사람들과 마주친 집사의 아내로서 웃는 웃음일 뿐, 그게 다였다. 그리고 어쩌면 조심스러운 호기심은 있었을 것이다. "어머, 안녕하세요." 그녀가 천천히 인사했다.

"안녕하세요, 바버라. 잘 지내시죠?" 이저벨의 말투는 유난히 딱딱거렸다.

"그럼요, 고마워요." 바버라 롤리는 특별한 의미가 있는 내용을 전달하는 것처럼 또박또박 말했다. 그녀의 시선이 이저벨에게서 에이미에게로 옮겨갔다. "미안하구나. 이름이?"

"에이미예요."

"그래, 에이미였지." 미소는 아직 하얀 치아 주위에 머물러 있었다. "내 아들 플립과 같은 학교에 다니지 않니?"

"수학 수업을 같이 들어요." 에이미는 바바라 롤리의 장갑 낀 손에 들린 올리브 병을 내려다보았다.

"오늘밤 두 숙녀분은 무슨 계획이 있나요?" 바바라 롤리는 이 질문을 하면서 다소 억지스럽게 눈썹을 치켰다.

에이미와 이저벨은 저녁 계획에 대한 질문을 받자 꾸지람을 들은 듯한 기분이, 심지어 호되게 얻어맞은 듯한 기분이 들어 서로 망연히 쳐다보았다. 정말 얻어맞은 것일 수도 있었다. 입술이 완벽한 여자가 그들을 비웃듯 올리브 병을 들고 이렇게 묻는데, 달리 무엇일 수 있겠는가?

"글쎄." 이저벨이 말했다. "그냥저냥 보내겠지요."

대화가 잠시 끊겼다. 불편했다, 정말로. 그리고 그건 그들의 잘못이었다. 누가 됐건 상대가 다른 사람이었다면 바바라 롤리도 어렵지 않게 대화를 나누었을 거라고 에이미는 확신했다.

"그럼, 즐거운 저녁 보내세요." 이저벨은 이렇게 말하고는 에이미에게서 카트를 뺏은 뒤 통로를 걸어갔다.

엄마를 따라가며 점심때 스테이시와 나눠 먹을 땅콩버터-잼

샌드위치 크래커가 꾸러미로 포장된 상품을 진열대에서 집으면서 에이미가 말했다. "저 아줌마 진짜 예뻐요."

이저벨은 대답하지 않았다.

"저 아줌마 예쁜 것 같지 않아요?" 에이미가 다시 물었다.

이저벨은 포장된 벌건 햄버거 고기를 카트에 내려놓았다. 그리고 다른 통로로 옮겨갔다. "내 생각에는, 가식으로 꾸민 외모를 좋아하는 사람이라면 그녀를 예쁘다고 할 것 같구나. 엄마 생각은 달라." 그녀가 온화하게 말했다.

에이미는 엄마가 얇게 저민 비트 캔을 카트에 넣는 동안 어색하게 서 있었다. 그녀는 화장하는 것이 좋았다. 해도 진하게 하고 싶었다. 향수도 뿌리고 싶었다. 지나갈 때 향기 나는 여자가 되고 싶었다.

"저렇게 화장을 하지 않으면 예쁠 수도 있겠다는 말이었어요." 에이미는 이저벨이 레이즌브랜 시리얼을 쳐다보며 얼굴을 찡그리자 불안해져서 말했다.

"오늘밤엔 아마 파티를 하려는 모양이지." 이저벨이 여전히 눈살을 찌푸리고 시리얼을 쳐다보며 말했다. "작은 은접시에 올리브를 올려서 낼 건가봐. 손님들에게 낮에 이저벨을 봤다고 말하면 그들은 내가 국화가 아니라 단풍잎으로 교회를 장식한 이야기를 하며 키득거리겠지."

에이미는 까맣게 잊고 있었다. 그날 예배가 끝난 뒤 활동실에서 커피를 마시는 시간에 엄마는 바버라 롤리가 한 말에 큰 상처를 받아 두 뺨이 빨갛게 달아오른 채 덩그러니 서 있었다. 사과소스 병을 집어들면서 엄마는 지금도 그때처럼 두 뺨이 빨갛게 달아올랐다.

"허리 좀 펴." 이저벨이 사과소스 병에 붙은 라벨을 노려보며 말했다. "그렇게 구부정하게 있으니 정말 보기 싫구나. 그리고 가서 다른 카트를 가져와. 이건 바퀴가 헛돌아서 짜증나 미치겠어."

바깥은 이제 어두컴컴했고, 진열창은 상품과 가격을 광고하는 네모난 흰색 전단지들만 빼면 완전히 검은색이었고, 자동문은 사람들이 들락날락할 때마다 윙윙거렸다. 붉은색 코트를 입은 A&P 남자 직원들이 고무벨트 위로 물건이 실린 쇼핑카트를 밀어주었다. 에이미는 아직 누군가의 온기가 남아 있는 빈 카트의 따뜻한 플라스틱 손잡이를 잡다가, 바버라 롤리가 계산하는 줄에 서서 행복한 기도에 정신이 팔린 사람처럼 가슴에 올리브 병을 끌어안은 채 즐겁고 차분한 표정으로 허공을 응시하는 모습을 보았다.

진짜 오늘밤에 파티를 하나? 그 말이 사실일 수도 있었다. 엄마는 디너파티를 열어본 적이 없었다. 그 순간 갈고리처럼 하나의 생각이 에이미의 가슴속을 후비고 들어왔다. 엄마는 어디에 초대를 받는 일이 좀처럼 없었다. 오늘밤 두 숙녀분은 무슨 계획이 있나요? 아무것도. 셜리폴스에 사는 다른 사람들은 뭐든 할 것이다. 바버라 롤리는 도자기 접시들로 반짝거리는 식탁에서 시간을 보낼 테고, 스테이시는 남자친구와 놀거나 어쩌면 파티에 갈지도 모른다. (월요일에 학교에 가면 이따금 파티에 대한 말들이 들렸는데, 한 남학생이 다른 남학생의 어깨를 툭 치며 "누가 내 차에 토했는지 맞혀봐" 하면서 킬킬거렸다.)

오, 그러자 에이미는 슬퍼졌다. 엄마는 사교생활을 거의 하지 않았다. 사실대로 말하면 엄마는 심각하고 창백한 얼굴을 한 외로운 외톨이였다. 볼품없는 겨울 코트를 입고 지금은 우유곽에 쓰인 날짜를 확인하느라 구부정하게 서 있었다. "엄마." 에이미가 새 카트를 밀고 오며 말했다. "엄마도 예뻐요." 이 말은 더없이 어리석은 한마디가 되고 말았다. 뒤따른 침묵 속에서 그 어설프고 가식적인 말이 자꾸 메아리치는 것 같았다.

이저벨은 구입 목록을 보다가 이윽고 입을 열었다. "휴지가 어디 있는지 좀 봐줄래?"

외진 길을 따라 집으로 돌아가는 차 안은 추웠다. 타운에서 멀리 벗어날수록 집들은 더 작아졌고, 집들 사이의 간격은 더 널찍해졌으며, 어떤 집들은 컴컴했다. 그들이 차고 문 위로는 불이 켜져 있고 아치 모양으로 퍼지는 노란 불빛 아래 진입로에는 군데군데 눈이 쌓인 집 앞을 지나갈 때, 에이미는 문득 데비 돈이 떠올랐다. 진입로에서 넘어지는 바람에 학교에 가지 않고 집 소파에서 뒹굴며 텔레비전을 보고 있던 소녀. 그녀의 엄마는 두시에 전화하고 데비는 전화를 받으러 부엌으로 간다.

에이미는 발을 옮겼다. 히터의 효과가 마침내 나타나기 시작했다. 데비는 진입로에 차가 들어오는 소리를 듣고 거실로 돌아갔을 것이다. 어쩌면 밖을 빠끔 내다보려고 창문으로 다가갔을지도 모른다. 어쩌면 그 차를, 혹은 차에서 내린 사람을 알아볼 때까지 가슴이 콩닥거렸을지도 모른다. 어쩌면 "후유, 그 사람이잖아" 하며 문을 열어주었을지도 모른다.

에이미는 앞유리 너머로 어둠을 바라보았다. 차 한 대가 헤드라이트 불빛을 점점 강하게 비추며 다가오다가 그들을 지나쳐 가버렸다. 데비가 집을 떠났을 때는 햇빛이 있었겠지만 환한 빛이 오래 머물지는 않았을 것이다. 그 사람은 그 아이를 차에 태워 데려갔을 것이다. 그들도 어둠 속에서 달렸을까? 여기에는 외진 길들이 많아 한참 달려도 집 한 채 보이지 않았을 수 있다. 에이미는 손톱을 깨물었다. 데비는 뭔가 잘못되었음을, 그 사람이 가겠다고 한 곳으로 가고 있지 않음을 깨달았을 것이다. 그리고 집으로 돌아가지 않을 것임을. 히터가 다리에 따뜻한 바람을 뿜어내자 에이미는 몸을 바르르 떨었다. 어쩌면 데비는 울면서 앞좌석에 앉아 있었을지도 모른다. 마침내 울음이 터져나왔을 거야, 에이미는 생각했다. 마침내 눈을 비비며 "제발요, 엄마가 보고 싶어요" 하고 울었을 거야.

에이미는 손톱으로 이를 두드렸다. 오늘이 토요일 밤이든 아니든, 바버라 롤리가 파티를 열든 말든 상관없었다. 엄마와 함께 있다는 것이 중요했다. 세상에서 가장 중요한 것은, 그들이 함께 있고 무사하다는 것뿐이었다.

"손톱 좀 그만 물어뜯어." 이저벨이 말했다.

"데비 케이 돈 생각을 하고 있었어요." 에이미가 얌전하게 입에서 손가락을 빼 무릎에 손을 올렸다. "지금 그애는 무슨 생각을 하고 있을까요?"

"아무것도." 이저벨이 깜빡이등을 켜고 진입로로 들어섰다.

안으로 들어가자 집은 서늘했다. 에이미는 사람들이 어린아이를 보듬어 안을 때처럼 갈색 식료품 봉지를 허리께에 안고 부엌으로 갔다. 식료품 봉지를 진짜 아이인 것처럼, 그녀의 아이인 것처럼 허리께에 올려놓고 부드럽게 어르던 때도 있었지만 지금은 그냥 부엌 조리대에 내려놓았다. 고단하고 약간 어지럽기까지 했다.

에이미가 스웨터를 잡아당겨 매무새를 바로 할 때 이저벨이 쳐다보았다. "뭘 좀 먹어야겠구나." 그녀가 말했다.

월요일에 로버트슨 선생이 그녀에게 드레스가 예쁘다고 했는데, 그뒤로 상황이 얼마나 달라졌는가! 데비 돈(죽지 않았을 수도 있다—이저벨과 알린 터커가 모든 것을 알 수는 없으니까)은 이만하면 됐다. 에이미가 그날 오후 식탁에 앉아 숙제를 할 때 창문으로 비쳐든 2월의 황금빛 햇살은 얼마나 아름다웠는지! 친근하고 멋있는 그의 목소리. "여자라면 칭찬을 우아하게 받아들이는 법을 배워야지." 에이미는 창밖으로 박새가 소나무 가지에서 콩콩 뛰어다니는 것을 보았다. 여자라면. 그 부분이 가장 좋았다. 로버트슨 선생이 그 단어를 발음한 방식에는 사랑스러운 여자다움이 암시되어 있었다. 여자는 사랑스러운 존재였고, 거기에는 그녀도 포함되어 있었다.

어떻게 보면 모든 것이 바뀌었다. 그녀는 손가락으로 식탁의 모서리를 쓸었다. 그녀의 브라는 시어스에서 파는 하찮은 것이 아니었다. 란제리, 브래지어였다. 그리고 생리는, 어쩌면 그건 그렇게 역겨운 것이 아닐지도 모른다. 여자라면 다 하니까. (예쁜 바버라 롤리도.) 여자란 사랑스러운 존재다. 로버트슨 선생이 다정하고 다 아는 듯한 목소리로 그녀에게 가르치고 있었다. 그녀를 가르칠 가치가 있다고 생각했다.

여자라면 칭찬을 우아하게 받아들이는 법을 배워야지. 그녀는 숙제를 하다 말고 위층 자기 방으로 올라가 거울 앞에서 연습했다. "고맙습니다." 그녀가 (우아하게) 말했다. "정말 고마워요." 어깨 위로 흘러내린 곱슬곱슬한 머리를 빗으며 얼굴을 이쪽저쪽 돌려보았다. "고맙습니다." 그녀가 말했다. "정말 친절한 말씀이에요."

방문을 두드리는 소리가 났다. "괜찮은 거니?" 이저벨이 소리쳤다. "누구와 같이 있니?"

"아무도 없어요." 에이미가 말했다. "엄마가 집에 들어오는 소리를 못 들었어요."

"먼저 샤워부터 하고," 이저벨이 문을 사이에 두고 말했다. "그뒤에 저녁을 준비할게."

에이미는 엄마가 욕실로 들어가는 소리가 들릴 때까지 기다렸다. 이제는 조심하면서 연습하던 말을 말없이 벙긋거리기만 했다. 창문으로 홍관조 우는 소리가 들렸다. 지는 햇살 한 줄기가 침대를 가로지르며 떨어졌다. 그녀는 거울을 쳐다보며 우아하게 미소 지었다. 고맙습니다, 네. 정말 친절한 말씀이에요. 눈을 천천히 내리뜨며, 방금 제게 하신 말씀, 정말 친절하세요.

# 5장

슈퍼마켓에서 바바라 롤리와 마주친 뒤로 이저벨은 몹시 속이 상했고, 토요일 저녁 내내 바바라 롤리의 집에서 열리는 디너파티를 상상하며 계속 짜증이 났다. 와인잔들이 촛불에 일렁이고 웃음소리가 잔잔히 퍼지는데, 그 순간 이저벨의 이름이 튀어나오는 끔찍한 상상. ("오늘 A&P에서 이저벨 굿로를 만났어. 그 여자 좀 이상한 것 같아." 그러면 누군가가 이쑤시개로 올리브를 찍으며 대답한다. "제단에 그런 단풍잎을 장식하는 걸 보면 알 만하지." 와르르 웃음이 터지고 잔들이 부딪친다. "교회가 꼭 헛간 같아 보이지 않았어?")

끔찍했다.

다음날인 일요일에 하필이면 에이버리 클라크가 교회에 오지 않았고, 그래서 상황은 더욱 나빠졌다. 그런 일은 드물었다. 그는 일요일이면 거의 빠짐없이 교회에 와서 아내 에마와 함께 셋째 줄에 앉았다. 오래전 어머니가 교회에서 앞에 앉는 것은 눈에 띄고 싶기 때문이라고 가르쳐주었기 때문에, 이저벨은 겸허히 뒤에 앉아 에이버리가 왔는지 보려고 비듬이 떨어진 어깨와 뒤통수 사이를 흘끗거렸다. 하지만 보이지 않았다.

집으로 돌아오는데 눈발이 날리기 시작했다. 작은 눈송이, 인색하게 조금씩 내리는 회색 눈송이가 앞유리에 부딪히자 이 하루가 끝나지 않을 것처럼, 그녀 앞에 펼쳐진 길처럼 지루하게 느껴졌다. 어쩌면 클라크 부부는 어느 디너파티에 가서 즐거운 시간을 보낸 뒤 그날 아침에는 누워 쉬는 편이 좋겠다고 생각했을지 모른다. 이저벨은 하루종일 집안을 돌아다니면서 그 생각에 빠져 있었다. 무겁고 우중충한 하늘 때문에 한낮인데도 방들은 저녁때처럼 어두웠고, 눈은 어느 시점에 비로 바뀌어 비도 눈도 아닌 것이 유리창에 흘러내렸다.

그날 오후 비가 진눈깨비로 바뀌어 유리창이 조그맣게 달캉거릴 때 이저벨은 부엌에 서서 베갯잇을 다리다가 또 한 가지 생각에 빠져들었다. 에이버리 클라크는 타운에 없을 것이다. 레이스 부분을 조심스레 다리면서 이저벨은 에이버리 부부가 보스턴에 갔을지 모른다고 생각했다. 셜리폴스에는 이따금 발레를 보거나 박물관에 가려고 보스턴에 가는 사람들이 있었다. 그저 쇼핑을 하려고 보스턴에 가는 사람들도 있었다. 바버라 롤리가 그랬다. 다른 집사들의 아내들도 더러 그랬다. 그들은 일 년에 몇 번씩 보스턴에 갔고, 호텔에서 하룻밤 묵은 뒤 새 블라우스와 스커트와 목걸이 따위를 사들고 다음날 돌아왔다. 말할 것도 없이 디너파티에서 입을 옷을 장만하기 위해서였다.

아, 치과의사의 아내도 머리하러 보스턴에 갔다! 이저벨은 베갯잇을 개면서 이 사실을 떠올렸고, 또하나 집어 다리기 시작했다. 어느 날 치과 대기실에서 이 이야기를 들었다. 작은 호스가 그녀의 침을 빨아들이고 의사의 뱃속이 그녀의 머리 옆에서 자꾸만 꾸르륵거릴 때 그녀는 비닐 의자에 입을 벌리고 누운 채로 그 이야기를 곱씹었다. 치근이 더욱 참을 수 없이 욱신거렸다. 그런 치욕을 견디면서 치료를 끝낸 뒤 감각이 없어지고 부어오른 입술로(침을 흘리고 있는지 아닌지 전혀 느낌이 없다) 접수원에게 깜짝 놀랄 액수의 비용을 지불하면서 그 일부가 에린 부인의 다음 보스턴 여행에 쓰이리라는 것을 아는 것이다. 그저 머리 손질을 위한 여행. 이저벨은 다리미 코드를 뽑고 개수대에 물을 버리면서 에마와 에이버리가 지금쯤 진입로에 차를 세우고 짐을 내리고 있을 거라 상상했고, 그러자 마음이 언짢아지면서 슬퍼졌다. 그는 짐을 옮길 것이고 에마는 새로 산 옷과 비싼 향수와 고급 펌프스 구두가 담긴 쇼핑백을 들고 그의 뒤를 따를 것이다.

하지만 죄다 부질없는 추측과 쓸데없는 공상의 시간이었다. 다음날 아침 이저벨이 그의 사무실에 들어가 "주말 잘 보내셨어요, 에이버리?" 하고 쾌활하게 물어보았을 때 그는 아니, 라고 대답했다. 그는 주말을 잘 보내지 못했다.

그는 고개를 가로저으며 '배탈'이 나서 꼼짝도 못했다며, 토요일 아침에 눈을 떴을 때 경련이 일어나 고생을 심하게 했다는 이야기를 늘어놓았다. "정말 지독하더군요." 그는 의자에 기댄 채 머리 뒤로 두 팔을 포개 잡았는데 이제는 완전히 멀쩡해 보였다.

"그런 일이 있었다니 안타깝네요." 에이버리 클라크가 보스턴을 활보하거나 타운 어딘가에서 열린 디너파티에 참석하기는커녕 변기통에 고개를 처박거나 침대 옆에 미지근한 진저에일을 놓고 집에 틀어박혀 있었다는 사실에 이저벨은 적잖이 마음이 놓였다. "이제 좀 나아지셨으면 좋겠네요." 그녀가 덧붙였다. "지금은 완전히 괜찮아 보이세요."

그렇게 보이지 않았다 하더라도 이저벨은 그렇게 말했을 것이다. 그녀는 남자가 여자보다 비위를 맞추는 말에 더 약하다고 믿었고, 나이가 들면 더 그렇게 된다고 생각했다. 남자들이 삶의 후반에 종종 경험하는 남모르는 어려움에 대해 잡지에서 읽은 적이 있었다. 에마 클라크가 이 사실을 얼마나 민감하게 받아들일지 궁금했다. 에마가 자기 자신에게 더 관심을 쏟는 것 같았으니 에이버리는 아마 괴로웠을 것이다. "울적할 것 같아요. 안 그런가요?" 이저벨이 말했다. "별것 아닌 병인데. 기운도 없어지고 침울해지기도 하고요."

"그러네요." 에이버리는 배탈이 그런 영향을 미쳤을지에 대해서는 미처 생각하지 못했던 것처럼 대답했다. "다행히 다 나았어요." 그가 책상을 살짝 치며 웃었다. "다행히 모두 제자리로 돌아온 것 같군요."

"괜찮아지셨다니 저도 기쁜데요." 이저벨이 말했다. "그러면 저는 이제 일을 시작하겠습니다." 그녀는 자리로 돌아가 종이 몇 장을 톡톡 쳐서 가지런히 했고, 그가 아내와 정녕 행복하게 살고 있는지 의심하기 시작했다.

그녀가 에이버리와 결혼한다면(타자기에 종이를 끼우면서 에마 클라크의 존재는 쫓아냈다. 몇몇 순간의 혼란과 고통을 동반한 심장마비를 일으켜서) 에이버리는 누구든 그에게 물어오면 지독한 배탈이었지만 이저벨이 지극정성으로 돌봐주었다고 말할 것이다. 그녀가 젤로도 만들어주고 이마도 닦아주고 침대에 잡지도 놓아주면서 그를 극진히 돌볼 테니까. (이 순간 글자를 잘못 치는 바람에 수정액을 찾았다). 그녀는 그에게 히아신스 구근을 주문하겠다고, 샤워커튼을 바꾸자고, 싸게 파는 제품을 보았는데 어떻게 생각하느냐고…… 물어볼 것이다. 그러면 그는 그녀의 손을 감싸 잡으며 말할 것이다. "당신이랑 결혼했으니 나는 운이 좋아." 그럼요, 이저벨은 수정액을 찾아 뚜껑을 열면서 자기는 그를 행복하게 해줄 수 있다고 생각했다.

에이미도 행복에 젖어 있었다. 이저벨은 집에 오자마자 딸의 기분을 알아챘다. 부엌에서 이저벨의 저녁 준비를 도우며 이리저리 움직이는, 청춘을 맞은 딸의 얼굴은 발그레하고 사랑스러웠다. 소녀의 표정은 이따금 놀라울 때가 있었다. 지금처럼 기분이 좋아 상기되어 있을 때는 식탁으로 접시를 옮기는 팔다리의 놀림이 우아하고 가벼웠다.

"오늘 가정 시간에 만든 드레스를 입고 갔잖아요. 칭찬을 받았어요." 저녁을 먹으려고 식탁에 앉았을 때 에이미가 말을 꺼냈다.

"잘됐네." 이저벨이 말했다. "누구에게 칭찬을 받았니?"(그녀는 문법에 맞게 말할 수 있는 자신이 만족스러웠다.)

"뭐, 아시잖아요. 그냥 사람들요." 에이미가 대답하고는 고기를 입에 넣고 오물거렸다. 창밖을 내다보며 2월 저녁의 마지막 햇살에 미소 짓는 그녀의 얼굴이 환하게 빛났다. "다들 좋대요." 그녀가 덧붙였다. "모두 다."

하지만 소녀의 변덕이란. 몇 밤이 지나, 이저벨이 공장에서 돌아오자 에이미는 다시 잔뜩 흐린 얼굴로 뿌루퉁해 있었다. "오늘은 잘 지냈어?" 이저벨이 열쇠를 식탁에 놓은 뒤 코트를 벗었다.

"괜찮았어요." 에이미는 시무룩하게 말한 뒤 교과서를 덮고 의자를 밀며 일어서 나가려고 했다.

"그냥 괜찮았어?" 이저벨은 더럭 겁이 났다. "무슨 일 있었니?" 딸에게 무슨 일이 있었다면 이저벨이 마음의 평정을 유지하기는 불가능했다. 에이버리 클라크가 정신없이 바빠 보여서 이저벨의 그날 하루는 그저 그랬다.

에이미는 툴툴거리더니 계단을 올라갔다. 이저벨은 문간까지 따라갔다. "무슨 일 있었니?" 검은 타이츠를 신은 채 계단을 올라가는 딸의 길쭉하고 가느다란 다리를 쳐다보며 다시 물었다.

"아무 일 없었다니까요." 에이미가 앙칼지게 대답했다.

"에이미 굿로, 거기 서."

에이미는 층계참에 서서 풍성한 머리로 얼굴을 반쯤 가린 채 굳은 표정으로 엄마를 내려다보았다.

"난 네 엄마야." 이저벨은 갑자기 의기소침해지며 말했다. "네가 엄마에게 이런 식으로 말할 이유는 전혀 없어. 좋든 싫든 우리는 한집에서 살잖아. 엄마는 너를 먹여 살리려고 엄마 능력에 턱없이 못 미치는 그 하찮은 일을 온종일 하는 거고." 그녀는 이런 말을 하는 자신이 싫었다. 능력에 턱없이 못 미치는 일을 한다고 말해봤자 바보 같은 소리였고, 둘 다 그 사실을 잘 알고 있었다. 이저벨은 대학을 마치지 못했다. 지금보다 더 나은 일을 할 가능성은 없어 보였다. 하지만 그녀가 대학을 못 마친 건 어머니가 세상을 떠나자 아기를 봐줄 사람이 없어졌기 때문이었다. 그러니까 그건 정말로, 지금 계단에 서서 그녀를 경멸하듯 내려다보는 이 아이 에이미 때문이었다. "그런 얼굴 하지 마." 이저벨이 말했다. "네가 엄마에게 상냥하게 대해주면 좋겠어. 쳐다보거나 말할 때는 그 흔한 예의를 조금이라도 갖춰주면 좋겠고."

침묵이 흘렀다.

"알겠니?"

"네." 에이미가 조심스럽게, 자칫 엄마에 대한 혐오감을 들키지는 않을 만큼 냉정하게, 하지만 예의 없다는 꾸지람을 계속 들을 만큼 냉정하지는 않게 대답했다. 이저벨은 돌아서서 현관 옷장으로 가 코트를 걸었고, 곧 에이미의 방문이 닫히는 소리가 들렸다.

그런 순간에 맞닥뜨리면 이저벨은 불안하고 겁이 났다. 사춘기로 접어든 딸이 힐뜩 쳐다보기만 해도 그녀는 금세 발끈해서 분노가 폭발했는데, 그것이 불안했다. 어쨌거나 사춘기 아이들은 변덕스럽게 마련이었다. 호르몬이라는 게 그랬다.

이저벨은 손으로 얼굴을 받치고 식탁 앞에 앉았다. 이런 식으로 저녁 시간을 시작하다니 기분이 좋지 않았다. 화를 내는 게 아니었는데. 〈리더스 다이제스트〉에 이따금 실리는, 십대를 다룬 글에서 제안한 것처럼 참았어야 했다. 그러면 에이미가 무슨 일이 있었는지 털어놓았을 것이다. 그녀는 물론 기다려주는 엄마가 되고 싶었다. 하지만 온종일 일하다가 고단한 몸으로 집에 돌아왔는데 에이미가 뿌루퉁해 있으면 짜증이 났다. 그녀가 이 아이를 위해 엄청난 희생을(실로 엄청났다) 감수한 것을 생각하면 이따금 짜증이 났고, 엄마가 돌아왔다는 이유로 에이미가 책을 덮고 일어서는 것을 보면 부아가 치밀었다. 딸에게 그저 즐거운 인사를 듣고 싶은 것뿐인데 잔소리꾼 취급을 당해야 한단 말인가? 자신의 삶을 사실상 장악한 딸에게 "엄마, 다녀오셨어요? 오늘은 잘 지내셨어요?" 하는 반가운 인사를 듣고 싶은 것뿐인데 짐승 취급을 받아야 하는가? 딸이 방문을 여는 소리가 들리자 이저벨은 이제 미안하다는 말을 듣게 되리라는 것을 알았고, 그 시간이 오래 걸리지 않은 데 감사하며 좀더 편안하게 숨을 쉬었다.

엄마가 자기 때문에 화난 것을 에이미가 참지 못하는 것은 사실이었다. 그러면 에이미는 더럭 겁이 났다. 발 디딜 곳도 없이, 어둠 속에서 이리저리 흔들리는 것 같았다. 그녀는 타이츠를 신은 채로 조용히 계단을 내려갔다. "죄송해요." 에이미가 말했다. "죄송해요." 그러면 엄마는 이렇게 말하곤 했다. "죄송하다는 말로는 부족하지."

하지만 오늘밤 이저벨은 그저 이렇게만 말했다. "알았어. 참 고맙구나." 하지만 딸에게 무슨 일이 있었는지 다시 묻지는 않았다. 설령 그랬다 하더라도 에이미는 대답하지 않았을 것이다.

로버트슨 선생 때문이었다. 그는 그녀의 드레스를 칭찬했지만 그뒤로는 아무 일도 없었다. 이제는 그의 눈에 띄고자 하는 이

지독한 열망이 유행성 질병이나 감염처럼 느껴졌다. 그녀는 날마다 수업 전에 머리를 빗었고 교실로 들어오기 직전에 볼을 꼬집었다. 날마다 신경써서 자리를 골라 앉았고 심장은 희망에 부풀어 쿵쾅거렸다. 종이 울리고 그의 시선이 한 번도 그녀를 스치지 않은 날이면 그 어느 때보다 실망해서 교실을 나서곤 했다.

"난 학교가 싫어." 그녀가 숲속에서 스테이시에게 말했다. "내 인생이 싫어. 전부 다 싫어."

스테이시는 심드렁하게 담배를 빼끔거렸고 연기 때문에 눈을 찡그리며 고개를 끄떡했다. "나도 다 싫어."

"왜?" 이윽고 에이미가 물었다. 2월이 끝나가고 있었다. 한낮의 화사함은 없었지만 날씨는 따뜻했다. 딱딱하게 얼었던 눈은 질퍽거렸고 스테이시의 가죽 부츠에는 젖은 얼룩이 생겼다. "너는 다 싫은 이유가 뭐야?" 에이미가 물었다. "그러니까 너는 예쁘고 친구도 많고 남자친구까지 있잖아. 나처럼 비참할 건 없잖아?"

스테이시가 골똘히 담배 끝을 쳐다보았다. "엄마 아빠는 쥐새끼 같고 친구들은 머저리뿐이니까. 너만 빼고."

"그런가, 그래도." 에이미가 통나무에 기대며 가슴께에 팔짱을 꼈다. 남자친구만 있으면 됐지 부모가 얼간이고 친구들이 얼간이인 게 무슨 대수람. 스테이시는 멋진 남자친구가 있었다. 여기 숲속에서는 그의 이름이 자주 등장하지 않았지만 에이미는 폴 벨로스가 누군지 알았다. 그는 지금 메인 스트리트에 있는 빵집 위층의 자기 아파트에서 살았고, 고등학교 때는 미식축구 챔피언이었다. 치어리더 여학생들은 그를 더 열렬히 응원했다. 한번은 경기중에 다리가 부러진 그가 들것에 실려나가는 모습을 보고 실제로 눈물을 흘린 아이들도 있었다. 그는 키도 크고 덩치도 컸고 눈동자는 갈색이었다.

"그애는 멍청해." 스테이시가 잠시 생각하더니 말했다.

"눈이 매력적이잖아."

스테이시는 이 말을 무시했다. 그러고는 담배를 숲속에 던진 뒤 날아가는 모습을 멍하니 바라보았다. "그리고 따분하고." 그녀가 덧붙였다. "그애가 원하는 건 오로지 자는 것뿐이거든."

이 말을 듣자 에이미는 기분이 묘해졌다. 담배를 깊이 빨았다.

"하지만 괜찮은 편이지." 스테이시가 결론을 내렸다. "나한테 잘해주니까. 지난번에 아이섀도도 사줬어." 그 일을 떠올리자 얼굴이 밝아졌다. "멋진 터키석 색깔이야."

"멋지다." 에이미가 맞장구치고 일어섰다. 코트 뒷자락이 축축했다. 통나무에 쌓인 눈에 그녀가 기댄 흔적이 둥그렇게 남아 있었다.

"비싼 거야." 스테이시가 덧붙였다. "뭉치지도 않고. 내일 학교에 가져올게. 너한테도 잘 어울릴 거야."

에이미가 담배를 발로 비볐다. "내가 화장을 하면 엄마가 죽이려 들걸."

"그래, 뭐. 부모란 다 쥐새끼 같으니까." 스테이시가 공감한다는 듯 말했고, 그들의 등뒤에서 종이 울렸다.

금요일, 로버트슨 선생은 에이미에게 방과후에 그를 만나고 가라고 했다. 에이미가 꾸민 일이었다. 그녀는 절박하고 미칠 것 같아 딴사람이 되어 있었다. 하루하루가 지나면서 그녀는 앨런 스튜어트에게 일어난 그 굉장한 사건을 따져보기 시작했다. 로버트슨 선생이 그만두라고 했는데도 자꾸 펜을 딸깍거려서 방과후에 그의 교실에서 한 시간 동안 그와 함께 있게 된 것이다. 그녀는 왜 그러면 안 되는가? 테런스 랜드리는 교실에서 나가면서 도시락 봉지를 커다랗게 불어 펑 터뜨린 일 때문에 남았다. 에이미는 도시락 봉지를 크게 불어 뻥 터뜨리는 짓은 할 수 없을 것 같았고(퀼트이불을 두른 채 총에 맞은 것처럼 탁 소리만 났을 뿐이다) 펜을 딸깍거리는 짓은 더구나 생각할 수 없었다. 하지만 메리앤 밤블이 옆자리에 앉은 사람에게 소곤거리다가 경고를 받았다. "메리앤," 로버트슨 선생이 못마땅한 목소리로 말했다. "내가 한 번만 더 조용히 하라고 하면 끝나고 남아야 할 거야."

그래서 에이미는 뒤에 앉은 엘시 백스터에게 소곤거리기 시작했다. 용기가 필요했고 결단코 그녀의 스타일은 아니었다. 하지만 엘시는 까불거리고 시끄러운 아이여서 그녀의 작전에 도움이 되었다. 에이미는 어젯밤에 한 숙제가 정말 지겹고 개똥 같았다고 속닥거렸다. 엘시가 고름 색깔의 오줌 같았다고 맞받았다. 로버트슨 선생이 주의를 주었다. "얘들아, 조용히."

긴장해서 그런지 자꾸만 힘이 빠졌다. 에이미의 얼굴은 축축해졌고 겨드랑이는 따끔거렸다. 그녀가 또 엘시를 돌아보고 속닥거렸다. "그래도 가정 수업은 아니잖아. 그 안짱다리 새대가리." 엘시가 큰 소리로 쿡쿡거렸다. 로버트슨 선생이 수업을 멈추고 두 사람을 말없이 바라보았다. 에이미의 얼굴은 빨갛게 달아올랐다. 그녀는 책상을 내려다보았다.

하지만 이 정도로는 아무 일 없을 것이 분명했고 로버트슨 선생이 칠판에 숫자들을 계속 써내려가자 에이미는 실망해서 또다시 미칠 것 같았다. 다시 엘시를 돌아보았다. "에이미," 로버트슨 선생의 그윽한 목소리가 들렸다. "한 번만 더 그러면 끝나고 남아야 한다."

이건 위험하다! 그녀뿐 아니라 엘시까지 남게 될지 모르는데, 절대 안 될 일이다. 하지만 한 번만 더라는 이 엄청난 약속을 들었는데 기회를 놓칠 수는 없다. 에이미는 시계를 보았다. 이십 분 남았다. 가슴팍에서 심장이 방망이질했다. 문제지에 쓰인 숫자들이 어른거렸다. 옆에 앉은 플립 롤리는 지우개로 자기 뺨을 생각 없이 톡톡 치고 있었다. 시곗바늘이 재깍 옮겨갔다. 에이미는 절망하여 가슴속에서 뭔가 무너지는 느낌을 받았는데, 그 순간 로버트슨 선생이 대답을 잘했다며 앞줄에 앉은 줄리 라긴을 칭찬하는 소리를 듣지 않았다면 완전히 단념했을지도 모른다.

"잘했어." 그가 줄리의 책상에 분필을 톡톡 두드리며 말했다. "아주아주 잘했어. 내가 어떤 새로운 것을 던져줘도 너라면 따라올 수 있을 거다."

그 말을 듣자 에이미는 미칠 것 같았다. 그녀는 줄곧 정답을 알고 있었지만 너무 수줍어서 차마 손을 들지 못했는데, 줄리 라긴은 구역질나는 잘난 미소를 지은 채 이 바보 같은 남자의 칭찬을 듬뿍 받고 있었다. 에이미가 엘시를 돌아보았다. "나머지는 다 멍청이라는 말인가봐." 그러자 그 일이 일어났다. 그의 목소리가 들렸다. "좋아, 에이미. 학교 끝나고 보자."

에이미는 성공과 승리의 기쁨에 젖었지만 한편으로 수치심이 밀려왔다. 플립 롤리가 그녀를 흘끗 쳐다본 것 같았다. 에이미 굿로가 방과후에 남는다? 종이 울리자 그녀는 고개를 숙인 채 교실을 나섰다.

남은 수업 시간은 견디기 힘들었다. 역사 수업은 죽음같이 따분했고, 스페인어 수업은 생기도 없고 끝도 없었다. 이 수업들이 끝나면 로버트슨 선생과 함께 있게 된다는 사실뿐, 다른 의미는 전혀 없었다. 마지막 종이 울리자 에이미는 아무것도 먹지 못하고 오랜 시간을 버틴 사람처럼 힘이 쭉 빠져 있었다. 그녀는 화장실 세면대 위에 걸린 거울로 자기 모습을 꼼꼼히 살폈다. 이게 나였나? 사람들이 나를 볼 때 모습이 이건가? 머릿결은 아름답지만 얼굴은 무표정했다. 가슴속에서 이렇게 많은 일이 일어나는데 어떻게 이럴 수가 있지? 그녀가 화장실 문을 당겨 열고 밖으로 나가자 등뒤에서 문짝이 피곤한 듯 툭 소리를 내며 닫혔다.

복도는 텅 비어 있었다. 에이미가 방과후에 남은 것은 이번이 처음이었다. 이 시간에 학교는 다른 장소처럼 보였다. 교실 바닥 위로 떨어지는 햇빛은 노란 색조가 더 짙어 보였고, 넓은 창턱과 먼지가 잔뜩 묻은 칠판은 이따금 하루가 끝날 때 그녀의 옷이 그런 것처럼 친숙하면서 지친 느낌을 주었다. 그녀의 주위로는 빈 복도의 침묵이 흐르고 있었고 멀리 체육관에서 치어리더 여학생들이 연습하는 소리만 메아리쳤다.

그녀가 들어갔을 때 로버트슨 선생은 교실 뒤쪽 교사 책상에 앉아 뭔가 끼적이고 있었다. "앉아라." 그가 고개를 들지 않고 말했다.

그녀는 평소에 앉는 자리 대신 칠판 근처의 책상을 고르고, 어떻게 해야 할지 몰라 주춤거리며 조용히 앉았다. 그러고는 눈을 가느스름히 뜨고 창문을 바라보았다. 오후의 공기 속에 햇살을 받은 먼지 입자들이 빛나며 떠 있었다. 복도 저쪽에서 사물함이 쾅 닫히며 금속성 소리가 났고, 더 가까운 곳에서는 관리인의 빗자루가 계단에 부딪히는 소리가 났다.

그녀는 로버트슨 선생이 연필을 책상에 내려놓는 소리를 들었다. "숙제를 하렴." 그가 부드럽게 말했다. "그러고 싶으면."

"하고 싶지 않아요." 그녀가 고개를 가로저으며 대답했다. 그 순간 와락 눈물이 솟구쳤다. 지독한 슬픔! 갑작스러운 무너짐! 오후를 기대감 속에 허우적거리며 보낸 탓에 그녀는 지쳐 있었다. 그녀는 무릎에 손을 올리고 그와 멀찌감치 떨어져 앉아 있었다. 머리는 양옆으로 흘러내렸고, 눈을 꾹 누르자 뜨거운 눈물방울이 손등에 뚝뚝 떨어졌다.

"에이미." 그가 책상에서 일어나 그녀에게 걸어오고 있었다. "에이미." 그는 다시 이름을 부르며 그녀 곁에 섰다. 그가 그녀의 이름을 다정하게 불렀고, 그의 목소리는 잔잔한 기타 소리처럼 부드럽고 진지했다. 그녀에게 이렇게 진지하게 말해준 사람이 있었던가? "이해한다, 에이미. 괜찮아."

그는 눈물 때문에 놀라거나 심지어 당황하지도 않아 보여서 정말 뭔가 이해하고 있는 것 같았다. 그저 그녀 옆의 책상에 앉아 손수건만 내밀었다. 식탁용 매트 크기에 화려한 무늬가 프린트된 빨간 손수건이었는데, 에이미는 그것을 받아 눈물을 훔치고 코를 풀었다. 이 남자 앞에서 울게 되면 굉장히 괴로울 거라고 생각했지만 실제로는 그렇지 않았다. 그가 놀라지 않았다는 사실과 그의 눈동자에서 엿보인 고단함 때문인지도 몰랐다. 그녀가 손수건을 돌려주었다.

"이런 시를 알아요." 이윽고 그녀가 입을 열었고, 그는 그녀가 시라는 단어를 발음하는 방식에, 아직 발갛고 젖은 눈으로 그저 아이처럼 앉아 있는 모습에 빙그레 웃었다. 그녀는 그에게 전적으로 순수하고 상처입은 존재라는 인상을 주었다.

"에드나 세인트 빈센트 밀레이의 시인데요." 그녀가 머리를 귀 뒤로 넘기며 설명했다. "수업 시간에 한번은 이 시가 떠올랐어요. 첫 행은, 음, '유클리드만이 아름다움을 있는 그대로 보았네', 아마 맞을 거예요."

그가 천천히 고개를 끄덕였고 생강 색깔의 눈썹이 올라갔다. "아름다움을 지절거리는 모든 이에게 평화가 머물기를."

"선생님도 아시네요." 그녀가 놀라서 말했다.

그가 고개를 끄덕였고, 미처 떠올리게 되리라고는 생각조차 못했던 뭔가를 골똘히 생각하는 것처럼 양미간을 좁혔다.

"아시네요." 에이미가 다시 말했다. "그 시를 아시다니 믿어지지 않아요." 그녀에게는 새 한 마리가 상자 속에 갇혀 있다가 자유를 얻어 날아오른 것처럼 느껴졌다. "다른 시도 아세요?" 그녀는 서로의 무릎 사이가 멀지 않게, 얼굴을 마주보도록 돌아앉았다. "밀레이가 쓴 시요. 다른 시도 아세요?"

로버트슨 선생이 손가락을 펴서 입을 가린 채 그녀를 찬찬히 바라보았다. 그리고 대답했다. "그래, 알지. 그녀가 쓴 소네트도. '시간이 위로를 데려오지 않는구나. 모두 거짓말을 했구나……'"

"'시간이 지나면 고통이 사라질 거라고 내게 말해준 이들 모두.'" 에이미가 의자에서 살짝 엉덩이를 들며 시를 끝냈다. 귀 뒤로 넘긴 머리카락이 느슨히 흘러내려와 창문으로 비쳐드는 햇빛의 조각들을 붙들고 있었다. 아롱거리는 금빛 속에서 그녀는 그를 쳐다보았다. 그의 얼굴에 놀라고 흥미로워하는 표정이 떠오른 것을 보았고, 시간이 한참 지나도 기억하게 될 무언가를 보았다. 그의 눈동자 깊숙이 떨림이 느껴졌다. 그 밑에서 무언가가 움직인 것처럼.

그는 일어서서 코듀로이 바지 주머니에 손을 찔러넣고 창문으로 걸어갔다. "와서 하늘 좀 보렴." 그가 창문으로 고갯짓을 했다. "오늘밤 눈이 올 모양이다." 그가 그녀를 돌아보았고, 다시 창문을 돌아보았다. "이리 와서 봐." 그가 다시 말했다.

그녀는 얌전히 창문으로 갔다. 하늘은 먹구름이 몰려와 비장하고 애잔한 풍경을 자아냈고 겨울의 가혹한 태양은 아침부터 힘을 그러모은 듯 지금은 황금빛으로 서쪽의 층운을 밝혔는데 어떤 먹구름은 가두리가 전기 조명을 켠 듯 환했다.

"와, 이런 풍경은 정말 좋아요." 에이미가 말했다. "저것 보세요." 그녀가 깔때기 모양으로 모였던 햇살이 아래로 퍼지며 눈이 얼어붙은 거리로 떨어지는 것을 가리켰다. "좋아요. 실물로 보니까. 그림으로 보면 별로지만."

그가 수염으로 뒤덮인 입술을 깨문 채 그녀를 지켜보았다.

"7학년 때 어떤 할머니 집에 가서 청소를 도왔는데요. 교회 할머니였어요." 에이미가 이야기를 시작했다. "그 할머니 집 거실에 그런 보기 싫은 옛날 그림들이 걸려 있었어요. 미라로 만든 것 같은 소녀 그림도 있었는데, 제가 어떤 그림을 말하는지 아시겠어요? 바늘꽂이처럼……"

그는 눈을 떼지 않고 그녀를 골똘히 쳐다보고 있었다. "아마도. 계속 얘기해봐."

"소름이 돋았거든요. 의자 먼지를 터는데 그 소녀가 저를 내려다보는 거예요."

로버트슨 선생은 이제 창턱에 기대어 그녀를 마주보며 발목을 꼬았다. 손가락 두 개로 수염을 가볍게 쓸었다. "네가 이렇게 말을 많이 할 수 있는지 몰랐구나." 그가 생각에 잠겨 말했다.

"저도 몰랐어요." 그녀의 대답은 천진했다. 시선은 그의 옆쪽으로 옮겨가 다시 창밖을 향했다. 구름은 더 검어졌고 아직 태양과 겨루고 있었다. 넓게 펼쳐진 겨울 하늘에서 빛과 어둠이 싸웠다. "아무튼." 에이미가 말했다(그녀 안에서 단어들이 엉겨붙어 튀어오르고 부딪쳤다). "그 할머니 집에는 다른 그림도 있었는데 그것도 옛날 그림이었어요. 하늘은 온통 컴컴한데 밝은 햇살 몇 줄기가 어둠을 뚫고 나오고, 또 밑에서는 말들인지 뭔지를 타고 전쟁을 하는, 아시잖아요, 작은 형체들요, 그런 그림이었어요."

로버트슨 선생은 고개를 끄덕였다. 그녀가 '그림'을 이상하게 발음했지만 그는 웃지 않으려고 조심했다. 게다가 '아무튼'이라는 발음은 또 어떤가. "그래서?"

"아무튼 그런 그림은 좋아하지 않아요."

"알겠구나."

"그 하늘은 꾸민 것 같고 극적으로 보여요. 하지만 진짜로 보면……" 에이미가 손으로 창밖의 하늘을 가리켰다. "완전히 다르잖아요. 전 하늘이 저렇게 보일 때가 좋아요."

로버트슨 선생이 다시 고개를 끄덕였다. "키아로스쿠로." 그가 교사처럼 말했다.

에이미는 그를 흘끗 보았고, 그가 갑자기 외국어를 쓰자 의기소침해져서 시선을 돌렸다. 머릿속이 어지러웠고 자신이 단순하고 멍청한 사람이 된 것 같았다.

"키아로스쿠로." 로버트슨 선생이 다시 말했다. "이탈리아어란다. 빛과 어둠. 가려진 빛." 그러고는 고개를 돌려 하늘을 보았다. "저렇게."

아까의 에이미가 새장에서 풀려난 새 같았다면 지금 그 새는 비틀거리기 시작했다. 하지만 로버트슨 선생은 그녀를 다정하게 바라보았다. "지금은 그 할머니 집에 청소하러 가지 않니?"

"안 가요. 병이 들어서 어디 요양원에 가셨거든요." 에이미가 대답했다.

"그렇구나." 로버트슨 선생은 손을 옆구리에 올리고 상체를 앞으로 내민 채 널찍한 창턱 깊숙이 걸터앉았다. "그 할머니의 집을 청소하기 싫은 건 왜였지?" 질문한 방식에서 그녀는 그가 정말 알고 싶어한다는 느낌을 받았다.

그녀는 곰곰이 생각했다. "그 집이 외로워서요."

그가 생각에 잠긴 듯 눈을 찡그렸다. "더 이야기해보렴."

"지나치게 깔끔했고 뭘 만지기도 꺼려졌어요. 박물관처럼. 더러운 것도 없는데 일주일에 한 번씩 오라고 한 이유를 모르겠더라고요."

"그때 일을 잘했구나. 그럼……" 그가 웃으며 말하려는데 그녀가 벌써 말하고 있었다.

"그러니까 벽난로처럼요. 한 번도 쓰지 않았어요. 할머니는 벽난로 속에 자작나무 장작을 수북이 쌓아놓고 일주일마다 레스토일 세제랑 미지근한 물로 씻으라고 했어요. 장작을 씻다니." 에이미는 고개를 내둘렀다. "이상했어요."

"우울한데." 로버트슨 선생이 고개를 끄덕였다.

"우울했어요. 바로 그런 느낌이었어요." 에이미가 재빨리 고개를 끄덕였다. (그는 아주 많은 것을 이해해주었다.)

"그 일은 어떻게 맡게 됐지?" 그는 호기심이 드는지 고개를 갸우뚱했다.

"주보에 공고가 났어요." 에이미는 등뒤로 두 손을 맞잡고 간들간들 움직이며 말했다. 이런 이야기를 한다는 건 맑은 물을 마시는 느낌이었다. "도와줄 사람이 필요하다는 내용이었는데, 엄마는 제가 하면 좋겠다고 생각하셨어요. 엄마는 교회에서 좋은 인상을 주고 싶어하시거든요."

"내가 맞혀볼게." 로버트슨 선생은 고개를 살짝 젖히고 그녀를 찬찬히 바라보면서 그림 이야기에 보태진 이 새로운 내용에 대해 곰곰이 생각했다. (로버트슨 선생이 모든 것을 깊이 따져보기 좋아하는 사람인 것은 사실이었다. 그는 자신이 '삶의 관찰자'라고 즐겨 말했고, 지금은 뒷짐을 지고 있는 에이미의 팔이 얼마나 가는지 관찰하고 있었다.) "네가 가톨릭 신자인 것 같지는 않구나. 아마도…… 회중교회."

에이미가 환하게 웃었다. 그가 독심술사라도 된다는 듯이. "어떻게 아셨어요?"

"그래 보이니까." 그가 간단히 말했다. "그런 것 같아." 그가 창턱에서 풀쩍 뛰어내리더니 교실 앞으로 가서 칠판을 지우기 시작했다. "네가 회중교회 신자로 보인다는 것을 너도 알고 있었니?" 그의 팔이 힘차게 움직였다.

그녀는 천천히 책상들 사이로 걸어가 플립 롤리가 늘 앉는 자리에 앉았다. "아니요." 그녀가 솔직하게 대답했다. "저는 제가 어떻게 보이는지 몰라요." 그러고는 어깨에서 머리카락 몇 가닥을 집어올려 끝이 갈라졌는지 유심히 살폈다.

"암사슴 같아." 그가 칠판 턱에 지우개를 내려놓고 손을 털었다. "숲속의 사슴." (가녀린 팔다리 때문이었다.) "물론 머리카락도 빼놓을 수 없지." 그가 덧붙였다.

그녀는 얼굴을 붉히면서 고개를 숙이고 경계하듯 그를 쳐다보았다.

"아니, 실은 말이지. 흥미로워." 그가 다리를 훌렁 들어 등받이를 껴안는 자세로, 엘시 백스터가 주로 앉는 의자에 말을 타듯 앉았다. "나는 매사추세츠 주에서 잠시 6학년 학생들을 가르쳤고 삼 년 뒤에 거기서 또 9학년 학생들을 가르쳤지. 그 바람에 가르치던 아이들을 또 가르치게 됐어. 그 또래의 여자아이들은 흥미로워. 하룻밤 사이에 많은 아이들이 실팍해지거든."

"실팍한 게 뭐예요?" 에이미는 머리카락을 계속 살피다가 그가 소녀들의 발달에 대해 관찰한 것을 말하자 순간적으로 나는 어떻지, 하는 생각이 들었다.

"소처럼 건강미가 넘치는 것. 그게 실팍한 거야." 그가 또박또박 말했다. "한편 여전히 마르고 다리가 늘씬한 아이들이 있지. 어린 사슴처럼."

"회중교회에 다니는 사슴." 에이미가 당황한 표정을 감추며 말했다. 그녀는 머리카락을 어깨 뒤로 넘긴 뒤 공기가 필요한 것처럼 숨을 깊이 들이쉬었다. 무릎에 올린 손은 깍지를 꼈다.

"맞아. 회중교회에 다니는 사슴."

그가 농담하듯 유쾌하게 말하자 그녀는 살며시 웃었다.

"또 뭘 싫어하는지 말해봐, 에이미." 그가 엘시 백스터의 의자 등받이에 팔을 걸치며 말했다. "할머니들 집을 청소하기 싫어하고, 또?"

"뱀을 싫어해요. 뱀이 너무 싫어서 생각만 해도 못 참겠어요." 이 말은 사실이었다. 머릿속에 뱀을 떠올리자 당장 보이지도 않는데 바닥에 발을 내려놓고 있는 것조차 견디기 힘들어서, 에이미는 벌떡 일어나 불안스레 교실 뒤쪽으로 걸어갔다가 다시 창문으로 돌아왔다. 이제 구름이 하늘을 거의 뒤덮어, 지는 햇살의 파편만이 저멀리 지평선의 한쪽 귀퉁이에 보일 뿐이었다. 차 몇 대가 헤드라이트를 켠 채 지나갔다.

"자," 로버트슨 선생이 돌아앉아 그녀를 쳐다보았다. "그러면 뱀 이야기는 그만하자. 네가 진짜 좋아하는 건 뭐지?"

여기서 선생님과 함께 있는 거요, 에이미는 그렇게 말하고 싶었다. 그녀가 니스칠을 한 창턱 나무를 손으로 쓸었다. 군데군데 쭈글쭈글 부풀어 있거나 균열이 일어나 있었다. 다른 곳은 여러 해에 걸쳐 셸락을 덧발라 반드럽고 매우 반짝거렸다.

"시, 아마도요." 잠시 뒤 그녀가 말했다. "어쨌거나 제가 이해할 수 있는 시요. 이해할 수 없는 시도 많은데 그런 때는 제가 바보 같아요."

"너는 바보 같지 않아." 그는 계속 엘시 백스터의 의자에 같은 자세로 앉아 말했다. "네가 바보 같다는 걱정은 접어도 될 것 같구나."

"고맙습니다." 그녀가 진심으로 말했다. "하지만 그 유클리드 시만 해도요. 그날 선생님이 삼각형에 대해 말씀해주시기 전까지는 무슨 의미인지 몰랐어요. 그러니까 삼각형의 아름다움인가 뭔가. 아직 그 의미를 잘 모르겠어요. 지절대다prate가 무슨 뜻인가요? 아름다움을 지절대는 모든 이들에게."

로버트슨 선생은 일어서서 자기 책상으로 걸어갔다. "이리 와봐." 그가 불렀다. 그러고는 겉표지를 진녹색 가죽으로 양장한 사전을 톡톡 쳤다. 크기가 시어스 카탈로그만했다.

"멋져요." 에이미가 그의 옆으로 가 서며 말했다.

"나는 단어들이 좋아." 그가 에이미에게 말했다. "키아로스쿠로 같은." 이어서 창문을 흘끗 쳐다보았다. "지금은 키아로는 없고 스쿠로만 있는 것 같구나.* 앉으렴." 그가 즐거운 듯 말했다.

에이미는 그의 책상 옆 의자에 앉았다. 그가 '지절대다'를 찾아보라며 사전을 내밀 때 그의 손가락이 우연히 그녀의 손날을 스쳤다. 순간적으로 그녀는 뭔가가 가슴속을 꿰뚫으며 깔때기 속으로 순식간에 빨려들어가는 느낌을 받았다. 그들이 머리를 숙여 사전을 내려다보는 동안 하늘에서는 2월의 마지막 해가 뉘엿뉘엿 지고 있었다. 에이미가 P는 O 다음이라는 것을 들키지

* 키아로는 '명(明)', 스쿠로는 '암(暗)'을 의미한다.

않게 알아내려고 들릴락 말락 알파벳을 중얼거릴 때 로버트슨 선생의 눈가로 주름이 퍼졌다. 그들은 단어 몇 개를 더 찾았다. 시간이 지나자 관리인 아저씨가 빗자루를 쿵쿵거리는 소리도 더는 들리지 않았고, 체육관에서 손뼉을 치고 발을 구르던 치어리더 여학생들도 집으로 돌아갔다.

이저벨은 차 안에서 라디오를 켰다. 어두컴컴한 먹구름을 보자 걱정이 되었다. 너무 컴컴해 눈이 올 것 같진 않았지만, 이맘때에는 또 어떤 폭풍이 몰아칠까? 이따금 토네이도가 지나간다는 말을 들었지만 이저벨은 토네이도에 대해 아는 것이 별로 없었고, 토네이도가 온다고 하늘이 온통 시커멓게 변할 것 같지도 않았다. 어렸을 때 들은 이야기 중 기억나는 것은 이것뿐이었다. 한 남자가 고속도로를 달리던 중 토네이도가 불어닥쳐 차가 통째로 공중으로 떠올랐는데, 거기서 얼마 떨어지지 않은 곳에서는 하늘이 파랬다는 것이다. 그 남자가 어떻게 되었는지는 기억나지 않았고 그 이야기가 사실인지도 이제 의심스러웠다. 그녀는 일기예보를 들으려고 다이얼을 만지작거렸다. 눈보라가 심하게 몰아칠 가능성도 있었는데 그러면 또 지붕에 물이 샐 것이다. 그 생각을 하자 우울해졌다. 그런 일이 생기면 크레인 씨에게 전화를 걸어야 한다.

"……2월 10일에 집에서 실종된 데비 케이 돈 사건에서 범인을 잡을 수 있는 정보를 제공하는 사람에게 가족이 보상금을 걸었습니다. 아직까지 용의자로 지목된 사람은 없습니다."

불쌍한 가족. 이저벨이 고개를 살짝 저었다. 불쌍한 엄마. 이저벨은 진입로로 들어서며 라디오를 껐다. 하지만 냉랭한 침묵에 부딪히는 느낌이 들었다. 집은 어두웠다.

"에이미?" 그녀가 잠긴 문을 열면서 불렀다. "에이미? 어디 있니?" 열쇠를 식탁에 툭 내려놓자 그 소리가 잠시 어마어마하게 크게 울렸다.

그녀가 전등을 켰다. "에이미?"

거실로 간다. 전등을 켠다. "에이미?"

이 방 저 방 다니다가 계단을 올라가 여기저기 전등을 다 켠다. "에이미."

에이미의 침실은 비어 있었다. 욕실도 비어 있었다. 이저벨의 침실도 비어 있었다. 2층 복도의 수납장을 열었다. 개어둔 수건들은 얌전히 놓여 있었고, 두루마리 휴지 세 개도 당황하지 않고 멀뚱히 바깥을 내다보았다.

그녀는 애가 탔다. 차가운 물이 팔로, 다리로 쏟아지는 것 같았다. 다시 계단을 내려가다가 마지막 계단에서 발을 헛디디는 바람에 가까스로 벽을 잡고 섰다. 안 돼, 그녀는 생각했다. 절대 안 돼. 가엾은 데비 돈을 데려간 사람이 여기 와서 에이미를 데려간 것이 분명해 보였다. "에이미." 그녀가 외쳤다.

그녀는 다시 시작했다. 방마다, 옷장마다 살폈다. 전등도 빠짐없이 켰다. 전화기를 붙잡았다. 누구에게 걸지? 경찰. 학교. 에이버리 클라크. 그들은 하나같이 친구들부터 확인해보라고 할 것이다. 하나같이 이렇게 말할 것이다. 오, 조금만 더 기다려보세요. 돌아올 테니까. 하지만 이 아이는 학교 끝나고 곧바로 집에 돌아오지 않은 적이 없었단 말이야, 이저벨은 소리 없이 흐느꼈다. 내 딸은 내가 아는데, 뭔가 잘못됐어. 의자에 앉아 다시 흐느껴 울었다. 거대하고 끔찍한 소리가 목구멍에서 터져나왔다. 에이미, 에이미, 그녀가 외쳤다.

그러자 거기 에이미가 나타났다. 앞쪽 포치 계단에서 부츠 소리가 먼저 들렸고, 이어서 문이 홱 열렸다. "엄마, 괜찮아요?"

거기, 이 아이가, 그녀의 딸이 서 있었다. 이 아이가 없는 이저벨의 가슴은 공포로 가득한 검고 깊은 물이었는데, 지금 이 아이가 볼은 발갛게 달아오르고 눈은 동그랗게 뜬 채 부엌에 서 있었다. "괜찮아요?" 에이미는 이저벨을 유령이라도 되는 것처럼 쳐다보며 되물었다.

"어디 있었니?" 이저벨이 다그쳤다. "오, 에이미, 너 때문에 겁이 나서 죽을 뻔했어."

"학교 끝나고 남았어요." 에이미가 말했다. "수학 문제 물어볼게 있어서요." 그녀가 엄마에게서 몸을 돌리며 코트 단추를 풀었다. "남는 아이들이 많아요. 같이 수업 듣는 애들 중에 학교 끝나고 남는 애들이 수두룩한걸요."

그러자 이저벨은 여전히 눈물로 빰이 젖은 채, 방금 자신이 바보가 된 듯한 생뚱한 기분에 휩싸였다.

# 6장

낮이 길어졌다. 날도 더 따뜻해졌다. 눈은 더디더디 녹아 계단이나 보도, 도로 가장자리에서 질퍽거렸다. 에이미가 로버트슨 선생과 대화를 나눈 날에는, 집으로 걸어 돌아갈 때—이제 엄마가 오기 전에 돌아오려고 학교에서 여유 있게 나섰지만—낮의 따스함은 사라져 있었다. 아직 우윳빛을 머금은 하늘에서는 태양이 빛을 뿜는 하얀 웨이퍼처럼 빛나고 있었지만, 코트 지퍼를 연 채로 가슴에 책을 끌어안고 걸어가면서 그녀는 드러난 목과 손과 손목에 축축하고 싸늘한 공기가 닿는 것을 느꼈다. 라킨데일 들판 위로 펼쳐진 늦은 오후의 하늘, 흰색 비탈 위로 사라지는 돌담, 눈이 녹으면서 거뭇해지는 나무, 이 모든 것이 그녀에게는 봄을 약속하는 신호처럼 보였다. 심지어 저멀리 하늘에서 조그맣게 무리 지어 나는 새들도 더없이 고요한 침묵 속에서 묵묵히 날갯짓을 하며 뭔가를 약속하고 있었다.

에이미가 보기에는 천장도 더 올라간 것 같고 하늘도 더 높아 보여서 이따금 차가 한 대도 지나가지 않으면 팔을 들어 공중에서 휘젓기도 했다. 로버트슨 선생이 눈을 게슴츠레 뜨고 장난기 어린 눈빛으로 그녀를 쳐다보면 그녀의 가슴속에 커다란 기쁨이 솟았다. 그에게 말하려 했지만 잊어버린 온갖 것들이 뒤엉켜 쏟아지는 느낌이었다. 하지만 한편으로 그녀의 내면에는 어둡고 꿈틀거리는 것이 가슴속 깊숙이 들어앉은 듯한 작은 슬픔의 조각들이 있었다. 이따금 혼자 고가도로를 걷다가 뭔가를 잃은 듯한 상실감이 들면, 그녀는 어쩔 줄 몰라 걸음을 멈추고 고속도로를 달리는 차들을 내려다보았다. 그 느낌이 엄마에 대한 생각과 연결되어 있다는 것만 어렴풋이 알 듯했다. 그러면 에이미는 빈 집에서 엄마의 흔적을 찾으려고 조바심을 내며 서둘러 집으로 돌아갔다. 샤워기 꼭지에는 스타킹이 걸려 있었고 엄마의 서랍장 위에는 베이비파우더가 놓여 있었다. 자갈 깔린 진입로로 엄마의 차가 들어오는 소리가 들릴 때처럼 이런 것들은 에이미를 안심시켰다. 그러면 괜찮았다. 엄마가 집에 있다는 말이니까.

하지만 엄마가 실제로 집에 있으면 실망스러웠다. 문을 열고 들어올 때 보이는 작고 불안한 눈, 지긋지긋하게 한결같이 프렌치 트위스트 스타일로 틀어올린 머리에서 빠져나온 갈색 머리카락 몇 가닥을 잽싸게 매만지는 하얀 손. 이런 여자와, 조금 전까지 그녀가 그리워한 엄마를 연결하기는 힘들었다. 죄책감 때문에 에이미는 이따금 지나치게 환심을 사려는 위험도 무릅썼다. "그 블라우스, 정말 예뻐요, 엄마." 말은 그렇게 해도 속으로는 엄마의 눈동자에 경계의 눈빛이 스치는 걸 보고 뜨끔했다. 순식간에 지나가서 이저벨조차 의식하지 못하는 경계의 눈빛. 이저벨이 자신의 마음 언저리에서 퍼뜩 번득이고 사라진 경고의 순간들을 떠올리게 된 것은 그로부터 몇 달이 지난 뒤였다.

"저는 시가 정말 좋아요." 이저벨이 돌아와 집에 아무도 없는 것을 보고 잠시 가슴을 졸이며 자기 딸도 가엾은 데비 케이 돈처럼 유괴된 것이라고 믿어버린 그 공포의 밤에서 몇 주가 지났을 때였다. 에이미가 이저벨에게 선언하듯 말했다. "저는 시가 정말 정말 좋아요."

"그것 참 잘됐구나." 스타킹의 올이 나간 것을 방금 발견한 이저벨은 거기에 정신이 팔린 채 대꾸했다.

"이 책을 받았어요." 에이미는 책을 두 손으로 소중하게 들고 거실 입구에 서 있었는데, 손에 든 책을 내려다보느라 얼굴이 머리카락으로 가려져 있었다.

이저벨은 코트를 현관 옷장에 걸고 허리를 돌려 종아리 쪽을 살폈다. "언제 이렇게 됐는지 모르겠네." 그녀가 생각에 잠겨 말했다. "어쩌면 이러고 반나절을 돌아다녔는지도 모르겠어." 그런 뒤 2층으로 올라가려고 에이미 옆을 지나갔다. "무슨 책이니, 에이미?" 그녀가 물었다.

에이미는 여전히 두 손으로 그 책을 든 채 이저벨에게 내밀었고, 이저벨은 지나가면서 겉표지를 유심히 들여다보았다. "오, 이이츠." 그녀는 예이츠를 이이츠로 발음했다. "그래, 알지. 이름은 들어봤어. 아름다운 시를 쓴 사람이지, 아마."

그녀가 계단을 반쯤 올라가는데 에이미가 조용히 말했다. "엄마, 예이츠예요. 이이츠가 아니라."

이저벨이 돌아보았다. "뭐?" 당혹감이 벌써 목으로, 가슴으로 퍼지고 있었다.

"예이츠." 에이미가 대답했다. "아마 키츠와 헷갈렸을 거예요. 철자가 거의 같으니까요."

딸이 사춘기 소녀 특유의 무시하는 태도를 취하며 냉소적으로 말했다면 이저벨은 오히려 견디기 쉬웠을 것이다. 하지만 이 아이는 주저하며 나긋나긋 공손하게 말했고, 이저벨은 올이 나간 스타킹을 신은 채 반쯤 돌아보며 쓰라린 마음으로 계단에 어정쩡하게 서 있었다.

"키츠는 잉글랜드 사람이에요." 에이미가 도와주려는 듯 말했다. "예이츠는 아일랜드 사람이고요. 키츠는 아주 젊었을 때 폐결핵으로 죽었어요."

"오, 그래. 알겠어." 수치심은 몸을 꽉 죄며 달라붙는 스웨터 같았다. 얼굴과 겨드랑이 밑이 땀으로 축축했다. 이 두려움에는 새로운 것이 있었다. 그녀의 무식함을 딸이 동정하다니. "아주 흥미롭구나, 에이미." 그녀가 다시 계단을 올라가며 말했다. "좀 더 들어보면 좋겠어."

그날 밤 이저벨은 뜬눈으로 누워 있었다. 오랫동안 그녀는 그 순간을 꿈꾸었다. 에이미가 대학에 가는 순간. 여기 셜리폴스에 있는 커뮤니티칼리지가 아니라 어디 다른 곳의 진짜 대학에. 어느 가을날 에이미가 감청색 스웨터에 공책을 끌어안고 격자무늬 스커트를 무릎께에서 팔랑거리며 걸어가는 모습을 그녀는 상상했다. 요즘 여자애들은 지저분한 청바지에 티셔츠를 걸치고 브래지어를 하지 않은 젖가슴을 출렁이며 추저분한 모습으로 돌아다니는데, 그런 것은 꿈도 꾸면 안 된다. 대학 캠퍼스에는 아직 사랑스러운 아가씨들이 있을 거라고 이저벨은 확신했다. 플라톤과 셰익스피어와 예이츠를 읽는 진지하고 똑똑한 여자들. 혹은 키츠를. 그녀는 일어나 앉아 베개를 똑바로 놓고 다시 누웠다.

대학 캠퍼스를 돌아다니는 에이미를 숱하게 상상했지만 방금 당한 일은 상상하지 못했다. 딸은 그녀를 창피하게 여길 것이다. 에이미는 파릇파릇한 잔디밭을 지나가며 새로 사귄 똑똑한 친구들과 깔깔거릴 테지만 엄마는 공장에서 일해 하고 말하지는 않을 것이다. 주말이나 휴일에 친구들을 집으로 초대하지도 않을 것이고 새로 배우는 흥미로운 내용을 이저벨과 나누지도 않을 것이다. 그녀의 눈에 이저벨은 그저 작은 타운의 공장에서 일하는 멍청이일 테니까. 이날 저녁 그랬던 것처럼 이저벨은 늘 조심히 대해야 할 사람일 테니까. 시간이 좀 지나서야 이저벨은 간신히 잠이 들었다.

다음날 공장에서 여자들이 점심을 먹으러 휴게실로 몰려갈 때 이저벨은 알린 터커에게 심부름 때문에 은행에 간다고 말한 뒤 3월의 매서운 바람에 재빨리 코트 단추를 채우며 주차장으로 걸어갔다. 그리고 다리를 건너 셜리폴스에 있는 유일한 서점으로 차를 몰았다. 그날 아침 에이미가 혼자 공부해도 거뜬히 알 만한 교과서들을 챙기는 것을 지켜보면서 이저벨의 머릿속에는 한 가지 생각이 떠올랐다. 어쨌거나 이저벨은 글을 읽을 줄 알았다. 수업을 듣는 것처럼 혼자 책을 읽고 공부할 수 있었다. 안 될 이유가 없지. 그녀는 아버지의 사촌을 떠올렸다. 친절하고 얼굴이 발그레한 여자로, 뛰어난 요리사였다. "좋은 요리사가 되는 데 요술 같은 건 없어." 어느 날 그녀가 이저벨에게 털어놓았다. "요리책을 한 권 사. 글을 읽을 수 있으면 요리할 수 있어."

서점에 들어서자 이저벨은 교회 사람, 이를테면 에마 클라크나 바버라 롤리가 자기를 보고 놀라며 "이저벨 굿로, 이저벨이 여기는 어쩐 일이에요?" 하고 말을 붙이지 않을까 두려워 주위를 어줍게 두리번거렸다. 하지만 금속 테 안경이 콧등에서 자꾸 흘러내리는 남자와 서류가방을 든 남자 말고는 아무도 없었다. 책은 많았다. 카펫이 깔린 바닥을 조심스레 걸어가면서 그녀는 그 사실에 놀랐다. 서점에 난생처음 와본 정도는 아니지만, 맙소사, 책이 정말 많은 것 같았다. 그녀는 제목들을 읽으려고 고개를 갸웃거렸다. 셰익스피어가 이렇게 자그마한 보급판으로 나와 있는지 몰랐다. 한 권을 집어 보니 책의 두께가 얇고 표지 그림이 아름답고 글씨체가 장식적이라 굉장히 친근한 느낌이 들어 기분이 좋아졌다. 『햄릿』.

『햄릿』. 이저벨은 카펫 위로 걸어가면서 고개를 끄덕였다. 『햄릿』에 대해서는 당연히 들어보았다. 어머니와 미쳐버린 여자친구가 등장했다. 어쩌면 그녀가 뭔가 다른 작품을 착각한 건지도 몰랐다. 그리스 작품이던가. 계산대 앞에 서서 그녀는 지금 자기가 떠안으려고 하는 것의 어마어마함에 불안을 느꼈다. 하지만 턱에 듬성듬성 금발 수염이 난 젊은 점원이 계산대에서 삑삑 소리를 내며 심드렁하게 책값을 입력하자 그녀는 기뻤다. 겉보기에는 그녀가 셰익스피어의 『햄릿』을 사는 것을 이상하게 여길 명백한 근거가 없다는 의미였다. 알맞은 배역을 맡은 것처럼 보일 거야. (그녀는 자기가 방금 소소한 농담을 한 것을 깨닫고 빙그레 웃었다.) 그녀는 구입한 책을 손가방에 넣고 바람 부는 거리를 가로질러 차로 걸어갔고, 다리를 건너 공장으로 돌아갔다.

오후 내내 그녀는 자기도 유식한 사람이 된다는 생각에 들떠 있었다. 벨트코 서플라이어스 회사에 보낼 편지를 타자하면서 이저벨은 누군가에게 "그걸 보니 『햄릿』의 한 장면이 떠오르네요" 하고 가볍게 말하는 순간을 그려보았다. 물론 공장에서 같이 일하는 사람들에게는 아니었다(그녀는 식수대에서 어슬렁어슬렁 걸어오며 손등으로 입을 쓱 닦는 뚱뚱이 베브를 보면서 싱긋 웃었다). 아니, 그들에게는 셰익스피어에 대한 말을 꺼내지 않을 것이다. 하지만 그녀의 딸은 언젠가 이 사실을 알아줄 것이고, 두 사람은 커피숍에서 셰익스피어의 희곡들에 대해 도란거릴 것이다. 한편 교회 여자들—값비싼 향수를 뿌린 듯 은근슬쩍 대학 교육 냄새를 풍기고 그런 종류의 자신감에 넘치는 위협적인 집사의 아내들—도 결국은 자신들이 이저벨에 대해 오해하고 있었음을 알게 될 것이다. 이저벨이 공장에서 일하면서 혼자 딸을 키우는 엄마가 아니라 셰익스피어를 거침없이 인용할 수 있는 지성과 열정을 겸비한 여자라는 것을.

그녀는 오후 쉬는 시간에 알린이 건넨 초콜릿바도 덥석 받았고, 심지어 레노러 스니븐스가 사무실에서 나가는 로지 탕궤이의 앙상한 볼기짝을 흘겨보아도 공감한다는 듯 고개를 끄덕여주었다. 로지와 레노러 사이에는 해묵은 원한이 있었다. 이제는 이저벨도 일이 이렇게 되기까지의 자초지종이 잘 기억나지 않았지만, 그 원한이 레노러의 꿈에서 시작된 것만은 기억했다. 술은 입에도 대지 않는 로지가 고주망태로 취해 우체국 로비에서 스트립쇼를 한 꿈이었다. 안타깝게도 레노러가 점심을 먹다가 그

꿈 이야기를 꺼냈고 사람들은 우스워 죽겠다는 듯 깔깔거렸다. 로지는 그뒤로 레노러에게 말을 걸지 않았다.

공장에서 일해온 세월 동안 지금 같은 흔한 불화가 일어났을 때 이저벨은 누구 편도 들지 않으려고 조심해왔지만, 손가방 안에 『햄릿』이 들어 있다고 생각하니 레노러 스니븐스에게 공감하는 미소를 지어줄 수 있을 만큼 초탈한 기분이 들었다.

어쨌거나 레노러는 착한 여자였다. 빼드렁니에 안색이 별로였지만 유쾌하게 자기 비하를 일삼으며 그것을 견디는 것 같았다. 로지의 꿈 이야기를 자꾸 되풀이하는 것을 보면 눈치가 없는 듯도 했지만 로지가 심통을 부리는 것도 지겹기는 마찬가지였다. 입술을 티슈로 닦으며 초콜릿바에 대해 고맙다고 알린에게 인사한 뒤 자기 자리로 돌아가면서, 이저벨은 가만히 보면 로지 탕궤이도 딱하다는 생각이 들었다. (방금 화장실에서 나온 로지는 여느 때처럼 신경이 곤두서서 이마가 굳어 있었다.) 이저벨은 책상에 앉아 벨트코 서플라이어스에 보낼 편지를 한번 더 교정보기 전에 먼저 연필을 깎았다. 사무실에 앉아 일하는 여자들을, 지겨운 일과와 화장실 농담과 여전히 해묵은 원한이 부글거리는 단조로운 날들을 측은히 여길 수 있어야 했다. 참으로 애틋했다. 이저벨이 혀로 치아 뒤를 쓱 핥자 마지막 남은 초콜릿 맛이 사라졌다. 그녀는 뾰족하게 깎은 연필을 후 불었다.

그녀는 달랐다. 그녀는 이저벨 굿로였고, 책을 읽는 사람이 되려고 했다.

스테이시의 눈이 빨갰다. 4월이 다 되었지만 날은 아직 쌀쌀했고, 두 소녀는 코트를 잠그지 않은 채 부들부들 떨고 있었다. 스테이시는 호주머니에서 플라스틱 탐팩스 생리대 케이스를 꺼내서 둘이 피울 담배를 꺼냈다. "폴이랑 헤어졌어." 그녀가 말했다.

에이미는 잠시 가만히 있다가 스테이시의 말이 농담이라고 생각하며—그 소식을 아주 심드렁하게 알려주었기 때문에—"농담하는 거지" 하고 말했다.

에이미의 마음은 뒤죽박죽이었다. 그날 아침 로버트슨 선생이 수업을 끝내면서 그녀에게 말했던 것이다. "학교 끝나고 보자. 네가 좋아할 만한 책을 가져왔거든." 에이미는 그뒤로 어떤 것에도 집중이 되지 않았다.

스테이시는 도톰한 입술에 담배 두 개비를 꼬나물고 에이미가 지켜보는 가운데 불을 붙였다. 성냥이 꺼졌다. "젠장." 입꼬리만 달싹여 궁얼거린 뒤, 머리를 귀 뒤로 넘기고 또 한 개비에 불을 붙였다. "농담 아냐." 두번째 성냥은 성공했다. 잠시 담배를 빨아들이자 끝부분이 회색으로 변했다. "내 인생에서 꺼지라고 말해줬어." 그녀가 에이미에게 담배를 건네며 자기 담배를 세게 빨았다.

에이미는 무슨 말을 해야 할지 알 수 없었다. 폴 벨로스같이 잘나가는 남자친구를 둘 만큼 복을 받았는데 그에게 자기 인생에서 꺼지라고 말하다니. 에이미의 눈에 스테이시는 상상 이상으로 대단하고 굉장하며 용감하고 독립적인 사람 같았다. "어쩌다가?" 에이미가 물었다.

"젠장, 그 자식 엄마가 나더러 임신한 것 같다고 뭐래잖아." 스테이시의 눈에 눈물이 어리며 눈시울이 또 붉어졌다. "빌어먹을 꼴통 암소 같으니."

에이미에게는 얼마나 낯선 일인가! 자기 아파트가 있는 남자친구와 그 남자친구의 어머니…… 게다가 그 말은 또 뭐고. "그 아줌마가 너한테 임신한 것 같다고 그랬어?" 에이미가 물었다. "그 아줌마가 그런 말을 했다는 거야? 너한테?" 이런 상황에서 담배를 빨아들이는 것은 예의가 아닌 것 같았다. 에이미는 옆으로 담배를 들었고 연기가 팔을 휘감으며 구불구불 올라왔다.

"폴한테. 폴한테 그렇게 말했대." 스테이시가 킁킁거리며 담배를 쥔 쪽 손등으로 코를 쓱 문질렀다. "내가 점점 뚱뚱해진다나."

"하. 못된 아줌마네." 에이미가 말했다. 하지만 눈이 자꾸 스테이시의 배로 내려가는 것은 어쩔 수 없었고 스테이시의 시선도 거기에 머물러 있었다. 그들은 단추를 푼 코트 사이로 스테이시의 검은 스웨터를 잠시 바라보며 고요한 숲속에 서 있었다.

"뚱뚱하지 않은데." 하지만 속으로는 조금 뚱뚱하다고 생각했다. 사실 스테이시는 날씬했던 적이 없었다. 구별하기 힘들었다.

"종양이 있는 것 같아." 스테이시가 침울하게 말했다. 그러고 나무들 사이를 올려다보았다. "여자들한테 생긴다는 그 엿 같은 종양 있잖아."

"그러면 병원에 가야지." 에이미가 심각하게 말했다.

"어젯밤에 폴이 왔어." 스테이시가 말을 이었다. "다 끝났다고 말해줬지. 그냥 꺼지라고."

"폴은 뭐래?" 차가 달려오는 소리가 들리자 그들은 동시에 돌아본 뒤 고개를 숙였고, 차가 지나갈 때까지 얼굴을 마주한 채 쭈그리고 앉아 있었다. 에이미가 일어서서 스테이시에게 팔을 내밀었고 스테이시는 몸을 일으키며 겸연쩍은 듯 싱긋 웃었다.

"내가 얼마나 무거운지 알겠니?" 스테이시는 눈을 찡그리고 담배를 쳐다보다가 한 모금 빨았다.

"넌 멋져." 에이미가 말했는데, 가죽 스커트에 검은 타이츠를 입고 검은 부츠를 신은 모습이 정말로 그렇게 보였다. 에이미도 그렇게 보일 수만 있다면, 짧은 가죽 스커트를 입을 수만 있다면 뭐든 다 했을 것이다. 그녀는 엄마가 만들어준 초록색 면 스커트를 입고 있었고, 길이는 무릎까지 내려올 정도로 아주 길었다. "그렇게 말하니까 폴은 뭐래?" 그녀가 다시 물었다.

스테이시는 고개를 가로저으며 한숨을 푹 쉬었고, 그 순간을 떠올릴 때는 실제로 눈을 꼭 감았다. "그 자식이 어떻게 했는지 알고 싶어?" 그녀는 다시 고개를 가로저었다. "넌 그 자식이 어떻게 했는지 믿을 수 없을걸. 울었어." 그녀는 낙심한 눈빛으로 에이미를 쳐다본 뒤 수심에 잠겨 담배를 나무에 대고 잘 깎은 연필처럼 보일 때까지 굴렸다. "젠장, 지랄같이 울더라니까." 그러고는 담배를 한 모금 빤 뒤 눈밭에 던졌다. 담배는 얌전히 떨어져 눈색깔과 거의 분간되지 않는 가느다란 회색 연기를 피워올렸다.

"세상에, 널 정말 좋아하나봐." 에이미가 말했다.

스테이시의 목구멍에서 꾸르륵거리는 소리가 났고 눈에는 눈물이 차올랐다. "이 바보 같은 부츠가 물이 새네." 스테이시가 허리를 숙여 발가락 옆을 손가락으로 꾹 누르며 말했다.

"내 코트 안감에도 그런 바보 같은 구멍이 있어." 에이미는 코트를 활짝 열어젖히고 겨드랑이 쪽의 찢어진 곳을 살펴보려고 고개를 비틀었지만 친구에게 은밀한 순간을 보여준 것뿐 별다른 재미는 없었다. "코트가 정말 낡았어. 어쨌거나 한 번도 좋아한 적은 없었지만. 격자무늬라 남자 옷 같아. 남자가 입는 옷 같다니까." 자신이 쳐다보는 걸 스테이시가 느끼지 못하도록, 에이미는 무슨 말이라도 지껄이고 싶었다. "내 옷은 죄다 바보 같아 보여서 싫어."

스테이시는 여전히 부츠 위로 허리를 숙이고 있었는데 에이미가 흘끗 쳐다봤을 때는 코를 닦고 있었다. 하지만 스테이시는 곧 허리를 펴며 말했다. "코트는 그래도 괜찮아. 안감은 보이지 않잖아."

"난 겨울 코트를 입는 시기가 싫어." 에이미가 말했다. "특히 이 무렵은."

"알아. 나도 그런걸." 스테이시가 손으로 콧등을 문질렀다.

"우리집 옆에 크로커스 싹이 돋았어." 에이미는 스테이시가 건네는 두번째 담배를 받으며 말했다.

"멋진데." 스테이시가 대꾸했다. 그녀는 담배에 불을 붙이고 성냥을 내밀었다. "머리카락은 태우지 마." 그녀가 주의를 주었다. "머리카락 타는 냄새 맡아봤어? 정말 고약해. 게다가 순식간에 타버리잖아." 스테이시가 후 불어 불을 끄고 성냥을 눈밭에 버렸다. 그러더니 두 손가락을 딱 맞부딪쳤다. "이렇게. 머리카락이 불꽃을 일으키면서 순식간에 홀랑 타버릴 거야."

"굉장해." 에이미가 말했다. "괜찮은 생각인데." 그녀가 코트를 다시 여미고 쓰러진 통나무에 기댔다.

"그런 생각은 하지 마." 스테이시도 에이미 옆에 바싹 붙어 통나무 위에 자리를 잡았고, 둘은 코트를 입은 채 어깨를 맞대고 오들오들 떨며 담배를 피웠다.

"스페인어 숙제 안 했어." 스테이시가 잠시 뒤에 말하자 에이미는 이제 폴 벨로스 이야기는 그만이라는 것을 알았다.

"내 숙제를 베껴도 괜찮아. 자습실에서." 에이미가 가문비나무에 앉은 홍관조를 가리키며 말했다.

"그래, 하지만 러니어 선생님이 알아챌걸." 스테이시가 심드렁하게 홍관조를 쳐다보았다. "넌 정답을 썼을 테고, 그러면 내가 한 숙제가 아니란 걸 알 거야."

"몇 개 틀린 답으로 고치면 돼." 에이미가 제안하자 스테이시가 고개를 끄덕였다. "그 선생님은 착하니까 뭐라고 하지는 않을 거야." 스테이시가 다시 고개를 끄덕였다.

에이미는 스테이시가 가르쳐준 대로 물고기처럼 입을 오므렸다가 혀를 내밀어 고리 모양을 만들어보려 했지만 잘되지 않았다. 담배 연기는 그저 원통처럼 뿜어져나왔다. 방과후에 로버트슨 선생을 만난다고 생각하니 어쩐지 불안해서 병이 날 것 같은 묘한 기분마저 들었다. (지난주에 한번은 둘이 대화를 나누고 있었는데, 그가 창문을 닫으려고 그녀의 옆을 스치면서 아주 살짝, 아주 잠시 그녀의 어깨를 건드렸다.) 그녀는 스테이시에게 폴에 대해 더 물어보고 싶었지만 자꾸 물으면 실례가 될 것 같았다. 스테이시의 배도 한번 더 쳐다보고 싶었지만, 자기도 모르게 시선이 그리로 갈까봐 에이미는 그저 고리 모양을 만드는 일에 열중했다. 이해할 수 없는 것이 많았다. 스테이시도 자기가 임신했다고 생각하는 걸까, 아니면 폴의 어머니가 그냥 밉살스러운 소리를 한 걸까? 하지만 임신을 하면 스스로 알 수 있다. 그녀도 그 정도 상식은 있었다.

"연습하면 돼." 스테이시는 완벽한 고리 모양을 연거푸 뿜어내며 말했다. 두 소녀가 지켜보는 가운데 연기는 허공으로 올라가며 구불구불 퍼지다가 가문비나무에 닿을 때쯤 형체를 잃고 사라졌다. 홍관조가 가지에서 포르르 날아올라 더 깊은 숲속으로 날아갔다.

"러니어 선생님도 참 안됐어." 스테이시가 말했다.

에이미가 고개를 끄덕였다. 그들은 스페인어 선생을 좋아했다. 그녀는 옷을 아주 짧게 입고 다녔는데 다리가 예쁘지 않아서 안타까웠다. 무릎까지는 괜찮았지만 양쪽 무릎이 서로 붙어 있고 거기서부터 허벅지는 통나무 같았다. 또한 슬립을 입지 않고 나일론 같은 소재의 드레스를 입었는데 드레스가 몸에 딱 달라붙었다. 속옷과 스타킹의 윤곽까지 고스란히 드러났다. 그들이 퍼디라고 부르는 교장, 창백한 얼굴의 못생긴 그 중년 남자에게 러니어 선생이 반했다는 것이 스테이시가 내린 결론이었다.

"하지만 퍼디는 수줍음을 너무 많이 타." 스테이시가 말했다. "데이트 한 번 못해봤을걸. 아직 엄마랑 같이 살잖아."

에이미는 고리 모양을 포기하고 담배를 눈밭에 버렸다. "자식을 낳으면 못생겼지만 착하긴 할 거야." 누가 그녀의 뱃속을 쥐어짜는 것 같았다. 그녀는 로버트슨 선생이 했던 말을 떠올리고 있었다. "학교 끝나고 보자. 네가 좋아할 만한 책을 가져왔거든." 그와의 만남을 애타게 기다리면서 다른 모든 것—스테이시의 빨개진 눈과 러니어 선생의 안타까운 허벅지—이, 온 세상이 아물아물 사라지는 것 같았다. 요즘 그녀는 그런 야릇하고 불안하고 은밀한 세계에서 살고 있었다. “학교 끝나고 보자.” 그 말이 안겨준 기쁨. 하지만 언제나, 지금 이 순간에도 덜컥 내려앉는 이 불안감. 그녀는 땅에 버린 담배를 물끄러미 바라보았다.

“안됐어.” 스테이시가 생각에 잠겨 있는데 수업종이 울렸다. 그들은 정신을 차리며 일어섰다. “그래도 정전기 때문에 옷이 달라붙는 건 누가 말해줘야 하는데.”

밤이 되자 이저벨은 침대에 누워, 퀼트이불 위로 떨어지는 램프 불빛의 웅덩이 속에서, 보급판 『햄릿』을 가슴팍에 올려놓은 채 셰익스피어와 씨름했다. 주로 육체적인 씨름이었는데, 눈꺼풀이 풀로 붙인 것처럼 딱 붙은 것 같았다. 사실 눈을 뜨고 있기도 힘들었다. 더 꼿꼿이 앉으려고 했지만 두번째 페이지로 넘어갈 수조차 없었다. 눈이 그렇게 쉽게 감긴다는 것이 놀라웠다. 에이미가 잠들었다는 확신이 들자 그녀는 일어나서 계단을 내려가 부엌으로 갔고, 실내복을 단단히 여민 뒤 찻잔을 들고 식탁에 앉아 테리 천으로 된 슬리퍼를 신은 발을 위아래로 흔들며 같은 부분을 읽고 또 읽었다.

책은 어려웠다. 아주아주 어려웠다. 이렇게 어려울 거라고는 예상하지 못해서 그녀는 와락 밀려온 두려움과 싸워야 했다. “적은 승자에게 모조리 넘겨야 하는 꼴이 되었네. 선왕도 그에 맞먹는 조건을 걸어놓았던 것이라 포틴브라스가 승리한다면 그쪽 소유가 되었을 테지만……" 이 부분은 어떻게 이해한다? 부엌은 괴괴했다.

그녀는 차를 한 모금 마시고 유리창을 바라보았다. 하얀 커튼이 살짝 벌어진 사이로 새까매진 유리창이 보였다. 그녀는 커튼을 완전히 치려고 일어섰다. 이 시각에 혼자 이곳에 내려와 있으려니 어쩐지 어색했다. 그녀는 다시 식탁에 앉아 차를 홀짝인 뒤 책을 대충대충 읽어내려갔다. "세상만사가 내게는 얼마나 지루하고 부패하고 단조롭고 무익해 보이는가!"

그렇고말고, 그녀는 이해할 수 있었다. 이저벨은 그 부분을 손가락으로 짚었다. 햄릿이 말하고 있었다. "세상만사가 내게는 얼마나 지루하고 부패하고 단조롭고…… 보이는가!" 그녀가 이따금 세상을 부패하고 지루한 곳으로 느낀다는 것은 하느님도 알고 있겠지만, 햄릿이 그것을 표현한 방식은 그야말로 멋졌다. 그녀는 갑자기 햄릿과 친구가 된 것처럼 짜릿하고 순수한 기쁨을 느꼈다.

이제 잠에서 완전히 깨어, 그녀는 햄릿의 독백이 시작되는 부분을 읊조렸다. "오, 내 더러운 육신도 녹겠지, 눈처럼 녹아……" (순간적으로 그녀는 일요일 저녁식사 준비를 하면서 제때 냉동실에서 꺼내지 못한 우둔살 스테이크를 상상했다.) 그녀는 입술을 오므려 차를 조금 홀짝인 뒤 다시 읽기 시작했다. "오, 내 더러운 육신도 녹겠지……" (햄릿은 건장한 젊은이였음에 틀림없다. 그녀는 당장 표지에 그려진 햄릿을 확인했다.) "눈처럼 녹아 이슬로 맺히겠지."

지금까지는 괜찮았다고, 이저벨은 고개를 주억거렸다. 살면서 녹아버리고 싶은 욕망, 사라지고 싶은 욕망은 그녀도 당연히 경험했다. 이슬이 되고 싶었던 적은 없었지만, 생각하면 그건 아름다운 표현이었고, 따지고 보면 그녀가 셰익스피어를 읽는 이유도 결국 그거였다. 그는 천재였고, 평범한 우리는 절대 생각하지 못할 방식으로 사물을 표현할 수 있으니까. 그녀는 이 모든 것에서 이루 말할 수 없는 기쁨을 느끼며 자세를 더 꼿꼿이 했다. "영원한 존재가 자기 학살을 금하는 섭리를 마련하지만 않았다면! 오, 신이시여! 오, 신이시여!"

그녀는 이 부분을 몇 번 더 읽었다. "영원한 존재"가 대문자로 되어 있어서 그녀는 셰익스피어가 여기서 신을 일컫은 거라고 추측했고, 자기 학살에 관련된 부분은 자살을 말하는 것이 틀림없다고 생각했다. 햄릿은 자살하고 싶었지만 신의 섭리가 그것을 금한다는 것을 알고 있었다.

그렇다면. 이저벨은 고개를 들었다. 그녀는 냉장고를 골똘히 바라보며 『햄릿』이 좀 멜로드라마 같지는 않은지 생각했다. 햄릿은 제정신이 아닌 게 분명했고 물론 그럴 이유도 있었다. 이저벨 또한 하느님도 알다시피 여러 번 제정신이 아니었지만 자살할 생각 같은 건 전혀 하지 않았다. 그녀는 다시 책을 뚫어져라 쳐다보았다. 차를 마셔서 소변이 마려웠지만 이 장은 다 끝낼 것이다. 아버지의 죽음에 비통해하는 햄릿의 심정이 마음에 와 닿았다. 그의 부모는 서로 사랑했는데…… 어머니는 한 달도 안 되어 그 일을 잊고 햄릿의 숙부와 결혼했다.

이저벨은 입술에 손가락을 댔다. 그 일이 얼마나 그의 마음을 어지럽혔을지 그녀는 알았다. 하지만 그 구절, "나약함이여, 그대의 이름은 여자이니!" 이건 전혀 마음에 들지 않았다. 그가 어머니에게 한 말이었다. 맙소사. 혼자 아이를 키우는 것에 대해, 사랑하는 남자를 잃는 것에 대해 햄릿이 뭘 안다고? 이저벨은 얼굴을 찡그리고 엄지손톱을 물었다. 솔직히 햄릿은 여기서 매우 공격적이었다. 보스턴 법정 건물 앞 계단에서 속옷을 불태웠다는 그 여자들도(뉴스에서 들었다) 그 부분은 좋게 받아들이지 않았을 것이다. 나약함이여, 그대의 이름은 여자이니! 이저벨은 실내복을 더 단단히 여몄다. 솔직히 슬슬 짜증이 났다. 남자들은 깨우쳐야 할 것이 많았다. 여자들은 전혀 나약하지 않았다. 누가 뭐래도 먼 옛날부터 세상을 흘러가게 한 것은 여자였다. 게다가 그녀만 해도 전혀 나약하지 않았다. 지붕은 새고 차에는 윤활유가 필요한 뉴잉글랜드*의 을씨년스러운 겨울 날씨에 혼자 딸을

* 메인, 뉴햄프셔, 버몬트, 매사추세츠, 로드아일랜드, 코네티컷을 포괄하는 미국의 북동부 지역.

키우는 여자에게 나약하다니, 가당치 않았다.

이저벨은 순간적으로 눈이 스르르 감겼다. 몹시 고단했다. 그리고 정말 나약한 기분이 들었다. 정말로 진실이 알고 싶다면, 그것이 진실이었다. 그녀는 손가락으로 책의 가장자리를 쓸며 잠시 앉아 있다가 부엌 개수대로 가서 찻잔을 씻은 뒤 뿌듯한 마음으로 침실로 돌아갔다.

며칠 뒤 그녀는 다시 서점으로 갔다. 그녀는 쉽게 포기하는 사람이 아니었다. 다만 셰익스피어는 시작하는 책으로는 무리였다. 고전이 꽂힌 서가에서 읽을 만한 다른 책을 찾았다. 이번에는 서점이 친숙하게 느껴졌다. 수염이 난 젊은 점원이 그녀에게 고개를 까딱하는 것 같았다. 그녀는 표지에 이끌려 『마담 보바리』로 결정했지만 그러기 전에 한동안 책 선반을 꼼꼼히 훑었다. 짙은 눈동자에 머리를 프렌치 스타일로 아름답게 틀어올린 여자의 그림을 찬찬히 살폈다. 그 얼굴에 드러난 표정으로 보아 그녀가 여자들의 삶 속에 녹아 있는 내밀한 슬픔에 대해 안다는 느낌이 들어, 마침내 그 책으로 결정했다.

3월의 그 마지막 주에 셜리폴스에서는 드문드문 강도 사건이 일어났다. 모두 대낮에 오이스터포인트 구역에서 일어난 주거침입 사건이었다. 어느 역사 교수의 집에서는 수집한 옛날 동전이

몽땅 없어졌다. 치과의사의 아내 에린은 서랍장에서 보석이 없어진 것을 알아차렸고, 강 하류의 아름다운 집에서는 은식기와 촛대, 설탕 그릇 들이 사라졌다. 뒷문을 쇠지레로 땄다고 했다. 목격자도 없었고 단서라곤 눈 위에 남은 발자국 몇 개가 전부였다. 그마저도 경찰이 평균 키와 평균 몸무게 남자의 소행일 거라는 추측 외에 결정적인 단서를 찾기도 전에, 비가 쏟아져 뭉개져 버렸다. 정말로 단서가 없었다. 전혀. 수상쩍은 인물이 얼쩡거렸다는 보고도 없었고, 여러 해 전에 보스턴에서 굴러온 두 남자가 집 두 채를 홀랑 털어 밴에 싣고 달아났다가 세번째로 한탕하려고 돌아오는 바람에 결국 일주일 뒤에 잡혔던 사건처럼 전문적인 범인의 소행이라는 느낌도 없었다. 아니, 이런 좀도둑질은 좀 더 가벼운 느낌이 들었고, 주거침입 사건은 경찰이 머리를 긁적이며 보고서를 쓰는 것 이상의 조치를 취하기도 전에 끝난 것 같았다.

하지만 어느 오후 에마 클라크는 집에 돌아와(최근에 거실 소파의 커버를 바꾸었는데, 일을 엉망으로 해놓은 탓에 천갈이 가게로 찾아가 티격태격 싸우고 돌아와 녹초가 되어 있었다) 차고 문이 조금 올라가 있는 것을 보았다. 지인들에게 강둑 아래 집들에서 은제 물건을 도난당했다는 소식을 들었던 터라 그녀는 차에서 내리지 않고 곧장 시내로 돌아가 에이버리에게 당장 집으로 오라고 전화했다.

쓰는 집기들이 죄다 없어지고 차고에 두는 비상용 타이어도 사라졌지만 집 자체에는 손도 대지 않은 것 같았다. 그럼에도 불구하고 그날 에이버리는 나머지 시간을 휴가로 처리하고 열쇠공을 집으로 불러 문마다 이중 자물쇠를 달았다. "이저벨에게도 알려줘야겠어." 에이버리는 열쇠공이 부엌을 저벅거리며 남긴 진흙 자국에 정신을 팔면서 아내에게 말했고, 에마는 고개를 끄덕였다. 그럴 수밖에 없는 것이, 이저벨 굿로는 1마일 아래에 살았으니까. 그녀도 이 동네를 기웃거리면서 타이어와 집기를 훔쳐 가는 도둑이 있다는 사실을 알아야 했다.

하지만 하필 에마와 에이버리는 그 순간 할 일이 또 있었고, 그래서 그 시간에 구내 휴게실에 앉아 『마담 보바리』에 빠져 있던 이저벨은 그날 22번 도로가 지나가는 그 동네에서 일어난 사건에 대해 끝내 알지 못했다. 그녀가 책장을 넘길 때 타운 저편의 학교에서는 방금 마지막 종이 울렸고, 그녀의 딸 에이미는 로버트슨 선생을 만날 준비를 하러 왁자지껄한 복도를 헤치며 2층 화장실로 올라가고 있었지만, 이저벨은 그것도 끝내 알지 못했다.

# 7장

가슴이 벅찼다! 성에가 낀 유리창으로 비쳐든 우윳빛 햇살이 초록색 벽에 어른거리는데, 그녀 홀로 화장실에 서 있었다…… 세면대가 얼룩지고 수도꼭지에서 물방울이 떨어지는 것이 무슨 대수겠는가. 에이미는 이런 오후에는 이국적인 정취가 느껴지고 가슴이 설렜다. 두렵기도 했다. 그 느낌은 굉장해서, 손으로 꼬리뼈를 꾹 누르면 엉덩이까지 찌르르한 것처럼 그녀의 몸을 타고 내려왔다. 손은 몹시 차가워 냉장고에서 방금 빼낸 것 같았다. 그녀는 자신이 어린 신부가 되어 왕 앞에 나설 준비를 마친 공주라고 상상했다.

무엇보다 공주 같아 보이는 것은 어깨 위로 굽슬굽슬 흘러내린 긴 머리였다. 노란색에서 옅은 갈색, 얼굴 윤곽을 따라 덩굴

손처럼 흘러내린 흰색에 가까운 금발까지 색깔도 다양했다. 입을 반쯤 벌리고 거울을 물끄러미 쳐다보면서 그녀는 어쩌면 자기가 예쁜지도 모르겠다고 생각했다. 그 순간 배가 싸르르 아프면서 꼬리뼈 주변이 조여왔다. 안으로 들어가 볼일을 보고 나와서 거울에 자기 모습을 다시 한번 비춰보았는데, 입술이 파리하고 메마른 평범한 소녀로 변해 있어 적잖이 실망했다. 그녀는 입술을 잘근거리고 뺨을 꼬집은 뒤 빨간 글씨로 우리 언니는 왼쪽 젖꼭지를 빨아주면 좋아한다고 쓰인 무거운 문을 당겨 열었다.

복도에는 아무도 없었다. 그녀가 지나친 교실들은 묵묵히 입을 벌리고 있었고, 빈 의자들은 다시 채워질 내일을 기다리는 것 같았다. 멀리 음악실에서 트럼펫 소리가 어렴풋이 들렸다. 계단을 내려가면서 그녀는 치어리더 여학생들이 체육관에서 연습하는 소리를 들었다.

이윽고 그녀는 거기, 그가 있는 교실 입구에 섰다. 시야가 좁아지는 야릇한 느낌이 들면서 눈앞의 광경이 조그맣고 흐릿하게, 꼭 연필 스케치같이 보였다(커다랗고 축축한 양손으로 공책을 하도 세게 움켜잡아서 표지에 손자국이 남았다). 책상에서 고개를 든 로버트슨 선생의 눈썹이 올라가고 얼굴이 환해지자, 에이미를 무겁게 누르던 불안도 금세 사라졌다. 아주 어릴 적, 엄마가 가끔 그녀를 공장에 데려갔을 때를 제외하면 누구도 이렇게까지 반겨주지는 않았던 것 같았다. 공장 여자들은 허리를 굽혀 그녀를 맞아주었고 뚱뚱이 베브 같은 이는 이렇게 인사했다. "예쁜 아가, 안녕?"

로버트슨 선생은 아무 말 없이, 바닥으로 떨어지는 오후 햇빛 속에 서 있는 그녀의 모습을 그저 지켜보았다. "안녕하세요." 에이미는 손을 가볍게 흔들고 고개를 까딱한 뒤 멋쩍게 웃었다.

"안녕." 로버트슨 선생이 그녀의 동작을 똑같이 따라 하며 손을 흔들었는데 그 역시 수줍은 것처럼 보였다. "들어와. 얼른 들어와."

그녀는 환한 교실로 들어가 그에게 다가갔다. 그가 자신을 지켜보는 게 어색했고, 그가 혹시 눈길을 줄지 모르는 다른 모두와 경쟁해야 할 것 같은 느낌마저 들었다. 자신이 경쟁에는 썩 소질이 없다는 사실을 그녀는 꽤 오래전부터 알고 있었다. 심지어 어렸을 때도 그랬다. 의자 뺏기 놀이를 할 때조차 심장이 두근거리고 무서웠다. 음악이 끝나면 누군가는 자리에 앉지 못하고 '쫓겨나야' 하는 무섭고 냉정한 현실. 노력하지 않는 편이 더 나았다. 어린아이에게는 어쩔 수 없이 견뎌야 하는 일들이 아주 많았으니까. 단어 철자 말하기 대회도, 체육 시간에 했던 무수한 시합도. 이 모든 일에서 그녀는 노력하지 않았고, 노력하더라도 거의 기대를 하지 않았다. 그래서 4학년 때 단어 철자 말하기 대회에서 '빙하glacier'라는 단어의 철자를 잘못 말하고도, 또 소프트볼 시합에서 배트를 한 번도 휘두르지 못한 채 삼진을 당하고도 낙담하지 않았다. 노력하지 않는 것이 버릇이 되었고, 친구들 사이에서 인기를 얻는 일이 가장 큰 상이 되는 중학교 시절에도 나서서 꿋꿋이 배트를 휘두를 용기가 없다는 사실을 다시금 깨달았다. 자신이 투명인간이나 마찬가지라고 느껴지는 시점이 되었을 때, 에이미는 자신의 외로움은 스스로 떠안은 것이라는 사실을 깨달았다.

하지만 여기 로버트슨 선생이 있고, 그에게 그녀는 투명인간이 아니었다. 지금처럼 그가 그녀를 바라볼 때는 그렇지 않았다. 그럴 수가 없었다. (그럼에도, 그녀의 마음속에는 달아나려는 관성이 있었고 스스로에 대한 의심도 자꾸 도졌다.) 그가 손을 앞으로 내밀어 그녀의 팔꿈치를 살짝 건드렸다. "줄 게 있어." 그러고는 자기 책상 옆에 놓인 의자에 앉으라고 고갯짓을 했다.

그녀는 자리에 앉아서 큰 발을 의자 밑 깊숙이 최대한 밀어넣었다. 그는 '어린 소녀에게'라는 제목의 예이츠가 쓴 시를 베껴 놓았고, 그녀는 어지러운 마음으로 그 시를 읽었다. 그의 글씨를 이렇게 많이 본 적이 없었다.

무엇 때문에 네 심장이 뛰는지 나는 알지……

그가 자신에게 쓴 편지처럼 느껴졌다. "마음에 들어요. 정말 마음에 들어요." 그녀가 종이에서 눈을 떼고 그를 쳐다보았다. "가져도 돼요?"

"물론이지. 너한테 주는 거야."

자신이 그를 사랑한다는 사실을 깨닫자 에이미는 시선을 피했다. 그러자 상황은 달라졌다.

이전에 에이미는, 그라는 커다랗고 검은 자석이 방대한 공간을 가로질러 그녀라는 쇠못을 서서히 끌어당기는 것처럼 그에게 이끌렸다. 하지만 지금은 감지할 수도 없을 만큼 미세하게 찰싹 소리를 내며 붙어버렸다. 더 끌어당겨질 곳도 없었다. 그녀는 다 다랐고, 이제 그를 사랑했다.

에이미는 그 시를 공책 사이에 끼웠다. "고맙습니다." 그러고는 일어나서 창문으로 걸어가 햇볕을 받아 환히 드러난 마른 보도를 바라보았다. 조금 열린 창문으로 마지막 스쿨버스가 떠나는 소리가 들렸고, 버스가 거리로 들어서자 그 둔중한 덩치에서 고단한 신음 소리가 났다. 저멀리 학교의 남쪽 잔디밭에 노란색이 아롱거렸는데, 땅에 바투 붙어 자라는 씩씩한 민들레였다. 창문으로 들어오는 공기는 그녀에게 육체적 고통을 주려는 듯 달콤함을 머금고 있었다. 그녀는 햇빛 속에 작은 얼룩이 반짝거리는 마른 보도를 다시 바라보면서, 이런 날이면 가슴이 설렜던 어린 시절을 떠올렸다. 분명 그 기억에는 의자 뺏기 놀이에 대한 두려움을 뛰어넘는 무언가가 있었다—마침내 겨울이 끝나면 이런 날들이 왔고, 새 운동화를 신고 물기 없는 보도에 발을 디디면 둥실둥실 떠오르는 것처럼 자유로웠다. 그 무중력의 느낌이, 새 운동화를 신고 햇볕이 내리쬐는 마른 보도를 통통 튀어오르

듯 걸어가던 감각이 기억났다. 그 추억을 떠올리자 그 시절에는 행복이 거추장스러운 코트 대신 스웨터를 입고 새 운동화를 신는 것에, 민들레를 따는 것에(하지만 이저벨이 옷에 얼룩이 묻는다고 싫어했기 때문에 조심해야 했다) 있었던 것 같았다. 아이 때는 이런 것들이 그녀를 행복하게 했고 그녀의 마음에 희망을 불어넣었다.

"무슨 생각 하니?" 로버트슨 선생이 묻자 에이미는 창가에서 돌아보았다.

"몰라요." 반짝거리는 마른 보도에 대해, 공기의 냄새에 대해 어떻게 설명해야 할지 몰라서 그녀는 그저 모른다고 대답했다. "마침내 봄이 와서 기뻐요." 그녀는 어깨를 으쓱하고는 다시 창밖을 보았다. "하지만 기분이 이상해요."

"그것들이 무슨 말을 속삭이는지 너는 알겠지."

그가 그녀의 뒤로 걸어오는 소리가 들렸다.

"그것들이 무슨 말을 하니?" 그녀가 돌아보았다. 그가 뒤에 바짝 붙어 있었고, 그 때문에 그녀는 그가 자신의 흉한 모습을 볼까봐 두려워 조마조마했다. 누군가를 가까이 들여다보면 달라 보이게 마련이다. 눈에 눈곱 같은 게 끼거나 턱에 검은 피지가 까뭇까뭇할 때도 있다. 가까이 가면 냄새도 다르다. 그녀의 엄마만 하더라도 에이미의 목깃을 바로잡아주거나 머리에 묻은 것을 떼어주려고 다가오면 젖은 벽돌 같은 희미한 냄새가 났다.

"4월은 가장 잔인한 달." 로버트슨 선생이 주머니에 손을 넣고 발꿈치에 힘을 실었다. 이어서 주머니에 든 동전을 잘랑거렸다.

"누가 한 말이에요?" 에이미가 물었다.

"T. S. 엘리엇."

"그게 누군데요?" 그녀는 로버트슨 선생이 좀 잘난 척하는 사람이라고 생각했다. 그녀는 그를 빤히 쳐다보며 창턱 깊숙이 걸터앉았다.

"시인이지."

"그런 이름은 못 들어봤어요." 그녀는 라디에이터에 닿게끔 다리를 흔들다가 콰르릉 시끄러운 금속성 소리가 나자 몹시 당황했다. 그때부터는 두 다리를 꼭 붙이고 얌전히 앉아 있었다.

"4월은 가장 잔인한 달." 로버트슨 선생이 암송했다. "추억과 욕망을 뒤섞고, 뭐 그런 내용이야. 그 뒤는 기억이 안 나는구나." 그가 천천히 책상으로 돌아갔다.

돌아오세요, 그녀는 말하고 싶었다. 창턱에서 내려와 그를 따라갔다. "다시 해주세요." 그녀가 말했다. "4월이 어떻다는 그 시요."

그의 눈은 고단해 보였지만 다정했다. "4월은 가장 잔인한 달. 추억과 욕망을 뒤섞고."

그녀는 어깨를 으쓱 올렸다가 한숨을 쉬며 털썩 내렸다.

"왜?" 로버트슨 선생이 나직이 물었다. 해는 이미 저만치 옮겨갔다. 교실에 비치던 환한 햇살은 창턱 일부에만 은은한 노란색을 남기고 완전히 사라졌지만, 창문으로 들어오는 봄 공기는 아직 따사로웠다.

에이미가 고개를 가로젓고 어깨를 으쓱했다.

"무슨 생각을 하는지 말해주렴."

"아시잖아요." 그녀의 시선이 교실을 훑다가 멍하니 멈추었다. "4월이 가장 잔인하다는 시요. 좋아요. 마음에 들어요."

"그리고 또?"

하지만 그녀는 또다른 것을 생각하고 있지는 않았다. 오히려 가슴이 아팠다는 말이 맞았다. 왠지 모르지만 가슴이 아팠고, 그것은 민들레와, 스쿨버스의 신음 소리와, 공기 냄새와, 이름 붙일 수 없는 많은 것들과 관련이 있었다. 물론 그와도.

"선생님을 만나서 기뻐요." 그녀가 이윽고, 그를 쳐다보지 않은 채 말했다.

"나도 너를 알게 되어 기쁘구나."

그녀가 공책과, 의자 위에 놓아둔 코트를 찾아 주위를 둘러보았다.

"오늘은 집까지 태워줄까?" 로버트슨 선생이 불쑥 물었다.

"어, 글쎄요." 그녀는 깜짝 놀랐다.

"누가 뭐라고 할 것 같니?"

그녀는 코트 소매에 팔을 집어넣고 코트 뒤쪽에서 머리카락을 빼내면서 무슨 소리냐는 표정으로 그를 쳐다보았다.

"이를테면," 로버트슨 선생이 말을 이었다. "수학 선생이 집에 데려다주면 어머니가 뭐라고 하실까?"

"물론 아니죠." 하지만 그녀는 엄마에게 말하지 않을 참이었다.

"나도 코트를 가져오마." 로버트슨 선생이 책상 뒤에 놓인 옷장으로 걸어갔다. 그들은 말없이 교실에서 나왔다.

차에 타자 에이미는 그와의 거리가 너무 가까워 놀랐다. 차는 생각보다 작았다. 교사용 주차장을 나오면서 기어를 후진으로 바꾸다가 그의 손이 그녀의 다리에 살짝 스쳤다. "미안." 그가 그녀를 흘끗 쳐다보며 말했다.

그녀는 고개를 까딱한 뒤 허리를 돌려 창밖을 보면서 팔꿈치는 차의 문에, 엄지는 입술에 댔다. 그러고는 이렇게만 말했다. "신호등에서 왼쪽요." 그리고 "다음에 오른쪽". 그뒤로는 서로 말이 없었다. 나무다리를 건널 때 타이어 밑에서 갑자기 소음이 들리는가 싶더니 이내 잠잠해졌다. 22번 도로의 습지 근처를 지나며 차가 커브를 돌 때마다 갯버들이 나타나고 사라지기를 반복했다. 낡은 농가도 지나갔는데, 개나리가 꽃망울을 터뜨리려는지 노란색이 점점이 흩어져 있었다. 라킨데일 들판에는 겨울이 남기고 간 누더기처럼, 짙고 옅은 갈색 땅들이 뒤섞여 있었다. 들판 위로 구불구불 이어진 돌담이 저멀리 아슴푸레 사라지는 지점에는 가문비나무가 군용 텐트처럼 어두운 색으로 자라고 있었고, 나뭇가지는 몇 달 동안 쌓인 눈이 여전히 거추장스러운 듯 휘어 있었다. 하지만 사실 눈은 거의 다 녹았고—길가에 단단하게 얼어붙은 지저분한 눈만 남았다—차가 달리는 길고 좁은 길은 다 말라 있었다. 아직은 환하지만 저무는 햇살 속에서 대시보드에 앉은 먼지가 뿌옇게 보였다.

엄마가 이따금 풍기는 축축한 벽돌 냄새가 자신에게도 날까봐 에이미는 향수를 뿌려야겠다고 생각했다.

"여기서 왼쪽요." 그녀가 가녀린 목소리로 말했고, 로버트슨 선생은 좁은 진입로로 차를 돌려 집 앞에 차를 세웠다. 엔진은 안에서 작은 돌멩이가 굴러다니는 것처럼 나지막하게 달칵거렸다.

에이미는 눈을 가느스름히 뜨고 그녀가 사는 집을 바라보며 로버트슨 선생에게 이 집이 어떻게 보일지 생각해보았다. 부엌 창문에 드리운 흰색 커튼을 보자 집이 목적—발랄하고 아늑하고 깔끔하게 보이는 것—을 이루지 못해 미안해하는 것처럼 보였다. 꼭 엄마처럼, 작고 창백해 보인다고 생각했다. 에이미는 눈을 감았다.

이것은 오랫동안 간직해온 그녀의 비밀이었다. 그녀가 다른 엄마를 원한다는 것. 예쁜 엄마, 사람들을 따뜻이 반겨주는 엄마를 원했다. 텔레비전 광고에 나오는 것 같은 엄마, 널찍하고 반짝거리는 부엌 바닥을 대걸레로 닦는 엄마, 퇴근하고 돌아온 남편에게 키스하는 엄마, 근처에 다른 집들이 있고 이웃들이 들락날락하는 집에 사는 엄마를 원했다. 외진 숲속에, 이 작은 공간에 박혀 사는 엄마는 원하지 않았다.

"나는 이 집보다 그리 크지 않은 하얀 집에서 자랐지." 로버트슨 선생이 말했고, 에이미는 화들짝 놀라 눈을 떴다. 그는 한쪽 손은 운전대에 편안히 올리고 다른 손은 턱에 댄 채 뒤로 기대앉아 있었다. "집 근처에 공터가 있었어." 그가 고개를 까딱했다. "거기서 아이들이 공놀이를 하곤 했지."

에이미에게는 텔레비전 광고처럼 들렸다. 그의 예쁜 어머니가 부엌에서 앞치마를 두르고 쿠키를 굽는 모습을 상상했다.

"하지만 나는 공놀이를 하지 않았어."

에이미는 대시보드를 엄지로 눌렀다. "왜요?"

"아이들과 잘 어울리지 못했거든." 로버트슨 선생이 그녀를 흘끗 쳐다보았다. "어머니가 술을 마셨어. 알코올중독자였거든. 집에서 벗어나고 싶어서 자전거를 타고 멀리 달리곤 했지."

알코올중독자. 에이미는 대시보드를 엄지로 누르던 것을 그만두었다. 그의 어머니는 쿠키를 굽지 않았다. 어쩌면 위층에서 침대 밑에 감춰둔 술병을 꺼내 진을 마셨을지도 모른다. 에이미는 여자 알코올중독자(알코올중독자인 엄마)가 어떤지 정확히 알지는 못했지만, 그런 여자들은 아주 교활해서 침대 밑에 술병을 감춰놓는다고 예전에 엄마가 말해주었다.

“아, 안타깝네요.” 에이미가 말했다.

“뭐, 그렇지.” 로버트슨 선생은 한숨을 쉬고, 의자에서 약간 미끄러져 앉아 손을 펴서 무릎에 올렸다.

에이미는 머리카락 사이로 곁눈질하며 그의 손을 유심히 살폈다. 큼직하고, 손등에 지렁이만한 정맥 두 줄이 도드라진 성인 남자의 듬직한 손이었다. 손톱은 넓적하고 납작하며 깨끗했다. 침대 밑에 술병을 숨기는 어머니를 포함하여 그의 과거를 상상하니 에이미는 어쩐지 마음이 불편했다. 하지만 손을 보자 안심이 되었다. 그가 어렸을 때는 손톱이 틀림없이 더러웠을 거라고 생각하니 깨끗한 손톱에 존경심까지 생겼다. 어머니가 알코올중독자라면 십중팔구 손톱이 더러웠을 것이다. 하지만 보라, 지금 그는 얼마나 강인한가. 시인들과 철학자들을 읊어댈 만큼 똑똑하고, 머릿속은 수학 정리들로 가득하고, 손톱은 깨끗하고 단정했다.

“더 얘기해주세요.” 그녀가 그와 얼굴을 마주보게끔 차문에 살짝 기대며 말했다.

그가 눈썹을 치켰다. “토머스 로버트슨의 삶과 시련에 대해 더?”

그녀가 고개를 끄덕였다.

“대학에서 낙제를 했지.”

그를 좋아하지 못할 것 같다는 느낌이 또다시 번뜩였다. 어쩌면 약간의 두려움이었는지도 모른다. "정말요?" 그녀는 되레 자기가 창피한 기분이었다. 그런 일을 털어놓다니.

"1학년 때." 그가 아랫입술을 쑥 내밀고 그 바로 밑의 불그스름한 턱수염을 잡아당겼다. "머릿속에 생각이 너무 많았거든. 그래서 한동안 장애가 있는 아이들을 가르쳤고, 나중에 서해안 쪽으로 가서 대학을 졸업했지." 그가 눈썹을 치켰다. "그것도 우등으로."

그렇게 그는 복위되었다. 장애가 있는 아이들. 이제 그는 지금까지 알던 것보다 더 멋있어 보였다. 그녀는 존경하는 마음으로 그를 바라보았고, 그가 쳐다보자 살며시 웃었다.

"대학원에 진학해서 심리학 공부를 계속하려고 했어—넌 웃는 게 참 예쁘구나." (그녀가 얼굴을 붉혔다.) "하지만 친구 중에 뛰어난 수학자가 있어서 그 친구를 통해 수학에 관심을 갖게 됐지."

"대학교 때 심리학을 공부하셨다는 말씀이에요?"

그가 고개를 끄덕였다. "경제학을 부전공으로 하고. 그래서 수학을 좀 알았지."

"엄마가 심리학을 공부하는 사람들은 미쳤다고 했어요." 그녀가 무심결에 불쑥 내뱉었고, 그가 웃음을 터뜨리자 얼굴을 붉혔다. 그는 머리까지 젖히며 껄껄거렸다. 그 순간 에이미는 그의 어금니를 때운 검은 물질을 보고 말았다. 그를 좋아하지 못할 것 같다는 아까의 느낌이 또다시 고개를 들었지만, 그는 웃음을 멈추고 진지하게 말했다. "에이미, 이 말을 해줘야겠구나. 네 어머니는 어리석은 분이 아니야."

그뒤로는 분위기가 아늑했다. 그는 창문을 끝까지 올려 닫았고, 그녀는 그와 함께 거품 속에 봉인된 느낌이 들었다. 그들의 대화는 한가롭고 달콤했다. 마침내 그녀는 그의 시계를 보고 엄마가 이십 분 뒤면 돌아온다는 사실을 깨달았다. 한 팔로 책을 끌어안고 다른 쪽 손으로 차문을 열려다가, 느닷없이 몸을 기울여 수염이 난 그의 뺨에 잽싸게 키스했다.

# 8장

알린 터커의 사촌에게 아들이 있었는데 마리화나를 팔다가 체포되었다. "열다섯 살인데, 그애가 가지고 있던 마리화나가 삼백 달러어치였대." 알린은 연필로 그린 눈썹을 한쪽만 치키며 평소의 기세당당한 말투로 그 소식을 전달했고, 사람들이 충분히 알아들을 때까지 눈썹을 올리고 있었다.

"그런 일이 있었어?" 레노러 스니븐스가 말했다. "열다섯 살. 하느님 맙소사."

"무려 삼백 달러어치라잖아." 뚱뚱이 베브가 말을 받았다. "그걸 사려면 삼백 달러가 필요했을 텐데 그 돈은 어디서 났을까?"

알린은 흐뭇해하는 교사처럼 고개를 끄덕였다. "줄곧 마리화나를 팔았대. 딜러였던 거지. 알고 보니 여러 달 됐다던데."

이저벨은 책을 읽다가 고개를 들었다. "사촌들은 어디 살아요?"

알린은 『마담 보바리』의 표지를 뚫어져라 쳐다보았다. "킹스우드. 여기서 얼추 한 시간."

이저벨이 고개를 끄덕였다. 요즘은 어디서나 마리화나를 구할 수 있는 것 같았다. 여기 셜리폴스에는 칼리지가 있으니 아마 자신이 사는 이 타운도 안전하지는 않을 것이다. 하지만 킹스우드라면 아주 작은 동네인데 그런 곳에서 열다섯 살짜리가 마리화나를 팔다니. 그녀는 더 집중할 수 없어 책을 덮었다.

"분명히 말하지만, 그애처럼 착한 애가 없다니까." 알린이 한쪽 눈에서 뭔가를 떼어낸 뒤 미친듯이 눈을 끔벅이며 말했다.

"글쎄, 그 말은 못 믿겠어." 뚱뚱이 베브가 대꾸했다. 그녀는 커다란 파라핀지에 둘둘 말아온 샌드위치를 꺼내면서 고개를 내둘렀다. "그렇게 마약을 파는 열다섯 살짜리 아들이 있다면 뭔가 잘못된 거지."

"물론 뭔가 잘못되긴 했지." 알린이 대답했다. "잘못되지 않았다는 게 아니야. 그애 머리가 제대로 박혀 있다는 말이 아니라, 절대 장담할 수가 없다는 말을 하는 거야. 겉보기만으로는 모른다니까."

"그 말은 맞아." 로지 탕궤이가 거들었다. "얼마 전에 텍사스에 사는 어떤 소년 이야기를 읽었거든. 잘생기고 완벽한 학생이었대. 인기도 많은데다 똑똑하기까지 하고. 뭐 하나 빠지는 게 없었대. 그런데 어느 밤 농구를 하고 집에 돌아가 엄마를 포크로 찔렀다는 거야."

레노러 스니븐스가 그녀를 곁눈질했다. "포크로?" 그녀는 무미건조하게 물었다.

로지는 못 들은 척했지만 식탁 저만치 앉아 있던 뚱뚱이 베브는 웃음이 크게 터졌다. "정말, 로지, 포크로 얼마나 큰 상처를 입혔대?"

로지는 언짢은 것 같았다. "치명상을 입었을 거야."

레노러는 얼굴을 돌려 부드럽게 말을 받았다. "텍사스에는 그런 포크가 있겠지."

"그렇겠지 뭐." 뚱뚱이 베브가 샌드위치를 한입 먹으려고 머리를 쑥 내밀며 대답했다. 커다란 젖가슴에 마요네즈가 묻은 양상추 조각이 떨어졌다. 그것을 집어먹은 뒤 그녀는 얼굴을 찡그리며 냅킨으로 블라우스를 세게 문질렀다.

이저벨은 기겁했다. 베브, 빨리 뜨거운 물을, 이 말이 혀끝에서 튀어나오려는 찰나, 알린이 목소리를 높여 누가 미친 짓을 할지 아무도 모른다는 게 로지가 말하려는 요점이라는 건 충분히 이해했다고 말했다. "세상이 무서운 게 바로 그 때문이지." 그녀는 무슨 이유에서인지 이저벨을 향해 이렇게 말했다.

"맞아요." 이저벨은 고개를 끄덕였다. 그녀는 알린이 『마담 보바리』를 경계하는 눈빛으로 바라보는 것을 느꼈고, 그런 책을 직장에 가져온 것 때문에 아마 자기를 잘난 척하는 사람으로 생각하리라는 사실도 알았다. 그렇게 여겨지고 싶지는 않았다. 모두와 좋은 관계를 유지하고 싶었고 불쾌한 일에 엮이는 것은 피하고 싶었다. 그래서 그녀는 알린에게 말했다. "세상은 정말 무서운 곳이에요." 어쨌거나 그녀도 그렇게 믿었으니까.

하지만 이저벨은 그런 사건들이 느닷없이 일어난다고 생각하지는 않았다. 킹스우드에 산다는 이 마약 딜러의 어머니가 아들이 범죄 행위에 가담한 것을 눈치도 채지 못했다는 사실은 믿을 수 없었다. 텍사스에 사는 그 완벽한 소년의 경우에도 로지가 말한 것보다 훨씬 많은 이야기가 숨어 있다고 이저벨은 확신했다. '완벽한 학생'이라는 표현만 해도, 그게 대체 무슨 뜻이란 말인가? 어쩌면 숙제를 아주 말끔히 했다는 의미일지도 모른다. 이저벨이 고등학교에 다닐 때에도 그런 여자아이가 있었는데—이름은 애비 매티슨이었다—여백과 글씨가 완벽하게 보일 때까지 밤마다 서너 번 넘게 숙제를 베껴 썼다. 애비 매티슨은 모든 것이 완벽해야 했다. 머리, 옷, 미소까지. 그러다 결혼해서 아들을 낳았는데, 어느 날 애비의 남편이 집에 돌아와 아내가 홀랑 벗은 채 뒤쪽 잔디밭에서 노래를 부르며 빨래를 널고 있는 것을 보았다. 그녀는 오거스타로 보내져 한동안 거기 있었고, 최근 소식으로는(이저벨의 사촌 신디 레이가 크리스마스카드 아래쪽에 그 소식을 적어놓았다) 애비가 약을 잘 챙겨 먹지 않아 정신이 오락가락한다고 했다.

아무튼. 이저벨은 애비가 숙제를 베끼고 또 베끼던 것을 잊을 수 없었다. 그때도 약간 미쳐 있었다. "이런 일이 어느 순간 터진다 해도 그게 그렇게 놀랄 일인지는 모르겠어요." 이저벨이 알린에게 말했다. 일주일 내내 『마담 보바리』를 붙들고 있던 터라 자기가 너무 지나쳤던 게 아닌가 싶어 이제는 좀 사근사근하게 굴어야겠다고 생각했다.

알린은 이저벨이 방금 한 말은 신경쓰지 않는다는 뜻으로 입을 삐쭉하며 눈썹을 치켰고, 이저벨은 근거를 제시하게 위해 애비 매티슨의 이야기를 꺼낼까 고민하다가 신중하게 행동하는 편이 좋겠다는 생각이 들어 참았다. 직장에서 같이 일하는 사람들의 환심을 사기 위해 애비의 이야기를 들먹이는 짓은 애비에게—요즘 정신병원에 있든 퇴원했든—부당한 일 같았다.

"나도 같은 생각이야." 뚱뚱이 베브가 맞장구쳤다. "관심만 있으면 제 자식이 마리화나를 피우는지 안 피우는지는 알겠지. 냄새가 나거든. 눈이 빨개지고, 걸신들린 듯 먹어치우고."

이저벨은 에이미가 마리화나를 피우지 않는다는 사실을 당연히 알고 있었지만, 그럼에도 불구하고 그녀의 딸이 냄새도 나지 않고 눈도 빨갛지 않고 걸신들린 듯 먹지도 않는다는 사실을 상기하자 내심 흐뭇했다.

"딸내미들이 파티에 갈 때마다, 빌과 나는 애들이 돌아올 때까지 자지 않고 기다렸어." 베브가 말하고 있었다. "어느 밤에 록샌이 친구들과 놀러 나갔는데, 집에 돌아오자마자 곧바로 화장실로 직행하더니 황소처럼 오줌을 누더라고."

이저벨은 즐겁게 웃으려고 애썼다.

"입냄새를 맡아보니, 아니나 다를까. 그래서 한 달 동안 내보내지 않았지."

레노러 스니븐스가 일어서서 자동판매기로 걸어갔다. "네 말이 맞는 것 같아, 베브." 초콜릿바 버튼을 누르며 그녀가 말했다. "네 딸들은 다 잘 자랐지."

"뿌린 대로 거둔다." 이저벨이 말했다. "저는 그 말을 믿어요."

"어쩌면." 베브가 보일락 말락 고개를 끄덕이며 레노러가 초콜릿바의 포장을 벗기는 모습을 쳐다보았다.

"간단한 문제는 아니야." 알린이 선언하듯 말했다. "내 사촌은 자기 아들이 그런지 몰랐으니까. 눈이 빨갛지도 않았고 이상한 냄새를 풍기지도 않았거든. 그애는 마리화나를 안 피웠어."

"안 피웠을 리가 없어." 뚱뚱이 베브가 분홍색 매니큐어를 칠한 손톱으로 레노러가 앉은 쪽 탁자를 톡톡 쳤다. "그런 초콜릿은 60퍼센트가 파라핀이야. 어디서 읽었어."

"아니." 알린이 대꾸했다. "그애는 팔기만 했어. 절대 피우지 않았어. 그냥 팔기만 했다니까."

"말도 안 돼." 로지가 말했다. "터무니없는 소리. 말도 안 돼."

"지금은 어떻게 됐대?" 레노러가 물어보았다. "그런 애들은 감옥에 보내나?"

"판사가 삼 년 동안 보호관찰을 받게 했어. 삼 년 동안 나쁜 짓을 하면 안 되는 거지." 알린은 시계를 보더니 남은 음식을 그러모아 터퍼웨어 용기에 넣은 뒤 뚜껑을 꾹 눌러 닫았다. 용기 바닥에 마카로니 샐러드의 우윳빛 형체가 꼬물꼬물 보였다. "그리고 상담을 받고 있어. 판사가 상담을 받는 게 좋겠다고 해서, 매주 신부님을 찾아간대."

이저벨은 책의 표지를 바라보았다. 검은 눈동자의 보바리 부인이 무표정하게 그녀의 시선을 되받았다. 그녀는 욕심 많은 에마가 연인에게 버림받을지 궁금해 미칠 지경이었다. (이저벨은 그렇게 되기를 바랐다.)

"그러면 신부님이 부모에게 전화해서 그애가 무슨 이야기를 했는지 말해준대. 자기가 학교에서 외톨이고, 엄마는 소리만 지른다고 했다나봐." 알린이 어깨를 으쓱했다.

"그 말인즉슨, 그애가 밖에 나가 마리화나를 팔아도 된다는 거네." 로지가 말했다.

레노러는 얼굴을 찡그리고 있었다. "그러면 안 될 텐데." 그녀는 곰곰이 생각하며 손목으로 초콜릿바를 뚱뚱이 베브에게 밀어주었다.

"물론 그러면 안 되지." 알린이 말했다. "어쨌든 책임이라는 게 있잖아? 엄마가 소리를 지른다고 나가서 죄를 짓는다? 자식에게 소리를 지르지 않는 엄마가 어디 있어?"

"글쎄요." 이저벨은 책에서 눈을 떼고 알린이 방금 한 말의 뜻을 따져보며 말했다. "그편이 신부님에게 말하기는 편했겠지만, 엄마가 소리를 질렀기 때문은 아닌 것 같아요. 그것 말고 뭐가 더 있겠죠. 제 생각에, 아이들은 보고 배우는 게 있거든요, 그렇지 않아요? 그런 길을 택해도 괜찮다고 생각했을 만한 뭔가를 배웠을 거예요. 마약을 파는 것 말이에요."

알린은 제 물건을 정리하다가 손을 멈추고 이저벨을 흘겨보았다. "무슨 말을 그렇게 해, 마담 오바리? 내 사촌이 제 자식에게 거리로 나가 마리화나를 팔라고 가르쳤다는 거야?"

"아, 아니에요, 그런 뜻이." 이저벨의 얼굴이 새빨개졌다. "제가 하려던 말은, 우리의 가치들이 요즘 와해되고 있는 것 같아서…… 게다가 아이들은 부모가 소득세나 뭐 그런 걸 속이는 걸 보고……"

"내 사촌은 소득세를 속이지 않아."

"물론, 물론 그렇다는 게 아니라." 이저벨의 입술 위로 땀이 송골송골 맺혔고 때마침 점심시간의 끝을 알리는 버저가 울렸다.

"내가 하려던 말은," 레노러 스니븐스가 딱히 누구에게랄 것 없이 말하면서 일어섰다. "그애가 한 말을 신부님이 옮기는 건 옳지 못한 것 같다는 거야. 그런 이야기는 비밀로 하는 것 아닌가? 고해성사 하러 가기도 불안해지네. 베브, 네 말이 맞는 것 같아. 여기엔 초콜릿이 많이 안 들었어." 그녀가 옆으로 지나가며 초콜릿바를 가리켰다.

"사촌을 나쁘게 몰아붙이려던 건 전혀 아니었어요." 이저벨이 알린에게 조용히 말했다.

"오, 괜찮아." 알린이 나가면서 피곤한 듯 손을 내둘렀다.

이저벨은 얼떨결에 논쟁을 일으킬 뻔한 것이 아직도 몸서리가 쳐져서 베브에게 이렇게 말했다. "난 그저 뿌린 대로 거둔다는 말을 믿는다는 거였어요. 더도 덜도 아니고."

"아, 물론. 나도 같은 생각이야."

"오늘밤 집으로 돌아가면 얼룩을 뜨거운 물에 담가보세요." 이저벨이 말했다.

아침 일찍 눈이 왔다. 4월에 느닷없이 눈보라가 몰아쳐서 온 세상에 새하얀 눈이 5센티미터나 쌓였다. 차에도, 보도에도, 나무에도, 계단에도. 온 세상이 둥글고 하얗고 윤곽이 없는 것 같았다. 그러다 갑자기 하늘이 새파랗게 개고 햇빛은 더없이 찬란하게 빛나서, 에이미와 스테이시는 점심시간에 학교 뒷문으로 나오다가 눈이 부셔 눈을 찡그리고 주먹질을 피하듯 머리를 숙이며 손으로 눈앞을 가렸다.

눈이 삽시간에 녹아 숲속 오솔길을 걸어가기가 힘들었다. 둘

다 부츠를 신지 않아서, 녹고 있는 눈과 진흙이 범벅된 개울을 조심조심 걸어갔다. 머리 위로는 나무에서 물이 똑똑 떨어져, 눈부신 햇빛만 아니었다면 비가 온다고 생각했을 것이다.

"아빠에게 딴 여자가 있어." 둘만의 장소에 도착하자 스테이시가 곧바로 말했다. 초콜릿을 입힌 마시멜로를 입속에 넣고 오물거리느라 턱이 쉴새없이 움직였다. "젠장." 그녀가 아래를 내려다보며 말했다. "발이 흠뻑 젖었네."

발에도 진흙이 묻어서 신발 옆쪽에 시커먼 진흙 얼룩이 올라와 있었다. "빨기 전에 먼저 말려야 해." 에이미는 말하면서도 걱정이 되었다. 그녀의 구두는 스웨이드 가죽으로 된 것이었는데 이저벨이 얼마나 비싼지 모른다며 유난을 떨어댔다.

"알았어." 스테이시가 담배를 꺼내며 말했다. "뭐, 난 별로 신경쓰지 않아."

에이미는 녹은 눈이 나무의 거무스름한 껍질을 타고 흘러내리는 것을 지켜보다가 스테이시를 돌아보고 물었다. "네 아빠에 대해 왜 그렇게 생각해?"

"아……" 스테이시의 목소리는 아빠에 대한 이야기를 꺼낸 것을 완전히 잊은 것처럼 들렸다. "내가 틀렸을 수도 있지만, 몰라. 그냥 그런 느낌이 들어. 꿈도 꿨어. 그래, 맞아." 그녀는 담배 두 개비에 불을 붙여 하나를 에이미에게 내밀었다. "그걸 잊고 있었네. 하지만 꿈을 꿨어. 그래." 그러고는 입술을 잘근거리며 담배를 멀뚱히 쳐다보았다.

에이미가 담배를 힘껏 빨았다. "말도 안 돼."

"나는 물속인가 어딘가에 빠져 있었고, 아빠는 어떤 여자인지 뭔지랑 물가에 있었어." 스테이시가 담배를 빨았다. "누가 알겠어." 그녀가 어깨를 으쓱했다. "젠장."

"저거 맛있는데." 반쯤 남은 초콜릿 마시멜로 상자를 통나무 위에 떨어지지 않게 올려놓은 것을 에이미가 담배로 가리키며 말했다. 스테이시의 엄마가 어린 쌍둥이 남동생의 생일파티에 쓰겠다고 산 것이지만 스테이시가 몰래 학교에 가져왔다.

"먹어." 스테이시가 손짓을 했다. "그러니까, 아빠는 꿈을 분석하는 걸로 돈을 엄청 벌거든. 하지만 내가 꿈을 꾸면 신경도 안 써."

"이번 꿈은 말하지 않았지?"

"안 했어. 하지만 그래, 그거 좋은 생각인데. 식구들이 모두 모여 저녁을 먹을 때까지 기다렸다가 말해야겠어. 아빠, 아빠가 엄마 말고 다른 여자와 그 짓을 하는 꿈을 꿨는데요. 그게 무슨 뜻인지 말씀 좀 해주시겠어요?"

에이미는 마시멜로를 하나 더 먹었다. 정신이 딴 데 팔려 있어서 스테이시의 꿈에 오롯이 관심을 쏟지 못했다. 그녀의 마음을 사로잡은 것은 당연히 전날의 견딜 수 없이 부끄러운 기억, 그녀가 로버트슨 선생의 뺨에 키스한 그 기억이었다. 얼마나 바보 같은 짓인지! 그는 결혼을 했고, 결혼반지도 끼고 있었다. 그러니까 아마 집으로 돌아가 아내에게 그 얘길 했을 테고, 두 사람은 낄낄거리며 웃었을 것이다. "여학생들이 선생님에게 반하는 건 정상이야." 그의 아내는 이렇게 말할 것이다. 마시멜로를 먹은 기쁨도 잠시, 배가 조여왔다. 그녀는 자신의 마음속에서 일어나는 로버트슨 선생에 대한 감정을 전혀 '정상'으로 생각하지 않았다. 마시멜로를 꿀꺽 삼키면서, 오늘 아침 수업 시간에 그가 자기를 보고 웃은 건 오로지 자신의 바보 같은 행동이 그를 곤혹스럽게 했기 때문이라고 생각했다.

나뭇가지에서 물방울 하나가 에이미의 머리 위로 톡 떨어져 이마로 흘러내렸다. 그녀가 코트 소매로 물방울을 닦았다. "대학은 어디로 갈 생각이니?" 스테이시에게 물었다. 집 앞 진입로에서 같이 차 안에 앉아 있을 때 로버트슨 선생은 에이미에게 좋은 대학에 가라고 말했다.

"안 가. 난 멍청하니까. 뉴욕에 가서 가수가 될래." 스테이시는 마시멜로를 물끄러미 쳐다보다가 초콜릿이 더 많아 보이는 것을 골랐다. "입양되는 것의 문제는," 스테이시가 한 손에는 담배를, 또 한 손에는 초콜릿 마시멜로를 들고 설명했다. "양부모는 자기들이 똑똑하면 아이도 똑똑해지길 바라지만, 알고 보면 그 아이는 멍청이일 수 있다는 거야. 물론 그러면 그들은 실망하지. 대놓고 말할 수는 없으니까, 아이한테 너를 받아준 것에 정말 감사해야 한다는 티를 은근슬쩍 내는 거야. 시궁창에 버려두지 않은 것만 해도 정말로 고마워해야 한다는 말이지, 젠장."

"넌 시궁창에 버려지지 않았을 거잖아." 이런 가능성이 에이미는 흥미로웠다.

"물론 그런 일은 없었겠지." 스테이시가 초콜릿을 야금거렸다. "그게 요점이야. 난 깨끗한 병원에서 태어나 다른 곳은 거치지 않고 곧바로 입양되었거든. 그런데도 난, 그들이 빌어먹을 내 인생을 구원해준 것처럼 굴어야 하는 거야."

에이미는 담배를 피우며 이 문제에 대해 곰곰이 생각해보았다. "그들이 데려가지 않았으면 다른 사람이 데려갔겠지." 이윽고 에이미가 말했다. "많은 사람이 데려가려고 했을 거야. 넌 정말 예쁜 아기였을 테니까."

스테이시는 먹다 만 마시멜로를 숲속에 던지고 담배를 바닥에 버린 뒤, 눈을 뜬 채 잠든 것처럼 한동안 그것을 물끄러미 내려다보았다. "장미는 빨간색." 여전히 시선을 아래로 고정한 채 마침내 입을 뗐다. "제비꽃은 파란색. 나는 정신분열병 환자. 그게 나라네."* 그녀는 에이미를 쳐다보았다. "아빠는 그게 재미있나 봐. 정말 재미있는 줄 안다니까."

---

* 영미권에서 흔히 쓰는 옛날 사랑 시를 패러디한 것. 원래 시는 다음과 같다. Roses are red/ Violets are blue/ Sugar is sweet/ And so you are.

# 9장

봄이 왔다. 개나리가 출입문 옆에서, 그리고 돌담을 따라 노란 꽃망울을 터뜨렸고, 이어서 수선화가, 히아신스가 꽃을 피웠다. 수선화는 제 줄기에 의지해 바람이 스칠 때마다 한들거리며 집의 아래쪽 널에 부딪혔다. 매일같이 하늘은 파랬다. 건물의 벽돌벽은 내리쬐는 햇볕을 받아 따끈했다. 강둑 옆으로 앙상한 자작나무들이 쭈뼛쭈뼛 서 있었는데, 새로 돋아난 보드라운 초록 새싹 때문에 여학생들처럼 수줍음을 타는 것 같았다. 해는 강물 위에서 춤추고 바람은 강둑을 따라 훈훈하게 불었다. 사람들은 공원 벤치에서 점심을 먹다가 바람에 날아가는 빈 감자칩 봉지를 허둥지둥 붙잡았다.

저녁은 점점 길어졌다. 저녁을 먹은 뒤에도 부엌 창문을 열어놓았고, 습지에서는 청개구리들이 개굴거렸다. 이저벨은 포치 계단을 쓸려고 밖으로 나가다가 자신의 삶에 멋진 변화의 순간이 다가왔다는 강렬한 확신에 사로잡혔다. 그 믿음이 어찌나 강렬한지 정신이 아뜩했다. 지금 느껴지는 것은 진정 신의 존재라고, 그녀는 결론 내렸다. 신은 여기 뒤쪽 계단에, 튤립 꽃밭 위로 떨어지는 마지막 햇빛에, 습지에서 끈질기게 빽빽거리는 목쉰 울음소리에, 바로 이 순간 노루귀와 취란화의 예민한 뿌리가 내리는 향기롭고 축축한 땅에 있었다. 이저벨은 안으로 들어가 방충문을 잠갔고, 그분의 사랑 덕분에 자신의 삶이 마침내 커다랗고 새로운 것이 되려 한다는 확신을 다시금 느꼈다.

그리고 에이미는, 하느님 감사하게도(정말 하느님께 감사한다), 예전보다 말수가 늘었고 학교에도 더욱 흥미를 보이고 있었다. 에이미는 영어 클럽과 학생 자치회에 들어가서 오후에 회의를 한다며 종종 학교에 남아 있었다. 이런 일이 생기면 이저벨의 직장으로 전화도 곧잘 걸었다. 또 이따금 학교에 남아 스페인어 수업을 듣는 다른 아이들을 도와준다고 했다. 스페인어를 가르치는 러니어 선생의 부탁을 받았다면서. 이를테면 스테이시 버로스가("그애는 정말 착해요. 우리는 친구라고 할 수 있죠." 에이미가 말했다) 동사 활용이 서툴러서 며칠간 방과후에 남아 에이미의 도움을 받았다는 것이다. 둘이 러니어 선생과 교장 퍼디에 대해 수다를 떠느라 시간을 허비하긴 했지만. "우리 생각에는 두

분이 서로 반한 것 같아요." 에이미가 구운 감자의 한가운데에 호두 크기만한 버터를 넣으면서 말했다. "요전날 교장 선생님이 러니어 선생님에게 쓴 쪽지를 들고 교실에 들어왔는데, 러니어 선생님 얼굴이 빨개지고 곧 교장 선생님 얼굴도 빨개졌어요."

이저벨에게는 두 소녀가 선생들의 로맨스를 짐작하는 이 모든 행동이 정상으로 느껴졌다. 게다가 이저벨은 에이미가 학교에서 외톨이가 아닐까 걱정을 하던 터라 이 사실에 감사했다. 지금은 이 아름다운 봄날 저녁에 같이 앉아, 한창 자라나는 행복한 소녀의 재잘거림을 듣는 것이 즐거웠다.

"좋은 분이시니, 교장 선생님은?" 이저벨이 물었다. "네가 그분에 대해 그렇게 이야기를 많이 하는 건 처음 보는구나."

"정말 좋은 분이에요." 에이미가 버터를 넣은 구운 감자를 포크로 으깨면서 말했다. "전혀 엄격하지 않으세요. 야단치는 걸 싫어하는 분이거든요." 에이미는 입속에 엄청난 양의 감자를 쑤셔넣었다. "남자 화장실을 망가뜨렸다고 앨런 스튜어트에게 사흘 정학을 준 걸 빼면요."

"저런, 그건 그래야지." 이저벨이 대답했다. "그런데 입속에 음식이 있을 땐 말하지 않는 게 좋겠어."

에이미가 죄송하다는 뜻으로 손가락 하나를 들었고, 먹던 감자를 목의 힘줄이 불거질 정도로 꿀꺽꿀꺽 삼켰다. "스테이시는" 하고 그녀가 곧 말을 이었다. "맨들, 그러니까 퍼디 교장 선생님이 아직 엄마랑 사는데다 수줍음을 너무 많이 타서 러니어 선생님한테 데이트 신청을 못하는 거래요."

"맨들이라." 이저벨이 말했다. "유대인 성 아닌가? 그분은 몇 살쯤 돼 보이시니?"

에이미는 어깨를 으쓱했다. "어쩌면 마흔. 쉰인가. 유대인인 걸 어떻게 아세요?" 그녀는 고개를 접시 쪽으로 숙이며 눈은 엄마를 올려다보았다.

"성을 들으면 대충 알지. 코는 크니? 이런, 똑바로 좀 앉아."

"네, 코는 큰 편이에요."

이저벨이 고개를 끄덕였다. "그럴 확률이 높지. 발은 평발이고. 엄마와 같이 살아서 그렇다는 스테이시의 말이 맞는 것 같구나. 유대인 엄마들은 자식을 놓아주기 힘들어하거든. 특히 아들일 때는, 아마."

에이미는 트림을 했고 죄송하다는 듯 눈을 동그랗게 떴다. "죄송해요, 죄송해요." 에이미가 사과했고, 이저벨은 딸과 함께 있는 것이 좋아서 아무 소리 하지 않았다.

"러니어 선생님은 어떻게 생겼어?"

"평범해요. 하지만 정말 좋아요." 에이미는 스커트를 짧게 입는다는 말은 하지 않았지만 정전기 때문에 몸매가 드러난다는 말은 했다.

"저런, 어쩐다니." 이저벨이 닭다리에 소금을 뿌리며 말했다.

"전신거울이 없는 모양이지. 있다면 봤을 텐데. 여자라면 전신거울쯤은 있어야지."

이저벨과 에이미 모두 고개를 주억거렸다. 살랑거리는 바람이 창문을 통해 개수대 너머로 촉촉한 흙냄새를 실어왔고, 양념한 닭고기 냄새와 흙냄새가 뒤섞였다. "그런데 말이야." 이저벨이 에이미를 향해 포크를 들고 허공에 몇 번 섬세하게 찌르며 말했다. "러니어 선생님은 프랑스계 같구나. 아마 가톨릭이겠지. 맨들 선생님 어머니가 그걸 탐탁히 여기지 않을 텐데."

"그런 게 어디 있어요."

"오, 에이미." 이저벨이 다시 먹기 시작했다.

"제가 개신교 신자가 아닌 사람과 결혼하면 엄마는 싫어요?" 에이미가 물었다. 그저 다정하게, 별 뜻 없이 던진 질문이었다.

"괜찮지. 물론 괜찮지." 이저벨은 대답했지만, 그 말을 할 때조차 속에서 뭔가 죄어오는 느낌이 들었다. "네가 누구를 선택해서 결혼하든 괜찮아."

"유대인이랑 결혼해도요?" 에이미는 감자 껍질에 버터를 펴 바르면서 말했다.

"오, 그것도 괜찮지." 이저벨이 마음을 놓으며 말했다. "유대인들은 아주 똑똑하거든. 생각이란 걸 하지. 머리를 쓸 줄 아는 사람들이야. 교육의 가치를 높이 평가하고."

"가톨릭 신자와 결혼하면요?"

이저벨은 작은 닭고기 한 조각을 둘로 쪼갰다. "전혀 상관없어."

"가톨릭 신자와는 결혼하지 않을 것 같아요." 에이미가 발랄하게 말했다. "무릎을 꿇는 건 바보 같아요. 교회에서 무릎을 꿇는 건 정말 이상해 보여요."

"흠," 이저벨이 말을 받았다. "나도 그 점에 대해서는 같은 생각이구나. 서로의 차이를 존중해야 하겠지만."

그렇게, 그렇게 엄마와 딸의 유쾌한 잡담이 이어졌다. 이저벨은 구원받은 느낌이었다. 혼자 딸아이를 기르면서 온갖 고초를 다 겪었는데, 보라, 이제 그들은 굳건히 일어서 있다.

"참," 이저벨은 그릇을 치우면서 방금 에이미에게 물어보려고 했던 것을 기억해냈다. "이번 학기에 데이블 선생님 대신 가르친다는 그 수학 선생님 말이야. 이름이 뭐니?"

"로버트슨이요." 에이미는 바닥에 떨어진 무언가를 찾는 것처럼 허리를 굽혔다. "왜요?" 여전히 허리를 굽힌 채, 귀 뒤로 넘긴 머리카락을 앞으로 내려 얼굴을 가리며 물었다.

"아내가 떠났대." 이저벨은 개수대에서 스펀지를 가져와 식탁을 꼼꼼히 닦았다.

"그래요?" 에이미는 엄마에게 등 쪽을 보이도록 조심해서 몸을 일으켰다. "완두콩 한 알이 떨어진 줄 알았는데 아닌가봐요." 하지만 엄마는 쳐다보지 않고 다시 개수대로 걸어갔다. "부인이 떠난 걸 어떻게 아세요?"

"베키 터커가 대학에서 그 여자와 같이 수업을 들었다나봐. 혹시 그 밑에 완두콩이 굴러다니는 것 같으면 잘 찾아보는 게 좋겠구나. 이 집에 쥐가 돌아다니는 건 싫거든."

"로버트슨 선생님의 부인이랑 수업을 같이 들었대요?"

"알린이 말하기로는, 여기, 완두콩을 못 찾겠으면 이거나 냉장고에 넣어주렴." 이저벨은 먹다 남은 닭고기를 알루미늄 포일에 꼼꼼하게 싸서 내밀었다.

에이미는 냉장고 문을 열 때까지 참았다가 말했다. "왜 떠난 거래요?"

"그건 몰라. 자의식이 되살아나서가 아닐까."

에이미는 마요네즈와 피클과 케첩 병 사이를 여기저기 쑤시다가 달걀 꾸러미를 옮겼다. "무슨 뜻이에요?"

"에이미, 제발 문 좀 닫아. 닭고기를 넣었으면 문을 닫아야지." 이저벨은 개수대에 뜨거운 물을 채우고 허리에 앞치마를 둘렀다.

에이미가 냉장고 문을 닫았다. "자의식이 되살아났다는 게 무슨 뜻이에요?"

"그것 때문에 그렇게 된 건지는 나도 몰라. 하지만 요즘 온갖 부류의 여자들이 모여서 이런저런 단체를 만드는 건 너도 알잖아."

"어떤 단체요?" 에이미는 식탁에 앉아 생물 책을 폈다. 아직 숙제가 남아 있었다.

"내가 알기로는, 여자들이 둘러앉아 남편 욕을 하면서 서로 이혼하라고 부추긴대." 이저벨이 접시를 박박 문지르며 말했다.

"로버트슨 선생님의 부인도 그런 단체에 들어갔어요?"

"오, 에이미. 정말 몰라. 그녀가 친정으로 가버렸다는 것만 알린이 말해줬어."

"이유는요?"

"그만, 에이미. 정말 모른다니까." 이저벨은 접시를 헹구고 수도꼭지를 닦았다.

에이미는 더 묻지 않았다.

"아무튼," 이저벨은 한숨을 쉬고 수건에 손을 닦았다. "가엾은 사람이지. 아내가 달아나다니." (그녀는 훗날 이 순간을 떠올린다. 부엌에 서서 가엾은 사람이지, 하고 말했던 것을.)

"선생님은 아무렇지 않을 수도 있죠." 에이미가 생물 책을 휙휙 넘기면서 말했다. "어쩌면 선생님이 부인에게 싫증이 났을지도 모르잖아요."

"누가 알겠니." 이저벨이 느긋하게 말했다. "요즘 세상 돌아가는 걸 보면. 하지만 내 생각에는, 서로 싫증을 내는 게 이혼 사유가 될 순 없을 것 같구나." 그녀는 거실로 가서 스커트 밑단을 꿰매려고 바느질 바구니를 꺼냈다. 사람들이 결혼이란 것에 얼마나 경솔한지 생각하면 그녀는 정말로 짜증이 났다. "서로 잘해주고 배려하면 싫증이 나지 않을 텐데." 그녀는 실을 팔 길이만큼 자르면서 누구에게랄 것 없이 말했다.

에이미는 식탁에 앉아 생물 책을 물끄러미 내려다보았다. 한동안 생물 숙제를 제대로 해가지 않았다. 어제만 해도 생물 시험에서 낮은 점수를 받았는데, 시험지 위쪽에 시험 볼 때 마음이 딴데 가 있었구나, 라는 선생의 말이 적혀 있었다.

이저벨은 『마담 보바리』의 세계에 푹 빠져 책을 읽는다는 생각에 혼자 뿌듯해했던 것이 언제인지도 잊어버렸다. 사무실 여자들이 그녀를 마담 오바리라고 부르기 시작했을 때("마담 오바리가 오네." 이저벨이 휴게실로 들어가면 누군가 이렇게 말한다), 놀림 자체는 그다지 괴롭지 않았지만 직장에서 책을 읽는 것이 더는 편하지 않아서 집에 돌아갈 때까지 그 기쁨을 미루었다. 하지만 손가방에 책을 계속 넣어 다녔고, 날씨가 다시 화창해진 어느 날 점심시간에 혼자 슬그머니 빠져나가 주차장에 세워둔 차 안에서 엄지손톱을 피가 날 때까지 깨물며 그 책을 읽었다. 그러는 동안 가엾은 에마 보바리는 침대에 누워 비참하게 숨졌다.

이저벨은 울었다. 차 앞쪽 서랍에서 찾은 휴지로 눈물을 훔치면서 에마 보바리가 스스로 인생을 얼마나 엉망진창으로 망쳤는지 생각했다. 심지어 소리내어 말하기까지 했다. "완전히 망쳤어." 그리고 코를 풀었다. 이 모든 시련을 겪은 것이 자기가 아니라 에마여서 다행이었다. 그 사실이 정말 기뻤다. 이저벨은 숨을 깊이 들이쉬고 앞유리로 주차장을 내다보았다. 밖에는 작은 자갈들이 햇빛을 받아 반짝거리고 있었다. 그녀의 마음은 한 세기 전 프랑스의 어느 마을에서 벌어진 끔찍하고 얄궂은 일에 아직 젖어 있는데, 몸은 20세기 셜리폴스의 구두공장 주차장에 있다는 것이, 한편으로는 마음 놓이면서도 약간 따분했다. 벌들이 창문에서 붕붕거리고 독약을 마신 에마가 마지막으로 단말마의 비명을 지르는 작은 방을 그려보았다…… 끔찍해, 끔찍해, 끔찍해. 그녀는 에마가 안타까웠다. 이저벨의 눈에 또다시 눈물이 차올랐다.

하지만 그럼에도, 그럼에도 불구하고. (이저벨은 에마 보바리를 마지막으로 바라보고 앞쪽 서랍에 집어넣었다.) 에마를 곤경으로 끌어들인 것은 그녀 자신이었다. 정말로 그랬다. 정말로, 정말로 그랬다. 에마의 남편 샤를은 완벽하게 괜찮은 사람이었다. 에마가 남편을 사랑했다면 그도 강인하고 재미있는 남자가 될 수 있으리라는 것을 그녀 또한 알았을 것이다. 이저벨은 그렇게 믿었다. 솔직히 이저벨은 자신이 샤를 같은 남편과 살면 매우 행복했을 거라는 생각을 떨칠 수 없었고, 그래서 에마의 관점으로 상황을 바라보기가 당연히 어려웠다.

하지만 복잡한 문제였다. 이저벨은 마음 깊숙이 에마가 품은 지독한 열망을 이해하고 있었다. 셜리폴스에서는 누구도 이저벨의 이런 마음을 모르겠지만, 그녀에게는 한 남자와 파괴적인 육체적 사랑에 빠진 기억이 있었고, 이 기억은 이따금 살아 있는 생물처럼 그녀의 마음속에서 춤을 추었다. 하지만 그것은 잘못된—지독히 잘못된—일이었고 그녀의 심장은 지금 세차게 뛰었다. 이 차 안에서 질식해 죽을 것만 같았다.

그녀는 주차장 가장자리를 따라 걸으며, 고개를 들어 파란 하늘 높이 날개를 펴고 나는 매 두 마리를, 이어서 화강암 위 공장 아래쪽에서 뿜어낸 거품이 부글거리는 탁류가 흐르는 강을 바라보면서 마음을 가라앉혔다. 에마 보바리는 이기적이었다고, 이기적이고 사랑을 모르는 여자였다고 혼잣말을 했다. 그녀가 단순히 남편에게 무관심했던 것뿐만 아니라 제 자식을 완전히 내팽개친 것이 그 증거였다. 아니, 에마 보바리는 이저벨 굿로가 과거에 그랬던 것보다, 혹은 앞으로 그럴 수 있는 것보다 더 악독했고, 결국 그녀가 역겨운 죽음을 맞았을 때 탓할 수 있는 사람도 자기 자신밖에 없었다.

이저벨이 공장의 육중한 뒷문을 당겨 열자, 감사하게도 가죽과 접착제의 익숙한 냄새가 코를 찔렀고, 기계실을 지날 때는 철커덕 소리가 요란하게 들렸으며, 윙윙거리는 엘리베이터는 그녀를 위층으로 데려가 사무실 바깥의 조용한 복도에 내려놓았다. 그녀는 화장실에 들러 립스틱을 고쳐 바르고 머리를 빗었다. 이런 일들을 하면서 한동안은 책을 읽지 않을 거라고, 굳이 다른 사람의 슬픔을 머릿속에 밀어넣지 않아도 삶은 충분히 힘들다고 생각했다.

"오후에 나한테 좀 들렀다 갈래?" 에이미가 교실을 나설 때, 혹은 낮에 복도에서 마주치면 로버트슨 선생이 나직이 말했고, 그러면 에이미는 방과후에 그의 교실로 가 창가에 서서 대화를 나누거나 책상 위에 같이 앉아 있곤 했다. "오늘도 집에 데려다 줄까?" 그가 물었고, 그뒤로 계속 그런 식이었다. 그들은 교사용 주차장으로 걸어간 뒤 22번 도로를 달려 그녀의 집 앞 진입로에 차를 세워놓고 같이 앉아 있곤 했다.

에이미는 또 키스할 마음은 없었지만, 그날 이후 처음으로 그가 데려다준 날, 그녀가 차에서 내리려 할 때 그가 "오늘은 키스 없어?" 하고 짓궂게 물었다. 그러더니 그녀 쪽으로 몸을 기울이고 뺨을 내밀었다. 그래서 그녀는 수염 난 그의 뺨에 가볍게 키스했고, 그뒤로 계속 그런 식이었다.

어느 날 그는 얼굴을 돌려 그녀의 입술에 키스했다. 그러고는 "잘 가" 하고 짧게 고개를 끄덕이며 인사했다.

그날 밤 그녀는 또다시 숙제를 하지 않았다. 집안을 서성거리면서 그가 의도적으로 입술에 키스한 일만 떠올릴 뿐 딱히 뭘 하지도 않았다. 이저벨은 딸이 아픈지 보려고 이마를 짚었다.

"괜찮아요." 에이미가 말했다. "정말 괜찮아요."

하지만 엄마에게 거짓말을 하려니 힘들었다. 이제 에이미는 소파 모서리에 앉아, 끝이 갈라졌는지 확인이라도 하듯 머리카락 한 움큼을 얼굴 앞으로 들어올리며 말했다. "내일도 학교 끝나면 좀 남았다 올 거예요."

"영어 클럽?"

"수학요." 에이미가 대답했다. (영어 클럽 같은 건 없었다. 어느 날 그녀가 순간적으로 꾸며낸 것이었다.) "수학을 도와줘요. 음, 돕는 건 아니고, 선생님이 수학을 아주 잘하는 몇 명에게 삼각법을 가르쳐주세요. 실제로 대학에서 배우는 거래요. 학교 끝나면 가끔 우리를 따로 봐주실 거라고 했어요."

"오, 그렇구나." 이저벨은 감쪽같이 속아넘어갔다. "잘됐네. 재미있기도 하고."

"뭐가 재미있어요?" 얼굴 앞에 들어올린 머리카락을 계속 쳐다보느라 에이미의 눈동자는 가운데로 모이다시피 했다.

"네 할아버지도 숫자를 잘 다루셨거든. 네가 할아버지를 닮았나보다."

에이미는 수학을 썩 잘하지 않았다. 학교 끝나고 로버트슨 선생을 만나도 수학 이야기는 하지 않았다. "나는 영어가 더 좋아요." 그녀는 들어올린 머리카락을 놓으며 말했고, 로버트슨 선생의 아내와 그녀가 떠난 이유를 다시 생각했다. 틀림없이 그가 그녀에게 떠나라고 했을 것이다.

"엄마가 읽고 있던 책 말이야, 다 읽었어." 이저벨이 말하고 있었다. "『마담 보바리』. 프랑스 작가가 쓴 거야." (그녀는 작가 이름을 엉터리로 발음할까봐 두려웠다.) "정말 훌륭한 책이야. 고전이지."

"그럼, 어쨌든 학교 끝나고 남게 되면 전화할 테니까, 집에 전화해서 저 없다고 걱정하지 마세요." 에이미가 말했다.

"알았어." 이저벨이 말했다. "꼭 그렇게 해줘. 걱정하다 병나겠어."

한편 로버트슨 선생은—아내가 있건 없건—달라진 점이 없어 보였다. 그는 여전히 에이미를 집까지 데려다주었다. 그들은 여전히 그의 차 안에 앉아 있었다. 집 옆으로는 튤립 꽃밭이 노랗고 빨갛게 불타올랐다. 이제 그는 날마다 그녀의 입술에 살짝, 편하게 키스했다. 그러던 5월의 어느 따스한 날, 그가 "음, 이제 정말로 내리는 게 좋겠구나" 하고 말했지만 에이미는 그의 눈동자에서 언뜻 다른 빛을 보았고, 그는 그녀의 입술을 쳐다보며 천천히 몸을 기울였다.

# 10장

제럴드 버로스 박사는 양복 재킷의 단추를 만지작거리며 앞에 앉은 환자를 물끄러미 바라보았다. 버로스 박사보다 조금 젊은 환자는 어렸을 때 완고한 아버지와 함께 낚시를 갔던 기억을 풀어놓으면서 손에 쥔 크리넥스 화장지를 조용히 찢고 있었다. 그 남자가 딴생각에 빠져 잠시 창밖을 응시할 때 버로스 박사는 시계를 흘끔 보았다. 환자가 앉은 의자 뒤 약간 왼쪽에 놓인 탁자에는 작고 신중해 보이는 회색 시계가 놓여 있었다.

버로스 박사는 환자에게 철저히 집중한다는 자부심이 있었지만, 지금 앞에서 펼쳐지는 삼십여 년 전의 슬픈 낚시 여행에는 좀처럼 몰두할 수가 없었다. 스스로는 이 계통의 일에서 찾아오는 좌절의 시기에 충분히 익숙해져 있다고 믿었지만 최근에는 부쩍 무력감에 시달렸다. 호전되는 사람이 아무도 없었다. 어쨌거나 거의 아무도 없었다. 그를 찾아온 사람들의 정신적 장애는 아주 어린 시절 민감한 시기에 형성된 것이라, 치료실로 찾아온 무렵에는 그들의 심약한 고통이 곪을 대로 곪아, 고통의 표출과 왜곡과 악의적인 조작이 뒤섞여 놀라운 양상을 보였다. 아니, 그들은 호전되지 않았다. 외롭기 때문에 찾아왔고, 고통 때문에 진정 혼란스러워 찾아왔다. 재킷 단추를 계속 만지작거리며 그는 생각했다. 자신은 기껏해야 환자에게 평가를 내리지 않는 사람이 되어주거나 마음을 다스리고 안식하는 순간을 제공할 수 있을 뿐이라고.

하지만 그것을 그 자신에게는 제공할 수 없었다. 이 순간 그의 얼굴에는 근엄한 표정이 떠올랐지만, 속에서는 딸에 대한 생각이 끈질기게 그를 괴롭혔다. 스테이시는 그를 미워했다. 말없이 조롱하는 눈빛에서 느낄 수 있었고, 아침마다 식탁에 털썩 앉는 오만한 자세에서 감지할 수 있었다. 딸아이가 부엌에서 나가기 전에 언뜻 보인, 혹은 보였다고 느낀 그 무례한 눈빛은 무서울 정도로 매서웠다. 딱딱하게 굳은, 다 안다는 표정.

어디서 그런 악감정이 비롯했는지 그로서는 도무지 알 길이 없었다. 하지만 그건 그 아이가 품위 있게 자랄 수도 있었지만 그러지 못했다는 의미였다(그렇게 볼 수밖에 없었다. 그렇지 않은가?). 큰 아이가 아니라 갓난아기를 입양해야 한다는 그의 뜻이 확고했던 것은 바로 상처로 인한 어두운 각인을 피하기 위해서였다. 빨간 얼굴로 악을 쓰고 울어대는 아기를 데려오면 그가 상처 없이 키울 수 있기라도 할 것처럼! 이 아이는 심지어 그때도 화가 나 있었다. 몇 주가 지나자 아기는 빽빽거리다 이따금 울음을 그치고 그들을 째려보았다. 잠시 쉬는 그 틈에 악의가 담긴 눈빛으로 그들을 쏘아보았다. 나중에 알게 된 바로는 힘든 출산이었다고 했다. 목에 탯줄이 감긴 채 산도에서 나오지 못했다고 했다. 이 아이가 반항하는 것이 그 때문인가? 어슴푸레한 기억, 그 트라우마의 흔적 때문에?

그는 그렇게 믿지 않았다. 만약 치료실에 찾아온 환자가 딸의 분노를 힘든 출산 탓으로 넘겨버리려 했다면, 그는 그 말을 믿지 않았을 것이다. 그보다는 그 집에서 어떤 일이 일어나고 있는지, 현재 가족생활에서 어떤 일이 일어나는지 궁금해할 것이다.

버로스 박사는 의자에서 약간 옮겨 앉았다. 자신들의 일상생활이 즐거움으로 가득한 것처럼 꾸밀 생각은 없었지만, 또다른 자식인 쌍둥이 아들들—집안을 휘젓고 다니며 언제나 그를 반기는 건강한 꼬마들—은 괜찮았다. (그렇다면 그걸 설명해보란 말이지, 딱히 누구에게랄 것 없이 그가 시비를 걸듯 생각했다.) 그는 앞에 앉은 남자를 찬찬히 바라보며, 집중하지 않은 것을 보상하려는 듯 고개를 살짝 끄덕여주었다. 남자는 이야기를 마치고 미안함과 애처로움이 동시에 깃든 표정으로 버로스 박사를 쳐다보았다. "그랬군요." 버로스 박사가 말했다. "앞으로 생각해 볼 것이 많겠습니다. 다음 시간에는 그것부터 시작해봅시다."

남자의 얼굴은 인정의 미소를 바라는 허기를 숨김없이 드러냈고, 그 허기는 그가 문을 닫고 떠난 뒤에도 버로스 박사의 마음에 오랫동안 남아 있었다. 자신 역시 애처롭게도 더 많은 것을 원한다고 생각하니 마음이 괴로웠다.

이저벨의 기분은 놀랄 만큼 빠른 속도로 변덕을 부리기 시작했다. 늘 그랬는데 단순히 알아채지 못했던 것이 아닌가 하는 생각도 들었다. 하지만 아니다. 맙소사, 이런 기분을 알 것이다. A&P로 차를 몰 때는 몸에 잘 맞는 옷을 입었을 때처럼 차분하고 기분이 좋지만, 다시 주차장을 가로지를 때는 끌어안고 있던 식료품 봉지 냄새에 봄 향기가 뒤섞여 가슴속의 욕망을 긁어댄다. 그래서 결국 집으로 돌아오는 길에는 기분이 완전히 싱숭생숭해지는 것이다. 솔직히 지쳤다. 하느님이 곁에 있다는 희망을 느끼는, 그래서 가슴이 벅차 뭔가 터져나올 것 같고 뭔가 확장되는 듯한 느낌에 휩싸이는 그 모든 순간에도 불구하고, 분노라고밖에 표현할 수 없는 순간들 또한 이저벨은 경험했다.

이를테면 에이미의 더러운 빨래가 기다리고 있는 것을 보면 이저벨은 화가 치밀었는데, 그 순간 이 아이를 키우는 단순한 일이 그녀가 방금 하려던 일보다 더 크게 느껴지기 때문이었다. 이저벨은 이를 이해할 수 없었다. 이 아이를 키우면서 정말로 힘들었던 시절은 이제 다 지나가지 않았나? 왜 그녀는 양육이라는 줄타기에서 때때로 헛발을 짚는 것 같을까?

걱정, 걱정, 걱정. 어느 아침 그녀는 에이버리 클라크의 맞은편에 앉아 커피가 담긴 스티로폼 컵을 무릎에 올린 채 몸을 살짝 숙이고 이렇게 말했다. "아이를 키우다보면 걱정, 걱정, 늘 걱정이 따라다녀요." 그녀는 이 말을 가볍게 내뱉은 뒤 입꼬리를 살짝 아래로 내려 자조적인 미소를 띠었다.

"아무렴 그렇지요." 에이버리가 껄껄거리며 말했다. 그는 회전의자에 등을 기대고, 아들이 어느 날 친구와 보트를 타러 갔다가 해가 진 뒤에도 돌아오지 않은 이야기를 장황하게 늘어놓았다. 에이버리가 이야기에 열을 올렸으므로(전화를 받느라 잠깐 중단되기는 했지만) 이저벨은 어떤 표정을 지을지 고민이 되었다. 더 듣고 싶다는 즐거운 기대감에 찬 표정을 짓고 있으려니 솔직히 얼굴에 경련이 일어날 것 같았지만, 마침내 에이버리가 결론에 도달했다.

"그 녀석이 문을 열고 들어오는데 죽여야 할지 안아줘야 할지 갈피를 못 잡겠더군요." 에이버리는 너털웃음을 터뜨리며 고개를 가로저었다. "오 맙소사. 정말 성질이 나더라고요."

"아무렴요." 이저벨이 맞장구를 쳤다. "세상에 그만한 일은 없지요." 하지만 에이버리는 듣고 있지 않았다. 그는 또다시 웃으며 고개를 가로저었다. "하, 맙소사, 하. 정말 성질이 나더군요."

에이미는 로버트슨 선생의 벌어진 입 말고는 거의 아무것도 떠오르지 않았다. 그의 미끈거리는 뜨거운 혀가 그녀의 혀를 파고들던 그 충격, 그가 그녀의 머리 뒤쪽을 손으로 꾹 누를 때 그의 목구멍에서 올라오던 신음 같은 속삭임, 어느 시점에 그가 입을 더 크게 벌려 그녀의 볼 깊숙이 혀를 밀어넣을 때 그의 턱이 쩍 벌어지던 소리, 그녀의 입속을 돌아다니던 살아 있는 따뜻한 그것. 그가 마침내 "에이미, 이제 들어가는 게 좋겠어" 하고 부드럽게 말했을 때 그녀는 한편 마음이 놓였다.

그녀는 엄마가 돌아오기 전까지 거실 소파에 앉아 꼼짝하지 않고 있었다. 로버트슨 선생이 자기에게 프렌치키스를 하다니 믿어지지 않았다. 도저히 믿을 수 없었다. 하지만 실제로 했다. 사랑한다는 뜻인가? 사랑이 느껴지지는 않았다. 어떻게 보면 그녀와는 거의 무관하게 일어난 일 같았다. 하지만 그런 키스는 누군가를 진심으로 사랑할 때만 가능하니까 그건 어리석은 생각이었다. 그럼에도, 고요한 거실에 앉아 있으려니 불안하고 어쩐지 슬펐다.

아침에는 이런 기분이 아니었다. 삶의 중심이 되는 뭔가를 깨달은 것처럼, 잠에서 깼을 때 그녀는 차분하고 유능한 느낌이 들었다. 샴푸로 머리를 감았고, 이저벨이 그러지 말라고 늘 말렸는데도 젖은 머리를 빗었다. 머리가 마르자 윤기가 자르르 흐르고 곱슬곱슬해져서 연푸른색 드레스에 받쳐 입은 분홍색 스웨터와 완벽하게 어울렸다.

"오 어쩜, 정말 사랑스러워 보이는구나." 이저벨이 라이스크리스피 시리얼을 흔들어 그릇에 부으면서 말했다.

하지만 오전이 절반쯤 흘러가자 그녀는 더이상 사랑스러워 보이지 않았다. 화장실 거울에 비춰본 그녀의 얼굴은 해쓱했다. 아침에 그렇게 열심히 빗은 머리도 방금 낮잠을 자다 깨어난 어린아이의 머리처럼 바보같이 사방으로 부스스 뻗쳐 있었다. 이 심란하기 짝이 없는 모습에 더해, 마음이 더욱 어지러웠던 것은 로버트슨 선생이 수업중에 그녀를 단 한 번도 쳐다보지 않았다는 믿기 힘든 사실 때문이었다.

그녀로서는 예상하지 못한 일이었다. 알고 있다는 눈빛이나, 스치는 따뜻한 미소, 은근슬쩍 윙크는? 아무것도 없었다. 그녀에게 눈길도 주지 않았다. 그는 앞줄에 앉은 얌전하고 평범한 줄리 라긴을 칭찬했다. "아주 잘했어." 공부에 열중한 그 아이의 어깨 너머를 살펴보며 그가 말했다. "훌륭해. 머리를 쓸 줄 아는 아이가 여기 있었구나." 수업을 마치는 종이 울리자 로버트슨 선생은 그의 책상으로 돌아가버렸고, 에이미는 어리둥절한 채 복도로 나갔다. 남자아이들이 체육관으로 이동하면서 그녀를 이리저리 떠밀었다.

스테이시는 오지 않았다. 자습실에도 없었고, 점심시간에 에이미의 사물함 옆에서 기다리고 있지도 않았다. 지난번에 패혈성인두염 때문에 에이미가 결석했을 때는 스테이시가 점심시간에 전화해서 "바보 천치들"과 점심을 먹어야 했다고 말했는데, 오늘은 에이미가 지갑에서 동전을 찾아 공중전화가 있는 현관으로 갔다.

신호음이 다섯 번 울리고 스테이시가 전화를 받았다. "여보세요." 시큰둥한 목소리였다.

"나야." 에이미가 말했다. 캐런 킨이 현관에서 뒷짐을 지고 수영장에서 방금 나온 잡지 화보 속 소녀처럼 고개를 약간 쳐든 채 서성이는 것이 보였다.

"안녕." 스테이시가 감흥 없는 목소리로 인사했다.

"어디 아파?" 에이미 쪽을 계속 쳐다보면서 전화를 쓰겠다는 표시로 고개를 까딱이는 캐런 킨과 눈을 마주치며 에이미는 스테이시에게 물었다.

잠시의 침묵과 함께 통화에 공백이 흐르다가, 이윽고 스테이시가 입을 열었다. "병원에 가야 할 것 같아." 그녀가 코를 훌쩍인 뒤 심드렁하게 덧붙였다. "젠장."

"괜찮아?" 에이미가 양손으로 전화기를 붙잡은 채 벽 쪽으로 돌아섰다. "캐런 킨이 전화를 쓰겠다고 기다려." 나직이 덧붙였다.

"엄마가 나를 병원에 데려간대." 스테이시가 말했다.

"어디 아프냐니까?" 에이미가 다시 물었다.

"아무튼 병원에 가야 할 것 같아." 스테이시가 다시 대답했다. "캐런 킨한테 미친년 지랄한다고 전해줘. 학교 전체에는 모두 똥이나 처먹고 뒈지라고 전해주고."

이저벨이 커피를 다 마신 뒤 골반을 우아하게 매만지며 허리를 굽혀 에이버리 클라크 사무실의 휴지통에 스티로폼 컵을 버리려는 찰나, 에이버리가 말했다. "아 참, 이저벨."

이저벨은 아리따운 숙녀처럼 고개를 돌려 그를 쳐다보았고(자식 걱정에 대한 대화가 즐거웠다고 그녀는 생각했다) 립스틱이 번져 있을까봐 양 입술을 지그시 누르며 무슨 일이냐는 듯 눈썹을 치켰다.

"생각한 게 한 가지 있는데, 어떨까 해서요." 에이버리가 책상 위로 살짝 허리를 숙였다. 이 행동을 보고 이저벨은 사무실에 있는 다른 사람들에게는 비밀이라는 것을 알아차렸다.

"네?" 그녀가 의자 모서리에 다시 걸터앉아, 허리를 숙이며 어떤 비밀이든 마음놓고 자신에게 털어놓아도 좋다는 표정을 지어 보였다.

"뭐, 그냥 생각해본 건데." 에이버리가 말했다. "이번 여름에 여기서 에이미에게 일을 줄 수 있을 것 같아서."

이저벨의 눈썹이 다시 올라갔다. 그녀는 계속 말하라는 의미로 고개를 옆으로 살짝 기울였다.

"도티 브라운이 지금 단계에서는 알리고 싶어하지 않는 것 같지만……" 에이버리가 여전히 허리를 숙인 채 커다란 유리 너머로 책상에서 일하는 여자들을 잠시 훑어보다가 조용히 말했다. "하지만 좀 쉬어야 하는 건 분명해요. 수술을 받게 됐나본데." 그러고는 소리 없이 입을 벙긋거렸다. "부인병."

"아, 알겠어요. 어쩌나, 괜찮아야 할 텐데요."

에이버리가 얼른 고개를 주억거렸다. "심각한 건 아니길 바라지만, 이번 여름은 쉬어야 될 거예요. 의사가 몇 주 휴가를 내고 몸을 추스르라고 한 것 같아요. 나는 서두를 필요가 없다고 말해줬고."

"어쩜 그렇게 친절하세요."

"도와주는 일손이 있으면 좋겠다는 생각이 들었어요. 물론 간단한 일을 하게 될 테지만. 서류를 정리하거나 송장을 확인하는 것 같은 아주 간단한 일이요. 에이미가 지금 정확히 몇 살인가요? 전일제 근무를 하려면 열여섯은 되어야 하는데."

"삼 주 뒤면 열여섯이 돼요." 이저벨이 대답했다. "어머, 벌써, 믿을 수가 없네요."

"흠." 에이버리가 등을 기대며 만족스러운 표정을 지었다. "한번 생각해봐요. 에이미가 여름에 여기서 일하고 싶어한다면 그렇게 조치할 수 있을 것 같군요."

"정말 친절하기도 하셔라." 이저벨이 호응했다. "너무 좋아 사실이 아닌 것 같아요. 작년에는 일주일에 며칠씩 아침에 교회에 가서 아기를 돌봤는데, 이제는 당연히 일을 더 해도 좋을 만큼 나이가 들었어요. 이제부터 대학 갈 자금을 모을 수 있다면 멋질 거예요."

"잘됐군요." 에이버리가 고개를 까딱했다. "어떻게 할지 알려줘요. 하지만 아직은 아무한테도 말하지 않는 게 좋겠군요. 곧 도티가 사람들에게 직접 알릴 거 같으니까."

이저벨이 손을 올렸다. "그럼요." 그러고는 나가려고 일어섰다. "다시 한번 고맙습니다." 가슴속이 사랑의 감정으로 뜨거워지는 것을 느끼며, 그녀는 조용히 말했다. 내일 날씨가 좋으면 페리윙클 블루 색깔의 리넨 드레스를 입겠다고 생각하면서.

집안은 고요하고 잠잠했다. 에이미는 뭘 해야 할지 모른 채 소파에 앉아 있었다. 학교에서 집으로 돌아오는 길에는 오후의 엄청난 햇살이 머리 위로 쏟아져 길 곳곳에 열기가 올라오고 타르 냄새가 풍겼지만, 집은 앞쪽 창문이 북향인데다 사철 푸른 나무들에 가려져 있어 약간 싸늘하고 어두웠다.

불 꺼진 집으로 들어가자, 조용한 부엌에는 의자들이 하루종일 차렷 자세로 서 있었던 것처럼 식탁 밑으로 넣어져 있었고, 거실은 자기만의 외로움에 아파하는 듯 보였다. 갈색 아프간 담요는 소파 등받이에 반듯하게 걸쳐 있고 보스턴줄고사리 화분은 길쭉한 검은색 세움대 위에 놓여 있었는데, 이 모든 것이 에이미의 마음을 더욱 짓눌렀다. 그녀는 무엇을 해야 할지 모른 채 소파에 한참 앉아 있었다. 허벅지에 닿는 까끌까끌한 소파 덮개 천의 감촉을 느끼며, 어떻게 그토록 오랜 세월 동안 날마다 학교에서 돌아와 지금 보이는 이 빈 공간을 마주하고 살 수 있었을까 생각했다. 상상할 수 없었다. 어떻게 부엌문을 열고 들어와 찬장을 뒤져 차를 준비하고 식탁 앞에 앉아 숙제를 할 수 있었을까. 정녕 이런 삶으로 되돌아간다면—로버트슨 선생이 그녀를 하루 종일 완전히 모른 척했기 때문에 그렇게 될 듯했다—앞으로 어떻게 해야 할지 몰랐다.

집의 고요함 속에서 전화벨이 울렸다.

에이미는 소파에서 일어났다. 엄마의 전화겠지만 통화하고 싶지 않았다. 그래도 얼른 부엌으로 가서 벨이 울리는 도중에 전화를 받았다.

아무 소리도 들리지 않았다. 침묵. 텅 빈 공기.

"여보세요?" 에이미가 다시 말했다.

"안녕, 아가씨." 남자의 속삭이는 목소리였다.

에이미는 심장이 하도 세차게 뛰어서 그 소리가 귀에까지 들리는 것 같았다. "누구세요?" 다시 한번. "전화 거신 분은 누구세요?"

"안녕." 그 남자가 또 소곤거렸다. "바닐라 아이스크림 좋아하니?" 목소리는 저음에 매우 거칠었고 남부 억양이 희미하게 섞여 있었다.

"저기, 말씀하세요." 에이미는 눈물이 쏟아질 것 같았다. "누구세요?"

그 남자가 느리고 음란하고 은근한 목소리로 속삭였다. "네 보지에서 바닐라 아이스크림을 핥아먹고 싶어."

에이미는 손에 쥔 수화기가 뱀으로 변하기라도 한 것처럼 얼른 수화기를 내려놓았다. "어떡하지." 그녀가 훌쩍였다. "오 하느님, 어떡하지." 그녀는 부엌 의자를 문으로 끌고 가서, 데비 케이 돈이 실종된 2월에 엄마가 그랬던 것처럼 등받이를 살짝 기울여 문고리 밑에 받쳤다.

드레스 밑으로 팔과 맨다리에 소름이 쫙 돋았고, 입술은 마르고 입안은 바짝 타들어갔다. 에이미는 전화기를 들고 엄마에게 전화를 걸었다. 지금 필요한 것은 오로지 엄마였다. 하지만 엄마의 직장에서 벨이 울리려는 찰나, 에이미는 전화를 끊었다. 지금 전화를 걸면 엄마가 겁에 질릴 거라는 깨달음이, 두려움 저만치에서 아주 얇은 은색 선을 타고 전해졌다. (에이미는 잔뜩 겁을 먹었다. 조리대에 올린 팔이 벌벌 떨렸다). 그렇게 되면 엄마는 틈만 나면, 지금보다 훨씬 자주 에이미가 어디 있는지 캐물을 텐데, 만약 로버트슨 선생이 다시 잘해준다면 어쩌지?

그녀는 엄마에게 전화하지 않았다.

하지만 겁이 났다. 간신히 위층으로 올라가 침대 밑을 살피고 옷장도 열어보았다. 엄마 옷장의 문을 열자 금속 옷걸이들이 살짝 흔들리면서 사악한 주문을 거는 것처럼 잠시 댕댕거렸다.

오, 그녀는 정말 무서웠다! 끔찍하고 고요하고 컴컴한 집. 다시 아래층으로 달려가 부엌 찬장들까지 확인하고 냉장고 문도 열어보았다. 모르는 남자가 서 있을까봐 창문으로 진입로나 포치를 내다보기도 두려웠다. 남자가 창문으로 들여다보며 방안 그림자 속 어디에 자신이 숨었는지 알아내려고 한다는 생각에 에이미는 더럭 겁이 났다.

그녀는 훌쩍거리면서 현관 옷장으로 엉금엉금 기어들어갔고, 엄마가 입는 겨울 코트의 누빈 밑단 뒤에 숨어 부츠 위에 앉아 있었다. 거기서 데비 돈을 생각했다. 읽고 들은 세세한 내용이 고스란히 되살아났다. 점퍼스커트를 입고 밝은 금색 무릎양말을 신은 채 엄마가 집으로 돌아오기를 기다리는 귀여운 열두 살짜리 데비. 그애는 엄마가 돌아오기를 기다리다가 두시에서 다섯시 사이에 사라졌다.

에이미는 너무 무서워서 옷장 안에 잠자코 있을 수가 없었다. 부츠 위를 기어 밖으로 나와 복도를 흘깃 내려다보았다. 다시 한번 샅샅이 확인하며 집안을 살핀 뒤 식탁에 앉아 기다렸다. 자신이 지금 유괴범을 기다리는지, 엄마를 기다리는지, 혹은 아무나 먼저 오는 사람을 기다리는지조차 알 수 없었다. 아니면 아예 집에서 나가야 할까. 어쩌면 아예 나가는 편이 더 안전할지도 모른다고 생각했다. 하지만 황량한 길, 길게 뻗은 한갓진 22번 도로…… 그래서 그녀는 식탁 위에 축축한 손자국을 남기며 앉아 있었다.

또 전화가 울렸다.

에이미는 전화기가 놓인 조리대를 쏘아보았다. 똬리를 튼 검은 뱀이 다시 한번 달캉거리며 일어서고 있었다. 그녀는 울먹이면서 전화를 받았다.

"알아맞혀봐." 스테이시가 껌을 짝짝 씹으며 유쾌하게 말했다. "칠 개월째로 접어들었대. 내가 임신을 했다는 게 믿어져?"

## 11장

스테이시 없이 그녀의 부모만 학교로 와서 교장, 교감, 상담교사, 그녀를 가르치는 교사들 전부와 오전 내내 회의를 했다. 그녀의 상태를 숨김없이 다룰 예정이었다. 에이미는 전화로 스테이시에게 이 사실을 들어 알고 있었지만, 자습실로 가는 도중 상담실에 있는 버로스 부부를 언뜻 보고는 깜짝 놀랐다. 뭔가 축하할 일이라도 생긴 것처럼, 버로스 부인의 얼굴에 활기찬 미소가 떠오르고 어른들이 힘차게 고개를 주억거렸던 것이다. 얼마 뒤 에이미는 영어 시간에 창밖을 내다보다가 버로스 부부가 학교를 떠나는 모습을 보았다. 비쩍 마른 버로스 부인은 여전히 미소를 띤 채 주차장을 가로지르며 남편에게 고개를 주억거리고 있었고, 어깨가 축 처진 버로스 씨는 아내가 타기 전에 차의 문을 열어준 뒤 그녀의 등을 살짝 어루만졌다. ("엄마 아빠가 정말 잘해줘." 스테이시는 통화하면서 말했다. "맙소사, 정말 잘해준다니까.")

주름이 자글자글한 볼에 연지를 바른 늙은 휠라이트 선생이 칠판에 워즈워스—자연계의 아름다움이라고 쓰는 동안 말벌 한 마리가 햇볕이 내리쬐는 창턱 위로 들락날락하고 있었다. 말벌은 삽시간에 교실로 돌진해 솟구쳐 날아오르더니 천장에 가볍게 부딪혔다가 느리게 나선형을 그리며 창문을 찾아 밖으로 날아갔다. "멋지지 않니?" 휠라이트 선생이 말했다(점심시간 직전인데다 꼭대기 층 교실은 후끈해서 듣는 사람은 아무도 없었다). "수선화 무리가 휴식을 취하려고 그 앙증맞은 머리를 바위에 기대는 모습을 생각해보렴."

에이미는 휠라이트 선생을 흘깃 쳐다보고 고개를 돌려버렸다. 두 가지 생각이 동시에 떠올랐다. 엄마가 아무리 원해도 절대 교사가 되지 않겠다는 것, 그리고 학교가 끝나면 로버트슨 선생을 찾아가 다시 친구가 되어달라고 부탁하겠다는 것. 오전 수업 때 그는 또다시 그녀를 모른 척했다. 그 일로 그녀는 몹시 당황해서 이제는 일상의 평범한 일마저 달라 보였다. 휠라이트 선생은 죽은 자들 가운데서 살아난 시체 같았고, 수업을 같이 듣는 아이들은(에이미의 옆에 앉은 메리앤 밤블은 책상 위에 대문자로 워즈워스는 여동생이랑 잤대, 하고 썼다) 완전히 별개의 종種으로 느껴졌다. 그녀를 소진시키는 공포를 제외하면 에이미에게 남은 것은 거의 없어 보였다.

하지만 셜리폴스 타운에는 그날 행복에 흠뻑 취한 사람들이 있었다. 예컨대 에이미가 수업을 듣는 교실의 한 층 아래 교무실에서는 스페인어를 가르치는 러니어 선생이 컵에 커피를 따르면서 환하게 웃고 있었다. 교장 선생 레니 맨들이 그날 밤 그의 어머니와 함께 저녁을 먹자고 그녀를 초대했다. "둘 다 좋은 사람들이니 잘 지낼 수 있을 겁니다." 그가 말했다. 에이버리의 아내 에마 클라크는 그날 아침에 맏아들이 하버드 대학원에서 입학 허가를 받았다는 소식을 들었고 지금은—전화로 알려야 할 곳에 모두 알렸기 때문에—팔을 옆으로 뻗고 팬티스타킹 속의 발가락들을 꼼지락거리며 침대에 누워 있었다. 치과의사의 아내 에린은 할인 판매하는 구두를 찾은데다 남편이 회계사를 만난 뒤 기분이 좋아 보였기 때문에 행복했다.

도티 브라운과 뚱뚱이 베브가 사무실 책상 앞에 앉아 기분좋게 껄껄거린 것을 포함하여, 타운 전체에 크고 작은 온갖 기쁜 일들이 일어나고 있었다. 이런 웃음(이번에는 도티 브라운의 시어머니에 대한 것이었다)은 서로 오래 알고 지낸 두 여자 사이에서 오갈 수 있는 것이었다. 서로의 소소하고 익숙한 표현에서 기쁨과 위로를 찾고, 웃음이 서서히 잦아들면—이따금 낄낄거리는 웃음을 흘리고 화장지로 눈물을 찍어내면서—인간적인 유대의 따스한 온기를 느끼며 결국 인간이 그렇게 혼자는 아니라는 믿음을 확인하는 두 여자 사이에서 오가는 그런 웃음.

에이미는 학교가 끝나고 로버트슨 선생의 교실로 갔다가 줄리 라긴이 칠판 앞에 서 있는 것을 보았다.

"에이미? 나를 만나려고?" 로버트슨 선생이 말했다. 그녀는 대답하지 않았다. 그가 "앉아라. 거의 끝났어" 하고 말했다.

줄리 라긴이 무표정한 시선으로 에이미를 흘깃 쳐다보고 나가자 로버트슨 선생은 땅이 꺼지게 한숨을 쉬며 에이미와 가까운 의자에 앉았다. "그래." 그가 가슴께에 팔짱을 끼고 의자에 기대며 말했다. "잘 지내니, 에이미 굿로?"

"잘 지내요."

그들은 서로 쳐다보지 않고 조용히 앉아 있었다. 벽에 걸린 커다란 시계가 재깍 소리를 냈다. 열린 창문으로 스쿨버스가 부르릉거리는 소리가 들렸고, 바람은 학교 정문 옆에 흐드러지게 핀 라일락 향기를 실어왔다. 이윽고 로버트슨 선생이 조용히 말했다. "가자, 집까지 태워줄게."

사실상 모든 것이 사라졌다고—그들 사이에 달라진 것이 무엇이든 그대로 고착될 거라고—생각될 즈음 로버트슨 선생이 도로를 벗어나 나무들 밑에 차를 댔다. "좀 걸을까." 그가 말했다.

그들은 예전에 목재를 나르던 길의 희미한 흔적을 따라 걸어가며 지금은 잡초 덩굴로 뒤덮인 타이어 자국만 뚫어져라 내려다보았다. 이윽고 로버트슨 선생이 입을 열었다. "너한테 그렇게 키스하는 게 아니었어, 에이미."

"결혼을 해서요?" (그녀는 여기에 엄마와 함께 온 적이 있었다. 어렸을 때 봄마다 들꽃을 찾으러 왔다. 노루귀, 연령초, 천남성. 개불알꽃을 발견했을 때 이저벨은 에이미에게 비밀로 붙여야 한다고 했다. 희귀한 꽃이라 사람들이 와서 따갈 거라면서.)

로버트슨 선생은 고개를 저으며 작은 돌멩이를 구두 끝으로 툭툭 찼다. "아니, 우리는 별거중이야. 아내는 친정에서 살겠다고 떠났지."

에이미는 드레스의 양옆 솔기 쪽을 쓸었다. 이미 알고 있었다는 말은 하지 않을 참이었다.

"아니." 로버트슨 선생은 다시 걸었고 그녀는 쫓아갔다. "우리가 키스한 걸 사람들이 봤다면 절대 이해하지 못할 테니까."

"하지만 사람들이 어떻게 알아요?"

그는 고개를 돌려 그녀를 잠시 유심히 쳐다보았다.

"어떻게 알아요?" 그녀가 길고 곱슬곱슬한 머리카락 사이로 그를 쳐다보며 다시 물었다. "전 아무에게도 말하지 않을 건데요."

"나도 모르겠다." 그가 말했다. "아마 넌 말하지 않겠지."

그들은 걸음을 멈추었다. 에이미는 가만히 서 있었고 쏙독새 우는 소리가 들려왔다. 로버트슨 선생이 가슴께에 팔짱을 끼고 게슴츠레한 눈으로 어린 제자를 지그시 바라보았다.

그날 이후 사흘 동안 비가 내렸다. 지붕과 자동차와 보도에 줄기차게 쏟아지는 기분 나쁜 비였다. 주차장에는 빗물이 고여 웅덩이가 생겼고, 웅덩이 표면은 빗물 위로 떨어지는 빗물로 끊임없이 부서져, 미친듯이 미끼를 물어뜯는 물고기들로 그들먹한 작은 연못 같았다. 홈통이 망가져 학교 건물 모서리에서 빗물이 폭포처럼 쏟아졌고, 그 아래 땅은 이제 풀도 없고 심지어 흙도 남지 않았다. 색깔들이 씻겨나갔고, 잔디가 돋았던 자리에는 흙탕물만 질퍽거렸다.

스테이시가 학교 건물에서 잽싸게 튀어나와 "젠장" 하고 내뱉으며 멈춰 서더니 에이미의 소매를 잡았다. "뛰어." 스테이시가 방향을 가리키자 둘은 잔디밭을, 이어서 주차장을 가로지르며 첨벙첨벙 달렸고, 마침내 목표로 삼은 차에 다다르자 무모한 웃음을 터뜨리며 뒷좌석에 몸을 밀어넣었다. 신발도 완전히 젖었고 허벅지 앞쪽과 어깨도 흠뻑 젖었다. "젠장, 제기랄, 빌어먹을, 흠뻑 젖었잖아."

차는 찌부라진 곳이 있는 노란 폴크스바겐이었는데, 상급생 제인 먼로가 이렇게 비 오는 날에는 차 안에서 담배를 피워도 좋다고 두 사람에게 허락해주었다. 소녀들은 차 안으로 들이쳐 똑똑 떨어지는 빗방울을 피하려고 가운데로 옮겨 앉아 담배에 불을 붙였다. 스테이시의 부모는 '기분을 풀어주는' 소소한 물건을 사라며 그녀에게 돈을 주었다. 화장품이든 보석이든, 그녀의 기분을 풀어주는 것이면 무엇이든 사라고 했다. 스테이시는 사탕을 큰 봉지째 샀고, 담배 두 보루를 사서 하나는 학교에 하나는 침대 밑에 숨겨두었다. 비가 앞유리를 세차게 두드리는 가운데 소녀들은 한 손으로는 담배를 피우고 다른 손으로는 초코바를 먹었다. "행복해." 에이미가 말했고, 그들은 서로 쳐다보며 웃었다.

"오, 이거 멋진데. 이 차에 화장실까지 있으면 열나 완벽할 텐데." 스테이시가 말했다.

"차가 젖고 담배 냄새가 배어도 제인이 상관 안 한다는 거 확실하지?" 에이미가 사탕 따위가 든 봉지를 들여다보며 손으로 뒤적거렸다.

"확실하고말고." 스테이시가 말했다. "지금 어느 트럭에서 남자친구랑 한창 붙어 있을걸."

스테이시는 유명 인사가 되어 있었다. 학교는 그 상황에 대해 단도직입적으로 통보받았기 때문에 선구적이고 깨어 있고 수용적으로 보이려고 전전긍긍했다. 그런 사고방식에는 관심이 없는 교사들조차 이렇게 어린(겨우 열다섯!) 소녀라면 이용당한 것이 분명하다고 결론 내리고 그녀를 딱하게 여겼다. 더 나이 많은 교사들은(친절한 휠라이트 선생) 교무실에서 이런 일은 늘 "착한 여학생들"에게 일어난다고 소곤거렸고, 그 말에는 매정하게 피임할 수 있는 소녀는 헤픈 여자라는 뜻이 숨어 있었다.

하지만 여기에는 뭔가 다른 것이, 누구도 말은 하지 않았지만 학교의 수용적인 태도에 큰 역할을 한 상황적 요소가 개입되어 있었다. 그건 스테이시 버로스가 오이스터포인트 구역에 산다는 사실이었다. 스테이시는 베이슨 구역에 살지 않았고, 그녀의 부모는 공장에서 일하지 않았다. 주유소를 운영하거나 농사를 짓지도 않았다. 스테이시의 아버지는 대학교수이자 심리학자였다. 그녀의 부모는 '지성인'이었고, 이를 증명이라도 하듯 맨사드 지붕*으로 지은 신식 주택에 살았다. 타운의 일부 지역에서는 사람들이 눈살을 찌푸리기도 했지만 그 사실이 변하지는 않았다. 스테이시의 아버지는 사회적 지위가 있고 아내와 더불어 딸의 임신에 솔직하고 당당하게 대응했다는 것. 그들을 얕보다가 굳이 들키고 싶은 사람은 없었다.

이런 감정은 그녀의 학교 친구들에게까지 이어졌다. 스테이시는 조롱이나 수군거림을 견뎌야 하기는커녕 영웅 대접을 받았다. 복도에서 그녀와 마주치면 아이들은 다정한 눈길을 보냈고, 그녀가 사물함으로 걸어가면 "안녕, 스테이시, 요즘 잘 지내니?" 하면서 길을 비켜주었다. 상급생 소녀들은 그녀와 친구가 되었고, 제인 먼로는 차를 맘대로 써도 좋다고 했다. 게다가 상급반에서 콧대 높기로 유명한 한 소녀는 아버지가 회중교회의 수석

* 이중 경사 지붕.

집사였는데, 어느 날 화장실에서 스테이시와 한참 이야기를 나누다가 자신이 뉴욕에 가서 한 번도 아니고 두 번이나 낙태한 뒤 아직 돈을 다 갚지 못했다는 이야기를 털어놓았다.

스테이시는 이 모든 일을 거치며 아름답게 빛났다. 또한 그 상황을 인정하게 되면서 몸도 마침내 해방된 것처럼 임신한 티가 갑자기 확 났다. 헐렁한 스웨터 위로 윤곽이 드러난, 농구공처럼 둥그렇게 튀어나온 배를 감당하려고 등뼈가 뒤로 젖혀졌다.

그 스웨터는 아버지의 것이었다. 날이 따뜻하면 스테이시는 거의 무릎까지 내려오는 아버지의 셔츠를 입고 왔는데, 때때로면 드레스를 입고 소젖을 짜는 빨간 머리의 천진한 소녀처럼 보였다. 하지만 이 큼직한 윗옷 아래로는 날마다 같은 청바지를 지퍼만 열고 입었다. 그녀의 부모는 소소한 물건을 사라고 딸에게 선뜻 돈을 주었지만 임부복은 사주지 않기로 결정했다. 스테이시는 이 결정을 이상하게 여기지 않는 듯했고, 비 오는 날에도 바지 밑단을 흠뻑 적시며 활보했다. 나팔바지였는데, 나달나달한 밑단이 비에 젖은 보도를 가로지르며 팔랑거렸다.

차 안에서 스테이시는 다리를 에이미의 다리에 걸쳤고, 에이미는 스테이시의 젖은 청바지에서 풀려나온 굵은 실밥을 뜯어주었다. 스테이시가 그날 그녀에게 잘해준 사람들에 대해 읊어대자 에이미는 잠자코 들었다. "체육관에서 퍼디 맨들이 내게 문을 열어주려다가 넘어졌지 뭐야. 나를 쳐다볼 때마다 얼굴이 빨개지거든." 스테이시는 담배를 빠느라 잠시 말을 멈췄다. "샐리에 대해서는, 다들 한 방 먹은 거지, 안 그래?" (샐리는 임신해서 두 번 낙태를 했다는 집사의 딸이었다.) 스테이시는 허리를 숙여 담배를 차창 밖으로 던진 뒤 우유갑을 뜯어 열었다. 이제 그녀는 날마다 점심시간에 우유를 마셨다. "걸스카우트처럼 깜찍하게 돌아다니는 척하더니 밖에서는 다리를 벌려준 거지." 스테이시가 고개를 뒤로 젖히고 우유를 들이켜며 소리 없이 낄낄거리자 우유가 턱을 타고 흘렀다.

"우유 마실 때는 웃지 마. 코로 나올지도 몰라."

스테이시가 고개를 끄떡했다. "한번은 누워서 투시롤을 씹고 있었는데……" 에이미는 스테이시에게 예전에 한 이야기라는 것을 알려주려고 손가락을 꼼지락거렸고, 스테이시는 우유를 쭉 들이켠 뒤 말했다. "엿같이 아파. 샐리를 눕힌 남자들 중에는 대학교에 놀러갔다가 만난 흑인도 있었대. 내가 이 말도 했어?"

에이미는 고개를 끄덕였다. 학교의 내밀하고 복잡한 지하세계는 정말 놀라웠다. 그녀의 삶에 로버트슨 선생이 없었다면 우울했겠지만 그녀에게는 그가 있었고, 스테이시에게 털어놓지는 않았지만 그 사실은 지금 옆에 놓인, 잇이 부드럽고 따뜻하고 살냄새가 밴 쿠션처럼 느껴졌다.

"그 흑인이 샐리를 그레이하운드 버스에 태워 뉴욕으로 데려갔대. 그애는 엄마 아빠에게 데니즈의 집에 있다고 속이고. 돌아오는 동안 계속 경련이 일어났대. 그 안에 껌 있어?"

에이미는 사탕 봉지를 들여다보고 고개를 가로저었다.

스테이시가 새 담배에 불을 붙인 뒤 성냥을 차창 밖으로 던졌다. "네가 임신하면 네 엄마는 뭐라고 할까?"

에이미가 그녀를 쳐다보았다. "우리 엄마?"

"넌 임신하지 않겠지. 하지만 그렇다 치고. 그냥. 네 엄마는 어떻게 할 것 같아?" 스테이시가 공처럼 둥실한 배 위에 올린 손을 쫙 펴고 다문 입술 사이로 납작한 연기를 뿜어냈다.

"쫓아내겠지."

"뭐?" 스테이시가 눈썹을 치켰다.

"쫓아낼 거라고." 에이미가 고개를 끄덕였다. 그렇게 될 거라는 확신이 드는 이유는 설명할 수 없었지만, 그런 죄는 추방으로 이어질 것이 분명했다.

"너를 쫓아내지는 않을 것 같아." 스테이시는 자기 질문에 벌써 심드렁해진데다 에이미 굿로가 임신하는 일은 있을 것 같지도 않아서 말을 끝내버렸다. "졸려" 하고는 편안히 눈을 감으며 의자에 머리를 기댔다.

"나도." 그 순간 차 위로 떨어지는 빗소리 속에서 수업을 알리는 단호한 종소리가 들려왔다.

"젠장." 스테이시가 눈을 떴고 담배를 세게 두 번 빨고는 차창 틈으로 버렸다. 그들은 함께 가져온 것들을 챙긴 뒤 창문을 끝까지 올리고 빗물이 흥건한 주차장을 뛰어갔다.

"내가 비타민을 먹어야 한다고 말했던가?" 스테이시가 얼굴로 곧장 불어오는 비바람에 맞서며 소리를 질렀다. "엄청 큰 약이야. 빌어먹을 축구공처럼." 그녀는 웅덩이를 첨벙첨벙 뛰어 건너려다가, 생각을 고쳐먹고 젖은 청바지 밑단을 질질 끌며 웅덩이 속을 저벅저벅 걸어갔다.

오후가 되자 에이미는 빗속에 세워진 또다른 차 안에 앉아, 빗물이 흘러내리는 앞유리 너머로 집 앞 포치 옆에 심은 라일락이 쏟아지는 빗줄기에 휘청휘청하는 모습을 바라보고 있었다. 창밖 화분 상자에 새로 심은 피튜니아는 이제 손쓸 수 없게 망가진 것 같았고, 쪼글쪼글한 연보라색 꽃봉오리들은 세찬 비를 맞더니 입을 다물어버렸다. 마리골드만이 꿋꿋하게 버티며 집으로 향하는 작은 길에 노란 단추처럼 줄지어 피어 있었다.

"끝없이 퍼붓는 비처럼 슬픔이 내 가슴에 쏟아진다." 에이미가 천천히 읊조렸다.

"정말로?" 로버트슨 선생은 그녀와 얼굴을 마주보게끔 차문 쪽으로 등을 돌리고 앉아 있었다.

"정말 그런 건 아니에요." 에이미가 웃으며 말했고, 그는 당연히 그녀가 슬프지 않다는 것을 알았기에 눈을 살짝 내리뜨고 그녀를 지그시 바라보았다. 그들은 그날 오후의 첫 키스를 방금 끝냈고, 그 키스는 로버트슨 선생이 시동을 끄자마자 시작됐다.

"네가 슬픈 건 싫어." 로버트슨 선생이 졸음에 겨운 듯 말했다. 여전히 다 안다는 듯한 친밀한 방식으로 눈을 살짝 내리뜨고 있었다.

에이미는 다시 고개를 돌려 비를 바라보았고, 사람들은 이런 사랑 없이 어떻게 살아갈까 생각했다. 어제는, 얼마 전에 어떤 남자가 전화를 걸어 아이스크림을 핥고 싶다고—그 남자가 쓴 비속한 단어는 쓰기 싫어서 그냥 "내 몸에서"라고 말했다—했던 이야기를 전하는 동안, 로버트슨 선생은 그녀의 손가락 끝을 하나씩 꼼꼼히 살펴보았고 그런 일이 또 일어나면 자기에게 말하라고 했다.

그녀는 비 내리는 앞유리에서 고개를 돌리며, 그가 더 키스해주고 자신의 머리카락을 또 만져주기를 바랐다. 하지만 그는 졸음에 겨운 얼굴로 가만히 앉아, 차 문짝에 기댄 채 운전대에 올려놓은 손가락만 느긋하게 움직였다. "네 친구 스테이시에 대해 말해보렴." 그가 말했다.

"뭘 알고 싶으세요?"

로버트슨 선생은 운전대를 따라 움직이는 자기 손가락을 지켜보면서 나른하고 조용하게 물었다. "그애는 활발하지, 안 그런가?"

에이미가 어깨를 으쓱했다.

"남자친구는 누구지?" 로버트슨 선생이 물었다.

그녀는 폴 벨로스가 예전에 미식축구부 스타였고, 지금은 밀로드에 있는 수노코 주유소에서 기름 넣는 일을 한다고 대답했다. "스테이시가 헤어지자고 했을 때 그 남자가 울었대요." 이렇게 덧붙인 뒤 그 말은 하지 말걸 그랬다고 금세 후회했다. 스테이시를 아주 매력 있는 여자로 보이게 만든 것 같았다.

"그가 감춰두었던 보물 상자가 사라졌구나." 로버트슨 선생은 웃음기 없는 얼굴로 눈을 게슴츠레하게 뜬 채 에이미의 머리카락을 바라보며 부드럽게 쓰다듬어주었다.

"방금 그 얘기는 하지 말았어야 했는데." 에이미가 말했다. "스테이시가 하지 말라고 해서가 아니라……"

그는 에이미의 손목을 잡으며 말을 중단시켰다. "나한테는 비밀을 말해도 괜찮아." 그가 에이미의 손가락을 자기 입속으로 가져갔고, 이제 그녀는 스테이시도 폴도 더는 생각나지 않았다.

# 12장

지난가을 지하실 계단에서 굴러떨어져 로버트슨 선생에게 고용될 기회를 주었던 수학 선생 다비니어 데이블은 두개골 골절에서 회복한 뒤 집에 틀어박혀 지루하고 안달하는 봄을 보낸 터라, 이번 가을에는 고등학교로 돌아가 아이들을 가르치기를 고대하고 있었다. 로버트슨이라는 선생은 다른 데로 옮겨야 할 것이었다.

하지만 6월의 첫째 주, 바람이 심하게 불던 어느 날 다비니어 데이블은 그녀의 생일을 자축하면서 본질적으로는 거대한 세발자전거와 별반 다르지 않은 기계장치를 타고 집 앞 진입로를 활주하다가 아스팔트에 나뒹굴어 골반이 부러졌다. 그녀의 오빠는 창백하고 늘 놀란 표정을 하고 있는 예순세 살 남자였는데 이 일로 충격을 받았다. 자전거, 아니, 앞쪽에 아주 큰 바퀴가 하나, 뒤쪽에 작은 바퀴가 두 개 달린 사실상 세발자전거는 그가 동생에게 선물한 것이었다. 그는 동생이 여름에 그것을 타고 타운으로 가서, 핸들에 달린 밀짚 바구니에 도서관에서 빌린 책이나 빵 같은 작은 물건을 담아 집으로 가져오면 좋겠다고 생각했다. 하지만 그녀는 진입로에 팔다리를 쫙 뻗으며 넘어져버렸고, 신발은 무스카리 화단으로 날아가 떨어졌다.

그래서 에이버리의 아내 에마 클라크가 병원으로 병문안을 갔다. 에마 클라크는 회중교회의 선샤인 위원회에서 활동하고 있었는데 이번에 맡은 일은 환자 병문안이었다. 그녀는 권태와 자애가 뒤섞인 표정으로 병원 침대 발치에 서서 꽃과 병원 음식에 대해 이런저런 말을 하고 있었다. 그러는 내내 불쾌한 냄새가 병실 안에 퍼져 있었다.

다비니어 데이블은 열이 심한 것 같았다. 이마는 번들거리고 볼은 빨갰다. 하지만 그녀는 올해 학교로 돌아가는 순간을 얼마나 기다렸는지 모른다며 쉴새없이 지껄였고, 이때쯤 에마 클라크는 학교에 임신한 여학생이 있는데—에마는 심리학자의 딸이라 믿고 있었다—학교는 그 상황에 대해 전혀 소란을 일으키지 않으려는 것 같다는 말을 하려고 생각했다.

다비니어는 고개를 내둘렀다. 그 소식은 이미 들어 알고 있지만, 누가 그런 것을 믿을 수 있겠는가? 하지만 심리학자의 딸이라니—흥미롭네요. 그렇게 생각하지 않나요, 에마? (에마가 고개를 끄덕였다. 그녀도 그렇게 생각했으니까.) 놀랍네요, 생각해보면 세월이 얼마나 변했는지, 다비니어는 말했다—그 전부가 몹시 혐오스러웠다.

에마 클라크는 이제 고개를 끄덕이기도 지쳐서 일어날 준비를 했다.

오, 바로 그때 다비니어가 나가면서 간호사를 불러줄 수 있는지 물었다. 그녀는 에마를 쳐다보며 의기양양하게 고개를 까딱했다. "변기가 다 찼거든요."

차를 몰아 집으로 돌아가면서, 에마 클라크는 그들이 대화를 나누는 내내 다비니어 데이블이 온 힘을 다해 변기를 채우고 있었다는 명백한 사실을 생각하면 불쾌한 이미지가 떠오르는 것을 막을 수 없었다. 에마는 6월의 투명한 햇살에 얼굴을 찡그렸다. 남편 에이버리가 자신에게 이런 교회 일을 기대한다는 사실에 짜증이 났다. 그녀는 집으로 돌아가면 선샤인 위원회는 이제 지긋지긋하고 넌더리가 난다고 딱 잘라 말할 생각이었다.

날씨는 이루 말할 수 없이 좋았다. "더할 나위 없는 날씨네요." 사람들은 고개를 흔들며 서로에게 말했다. 하늘은 드넓고 푸르렀으며, 잔디는 파릇파릇 보드라운 싹을 틔우며 생기가 돌았다. 사람들은 차고에 둔 바비큐 그릴을 굴려서 꺼냈고 앞쪽 포치에서 저녁을 먹었다. 방충문들이 쾅쾅 닫히고 얼음 조각들이 자그락거리는 여름의 소리들이 들렸다. 아이들은 거리에서 지그재그로 자전거를 타며 소리를 질렀다.

소나무들 아래 작은 집에 사는 이저벨은 근처 습지에서 청개구리 우는 소리를 들을 수 있었고, 길어진 저녁 시간도 무척 좋았다. 창밖 화분 상자의 흙을 쿡쿡 찔러보거나, 쭈그리고 앉아 집 앞의 작은 길에 줄지어 심은 마리골드를 돌보면서 깊은 생각에 잠기며, 에이버리 클라크의 길쭉하고 비뚤어진 입을, 그리고 제 입술을 그의 입술에 지그시 누르면 어떤 기분일지를 문득문득 상상하는 것이었다. 그녀는 에마 클라크가 남편에게 오랫동안 부드러운 키스를 하지 않았을 거라고 확신했다. (에이미가 창밖으로 "엄마, 제 노란 블라우스 보셨어요? 뒤쪽에 단추가 달린 거요" 하고 소리를 질렀는데, 그 순간 그녀는 나이든 사람들은 그런 키스는 하지 않을 것 같다는 생각을 하고 있었다.) 어쩌면 에마가 고약한 냄새가 나는 의치를 했을지 모른다고, 이저벨은 더 못된 생각을 했다. 그뿐 아니라 에마는 당연히 냉정한 사람이어야 했다. ("다림질 바구니에 있을 거야." 이저벨이 대답했다. "제발 소리 좀 지르지 마.") 그녀는 얼굴에 흘러내린 머리카락을 쓸어넘긴 뒤 청개구리 소리를 들으면서, 손가락에 남아 있는 뭉개진 마리골드 향기를 맡으며 일어섰다. 신의 선물이라고 생각하며, 그녀는 에이버리의 부드러운 입술을 또다시 상상했다. 이 모든 선물은 신이 준 것이라고.

하지만 그날 밤 그녀는 나쁜 꿈을 꾸었다. 히피들이 득시글한 들판에서 에이미가 옷을 홀랑 벗은 채 질퍽거리는 연못으로 들어갔고, 지저분한 머리를 길게 기른 남자가 에이미를 껴안고 웃는 꿈이었다. 꿈속에서 이저벨은 들판을 내달리며 미친듯이 딸의 이름을 불렀다.

계속 소리를 지르다가 눈을 뜨니 에이미가 잠옷을 입고 이저벨의 침대 옆에 서 있었다. "오, 아가야." 이저벨이 어리둥절하고 당혹스럽고 여전히 괴로운 심정으로 말했다.

"꿈을 꾸셨나봐요." 에이미가 말했다. 이저벨은 흘러들어온 복도 불빛으로 딸의 얼굴과 희끄무레한 잠옷을 걸치고 침대를 굽어보는 길쭉한 몸을 보았다. "놀랐잖아요, 엄마."

이저벨이 일어나 앉았다. "끔찍한 꿈을 꿨어."

에이미는 다정스러웠다. 욕실로 가서 물 한 잔을 받아 엄마에게 주었다.

이저벨은 시트로 몸을 감쌌고, 꿈속의 지저분한 히피가 아니라 에이미처럼 착한 딸이 있다는 사실이 기뻤다. 그리고 1마일 떨어진 곳에서는 에이버리 클라크가 아직 자고 있다는 사실이. 하지만 다시 잠들기까지는 한참 걸렸다. 야릇하고 불쾌한 느낌이 갈비뼈 바로 밑에 소화되지 않고 얹혀 있는 것처럼 사라지지 않았다.

에이미 또한 다시 잠들기까지 한참 걸렸지만, 로버트슨 선생을 생각하자 어둠 속에서 살며시 웃음이 나왔기 때문에 그래도 괜찮았다. 그들은 이제 목재를 실어나르던 오래된 길의 나무숲 아래 차를 세워놓고 날마다 숲으로 갔다. 두 사람이 이따금 손도 잡고 오솔길을 걷는 시간이 지나면, 로버트슨 선생이 이런저런 이야기를 하는 시간도 지나면, 함께 커다란 회색 바위에 기대앉았고 그는 그녀의 얼굴에 키스했다. 가끔은 그녀의 입술을 한참 어루만지다 곧바로 거칠고 강렬하게 깊은 키스를 했다. 곧 그들은 바닥에 눕게 되었는데, 결코 옷을 벗지는 않았으므로 그가 그녀의 위에 올라타서 서로 밀착한 채 옷을 구기며 몸을 움직였다. 그러면 그녀는 두 다리 사이와 긴 머리카락의 뿌리 끝까지 축축해져서 내면의 노래에 흠뻑 취한 채 소나무 가지들이 그려내는 푸른 하늘 풍경을 올려다보았다. 혹은 고개를 옆으로 돌릴 때면 춤추는 노란색 미나리아재비 무리를 보았다.

그녀가 입을 벌리고 그의 얼굴에 다가가는 것, 그의 곱슬곱슬한 짙은 색 머리카락이 그녀의 머리카락과 뒤엉키는 것, 이따금 그녀의 가녀린 손가락을 그의 입속에 넣고 손끝으로 그의 잇몸을 누르는 것, 이 모든 것이 행복이었다. 오, 이 남자를 이렇게 가까이 둔다는 건, 즐거운 천국이었다.

몇 밤이 지나자 날씨는 후텁지근해졌고, 아침이면 아주 더웠다. 그다음날은 더 덥고 훨씬 더 후텁지근했다. 그다음날은 더 심했다. 며칠이 더 지나자 강물에서 냄새가 났다. 하늘도 허여멀건 것이 그저 그랬다. 말벌들이 너무 놀라 내려앉지도 못한 것처럼 희뿌연 대기 속 쓰레기통 위에서 붕붕거리고 있었다. 셜리폴스 역사상 가장 무더운 여름이 시작되고 있었지만 그때는 아무도 그 사실을 몰랐다. 입은 셔츠만 펄럭거리며 "쩍쩍 달라붙어서 미치겠는데"라고 말할 뿐 대수롭게 생각하는 사람도 없었다. 아직 여름의 초입이었고, 사람들은 다른 일에 마음이 쏠려 있었다.

이를테면 도티 브라운은 자궁절제수술에서 살아남은 것에 감사하는 마음으로—죽을지도 모른다고 혼자 두려워했기에—병원 침대에 누워(데이블 선생의 한 층 위) 천장에 매달린 텔레비전을 멀뚱히 쳐다보고 있었다. 하지만 기분이 이상했다. 옆에는 저녁식사가 쟁반에 놓여 있었다. 미지근한 세븐업 캔과 녹아가는 레몬 아이스크림 한 덩어리가 있었고, 하루 묵힌 구정물처럼 보이는 쇠고기 수프가 스티로폼 그릇에 담겨 나왔는데 그 냄새 때문에 불쌍한 도티는 구역질이 날 것 같았다. 그녀는 남편이 어디에 있는지 궁금했다. 의사는 며칠 내로—대변만 보면—퇴원할 수 있을 거라고 했다.

집사의 아내이자 교회에서, 그리고 A&P에서 이저벨의 속을 뒤집어놓았던 바버라 롤리는 슬슬 제 속이 뒤집어졌다. 절친한 친구이자 다른 집사의 아내인 페그 던랩이 심리학자 제럴드 버로스와 역겨운 관계를 맺고 있었는데, 어쩔 수 없이 그 이야기를 듣고 또 들어야 했다. 그날 오후에 페그는 전화로 이런 더위 속에서 불륜 관계를 맺으니 더욱 좋았다는 말까지 흘렸다. "그 사람 딸이 임신했을 때 끝내자고 할까봐 겁이 났거든. 하지만 아니었어." 행복한 한숨을 쉰다. "완전 그 반대였지. 내 말이 무슨 뜻인지 알까 몰라."

바버라는 닭고기를 녹여야 한다며 전화를 끊었다. 몹시 언짢았다. 그녀도 결혼이란 것이 완벽하지 않다는 사실은 알았다. 삶은 완벽하지 않았다. 하지만 그녀는 그렇게 되기를 바랐다.

학교에 등교하는 마지막날은 6월 25일 목요일이었다. 학교가 일찍 끝나는 날이고 날씨도 끔찍하게 더웠기 때문에 학생들은 원하면 반바지를 입고 와도 좋다는 말을 들었다. 학교 복도에 긴 티셔츠와 무릎 위에서 싹둑 자른 멜빵바지를 입고 돌아다니는 십대 아이들, 야구 모자나 한쪽 눈을 가린 헐렁한 데님 모자를 쓴 아이들이 가득해서, 불온하면서도 열띤 분위기가 감돌았다. 토요일이면 타운에 넘쳐나는 활기찬 젊은이들을 수용하려고 학교 문을 열어둔 것처럼 그 결과는 묘한 느낌을 주었다. 어떤 학생들은 밖으로 나와 앞쪽 계단에 줄줄이 늘어져 있거나 허연 하늘에서 뜨겁게 내리쬐는 해를 향해 얼굴을 살짝 쳐든 채 팔꿈치로 지탱하여 상체를 뒤로 젖히고 잔디밭에 앉아 있었다.

그날 아침 이저벨은 에이미에게 싹둑 자른 반바지를 입고 집을 나서는 것을 허락하지 않았기 때문에 에이미는 반바지 차림이 아니었다. 시어스에서 산 감청색 반바지는 입어도 좋다고 했지만 그건 에이미가 싫었다. 무늬 없는 흰색 블라우스와 연보라색 스커트를 입고 혼자 바보가 된 듯한 비참한 기분이 든 에이미와 달리, 반 친구들은 그 어느 때보다 자신만만하고 심지어 건방져 보였다. 할머니 휠라이트 선생이 학생들에게 여름을 아주 즐겁게 보내기 바란다고 말했지만 대답하는 아이들은 몇 없었다. 다른 학생들은 신이 나서 껌을 짝짝 씹고 서로 왁자지껄 소리를 질렀다. 에이미의 눈에는 아이들 모두가 방과후에 곧바로 파티에 갈 것처럼 보여서, 마지막 수업이 끝나고 에이미가 교실에서 나갈 때 로버트슨 선생이 중얼거리며 "학교 끝나고 볼 수 있지?" 하고 확인하듯 물어주었을 때는 다행이라는 생각까지 들었다.

점심시간에 에이미는 스테이시와 함께 숲속 그곳으로 갔다. 스테이시가 눈을 찡그린 채 담뱃갑을 찾아 손가방 속을 들여다보면서 말했다. "첫, 한 학년이 끝나서 참 기쁘기도 하네. 멍청이 엿 같은 학교."

에이미는 입술에 담배를 물고 뜨거운 목덜미에서 머리카락을 떼어냈다. "공장에서 하루종일 방귀나 뿡뿡 뀌는 늙은 아줌마들이랑 일하는 것보다는 나을 거야. 알잖아, 월요일부터 일하는 거."

"아, 그렇지." 스테이시가 말했다. "재미없겠다." 스테이시는 에이미가 이번 여름에 무엇을 하든 딱히 관심이 없는 것 같았다. 대신 고개를 살짝 젖히고 담배 연기를 뭉실뭉실 뿜어올리며 말했다. "아빠가 또 나를 갈구기 시작했어. 한동안 잘해주더니 또 이런다니까."

"왜?" 공기가 흐르지 않아 오븐처럼 뜨거웠다.

스테이시가 어깨를 으쓱했다. "원래 그런 사람인가보지. 난들 알겠어." 그러고는 담뱃갑으로 목에 부채질을 했다. "임신하면 체온이 좀 올라가거든." 그녀는 다른 손으로 얼굴을 닦았다. "아빠는 그 바보 같은 학술지인지 뭔지에 싣는다며 늘 논문을 쓰고 있어."

에이미는 스테이시가 말하는 학술지나 논문이 뭔지 몰랐지만 고개를 끄덕였다.

"아빠는 '나는 왜 자꾸 갈구는가—떨떨한 제럴드 버로스 박사의 심리학적 고찰'이라는 제목으로 논문을 쓰는 게 나을 거야." 스테이시는 목덜미에서 머리카락을 들어올렸다. "정말 열나 덥네. 이런 더위에도 네 머리는 그렇게 예쁘니 넌 행운아야. 내 머리는 서커스 말의 궁둥짝에 들러붙은 털 같은데."

에이미는 여름방학 동안 아무 토요일에 스테이시를 집에 초대하고 싶었지만 코딱지만한 집에서 둘이 뭘 할 수 있을까? 엄마의 마리골드를 구경하는 것?

스테이시는 우유갑을 열고 고개를 뒤로 젖혔다. 몇 번에 걸쳐 우유를 꿀꺽꿀꺽 마신 뒤 말했다. "며칠 전에 메리앤 밤블이랑 걔네 엄마가 가게에 있는 걸 봤어. 걔네 엄마 본 적 있니?"

에이미가 고개를 가로저었다.

"메리앤과 똑같아. 맹하고 온순하고. 꼭 메리앤이 하는 것처럼 얼굴 앞에서 손을 격하게 흔들어."

"별나네."

"별나지. 우유가 미지근해." 스테이시가 얼굴을 찡그렸다.

에이미는 담배를 피우면서 스테이시가 우유를 땅에 쏟는 것을, 하얀 웅덩이가 여러 갈래로 갈라져 작은 강물처럼 흙과 잎사귀들 위로 구불구불 흘러가다가 땅으로 스며들 즈음 시커멓게 변하는 모습을 지켜보았다. 스테이시가 벌써 그리웠다. 벌써 스테이시가 가버린 것 같았다.

"내가 친엄마랑 닮았는지 알고 싶어." 스테이시가 생각에 잠겨 담배를 피웠다. "모든 사람이 엄마 팔자를 닮으면, 젠장, 무슨 소용이야?"

그날은 학교가 일찍 끝났기 때문에 평소보다 이른 시각이기는 했지만, 에이미는 로버트슨 선생의 차에 탔을 때 이 상황이 평소보다 좀더 정상적으로 느껴졌다. 허연 하늘에는 해가 높이 떠서 뜨거운 열기를 쏟아내고 있었다. "이번 여름에 만날 수 있어요?" 그들이 학교 주차장을 나선 지 얼마 되지 않아 그녀가 불쑥 물었다.

로버트슨 선생은 약간 놀란 듯이 그녀를 흘끗 쳐다보았다. "물론 그럴 수 있으면 좋겠지."

"아시다시피 월요일부터 공장에서 그 바보 같은 일을 시작하거든요."

빨간 신호등에 걸리자 그가 차를 세우며 고개를 끄덕였다. "어떻게 해볼 수 있을 거야." 그는 그녀의 팔을 살짝 어루만지며 말했다.

그녀는 얼굴을 돌려, 열린 차창으로 불어오는 바람을 목덜미에 느꼈다. 머리카락을 느슨하게 손에 쥐자 그 끝이 창틀에 가볍게 부딪혔다. 그녀는 처음으로 그와 싸우고 싶은 기분이 들었다. 이전에는 그런 일이 가능하지 않을 것 같았다.

지금도 가능한 건 아니었다. 우선 적당한 단어를 찾을 수 없었다. 달리는 차의 창밖을 물끄러미 바라보면서 이런저런 생각에 울적하고 서운한 마음만 들었다. 지난 몇 주간 숲속에서 그렇게 키스를 해놓고도 그는 아내나 자신에 대해 더는 말하지 않았고, 마찬가지로(그녀는 샐쭉하게, 과거에 대해 말해준 몇 가지 말고는, 하고 생각했다) 이 상황을 그가 어떻게 느끼는지에 대해서도, 앞으로의 계획이나 희망에 대해서도 전혀 말하지 않았다.

그가 22번 도로에서 빠져나와 목재를 나르던 도로의 나무들 밑 어디쯤에 차를 세우자 그녀가 마침내 입을 열었다. "괜찮아요?"

"난 괜찮아." 그가 차 열쇠를 빼면서 그녀의 손을 스쳤다.

하지만 그는 마음이 딴 데 가 있는 사람처럼 말이 없었고, 상황은 평소 그들이 하던 것처럼 흘러가지 않았다. 그가 키스할 때, 그녀는 맨다리에 닿는 솔잎과 이 남자가 리드미컬하게 내뱉는 짧고 깊은 호흡만 단호하고 선명하게 느꼈다. 그녀는 더웠고 그도 마찬가지였다. 그녀가 그를 부둥켜안자 그의 구겨진 셔츠가 축축했다.

이윽고 그가 그녀에게서 떨어져 하늘을 물끄러미 올려다보았다. "너도 느꼈겠지만, 오늘은 아닌 것 같구나."

그녀는 아무 말 하지 않았다. 얼마 뒤에 그가 손을 잡아 그녀를 일으켜세웠다. 그들은 다시 차로 걸어갔다. "보스턴에 있는 대학으로 가." 그가 불쑥 말했다. 그녀는 대답하지 않고 다리에서 솔잎을 쓸어내며 차에 올라탔다.

그 역시 문짝에 난 흠집을 살핀 뒤 차에 올라탔고, 열린 창 쪽으로 등을 기댄 채 운전대에 한쪽 팔꿈치를 받쳤다. 다른 손으로는 그녀의 팔 안쪽을 만지작거렸고, 그녀의 팔에 소름이 돋은 것을 보며 가만히 웃었다. "떨고 있구나. 이렇게 더운데."

그녀는 그가 미워질 지경이었다. 눈을 내리뜨며 어깨를 가볍게 으쓱했다. 대시보드에 앉은 먼지가 햇살 속에서 두드러졌다. 그녀의 피부는 보송보송하지 않고 끈적거리는 것 같았다.

"에이미." 그가 말했다. "넌 항상 사랑받을 거라는 거, 알지?"

그녀는 그를 쳐다보았다. 한동안 아무 말 없이 있다가, 그의 다정하고 슬픈 눈동자에 어린 표정 때문에 이렇게 말했다. "맙소사, 작별 인사처럼 들리네요."

그가 그녀의 머리를 자기 쪽으로 당겨, 얼굴 옆으로 흘러내린 머리카락을 쓰다듬으며 중얼거렸다. "아니, 아니, 아니야. 어떻게든 해결할 수 있을 거야, 귀여운 에이미 굿로."

그녀는 허리를 펴고 그에게 키스하려 했지만, 그는 그저 그녀를 바라보는 것으로 만족하는 것 같았고, 그래서 그녀는 무릎에 올려놓은 손만 수줍게 내려다보았다.

"에이미." 그가 나직이 말했다. "블라우스를 벗어."

그녀는 놀라서 고개를 들었다. 그가 게슴츠레한 눈으로 그녀를 무표정하게 바라보았다.

천천히, 그녀가 반짝거리는 납작한 단추를 풀었다. 한풀 꺾인 햇살 속에서 단추 하나가 반짝거렸다. "완전히." 단추를 다 끄른 뒤 그녀가 망설이자 그가 재촉했다.

그녀는 몸을 앞으로 숙이고 먼저 한쪽 어깨를, 이어서 반대쪽 어깨를 기울여 솔잎 두 개가 꽂힌 구겨진 블라우스를 벗었다. 그가 블라우스를 받아 솔잎을 뽑았고, 매우 정성스럽게 갠 뒤 허리를 돌려 뒷좌석에 올려놓았다.

그녀는 시어스에서 산 브래지어를 하고 있었다. 볼록한 컵 사이에 조그만 데이지꽃 아플리케가 붙어 있는 수수한 흰색 브래지어. 땀이 흘렀고, 그가 쳐다보자 손으로 입을 닦고 시선을 피했다.

"그것도 벗어." 그가 더없이 조용히, 나직하고 흔들리는 목소리로 말했다.

그녀는 차의 열기 속에서 얼굴이 달라올랐다. 눈꺼풀에서도 땀이 흐르는 듯했고 눈은 부어오른 것 같았다. 그녀는 주저하면서, 몸을 숙이고 브래지어의 고리를 풀었다. 손끝이 차가웠다. 그가 손을 내밀자 그녀는 브래지어를 건넸다. 그는 그녀에게서 눈을 떼지 않은 채 브래지어를 뒷좌석 바닥에 떨어뜨렸다.

그녀는 시선을 피하며 그들 사이에 있는 검은 가죽을 씌운 기어를 쳐다보았다. 그는 지금 틀림없이 그녀를 보고 있을 것이다. 그녀는 기어를 내려다보며 눈을 깜박였고, 손가락으로 입술을 누르려고 손을 올리다 멈추고는 대신 입술을 앙다물었다. 그녀가 고개를 살짝 숙여 머리카락으로 얼굴을 가린 채 둥근 젖가슴 사이를 내려다보니, 연분홍색 젖꼭지가 새로 탄생한 무엇처럼 고통스레 노출되어 있었고, 땀 한 방울이 배를 타고 흘러내려 연보라색 스커트의 허리밴드 속으로 들어갔다.

"정말 예쁘구나." 로버트슨 선생이 대화하듯, 부드럽게 말했다. "진심으로, 에이미, 넌 정말 아름다워." 그뒤부터는 괜찮았다. 그녀의 얼굴에 순간 미소가 퍼지며 그녀는 그를 쳐다봤지만, 그는 그녀의 거기를 쳐다보고 있었다.

"뭘 좀 해줄 수 있겠니?" 그가 조용히 물었다.

그녀는 무슨 뜻으로 한 말인지 몰라 대답하지 않았다.

이를테면 손으로 젖가슴을 받치고 그를 향해 있으라면 그녀는 해줄 수 있을까? 그녀는 얼굴을 붉혔고 쿡 웃음이 나자 당황하여 얼른 눈을 내리깔았지만 그가 요구한 대로 해주었다. 그가 더없이 만족스러워하는 것 같아 결국 그녀도 신경쓰지 않았다. 더 해줄 수도 있었다. 양쪽 젖가슴을 모아 잡으라고 해도, 젖꼭지만 보이게 머리카락을 늘어뜨리라고 해도 괜찮았다. 그는 그녀에게 손가락에 침을 묻혀 젖꼭지를 만져줄 수 있는지 물었고, 그녀는 놀랐지만 그렇게 해주었다.

그는 그녀에게 이쪽으로, 저쪽으로 몸을 돌리라고 했다. 그리고 팔을 들어 머리카락을 잡고 고개를 살짝 기울이라고 했다. 그가 더 오래 볼수록 그녀는 더 좋았다. 이전에도 이런 것을 해달라고 했으면 좋았겠다고 그녀는 생각했다. 팔을 들자 그녀의 땀냄새와 데오도런트의 라일락 향이 뒤섞인 냄새가 났다. 그녀는 코가 간질간질했고, 팔로 코를 문지르자 팔 냄새도 맡을 수 있었다.

"다시 가슴을 만져." 그가 지시했고 그녀는 따랐다.

그러고 나서 그는 그녀에게 의자를 뒤로 눕히라고 했고, 그녀는 이제 드러누운 것이나 다름없었다. 젖가슴이 납작해져서 팔쪽으로 퍼져내려왔다. 차 안은 무지 더웠다.

"눈을 감아." 그가 말했다.

뜻밖에 차창으로 살랑살랑 바람이 들어오자 그녀는 깜빡거리면서 눈을 떴다.

"걱정되니?" 그가 다정하게 물었다. "다치게 하지는 않을 거야."

그녀가 고개를 가로저었다.

"널 무섭게 하고 싶지는 않아."

"무섭지 않아요. 하지만 눈이 자꾸 떠져요."

"그래, 좋아. 스커트를 걷어. 허리까지."

이번에도 당황했지만, 그녀는 얼굴을 붉히며 살포시 웃었고, 저항 없이 연보라색 스커트를 허리까지 올려 쥐자 흰색 면 팬티가 드러나면서 음모가 난 부위가 도도록하게 보였다.

"팬티까지 벗는 것은 바라지 않아. 알겠지?" 그가 말했다.

그녀가 고개를 끄덕이며 그를 쳐다보았고, '팬티'라고 말하는 그의 허스키하고 부드러운 목소리를 듣자 가슴이 울렁거리면서 입이 살짝 벌어졌다. 그의 얼굴은 약간 풀어졌다. 눈은 여전히 아래를 보고 있었다.

"이대로 좀 있자." 그가 말했다. "따스한 여름날을 즐기렴." 땀 한 방울이 그의 얼굴 옆선을 타고 흐르다 수염 속으로 사라졌고, 또 한 방울이 흘렀다. "누워. 눈을 감으려고 해봐. 여름날을 즐기렴."

그가 창틀에 머리를 대고 눈을 감으며 살며시 웃었다. 그녀도 눈을 감았다.

"정말 예쁘구나." 그녀는 그가 나직이 말하는 소리를 들었고 여전히 눈을 감은 채 살며시 웃었다.

그 순간 그가 그녀의 젖가슴에 입술을 대고 빨기 시작했다. 그녀가 화들짝 놀라 눈을 떠 보니 수염이 더부룩하게 덮인 그의 입술이 부지런히 움직이고 있었다. 처음에는 느리게, 곧 다급하게 빨았고, 조금 지나자 단단해진 젖꼭지를 입안에서 굴릴 뿐 아니라 깨물고 살짝 물어뜯기까지 했다. 그녀는 조그맣게 비명을 내뱉었고, 그녀가 내는 소리는 흐느끼는 소리처럼 끊이지 않아서 마치 실제로 울고 있는 것 같았다. 하지만 그건 흐느끼는 소리가 아니라 묘하게 애원하는 비명소리였고, 그녀가 더 간절히 애원할수록 그는 그녀의 단단해진 젖꼭지를 더욱 세게 빨았다. 그녀의 거기 가운데 깔때기 모양의 부위가 빙빙 도는 듯 무지근해졌고, 그가 세게 빨 때마다 거기 아랫도리가 아파와 골반이 저절로 움직이기 시작했으며, 몸 가운데가 아치 모양으로 들리고 애원하는 소리가 허공을 채웠다.

이윽고 그가 멈추고 물러나 앉았다. 그의 이마는 벌겠고, 턱수염 위쪽 뺨은 진홍색으로 붉어졌다. 그는 정색하듯 안경을 벗어 대시보드 위로 던졌다. 그녀는 그가 화났다고 생각했지만 그는 이렇게 말했다. "오 제길, 굉장해." 그녀는 아랫도리가 아릿하게 아파와 눈을 감았다. 헐떡거리며 비명을 내지른 바람에 입안은 바짝 말라 있었다.

“팬티를 내려. 무릎까지.” 그가 속삭이듯 말했다. 그녀는 망설였다. “얼른 내려.” 그가 말했다.

그녀는 뜨거운 열기 속에서, 젖꼭지가 멍들고 딱딱해진 채로 그의 말을 따랐다. 스커트는 여전히 허리까지 올라가 있었다. “젖었어요.” 그녀는 새빨개진 얼굴로 중얼거렸다. 창피해서 눈물이 쏟아지려고 했다.

“젖는 게 당연해.” 그가 이제는 부드럽고 다정하게 말했고, 그녀가 아니라, 팬티의 젖은 부분을 만지려고 몸을 숙였다. “넌 굉장하니까. 넌 모든 남자들의 꿈이야. 죽여줘.” 그가 팬티에 묻은 끈적거리는 부분을 손가락으로 훑는가 싶더니 그 손가락을 느닷없이 그녀의 입속에 밀어넣었다. 그녀는 화들짝 놀랐다. 그녀는 자기 몸에서 나온 짭조름하고 야릇한 맛을 맛보았다. “넌 정말 죽여줘.” 그는 같은 말을 중얼거리듯 속삭였다. “지금보다 더 죽여줬으면.” 또다시 창피해서 죽을 것 같은 마음이 그녀를 사로잡으려던 찰나 그녀는 그를 기쁘게 하여 격려받는 짜릿함을, 행진을 계속하라는 명령을 받은 듯한 전율을 느꼈다. 그가 원한 것은 이것이었다. 그녀가 이런 식으로 행동하는 것. 그는 다시 한번 그녀의 젖가슴을 세게 빨았고, 그녀는 완전히 벗은 가운데를 숨김없이 드러낸 채, 거기 곱슬곱슬하게 들러붙은 옅은 색 음모와 광채가 나는 맨다리를 고스란히 드러내고 축축해진 팬티를 무릎에 걸친 채, 주저하며 중얼거렸다. “임신은 하고 싶지 않아요.”

그는 계속 젖가슴을 빨면서 말했다. "그런 일은 없을 거야." 그가 계속 빨아대는 동안 그녀는 그의 손이 아주 살짝, 닿을락 말락 자신의 다리 위쪽을 스쳐 거기를 만지는 것을 느꼈고—처음에는 손바닥 전체로 음모를 감쌌는데 아주 살짝 스쳐서 산들바람이 지나가는 것 같았다—이어서 부드럽고 느리고 신중하게 손끝으로 건드린 뒤 손끝을 그 속으로 아주 조금 밀어넣었는데, 오, 이 달콤한 느낌이란. 그는 어찌나 달콤한지, 이런 달콤한 다정함이 또 있을까!

그는 빨기를 멈추고 그녀를 바라보며 가만히 웃었다. 그녀는 손가락들을 그의 입속에 넣었다가 축축해진 손가락들로 그의 귀를 훑었다. "걱정할 것 없어." 그가 눈을 게슴츠레 뜬 채 여전히 손가락들을 천천히, 부드럽게 움직이며 속삭였고, 이윽고 하나가 나머지보다 조금 더 다정하고 대담하게, 다 안다는 듯이 그녀의 거기 안으로 쑥 들어갔다. 그는 그녀의 거기 아래에서 자신이 하는 동작을 지켜보려 고개를 숙였고, 그녀는 자신의 풀어헤쳐진 모습을 얼핏 내려다보았다. 그의 입술이 닿았던 그녀의 벗은 젖가슴은 아직 젖어서 번들거렸고, 가운데 벗은 거기에는 그의 큰 손이 있었는데, 오 얼마나 굉장한지, 정말 지독히 굉장했다. 이 남자, 이 멋지고 굉장한 남자!

에이버리 클라크는 치과에 갔다가, 집에 들러 오후 회의에 필요한 서류를 챙겨 가려고 22번 도로의 수풀이 우거진 길로 차를 몰았다. 도중에 우연히 고개를 돌렸는데 목재를 실어나르던 옛 도로에 있는 나무들 아래 차 한 대가 햇살에 펜더를 반짝이며 서 있었다. 겨울에 일어난 빈집털이 사건이 떠올랐다.

에마는 집을 비웠고, 그건 그도 알고 있었다. 아까 친구와 쇼핑을 간다고 말했으니까. 그는 필요한 서류를 찾은 뒤, 쪽지에 의치를 해넣어야 한다는 말과—젠장—다섯시에 돌아온다는 말을 써서 부엌에 남겼다. (평소와 다른 때에 집에 들르면 쪽지를 남기는 것이 그의 오랜 습관이었다.) 그는 숲속에 세워진 차가 누구의 것인지 또다시 궁금해졌다. 하이럼 크레인의 것일 확률이 높았다. 그가 땅을 팔 계획이라는 소문이 나돌았다. 세금이 점점 많아진다고 했다. 하지만 회사로 돌아가는 길에도 그 차가 있으면 하이럼에게 전화를 걸어볼 생각이었다.

차는 그대로 있었다. 에이버리 클라크는 조금 앞에 차를 댄 뒤, 차에서 내려 온 길을 되돌아갔다. 하이럼이 측량사를 데리고 와 있을 가능성이 가장 컸다. 그게 아니면 적어도 차량 번호를 확인해 이 상황을 하이럼에게 알려줄 참이었다. 이웃이라면 그런 일쯤은 해주어야 마땅하다고 생각했다. 그는 목재를 나르던 옛길로 조심조심 걸음을 옮겼다. 차에는 아무도 없는 것 같았다. 그는 손수건으로 이마를 훔쳤고, 구두를 신은 커다란 발로 풀잎들 속에 무리 지어 자라는 앙증맞고 가녀린 파란 꽃들을 짓밟고

야들야들한 미나리아재비를 헤치며 앞으로 나아갔다.

이저벨은 이 시간이면 지치고 허기가 졌는데, 지금은 책상 앞에 앉아 클립들을 정리하고 있었다. 한숨을 푹 쉬며 저만치 시계를 확인하다가 에이버리 클라크가 사무실로 성큼성큼 들어오는 것을 보았다. 그녀는 생각했다. 누구 중요한 사람이 죽었나.

# 13장

셜리폴스의 뒷길에는 데이지와 분홍색 클로버가 자랐다. 야생 스위트피도 루핀이나 티머시와 엉켜 자랐고, 돌담을 기어오르는 큰 잎 스타펠리아는 물론이고 라즈베리와 블랙베리도, 들판에는 야생당근도 자랐다. 하지만 올여름에는 하나같이 시들하니 빛이 바래서, 흙길 옆에서 먼지를 겹겹이 뒤집어쓰며 자라는 잡초나 야생화처럼 보였다. 지독한 열기와 푹푹 찌는 날씨 때문이었는데, 그걸로도 모자라 저 높이 펼쳐진 가차없이 허연 하늘은 세상의 어떤 평범한 색깔도 허용하지 않겠다는 듯 단호해 보였다.

6월이었다. 6월에는 세상이 초록으로 여물고 활기가 넘치게 마련이지만, 이번에는 하느님이 깜박 잊고 뉴잉글랜드의 커다란 창밖 화분 상자에 비료를 주지 않은 것처럼 뭔가 빠져 있는 듯했다(낙농장 주인의 아내 에드너 톰슨이 어느 날 바깥에 빨래를 널다가 문득 한 생각이었다). 데이지는 키만 껑충했지 앙상하기 짝이 없었고, 꽃은 뽐낼 것도 거의 없었다. 아이들이 "사랑한다, 사랑하지 않는다" 하고 조잘대며 꽃잎을 따면 금세 떼어졌다. 높게 자란 티머시의 연녹색 잎사귀는 고단한 듯 허리가 꺾여 있었고, 끝부분은 갈색이었다. 목초지에 가득 퍼져 무리를 이루며 자라는 야생당근은 파리한 하늘 색깔과 섞여 회색 거미줄처럼 보이거나 아예 눈에 띄지 않았다.

오랫동안 이 땅을 일구었고 대자연이 어떤 계절을 데려오든 금욕의 힘으로 버텨온 농부들은 이제 들판에 서서, 줄기에 매달린 쪼그라든 덩굴제비콩을 만지작거리거나 예년보다 족히 30센티미터는 덜 자란 옥수수밭을 불편하게 바라보았다. 소의 꼴로 쓰는 풀이 자라던 들판은 성장 능력을 거의 잃은 것 같았는데, 농부들은 이 사실이 가장 심란했다. 노력 없이도 쑥쑥 자라던 것이 어쩌다 성장을 멈춰버렸는지. 궁지에 빠졌다. 땅이 궁지에 빠진 것 같았다.

하지만 이 두려움 뒤에는 역경을 이기며 생존한 세대들이 버티고 있었다. 1600년대로 거슬러올라가는 강가의 오래된 묘비들이 이를 입증했다. 엄마들은 아기를 잃고 또 잃었고, 어떤 아기들은 이름도 얻기 전에 묻혔지만, 많은 아기들은 살아남아 릴라이언스, 익스피리언스, 페이션스*라는 이름으로 삶을 헤쳐나갔다. 셜리폴스에는 인디언들에게 머리 가죽이 벗겨진 조상을 둔 집안도 있었다. (에드너 톰슨 부인만 봐도, 현조할머니 몰리가 1756년 인디언들에게 납치되어 캐나다까지 끌려갔고, 거기서 어느 프랑스인에게 팔렸다가 그녀를 찾으러 온 오빠에게 구출되었다.) 정착 초기에는 집과 농작물도 자꾸 불에 탔다. 그러한 인내가—어떤 비석에 쓰인 이름은 인두런스** 티베츠였다—지금까지도 남아 있는 청교도적 특징과 연푸른색 눈동자를 물려받은 남자들과 여자들을 낳았다. 그들은 쓸데없이 소란을 일으키는 사람들이 아니었다.

그럼에도 불구하고 그해 여름 사람들은 걱정에 휩싸였고, 주 북부에서 UFO가 목격되었다는 소문이 나돌자—심지어 정부가 공식 조사단을 파견했다는 소문도 있었다—타운에는 이 화제를 아예 회피하고 묵묵히 자기 일을 계속하면서 인상만 더 찌푸리는 사람들도 있었다. 교회에 가는 사람들이 늘었고, 딱히 구체적인 내용도 없이 신의 노여움을 달래기 위해 기도했다. 강을 힐끗 쳐다보기만 해도 불쾌한 마음이 치솟았다. 강은 가장자리에서 싯누런 거품을 부글거리며, 마치 죽은 짐승처럼, 길바닥에 뭉개진 뱀 한 마리가 짓무른 내장을 흘리고 무색의 태양 아래 고약한

---

* 순서대로 '믿음, 경험, 인내'라는 뜻.

** '인내'라는 뜻.

냄새를 풍기면서 썩어가는 것처럼 타운 한복판에 드러누워 있었다. 참나리만 태연한 것 같았다. 참나리는 늘 그래온 것처럼 강가에 줄지어 피어 있었다. 참나리꽃은 집과 헛간 옆에서, 또 돌담을 따라 자라면서 황갈색이 도는 오렌지색 꽃잎을 입처럼 벌리고 무리 지어 색깔을 뽐냈는데 견줄 데 없이 열정적으로 보였다.

사람들은 기다렸다. 불안에 시달렸지만 농부들은 인내가 무엇인지—조상의 이름이 페이션스인 농부들도 있었다—알았다. 공장에서 일하는 사람들도 인생의 견디기 어려운 시기를 견디는 법을 일찌감치 배웠다. 불평이 가장 많이 쏟아지는 곳은 칼리지였다. 교수들의 상당수는, 사실상 대부분은 셜리폴스 출신이 아니었다. 심지어 뉴잉글랜드 지역 출신도 아니었다. 폭신한 겨울의 눈이나, 봄의 즙을 덮어쓰고 있을 때는 이곳도 고풍스러운 지방색을 띤 장소처럼 보였지만, 이 특별한 여름의 꼼짝 않는 더위 속에서는 빛바랜 벽돌 건물과 악취를 풍기는 강이 있는 뉴잉글랜드의 가난한 공장 타운처럼 보일 따름이었다. 그래서 이 오이스터포인트 구역에서는 인내가 말라버린 것 같았다. 다른 구역—베이슨뿐 아니라 셜리폴스의 변두리 지역—에는 불안과 무기력이 배어 있었다.

공장 사무실에 감도는 분위기는 분명 나른함이었다. 창턱에서는 커다란 선풍기가 끊임없이 돌아가고 있었지만, 송장을 분류하고 봉투에 주소를 쓰는 일손은 느렸다. 공기는 답답했고, 화장지 같은 얇은 종이 네 겹으로 된 송장은 축축하게 젖은 것처럼 책상에 놓여 있었다. 의자들은 지친 듯 나무 바닥 위로 질질 끌렸고, 캐비닛의 금속 서랍에는 클립 한 박스가 흩어져 있었다. 뚱뚱이 베브는 다리를 벌리고 책상에 앉아, 연필을 깎고 입바람을 불어 끝에 붙은 찌꺼기를 날린 뒤 팔을 포개고 잠이 들었다.

잠시 뒤 베브는 코를 골다가 제풀에 놀라 깨어나 고개를 뒤로 홱 젖혔다. "젠장." 그녀가 화들짝 놀라며 흐리멍덩한 눈으로 말했다. "여기서 일하다간 목이 꺾이겠네."

하지만 그녀의 맞은편 도티 브라운의 자리에 앉은 소녀는 계산기로 숫자를 두드리기 전에 잠시 멀뚱히 그녀를 쳐다볼 뿐이었다. 뚱뚱이 베브는(놀랍게도 칠십이 시간째 변비로 고생하고 있었다) 이 행동에 대해 곰곰이 생각한 끝에 무례하다는 결론을 내렸다. 이 계집애는 여기서 일한 지 사흘이 지났는데 입도 벙긋하지 않았다.

"혀는 달렸어?" 베브가 큰 소리로 말을 걸자 소녀는 얼굴을 붉히며 눈물을 글썽였다.

"죄송해요." 소녀가 들릴락 말락 한 소리로 말했다. "무슨 말을 해야 할지 몰라서요." 그녀는 눈시울이 붉어지며 눈물이 그렁그렁한 채 뚱뚱이 베브를 애처롭게 바라보았고, 베브는 깜짝 놀랐다.

"괜찮아. 제기랄." 베브는 담배를 꼬나물고 성냥을 켰다. "할

말이 없다고 해서 잘못된 건 아니지." 담배가 입술 사이에서 깐닥거렸다. "똥만 제대로 누면 기분이 훨씬 좋겠는데." 그녀가 덧붙였다.

그러자 소녀는 또 얼굴을 붉혔다. 뚱뚱이 베브는 소녀를 찬찬히 훑어보았다. 목이 가느다랗고 눈이 커다란 게 이렇게 앉아 있으니 꼭 괴상하게 생긴 새처럼 보였고, 귀밑 길이로 싹둑 자른 머리는 뭉텅이로 여기저기 뻗쳐 있었다. "내가 까치처럼 지껄여도 너만 상관없다면." 뚱뚱이 베브가 말했다. "난 잠잘 때를 빼면 단 오 분도 입을 다물고 있을 수가 없거든."

"전 그러시는 거 좋아요." 소녀는 베브가 말을 끝내기 무섭게 대답한 뒤, 자기가 한 말에 스스로 놀란 듯 또 얼굴을 붉혔다.

"흠, 좋아. 그럼 우린 됐어." 이제 친해졌다는 것을 그들도 어느 정도 느꼈다.

이저벨은 커다란 금속 캐비닛으로 갔다가 돌아오면서 딸에게 어쩔 수 없이 시선이 갔는데, 때마침 에이미와 뚱뚱이 베브가 미소를 주고받는 모습을 보고 말았다. 그녀는 얼른 시선을 돌렸지만 그렇게 잽싸지는 않았다. 에이미도 웃다가 저만치 이저벨을 보고 말았고, 그 순간 눈동자가 멎어버렸다.

점심시간에 로지 탕궤이는 의사가 써준 처방전을 들고 다림질용 안경을 맞추러 안경사에게 가야 하지만 돌아다니기에는 짜증나게 더운 날씨라고 말했다.

로지가 혼자 잘난 것처럼 그런 말을 하자 뚱뚱이 베브는 아무도 그 말에 대꾸하지 않기를 바라면서 딸꾹질을 했고 집에서 파라핀지에 싸온 셀러리를 옆으로 치웠다. 베브는 의사가 로지에게 목구멍으로 잘 넘어가지도 않는 큰 알약을 처방했건 안경을 처방했건 관심도 없었지만, 알린 터커는 이렇게 물었다. "다림질용 안경이란 게 뭐야, 로지?"

그러자 로지는 다림질을 시작하고 오 분만 지나도 머리가 지끈지끈 아파서 의사에게 말했더니, 의사가 그런 증상을 들은 적이 있는데 희귀하지만 병명이 있다고 했다면서 설명을 늘어놓았다. 로지는 체념한 듯 고개를 끄덕인 뒤 눈썹을 치켰고, 자기가 앓는 병은 '조절연축'이라는 이름의 안과 질환이라고 했다.

알린 터커가 큰 목소리로 "뭐?" 하고 묻자 뚱뚱이 베브는 끙 신음을 내뱉었다.

"조절연축. 대략 삼 초마다 원시에서 근시로 왔다갔다하는 거래."

몇몇 여자들이 아리송한 시선을 주고받았다(레노러 스니븐스는 눈을 휘둥그레 떴지만 딱히 누구를 쳐다보지는 않았다). 알린이 물었다. "눈이 뭣 때문에 그러고 싶어한대?"

"눈은 그러고 싶어하지 않아." 로지가 대답했다. "저 혼자 그렇게 왔다갔다하는 거지."

여자들은 흥미가 사라진 것 같았다. 이저벨 굿로는 먹다가 들키는 게 창피하다는 듯이 난처하고 미안한 표정으로 샌드위치를 야금거리며 특유의 모호하고 야릇한 미소를 지었다. 이제 알린 터커는(로지는 알린이 보인 흥미에 의지하고 있었다) 자동판매기로 가려는 듯 지갑에서 동전을 뒤졌고, 뚱뚱이 베브는 셀러리가 먹을 만한지 아닌지 따져보듯 손으로 돌려보고 있었다.

"난 시력이 언제나 좋았거든." 로지가 말을 이었다. "그래서 어찌나 놀랐는지." 이저벨 굿로의 어린 딸이 큰 눈으로 쳐다보고 있어서 로지는 소녀가 앉은 쪽을 쳐다보며 말을 끝냈지만 소녀는 얼른 시선을 피하고 고개를 숙였다.

아삭. 아삭. 뚱뚱이 베브가 셀러리를 우적거리는, 정말이지, 엄청난 소리가 들렸다. 아삭, 아삭. 그녀는 천천히 씹고 조심조심 삼켰다. "난 모르겠어." 이윽고 베브가 말했다.

알린이 지갑 속을 들여다보았다. "일 달러 잔돈으로 바꿔줄 사람?"

"자동판매기에 넣으면 잔돈이 나오잖아." 레노러 스니븐스가 야단스레 하품을 하며 눈을 끔뻑거렸다.

"그렇긴 한데 잔돈이 안 나오네."

"오 분 전에는 나왔어." 레노러가 말했다.

"넌 요령이 좋은가보지. 난 요령이 없거든. 저 기계가 나를 싫어하거나, 내가 저걸 싫어하거나." 알린은 벽에 붙어 조용히 빛을 내고 있는 커다란 기계를 경계하는 눈빛으로 째려보았다. "저게 내가 말하는 걸 듣는 거야. 두고 봐, 나한테는 아무것도 안 줄 테니까."

"여기." 로지가 몸을 돌려 의자 뒤에 걸어놓은 손가방을 잡았다. "얼마가 필요해?"

"난 모르겠어." 뚱뚱이 베브가 다시 말했다. "네 눈이 여기 직장에서 팔랑거리는 종이를 쳐다볼 때는 안 그러는데 그 다림판 위에만 가면 왜 안 하던 짓을 하는지."

"여기서도 그러는지 모르지." 로지는 얼굴색이 약간 변하면서 지갑 속을 살피며 말했다. "하지만 사물에서 떨어진 거리와 관련이 있어. 가까이 대고 보면 글자를 읽든 뭘 하든 괜찮거든. 다림질을 하면 거리가 약간 머니까 죄다 이상하게 보이는 것 같아. 그래서 다림질용 안경을 처방해준 거고. 묻지 마. 나도 그것밖에 모르니까." 로지는 알린에게 동전을 건네고 종이냅킨으로 이마를 훔쳤다.

"다림질을 하기에는 너무 더워" 뚱뚱이 베브는 작정한 대로 로지의 성질을 돋우긴 했지만 스스로 너무 치사했나 싶어 살짝 부끄러워져서 대충 얼버무렸다. "어쨌거나 이런 더위에 다림질은 왜 하는 거야? 내가 셀러리를 먹는 것만큼 멍청한 짓이지."

"셀러리는 건강에 좋아." 로지가 대꾸했다.

"섬유질 때문에?" 베브가 말했다. "제기랄, 내가 언제 섬유질이 필요하다고 했나.” 그녀가 의미심장하게 눈동자를 굴리며 점심으로 싸온 음식을 봉지에서 꺼내 군데군데 긁힌 리놀륨 식탁 위로 툭툭 내려놓는데, 알린 터커가 손바닥으로 자동판매기를 탁 치며 외쳤다. “썅, 이런 썩을!”

여자들이 모두 고개를 돌려 알린을 쳐다보았다. “이봐.” 몇 명이 굿로의 딸을 향해 눈짓을 하며 꾸짖듯이 말했다.

알린이 에이미를 향해 손을 들었다. “욕해서 미안.”

날은 무더웠다. 줄기차게 무더웠다. 하늘도 변함없이 허연색이었다. 언제나 7월이었던 것처럼, 앞으로도 늘 그럴 것처럼 7월이 왔다. 뚱뚱이 베브의 7월 4일 독립기념일 바비큐파티에도(이저벨은 이 파티에 처음으로 참석하지 않았다) 예년의 왁자지껄한 활기가 빠져 있었다. 커다란 쓰레기통 두 개에 얼음을 가득 채워 넣어두었지만 맥주는 여전히 뜨뜻미지근했고, 사람들은 오후 내내 그것을 들이켜다가 머리가 지끈거린다며 일찍 집으로 돌아갔다. 다음날 사무실에는 술이 덜 깬 분위기가 감돌았다. 펩시 말고 아무것도 마시지 않은 로지 탕궤이 같은 여자들마저 녹초가 된 것 같았고, 습하고 무더운 나날이 이어진 탓에 속이 메슥거리는 듯했다.

이저벨은 정신이 멍했다. 무색의 나날이 흘러가는 가운데, 그녀는 여전히 정신이 멍했다. 후텁지근하게 떠 있는 공기가 그녀의 머릿속에도 떠 있는 것 같았다. 땅 위에 붕 뜬 것처럼 비현실적이고 믿을 수 없는 느낌이었다. 이따금 여자들은 휴게실에서 지친 듯 샌드위치를 우적거리다가 이저벨의 얼굴에 순간적으로 고통이 스치면서 창백한 얼굴이 일그러지고 파르르 떨리는 것을 보았는데(알린 터커는 "괜찮아?" 하고 여러 번 묻고 싶었지만 그러지 않았다. 이저벨 굿로에게는 누구도 그런 것을 물어보지 않았다), 이저벨이 그런 건 그해 봄 그녀의 앙큼한 딸이 그녀를 속이면서 둘러댄 거짓말이 또하나 생생히 떠올랐기 때문이었다.

이저벨에게는 그 일이 조각 그림 맞추기 퍼즐 같았다. 이저벨의 어머니가 퍼즐 맞추기를 무척 좋아해서, 어린 시절 이저벨의 집에는 거실 구석에 카드 테이블이 놓여 있고 그 위에 퍼즐 조각이 흩어져 있곤 했다. 어머니는 퍼즐을 맞출 때 조급해하지 않았다. 어떤 때는 되는대로 뼈대만 맞춘 퍼즐이 몇 달 동안 놓여 있었다. 이저벨은 어머니의 이런 취미생활에 흥미가 없었지만, 그럼에도 가끔 카드 테이블 앞에 서서 남은 조각들을 한가로이 집어올렸고—하늘의 일부, 개의 귀 끄트머리, 데이지 꽃잎(어머니는 목가적인 풍경을 특히 좋아했다)—이따금 제자리에 끼워넣기도 했다.

푹 빠지지는 않았지만 이저벨은 여기서 커다란 기쁨을 느끼곤 했다. 이렇게 보이던 조각이 실제로는 다른 조각이라는 사실이 특히 흥미로웠다. 이를테면 개의 귀 끄트머리를 나무껍질에 끼워맞추려고 여러 번 시도했다. 하지만 그 조각이 생각했던 것과 전혀 다른 부분—개의 얼굴 왼쪽—에 알맞게 들어갔을 때, 그리고 그 맥락에서 바라보았을 때, 그림은 완벽해졌다. 그 조각은 나무의 줄기와는 전혀 맞지 않았고 심지어 같은 색깔도 아니라는 것이 밝혀졌다.

하지만 이번 여름에는 단연코, 기억의 조각들을 다시 끼워맞추는 데서 오는 기쁨 같은 건 전혀 없었다. 숨을 쉴 수 없는 느낌이었다. 낮이 길어지던 무렵, 둘이 함께 식탁에서 저녁을 먹을 때였다. "새로운 이야기는 없니?" 그녀는 냅킨을 무릎에 펴며 미소 띤 얼굴로 물었다.

"별로요. 몇몇 애들이랑 같이 수학 공부 때문에 학교 끝나고 남아요." 어깨를 으쓱한다. "선생님이 새로운 걸 가르쳐주세요." 사랑스러운 얼굴, 반짝거리는 눈동자.

오 맙소사. 이저벨은 울고 싶었다.

돌이켜보면 이저벨이 눈치를 챘어야 할 단서들은 수없이 많았다. 그 당시 실제로 일어나고 있었을 일들의 장면이 그녀의 마음속에서 휙휙 스치자, 그 행복한 봄의 기억은 송두리째 악의적이고 교활한 것이 되어버렸을 뿐 아니라, 그 기억들을 피할 안식처마저 없어 보였다. 이를테면 빨래를 할 때, 이저벨은 세탁기에서 딸의 속옷을 꺼내면서 새삼 궁금해진다. 이 브래지어를 그 혐오스러운 남자가 만졌을까? 지금 손에 든 이 분홍색 팬티들은? 그 남자가 껴안으면서 머리를 기댄 블라우스가 이거고, 이 단추에 그의 손가락이 닿았겠지? 그 혐오스러운 인간이 손댄 옷이 어떤 것인지 확실히 알아낼 방법만 있다면 이저벨은 당장에 그 옷들을 내다버렸을 것이다. 하지만 알아낼 방법이 없었고, 그래서 옷이나 팬티는 오염된 채로 그녀의 집에, 빨래 바구니에, 서랍 속에 고스란히 남았다. 그녀의 집은 침범당했다.

모든 것이 침범당했다. 사실이 그랬다. 그녀의 직장도 마찬가지였다. 그녀는 꼼짝없이 딸과 같은 공간에 있어야 했을 뿐 아니라—도티 브라운의 자리에 앉은 에이미의 존재를 한순간도 느끼지 않은 적이 없었다—에이버리 클라크도 당황스러운지 그녀를 쳐다보려 하지 않았으므로, 이제 이저벨에게는 달콤하고 은밀하게 자신의 것으로 여겨졌던 생활의 일부마저 사라져버렸다.

적어도 그녀는 그의 입이 무거우리라는 것은 알았다. 그는 그런 남자였다. 그래서 그녀와 같이 일하고 지금 같이 점심을 먹는 이 여자들이 어떤 사건이 있었는지 모른다는 사실이 한없이 고마웠다. 그녀는 앉아서 복숭아를 야금거렸다. 하지만 뚱뚱이 베브가 〈에이번〉 지를 곁눈질하면서 "립스틱 두 개와 영양크림 하나. 이걸 계산하려면 펜이 필요해. 나는 수학에는 늘 젬병이었거든" 하고 말하자 이저벨의 점심은 끝나버렸다. 더는 먹을 수가 없었다. 오로지 '수학에는 젬병'이라는 말 때문이었다. '수학'이라는 한 단어로 이저벨은 배를 걷어차인 것 같았고, 그해 겨울밤 집에 돌아왔을 때 집이 텅 빈 것을 알고 딸이 데비 케이 돈처럼 유괴되었을지 모른다는 생각에 미친듯이 집안을 뒤지던 기억이 떠올랐다. 그런데 이제 그 딸이 그녀를 속여온 사실을 알게 된 것이다! (에이미가 말하지 않았던가. "몇몇 아이들은 수학을 잘해서 학교 끝나고 남아요." 그래서 한번은 이저벨이 "네 할아버지도 숫자를 잘 다루셨거든, 네가 할아버지를 닮았나보다" 하고 멍청하게 지껄이지 않았던가?) 에이미가 그 한 번이 아니라 여러 번 자신을 속였다니! 기절초풍할 노릇이었다. 이저벨은 정신이 멍했다. 그녀는 복숭아를 도시락 봉지에 넣고 통째로 버렸다.

"이봐." 여자들이 손목시계를 흘끔거리며 먹은 것을 부산스레 치우기 시작할 때 레노러 스니븐스가 알린에게 물었다. "네 사촌의 아들은 어떻게 됐어? 마리화나를 팔던 애 말이야. 아직 신부님과 상담한대?"

"내가 알기로는……" 알린이 대답했다. 이저벨은 미안하다는 웃음을 지으며 알린의 의자를 스쳐 비좁은 공간을 조용히 빠져나갔다. 알린이 사촌의 아들에 대해 이야기를 꺼낸 그날을 그녀도 또렷이 기억했다. 이저벨은 그런 일이 이유 없이 불쑥 일어나지는 않는다고 말했다. 그 말을 했을 때 그녀는 얼마나 자신만만했는지, 그 기억이 그녀의 가슴속에서 기름에 덮인 검은 파도처럼 찰싹거렸다.

이저벨은 책상 앞에 앉아, 프렌치트위스트 스타일로 납작하게 틀어올린 머리에서 삐져나온 머리카락을 다시 단정히 매만졌다. 사실이 그랬다. 그때 알린 터커가 당근 토막을 쩝쩝거리며 "있잖아, 오로노에 사는 내 사촌에게 십대 딸이 있는데, 그애가 몇 달 넘게 선생이랑 몰래 만나고 다녔대" 했다면 이저벨은 속으로 생각했을 것이다. 그애 엄마는 어디 있었대? 어떻게 엄마가 그걸 모를 수 있지? 아마 모두 그렇게 생각했을 것이다. 모든 여자들이 소다를 홀짝이고 고개를 내두르며 뻔한 얘기라는 듯 이렇게 말했을 것이다. 아무렴 그런 일이 아무 이유 없이 일어날 리 없지. 엄마가 관심만 있었다면……

지금 이저벨은 휴게실로 돌아가서 소리치고 싶었다. 정말 알 수 없단 말이야!

하지만 누가 그녀를 믿겠는가? 그녀는 스스로가 한심한 것 같았고, 그 때문에 이따금 기운이 쫙 빠졌다. 작은 퍼즐 조각 하나하나가 제자리를 찾았을 때는 끔찍하고 가슴이 철렁했다. 지금 그래봤자 무슨 소용이 있는가? 그녀의 삶을 끼워맞춘 퍼즐 전체가 삽시간에 바닥으로 휩쓸려 떨어진 기분이었다. 에이미에 대한 숨은 조각들이 도사리고 있는 마음 한편의 움직임을 멈추고 싶었다. 이런 것들을 그만 상상하고 싶었다. 이따금 그녀는 타자기 앞에 앉아 눈을 꼭 감고 기도했다.

그녀는 실제로 어떤 면에서 자신이 죽었다고 느꼈다(용기를 내서 열심히 설명해도 어느 누구도 제대로 알아듣지 못할 이상하고 당혹스러운 느낌이긴 했지만). 물론 그녀는 매일매일 많은 양은 아니었지만 음식을 먹었고, 이따금 신기할 만큼 잠도 잘 잤고, 아침이 되면 일어나 공장으로 출근했기 때문에, 몸은 어리석게도 생명을 유지해나갔다. 그녀의 '삶'은 계속 흘러갔다. 하지만 메슥거리는 고통과 슬픔을 제외하면 거의 어떤 것과도 유대감을 느끼지 못했다. 또한 그녀는 이 '사건' 아래 숨겨진 진실은 오랜 세월을 거슬러올라가 자신의 가장 깊은 핵심에 자리한 허위에 다다른다는 사실을 서서히 깨달아갔다. 이따금 그녀는 자신이 정말로 맞닥뜨린 것은 정신적 본성의 위기라고 생각했고, 스스로 그 위기에 전혀 준비가 되어 있지 않다고 느꼈다.

에이미는 도티 브라운의 책상에 앉아 끊임없이 눈물과 싸우고 있었다. 그 느낌은 차의 뒷좌석에 앉은 채 욕지기가 올라오는 것을 간신히 참으며 모퉁이를 돌았는데 또다시 욕지기가 올라와 토하지 않으려고 안간힘을 쓸 때처럼, 사람을 기진맥진하게 하는 육체적인 전투와 같았다. 혹은 교회에서 목구멍이 간질간질 기침이 터져나오려는 걸 목에 힘을 꽉 주고 억지로 참을 때 드는 느낌 같았다.

에이미는 한두 번 화장실에 가려고 일어섰지만 책상에서 일어설 때마다 자기 자신이 지나치게 의식되어 견딜 수 없이 괴로웠다. 화장실에 다녀오겠다고 뚱뚱이 베브에게 말해야 하나? 그녀는 중얼거리며 빨개진 얼굴로 의자에서 일어났다. 넓은 사무실에 두 줄로 늘어선 책상들 사이를 지나가는데, 여자들의 시선이 자신에게 쏠리는 것이 느껴졌고, 그러자 자신이 키가 3미터는 되고 옷도 홀랑 벗고 있는 것 같았다.

화장실 칸에 들어가자마자 에이미는 변기에 앉아 누가 불쑥 들어올까봐 두려워하며 혼자 숨죽여 흐느꼈다(로지 탕궤이의 베이지색 펌프스가 또각또각 울리는 소리, 옆 칸에서 문고리를 잠그는 소리, 스커트를 올릴 때 사각거리는 소리, 소변이 쏴 하고 나오기 전의 순간적인 정적). 코를 팽 풀고 책상으로 돌아와도, 얼마 지나지 않아 에이미는 울고 싶은 충동에, 엉엉 목놓아 울고 싶은 충동에 또다시 사로잡혔다.

게다가 그녀의 손은 저 혼자 집요하게 반사적으로 올라가 머리카락을 만지고 또 만졌다. 그럴 때마다 귀밑 아래로 머리카락이 만져지지 않으면 온몸으로 당혹감이 쏟아져들어오는 것 같았다. 그녀는 흉물이었다. 화장실에서 아무리 잽싸게 고개를 돌려 거울을 외면해도 그 사실을 다시 한번 확인할 뿐이었다. 볼을 할퀴어 자기 모습을 완전히 망가뜨리고 싶었다. 면도날로 줄을 직직 그어 피범벅이 되게 해서 얼굴을 영영 못쓰게 만드는 상상을 했다.

하지만 그런 행동을 하면 오거스타로 가게 된다. 정신병원으로. 엄마는 정신병원으로 보내진 릴리언이라는 할머니에 대해 얘기하곤 했다. 그곳에서 일하는 사람들은 보수가 적어 친절하지 않았는데, 이따금 릴리언이 대변을 보고 그 위에 철퍼덕 앉아 있어도 치워주는 사람이 아무도 없었다고 했다. 릴리언은 벽을 쳐다보며 그저 가만히 앉아 있기만 했다는 것이다.

"어이. 이봐, 에이미. 어이."

에이미가 뚱뚱이 베브를 흘칫 쳐다보았다.

"괜찮아?" 베브가 물었다. "배터리가 완전히 나간 사람처럼 보이는데."

"자기가 미쳤다는 걸 어떻게 알아요?" 에이미가 책상 위로 몸을 숙이며 불쑥 물었다.

"넌 미치지 않았어." 베브가 조용히, 마치 그 질문을 예상하고 있었다는 듯이 대답했다. "네가 미친 게 아닌가 고민하는 한."

에이미는 볼 안쪽의 부드러운 부분을 천천히 잘근거리며 이 말을 곰곰이 생각했다. "그러면 미친 사람들은 자기가 정상이라고 생각하는 거네요?"

"그 사람들은 그렇게 말하지." 뚱뚱이 베브가 라이프세이버스를 통째로 에이미에게 내밀었다. "잘 들어." 그녀는 나긋하지만 지칠 대로 지친 표정으로 눈썹을 치키며 한숨을 쉬었다. "이따금 난 내가 미쳤다고 생각해. 아니면 미친 것과 끔찍이 비슷하거나."

"별로 미친 것 같지는 않은데요." 에이미가 말했다. "더없이 정상으로 보여요."

뚱뚱이 베브는 미소를 지었지만 어딘지 슬퍼 보였다. "착하기도 해라." 그리고 말했다. "어쩌면 우리 모두 미쳤을 거야."

에이미는 어금니로 라이프세이버스를 우적우적 씹었다. 이저벨이 평소에 참지 못하는 소리라는 생각이 떠오르자 씹기를 멈추고 미안한 듯 손으로 입을 가렸다. 하지만 뚱뚱이 베브는 그 소리를 전혀 못 들은 것 같았다. "우리가 모두 미친 게 아니라면요," 에이미가 여전히 자기 책상—원래는 도티 브라운의 책상—위로 몸을 숙인 채 끈질기게 물었다. "왜 어떤 사람들은 정신병원으로 보내지고 다른 사람들은 그렇지 않아요?"

뚱뚱이 베브는 그 생각도 물론 당연히 해보았다는 듯 고개를 끄떡했다. "그 사람들은 미친 것처럼 행동하잖아." 또 고개를 끄떡했다. "자기가 미쳤다고 느끼는 건 괜찮아. 미친 것처럼 행동하지만 않으면." 그러고는 마침표를 찍듯이 책상에 분홍색 손톱을 톡 두드렸다. "사람들 많은 곳에서 혼잣말은 하지 말고. 이따금 목욕을 하고. 아침에 일어나 옷을 입고. 그러면 되는 거야. 힘든 일이 주어져도 잘 이겨내면 돼, 그러면 괜찮아. 원래 그런 거라 생각하고 힘든 일을 잘 이겨내면 아무도 억지로 끌고 가지는 않을 테니까."

에이미는 천천히 고개를 끄덕였다. 당분간 어딘가에 비친 자기 모습을 마주보는 일은 되도록 피해야겠다는 생각이 떠올랐다. 그녀는 일을 끝내고 주차장에서 엄마가 차문을 열기를 기다리며 옆에 서 있는 자기 모습을 그려보았다. 그럴 때 차창에 비친 자기 모습을 쳐다보지 않고, 차라리 시선을 돌려 죽은 갈색 강물을 쳐다보는 것이다. 그리고 아침에는 일어나서 옷을 갈아입고 일하러 온다. 상황이 지금과 달라질 만큼 시간이 흐를 때까지 그녀는 날마다 이렇게 할 것이다. 로버트슨 선생과 다시 함께하는 그날까지. 그녀는 뚱뚱이 베브를 보며 겸연쩍게 웃었다.

"또 한 가지는," 베브가 다시 타자기를 두드리다가 잠시 멈추고는 뭔가를 가르쳐주려는 듯 손을 들어올리며 말했다. "이빨에 절대 립스틱을 묻히지 마. 이빨에 립스틱이 묻은 여자를 보면 난 언제나 이렇게 생각하거든. 저 여자는 미친 게로군. 아마 정신이 나갔을 거야."

에이미는 진지하게 고개를 끄덕였다. "뭐……" 이윽고 그녀가 한숨지으며 말했다. "어차피 립스틱은 그렇게 자주 바르지 않는걸요."

"발라야지." 뚱뚱이 베브가 화려한 손톱으로 느긋하게 타자기를 두드리며 말했다. "그래야 더 예뻐 보이거든."

에이버리 클라크는 에이미 굿로 때문에 사무실에 일하러 오는 것이 불편했다. 어색하기 짝이 없었다. 이를테면 그날 아침 그가 물류창고에 내려가려고 복도를 지나 엘리베이터 앞으로 가는데 때마침 에이미가 화장실에서 나왔고, 텅 빈 복도에서 두 사람은 서로를 향해 말없이 걸어갔다. 어쩌면 그는 그녀에게 연민을 느끼고 있었을지도 모른다—사실 그녀가 얼굴을 붉히며 고개를 숙였을 때(머리 모양이 이상했고 아파 보이기까지 했다) 그 감정이 희미하게 샘솟는 것을 어렴풋이 느꼈다. 하지만 그와 가까워지자 그녀가 눈을 치뜨며 들릴락 말락 하게 "안녕하세요"라고 인사하는 순간, 그는 그녀가 드러낸 불편함 속에 은근슬쩍 조롱의 기미가 번득이는 것을 보았거나 혹은 보았다고 생각했고, 그러자 화가 났다.

"안녕." 그는 딱딱하게 인사한 뒤 엘리베이터 앞에 다다르자 버튼을 주먹으로 탕 쳤다.

더러운 계집애. 추잡한 것.

그녀를 생각하거나 그날 목격한 장면을 떠올리기만 해도(생각하지 않으려고 무진장 애썼지만 자꾸만 떠올랐다) 지금과 같은 분노가 일어났다. 이따금 아내와 함께 침대에 누워 있으면 그 분노가 또다시 솟구쳤다. 그는 늙었고 삶의 많은 것들이 그를 거부하는 것 같았다.

그의 생각 속으로 저속한 언어가 끼어들었고, 자신이 다른 부류의 남자였다면 그날 숲속에 세워진 차에서 목격한 것을 친구들에게 말했으리라는 사실을 그도 알았다. "가슴이 죽여줘." 이렇게 말했을 것이다. "젖꼭지가 어찌나 크던지." 하지만 그는 그런 남자가 아니었고 누구에게도 그런 이야기는 하지 않았다.

목격한 것을 아내에게 말했을 때에도 조심해서 평범한 단어를 썼다. 그들은 저녁 내내 고개를 내두르며 이저벨의 삶에 대해 아는 얼마 안 되는 이야기를 나누었다. 에이버리 클라크가 에마에게 주의를 주었다. "이저벨을 생각해서 두 번 다시 이 이야기는 꺼내지 맙시다." 에마는 당연히 그래야 한다고, 그건 정말 수치스러운 일이라고 말했다.

# 14장

그리하여 에이미와 이저벨의 삶은 완전히 달라졌다. 서로 대화를 나누면 그들의 말은 나무 블록처럼 공기 속에서 이리저리 떠밀리는 것 같았다. 어쩌다 서로 눈이 마주치면—차에서 내리거나 휴게실에서 나오면서—되도록 빨리 시선을 피했다. 그러지 않아도 작은 집인데, 가까이 있으면 위험하기라도 한 것처럼 집에서도 서로 조심조심 지나갔다. 그러자 오히려 상대방을 더 의식하게 되어, 그들은 서로를 지켜본다는 기묘한 친밀감으로 결합되었다. 상대방이 음식물을 조용히 씹는 소리도 더 정확히 들었고, 욕실을 쓴 뒤의 축축한 냄새도 더 예민하게 맡았고, 밤에는 얇은 석고보드 벽 너머로 돌아눕는 소리만 들어도 상대방이 잠들었는지 아닌지 알 수 있었다.

이런 식으로 얼마나 계속될지 이저벨은 알 수 없었다. 저녁마다 마주앉아 밥을 먹어야 하고, 같이 살아야 하고, 같이 일해야 하고, 주일에는 교회에 같이 가서 옆에 딱 붙어 앉아야 하고, 일어서서 찬송가를 부를 때는 서로의 숨결을 느껴야 한다는 사실이 어처구니없이 느껴졌다. 이저벨의 머릿속에 이 아이를 강 상류 지역에 사는 사촌 신디 레이의 집으로 보낼까 하는 생각이 스쳤지만, 그렇게 하려면 사람들에게 설명을 해야 했다. 이저벨은 아직 그럴 준비가 되지 않았고, 더 중요한 것은 심지어 지금도 품에서 딸을 놓아줄 준비가 되지 않았다는 사실이었다.

그렇게 그들은 어쩔 수 없이 함께 살았다. 그러면서 서로 자신의 고통이 상대방의 고통보다 더 크다고 느꼈다. 사실 이따금 자신의 고통이 그 누구의 고통보다 더 크다고 느꼈고, 그래서 어느 밤 농가에서 키우는 개가 데비 케이 돈의 무릎양말을 들판에서 발견했으며 이제 소녀는 사망한 것으로 공식 간주된다는 보도가 나왔을 때도 에이미와 이저벨은 모두—서로 쳐다보지 않은 채 묵묵히 텔레비전만 보면서—어쨌거나 자신의 상황이 더 나쁘다는 생각에 몰두해 있었다.

에이미는 생각했다. 그래도 데비의 엄마는 딸을 사랑했잖아. 사람들이 모두 안타까워하잖아. 소녀는 죽었으니 감정이란 것 자체가 없잖아. (그리고 사람들은 모두 정말로 안타깝다고 생각했다.)

이저벨은 그 아이의 엄마가 최악의 상태일 거라는 사실을 알고도 남을 만큼 나이를 먹었지만, 그럼에도 불구하고 이런 생각을 멈출 수가 없었다. 그 아이는 다정하기라도 했지. 그 아이는 몇 주, 또 몇 주, 또 몇 주 매정하게 엄마를 속여먹지는 않았잖아.

이저벨은 일어서서 텔레비전을 껐다. "엄마는 자러 간다."

에이미는 다리를 앞으로 쭉 뻗으며 머리 뒤로 깍지를 꼈다. "주무세요." 그녀는 앞만 쳐다보며 대답했다.

여름날 어둠 속에서, 손을 집어넣으면 쑥 들어갈 것처럼 구멍이 숭숭 나 있고 푹신해 보이는 어둠 속에서 이저벨은 침대에 누워, 이런 밤이면 더러 그랬듯, 머릿속에서 그 일을 처음부터 빠짐없이 되짚어보는 게 필요하다고 느꼈다. 그 일을 되새기는 것은 끔찍하고 지치는 과정이지만 그것만이 그녀의—그리고 딸의—현재 상황을 받아들일 수 있는 유일한 방법이라는 듯이.

에이버리 클라크가 숲속에 세워진 차 안에서 로버트슨 선생과 에이미를 목격한 날, 이저벨은 그것이 사실이 아니라고 믿으면서 공장에서 집으로 돌아왔다. 그녀의 몸은 위기를 맞은 사람의 온갖 징후를 보이고 있었지만 정신은 이상하게 말똥말똥했다. 턱과 손끝은 저릿저릿했고, 다리는 표가 날 정도로 후들거려서 운전하기도 힘들었다. 숨은 점점 가쁘고 얕아졌다. 하지만 정신은 이렇게 말했다. 잘못 알았을 거야, 이건 사실이 아니야.

하지만 그녀가 "에이미!" 소리를 지르며 문을 열고 들어가 그녀의 딸이 무릎을 딱 붙이고 거실 소파 모서리에 앉아 있는 모습을 보았을 때, 이저벨은 에이미의 창백한 안색에서, 특히 색을 완전히 빼낸 것처럼 창백한 입술에서 에이버리가 말해준 이상한 내용이 전부 사실이었음을 깨달았다.

하지만 단박에 깨달은 것은 아니었다. 일어난 일 전부를 곧바로 파악하지는 못했다. 그녀의 마음속에서는 그날 하루 에이미에게 끔찍한 일이 일어났을 뿐이었다. 그전에 어떤 일들이 있었는지에 대해서는 미처 생각하지 못했고, 앞으로 다가올 날들에 무슨 일이 일어날지도 제대로 생각하지 못했다. 그 순간에는 그저 속이 울렁거리기만 했다.

창문으로 들어온 한낮의 햇살은 어쩐지 낯설어 보이는 거실에 희뿌옇게 떠 있는 것 같았다. 그들은 주말이 아닐 때 이 시간에 거실에 같이 있는 것이 익숙하지 않았고, 느낌이 사뭇 달랐다. 그래서 들어가자마자 병실에 있는 것처럼 답답한 느낌이 들었다. 더욱이 네시는 이저벨에게 언제나 하루 중 가장 슬픈 시간이었고, 심지어 봄에도, 아니 봄에는 더욱 그랬다.

그녀는 에이미에게 천천히 걸어가 아이의 해쓱한 얼굴을 마주보고 무릎을 꿇었다. "에이미." 그녀가 말했다. "이건 아주 심각한 문제야. 에이버리 클라크 씨가 오늘 어떤 이야기를 해줬는데, 아주아주 심각해."

에이미는 공허한, 생기라곤 찾아보기 어려운 눈빛으로 앞만 쳐다보고 있었다.

“어떤 남자가 어떤 소녀를 숲속으로 데려가서 뭔가를 시키면, 그러니까 그 아이에게 어떤 행동들을 하게 하면.”

“그러지 않았어요.” 에이미는 엄마를 잠깐 쳐다보고 다시 시선을 피했다.

이저벨이 일어섰다. “에이버리가 잘못……” 이저벨은 에이미의 눈동자가 흔들리는가 싶더니 다시 공허한 응시로 되돌아가는 것을 보았다. “네 말은 그가 시킨 게 아니라는 거지.”

에이미는 대답하지도 움직이지도 않았다.

“그게 네가 하고 싶은 말이니?”

에이미는 아주 살짝 고개를 들었다.

“에이미, 대답해.”

“절대 시켜서 한 게 아니에요, 엄마.”

이저벨은 소파의 팔걸이에 앉았고, 이는 그들이 정말로 비상사태에 들어갔다는 표시였다. 지금까지 이저벨이 팔걸이에 앉은 적은 없었다.

“에이미.”

하지만 몇 주가 지난 지금 이저벨은 그때 일을 전부 떠올릴 수는 없었다. 남은 것은 특정한 이미지들뿐이었다. 그녀가 잠시 소파의 팔걸이에 앉았던 것, 병실 같은 공간에 드리운 희뿌연 오후 햇살, 무섭도록 파리한 에이미의 얼굴, 입을 꼭 다문 딸의 표정, 거실에 감돌던 공포.

그렇기는 하지만 이저벨은 처음에 이상하리만치 침착한 한동안을 경험했다. 그걸 그렇게 부를 수 있다면 말이다. 입은 바짝 타들어가고 다리는 후들거려 소파에서 일어나 거실을 돌아다닐 수밖에 없었는데도 정신은 고요했으니까. 그러나 그 처음에 그녀 내면의 뭔가가 팽창했다. 시간이 지나 그녀는 그때를 곰곰이 생각해보면서 '난국에 맞서 일어서다'라는 표현을 더 잘 이해하게 되었다. 그녀 내면의 뭔가가 팽창하고 일어섰던 것이 확실하니까. 오랫동안 이런 종류의 위기에 대비하고 있었던 것처럼, 그녀의 가슴속에 있는 무언가가 상황에 대처하는 모습은 퍽 놀랍고 감탄스러웠다.

그래서 그녀가 에이미와 대화를 나누면서 어떤 정보든 얻어내려고 했을 때 그녀의 목소리에는 부드러움이 깃들어 있었다. 에이미의 입술은 유난히 창백했고 눈은 엄마를 똑바로 쳐다보지 못했지만, 엄마가 성행위도 있었는지—특히 부드럽고 차분하게—물어보자 조롱하는 기색을 역력히 담아 대답했다("아니요, 물론 없었어요"). 에이미의 대답에는 그 말을 믿게 만들 만큼의 멸시가 담겨 있었다.

"너는 아주 순진해." 이저벨이 아이의 해쓱한 얼굴을 다시 한 번 똑바로 쳐다보려고 에이미 앞에 무릎을 꿇으면서 말했다. 에이미는 고개를 살짝 돌려 약간 위로 쳐들었다가 아예 돌려버렸는데, 에이미가 유모차를 타던 어린 시절 이저벨이 입에 묻은 음식을 닦아주려고 허리를 숙이면 보이던 것과 비슷한 침묵의 표현이었다. "누군가 너를 그런 식으로 이용하는 일이 일어날 수도 있어." 이저벨은 실제로 그 시절의 어린 에이미에게 이야기하는 것처럼 말을 이어갔다. "너는 무슨 일이 일어나고 있는지도 정확히 모르는 채로 말이야."

딸이 자신의 손아귀를 벗어나 다른 곳에 있다는 사실을, 애초에 생각한 것보다 사태가 더 암담하다는 사실을 이저벨이 처음 절감한 것은 그때였다. 소녀가 엄마가 하는 말에 말없이 역겹다는 표정만 번득였을 때, 이저벨이 단박에 우월감이라고 알아챈 그 표정이 떠올랐다가 사라졌을 때, 이저벨은 나쁜 일이 일어날 것 같은 조짐에 휩쓸리며 어질어질 멀미가 났다. 여기까지 그녀를 지탱해온 차분함이 이제 사라지기 시작했다.

이저벨은 일어서서 창문으로 물러가 벽에 기댔다. "차에 같이 있었던 게 오늘이 처음은 아니로구나." 그녀가 선언하듯 말했고, 에이미의 침묵은 이 말을 사실로 인정하는 것 같았다.

"그랬구나."

에이미가 보일락 말락 고개를 끄덕였다.

"언제부터?" 말할 것도 없이 이저벨은 아까부터 충격에 휩싸여 있었다. 에이버리 클라크가 그녀를 사무실로 불러들인 바로 그 순간부터 충격에 휩싸여 있었다. 하지만 거실의 크기가 달라졌다고 느낀 것은 에이미와 대화를 나눈 이 순간이었다. 이상하게도 거리를 제대로 가늠하는 능력이 사라진 것 같았고, 눈을 찡그려야 딸의 얼굴에 초점을 맞출 수 있었다.

소녀는 주저하듯 좁은 어깨를 으쓱했다. "몰라요."

"그러지 마, 에이미."

에이미가 그녀를 흘끔 쳐다보았다. 이저벨은 딸의 눈동자가 공포로 흔들리는 것을 보았는데, 더 많은 사실이 숨겨져 있음을 깨달은 것도 바로 이 공포 때문이었다. 방금 이저벨이 에이미를 두고 순진하다고 했을 때 에이미의 얼굴에 언뜻 지나간 그 당돌한 표정을 보면서 이저벨의 마음속에는 꼬집어 말할 수는 없지만 어떤 깨달음이 자리를 잡았다.

이저벨이 다시 물었다. "언제부터였니?" 오른쪽 다리가 갑자기 후들거리기 시작하더니 떨림이 멈추지 않았다. 그녀는 다리에 힘을 꽉 주어 바닥을 밟으면서 창턱에 기댔다.

에이미는 굵은 실을 꼬아 만든 러그를 물끄러미 내려다보고 있었다. 손을 입으로 가져갔는데 어려서부터 습관이 든 창피하다는 표시였다. ("입에서 손을 떼." 이저벨은 매몰차게 나무라곤 했다.) 에이미가 말했다. "이번 겨울에 친구처럼 지냈어요."

"겨울부터?"

"아니요, 그러니까……"

"그러니까?"

소녀는 대답할 수 없는 듯했다. 소녀의 손 옆으로 살짝 보이는 입술이 벌어졌다가 다시 다물어졌다.

그렇게 계속되었다. 이저벨은 에이미에게 사실을 캐내려고 계속 시도했고, 신경질은 점점 심해졌으며…… 그러다 어느 순간 에이미에게 재빠르게 다가가 옆자리에 앉고는 딸의 손을 잡으면서 말했다. "에이미, 예쁜 딸. 이런 남자는…… 오, 에이미. 이런 남자는 문제투성이야. 맙소사, 너도 생각을 해보면……"

하지만 에이미는 어느새 도리질을 하며 손을 빼고 있었다. "그런 게 아니에요, 엄마. 엄마가 생각하는 것과 달라요." 그녀의 입술에 혈색이 돌아와 있었다.

"그렇다면 어떤 거니, 에이미?" 사랑을 담뿍 담아 손을 잡은 지 불과 몇 초 만에 딸이 손을 싹 빼버리자 이저벨은 단순히 거부당했다는 느낌뿐 아니라 몹시 부당하다는 생각까지 들었다. 그녀는 소파에서 벌떡 일어나 거실을 다시 돌아다니다가 결국 초록색 천을 씌운 안락의자에 앉았다. 그녀는 스스로 기억하는 것보다 더 많은 주말 오후의 겨울날을 여기 앉아 모이통에 모여든 박새들을 지켜보며 보내곤 했다.

"그 남자는 좋은 사람이 아니야, 에이미." 이저벨은 다시 타이르려고 했다. "너를 진심으로 좋아하는 게 아니야. 그런 남자는 절대 그러지 않아. 그런 사람은 자기가 원하는 것을 갖고 싶어서 너를 좋아한다고 말하는 거야."

딸은 러그에서 시선을 떼며 그녀를 빤히 쳐다보았고, 그 얼굴에 떠오른 불안은 점점 커져갔다. "선생님은 저를 원해요." 에이미가 불쑥 말했고 그녀의 눈에서 어린아이가 흘리는 반항의 눈물이 쏟아지려고 했다. "저를 좋아해요. 좋아한단 말이에요."

이저벨은 눈을 감고 중얼거렸다. "오, 맙소사. 속이 울렁거려." 정말로 울렁거렸다. 속이 홧홧했고, 입안은 일주일 동안 칫솔질을 하지 않은 것처럼 텁텁했다. 그녀가 눈을 뜨자 에이미는 또다시 러그를 내려다보고 있었는데, 눈물 때문에 얼굴은 일그러졌고 입술 위쪽은 콧물이 흘러 번들거렸다.

"넌 세상이 어떤 곳인지 몰라." 이저벨은 초록색 안락의자에서 허리를 살짝 숙이며 울고 싶은 마음으로 다정하게 말했다.

"그렇지 않아요!"

에이미가 불쑥, 젖은 얼굴로 엄마를 쳐다보며 소리질렀다. "세상이 어떤 곳인지 모르는 사람은 엄마죠! 엄마는 어디에 가지도 않고 다른 사람과 말도 하지 않잖아요! 책도 읽지 않고……" 여기서 에이미는 잠시 물러서는 듯했지만, 스스로 격려하듯 손을 옆으로 저으며 말을 이어갔다. "그 바보 같은 〈리더스 다이제스트〉만 빼면요."

그들은 서로 뚫어져라 쳐다보았고, 이윽고 에이미가 시선을 내리깔았다. "영화를 보러 가지도 않잖아요." 아이의 얼굴에 분노의 눈물이 줄줄 흘러내렸다. "세상이 어떤 곳인지 엄마가 어떻게 알아요?"

그것이 모든 것을 바꾸어놓았다. 에이미가 그 말을 했다는 사실이. 이저벨에게는, 그것이 모든 것을 바꾸어놓았다. 몇 주 뒤에 그윽한 밤의 어둠 속에서 이저벨은 그 말을 떠올렸는데, 그 말을 처음 들었을 때와 똑같은 강도로 그녀의 가슴속에 은백색 고통의 파문이 일었다. 가만히 누워 있는데도 휘청거리는 것 같았고, 심장은 어처구니없는 속도로 질주했다. 흉물스러운 수치심 때문이었다. 그 시인의 이름을 잘못 발음한 일이 도덕적 약점이 되지는 않겠지만, 결국에는 이렇게 되었으니 어쩌란 말인가. 진실은 에이미가 아픈 곳을 정확히 찔렀다는 사실, 에이미가 의도했거나 짐작했던 것보다 더 강한 주먹을 날렸다는 사실이었다.

이저벨은 초록색 안락의자에 앉은 채로 이 엄청난 충격과 맞닥뜨렸고(그녀가 그 의자에 다시 앉기까지 일 년이 걸린다), 이 사실을 받아들이려면 그녀의 몸이 가만히 있어야 하는 것처럼 한동안 아무 말도 하지 않았다. 이윽고 그녀가 조용히 말했다. "아이를 혼자 키운다는 게 어떤 일인지 넌 몰라."

그리고 이 말이 입 밖으로 튀어나오려 했지만 차마 내뱉지는 않았다. 하물며 넌 태어나야 할 아이도 아니었어!

지금처럼 컴컴한 방안에서 그 끔찍한 장면을 머릿속으로 되풀이할 때 그녀는 늘 잠시나마 스스로를 칭찬했는데, 그 말을 하지 않은 것은 정말이지 잘한 일이었다.

하지만 그녀는 상처를 입었다. 이 모든 것을 떠올리면서 상처를 입었고, 설령 그날 오후에 있었던 일이 낱낱이 기억나지는 않는다 해도, 잘 알지도 못하는 딸과 여태 살아왔다는 거북한 깨달음이 점점 커져갔다는 사실만큼은 또렷이 기억했다. 그들이 어떻게 침묵 속에 앉아 있었고 이저벨이 어떻게 일어서서 창문을 열었는지 분명히 기억했다. 바깥공기가 방안 공기만큼 정체되고 미지근했던 것을, 그녀가 창턱에 기댔던 것을 기억했다. "로버트슨이라는 그 끔찍한 작자는 대체 누구니?" 그녀가 마침내 입을 열었다. "어디서 나타난 인간이라니?"

"끔찍하지 않아요."

이 말에 이저벨은 더욱 화가 났다. "우선 그 선생이 한 행동은 불법이야." 그녀가 야멸친 목소리로 딸에게 말했다.

에이미는 이 말이 엄마가 정말로 얼마나 바보 같고 속 좁은 사람인지 말해주는 더할 나위 없는 표시라도 되는 양 눈을 부릅떴다.

"눈을 부릅뜰 건 없어, 이 애송이야." 이저벨이 화를 버럭 내며 말했다. "네 엄마는 글도 못 읽는 멍청이에 바보 같아서 세상물정을 전혀 모른다고 당장 말해. 하지만 너한테 분명히 일러두는데, 아무것도 모르는 건 바로 너야!"

누가 더 멍청한지 서로 소리를 질러대는 것은 의미 없고 끔찍한 일이었다.

에이미의 눈에서 눈물이 흘렀다. "엄마." 그녀가 애원하듯 말했다. "제 말은 엄마가 로버트슨 선생님에 대해 모른다는 거예요. 정말 좋은 분이에요. 그분은 한 번도 원하지……"

"뭘 원하지 않았다는 거니."

에이미는 엄지손톱 주위의 살을 물어뜯었다.

"뭘 원하지 않았다는 거야? 대답해!"

에이미가 엄지손톱을 나머지 손가락으로 감싸쥐고 괴로운 듯 천장을 올려다보았다. "먼저 키스한 건 저였어요." 이렇게 말한 뒤 에이미의 얼굴은 다시 창백해졌다. "선생님은 원하지 않았어요. 다시는 그러지 말라고 했는데 제가 그랬어요."

"언제?" 이저벨의 심장이 줄달음질쳤다.

"네?"

"언제. 언제 그랬냐고."

에이미는 주저하듯 어깨를 으쓱했다. "몰라요."

"아니, 넌 알아."

"기억 안 나요."

이저벨의 가슴속에는—딸의 해쓱한 얼굴과 외면하는 시선을 애써 쳐다보면서—이 아이가 분리된 채로 살고 있었다는 느낌, 딸이 그녀가 생각해온 것과 완전히 다른 아이였다는 느낌, 이 아이는 심지어 엄마를 좋아하지도 않았다는 느낌이 자리를 잡아가고 있었다. ("그 바보 같은 〈리더스 다이제스트〉만 빼면 엄마는 책도 안 읽잖아요.")

뒤따른 상황에 대해 이저벨은 몇 년이 지나 그녀의 삶이 아주 많이 바뀌었을 때 딱 한 번 입 밖에 낸다. 한편 에이미는 훗날 어른이 되었을 때 많은 사람에게 그 이야기를, 그것이 백만 개의 이야기 중 하나이며 궁극적으로 누구에게도 중요하지 않다는 사실을 마침내 깨닫게 될 때까지 반복한다.

하지만 그 일은 에이미와 이저벨 모두에게 굉장히 중요한 사건이었다. 시간이 흐르면서 잊어버린 부분도, 다르게 기억하는 부분도 있었지만, 어떤 장면은 두 사람 다 잊지 못했고 앞으로도 영원히 기억할 것이다. 예컨대 이저벨이 거실 저만치로 소파 쿠션들을 집어던지기 시작한 일이라든가, 이 로버트슨이라는 작자는 포주나 다름없다고 고함을 질러댔던 일 같은 것. 쿠션 하나가 램프를 넘어뜨리면서 알전구가 바닥에 떨어져 산산조각 났다. 에이미는 겁먹은 아이처럼 "엄마!" 하고 울기 시작했다.

딸의 비명을 듣자 이저벨은 에이미가 금발의 고수머리 꼬마였을 때 아침마다 에스터 해치의 집으로 가던 기억이 불현듯 떠올랐다. 이저벨은 운전을 했고 에이미는 그 옆에 앉아 있었다. "엄마." 에이미는 이따금 엄마의 손을 잡으려고 하면서 볼멘소리를 했다.

이제 그것은 괴로운 기억이 되었고, 이저벨은 마음 한편으로는 키가 훌쩍 자라고 얼굴이 해쓱한 이 십대 소녀의 옆으로 달려가고 싶었지만, 그 대신 소파 뒤쪽을 손으로 세게 쳤고, 그 바람에 손이 아파 "제기랄!" 하고 내뱉었다. 이저벨은 자신이 한 행동 때문에 딸의 가녀린 어깨가 겁에 질려 움찔거리는 것을 보았다. 딸이 자신을 두려워한다는 사실은 이저벨의 분노를 더욱 부추길 뿐이었다. 그녀는 뭔가 아주 큰 것이, 뭔지는 모르지만 세대를 거슬러올라가고 그 세월만큼 속도가 붙은 무엇이 풀려나는 느낌이 들었다. 내면에 있던 끔찍한 뭔가가 풀려나는 것 같았다.

그녀는 로버트슨 선생을 찾아갔다.

이 남자의 이름이 전화번호부에 없어서 이저벨은 안내원에게 전화를 걸었고, 안내원은 유난히 유쾌한 목소리로 토머스 로버트슨이라는 사람의 전화번호와 주소를 일러주었다.

운전을 하면서 그녀는 마치 살아 있는 생명체를 대하듯 차에 기묘한 관심이 갔다. 언덕을 올라 모퉁이를 돌 때 금속 차체가 헐거운 듯 덜컹거리는 것, 운전대를 돌리는 시점과 차가 반응하는 시점 사이의 찰나적인 간극이 의식되자, 그녀는 그 차가 당혹스러워하고 늙었지만 순종하는 생명체처럼 느껴졌다. 차는 마구 흔들리고 덜컹거리고 타이어가 마찰하는 끼익 소리를 내면서도 그녀가 원하는 대로 굴러갔다.

이 남자는 이저벨이 경멸하는 종류의 아파트 건물에 살았다.

값싼 자재로 짓고 회색 페인트를 칠한 그 건물은 뉴잉글랜드풍 매력을 서툴게 본뜬 것이었는데, 진입로를 따라 정문까지 허세 가득한 하얀 말뚝 울타리를—뻣뻣한 플라스틱으로—세워놓았다. 안쪽 현관에서는 호텔 냄새가 났고, 아파트 2L호의 문을 두드리는데 마주보는 집에서 냄비와 팬이 덜거덕거리는 소리가 들렸다. 그녀는 어떤 일이 있어도 언성을 높이지 않겠다고 다짐했다.

그는 그녀를 기다리고 있었던 것 같았다. 하지만 그 생각은 그때로부터 여러 날이 지나서야 떠올랐고, 그 장면을 머릿속으로 되돌려보았을 때 그가 문을 열어주던 태도에 적의가 감돌면서도 체념이 묻어났던 것이 기억났다. 엄마가 거기로 간다고 에이미가 전화로 알려준 것이 틀림없었다. 하지만 그때 곧바로 들었던 느낌은 이 남자가 자신의 딸과 공모했다는 것이었다.

그는 키가 작았고 맨발이었다.

"에이미 굿로의 엄마예요." 이저벨은 이렇게 말하고는, 곧바로 자기 목소리가 퍽 다급하고 쏘아붙이는 것처럼 들린다고, 어쨌거나 이건 아주 잘못된 것 같다고 느꼈다. "이야기를 좀 할 수 있을까요." 그녀는 최대한 객관적인 어조를 의도하며 조용히 말했지만 물론 부질없는 결심이었다. 그녀는 엄청난 고통에 빠져 있었으니까.

"들어오시죠." 그가 머리를 아주 조금 숙여 인사하자 안경테 아래에서 눈꺼풀이 천천히 내려갔는데, 그녀를 조롱이라도 하는 것 같았다. 훗날 그녀는 그가 실제로 그런 심정이었으리라는 것을 깨달았다. 그는 몽유병에 걸린 것 같기도 하고 경계하는 것 같기도 했는데, 청바지 밑단 아래로 보이는 그의 맨발은 납작하고 하얬다. 그녀는 그가 맨발이라는 사실이 거슬렸다.

그의 옆을 지나 휑뎅그렁한 거실로 들어서면서(벽에 그림도 걸려 있지 않았고, 궤짝 위에 작은 텔레비전만 놓여 있었다) 이저벨은 이 남자를 돌아보기 전에 조금 열린 창문으로 바깥 전망을 잠시 바라보았다. 나무 한 그루뿐이었다. 단풍나무가 일부 보였는데, 건물에 워낙 바투 붙어 자라서, 이른 저녁 햇살을 받아 얼룩덜룩한 무늬를 그리는 무성한 초록 잎사귀들이 열린 창문을 통해 그녀를 밀어붙이려는 것 같았다. 그녀는 아주 잠시 나뭇잎들이 사각거리는 소리를 들었다.

왜 나무 위로 이른 저녁이 내려앉기 시작하는 이 풍경을 흘긋 본 것이 그녀가 지금껏 경험하지 못한 가장 지독한 슬픔과 완전한 상실의 감정을 일으키는지는 그녀도 정확히 알 수 없었지만, 그녀는 순간 털썩 주저앉아버릴 것 같았다. 하지만 돌아보며 부드럽게 물었다. "당신이 토머스 로버트슨인가요?"

그는 눈을 느리게 끔벅거렸지만 완전히 감는 것 같지는 않았다. "맞습니다. 앉으실까요?" 그가 말할 때 턱이 꼭두각시 인형처럼 움직였다. 입은 수염으로 덮여서 보이지도 않았다.

"아, 고맙지만 됐어요." 그녀는 피로한 나머지 오히려 미소가

지어졌다. 입꼬리가 살짝 올라가는 느낌마저 들었고, 순간적으로 재앙에 대한 모종의 이해로 연합하여 그와 함께 일을 도모한다는 묘한 착각까지 일어났다.

물론 이런 느낌이 들자마자 그런 일은 있을 수 없음을 깨달았다. 그에게 화답하는 미소를 받을 가능성은 전혀 없어 보였다. 오히려 그의 시선에는 불안정한 상대방과 맞닥뜨렸을 때 나타나는 경계심이 어려 있었다. 그녀가 말했다. "그쪽은 앉으셔도 돼요."

그는 회색 비닐 소파 모서리에 앉아, 양쪽 무릎에 팔뚝을 하나씩 내려놓은 채 목을 쭉 빼고 그녀를 지켜보았다.

"내가 알고 있는 법에 대해 먼저 말씀드리죠." 그녀는 알고 있는 내용을 숨가쁘게 읊어댔다. 그 순간에는 그가 감동했다고 생각했지만, 훗날 그 순간을 다시 떠올릴 때는(기억나지 않는 것이 아주 많았다) 상황을 그런 식으로 이끌어간 것은 엄청난 실수였으며, 그런 식으로 자신을 드러내지 말았어야 했다고 자책했다.

결국 그가 '이겼기' 때문이었다. 결국 그는 자신의 위엄을 유지했고 얼마간 그녀의 위엄을 손상시켰다. 말로 하지 않았지만 두 사람 다 알았다. 그가 어떻게 그것을 해냈는지 그녀는 정확히 기억하거나 파악하지 못했다.

그녀는 자신의 입장을 간단명료하게 전달했다. 그에게 타운을 떠나달라고 했다. "물론 경찰에 신고할 생각도 했어요." 그녀가 조용히 말했다. "하지만 가장 큰 걱정은 에이미라, 내 딸에게 그런 경험은 시키고 싶지 않아요."

그는 아무 말도 하지 않았다. 그저 그녀를 호기심과 무관심이 뒤섞인 표정으로 쳐다보다가 비닐 소파의 더 안쪽으로 엉덩이를 옮기더니 다리를 꼬았는데 뻔뻔할 정도로 편안해 보였다.

"내 말 잘 알아들었어요?" 이저벨이 물었다. "내가 말한 내용 중에 혹시 모르는 것이 있나요?"

"없습니다." 그가 대답했다. "똑똑히 알아들었습니다." 그러고는 거실을 빙 둘러보았다. 거실은 대학생 숙소처럼 임시로 꾸민 느낌이 들어서(문 가까이 책꽂이에는 자주달개비 화분이 놓여 있었는데, 잎이 대부분 갈색으로 시들어 허리가 꺾여 있었다) 이저벨은 그것이 점점 거슬렸다. 그가 이마에 내려온 짙은 갈색 곱슬머리를 천천히 쓸어올리자 이저벨은 어쩐지 오싹한 느낌이 들었다. 그는 그녀가 원한다면 내일이라도 타운을 떠나겠다고 말했다.

"그렇게 간단한가요?" 그녀가 물었다.

"물론입니다." 그는 일어서서 그들의 면담이 끝났음을 알리듯 문 쪽으로 몇 발짝 걸어갔다. "더 있을 이유도 없습니다." 그가 손바닥을 위쪽으로 돌려, 말과 동작으로 그 말이 진실이라는 확신을 이저벨에게 심어주려는 것처럼 덧붙였다.

하지만 그녀는 그의 말에서, 그가 그녀의 딸을 언제라도 버릴 수 있는 존재로 여긴다는 느낌을 받았고, 그가 딸을 좋아한다고 말해도 엄청 화가 났겠지만 그러지 않았다는 사실에는 더더욱 화가 치밀었다.

"당신이……" 그녀가 눈살을 찌푸리며 그에게 한 발짝 다가섰다. "당신이 내 딸에게 얼마나 상처를 입혔는지 알기나 해요?"

그는 잠시 빠르게 눈을 깜박거린 뒤 고개를 갸우뚱했다. "무슨 말씀이신지요?"

그녀의 마음으로는 그에게 해코지를 할 수도 있었고, 그의 머리카락을 뿌리에 살점이 붙은 채로 잡아뜯어 움켜쥘 수도 있었다. 그가 입은 면 셔츠 소매 속의 팔을 비틀어 분질러버릴 수도 있었고 그를 손쉽게 죽여버릴 수도 있었다. 그녀의 눈이 흐릿해지며 사물이 흔들리기 시작했다.

"티 없이 순진한 아이에게 영원한 손자국을 남겼군요." 창피하게도 그녀의 입에서 침 두 방울이 튀어나와 그의 셔츠 소매에 떨어졌다.

그는 자기 팔을 흘끗 보며, 그녀의 침이 튄 것을 알고 있다는 표정을 지어 보였다(이저벨은 이것이 어처구니없고 부당하다고 느꼈고, 이 생각이 날 때마다 부아가 치밀었다).

그가 문손잡이를 잡았다. "굿로 부인." 그가 말하고 고개를 갸웃했다. "굿로 부인이 맞으시던가요? 혹시 아니라면 죄송합니다."

그녀의 얼굴이 활활 타올랐다. "굿로 부인이 맞아요." 그녀는 힘이 바닥난 듯 속삭이는 목소리로 말했다.

"아무튼 굿로 부인. 부인께서는 상황을 아주 어렴풋이 알고 계시는 것 같군요. 에이미가 아직 법적으로 성인이 되지 않았고, 그런 점에서는 저도 부인의 입장을 존중하지 않는 건 아니지만, 따님의 열정적이고 유난히 매력적인 본성에 대해서는 아무것도 모르시는 게 아닌가 싶어서요."

"무슨 말을 하는 거예요?" 이저벨이 물었다. 그녀의 가슴은 격렬하게 쿵쾅거렸다.

그는 말을 멈추고 거실을 빙 둘러보았다. "굿로 부인. 에이미는 가르칠 필요가 없는 아이라고 말씀드릴 수 있겠습니다."

"하." 이저벨이 말했다. "하, 끔찍하군요. 당신은 정말로 끔찍한 남자예요. 신고하겠어요. 혐오스럽네요. 당신이 그런 사람이란 건 알고 있어요?" 그녀가 몸을 앞으로 내밀고 그를 빤히 쳐다보며 말하는데 목소리는 쉬었고 눈에는 눈물이 그렁그렁했다. "혐오스러운 사람. 당신을 장학사와 교장, 경찰에게 신고하겠어요."

그는 기꺼이 그녀의 시선을 받았고, 안경알 너머 더이상은 뚫고 들어갈 수 없을 듯한 그의 갈색 눈동자에서 그녀의 협박이 조금이라도 먹혀들었다는 눈빛은 전혀 찾아볼 수 없었다. 먼저 시선을 돌린 쪽은 그녀였다—그녀는 어렸을 때도 다른 사람을 빤히 쳐다보아야 하는 상황에서 이 초 넘게 버틴 적이 없었다. 그리고 그때, 빈사 상태의 자주달개비 아래, 책꽂이에 꽂힌 책들이 그녀의 눈에 들어왔다. 『플라톤 전집』. 그녀가 제목을 읽었고 그 옆으로 『존재와 무』라는 하얀 책에는 커피 얼룩이 동그랗게 묻어 있었다. 고개를 돌리기 직전에 그녀는 『예이츠 시 선집』을 보았다.

토머스 로버트슨은 그녀가 책을 흘끔거리는 모습을 보았고, 그와 눈이 마주치자 그녀는 그의 눈빛에서 최후의 승리를 읽을 수 있었다. 잠시 뒤 그가 말했다. "신고는 하지 않는 게 좋겠습니다. 내일이면 떠나고 없을 테니까요."

그녀는 문 앞에서 돌아보며 말했다. "정말 경멸스럽기 짝이 없군요."

그가 보일락 말락 고개를 끄덕였다. "그 마음 이해합니다." 그러고는 천천히 문을 닫았다. 문이 탈칵 닫혔다.

운전해 집으로 돌아오면서 이저벨은 차를 몰아서는 안 되겠다고 생각했다. 거리를 가늠하고 인도와 신호등을 살피는 능력이 몹시 손상된 것 같았고, 충혈완화제 상자 뒤쪽에 조그맣게 쓰인 활자들이—"자동차를 운전하지 마시오"—공중에 떠오른 것처럼 그녀의 마음속에 떠올랐다. 가는 길에는 차를 제어할 수 있는 힘과 통제력에 대한 감각이 분명 있었는데, 돌아오는 길에는 사라지고 없었다. 차에 대한 감각도 거의 없었다. 오직 토머스 로버트슨이 천천히 눈을 깜박거리던 모습만 남았고, "그 마음 이해합니다"라는 말만 통렬하게 메아리쳤다.

그녀는 그가 똑똑해서 싫었다. 그는 그녀보다 더 똑똑했고, 그것이 싫었다. 그는 똑똑한 히피 같았고, 틀림없이 히피였을 것이고, 한때는 다른 히피들과 무리를 이루어 살면서 마리화나를 피우고 마음이 끌리는 누구든 데리고 잤을 것이다.

(물론 그중에서도 최악은 그가 에이미에 대해 말한 것, 에이미에 대해 넌지시 던진 말이었다.)

그들은 이저벨에 대한 이야기를 했다. 집으로 돌아가면서, 그녀는 그들이 그 혐오스러운 만남을 이어가는 동안 자기에 대해 이따금 이런저런 이야기를 나눴음을 깨달았다. 천천히 내리뜨는 그의 눈동자에서 그 사실을 읽을 수 있었다(굿로 부인이 맞으시던가요?). 그가 그녀에 대한 사실을 알았다면, 도대체 무엇을 알았을까? 그녀가 엄격하다는 것? 친구가 거의 없는 것? 공장에서 일하는 것? 에이츠가 아니라 이이츠라고 한 것? (그래, 그는 어쩌면 그 일을 알고 있었을 거야. 그녀의 얼굴이 활활 타올랐다.)

그녀가 집 앞 진입로로 들어서면서 느낀 것은 깊은 분노와 고통이었다. 인간이라는 존재가 그런 감정을 느끼고도 생명을 지탱할 수 있으리라고 절대 믿을 수 없었던, 그런 분노와 고통. 포치 계단을 올라가면서 그녀는 잠시 심각하게 바로 여기에서, 바로 지금, 부엌문을 열다가 정말로 죽으면 어떻게 될까 생각했다. 어쩌면 죽는다는 것은 바로 이렇게, 강력한 파도에 휩쓸리는 마지막 순간 같을지도 모른다. 그래서 끝에 다다르면 별로 신경도 쓰이지 않고 신경쓸 이유도 없는 그런 것일지 모른다. 마지막이 오면, 끝은 거기 있었다.

하지만 그녀는 죽어가고 있지 않았다. 열쇠를 조리대에 던지면서 삶의 일상적인 모습이 되살아나는 것을 느꼈다. 그녀는 이것을 견뎌야 했다. 하지만 그 순간에는 도저히 견딜 수 없을 것 같았고, 그러자 분노가 고동치며 그녀의 몸속을 휘저었다. 계단을 올라가는데 다리가 후들거렸다.

# 15장

에이미는 엄마가 나가자마자—이저벨이 나중에 짐작했듯이—로버트슨 선생에게 전화를 걸었다. 부엌 창가에 서서 엄마의 차가 느닷없이 돌아오지 않는지 확인하려고 가만히 지켜보았다. 차는 돌아오지 않았고, 에이미는 로버트슨 선생이 전화를 받자마자 울음을 터뜨리며 엄마가 퇴근한 뒤로 무슨 일이 일어났는지 말했다. "엄마가 미워요." 그녀가 말을 끝냈다. "엄마가 미워 죽겠어요." 그녀는 콧물이 흐르는 코를 손으로 쥐어짰다.

전화기 저쪽에서 긴 침묵이 흘렀고, 에이미는 다시 코를 닦으며 물었다. "여보세요?"

"그래." 로버트슨 선생은 대답했지만 뜻밖에 더는 말이 없었다.

"이제 우리 어떻게 해요?" 에이미가 물었다. "그러니까 엄마한테 뭐라고 말해야 돼요?" 그녀는 우는 것을 들키지 않으려고 송화기 쪽을 위로 올렸다. 눈물이 얼굴 위로 주르륵 흘렀다.

"엄마에게는 아무 말도 하지 마." 로버트슨 선생이 충고했다. "나머지는 다 내게 맡겨. 내가 알아서 할게. 엄마가 집에 돌아오면 아무 말도 하지 마." 그의 목소리에 아무 감정이 없는 것이 이상했다. 자다가 전화를 받아서 그런 것 같았다. 심지어 그가 "잘 해결될 거야, 에이미. 결국 모든 일이 잘될 거야" 하고 말할 때조차 그랬다.

전화를 끊자 에이미는 새로운 공포에 휩싸였다. 그녀의 마음속에 얼핏 거대하고 시커먼 바다 이미지가 떠올랐고, 칠흑 같은 밤에 그녀와 로버트슨 선생은 검은 파도 속에서 따로 떨어져 떠오르고 가라앉기를 반복했다.

하지만 그럴 리가 없었다. 그가 잘 해결될 거라고 했을 때 그 말은 그가 그녀를 사랑한다는 뜻이었다. 또한 그녀의 곁을 지키겠다는 뜻이었다. 그것도 바로 오늘 그렇게 말했다. "넌 항상 사랑받을 거라는 거, 알지?" 그는 그녀를 사랑했다. 그렇게 말했다. 엄마는 이해하지 못했으니까, 그녀는 엄마에게 이 말을 해야만 했다.

에이미는 계단을 올라갔다. 아마 로버트슨 선생이 엄마에게 이렇게 말할 것이다. "따님을 사랑합니다. 함께 있고 싶습니다." 그가 엄마에게 그렇게 말할까? 정확히 어떤 단어를 써서 말할까? 어쨌거나 그는 어른이니까 어떻게 하면 될지 알 거라고 생각하며 계단을 올라가다가, 에이미는 마지막 계단에서 넘어져 뒹굴 뻔했다. 계단이 하나 더 남았다고 생각하며 헛발을 짚은 것이다. 그녀는 벽을 짚고 마음을 가눈 뒤 방으로 들어갔다.

그녀는 앉아서 엄마가 돌아오기를 기다렸다. 거울 앞 덮개를 씌운 둥근 의자에 앉아 있다가 잠시 뒤에 머리를 빗기 시작했는데, 로버트슨 선생이 엄마와 함께 여기로 올 거라는 생각까지 들었다. 6월의 이 무렵에는 늘 이른 저녁 햇살이 에이미의 방으로 들어와 잠시 머물다 사라졌는데, 하얀 햇빛이 아물거리며 창문으로 들어와 에이미의 머리카락을 어루만지는 이 순간 에이미의 머리카락은 동화 속에 나오는 금실 같아 보였다. (그녀는 자기 모습을 물끄러미 바라보며 그렇게 생각했다.) 하지만 몸이 좋지 않았다. 먹은 것을 방금 게워냈는데 속에 더 남아 있는 느낌이었다.

그리고 야릇한 기분이 들었다. 그녀가 손에 쥔 하얀 머리빗이나 침대에 던져놓은 공책, 이런 익숙한 것들은 이제 어렴풋한 추억이 되어버린 삶에 속해 있는 것 같았다. 한 남자가 에이미를 사랑하는 것을 이저벨이 알아냈으니 모든 것이 달라졌다.

그는 그녀를 사랑했다. 그가 그렇게 말했다. "넌 항상 사랑받을 거라는 거, 알지?" 방과후에 그녀가 그의 교실로 갈 때마다 그가 보여준 웃음만으로도 알 수 있었지만, 오늘 그녀의 몸을 만진 방식과 그녀에게 한 행위를 보면 더욱 그랬다. 그들이 한 행위는 이루 말할 수 없이 은밀한 것이었다. 사람들이 그런 것을 할 때…… 뭐랄까, 그들은 서로 굉장히 사랑하는 사이였다. 그뒤로는 함께해야 했다.

로버트슨 선생은 엄마에게 어쩔 수 없었다고 말할 것이다. 사람들은 사랑에 빠지게 마련이니까. 어쩌면 몇 년 뒤에 에이미와 결혼하겠다는—어쨌거나 아내가 그를 떠났으니까—말을 할지도 모른다. (그녀는 그와 함께 사는 모습을, 그가 서랍을 비워 그녀의 옷을 넣을 자리를 마련해주는 것을, 그들이 같이 살게 된 첫날에 그가 그녀에게 깨끗한 수건을 건네며 "여기, 에이미. 이건 네 거야" 하고 말하는 모습까지 상상했다.)

부엌문에서 쾅 소리가 났다. 차 열쇠를 조리대에 던지는 소리, 이어서 엄마가 계단을 올라오는 소리가 났다.

에이미는 손에 빗을 들고 있는 것이 잘못된 행동이라도 되는 것처럼 조용히 빗을 내려놓았다. 햇살은 그녀의 방을 떠나기 전에 엄마를 돌아보는 에이미의 머리를 마지막으로 쓰다듬었고, 엄마는 가쁜 숨을 몰아쉬며 문 앞에 나타났다. "그 사람은 내일 타운을 떠날 거야." 이저벨의 가슴이 들썩들썩했다. "감옥에 처넣어야 할 인간인데."

에이미의 입이 벌어졌다. 그들은 서로 쳐다보았고, 이윽고 엄마가 돌아서서 복도를 가로질러 그녀의 방으로 가버렸다.

에이미는 어리둥절해서 주위를 둘러보았다. 로버트슨 선생을 만나려면 얼른 계단을 내려가 거리로 뛰쳐나가야 한다. 그녀는 줄지어 선 소나무숲과 늪을 지나 달리다가 엎어지는 자신의 모습을, 그의 차가 달려오는 것을 보고 필사적으로 팔을 흔드는 모습을 상상했다. 그가 떠난다고 생각하니—그녀 없이 떠나지는 않겠지만—심장이 쿵쾅거리고 공포가 밀려왔다.

"어지간하구나." 엄마가 다시 문 앞에 서 있었다. 옆구리께에는 손잡이가 검은 바느질 가위를 들고 있었다. "앉아 있는 꼬락서니하고는." 엄마는 방으로 들어오며 조용히 말했다.

에이미는 엄마가 자기를 죽일 거라고 생각했다. 엄마가 다가와 가위로 찌를 거라고 생각했다. 엄마는 완전히 정신이 나가 딴 사람이 된 것 같았다. 백지같이 하얀 분노가 서린 엄마의 얼굴이 다가오고, 엄마의 팔이 올라가고, 에이미의 팔이 올라가고, 에이미가 고개를 숙이고("안 돼요, 엄마"), 에이미의 팔이 꺾이고, 엄마의 손이 에이미의 머리카락을 움켜잡고, 싹둑싹둑 자르는 소리, 엄마는 머리카락을 더 움켜잡고 에이미의 고개를 다른 쪽으로 돌려 다시 싹둑싹둑 자르고. 공포가 눈사태처럼 에이미의 가슴속으로 쏟아지자 오랜 세월 잊고 지낸 냄새의 파편들이 소용돌이처럼 몰려왔다. 에스터 해치의 집에 있던 소파, 그곳으로 가던 차 안, 썩은 사과의 속과 써걱거리는 모래, 탄력 없이 단단한 플라스틱 인형의 머리, 퀴퀴한 라디에이터의 열기, 녹는 크레용.

에이미의 몸은 엄마가 머리채를 한 움큼 잡아챌 때마다 앞으로 기울어졌다가, 어정쩡하게 세워졌다가, 뒤로 홱 꺾였다. 살가죽이 당장에 벗겨져나갈 것처럼 두피에서 얼얼한 통증이 느껴졌다. 그녀는 반쯤 속삭이는 듯한 목소리로 "엄마, 그러지 마세요" "아, 엄마, 제발" 비명을 내질렀고, 그러다가 목구멍 안쪽에서 느닷없이 "오, 그만" 하는 소리가 울려나왔다. 재봉 가위가 싹둑거리는 소리, 또다시 싹둑거리는 소리(그녀는 그날의 가위 소리를 생생히 기억하고, 그뒤로도 여러 해 동안 꿈속에서 그 소리를 듣게 된다), 은색 가윗날이 사위어가는 햇살을 잠시 붙잡으며 거울에 반사해내는 금속의 번쩍임. 에이미는 한쪽으로 기우뚱한 묘한 느낌이 들었고 머리가 점점 가벼워지는 것 같았다.

"치워." 엄마가 물러서며 가쁜 숨을 몰아쉬었다. 그리고 버럭 소리를 질렀다. "지저분한 거 얼른 치우라고!"

에이미는 흐느끼며 비틀비틀 계단을 내려가, 접어서 부엌 개수대 밑에 넣어둔 갈색 식료품 봉지를 꺼냈다. 그녀는 방으로 돌아와(술 취한 네발짐승처럼 계단을 기어올라왔고 갈색 봉지가 끌리며 벽에 가볍게 긁히는 소리가 났다) 머리카락을 그 안에 담으면서 비명을 지르기 시작했다. 손가락으로 자신의 곱슬곱슬한 긴 머리카락을 집어올리는 것은 신발을 신은 채로 절단된 다리를 집어올리는 것과 같은 느낌—이제 이것이 그녀와 분리되었다(더 크게 비명을 지른다)—이었기 때문이다. 그렇다면 남겨진 그녀는 어떤 사람일까?

이저벨은 건너편 방의 침대에 앉아 주먹을 배에 올리고 몸을 앞으로 흔들면서 계속 말했다. "오 제발, 소리 좀 그만 질러." 조금 전에 햇빛이 떠난 그녀의 방은 이제 어두컴컴했다. 땅거미가 짙어지면서 구석이 먼저 컴컴해졌고 어둠이 서서히 영역을 넓혀 순식간에 방안을 가득 채우자, 벽지에 그려진 파랑새의 가느다란 윤곽도 더는 보이지 않았다. 그러자 뭔가 위험한 최후의 느낌이 감돌았다.

나중에 이저벨은 가위를 들고 자신의 머리카락도 잘라버리고 싶었다. 지금 앉아 있는 침대보도, 옷장에 들어 있는 옷도 모조리 잘라버리고 싶었다. 욕실로 가서 수건도 잘라버리고, 아래층으로 가서 소파를 덮은 천도 조각조각 자르고 싶었다. 그녀도 죽고 그녀의 딸도 죽어, 두 사람 모두 뒤따라올 견딜 수 없는 상황과 대면하지 않기를 바랐다. 심지어 아래층 오븐을 열어 밤새 가스를 틀어놓고 위층에서 에이미를 품에 안아 얼러 재우고 싶은 생각까지 머릿속을 스쳤다.

(에이미가 누구였지? 그 남자가, 그 낯선 남자가 그런 빈정거리는 말을 해댄 그 대상은 누구였지? 이저벨이 오늘 저녁 집으로 돌아왔을 때 말 잘 듣는 아이 같지만 조롱하는 표정으로, 두 손을 포개 잡고 생기발랄하게 거울 앞에 앉아 있던 그 소녀는 누구였지? 온갖 색조의 밝은색 산발한 머리카락이 어깨 위로 흘러내

리고 그 일부로 얼굴을 가린 채, 눈동자에 어떤 표정, 다 알고 있다는 표정을 띠던 그 소녀는? 그녀의 딸은 누구였지? 그애는 지금까지 어떤 사람이었던 거지?)

"하느님, 제발." 이저벨은 얼굴을 만지작거리며 나직한 목소리로 애처롭게 말했다. "하느님, 제발, 제발." 제발 무엇을? 그녀는 하느님이 미웠다. 정말 미웠다. 어둠 속에서 그녀는 실제로 허공에 주먹을 휘둘렀고, 오, 신이라는 존재가 아주 신물이 났다. 오랫동안 그녀는 신과 함께 일종의 수수께끼 게임을 했다. 이게 옳아요, 하느님? 제가 올바르게 행동하고 있나요? 결정은 죄다 신을 기쁘게 하는 쪽으로 내렸다. 그런데 그 결과가 그녀를 어디로 데려왔는가. 아무 곳에도 데려오지 못했다. 그것보다 더 나빴다. "나는 당신이 미워요, 하느님." 그녀가 이를 악물며 말했고, 그 목소리는 어두운 방안으로 퍼져나갔다.

이른 아침, 창밖으로 희뿌옇게 동이 트고 새들의 노랫소리가 점점 커질 때 에이미는 바닥에 쓰러져 잠들었다가 눈을 떴다. 손은 입에서 흐른 침으로 축축했다. 그녀는 일어나 앉자마자 울음을 터뜨렸지만, 그녀가 지금 느끼고 있는 것은 그보다 훨씬 끔찍한 것 같아서 이내 울음을 멈추었다. 눈물을 흘리고 얼굴을 찡그리는 것이 다 쓸모없고 하찮게 느껴졌다.

"에이미." 엄마가 문 앞에 서 있었다.

하지만 더는 말이 없었다. 에이미는 엄마의 얼굴을 똑바로 쳐다보지 않았다. 그녀는 엄마가 옷을 갈아입지 않고 밤을 지새웠다는 것을 확인할 정도로만 엄마를 흘끗 보았다. 하지만 그런 게 무슨 대수인가. 지금 엄마의 목구멍에 어떤 말이 들러붙어 나오지 않는지 따위는 상관없었다. 방금 그녀가 흘린 싸구려 눈물만큼이나 하잘것없었다. 그녀와 엄마는 바보 같은 자신들의 삶이 고단하고 구역질났지만 서로 찰싹 들러붙어 있었다.

월요일에 에이미는 공장에서 일하기 시작했다.

# 16장

아침이 밝았고, 알린 터커가 이야기를 하고 있었다. "케이크 한복판에 분수가 있었어."

"샬린 때는 다리가 있었는데." 누군가 끼어들어 딸 이야기를 꺼냈는데, 그 딸의 결혼과 이혼은 지난 몇 년간 점심시간에 이야깃거리가 되어왔다. "그때 내가 샬린, 진심이야? 하고 물었지. 하지만 그애는 그 다리에 대해 확고했어."

"이번에도 다리는 있었어." 알린이 고개를 끄떡했다. "조그만 신랑 신부 모형을 올릴 만큼 넓었고. 신부 모형에 양산을 들렸는데, 괜찮아 보였어."

"이번에는 또 누구야?" 레노러 스니븐스가 손가방에서 콤팩트를 꺼내더니 눈을 가느스름히 뜨고 턱에 생긴 조그만 여드름을 들여다보았다.

"사촌. 위쪽 히브런에 사는 대니의 딸."

"넌 사촌이 참 많구나." 레노러가 빨간 코끝을 파우더로 톡톡 두드리며 말했다.

"강에서 지독한 냄새가 나는데." 뚱뚱이 베브가 휴게실로 들어오며 말했다. "어떻게들 생각해?"

"지독하지." 레노러가 맞장구를 쳤고, 휴게실로 들어와 자동판매기 앞에서 사탕을 멍하니 쳐다보고 있는 에이미 굿로에게 자리를 만들어주려고 의자를 앞으로 당겼다.

"올해는 더 고약한 것 같아요." 이저벨이 탁자 저만치에 앉아 플라스틱 빨대로 커피를 저으며 말했다. 그리고 레노러를 쳐다보며 고개를 내둘렀다. "정말이지 훨씬 지독한 것 같아요." 이저벨은 다시 한번 말하면서 눈으로는, 자동판매기를 흘끔거린 뒤 다시 밖으로 어슬렁어슬렁 걸어나가는 에이미를 좇고 있었다.

"아, 문제야." 레노러가 짧게 한숨을 쉬었다.

"정말 그래요." 이저벨은 조금 전까지 고개를 가로저었지만 이 말을 하면서는 끄덕거려야 할 것 같았고, 이 같은 동작의 전환에 경련이 생기고 머릿속이 미칠 것만 같았다. 그녀는 어항 같은 사무실에서 에이버리 클라크와 같이 시간을 보낼 수 없는 이런 오전 휴식 시간이 싫었다. 강물에서 냄새가 나건 말건 상관없었다. 어쨌거나 별 차이도 못 느꼈다. 그녀가 알아챈 것은 오전 휴식 시간을 알리는 버저가 건물 전체에 울려퍼져도 이제 에이버리는 책상에서 고개를 들지 않는다는 사실이었다. 그가 그녀의 책상 옆을 지나가면서 이제 그녀와 눈을 마주치지 않는다는 사실도 알아챘는데, 다른 여자들도 그것을 알아챘는지 그녀는 궁금했다.

"도무지 이해가 안 돼." 걸핏하면 화제에 오르는 샬린의 어머니가 말했다. "결혼식에 돈을 몽땅 쏟아붓다니."

"난 모르지." 알린 터커가 뿌루퉁하게 어깨를 으쓱했다. "그래도 이해는 되는데."

"어째서?" 샬린의 어머니가 속눈썹이 거의 다 빠진 눈을 한 번 끔벅이자 순간적으로 두꺼비처럼 보였다.

"여자의 삶에서 가장 중요한 하루잖아. 그게 이유야." 알린이 말하고 고개를 끄떡했다(그럴 필요는 없었지만 거기에 있던 모두가 뒤이어 동의했다). "그런 건 평생 남게 되어 있거든."

"샬린이 남편에게 얻어맞는 것도 그러기로 되어 있었던 거야? 그걸 참아야 하는 것도 그러기로 되어 있었던 거고?" 가엾은 샬린의 어머니는 얼굴이 달아올랐고, 속눈썹이 없는 눈은 쉴새없이 깜빡거렸다. 화가 치민 것이 분명했다.

"자자, 진정해." 알린 터커는 자기가 이런 공격적인 말의 대상이 되었다는 사실이 억울하고 분한 것 같았다.

아까부터 긴장감이 높아지고 있었다. 모든 여자들이(이저벨만 빼고) 그 사실을 깨달아가고 있었다. 그것은 물론 더위, 꼼짝 않고 지독하게 고여 있는 욕지기나는 열기 때문이었다. 하지만 그들도 어쩔 수 없는 것 같았는데, 알린 터커가 불쑥 이렇게 말해버린 것이다. "흠, 교황이 하느님의 눈으로 보면서 이렇게 말하겠지, 샬린은 영원히 남편과 헤어져서는 안 된다."

"염병할 교황."

깜짝 놀랄 말이었다. 방금 화장실에서 돌아온 로지 탕궤이는 실제로 성호를 그었다. 설상가상으로 교황을 욕한 샬린의 어머니는 이제 깔깔거리기 시작했다. 얼굴이 벌게지도록 웃고 또 웃었고, 웃음이 잦아드나 싶으면 또 웃음을 터뜨렸다. 결국 눈물을 흘리고 코까지 풀었다. 그래도 웃었다.

여자들이 걱정스러운 표정을 주고받았고, 급기야 레노러 스니븐스가 입을 열었다. "찬물을 떠와서 얼굴에 끼얹어야 하나." 로지 탕궤이가 거만한 표정으로 빈 머그잔을 들고 식수대로 물을 뜨러 갔고, 숨을 헐떡이며 웃던 샬린의 어머니가 손을 올렸다. "아니." 웃음이 서서히 잦아들자 그녀는 얼굴을 닦았다. "난 괜찮아."

"하나도 웃기지 않아, 너도 알겠지만." 알린 터커가 딱 잘라 얘기했다.

"오, 알린. 입 좀 다물어." 뚱뚱이 베브가 내뱉으며 손톱으로 책상을 톡톡 두드렸고, 화가 나서 쏘아붙이려는 듯 그녀를 향해 입을 벌린 알린의 모습을 보자 얼른 말을 가로막았다. "입 좀 다물고 있으라니까, 알린. 이번 한 번만."

알린이 일어섰다. "지옥에나 가라지." 명백히 뚱뚱이 베브에게 한 말 같았지만 알린은 샬린의 어머니까지 끌어들이려고 눈을 짧게 깜박였다. "너도 포함되는 거 알지." 그녀가 나가면서 덧붙였다.

뚱뚱이 베브는 느긋하게 손을 휘저었다. "지옥, 여기가 지옥인걸." 그녀가 말하자 샬린의 어머니는 또 웃음을 터뜨렸다. 로지 탕궤이가 물이 담긴 머그잔을 잡으려고 하자 뚱뚱이 베브가 고개를 가로저었다. 샬린의 어머니는 힘이 다 빠져 이번에는 오래 웃지 못했다. 그녀가 잠잠해지자 여자들은 어떤 선이 어디에 그어졌는지 정확히 알 수 없어서 서로 조심스레 쳐다보았고 그들 사이에 불편한 침묵이 흘렀다.

"자," 뚱뚱이 베브가 손바닥으로 탁자를 내려치며 말했다. "하루 잘 보내자고."

"이저벨, 자기는 어땠어?" 레노러 스니븐스가 불쑥 물었다. "결혼식은 성대하게 치렀어?"

이저벨은 얼떨결에 고개를 가로저으며 얼버무렸다. "조촐하게, 가족끼리만요." 그러고는 짐짓 플라스틱 빨대를 버리러 가는 양 일어나서 문 옆의 쓰레기통으로 갔지만 사실은 에이미가 이 말을 들었는지 확인하기 위해서였다. 하지만 에이미는 저만치

자기 책상 옆에서 손으로 창턱을 쓸고 있었다.

에이미는 로버트슨 선생이 정말로 타운을 떠났다고 믿지 않았다. 그가 아직 근처에 있다는 것을 그녀는 알았다. 느낌이 왔다. 그는 지금 자신에게 연락할 적당한 기회를 엿보며 때를 기다리고 있다고, 에이미는 결론 내렸다. 그래서 그녀는 신호가 오기를 기다리고 있었다. 바로 이 순간 사무실에 서서 주차장을 내려다보며, 빨간 차 안에서 선글라스로 눈을 가린 채 잠시라도 그녀의 얼굴을 보려고 건물을 올려다보는 그의 모습이 눈에 띄기를 내심 기대하고 있었다.

그는 없었다.

선풍기가 에이미의 얼굴 옆으로 뜨거운 바람을 훅 불었다. 그가 자기를 찾아 여기 공장으로 전화할지도 모른다고 그녀는 생각했다. 혹은 집으로 전화를 걸어, 엄마가 옆에 있으면 잘못 걸려온 전화인 것처럼 응대하라고 시킬 수도 있었다. 그가 전화를 걸어오지 않는다면 그건 물론 그럴 만한 사정이 있기 때문이라고 생각했다. 엄마 모르게 메시지를 전달할 방법이 없었을 것이다. 그는 기다려야 할 터이고, 그건 그녀도 마찬가지였다.

하지만 얼마나 오래? 그녀는 항상 꿈꾸었다. 그녀가 원래 모습을 되찾을 만큼 머리카락이 길게 자랐을 때 그가 그녀의 머리를 손으로 쓸어넘기며 말할 것이다. "오, 가여운 에이미, 얼마나 힘들었니.” 그는 그녀에게 키스할 것이고, 그녀는 옷을 벗고 그의 축축한 입술이 젖가슴에 닿을 때 밀려오는 그 따스한 홍수를 느낄 것이다. 숨막힐 듯 더운 사무실에서 그녀는 눈을 감고 그 느낌이 다시 몸속을 타고 오르는 것을 느꼈고, 그들이 함께 차에 탔던 마지막날에 자신의 몸 위로 머리를 숙인 그의 눈빛에 어렸던 그 특별한 표정을 떠올렸다.

버저가 느닷없이 사무실에 울려퍼지자 에이미는 눈이 번쩍 뜨였다. 그녀는 어깨 너머로 슬쩍 어항을 쳐다보며 책상 위로 허리를 숙이고 있는 에이버리 클라크를 살폈다. 벗어진 부위가 가려지도록 빗은 머리카락이 가운데에서 살짝 갈라져 한쪽이 흘러내리려 했다.

그가 고개를 들다가 그녀와 눈이 마주쳤다. 두 사람은 순간적으로 놀라 잠시 서로를 바라보았다. 먼저 시선을 거둔 쪽은 에이버리 클라크였다.

“여어.” 뚱뚱이 베브가 앉으면서 말했다. “바람이 불기 시작했어.”

“무슨 뜻이에요?” 에이미가 자리에 앉았다.

“이곳에 바람이 분다고.” 베브가 몸을 앞으로 숙이며 뒤쪽에 앉은 여자들을 가리키려고 고개를 한 번 흔들었다. “우리 화기애애한 식구들에게 불화가 생겼단 말이지.” 그러더니 주먹으로 책상을 쳤다. “소다수를 두고 왔네.” 베브가 에이미에게 눈길을 주더니 무거운 몸을 일으켜 다시 휴게실로 향했고, 책상들 사이로 어기적어기적 걸어가자 하트처럼 생긴 커다란 궁둥이가 출렁거렸다. 베브를 바라보며 에이미는 그녀의 풍만함에 반했다. 남자들과 아이들이 이 여인에게 매달리며 그녀의 옹골차고 육중한 몸에 머리를 기대는 장면이 떠올랐다.

에이미는 또한 뚱뚱이 베브가 속옷을 어디에서 사는지 궁금했다. 뚱뚱이 베브의 체구에 맞는 속옷을 가게에서 본 적이 없었다. 예전이라면 엄마에게 물어봤을 텐데. 이저벨이라면 알 것 같았다. 하지만 지금은 엄마가 앉은 쪽은 쳐다보지도 않고 계산기로 숫자만 두드렸고, 생각은 다시 로버트슨 선생에게로 돌아갔다.

당신을 생각해요, 그녀는 손을 계산기에 올리고 몇 초 동안 눈을 꾹 감은 채 생각했다. 당신을 기다리고 있어요.

그는 가까이에 있었다. 그녀는 느낄 수 있었다. 그가 오고가는 것을, 그의 외로운 식사 시간을. 밤이 되면 그가 언제 침대에 누워 몸을 쭉 뻗는지, 양말을 벗는지, 안경을 벗는지, 어둠 속에서 그녀를 생각하는지 그녀는 알았다. 이만큼 알았고, 하루하루가 지나면서 더 많이 알 것 같았다.

하지만 불쌍한 이저벨은 아무것도 몰랐다. 정말 몰랐다. 하루하루가 흘러가면서 그녀를 휩싸고 도는 불신의 기운 외에는 아무것도. 그녀가 에이미에게 그런 짓을 해버린 것이다. 머리채를 휘어잡고 잘라버렸다.

살인을 저지른 것과 마찬가지였다. 그랬다.

더러 그런 기사를 읽었을 것이다. 평범한 시민이 누군가를 살해하는 기사. 평범하고 유쾌하고 교회에 다니는 남자가 느닷없이 아내의 가슴을 칼로 푹, 푹, 푹 찌른다. 칼이 뼈까지 닿아 피가 솟구치고 힘줄이 끊어지는 소리가 들리면 칼을 뽑았다가 다시 찌른다. 그러고는 믿기지 않는다는 듯 그 자리에 가만히 서 있는다. 하지만 사실일 수밖에 없다. 방금 그런 짓을 저질렀으니까.

다만 이저벨의 경우에는 그 시체가 일어나서 돌아다녔고, 매일 아침 차를 타고 함께 출근했으며, 날마다 맞은편에 앉아 저녁을 먹었고, 붉은 핏자국은 흉측한 머리 모양이 되어 여전히 남아 있었고, 얼굴은 변해 파리하고 날카로워 보이는데다 눈동자는 놀란 듯 멀겋게 보였다. 그녀가 딸의 모습을 흉물로 만들고 말았다. 하지만 가위를 들고 딸의 방으로 들어갈 때 이미 그럴 작정이 아니었던가?

일어날 것 같지 않았던 일이었다. 왜냐하면, 이저벨 굿로가 누구인가? 그녀는 살인자가 아니었다. 이따금 주변에서 들리는, 델 듯이 뜨거운 물이 담긴 욕조에 아이를 처넣거나 불붙은 담배 혹은 뜨거운 다리미로 앙증맞고 어여쁜 손을 지져 아이의 모습을 흉측하게 만들었다는 그런 괴물 엄마가 아니었다. 하지만 그녀는 그날 밤 가슴속에서 폭발한 거대한 파괴욕 때문에 에이미의 머리채를, 딸의 노란 곱슬머리를 거머잡고 말았다.

그녀는 자신을 알 수 없었다. 이런 사람이 이저벨 굿로는 아니었다.

무더운 날들이 지나갔다. 피곤이 고인 사무실 저만치 딸의 모습을 흘끗 보았을 때(소녀는 계산기 위로 허리를 숙이고 앉아 있었는데, 가느다란 목은 백지처럼 희고 퍽 길어 보였다) 이저벨은 갑자기 눈에 뜨거운 눈물이 그렁그렁 맺혔다. 사무실을 가로질러 달려가 딸의 목을 끌어안고 그 창백한 얼굴에 자신의 얼굴을 비비며 에이미, 미안해, 엄마가 미안해, 에이미, 이렇게 말하고 싶었다.

아, 그러나 소녀는 허락하지 않을 것이다. 그때도, 앞으로도. 절대로. 용서하지 않는 텅 빈 눈동자에는 가위질과 더불어 잘려나간 회복될 수 없는 무언가가 보일 것이다. 머리는 다시 자라겠지만 이 무언가는 그러지 않을 것이다. 그 상실에 대해 에이미는 절대적으로 단호했다. 됐어요, 에이미의 텅 빈 눈동자는 엄마를 쳐다보지 않은 채 이렇게 말하고 있었다, 됐어요, 엄마는 없어요.

실제로 머리카락은 자라고 있었고, 몇 주 되지 않아 처음 모습처럼 끔찍하거나 그렇게 마구잡이로 보이지는 않았다. 그래도 다듬고 모양을 잡아야 했다. 하지만 이저벨은 이 말을 꺼낼 엄두가 나지 않았고 에이미에게 '머리카락'이라는 단어를 내뱉는 것조차 상상할 수 없었다. 알린 터커가 대신 했다. "더위 때문인지 머리 모양이 엉망이야. 모두 뭣같이 보여." 그녀가 어느 날 휴게실에서 말했다. 의도했건 아니건 그녀의 시선이 때마침 에이미 굿로의 숙인 머리 위로 지나갔고, 그 순간 에이미는 맞은편에 앉아 피넛버터 샌드위치를 입으로 가져가고 있었다.

"쳇." 뚱뚱이 베브가 대꾸했다. "너나 그렇겠지, 알린" 그러고는 알린을 쏘아보았다. 이저벨의 얼굴이 발갛게 달아올랐다.

"지금 내 얘기를 하는 거야, 쳇." 알린이 맞받으며 그녀의 짙은 갈색 머리카락 속으로 손을 집어넣어 머리카락을 당겼다. "뿌리를 염색하러 갔는데 색깔이 잘못 나왔어." 누구든 자세히 들여다보았다면 알았겠지만 그 말은 맞았다. 정수리 쪽만 짙은 오렌지 빛깔이고 나머지는 초콜릿 갈색이었다. "미용사 말이, 그날 아침 이렇게까지 날이 뜨겁지 않을 때 어떤 여자한테 파마를 해줬대. 그런데 머리가 사방팔방 뻗쳐서 요상하게 나왔다나."

"헨콕에 새 미용실이 생겼대요." 이저벨은 머리라는 주제를 얼른 피하고 싶어서 그 말을 꺼냈다. "7월에는 공짜로 화장까지 해준다던데요. 홍보를 하려고 그러겠지만." 그리고 경솔하게 덧붙였다. "가끔 그러면 재미있겠다는 생각이 들어요. 이런 모습으로 들어갔는데 나올 때는 완전히 딴사람이 되어 있는 거요."

이저벨은 에이미가 조용히 눈을 내리깔 때 그 눈빛에 역겨워하는 표정이 스쳤다고 생각했다.

"그래봤자 소용없어." 알린이 무시하듯 말했다. "온갖 화장품을 팔아먹으려고 죽은 사람처럼 허옇게 처바르는 것뿐인걸."

"그렇군요." 이저벨이 말했다. "그럼 이 이야기는 그만해요. 제가 말한 건 잊어버리세요."

교회 활동실 한복판에는 키 큰 선풍기가 돌아가고 있었지만 신통치는 않아 보였다. 그곳은 찜통같이 덥고 퀴퀴한 냄새가 났는데, 마치 더위가 여러 해 동안 마룻널과 벽과 나무 창턱에 스며들었던 사람들의 땀을 풀어놓은 것 같았다. 과거에 여기서 열린 수많은 회의들과—사춘기를 앞둔 불안하고 소란한 걸스카우트단(어린 패미 매슈스는 어느 날 하느님과 국가를 위해 엄숙하게 맹세하느라 손을 올리고 있는 동안 오줌을 쌌고 그것이 방울방울 다리로 흘러내려 빨간 신발 속으로 들어갔다), 예배가 끝난 뒤 진회색 바지 차림의 집사들이 정중히 서서 도넛을 먹고 아내들이 모여 잡담을 나누는 숱한 다과회, 역사협회의 무수한 회의들(다비니어 데이블이 셜리폴스 최초의 양변기에 대해 연설한 적이 있는데, 그녀의 연구에 따르면 그것은 크레인 판사의 사유지에 있었다)—활동실에서 일어난 그 모든 과거의 활동이 이제는 더위 속에서 그 자체로 기억될 만한 불안의 냄새들을 내뿜는 것 같았다. 그 결과는 구역질나고 향수를 자극하는 먹먹한 느낌이었다.

이저벨은 검은 펌프스를 신고 바닥을 삐걱거리면서 걸음을 옮겨 활동실 뒤쪽에 놓인 철제 접이의자를 들었다. 그리고 잠시 그것을 어디 둘지 몰라 우두커니 서 있었다.

몇몇 여자들은 이미 와 있었다. 검은색 매직으로 레모네이드라고 쓴 커다란 보온병이 놓여 있고 그 옆으로 스티로폼 컵들이 갸우뚱하게 쌓여 있는 카드 테이블이 서 있었다. 여자들은 일상적인 인사로 손가락을 꼼지락거리며 이저벨에게 고개를 끄떡했지만 그들만의 대화에 몰두해서 "오, 이저벨, 와서 찬 음료수라도 마셔요"라는 말은 아무도 하지 않았다.

그녀는 그들과 멀지 않은 곳에 의자를 편 뒤 즐거운 미소를 띠려고 얼굴 표정을 신경쓰면서 앉았지만, 어쩐지 얼굴이 일그러진 것 같았고 눈가가 주름지고 멍청해 보이는 건 아닐까 괜스레 걱정도 되었다.

그녀가 여기에 온 것은 삶을 바꾸기 위해서였다. 솔직하고 친절하게 보여서 회중교회의 사교계 속으로 들어갈 작정이었다. 지난 며칠 동안 곰곰이 생각한 끝에 지금까지는 열심히 노력하지 않았다는 생각이 들었다. 친구를 사귀려면 친절해야 한다고 아버지는 말하곤 했다.

하지만 딱히 대상도 없이 활기찬 웃음을 지어 보이며 철제 의자에 앉아 있으려니, 이 끔찍한 무더위에 바보 같아 보이는 게 아니라면, 장애가 있어 그러고 있는 것처럼 보일 것 같았다. 당장에라도 페그 던랩에게 우아하게 다가가 "어머, 오늘밤은 덥지요, 페그?" 하고 은근하게 말을 건넨다면 다른 여자들도 그녀를 평범하고 유쾌한 사람으로 볼 것 같았다.

하지만 그녀는 그들과 달랐다. 그녀는 무엇보다 공장에서 일했다. 작은 집을 빌려 살았고 남편이 없었다.

그녀는 조심스레 발목을 꼬았다. 그녀는 공장에도 어울리지 않았다. 그것이 문제였다. 도티 브라운, 뚱뚱이 베브, 알린 터커, 레노러 스니븐스, 죄다 가톨릭에 프랑스어를 쓰는 캐나다계였다. 간단히 말해서 완전히 다른 족속이었다. 반감은 없었지만 직장 밖에서 어울리고 싶지는 않았다. 올해는 참석하지 않았지만 (병이 났다는 핑계를 댔고, 그건 사실이었다. 삶이 그녀를 아프게 했으니까) 지금까지 뚱뚱이 베브의 집에서 열리는 독립기념일 바비큐파티에는 빠짐없이 가서 그들의 남편들이 맥주를 마시고 손등으로 입을 닦는 것을 지켜보았고 주고받는 농담을 들었다. "섹시한 금발 여자를 뒤집으면 어떻게 될까?"

알린 터커가 낄낄거리며 남편에게 핀잔을 줄 것이다. "그런 저질 농담은 좀 그만해요." 하지만 이저벨 말고는 아무도 저질로 여기지 않는 것 같았다. 그녀는 적응하려고 애썼다. 분위기를 망치는 사람은 되기 싫었지만 재미는 없었다. 입냄새가 고약한 갈색머리. 진짜 재미없었다. 이저벨은 긴장되고 불안한 마음으로 서서 종이접시에 담은 비 브라운의 감자 샐러드를 먹으며 들었던 가스가 찬 배와 스타킹에 대한 또다른 농담을 떠올렸는데, 지금 생각해도 얼굴이 화끈거렸다.

여기 여자들은, 그러니까 클래라 윌콕스와 페그 던랩 같은 여자들은 백만 년이 지나도 그런 농담 따위는 좋아하지 않을 거라고 이저벨은 확신했다. 그리고 애초에 계획한 대로 교사가 되었다면 자신의 삶은 완전히 달라졌을 거라고 생각했는데, 이렇게 생각한 게 처음은 아니었다. 여기 여자들도 그녀가 그들과 같은 부류임을 알 것이다. 전화를 걸어, 저녁을 먹고 책에 대해 토론하자고 그녀를 초대할 것이다.

하지만 이저벨이 보기에 그들이 책 이야기를 하는 것 같지는 않았다. 그들은 누군가에 대한 이야기를 하고 있었는데, 입에 손을 댄 모양새라든가 목소리를 낮추고 비밀스레 속닥거리는 모습을 보니 확실한 것 같았다. 이저벨과 눈이 마주치자 페그 던랩은 클래라 윌콕스와 대화를 나누다가 멈추고 이저벨에게 말했다. "이저벨, 레모네이드 좀 마실래요?"

이저벨이 고마워하며 일어섰다. "정말 너무하죠, 안 그래요?" 그녀가 땀이 난 이마를 훔치며 말했다. "이 더위 말이에요."

"정말 너무해요."

그녀가 스티로폼 컵을 꼭 쥐었다. 여자들은 공허하게 웃었고 대화는 중단되었다. 이저벨은 입에 컵을 대고 레모네이드를 홀짝인 뒤에 수줍음과 기대감이 섞인 표정으로 그들을 쳐다보았다. 하지만 여자들이 계속 시선을 피하자 머쓱해져서 자기 자리로 돌아갔다.

페그 던랩이 클래라 윌콕스에게 뭔가 말했는데 "당장 유방암 검진"이라는 말이 들렸고, 이저벨은 적어도 그들이 자기 얘기를 하는 것은 아닌 듯해 안도했다. 그들에게 다시 다가가 누가 유방암 검진을 받아야 하든 크게 걱정할 필요는 없다고, 열 명 중 아홉은 양성이라고 말해주려는 생각까지 했다. 〈리더스 다이제스트〉에서 그렇게 읽은 것 같았다. (그 순간 "그 바보 같은 〈리더스 다이제스트〉만 빼면 엄마는 책도 안 읽잖아요" 하던 에이미의 목소리가 떠올랐다.)

그녀는 레모네이드를 벌컥 들이켰다. 다 비우면 카드 테이블로 돌아가 더 달라고 하면서 열 명 중 아홉은 그렇다고 말해줄 수 있을 것이다. 하지만 보온병은 크지 않았고, 레모네이드 때문에 탐욕스러운 여자로 보이고 싶지는 않았다. 이 딜레마에 빠져 있는 동안 지난가을 이저벨이 제단을 단풍잎과 노박덩굴로 장식했다며 쓴소리를 했던, 집사의 아내 바버라 롤리가 활동실로 들어와 손뼉을 치며 말했다. "자자, 여러분, 시작하죠."

이런 무더위에 크리스마스 바자회에 대해 논의하는 것은 생뚱맞아 보였다. 하지만 페그 던랩이 일깨워주었듯 바자회는 가장 큰 행사였고 아무리 서둘러도 빠르지 않았다. 여자들은 고개를 끄덕이며 화장지로 이마를 훔친 뒤 지난 주일에 남은 주보를 창턱에서 집어 부채질을 했다. 케이크 가판대를 맡을 자원자를 받는다고 해서 이저벨이 손을 들었다. 명단에 그녀의 전화번호가 적혔다. "초콜릿 케이크를 몇 개 만들어볼게요." 이저벨이 미소를 띠며 말했다. "저희 어머니가 물려주신 훌륭한 조리법이 있거든요. 사워밀크를 넣어서요."

아무도 같이 웃어주지 않았다. 클래라 윌콕스만 보일락 말락 고개를 끄덕였고, 명단을 맡은 페그 던랩은 짤막하게 말했다. "이저벨 굿로, 케이크 두 개."

이저벨은 손가방을 들여다보며 뭔가 찾는 척하다가 잠시 뒤에 딸깍 소리를 내며 닫았다. 그리고 스커트에서 보풀을 뜯어내며 발을 까딱거렸다.

"지류 제품." 더위 때문에 평소처럼 예뻐 보이지 않고 눈 밑이 거무튀튀해진 바바라 롤리가 말했다. "작년에는 깜박 잊었잖아." 바바라와 페그 던랩이 하부 위원회를 따로 만들어야 한다고 잠시 속닥였다.

"아." 클래라 윌콕스가 그들에게 손을 뻗으며 말했다. "에마 클라크에게 물어봤어. 오늘밤에는 못 오지만 이번에도 기꺼이 화환을 맡겠대."

페그 던랩이 고개를 끄덕이며 말했다. "나도 얘기해봤어." 에마 클라크라는 이름을 듣자마자 마음이 흔들리기 시작한 이저벨은 페그 던랩이 그 순간 고개를 들어 자기 눈을 들여다보더니—의도하지 않은 시선—순식간에 피하는 것을 보았다.

페그 던랩은 알고 있다. 이저벨은 직감했다. 반사적으로 스쳐간 한 번의 눈빛에서 그녀는 페그 던랩이 알고 있다는 사실을 알아챘다.

이저벨이 차를 몰아 집으로 돌아올 때 날은 이미 어두웠다. 열린 차창으로 귀뚜라미 소리가 들렸다. 습지를 끼고 나무다리를 건널 때는 황소개구리가 목구멍 깊숙이 우는 소리가 들렸다. 열린 차창으로 들어오는 밤공기는 어느새 선선해지기 시작했고, 농장을 지나가며 맡은 풀을 베어낸 들판 냄새에 이저벨은 거의 에로틱한 전율에 휩싸였다. 서로 다른 욕망들이 뒤엉켜 그녀를 사로잡았다. 이어서 눈물이 뺨을 타고 턱에서 방울져 떨어졌지만 그냥 그대로 내버려둔 채 그녀는 양손으로 운전대를 꼭 붙잡고 천천히 어둠 속을 달렸다.

이저벨은, 에이버리 클라크가 그날 숲속에서 목격한 것을 아무에게도 말하지 않겠다고 약속했지만 아내에게는 결국 말해버린 거라고 생각했다. 그녀는 딸을, 이미 세상을 떠난 어머니를, 그녀가 어린아이였을 때 숨진 아버지를, 아버지의 친구이자 역시 세상을 떠난 제이크 커닝햄을 떠올렸다. 그녀의 삶이 이렇게 결정된 것이 언제였는지 그녀는 알고 싶었다.

"예쁜아, 예쁜아, 넌 기적이란다." 아버지는 그녀가 소파에 앉아 있으면 팔을 벌리고 이렇게 말하곤 했다. 그 말은 진심이었다. 이저벨의 어머니는 의사들에게 십중팔구 아기를 낳을 수 없을 거라는 말을 들었고(이저벨은 끝까지 알지 못한 이유로), 그래서 이저벨을 낳은 것은 기적을 낳은 것이나 다름없었다. 하지만 기적이 되는 일에는 책임이 뒤따라서 어렸을 때부터 이저벨의 뱃속에는 작은 돌멩이—무르고 까맣고 크기에 비해 무거운—가 들어앉아버렸다. 그녀가 돌멩이에 공포라는 이름을 붙인 적은 없지만, 그것은 공포였다. 부모의 기쁨이 오로지 그녀의 손에 달려 있는 것 같았다. 따라서 그들은 그녀에게 꼼짝도 못했고, 스스로 알아채지 못한 채 그들이 준 것과 똑같은 맹목적인 사랑을 요구했다.

이저벨이 열두 살이었을 때, 아버지가 어느 아침 주유소에서 기름을 넣다가 운전석에 앉은 채로 숨졌다. 어머니는 그뒤로 걸핏하면 울었다. 가끔은 토스트가 다 타버렸다고 울었다. 그런 날이면 이저벨은 괜스레 미안해서 타버린 가장자리를 칼로 긁어 쓰레기통에 버렸다. 어머니는 지붕이 샐 때마다 울었고, 그러면 이저벨은 들통을 들고 설레발치며 거실을 돌아다니면서 비가 그치는지 유리창으로 살폈다.

그녀는 어머니를 사랑했다. 어머니에게 헌신했다. 이저벨의 친구들은 슬금슬금 담배를 피우고 학교가 끝나면 남자아이들과 차를 타고 돌아다녔지만 이저벨은 그러지 않았다. 학교가 끝나면 어머니 옆을 지키려고 곧장 집으로 돌아갔다. 어머니가 안쓰럽게 혼자 있다는 생각을 견딜 수가 없었다.

그들은 외로웠고, 둘이서만, 그곳에서 고아처럼 살았다. 그래서 5월의 그날 목련이 포치 옆에서 꽃망울을 터뜨리고 벌들이 처음으로 방충문에 몸을 부딪히기 시작하던 그때, 문 앞에 제이크 커닝햄이 나타나자 그들은 어찌나 반갑고 좋았던지 믿을 수가 없었다. 아버지의 가장 좋은 친구였지만 장례식 이후로는 얼굴을 보지 못했다. 이저벨의 어머니는 그를 거실로 안내하면서 저녁을 꼭 먹고 가라고 했다. 앉으세요, 앉으세요. 에벌린과 아이들은 잘 지내죠?

모두 잘 지낸다고 했다. 제이크 커닝햄의 눈은 회색이었고 눈빛은 더없이 다정했다. 그는 이저벨을 보며 웃었다.

지붕도 고쳐주었다. 목재소에 가서 손수 타르지와 지붕널을 사와, 지붕으로 올라가 고쳐주었다. 그뒤에 이저벨과 어머니가 음식을 하는 동안 그는 식탁에 앉아 있었다. 셔츠 소매를 걷어올리고 식탁에 두 팔뚝을 올린 채 앉아 있었는데, 그의 건장한 몸은 참 아름다웠다. 그는 이저벨이 쳐다볼 때마다 웃어주었다.

그런 일이 생기지 않으면 조용한 저녁 시간을 함께 보내는 사람은 그녀와 어머니 둘뿐이었다. 어머니는 이저벨을 자랑스러워했고, 그녀가 교사가 될 거라는 사실과 고등학교를 1등으로 졸업한다는 사실을 특히 자랑스러워했다. 어머니는 이저벨이 6월의 그 무더운 날 졸업사를 읽을 때 입을 하얀 리넨 드레스도 만들어놓았다. (졸업사를 마치고 집에 돌아왔을 때 이저벨이 토하는 바람에 그 드레스는 영영 못 입게 되었다.)

이저벨은 22번 도로를 따라 어둠 속을 달리면서 서럽게 울었다. 머리를 흔들고 팔로 눈물을 닦았다.

놀라운 사실은, 그녀가 실제로는 에이미의 문제를 얼마간 극복한 것으로 생각하고 있었다는 점이다. 사실대로 말하자면, 이저벨은 자신이 어머니보다 더 강하다고 생각해왔다. 이저벨은 진입로로 들어서서, 어둠 속에 앉아 두 손으로 얼굴을 감싸쥐고 운전대에 엎드린 채 천천히 고개를 가로저었다. 어떻게 그런 생각을 할 수 있었지? 지난겨울 눈이 녹아 에이미의 방 천장에 물이 샜을 때 그녀는 신세를 한탄하며 에이미에게 부엌으로 가서 노란 믹싱볼을 가져오라고 미친듯이 소리를 질렀다. 그때 자신의 대응이 잘못되었다는 것을 그녀는 깨닫지 못했던가? 에이미의 눈빛이 약간 얼어붙던 것을 그녀는 보지 못했던가?

이저벨은 어둠 속에서 얼굴을 문지르며 나지막이 신음했다. 몇 주 전에 에이미가 자신을 비난하던 말을 떠올렸다. "엄마는 세상이 어떤 곳인지 아무것도 몰라요." 그 말은 이저벨이 어머니에게 했음직한 비난이었다. (비록 공포라는 그 반드럽고 무거운 돌멩이 때문에 그럴 수는 없었겠지만.)

하지만 사실이었다. 이저벨의 어머니는 세상이 어떤 곳인지 많이 알지 못했다. 그녀의 어머니는 무엇에 대해서도 편안함을 느끼지 않았다. 예컨대 이저벨의 몸에 일어나는 신비한 변화에 대해 아무것도 말해주지 않았다. 초경을 하던 날 이저벨은 자기가 죽게 될 거라고 생각했다.

그래서 그녀는 다르게 대처했다. 에이미에게 분홍색 책자를 사주었다. 그리고 말했다. "더 알고 싶은 게 있으면 물어봐."

이저벨은 차에서 내려 종종걸음으로 포치 계단을 올라갔다. 거실에 불이 켜져 있었다. 딸과 이야기하고 싶어서, 딸의 얼굴에 입맞추고 싶어서 심장이 빠르게 뛰었다.

하지만 에이미는 벌써 자는 것 같았다. 아래층에는 아무 기척이 없었다. 이저벨은 계단을 올라가 에이미의 방으로 가서 닫힌 문 앞에 섰다. 눈물이 다시 흐르기 시작했다. "에이미." 목소리를 조금 높였다. "자니?"

침대에서 돌아눕는 소리가 들린 것 같았다. "에이미." 그녀가 또다시 조그맣게 불렀다. 아이가 잠든 척한다고 생각하니 가슴이 아팠다.

문을 가볍게 두드렸지만 대답이 없자 그녀는 카펫 위로 문을 스르륵 열었다. 복도에서 비쳐드는 희미한 불빛 속에서, 얼굴을 벽 쪽으로 돌리고 침대에 누워 있는 딸이 보였다. "에이미." 그녀가 불렀다. "에이미, 엄마랑 이야기 좀 해."

침대에서 에이미의 목소리가 나직하게 흘러나왔다. "싫어요. 다시는 엄마와 말하고 싶지 않아요."

# 17장

그날 밤 셜리폴스에는 온갖 불행이 흘러넘쳤다. 이저벨 굿로가 집집마다 뚜껑 열듯 지붕을 들고 그들의 가족사를 속속들이 내려다봤다면 인간의 갖가지 참상을 목격할 수 있었을 것이다. 우선 바버라 롤리는 지난주에 샤워를 하다가 왼쪽 가슴에 작은 혹이 생긴 것을 발견하고 보스턴에 있는 병원에 검진을 예약한 뒤 그 날짜를 기다리면서 이제껏 상상하지 못한 공포에 빠져 있었다. 미래를 기다리는 암담한 공포와 더불어(정말로 죽게 될 것인가?) 결혼을 잘못했다는 깨달음이 슬그머니 고개를 들었다. 어두운 침실에서, 그녀가 두려움을 나직나직 털어놓는 동안 옆에 누운 남편은 뻔뻔하게도 잠이 들어버렸다.

에이미의 학교 교장인 렌 맨들(학생들은 그의 얼굴에 얽은 자국이 있어서 퍼디*라고 불렀다)은 그 순간 스페인어 교사 린다 러니어의 어두컴컴한 거실에 앉아 참담한 기분에 빠져 있었다. 그의 어머니가 몇 주 전에 린다를 저녁식사에 초대해놓고 자꾸 날짜를 미루었다. 마침내 오늘밤 같이 저녁을 먹게 되었는데 상황은 뜻대로 흐르지 않았다. 린다의 드레스가 너무 화려한 분홍색에 너무 짧았다. 그의 어머니는 인정하지 않겠다고 했다. 린다가 들어올 때부터 어머니의 얼굴에는 못마땅한 기색이 역력했다. 그리고 린다를 집에 데려다준 지금, 그는 그녀의 초조한 웃음에서 그녀가 키스를 기다린다는 것을 알았다. 그의 집에서는 어머니가 부엌을 치우면서 시계를 흘끗거렸고, 그가 학생처럼 어머니의 뜻에 굴복했으리라 여기며 그를 기다리고 있었다. 그는 린다의 어깨를 가볍게 잡아준 뒤 그곳을 떠났지만 그녀의 잔상은—화려한 분홍색 드레스를 입고 문 옆에 서서 실망과 놀람이 뒤섞인 표정으로 의연하게 웃으며 콘택트렌즈를 낀 작은 눈을 깜박이는—차를 모는 동안에도 그대로 남아 있었다.

또 있었다. 강 건너 베이슨 구역의 변두리 너머, 엉성한 구조의 오래된 집에서는 도티 브라운이 부엌 어둠 속에 앉아 수도꼭지에서 물방울 떨어지는 소리를 들으며 담배를 피우고 있었다. 배 위에 한 손을 올리고 있었는데 자궁절제수술을 받은 부위가

* 비 온 뒤 생긴 물웅덩이를 일컫는 'puddle'을 애칭처럼 부른 말.

이제 아프지는 않았지만 감각이 없어진 것 같아 기분이 묘했다. 면 잠옷 위로도 그 묘한 느낌이 고스란히 전해졌다. 담배가 마음을 달래주었다. 담배가 얼마나 큰 위로가 될 수 있는지 그녀는 새삼 놀랐다. 칠 년 전에 담배를 끊으면서 또다시 담배를 피우는 상황이 올 거라고는 생각하지 못했다. 하지만 그렇게 되고 말았다. 케이크에 입히는 아이싱이나 상처에 뿌리는 소금 같은 거라고, 그녀는 생각했다.

반 마일 떨어진 곳에서는 강물이 눈에 띄지 않게 더디더디 흘러가고 있었다. 노곤한 갈색 수면 위로 잔가지들과 나무토막들이 천천히 맴을 돌았다. 더 깊은 곳에서는 물살이 더 급했고, 어두운 강물은 보이지 않는 바위들 주위로 소리 없이 소용돌이쳤다. 구름에 가려 흐릿한 달은 어두운 밤하늘에 희끄무레한 달빛을 둥글게 흘렸고, 그 빛은 가엾은 에이미가 잠들지 못하고 누워 있는 방의 창문으로도 조금 흘러들어왔다.

에이미는 그가 가버린다는 생각은 하지 못했다. 그 생각은 하려고 하지도 않았다.

이저벨이 교회 모임에 간다며 이른 저녁에 차를 몰고 나가자 에이미는 전화기로 가서 로버트슨 선생의 번호를 돌렸다. 하지만 녹음된 목소리가 그 번호로는 연결이 되지 않는다고 했고, 에이미가 다시, 또다시 돌려도 똑같은 목소리만 나왔다. 결국 어쩔 수 없이 학교 체육 선생의 전화번호를 찾아냈다. 그는 로버트슨 선생과 친구처럼 지낸 사이였기 때문이다. 그녀는 체육 선생에게 로버트슨 선생의 책을 한 권 가지고 있어서 돌려주고 싶다고 했지만 체육 선생은 로버트슨 선생이 어디 있는지 정확히 모른다고 했다. 매사추세츠로 돌아간 것 같다고 하자, 에이미가 물었다. 언제요? 아, 학기 끝나고 곧바로 6월에.

에이미는 믿을 수가 없었다. 그가 자기에게 알리지도 않고 타운을 떠났다니 믿을 수가 없었다.

그녀는 거실로 갔다가 다시 부엌으로 돌아왔다. 그리고 위층으로 올라가서 옷을 입은 채로 침대에 누웠다. 엄마가 한 짓이다. 그때의 기억이 새록새록 되살아났다. 엄마가 그때 말했다. “그는 내일 타운을 떠날 거야. 감옥에 처넣어야 할 인간인데.” 엄마가 한 말은 진짜였던 것이다. 어떻게 반대로 생각할 수 있었던 걸까? 엄마가 로버트슨 선생보다 더 힘이 있다는 사실을 어떻게 놓칠 수 있었을까?

이저벨은 아침에 욕실로 향하는 도중에 에이미와 마주쳤는데 딸의 표정은 벌써 요지부동으로 굳어 있고 복도를 걸어가는 딸의 등뒤로는 분노와 경멸의 베일이 끌려가고 있었다. 간밤에 들었던 다시는 엄마와 말하고 싶지 않아요에 대해 언급할 수조차 없었고, 상황은 이미 크게 달라져 있었다. “에이미, 엄마에게 그런 식으로 말한 것에 대해 사과해야지.” 이렇게 말할 수가 없었다.

그들은 말없이 출근할 옷으로 갈아입었고 두 사람 다 아무것도 먹지 않았다.

차 안에서 에이미가 말했다. "스테이시 버로스가 토요일에 놀러올 수 있냐고 물어봤어요." 차는 공장의 주차장으로 들어서고 있었다.

"그렇게 해." 이저벨이 간단하게 말했다. 그러고는 어색한 듯 "아기는 언제 태어난대?" 하고 물었다.

"곧이요." 에이미는 엄마의 반대를 예상하고 있었기 때문에, 엄마가 허락하든 말든 스테이시의 집에 가겠다고 대꾸하며 대들 준비가 되어 있었다.

차를 천천히 주차하면서 이저벨이 물었다. "아기를 낳은 뒤에는 입양을 보낼 거라니?"

에이미가 고개를 끄덕였다.

"그래?" 이저벨이 시동을 끄고 딸을 쳐다보았다.

에이미가 쏘아보았다. "그럼 어떻게 해야 되는데요?"

이저벨의 얼굴이 백지처럼 변했다. 그녀는 잠시 움직이지 않고 시동스위치에 꽂힌 열쇠만 가만히 쥐고 있었다. "아무것도 아니야." 이윽고 그녀가 입을 열었고, 에이미는 엄마의 진지한 말투가 뜻밖이었다. "그저 훗날 후회하지 않을까 해서."

"후회하지 않을 거예요." 에이미가 문을 열고 밖으로 나갔다. 엄마 옆에서 주차장을 가로지르면서 어쩐지 이 말을 덧붙여야 할 것 같았다. "사회복지사가 그랬다는데, 착한 부부가 입양할 예정이래요. 야외활동을 좋아한다나요. 하이킹도 좋아하고."

"하이킹?" 이저벨이 그런 말은 처음 들어본다는 듯 에이미를 쳐다보았다.

"등산이나 뭐 그런 거요." 에이미가 짜증 섞인 목소리로 대꾸했다. 에이미는 스테이시가 그 말을 해주었을 때 묘한 질투를 느끼며 로버트슨 선생같이 생긴 남자를 떠올렸고, 에이미와 이저벨처럼 고립되어 살지 않고 자식과 함께 활동적으로 살아가는 부부를 상상했다. "정말로 아기를 원하는 부부래요." 에이미가 덧붙였다. "그러니까 아주 잘해줄 거예요."

에이미는 엄마보다 먼저 문으로 들어가면서, 무심결에 유리창에 비친 엄마의 모습을 보고 말았다. 엄마의 형편없는 몰골에 충격을 받아—엄마의 얼굴은 실제로 늙어 보였다—순간 머릿속에 엄마가 큰 병에 걸렸을지 모른다는 생각이 스쳤다.

그날 사무실에서는 여러 가지 사건들이 터졌다. 에이버리 클라크가 도티 브라운이 돌아올 거라는 말을 한 뒤 제법 큰 소동이 일어났다. 여자들은 휴게실에서 이 문제에 대해 옥신각신하면서 그날 아침 도티 브라운과 통화했다는 뚱뚱이 베브와 로지 탕궤이가 전해준 내용을 짚어나갔다. 모두 아는 바처럼, 에이버리 클라크는 도티에게 수술 후 몸조리를 하라고 여름을 통째로 쉬게 해주었지만, 그녀는 예정보다 더 일찍 출근하겠다는 뜻을 밝혔다. 다음주부터 출근하겠다고 했다. 남편이 일하는 동안 혼자 집에 있기 싫다는 것이 이유였다. 그리고 UFO도 보았다고 했다.

이 말은 여자들 사이에 정말로 소동을 일으켰고, 곧 그녀의 말을 믿는 사람과 믿지 않는 사람으로 편이 갈렸다. 이런 의견 분열이 그토록 쓰라린 불화를 낳은 이유에 대해서는 아무도 신경쓰지 않거나 모르는 것 같았지만, 뚱뚱이 베브는 입장이 난처했다. 삼십 년 가까이 절친한 친구였던 터라 그녀는 도티를 강력하게 옹호할 수밖에 없었다. 하지만 속으로는 그 이야기가 황당하게 조작된 것이며 사실일 리가 없다고 믿었다.

이야기인즉슨 이랬다. 도티 브라운은 연속극만 보니 지겨워 죽을 지경이라 해먹에 누우려고 뒤쪽 포치로 나갔다. 한낮이라 핑크레모네이드를 들고 나가 배 위에 올려놓고 손으로 대충 잡고 있었다. 아마 깜박 졸았을 것이다. 날씨가 이 지경으로 더우니 깜박 잠든 것은 확실했는데, 잠에서 깨자 유리잔 속의 레모네이드가 찰랑거리고 있었다. 그녀는 대번에 수상한 낌새를 느꼈다. 배 위에 잔을 단단히 받치고 있는데 레모네이드만 찰랑거리는 까닭을 알 수 없었다.

별안간 유리잔이 깨졌다. 쳐서 떨어진 것이 아니라 저 혼자 깨졌다. 그녀는 어리둥절하기도 하고 당연히 겁도 나서 일어나 앉았는데 하늘에서 그 물체가 보였다. 그 '물체'는 커다랗고 은색이며 비행접시처럼 생겼고, 점점 가까워지며 뒤쪽 들판 위로 이동하더니 마침내 그녀가 있는 뒷마당까지 왔다. (그러는 동안 도티는 무엇을 하고 있었느냐고 다른 여자들이 물었다.) 그녀는 꼼짝도 할 수 없어서 깨진 잔 조각과 핑크레모네이드를 뒤집어쓴 채 이번 여름 일찍 남편이 사다준 해먹에 어정쩡하게 앉아 있었다. 심장이 너무 빨리 뛰어 이제 곧 죽겠구나 생각하며 그저 지켜보기만 했다.

우주선이 뒷마당의 잔디밭에 착륙하자—그 땅 전체를 차지하며—문이 열리고 올리브색 피부에 머리가 엄청나게 큰 형체가 (머리카락이나 옷이 없는 것은 물론이고) 내리더니 그녀를 향해 걸어왔다. 남자인지 여자인지 짐승인지 모르지만 아무튼 그 형체는 말을 하지 않았고 그 대신 "그녀의 머릿속에 생각을 입력" 했다. 예컨대 이런 내용이었다. 그녀를 해치고 싶지 않다, 그녀를 연구하고 싶다, 머나먼 행성에서 지구에 어떤 일이 일어나는지 조사하려고 왔다.

도티는 그뒤부터 전혀 기억하지 못했다. (그것 참 편리하네, 믿지 않는 사람들은 그렇게 말하면서 뚱뚱이 베브에게 책임이 있는 것처럼 그녀를 경멸하는 눈빛으로 쳐다보았다.) 다섯시 삼십분쯤 남편이 퇴근했을 때 그녀는 여전히 레모네이드를 뒤집어쓴 채 해먹에 누워 있었다. 하지만. 그녀의 손목시계, 작년 크리스마스 세일 때 시어스에서 구입한 작고 멋진 타이멕스 시계는 정확히 세시 삼십분에 멈춰 있었고, 그 시각은 그녀가 깨어나서 레모네이드가 유리잔에서 찰랑거리는 것을 목격한 바로 그때였다고 도티는 기억했다.

"흠, 아마도 태엽 감는 걸 잊었나보네." 레노러 스니븐스가 큰 목소리로 천천히, 전혀 상냥하지 않게 말했다.

"그 생각도 물론 해봤대." 로지 탕궤이가 되받았다. "하지만 그날 아침 일어나자마자 태엽을 감았다던데. 아침마다 빼놓지 않고 하는 일이래. 게다가……" 로지가 말을 잇는데 얼굴이 달아올랐다. 무슨 이유에선지 로지는 도티 브라운 파의 즉각적이고 열렬한 옹호자가 되어갔다. "그 시계는 이제 가지도 않는다던데. 완전히 망가졌나봐."

"오, 맙소사." 레노러가 눈을 휘둥그레 떴다. "그런 개똥 같은 소리는 처음 들어보네."

"이저벨, 어떻게 생각해?" 로지 탕궤이가 물었다.

이저벨은 약간 불안함을 느끼면서 지금 일종의 여론조사가 진행되고 있다는 것을 깨달았다. 편이 갈리고 있었다. "음, 그러니까……" 그녀는 시간을 벌려고 말을 더듬었다. "어쩐지, 음, 뭐든 그럴 수 있겠죠, 제 생각에는."

"그러니까 도티의 말을 믿어?" 로지 탕궤이가 물었고, 이저벨은 모두의 시선이 자기에게 쏠리는 것을 느꼈다. 에이미도 쳐다보았는데 이저벨은 그 점이 가장 괴로웠다. 딸에게 우유부단한 모습을 보이는 것이 정말 싫었다.

"도티가 거짓말하는 건 못 봤어요." 이저벨이 말했다.

"사람들은 항상 거짓말을 하지." 알린 터커가 말했다. "솔직하게, 이저벨. 그런 것도 몰라?"

이저벨은 얼굴이 화끈거렸다. 틀림없이 진홍빛이 되었을 것이다. "사람들이 항상 거짓말을 한다고 생각하지는 않아요." 그녀가 되받았다. "하지만 꼭 어느 한쪽 편을 들어야 한다면"—이저벨은 목소리가 떨려서 그것을 숨기려고 마지막 문장을 제법 크게 말했다—"도티의 편에 서겠어요."

그것은 이저벨이 이 사무실에서 여러 해 동안 일하면서 내뱉은 말 중에서 가장 강력한 표현이었고, 그녀가 지불한 대가는 아직 불타오르는 그녀의 얼굴에서 확인할 수 있었다. "괜찮다면 이제, 일을 해야겠어요." 그녀가 일어서며 말했다.

그녀는 휴게실을 나서면서 넘어지지 않을까 두려웠다. 여자들과 의자들이 어수선하게 흩어져 있는 공간을 무사히 헤집고 나온 마지막 순간 뚱뚱이 베브와 눈이 마주쳤는데, 그 순간 혼란 속에서 정신이 번쩍 드는 것 같았다. 이저벨은 오랫동안 알아온 이 여자의 얼굴에 이해한다는 표정이 분명하게 어린 것을 보았다. 숱한 세월 이후 처음으로 이저벨의 마음속에 이런 생각이 스쳐지나갔다. 나도 친구가 생겼어.

# 18장

에이버리 클라크는 셜리폴스에 UFO가 나타났는지 아닌지보다 사무실의 평화를 지키는 일에 더 관심이 있었다. 그는 그런 일은 없었다는 쪽으로 생각하려 했지만, 도티 브라운이 지난 십칠 년 동안 신경증에 걸릴 조짐은 보이지 않았기 때문에 그 문제에 대한 걱정이 전혀 없는 것은 아니었다. 하지만 중요한 것은 그녀가 예정보다 일찍 돌아오고 싶어한다면 어쨌거나 돌아와야 한다는 사실이었다. 그렇게 되면 굿로의 딸이 그만두어야 했다. 그 사실에 에이버리는 솔직히 안도감을 느꼈다. 그의 입장에서 이 소녀는 여름 내내 가시 같은 존재였지만 이 소식을 이저벨에게 전달하는 것은 내키지 않았고, 그녀를 사무실로 부르면서 마음 한구석에서는, 지금 깨닫기로, 그녀에게 상당히 미안한 마음이 들었다.

이저벨은 살이 빠져 있었다. 에이버리 클라크는 그녀가 문으로 들어오도록 물러서다가 이저벨의 팔이 불쏘시개처럼 가늘어진 것을 보고 깜짝 놀랐다. 맞은편에 앉을 때 보니 안색도 좋지 않았다. 그녀가 어리둥절한 채 주변을 의식하며 눈을 깜박일 때 그녀의 눈동자는 퀭하고 멀겠다.

정중하고 느리게, 그는 책상에 몸을 기대고 도티 브라운과 에이미의 상황에 대해 알려주었다.

그도 짐작했겠지만 그녀는 군말 없이 받아들였다. "당연히 이해해요." 간단히 말했다. 그녀는 더 할말이 없는 듯했고, 에이버리는 이 문제가 이렇게 쉽게 끝났다고 생각하자 살짝 허를 찔린 기분도 들었다. 그때 이저벨이 친절하게 덧붙였다. "에이미에게 마음 써주시고 여기서 일하게 해주신 것, 감사드립니다."

"아, 당연한 일이지요." 그녀가 어떤 식으로든 그날 그가 목격한 일을 언급할지 모른다고 생각하자 에이버리는 마음이 조마조마했다.

"돈은 도움이 되었어요." 이저벨이 말을 이었다. "월급은 곧장 은행에 넣었으니까 때가 되면 대학 등록금으로 쓸 수 있을 거예요."

"잘됐네요. 좋습니다." 하얀 손을 무릎 위에 포갠 채 앞에 앉아 있는 아담한 체구의 유순한 여자를 보며 그는 자신 없이 고개를 끄덕였다. 그녀는 보이지 않게 조금씩 공기가 새어나가는 비치볼처럼 절반만 그곳에 있는 것 같았다. 흐물흐물해지면서. 그녀의 작고 반짝거리는 눈동자와 잠시 시선이 마주쳤다. 그는 그녀의 모습이 여느 때처럼 예의바르긴 해도 마음은 지금 온전히 그를 향해 있지 않다는 것을 깨달았다.

"이 무더운 여름을 잘 견디고 있어요, 이저벨?"

그녀는 이 질문에 깜짝 놀라는 것 같았다. 그녀의 눈동자가 다시 그를 향하더니 어두운 방에서 밝은 햇빛 속으로 나온 것처럼 두 번 눈을 깜박였다. 그는 그녀가 대답하기 전에 머뭇거리는 것을 보면서 에이미에 대한 문제는 꺼내지 않기를 또다시 바랐다.

하지만 그녀는 그저 이렇게 말했다. "지치네요, 에이버리. 정말 지쳐요."

"그렇지요." 그가 얼른 대답했다. "이 날씨는 끔찍하기 그지없군요. 일기예보를 믿는다면 더위가 주춤할 것 같지도 않은데."

"모두 신경이 곤두섰어요." 이저벨은 조용히, 거의 무심하게 말한 뒤 사무실에서 일하는 여자들 얘기라는 뜻으로 살짝 고갯짓을 했다.

"그렇군요." 에이버리는 코로 한숨을 쉬며 얼마간 동지애를 담아 알겠다는 뜻으로 근엄한 미소를 지어 보였다. 어쨌거나 그들은 사무실 가득 심통이 난 자식들과 대면해야 하는 부모였고, 가능한 한 최선을 다해야 했다. "우리는 극복할 수 있을 겁니다,

그럴 거예요." 에이버리는 결론을 내리듯 손을 쫙 펴 책상을 탁 쳤는데, 이는 에이버리 특유의 행동이었다. "자, 이저벨. 협조해 주어서 고마워요. 여러모로. 진심으로요."

그녀는 고개를 끄덕이고 일어서서, 숨막힐 듯 더운 사무실에 놓인 자기 책상으로 묵묵히 돌아갔다.

차에서는 냄새가 났다. 창문을 모조리 끝까지 올려 닫고 온종일 주차장에 세워두면 차 안은 보이지 않는 곰팡이와 박테리아가 고약한 냄새를 풍기며 폭발한 것처럼 불쾌한 온실로 변해 있어서, 이저벨은 차에 타 운전대 앞에 자리를 잡기 전에 늘 몇 분 동안 창문 네 개와 문 네 짝을 활짝 열어두었다. 에이미는 그 절차가 몹시 창피했다. 왜 엄마가 다른 사람들처럼 창문을 모두 내리고 문을 잠그지 않은 채로 두지 않는지 도무지 이해할 수 없었다. 하지만 아주 작은 타운에서 자라난 이저벨에게 셜리폴스는 도시나 다름없었기 때문에 그녀는 날마다 차문을 잠갔고, 그래서 이저벨이 손가방으로 효과도 없는 부채질을 하고 에이미가 손을 이마에 대고 앞좌석에 웅크리고 앉아 있는 동안 이저벨의 차는 타르 위에 날개를 펼친 기계 새처럼 퍼져 앉아 이 같은 환기의 과정을 거쳤다.

오늘 이저벨은 뒤쪽 문들만 잠시 열어 그 절차를 무기력하게 진행한 뒤 곧바로 차를 몰아 집으로 향했다.

"그 UFO 사건은 안 믿는 거죠?" 에이미가 이윽고 입을 열었다.

이저벨이 그녀를 잠시 쳐다보았다. "안 믿어."

그들은 말없이 트레일러 주차장과 습지를 지나쳤고, 에이미와 로버트슨 선생이 발각된, 목재를 운반하던 옛 도로도 지나갔다.

"하지만 사실일지 모르잖아요." 에이미가 더위 때문에 살짝 눈을 찌푸리며, 팔꿈치를 열린 차창에 걸친 채 손가락으로는 강박적으로 머리카락을 잡아당기면서 말했다. 엄마가 대답이 없자 에이미가 덧붙였다. "전 사실이라고 생각해요."

하지만 이저벨은 대답이 없었다.

"그게 사실이 아니라는 법도 없잖아요?" 에이미는 끈질겼다. "우리가 바보 같고 조그만 유일한 행성일 리는 없잖아요."

이저벨은 그저 운전만 계속했다.

"그러니 다른 행성에 생명체가 없으리라는 법이 있어요?"

"있을 수도 있겠지." 이저벨이 대답했다.

"관심 없어요? 엄마는 아예 관심이 없는 것 같아요."

이저벨은 대답하고 싶은 마음은 딱히 없어 보였지만, 이내 약간의 표정을 담아 말했다. "그것 말고 생각할 게 좀 있어."

에이미는 의자에서 좀더 미끄러져 앉으며 경멸스럽다는 듯 눈을 내리깔았다.

끔찍해, 이저벨은 몽롱한 정신으로 생각했다. 끔찍해, 모든 게 끔찍해. "아무튼," 그녀는 양손으로 운전대를 붙잡고 길을 똑바로 쳐다보면서 조심스럽게 운전했다. "도티 브라운이 월요일에 돌아온다는구나. 그래서 너는 이제 그만둬야 한대."

그녀는 딸을 흘끗 돌아보았지만 에이미는 딱히 할말이 없는 것 같았다.

이저벨이 덧붙였다. "에이버리가 오늘 오후에 말해줬어. 도티가 돌아오면 너까지 쓸 만큼 일이 많지 않다고. 네 월급으로 줄 돈도 충분하지 않고, 보아하니."

에이미는 침묵을 지키며 고개를 돌려 열린 차창 밖을 내다보았다. 이저벨은 딸을 또 힐끔거렸지만 에이미의 얼굴은 볼 수 없었다.

"어떻게 하면 돼요?" 이윽고 에이미가 물었다. 정말로 몰라서 묻는 것 같아 이저벨은 딸의 생각을 가늠할 수 없었다. 혼자 있게 되면 외롭고 지루할까봐 걱정하나? (달아날 궁리를 하는 건가?)

"나도 모르지."

"운이 좋으면 UFO에 납치되겠죠." 집 앞 진입로로 들어설 때 에이미가 얄밉게 내뱉었다.

이저벨은 시동을 끄고 그냥 눈을 감았다. "모를 일이지. 그렇게 될지도."

하지만 서로 나눌 말이 남아 있었다. 에이미가 남은 여름 동안 무엇을 할지는 당장 결정할 수 없었지만, 적어도 토요일 몇시에 스테이시 버로스의 집에 가야 하는지, 그곳에서 저녁을 먹을 건지 안 먹을 건지, 어떻게 집에 돌아올 건지는 이저벨도 알아야 했다.

이 모든 질문에 에이미는 시종일관 모르겠다고 대답했다. 이저벨은 짜증이 났고 에이미도 덩달아 짜증이 났다. 결국 토요일 아침 늦게 에이미가 걸어서 집을 나서면서, 돌아오는 시각이 다섯시보다 늦어지면 전화해서 알려주겠다고 하는 것으로 결론이 났다. "엄마가 차로 데려다줄게." 이저벨은 에이미를 집밖까지 따라 나가 한번 더 제안했다.

에이미는 돌아보지 않고 외쳤다. "싫어요."

타운으로 가려면 로버트슨 선생과 같이 다니던, 목재를 실어 나르던 옛 도로를 지나가야 했는데, 이곳을 지날 때면 늘 그러듯 그녀는 지금도 고개를 돌려버렸다. (엄마와 함께 차를 타고 지나칠 때는 그냥 눈만 감는다.) 머릿속으로 그녀는 로버트슨 선생에게 이 얘기를 들려주었다. 머릿속으로 그의 다정한 눈길이 그녀를 지켜보는 상상을 했다. 다만 그의 전화번호가 없어진 것을 안 뒤로, 그가 떠나버린 것을 안 뒤로는 조금 달라졌다. 그녀는 떨리는 가슴을 가눌 수가 없었다.

타운의 중심부로 들어서자 에이미는 기뻤다. 차들, 가게들, 보도 위를 걷는 사람들. 그녀는 메인 스트리트를 건너 우체국 주차장으로 질러갔고, 곧 스테이시가 사는 동네로 이어지는 보도로 들어섰다. 거리 이름이 멋졌다. 메이플 스트리트, 밸런타인 로드, 하모니 드라이브, 애플비스 서클. 22번 도로처럼 심심하거나 못난 이름이 아니었다. 집들은 예쁘고 깨끗해 보였다. 회색 집들도, 흰색 집들도 있고 몇 채는 적갈색이었다. 거실에는 퇴창을 냈고 위층 방들에는 커튼이 걸려 있었다. 앞에도, 옆에도 잔디밭이 있고, 흰색 말뚝으로 울타리를 세운 집들도 더러 있었다.

스테이시의 집은 달랐다. 그 집은 오이스터포인트 구역 옆쪽에 자리한 신개발 지역에 있었는데, 그곳의 집들은 다른 구역의 집들보다 더 컸다. 스테이시의 집은 그중에서도 가장 컸다. 커다란 창문이 있고 맨사드 지붕이었다. 집 앞 진입로에는 반들반들한 흰색 돌멩이들이 반짝거렸는데, 에이미의 운동화가 닿자 빠드득빠드득 소리가 났다. 에이미가 스테이시의 집에 온 것은 이번이 처음이었다. 인정하지 않았지만 에이미는 엄마와 취향이 같아 현대식 건축을 좋아하지 않았다. 전통적으로 보이는 집들이 좋았다. 더욱이 이 집은 지붕의 경사가 요상한데다 앞쪽 문을 밝은 노란색으로 칠했는데, 에이미는 그것을 보자 왠지 모르게 마음이 불편했다. 스테이시의 아버지가 심리학자라는 사실과 연관된 것 같다는 생각이 언뜻 스쳤다. 하지만 어쨌거나 불편하기는 마찬가지였다. 스테이시는 아버지가 대학에서 출산에 관한 필름을 빌려왔다며 같이 보자고 그녀를 초대했다. 에이미는 그 사실을 이저벨에게 말하지 않았다.

그녀는 머뭇머뭇 문을 두드렸다.

안에서 움직이는 소리가 들리는가 싶더니 이윽고 스테이시가 문을 열러 오면서 외치는 소리가 들렸다. "저리 가, 꼬마 강도들 같으니. 여기서 꺼져." 이어서 문이 열리자 빨간 머리의 아름다운 스테이시가 산만한 배를 하고 서 있었다. "어서 와." 스테이시가 에이미의 두 뺨을 감싸려는 듯 양손을 올리며 말했다. "맙소사. 머리 꼴이 이게 뭐야?"

에이미는 안으로 들어가면서 바닥에 깔린 밀짚 매트를 내려다보며 애써 웃었지만 입이 움직이지 않는 것 같았다. 입꼬리만 경련을 일으키듯 아래로 처졌다.

아이 하나가 옷장 문 뒤에 반쯤 몸을 숨겼다가 에이미를 빠끔 쳐다보았고, 에이미는 돌아서서 팔로 코를 쓱 닦았다. "저리 꺼져, 이 똥덩어리들아." 스테이시가 소리쳤다. 옷장 옆에서 실랑이를 벌이는 소리, 엉엉 우는 소리.

"엄마." 사내아이가 뛰어가며 외쳤다. "누나가 나를 때리면서 똥덩어리라고 불렀어요." 또다른 사내아이가 잽싸게 튀어나와 그 뒤를 쫓아가며 외쳤다. "누나가 우리를 때렸어요!"

"바퀴벌레들!" 스테이시가 뛰어가는 아이를 향해 소리질렀다. "콩알만한 똥덩어리들. 내 친구 염탐하는 짓 그만두지 않으면 다음번에는 죽여버릴 거야." 그러고는 에이미의 팔을 잡았다. "가." 에이미는 그녀를 따라 한 층 내려가서 스테이시의 방으로 갔다. 집에서 서로 이런 식으로 말한다는 건 에이미로서는 상상도 못한 일이었고, 노란색 문에서 시작된 낯선 느낌은 스테이시의 방에 들어가 스테이시가 문을 쾅 닫자 더욱 심해졌다.

"대체 무슨 일이야?" 함께 침대에 걸터앉자 스테이시가 조심스레 물었다. 침대는 더블베드로 에이미가 보기에는 어마어마하게 컸고, 짙은 색깔의 나무 기둥 네 개가 높다랗게 솟아 있었다. 꽃무늬 침대보는 헝클어진 채 흘러내려 있었다.

"방이 정말 크네." 에이미가 두리번거리며 말했다. 침대 옆에는 거의 바닥까지 내려오는 커다란 창문이 있었다. 언덕에서 오이스터 개울 쪽으로 기울어 자라는 나무들도 보였다.

"그럭저럭." 스테이시가 심드렁하게 받았다.

에이미는 머리카락을 잡아당기며 창피해서 어깨를 으쓱했다. "흠. 엄마가 그랬어. 나한테 화가 나서."

에이미는 눈을 내리뜨고 꽃무늬 침대보를 만지작거렸다. 이유를 늘어놓는 건 내키지 않았다. 스테이시는 잠시 뒤에 그저 이렇게 물었다. "넌 엄마 아빠가 안 미워?"

에이미가 고개를 들자 스테이시는 두 팔을 벌렸다. "난 네가 좋아." 스테이시가 말했고, 에이미는 당황하여 대답도 못한 채 매끄럽고 온기가 도는 스테이시의 머리카락을 느끼며 잠시 눈을 감았다.

버로스 씨는 프로젝터와 한참 씨름하고 있었다. "몇 분만 더

하면 될 거야." 그가 아내에게 말하면서 얼굴을 찡그리자 이마에 이랑이 팼다. 버로스 부인은 그의 남자다움의 한 측면이(그는 '주도하기' 좋아하는 사람이었다) 지금 위기에 처한 것을 어렴풋이 느끼면서 부엌으로 가서 팝콘을 튀겼고, 그 냄새는 에이미와 스테이시가 소파에 앉아 기다리는—나름의 불안을 느끼면서—거실로 솔솔 흘러들어왔다.

소파는 갈색 가죽으로 된 것인데, 에이미에게는 어마어마하게 커 보였다. 뒤로 기대면 누워 있는 것 같았다. 하지만 그녀가 확신하기로, 똑바로 허리를 펴고 앉으면 촌뜨기처럼 보일 것이다. 여태 누군가의 집에 초대받은 적이 없는 사람처럼. 정작 스테이시는 다리를 꼰 채 둥그스름한 배를 내밀고 앉아, 어린 남동생들이 거실로 들어올 때마다 눈을 찡그리며 화난 듯 노려보았다. "가만 안 둬, 쥐새끼들." 그녀가 쫑알거렸다.

한동안 어수선한 시간이 지난 뒤 드디어 준비가 끝났고—스테이시가 팝콘에 소금을 더 뿌리겠다고 하자 버로스 부인이 얼른 대령했다. 꼬마들은 아래층으로 내려보내고 커다란 창문에는 블라인드를 쳤다—마지막으로 버로스 부인이 에이미 옆에 앉았다. 필름은 처음에는 지지직거리다 이윽고 흑백 화면을 보여주기 시작했다. 임신한 여자가 병원으로 들어가는 장면이 나오는 동안 남자의 목소리가 삶의 기적에 대해 말했다.

에이미는 팝콘을 좋아하지 않았다. 몇 년 전 위장염에 걸렸을 때 게워낸 토사물과 팝콘의 맛이 비슷하다는 것을 깨달았다. 심지어 딸꾹질을 해도 그 냄새가 났다. 팝콘이 담긴 커다란 믹싱볼을 무릎에 올려놓고 대양같이 넓은 가죽 소파에 앉아 있으려니 입안에서 몇 분마다 침이 흥건히 고였는데, 그녀가 알기로는 토하기 직전에 이런 증상이 나타났다. 버로스 가족의 가죽 소파에 몸져눕게 되지는 않을까 두려운 나머지 손바닥까지 축축해졌다. "가죽에 버터가 묻지 않게 조심해라." 조금 전에 버로스 부인이 두 소녀에게 냅킨을 건네며 이렇게 말하지 않았던가.

이제 스크린에는 그림이 등장했다. 올챙이 같은 것들이 꼬물거리며 '난자'를 향해 이동하고 있었고, 난자는 웃는 얼굴로 꼬리 치듯 올챙이들을 향해 속눈썹을 깜빡거렸다.

"팝콘은 어떠니?" 버로스 부인이 물었다.

"맛있어요." 에이미가 얼굴을 붉히며 머뭇머뭇 한 개를 입속에 넣었다.

"소금을 더 뿌릴까?"

"괜찮아요."

에이미는 고개를 돌리지 않은 채 주위를 탐색하려고 애썼다. 거실 천장은 아주 높아서 교회에 온 것 같았고, 흰 벽면에는 조각한 가면 수집품들이 걸려 있었는데 몇몇 가면은 표정이 험악하고 외국 사람의 얼굴 같았다. 에이미는 그런 얼굴을 벽에 걸어놓고 싶어하는 사람들이 있다는 사실이 놀라웠다.

화면 속 임신한 여자는 이제 병원 침대에 누워 있었는데, 병원 가운 밑으로 배가 무시무시하게 불러 있었다. 에이미가 보기에 여자는 겁을 잔뜩 먹고 자꾸만 눈을 깜박거리는 것 같았다. 남자의 목소리가 자궁 팽창에 대해 다 안다는 듯 차분하게 말을 이었다.

에이미는 토하지 않기를 기도하며 눈을 감았다. 수선화, 들판 가득 흐드러진 수선화를 생각했다. 푸른 하늘, 초록 풀밭, 노란 수선화.

"웩." 스테이시가 소리를 질렀다. "맙소사."

에이미가 눈을 떴다. 여자의 양수가 터졌다. 새까만 젖은 머리통이, 여자의 다리 사이에 있으리라고 상상하지 못했던 구멍에서, 쑥 나왔다. 카메라는 여자의 얼굴—일그러지고 땀을 흘리며 끔찍해 보이는 얼굴—로 옮겨갔다. 에이미는 다리 사이보다 여자의 얼굴을 보는 것이 더 당혹스러웠다. 카메라는 이제 아기의 어깨를, 이어서 조그만 팔다리를 식료품점에서 포장판매하는 칠면조처럼 오므린 채 밖으로 빠져나온 몸통을 보여주었다.

"못생겼어." 스테이시가 말했다. "맙소사. 저 아기 진짜 못생겼어."

"아기들은 누구나 처음엔 저렇게 보여." 버로스 부인이 쾌활하게 말했다. "씻어내야 해. 엄마 고양이는 아기 고양이를 깨끗하게 핥아주잖아. 제일 먼저 점액이나 피 같은 걸 핥아내는데,

그걸 태라고 부른단다."

에이미의 목구멍에서 꾸역꾸역 욕지기가 올라왔다. 수선화, 그녀는 또 생각했다. 푸른 하늘. 팝콘 그릇은 발 옆에 내려놓았다.

"하느님 맙소사, 난 아기를 깨끗이 핥아주지 않아도 되니 다행이네." 스테이시는 한쪽 다리를 깔고 자세를 고쳐 앉으며 팝콘을 한 움큼 쑤셔넣었다.

"단백질이 많다고 했던 것 같은데, 안 그래요, 제럴드?" 스테이시의 어머니는 다시 프로젝터를 노려보고 있던 남편에게 질문을 던졌다. 엄마가 아기를 품에 안은 모습을 보여주며 필름이 끝나가고 있었다.

"단백질, 그렇지. 내 환자 중에 태반으로 수프를 끓여 먹은 사람이 있었어. 그 여자와 남편, 친구들까지 다 같이 먹었다더군. 그걸 기념행사로 여겼다지, 아마."

에이미는 입을 앙다물었다.

"웩, 구역질나." 스테이시가 말했다. "에이, 열나 구역질나네. 아빠 환자들은 완전 미쳤어요."

버로스 씨는 필름이 끊어지지 않게 되감으려고 애썼지만 계속 풀려나왔고, 모두의 시선이 자기에게 쏠려 있다고 느꼈다. 그가 말했다. "스테이시, 그런 말을 쓰는 건 곤란해. 쓰면 안 되는 거야. 신경증 환자들을 '미쳤다'고 표현하는 것은 전혀 적절하지 않아. 이전에도 말했을 텐데."

스테이시가 에이미를 힐끗 훔쳐보았고 버로스 씨는 말을 이었다. "흠, 아주 흥미로웠어. 굉장히 유익했고. 이제 스테이시는 어떤 일을 겪게 될지 알겠구나."

"난 죽게 될 거예요." 스테이시가 말했다. "그 여자 얼굴 봤어요?"

"아빠에게 필름을 보여줘서 고맙다고 말씀드려야지. 대학에서 프로젝터를 빌려오기 쉽지 않았을 거야." 버로스 부인이 웃으면서 일어섰다. 바닥에서 에이미의 팝콘 그릇을 들어, 수북이 남긴 것에 대해서는 별다른 언급 없이 부엌으로 가져갔다. 에이미는 드디어 마음이 놓여 용감하게 말했다. "초대해주셔서 고맙습니다."

"오, 그래, 언제든 오렴." 버로스 씨는 여전히 찡그린 얼굴로 에이미를 올려다보지 않은 채 프로젝터 위로 허리만 굽히고 있었다. 사실 에이미는 여기 온 뒤로 그가 한 번이라도 자기를 쳐다봤는지 확신이 들지 않았다. 에이미가 보기에, 그는 엉덩이가 펑퍼짐한 신경질적인 남자였다. 에이미는 들키지 않게 혐오하는 눈빛으로 그를 힐끔거리며, 스테이시가 "투실투실하고 멍청해 보이는 허연 궁둥이"라고 한 말을 떠올렸다. 에이미는 그런 아버지들을 보면 아버지라는 존재가 아쉽지 않았다.

"네, 고마워요, 아빠." 스테이시의 목소리는 가라앉아 있었다. "무서워." 이윽고 그녀가 말했다.

에이미는 욕지기가 잠잠해진 것을 느끼며 친구를 물끄러미 바라보았다. "괜찮을 거야." 자신 없는 목소리로 말했다. "그럴 거 같아."

"아무 일 없을 거야." 버로스 부인이 부엌에서 나오며 말했다. "경막외마취를 할 거거든, 예쁜 딸. 감각이 없을 거야."

"그게 뭐예요?" 스테이시는 혼란스러운 것 같았다.

"척추에 놓는 큰 주사." 버로스 씨가 짜증을 숨기지 못하며 대답했다. "필름에 나왔잖니."

에이미는 강가 숲길을 따라 집으로 걸어 돌아갔다. 거미줄에 닿는 것처럼 후텁지근하고 지독한 날씨였다. 스테이시네 갈색 소파에 앉아 생각하던 것—그녀를 구원해준 것—과는 딴판이었다. 하늘은 푸르지 않았고 초록 풀도, 수선화도 없었다. 솔잎은 시들시들했고 나무들 틈새로 보이는 하늘은 변함없는 허연색이었다. 그녀는 오래된 돌담 위에 앉았는데, 이런 돌담은 솔잎들 사이에서 서서히 윤곽을 드러내는 것 같다가 얼마간 걷고 나면 다시 사라졌다.

숲에는 이렇게 여기저기 폭풍에 쓰러진 뒤 넝쿨로 뒤덮여 썩어가는 통나무들에 자리를 내준, 이끼가 잔뜩 끼어 사이가 헐거워진 돌덩이들로 된 돌담들이 많았다. 저 너머 화강암 돌덩이들이 또 한 줄 나타났는데, 한때 사유지를 가르는 경계선이었겠지만 이제는 다른 사람들이(에이미나 스테이시가 아니라) 거기 살았다는 희미한 시간의 흔적에 불과했다. 아마도 너무나 고달파서, 혹독한 계절을 견디는 것과 태어나서 목숨을 부지하는 것 자체가 승리였던 시간들의 흔적.

지금 에이미는 이중 어떤 생각도 떠오르지 않았다. 어렸을 때는 숲길을 다니면서 인디언 여자와 남자, 밤이면 잔뜩 겁을 먹고 통나무집에 틀어박혀 두꺼운 덧문을 꼭꼭 닫고 있는 백인 정착민들을 상상했다. 그때는 그런 것이 흥미로웠다. 긴치마를 입고 다니는 여자들이 변기도 수돗물도 없이 살면서 커다란 무쇠솥에 빵을 굽는 것이. 지금은 관심도 없었다. 그녀는 그저 담배를 피우고 팝콘에서 시작된 그 느낌을, 그뒤로 가슴속에서 욕지기로 변해버린 그 느낌을 없애버리고 싶었다. 스테이시, 배가 둥실하고 가죽 소파와 괴상한 부모가 있는 아이. 이제 스테이시는 사라진 것 같았다.

그리고 로버트슨 선생도 사라졌다. 물론 이것이 가장 가슴 아픈 고통이었고, 그녀를 항상 따라다니는 무지근한 아픔이었다. 그는 어디로 가버렸을까?

나중에 메인 스트리트를 건너는데 누가 그녀의 이름을 부르는 것 같았다. 에이미는 바깥에서 누가 자기 이름을 부르는 것이 익숙지 않았고, 이름을 부른 남자가 잘생긴데다 자신을 만난 것을 그저 반가운 일로만 여기는 것 같아, 그가 자기를 다른 누구로 착각한 게 아니라는 걸 확실히 알기까지는 약간의 시간이 걸렸다.

폴 벨로스였다. 스테이시의 옛날 남자친구.

# 19장

혼자였다.

이저벨은 거실 창가에 놓인 안락의자에 앉아 참새들이 폴짝거리거나 모이통 옆에서 쪼르르 날아다니는 모습을 지켜보고 있었는데, 그 동작들은 하나같이 오종종하고 민첩하고 신중하게 보였지만 한편으로는 그저 놀라서 그러는 것 같기도 했다. 그렇다면 그것들은 긴장 속에 사는 존재라고 이저벨은 생각했다. 그래도 그것들은 짝이 있었다. 새들은 평생 한 마리하고만 짝짓기를 한다는 말이 있지 않나? 그녀는 참새 한 마리가 모이통에서 가문비나무의 작은 나뭇가지로 폴짝 옮겨가는 것을 보았다. 순식간에 또 한 마리가 쫓아갔고, 나뭇가지는 두 마리의 무게가 살짝 얹히자 가볍게 휘청했다. 같은 족속들.

사람들 또한 그랬다. 이 순간 많은 사람들이 짝과 함께 있었다. 그녀의 딸은 임신한 친구 집에 놀러갔고…… (잠시 이저벨은 눈을 감았다.) 교회 여자들—바버라 롤리, 페그 던랩—은 어쩌면 지금쯤 함께 쇼핑하러 갔을 것이다. 타운의 저편, 강 건너에서는 뚱뚱이 베브가 도티 브라운네 포치에 앉아 알린 터커 흉을 보며 깔깔거릴 것이다. 같은 족속들은 무리를 이룬다. 나는 왜 혼자인가?

하지만 에이버리 클라크는? 이쯤에서 이저벨은 아주 오래 고민해야 하는 문제가 있는 것처럼 자세를 조금 고쳐 앉으며 주먹으로 턱을 괬다. 에이버리 클라크도 지금 혼자 있을까? 그렇게 생각하고 싶었지만 그는 아내가 있었다. 그 점을 고려하지 않을 수 없었다. 어쩌면 에이버리는 집 뒤쪽 잔디밭을 손질하고 있을 것이고, 에마는 창문을 톡톡 두드려 그가 무엇을 하고 있건 간에 제대로 하지 않는다며 고함치고 있을 것이다.

그랬다. 이저벨의 마음이 머물고 싶은 곳은 그곳이었다. 그녀는 에이버리가 정원용 장갑을 끼고 구겨진 캔버스 모자를 눌러쓴 채 뒤쪽 정원에 있는 모습을 상상했다. 잡초를 뽑고, 어쩌면 암석정원에서 잡초를 뜯어내고(그의 집에 암석정원이 있는지 없는지 그녀는 전혀 몰랐다), 이어서 갈퀴로 잡초를 걷어낼 것이다. 그가 잠시 갈퀴를 짚고 이마를 닦는 모습을 상상한다…… 오, 손을 내밀어 그의 손을 잡을 수 있기를, 그의 손을 그녀의 뺨에 대고 누를 수 있기를 이저벨이 얼마나 바라는지. 하지만 그는 그녀를 쳐다보지 않고, 그녀가 거기 있다는 사실도 모른다. 그저 그녀를 지나쳐, 오후의 정적이 식사실의 묵직한 가구 위에, 카펫을 깐 계단 위에, 속을 꽉 채운 거실 소파 위에 걸려 있는 집으로 들어가버린다. 그는 부엌으로 가서 차가운 음료를 따르고는 잔을 들고 창가로 가서 바깥을 내다보며 서 있을 것이다.

안락의자에 앉아 이저벨은 한숨을 푹 쉬었다. 일어나지도 않은 일에 얼마나 깊이 빠져들 수 있는지 생각하면 이따금 놀라웠다. (무슨 일이 있었지? 아무 일도. 그녀는 조용한 집에서 의자에 앉아 있었고, 거기 그렇게 한참을 붙박여 있었을 뿐이다.) 하지만 며칠 전 에이버리는 사무실에서 그녀에게 아주 친절했고, 그녀를 앞에 불러놓고 걱정도 많이 해주었다. "이 무더운 여름을 잘 견디고 있어요, 이저벨?" 그래서 그녀는 그가 찬 음료수를 마시면서 창턱에 기대 있는 모습을 계속 상상하기로 했다. 그는 창밖으로 정원 담벼락에 세워놓은 갈퀴 너머 먼 곳을 바라보다가 잔을 부엌 개수대에 가져다놓고, 정원 손질을 끝냈으니 샤워를 하러 계단을 올라갈 것이다.

그의 내밀한 부위는, 오, 그 사타구니는 촉촉하고 따스하며 민기지 않을 만큼 은밀하다. 이저벨은 이 부분이 흥분한 상태일 때를 더러 상상하기도 했지만, 지금은 팬티 안에 얌전히 들어 있는 촉촉하고 따스하고 하얀 것으로 떠올렸다. 그녀는 그를 사랑했고, 그가 이 은밀하고 친밀한 부분을 늘 달고 다닌다는 사실에 감동했다.

기회만 주어진다면 이 늙어가는 남자의 이 늙어가는 부분을 더할 나위 없이 섬세하게, 기꺼이 어루만져주고 사랑해줄 누군가(그녀, 이저벨 굿로)가 이 세상에 존재한다는 사실은 얼마나 지독하고 또 아이러니한가. 남자라면 누구나 그렇게 보드랍고 다정한 사랑의 손길로 만져지기를 바랄 텐데, 구린내라도 맡은 것처럼 돌아다니면서 저마다 은밀히 간직한 슬픔에 배려라고는 눈곱만큼도 없이 살아가는(페그 던랩에게 에이미의 이야기를 퍼뜨렸다) 뻣뻣한 에마는 남자를 그렇게 섬세하고 부드럽게 사랑할 수 있는 여자가 아니었다.

그녀, 이저벨이 하려는 방식처럼.

그런 것이 삶이었다. 여러 해 동안 그 남자와 같은 길에 살고, 날마다 같이 일하고, 교회에 가면 그의 뒤에 앉고, 그를 완벽에 가까운 마음으로 사랑하지만…… 아무것도 없었다. 아무것도, 아무것도, 아무것도.

나무들 틈새로 뭔가 어른거리는가 싶더니 누가 길에 나타났다. 이저벨은 그 소녀—에이미였다—가 고개를 푹 숙인 채 느린 걸음으로 자갈 깔린 진입로로 들어서는 것을 보았다. 그 모습을 보자 이저벨은 마음이 아팠다. 이런 딸아이의 모습에 가슴이 찢어질 듯 아팠다. 하지만 어째서였을까?

어깨를 잔뜩 움츠린 채 목을 쑥 빼고 발을 질질 끌다시피 하며 힘겨운 걸음을 옮기는 아이의 모습이 불행해 보였기 때문이다. 이 아이가 이저벨의 딸이었다. 이 아이가 이저벨의 실수였다. 그녀는 엄마였지만 엄마 노릇을 제대로 하지 못했고, 지금 진입로로 걸어오는 이 가련한 소녀는 그 사실에 대한 확실한 증거물이었다. 하지만 그 순간 에이미가 어깨를 펴고 경계의 눈빛으로 집을 흘끗 쳐다보았고, 이저벨의 눈에는, 이 아이가 돌연 모습을 바꾸어 무시할 수 없는 존재가 된 것 같았다. 아이의 팔다리는 길쭉하고 반듯했고, 전체적으로 보기 좋게 균형 잡힌 몸의 작은 부분인 젖가슴은 티셔츠 아래에서 너무 크지도 너무 작지도 않게 적당히 불룩했다. 얼굴은 이지적이고 영리해 보였다. 이저벨은 어쩐지 주눅이 드는 느낌으로 의자에 가만히 앉아 있었다.

그리고 화가 났다. 불쑥 분노가 솟구쳤다. 그녀를 화나게 한 것은 딸의 몸이었다. 딸아이가 뿌루퉁해 있어서거나 몇 달 동안 자기에게 거짓말을 했기 때문이 아니었다. 그녀의 삶이라는 공간을 에이미가 온통 차지하고 있기 때문도 아니었다. 미운 이유는, 에이미는 남자와 성적 쾌락을 즐기는데 자신은 그러지 못하고 있었다는 사실이었다.

그 사실이 밝혀진 과정은 어처구니가 없었다. 에이버리가 이저벨의 시선을 피하며 그녀의 딸이 숲에서 "부분적으로 옷을 벗고 있는 것"을 봤다고 말하던 6월 그날의 기억. 그때 에이버리는 얼굴이 새빨갛게 달아오르면서 이렇게 덧붙였다. "상의는 완전히. 그 이상은 보지 못했어요." (그 말은 사실이 아니었는데, 에이버리 클라크는 끌어올린 스커트와 가늘고 하얗게 드러난 길쭉한 허벅지와 음모까지 보았고, 발견한 그 순간에 소녀의 손이 자기 무릎 위로 스르르 올라가는 것까지 보았다. 에이버리는 종종 그 장면을 세밀히 상상했지만 이저벨에게도, 심지어 아내에게도 그 말은 하지 않았다.) 그가 이저벨에게 말했다. "거기서 그 남자가 쾌락을 즐기고 있었습니다. 제가 말하려는 건, 에이미의 허리 위에서요."

오, 안쓰러워라! 에이버리는 이 내용을 더듬더듬 전달하면서 얼굴이 시뻘게졌다.

하지만 이저벨은 속이 울렁거렸다. 토할 것만 같았다. 에이미가 그렇게 벌거벗고 그렇게 가슴을 내주고…… 즐기고 좋아하고. 에이미가 즐기지 않았다면—그것은 사실이 아니었다—더 좋았겠다는 말은 아니었다. 어쨌거나 이저벨은 에이미가 기꺼이, 즐겁게 관여했을 거라고 꽤 확신했고, 그래서 울고 싶었다.

알린 터커는 십대 소녀는 섹스를 해도 성적으로 너무 어려서 즐기지 못한다고—여러 해 전에 대단한 권위를 실어 말했고, 그 뒤로 이저벨은 그 말을 결코 잊은 적이 없었다—말했지만(대체 알린 터커는 이 정보를 어디서 들은 걸까?) 이저벨은 그렇지 않다는 것을 알았다.

오래전에 제이크 커닝햄의 손길이 그녀를 절절한 감각들로 채웠기 때문에 알았다. 세월이 흘러도 그 느낌—그 특별했던 기쁨—을 정확히 기억했기 때문에 알았다. 그녀는 흔들리는 마음으로 안락의자에서 일어서며 퍼뜩 깨달았다. 그뒤로는 내면에서 부풀어오르며 분출하려는 욕망을 끊임없이 밀어넣고 억누르는 기분으로 살아왔다는 것을. 그 미칠 듯 절절한 감각들을 다시 느끼기 위해 남자를 갈망하고 갈망하고 또 갈망해왔다는 것을.

그런데 그 감각들을 에이미가 대신 누렸다. (포치에서 발자국 소리가 들리자 이저벨은 딸아이와 마주치지 않으려고 허겁지겁 계단을 올라갔다.) 에이미는 그 남자를 필사적으로 옹호했다. 누군가의 손길에 절절하게 반응하지 않았다면 그렇게 옹호하지도 않는다. 게다가 에이미는 가르칠 필요가 없는 아이라며 얄밉게 빈정거린 그 남자의 말이나, 그날 궁상맞고 형편없는 아파트에서 그가 지껄인 다른 끔찍한 말들을 생각해보면. 그 말의 속뜻은 뭐였지? 무슨 말을 하려고 했던 거지? 에이미의 '본성'?

오, 이저벨은 딸아이가 미웠다. (그녀는 침실 문을 닫고 침대 모서리에 앉았다.) 그건 정당하지 않았다!

요즘 자유연애에 대해 나도는 말도 정당하지 않기는 마찬가지였다. 젊은애들은 결혼도 하지 않고 같이 살다가 지겨워지면 새로운 사람을 찾아간단다. 머리에 꽃을 꽂고 다니는 더럽고 추잡한 히피 계집애들이 이런 짓을 한다는 것이다. 이저벨은 지금 어떤 대학 캠퍼스들에서는 원하는 여학생에게 의사가 피임약을 나눠주고, 여자애들은 그저 장난감처럼 젊은 몸뚱이를 굴린다는 글을 읽었다.

그녀는 그런 것이 고통스러웠다.

유혹적인 젊은 여자들을 내세우는 대형 광고판과 텔레비전 광고, 그 밖의 다른 광고들을 보는 것이 고통스러웠다. 더구나 모두 다 그러는 것 같았다. 무엇을 광고하는지는 중요하지 않고 모두 섹스로 귀결되는 것 같았다. 모두 섹스를 하고 있었다. 요구만 하면 바로였다.

아래층에서 부엌문이 열렸다 닫히는 소리가 났다. "엄마?"

이저벨은 천천히 계단을 올라오는 에이미의 발걸음 소리를 들으며 침대에 그대로 있었다.

"엄마?"

"쉬는 중이야." 이저벨이 닫힌 문 안에서 소리쳤다. 에이미가 층계참에서 멈추는 소리가 들렸다.

"집에 없으신가 해서요." 에이미가 말했다.

"집에 있어." 소리는 들리지 않았지만 이저벨은 에이미가 아직 거기 있다는 것을 알았다. "재미있었니?" 이윽고 이저벨이 물었고, 혼자인 방안에서 얼굴은 분노로 일그러졌다.

"그냥요." 층계참에 또 침묵이 흘렀고 이저벨의 방에도 침묵이 흘렀다. 어느 쪽도 침묵을 깨지 않고 기다렸다. 이윽고 에이미가 복도를 가로질러 제 방으로 가버렸다.

위층은 끔찍이 더웠다. 에이미는 문을 닫고 선풍기를 켜서 침대 쪽으로 돌려놓고, 한쪽 발이 바닥에 닿게 다리를 침대 모서리에 걸치고 누웠다. 한편으로는 엄마에게 가서 말하고 싶었다. 스테이시의 집에서 낯선 느낌을 받은 뒤로, 에이미는 진입로를 걸어오면서 엄마를 본다는 사실에, 집에 왔다는 사실에 마음이 놓이는 것 같았다.

하지만 마음이 그렇게 되지는 않았다. 딱 거기까지. 엄마는 여전히 끔찍했으니까. 하지만 무엇을 기대하고 있었던 걸까? 엄마가 문을 열고 반기며 "예쁜 딸, 사랑한다. 키스해줄래?" 하고 말하는 것? 그건 그녀의 엄마가 아니었다. 에이미가 어렸을 때 무릎이 까져 엉엉 울면서 엄마에게 달려가면 이저벨은 그저 뚝 그치라고만 했다. "이를 악물고 참아." 이렇게만 말했다. 지금 엄마는 방에 누워 '쉬고' 있었는데, 에이미가 방금 엄마의 모습을 창문에서 보았으니까 그건 터무니없는 거짓말이었다.

그러니 집에 와서 기쁘다고 해봤자 의미가 없었다. 집에 왔지만 기쁘지 않았다. 그렇게 생각하자 에이미는 새삼 데비 케이 돈이 궁금했다. 그 소녀가 그날 집에서 사라진 이유는 무엇인지, 왜 아직 행방불명인지, 왜 아직 발견되지 않았는지. 신문은 그 아이에 대해 더는 언급하지 않으려는 것 같았다. 지난주 텔레비전에서는 이렇게만 전했다. "데비 케이 돈을 찾는 수사가 계속되고 있습니다." 그게 다였다. 에이미는 엎드려 누웠다. 정말이지, 소름이 오스스 돋았다.

이번 일로 이저벨이 얼마나 어리석게 구는지가 다 드러났다. 어느 누구의 엄마라도 딸이 돌아오면 기꺼이 반겼을 테고, 위층으로 총총 올라가 '쉰다'고 둘러대는 대신 지금쯤 함께 앉아 오붓한 대화를 나누었을 것이다. 에이미는 폴 벨로스와 더 오래 있을걸 그랬다고 생각했다. 아니면 스테이시의 집에 더 오래 머물거나. 하지만 스테이시의 집에서 에이미는 정말 우울했고, 필름을 다 보고 스테이시의 방으로 다시 내려간 뒤 스테이시가 새로 사귄 남자친구가 사주었다는 섹스에 대한 책을 보여주었을 때는 더욱 그랬다. 하물며 에이미는 스테이시에게 새 남자친구가 생긴 것도 몰랐지만, 그건 사실이었고, 그의 이름은 조슈아로 졸업반에 올라간다고 했다. 스테이시에게 섹스에 대한 책을 사준 사람이 그였다. 그 책에는 그것을 하는 방법을 일러주는 그림들이 있었다. 에이미는 그 그림을 보자 로버트슨 선생이 못 견디게 그리웠다. 책 속의 남자도 로버트슨 선생처럼 수염을 길렀고, 그와 그것을 하는 여자는 긴 생머리였다. 그림들을 보자 에이미는 외로움이 사무쳤다. (그리고 호기심이 몹시 일었는데, 로버트슨 선생의 그것도 생김새가 그럴 것이기 때문이었다. 끝은 도드라졌고 안쪽에는 주머니 같은 것이 달렸으며 음모가 나 있었다.) 스테이시에게는 엄마의 성질을 돋우기 전에 돌아가야 한다고 했지만, 속으로는 얼른 그 집에서 나와 숲속에서 혼자 돌담에 앉아 담배를 피우고 싶었다.

그러다 폴 벨로스와 마주쳤는데 좀 어색했다. 서로 잘 모르는 사이인데도 그는 친구처럼 굴었다. 그는 물론 스테이시에 대해 알고 싶어하면서 스테이시의 부모가 전화 통화조차 허락하지 않는다고 했다. 에이미는 스테이시의 새 남자친구에 대해서는 말하지 않았다. 그저 스테이시가 잘 지낸다고만 했다.

"다행이야." 폴이 고개를 끄덕이며 말했다. "알다시피 난 그애를 정말 좋아하니까."

"물론." 에이미가 대답했다. "물론 그럴 거라는 말이야."

그가 새 차에 에이미를 태워주었다. "어때?" 그가 싱글거리며 물었다. 그의 큰 눈만큼 치아도 번질거렸고, 운전할 때는 큼직한 손으로 기어를 애무하듯 어루만졌다.

"아, 멋져." 에이미가 말했다. "정말 근사해." 그녀는 사람들이 새 차에 대해 어떤 말을 해주는지 사실 몰랐다. 차는 작았다. 작은 스포츠카였다. 차체는 파란색이고 내부는 회색이었다. "색깔이 마음에 들어." 그녀가 머뭇머뭇 덧붙이며 허벅지 옆 회색 비닐 커버를 손으로 쓸었다.

"아기가 가르랑거리는 것 같지." 폴이 말했다.

그녀는 고개를 끄덕이며 그를 쳐다보았다. 그의 입은 스테이시의 입과 완전히 똑같아서 입술이 꽃봉오리처럼 튀어나왔고, 뺨은 차 안의 어두운 불빛을 받아 반드러워 보였고, 번질거리는 치아는 더욱 새하얘 보였다.

그는 뛰어난 '급가속력'을 보여주겠다며 4번 도로로 차를 몰았는데, 그 말은 확실히 차가 아주 빨리 달릴 수 있다는 의미였다. 시속 70마일, 80마일, 90마일로 바뀔 때마다 그는 에이미에게 보라는 듯이 속도계를 두드렸다. 그녀는 겁을 먹고 앞만 뚫어져라 쳐다보았는데, 차 밑에서 컨베이어 벨트가 통제력을 잃고 맹렬히 질주하는 것처럼 아스팔트 도로가 움직이는 듯했다.

"이제 달린다." 속도는 어느덧 100마일을 넘겼고, 폴은 떨리는 속도계 바늘을 보면서 싱긋 웃었다. "정말 아름다운 녀석이야."

그러고는 속도를 늦추었다. "이렇게 빨리 달려본 적 있어?"

에이미가 고개를 저었다.

"무서워?"

에이미가 고개를 끄덕였다.

"다시는 안 그럴게." 그는 진심으로 미안한 것 같았다. "자랑하고 싶어서 그랬어." 그의 뺨 색깔이 더 짙어지는 듯 보였다.

"괜찮아." 에이미가 말했다. 속도가 느려지자 마음이 놓여 말이 많아졌다. "새 차잖아. 나도 새 물건을 사면, 음, 한참 가지고 놀거든."

그는 다시 타운으로 방향을 잡았고 출구로 빠지는 경사로에서 그녀를 흘끔 돌아보았다. "넌 좋은 아이구나." 그는 그렇게만 말했다. "뭐든 사주고 싶어."

"어, 됐어." 그녀가 어쩔 줄 몰라하며 대답했다. "아냐, 괜찮아."

하지만 그는 정말 사주고 싶어했고 그녀도 그의 진심이 느껴져, 얼마 뒤에 둘은 드러그스토어로 들어갔다. 거기서 그가 립글로스와 마스카라를 사주었다. 립글로스는 비싼 것이었다. "우아, 고마워." 그녀가 인사했다.

다시 보도로 나오자 그녀는 겸연쩍은 듯 서서 혹시라도, 결코 그럴 리는 없겠지만, 엄마의 차가 지나가지는 않는지 주위를 살폈다. "여기서 집까지 걸어가면 돼." 그녀가 말했다. "운동도 할 겸."

폴은 기분이 좋고 들떠 보였다. "잠깐 기다려." 이 말을 내뱉고, 드러그스토어 바로 옆에 있는 꽃집으로 사라졌다. 그러더니 커다란 종이에 고깔 모양으로 싼 데이지 한 다발을 들고 나타났다. "이거 줄게." 그가 하얀 치아를 드러내며 환하게 웃었다. "스테이시에게 잘해줬으니까. 나한테도 잘해주고. 넌 좋은 아이야, 에이미."

방에서 에이미는 일어나 앉아 땀이 흐르는 얼굴을 선풍기 바로 앞에 갖다 댔다. 누가 좋은 사람이라고 말해주는 것은 기분좋은 일이었다. 정말 그랬다. 하지만 왜 이 모든 일이 한편으로 슬프게 다가오는지 알 수 없었다. 에이미는 선풍기 바람을 맞으며 눈을 감았다. 방안은 뜨겁고 다락방 냄새가 났다. 두피는 머리카락 뿌리부터 눅눅했고 한기가 느껴지는 것 같기도 했다.

에이미는 곧바로 집으로 돌아오지 않고, 고등학교까지 걸어가서 체육관 옆쪽의 뒷문이 열려 있는 것을 찾아냈다. 그녀는 정적이 흐르는 복도를 지나 로버트슨 선생의 교실로 가서 문 옆에 데이지 꽃다발을 내려놓았다.

8월이 왔다. 하늘은 희끄무레하고 날마다 조금씩 높아지는 것 같았는데, 돔 모양의 막이 저도 지쳐 부풀어오른 느낌이었다.

교회의 크리스마스 위원회 위원이자 스테이시의 아버지와 바람을 피우는 페그 던랩은 어느 무더운 오후를 A&P에서 보내고 있었다. 그곳은 더 시원할 뿐 아니라 통로를 누비는 버로스 부인의 의심을 사지 않고 카트를 밀면서 뒤쫓을 수 있었다. 페그 던랩은 선글라스를 끼고 양상추 근처에서 기웃거리며 애인의 아내가 젤리와 잼이 든 병들을 요모조모 따지는 모습을 지켜보았다. 왜 이런 짓을 하면서 가슴이 흥분으로, 미어지는 고통으로 가득 차는지, 그녀도 설명할 수 없었을 것이다.

몇 마일 떨어진 아파트 꼭대기 층에서는 스페인어 교사 린다 러니어가 불볕더위가 기승을 부리는 8월 오후의 바로 이 순간 그녀의 침대에 레니 맨들과 알몸으로 누워 있었고, 두 사람은 서로 뒤엉킨 채 시트를 구기며 격정적으로 신음과 땀을 쏟아내고 있었다. 레니 맨들이 학교 복도에서 우연히 발견한 데이지 꽃다발은 이제 그녀의 침대 옆에 놓인 우유병에 꽂혀 달달거리고 있었다. (맨들의 어머니는 돌아오는 길에 머스터드를 사오라고 하려고 학교로 전화를 걸었다가 아들이 이미 퇴근했다는 말을 들었다.)

강 건너 사무실에서는 뚱뚱이 베브가 속이 안 좋다며 힘들어 했는데 소화가 문제였다. 최근에는 출근만 하면 곧바로 경련이 시작되어 독한 가스를 내뿜었다. 목숨을 보전하려고 괄약근에 힘을 주고 조심조심 사무실을 가로질러 걸어가면 이따금 하반신 전체가 폭발할 것 같은 느낌이 들었다. 그러다 마침내 변기에 안착하면 굉음을 내며 폭발하는 공기뿐 나오는 것은 없었다. 단연코 더는 없었다.

그래도 도티에게 말할 거리는 생겼다. 물론 UFO 얘기는 하지 않을 참이었다. "하느님께 맹세코, 여기 아래 내 뱃속의 내장들은 지나치게 꾸르륵거린단 말이지." 그녀가 책상 앞에 다시 앉으며 말했다.

도티 브라운이 이마를 찡그리며 고개를 들었다. "정말?" 도티가 물었는데, 베브는 방금 자기가 한 말이 도티에게 흡수되지 않았음을 알았다. 도티와 세상 사이에 뭔가가 놓여 있었다. 그 간극이 눈동자에 어른거려서 도티의 시선은 베브에게 온전히 가닿지 않았다. 도티가 "정말?" 하고 말하는 약간 과장된 반응에서 그것이 느껴졌다.

그 때문에 베브는 도티를 계속 떠 있게 하기 위해, 누군가를 뒤쫓아 헤엄치는 것처럼, 더 크게 더 빨리 더 과장된 표현으로 말해야 할 것처럼 피곤을 느꼈다. 베브는 타자기를 두드리며 곁눈으로 친구를 관찰했다. 도티의 얼굴에는 육체적 고통에 빠진 사람의 표정이 어려 있었다. 도티를 살피고 타자기를 두드리기를 반복하다가 퍼뜩 든 생각이었다. 오래전의 기억이 문득 떠올랐는데, 암으로 죽은 이모의 표정이 지금 도티의 표정 같았다. 눈동자 뒤쪽의 뭔가가 계속 끌어당겨지는 것 같은 표정, 말의 입에 물린 재갈이나 혹은 그 비슷한 무엇처럼…… 베브는 몹시 불안했다.

"도티." 베브가 불렀다. 타자기를 두드리던 손을 멈추고 눈을 가느스름히 떠 친구를 쳐다보았다.

도티가 화들짝 놀라며 고개를 들었다.

"도티 브라운, 괜찮아?"

도티의 얼굴에 잠시 짜증이 어리는 듯했다. "왜 물어?"

"달라 보여서." 베브가 솔직하게 말했다. "너를 알고 지낸 게 얼만데, 어딘지 달라 보여."

"제발 좀." 도티가 부드럽게 대답했다. "우주선이 네 집 뒷마당에 내려오면 너라도 달라 보일 거야."

그러자 그들은 출렁이는 물살에 휘말렸다. 베브의 위가 경련을 일으켰다. 그녀는 도티의 UFO 얘기를 믿지 않았고 도티도 그 사실을 알 거라고 생각했다. 하지만 믿지 않는 사람을 대하면(레노러 스니븐스가 가장 심해서 자기 생각을 거침없이 말하고 다녔다) 도티는 분해서 눈물을 글썽이며 이 세상 누구라도 직접 경험할 때까지는 아무것도 이해하지 못한다고 조용히 말하곤 했다. "맞는 말이야." 뚱뚱이 베브가 친구 편을 들면 대화는 거기서 멈추었다.

"몸 말이야." 베브가 말했다. "몸은 괜찮은 거야? 아직 출혈이 있어? 절개한 곳이 아프지는 않고?"

"견딜 만해." 도티가 대답하고 담배에 불을 붙였다.

"또 담배를 피우네, 꼴 보기 싫게." 베브가 자기 담배에 불을 붙이면서 한마디했고, 도티는 도대체 누가 할 소리냐는 듯 가소롭다는 표정으로 응수했다. "넌 늘 나한테 자극이 됐어." 베브가 해명했다. "만약 담배를 끊는 날이 온다면 그건 네가 끊었기 때문일 거라고 늘 생각했거든."

"글쎄, 난 누구한테 자극이 되는 사람이 아닌데." 도티가 담배를 유리 재떨이에 조심스레 내려놓고, 손가락에 침을 묻혀 가며 송장 뭉치를 휙휙 넘겼다. "그런 걱정은 그만해주면 정말 고맙겠어."

뚱뚱이 베브는 천천히 숨을 내쉬고 손톱을 살폈다. "월리는 잘 있어? 이렇게 많은 일이 있었는데 잘해줘?"

"어떤 일 말이야?"

"수술도 받았고 뭐 그런 거 있잖아. 남자들이 얼마나 희한하게 구는지 너도 가끔 듣잖아. 의사가 아내의 난소를 들어냈다고 전했을 때 실제로 울음을 터뜨린 남자도 나는 아는걸. 남자라는 대단한 자존심이 허물어지며 울음이 터진 거지. 그뒤로 다시는 아내와 잠자리를 하지 않았대."

"남자는 어린애야, 하나같이." 도티가 다시 담배를 집었다.

"그렇지. 맞는 말 같아." 그녀는 도티에게 툭 터놓고 UFO 얘기를 믿지 못하겠으며 그래서 유감스럽다는 말을 할 수 있어야 했다. 그들은 아주 오랜 친구였으므로 그렇게 확실히 말해줄 수 있어야 했다.

"후유." 베브가 도티를 향해 책상 위로 허리를 숙이며 내뱉었다. "뱃속이 완전히 미쳐 날뛰네." 그러고는 의자를 뒤로 밀며 일어섰다. "잠깐 가서 수박 좀 싸고 올게."

베브는 도티의 눈에서 눈물이 솟구치는 것을 보았고, 이 수박 같은 것이 폭발할지 모른다는 위기감만 없었다면 아마 다시 의자에 앉았을 것이다.

"스테이시가 아기를 낳았어요." 에이미가 말했다.

이저벨이 접시를 씻다가 고개를 들고 에이미를 멍하니 바라보았다. "그래?"

에이미가 고개를 끄덕였다.

"그래?" 이저벨이 다시 물었다. "아기를 낳았어?"

"네, 낳았대요. 스테이시의 엄마가 전화로 알려주셨어요." 에이미가 일어서서 접시를 치우기 시작했다.

"뭐라 그러던?" 이저벨은 파리한 얼굴로 대답을 채근하듯 에이미의 움직임을 좇았다.

"별말 없었어요." 에이미가 싱그러운 맨어깨를 살짝 으쓱하며 대답했다. 민소매 셔츠를 입은 채 팔을 앞으로 내밀자 어깨에서 광채가 나는 것 같았다. "아기를 낳았어, 그게 끝이에요." 요즘 들어 에이미는 이렇게 노골적으로 무례하고 경멸하는 투로 엄마에게 말할 때가 더러 있었다. 이상했다. 이번 여름 전까지는 생각조차 하지 못한 일이었는데.

"그게 전부일 리 없지." 이저벨이 말했다. "그럴 리가 없어."

에이미는 대답하지 않았지만 엄마가 이런 식으로 선언하듯 말하는 것이 싫었다. 잘난 척 다 아는 척 던진 말들은 후텁지근한 부엌 공기 속에 예사로이 떨어졌다. "넌 모르겠지만 난 이런저런 걸 알지." 에이미가 어릴 때 이따금 엄마는 이렇게만 말한 뒤 입을 다물곤 했다. 이저벨은 마땅히 지녀야 할 우월한 지식과 경험을 겸비한 사람이며, 에이미는 설명해줄 가치도 없는 존재라는 듯.

"스테이시가 그 얘기는 안 꺼내고?" 이저벨은 종이냅킨 한쪽을 비틀어 돌돌 말면서, 식탁을 치우고 있는 에이미를 흘끔거리며 주저하듯 물었다.

"뭘요."

"아기를 포기한다며."

에이미는 스테이시가 무슨 말을 했는지 기억나지 않는다는 듯 잠시 멍한 얼굴을 했다. "스테이시는 아기를 낳는 게 무서웠던 것 같아요." 그녀가 접시들을 개수대로 옮기며 말했다. "그렇게 말하진 않았지만 아플까봐 무서웠던 것 같아요. 하지만 스테이시 엄마가 그러는데, 괜찮았대요." 에이미는 스테이시의 아버지가 빌려온 필름 속의 그 여자를 떠올렸다. 흉측하게 일그러진 얼굴과 극심한 고통이 담긴 신음 소리. "그렇게 많이 아파요?" 개수대 앞에 서 있던 에이미가 돌아보며 엄마에게 불쑥 진지하게 물었다.

"쉽지는 않지, 확실히." 이저벨은 냅킨을 말던 손을 멈추고 창밖을 보았다. 그녀의 얼굴은—에이미가 다시 개수대로 고개를 돌리기 전에 언뜻 보기로—고통스럽고 몹시 나약해 보였다. 에이미는 더럭 걱정이 되었다. 엄마가 애써 울음을 참고 있었다.

잠시 동안 설거지하는 소리, 수돗물 흐르는 소리, 수도꼭지를 끽 잠그는 소리, 은제 포크 따위를 건조대에 내려놓는 소리만 들렸다.

이저벨이 말했다. 개수대 앞에 선 에이미는 엄마가 아직 창밖을 내다보고 있음을 소리로 알 수 있었다. "그러니까 스테이시는 그게, 그러니까 아기를 포기한다는 게 어떤 느낌인지 전혀 말하지 않았다는 거구나."

"안 했어요." 에이미는 돌아보지 않았다. 수돗물을 틀어놓은 채 컵을 헹궈 건조대에 놓았다. "하지만 이따금 궁금하기는 했어요." 에이미가 솔직하게 덧붙였다. "그러니까 스테이시가 마흔다섯 살이 됐을 때 길에서 그 아이를 스쳐도 못 알아본다는 거잖아요. 그건 좀 이상한 것 같아요. 그렇지만 스테이시에게 그런 생각을 해봤는지는 못 물어봤어요."

이저벨은 아무 대답이 없었다.

"물어봐야 한다고 생각하지는 않았어요." 에이미가 아직 거품이 묻은 손을 물속에 담근 채 돌아보았다. 엄마는 창밖을 바라보고 있었는데, 납작해진 프렌치트위스트 스타일의 머리는 이 시간대면 원래 모양새를 잃어, 삐져나온 머리카락이 하얗고 기다란 목으로 흘러내려와 있었다.

"엄마?"

"아니야. 물어보지 않길 잘한 것 같구나." 이저벨은 변명하듯 웃으면서 돌아보았는데, 뺨은 눈물로 얼룩져 있었다. 아직 들고 있던 냅킨으로 얼굴을 톡톡 찍었다. "아니야, 정말 잘했어." 그녀가 다시 말했다. "다른 사람에게 상처를 줄 수 있는 쓸데없는 질문은 하지 말아야 해." 그녀는 이제 마음을 추스른 것 같았고, 코를 푼 뒤 식탁에서 일어나 그 냅킨을 쓰레기통에 버렸다.

"가봐야지." 이저벨이 말한 뒤 식탁에 남은 것들을 마저 치웠다. "어느 병원에 있다니?"

"병원에 가보라는 말씀이에요?"

"음, 그래. 그래야 할 것 같은데. 진심이야."

"아런디에 있어요. 헨콕이 아니라." 에이미는 컵 하나를 더 씻었고, 엄마가 개수대에 포크와 스푼 같은 것을 마저 넣자 옆으로 비켜섰다.

"전화해서 면회 시간이 언제인지 알아봐." 이저벨이 먼저 나서서 말하고 스펀지로 조리대를 닦았다. "오늘밤에 데려다줄게." 그리고 에이미의 마음을 읽은 듯 덧붙였다. "걱정하지 마. 병실에는 같이 들어가지 않을 거야. 차 안에 있을게."

"정말요?" 에이미가 물었다. "그래도 괜찮아요?"

"올라가." 엄마가 고갯짓을 했다. "셔츠를 갈아입어. 지금 입은 건 좀 더러워 보인다." (사실 그 옷은 에이미의 광채나는 싱그러운 어깨를 드러냈고, 이저벨은 그 점이 약간 불편했다.) "병원에는 엄마가 대신 전화해줄게."

몇 분 뒤 에이미가 블라우스로 갈아입고 머리를 빗고 내려오니—머리는 이제 귀를 덮을 정도로 길었다—이저벨이 부엌에서 찬장 속을 살피고 있었다. "여덟시라는데." 이저벨이 말했다. "뭐라도 가져가야지."

"어떤 거요." 에이미가 물었다. "뭘 가져가야 하는지 모르겠어요."

"이걸 쓰자." 이저벨이 찬장에서 작은 바구니를 꺼냈다. "정원에서 꽃을 꺾어 여기 담아 가자."

그리고 얼마간 그들은 함께 작업했다. 아니, 그보다는 이저벨은 일하고 에이미는 지켜보았다. 이저벨은 바구니에 은박지를 깐 뒤 모종삽을 들고 뒤쪽 계단을 통해 정원으로 내려갔다. 거기서 무릎을 꿇고 마리골드와 블루벨을 한 움큼 파낸 뒤 바구니 안에 꾹꾹 눌러담았다. 그 일에 몰두하면서 이저벨의 입술 위와 눈 밑 볼록한 부분에 땀방울이 송골송골 맺혔다. 에이미는 엄마의 얼굴을 쳐다보다가 시선을 돌렸다.

"이렇게 하면 더 오래갈 거야." 이저벨은 허리를 펴고 손등으로 얼굴을 닦으며 말했다. "그냥 꽃을 꺾었을 때보다."

"게다가 더 멋져 보여요." 에이미가 감동한 듯 바구니를 물끄러미 쳐다보았다.

"멋져 보이지, 아무렴." 이저벨이 눈을 가느스름히 뜨고 바구니를 한 바퀴 천천히 돌려보았다. 그들은 다시 집안으로 들어갔고, 이저벨은 하얀 리본을 찾아 바구니 손잡이에 나비 모양으로 묶고 가위로(그 순간에는 이저벨도 에이미도 그것이 에이미의 머리카락을 자른 가위인 줄 몰랐다) 양끝을 말아서 푸른색과 노란색 꽃 위로 늘어뜨렸다.

병원은 개인 병원으로 오래된 건물은 아니었다. 병원이라기보다는 깍듯한 느낌의 현대식 사무실 빌딩 같았다. 길에서 쑥 들어간 곳에 있는 2층짜리 건물이었고, 시멘트 벽에는 작은 창문들이 줄줄이 나 있었다. 앞쪽의 문들은 유리문이었는데 캄캄했고, 에이미는 차 앞유리로 불안스레 건물을 내다보며 좀 무섭다는 생각을 했다. 이저벨이 주차장 모퉁이에 차를 세웠다.

"어떻게 해야 돼요?" 에이미가 무릎에 올려놓은 마리골드와 블루벨 바구니를 집어들며 물었다. 물기가 조금씩 새어나와 허벅지가 축축했다. "병원은 처음이에요."

"스테이시, 그 친구 성이 뭐였지, 아무튼 그애를 보러 왔다고 말해."

"버로스요. 아이들도 들여보내줘요?"

"넌 열여섯이야." 이저벨이 에이미의 나이를 가늠하듯 가볍게 훑어보며 말했다. "하지만 누가 물으면 열여덟 살이라고 해도 되겠구나. 들여보내줄 거야."

에이미는 엄마를 힐끗 보았다. 엄마가 거짓말 같은 걸 시키다니 이상했다. 에이미는 차문을 열면서 머뭇거렸다. "스테이시의 경우에는, 그러니까 아기를 낳을 나이가 아닌데 낳았으니까 면회가 안 된다고 하면 어쩌죠?"

이저벨은 무표정하게 말했다. "그렇다면 그 사람들이 잘못된 거지."

"네, 그래도 만약에요."

"그러면 가족이라고 해. 혹시 그렇게 물으면."

"알았어요." 에이미는 또 머뭇거렸다. "엄마는 뭘 하실 거예요? 읽을 책 같은 거라도?"

이저벨이 고개를 가로저었다. "얼른 가."

에이미가 주차장을 가로지르는 것을 보면서(시어스에서 산 군청색 반바지가 흰색 블라우스와 잘 어울렸다) 이저벨은 문득 그 발걸음에 에이미의 어렸을 적 습관인 망설임 같은 것이 남아 있음을 알아챘다. 딸의 다리는 보기 좋게 균형 잡혀 있었지만, 이저벨은 멀어지는 딸의 모습에서 오른발이 약간 안으로 휘어지는 익숙한 걸음걸이를 보았다. 마치 소녀가 소리 내지 않고 가냘프게 "무서워"라고 중얼거리며 걸어가는 것처럼, 남들은 잘 알아보지 못할 이 불완전한 걸음걸이에서 수줍은 속삭임이—늘 그랬던 것처럼—들렸다. 두 이미지를 순간적으로 동시에 떠올리자 이저벨은 기분이 야릇해져서 온몸에 소름이 돋는 것 같았다. 꽃바구니를 손에 든 완전한 어른의 뒷모습과 조그만 손가락으로 플라스틱 인형의 머리를 꼭 쥐고 에스터 해치의 집으로 걸어가던 곱슬머리 여자아이.

아무도 에이미에게 그런 질문은 하지 않았다. 고요한 병원 복도에서 간호사들은 졸린 듯 심드렁하게 손짓으로 방향을 알려주었다.

스테이시는 혼자 있었다. 막연히 기대하는 표정을 지은 채 멍하니 침대에 앉아 있었는데, 그래서인지 에이미를 보자 깜짝 놀랐다. "안녕." 스테이시가 인사했다. "우아, 세상에, 반가워." 그녀가 안아달라고 조르는 아이처럼 팔을 뻗었다. 둘이 흥분해서 웃고 허리를 숙이고 키스하는 통에 꽃바구니는 묵사발이 될 뻔했지만 가까스로 구출되어 스테이시의 무릎에 안착했다. 그녀가 눈빛을 반짝이며 바구니를 살펴보았다.

"에이미, 정말 예뻐."

두 소녀는 함께 스테이시의 무릎에 놓인 작은 정원을, 마리골드의 열정과 이내 고개를 숙일 것만 같은 블루벨의 과묵함을 보았다. "엄마가 만들어준 거야." 에이미가 말했다.

"엄마가?"

에이미가 고개를 끄덕였다.

"희한한 일이네."

에이미가 또 고개를 끄덕였다.

"부모란 참 이상한 존재야." 스테이시는 고개를 절레절레 내두르며 침대 옆 탁자에 바구니를 내려놓았다. "엄마 아빠는 내가 산기가 있을 때는 그렇게 잘해줄 수 없더니, 오늘 오후부터 내가 슬슬 따분해져서—이 빌어먹을 의사들이 여기 사흘이나 있으라잖아—텔레비전을 빌려줄 수 없느냐고 물었는데 그건 안 되겠다는 거야."

"왜?"

"누가 알아. 여기 좀 봐, 가슴도 묶어놨어." 스테이시가 환자복을 벌려 흰 천으로 젖가슴을 둘둘 말아놓은 것을 보여주었다. "뒈지게 아파."

"부모님이 그랬어?"

"아니, 간호사들이. 젖이 나올 거라나 뭐라나."

에이미는 병실을 둘러보았다. 딱딱해 보이고 소독약 냄새가 났으며 실망스러웠다. 그녀가 벽에 밀어놓은 푸른색 비닐 의자의 모서리에 머뭇거리며 앉자 스테이시가 침대를 툭툭 치며 "아니, 아니. 여기 앉아" 하면서 다리를 옮겼다.

에이미가 일어서서 침대에 앉았다. "똑같네." 친구를 뜯어보며 말했다. "아직 임신한 것처럼 보여." 이불을 덮은 스테이시의 배는 여전히 불룩했다.

"응. 자궁이 가라앉는 데 시간이 걸린대. 생리통도 있어서 아파 뒈지겠어. 몇 시간 전에 오줌을 싸고 싶다니까 간호사가 이 침대용 변기를 대줬는데, 그레이프프루트만한 핏덩어리가 쑥 빠져나오는 거야. 죽는가 싶었는데 그냥 태반이래. 고양이가 먹는다는 게 이건가봐. 내가 고양이였다면 말이지."

그들은 잠시 말이 없었다. 이윽고 에이미가 입을 열었다. "네가 고양이가 아니라서 다행이야."

"진짜." 스테이시가 버튼 하나를 만지작거리다 꾹 누르자 윙 소리를 내며 침대 머리 쪽이 올라왔고 곧 스테이시는 일어나 앉은 것처럼 되었다. "이리 와." 스테이시가 더 안으로 옮기자 이제 에이미는 스테이시 옆에 앉을 수 있게 (혹은 반쯤 눕게) 되었다.

"나도 해볼래." 에이미가 버튼을 누르자 상반신이 내려갔다. 또 누르자 상반신이 다시 올라왔다. "부모님은 어디 계셔?"

"집에, 아마도. 엄마는 하루종일 술을 마셨을걸." 스테이시는 이불 위에 올린 에이미의 발을 물끄러미 바라보았다. "엄청 잘 해주더니 저 의자에서 곯아떨어졌어. 아빠가 비틀거리는 엄마를 끌고 나갔어. 진짜 취했나봐."

에이미가 버튼을 누르자 발 쪽이 천천히 올라갔다. "네 엄마가 술을 드시는지 몰랐어. 로버트슨 선생님의 엄마가 술을 마신 건 알았지만."

"누구? 로버…… 아, 그렇지. 임시로 왔다는 그 선생님. 엄마는 특별한 일이 있을 때만 마셔."

에이미가 다시 발 쪽을 내린 뒤 천장을 올려다보았다. 천장은 작은 구멍이 송송 뚫린 흰색 판지 같은 것으로 되어 있었다. "폴에게는 알려줬어?"

"엄마가. 병원에 오겠다고 했는데 우리가 절대 안 된다고 했어."

"며칠 전에 그애를 봤어. 차를 새로 샀다며 태워줬어."

스테이시가 피곤한 듯 손을 휘저었다. "폴, 그애는 생각도 하기 싫어."

"알았어." 에이미는 아직 천장을 올려다보고 있었다. "난 구두 공장 일 그만뒀어. 그 상사, 머저리 같은 에이버리 클라크가 내가 미운지 돈이 없다고 했대. 너도 꼭 봐야 하는데, 스테이시. 세상에 그렇게 따분한 사람이 또 없다니까. 보면 알겠지만 평생 섹스도 한두 번밖에 안 했을 거야. 아이를 가지려고 겨우 했겠지."

"놀랐겠다." 스테이시가 말했다. "사람들은 이상해. 네가 꿈도 못 꿀 온갖 비밀들이 있어. 아빠의 환자 중에—셜리폴스 사람은 아니고—누가 봐도 예의바르고 정상적인 사람이 있었는데, 은행을 가지고 있다나 뭐라나. 그 사람이, 몸값이 어마어마한 창녀들을 불러다가 홀딱 벗기고 복도에서 자기에게 달걀을 굴리는 걸로 돈을 줬대."

에이미가 스테이시를 돌아보았다.

"웃기지, 응?" 스테이시가 말했다. "섹스는 하지도 않고. 복도에서 달걀을 굴리는 걸로. 어느 밤에 아빠가 엄마에게 말하는 걸 들었어."

"정신과 의사들은 환자에게 들은 이야기는 발설하면 안 된다고 생각했는데."

"개뿔." 스테이시가 대꾸했다. "의사 따위를 누가 믿어. 샌들 예쁘다. 난 그런 샌들이 좋더라."

그들은 함께 에이미의 발을 쳐다보았다. "난 싫은데." 에이미가 말했다. "내 옷도 다 싫어. 엄마가 바지를 잘라 입는 걸 싫어해서, 시어스에서 산 이 촌스러운 반바지도 그렇고."

"옷." 스테이시가 곰곰이 생각했다. "조금 있으면 나도 평범한 옷을 입을 수 있겠지."

"난 엄마가 싫어." 에이미는 갑자기 반바지가 꼴도 보기 싫어졌다. "네게 줄 꽃바구니를 만들어준 건 좋았지만, 엄마는 정말 이상한 사람이야. 엄마가 싫어."

"그렇구나." 스테이시가 예사롭게 말했다. "나도 엄마가 싫어." 그러고는 에이미를 돌아보며 속삭였다. "너 그거 알아? 간호사 하나가 나더러 아기를 안아보래. 그러지 않기로 되어 있는데 야간 당번 간호사가 오늘 아침 일찍 아기를 몰래 데리고 들어와 잠시 안아보게 해주더라."

스테이시의 푸른 눈이 에이미의 눈을 지그시 바라보았다.

"참 예쁘더라." 스테이시가 소곤거렸다. "나가는 길에 신생아실 유리창으로 한번 봐. 뒷줄 오른쪽 구석에 있어. 그 간호사가 말해줬어. 나처럼 머리카락이 불그스름하고 머리통이 커다래서 금방 알아볼 거야." 그러고는 고개를 흔들었다. "참 예뻐."

그들은 말없이 집으로 돌아왔다. "괜찮은 것 같았어요." 에이미가 차에 타면서 말했고 그뒤로는 아무 말도 없었다. 에이미는 줄곧 차창으로 얼굴을 돌리고 있었고, 이저벨도 뭔가 물어보려고 한두 번 입을 벌리다가 다물어버렸다. 거리는 어둑했다. 그들은 집들을, 뒤쪽 잔디밭들을, 가로등과 자동차 전조등과 창문으로 새어나오는 은은한 불빛에 어렴풋이 윤곽을 드러낸 지상 수영장들을 지나갔다.

로버트슨 선생은 어디 있을까?

그들 앞에서 달리던 차가 다음 출구에서 깜빡이등을 켰다가 껐는데, 그 작고 붉은 등은 차가 출구를 따라 내려가는 동안 계속 깜박거렸다. 그리고 잠시 나무들만 이어져 가문비나무와 소나무가 어둠 속에 서 있었다. 이렇게 우윳빛이 감도는 저녁의 어둠 속에서 에이미는 엄마 곁에 가만히 앉아 상상했다. 정상으로 보이는 남자가 정장 차림(교회에서 헌금 접시를 돌리는 집사들이 입는 정장 같은)을 하고 얼굴에 간절한 욕망을 담은 채 쭈그리고 앉아 있고, 그녀는 알몸으로 소나무 판자가 깔린 복도에서 달걀을 굴리는 장면. "하나만 더." 그는 속삭이듯 "하나만 더 굴려줘"라고 간청했고 그녀는 그렇게 했다. 적당히 시간을 끌며, 그의 시선을 무심히 되받으며 훌륭히 해냈다. 그 순간 강의 냄새가 훅 올라왔다. 셜리폴스로 들어서고 있었다.

"아기를 봤어요." 그녀가 이저벨에게 말했다. "그러면 안 되는 거라던데, 스테이시가 어디 있는지 말해줘서 나오는 길에 잠시 봤어요." 하지만 병원 복도에 서서 유리창을 사이에 두고 기도를 중얼거린 것은, 잠든 빨간 머리 아기에게 아기는 평생 알지도 못할 축복을 해주면서 점심시간마다 숲속에서 네가 엄마의 뱃속에서 자라는 모습을 지켜보았다고 말한 것은, 앞으로 너를 영원히 사랑하겠다고 맹세한 것은 엄마에게 말하지 않았다.

이저벨은 아무 말도 하지 않았다. 그들은 말없이 집 앞 어두운 진입로로 들어섰다.

# 20장

에이버리 클라크가 일주일 휴가를 냈다. 그는 해마다 8월이면 산속 내트턱 호숫가에 있는 오두막 한 채를 빌려 아들들과 함께 낚시를 하거나 좁은 배다리에서 뛰어내려 에마와 수영을 하고, 핫도그를 굽거나 두 그루의 유럽소나무에 매단 캔버스 해먹에 누워 뒹굴며 시간을 보냈다. 이 행복한 시간들은 해마다 사진으로 기록되었고, 에이버리는 점심시간에 길 건너 약국에서 사진을 찾아와 흥분을 억누르며 보여주곤 했다.

그 사진들을 보면 이저벨은 늘 마음이 찢어졌다. 그의 책상 앞에 서서 사진들을 들여다보면서(배다리에서 카누로 옮겨타는 에마의 등에 손자국을 남기지 않으려고 조심해서 모서리를 잡고) 이저벨은 이렇게 말하곤 했다. "와, 에이버리. 이건 특히 좋은데요. 이 사진이 잘 나왔어요." 그녀는 에이버리가 보트에서 호수 쪽으로 허리를 숙여 물고기를 끌어올리는 사진을 보며 살며시 미소 지었다. 농어 비슷한 물고기였다. 그날 얼마나 오래, 입질도 없는데 두 시간 내리 낚시를 했는지 설명을 들으면서 이저벨은 고개를 끄덕였다. "어머, 상상만 해도."

이 특별하고 무덥고 끔찍한 8월에 강물은 죽은 듯 드러누워 하늘 끝까지 악취를 풍겼고 하늘은 아무 색깔이 없었으며, 이저벨의 딸은 그녀에게 좀처럼 말을 걸지 않았고 에이버리도 거의 말을 건네지 않았다(그가 금요일에 나가면서 꺼낸 말이라고는 기껏 "관리 좀 부탁해요, 이저벨"뿐이었다). 올해도 과연 그가 돌아와 호수에서 찍은 사진을 보여주기나 할지 그녀는 궁금했다. 그의 두 아들이 모두 대학을 졸업하고도 이번 호수 여행에 함께한다는 사실을, 이저벨은 베브의 질문을 듣고서야 알았다. "오, 그럼요." 그가 대답했다. "언젠가는 손자들도 데리고 가겠지요. 내트턱 호수로 놀러가는 건 가족 전통이니까요."

"참 멋지네요." 베브가 무심히 고개를 끄덕이며 대답했고, 이저벨은 그녀의 이런 무심함이 부러웠다.

이저벨에게는 유쾌하게 "관리 좀 부탁해요, 이저벨" 하고 말한 것이 전부였다. 물론 그의 눈동자에 요즘은 그것이 전혀 쉽지 않은 일이라는 양해의 눈빛이 잠시 떠올랐다. 사무실에는 새 불화와 옛 불화가 동시에 들끓었고, 동맹이 조직되는가 싶으면 또

다시 새롭게 조직되곤 했다. 우체국 로비에서 로지가 스트립쇼를 하는 꿈을 꿨다고 레노러가 공개적으로 말한 것이 표면적인 이유가 되어(로지가 정말 화가 난 이유는 그 꿈을 얘기한 자체가 아니라 극단적으로 우스꽝스러운 묘사 때문이었다) 로지 탕궤이와 레노러 스니븐스는 일 년 넘게 말을 하지 않았다. 그러다 여름 초입에 그 문제가 일단락될 조짐을 보이더니, 어느 날 두 사람은 더위 때문에 마음이 누그러졌다는 데—온화하고 밝은 목소리로—합의했다. 하지만 도티 브라운의 UFO 이야기가 나오면서 해묵은 반감이 되살아났다.

레노러가 공격하려고 한 대상은 로지만이 아니었다. 무슨 이유에서인지 레노러는 UFO에 대한 생각 자체를 참아내지 못했을 뿐 아니라, 그런 어리석은 이야기를 믿는 사람이 존재한다는 사실마저 받아들이지 않으려 했다. 누가 피곤한 듯 휴게실을 둘러보며 별 뜻 없이 "내 펩시 어디 뒀더라?" 하면 레노러는 대번에 비꼬듯이 "외계인이 가져갔겠지" 하고 대꾸했다.

뚱뚱이 베브도 이저벨도 도티의 이야기가 믿기지는 않았지만 둘 다 '도티 편'을 들었다. 그리고 둘 다 그러지 않아도 흔들리는 보트를 레노러 스니븐스가 계속 흔들어대는 통에 몹시 괴로웠다. "저 여자는 왜 입을 가만히 못 둔대?" 어느 날 베브가 함께 휴게실을 나서면서 이저벨에게 구시렁거렸다. 숨막히게 더운 휴게실이 잠시 조용한 사이, 레노러가 고개도 들지 않고 이렇게 말한 것이다. "우주선은 또 안 나타났어, 도티?"

잔인했다. 피할 수 없었다. 부적절했다. 알린에게서나 나올 법한 말이었다—알린의 화장한 눈썹 밑으로 (몇몇 사람들이 느끼기로는) 야비함이 엿보였다. 하지만 이 문제에 대해서만큼은 레노러도—평소에는 성격 좋고 뻐드렁니에 수다스럽기까지 했지만—놀랄 만큼 집요함을 보이고 있었다.

도티 브라운은 얼굴이 벌겋게 달아오르는가 싶다가 일그러지더니 기어코 울음을 터뜨렸다. "왜 그래, 도티, 맙소사." 레노러가 손가락으로 리놀륨 탁자를 성마르게 두드렸다. 자신이 예상한 것보다 문제가 더 커져서 그랬겠지만 이 불편한 상황에서 레노러는 그만 이 말을 덧붙이고 말았다. "그만해, 도티, 그 문제는 집어치워."

도티가 의자를 밀치고 휴게실에서 나갔다. 뚱뚱이 베브가 뒤따라 나가다가 레노러 쪽으로 고개를 홱 돌리며 이저벨에게 큰 소리로 구시렁댄 것은 이 순간이었다. "저 여자는 왜 입을 가만히 못 둔대?"

그 말은 맞았다. 레노러는 입을 다물었어야 했다. 도티 브라운이든 누가 됐든 그런 일은, 출근하자마자 방금 하얀 캥거루 열두 마리가 다리 위를 지나가더라는 말을 해도, 글쎄, 그건 그 사람의 문제였다. 미쳤나 하는 생각이 들어도 점잖은 사람이라면 그저 묵묵히 듣는다.

이저벨은 책상 앞에 앉았다. "저도 같은 생각이에요, 베브. 완전히요."

베브는 친구를 돌봐주러 화장실로 갔고, 이저벨은 편지를 타자하기 시작했는데 도중에 실수를 여러 번 했다. 교장은 어디 가고 없는데 돌연 걷잡을 수 없어진 학생들을 떠맡은 임시교사가 된 것처럼, 가슴이 불안스레 벌렁거리고 더럭 겁이 났다. 이 여자들이 미쳐버리면 어쩌지? (그녀는 손을 약간 떨면서, 이 사람들이 그러지 않을 이유도 없지, 날이 이렇게 지독하게 더운데, 하고 생각했다.) 여자들이 죄다 정신이 나가버리고, 에이버리가 돌아와 완전히 난장판이 된 것을 알게 되면 어쩌지? "관리 좀 부탁해요, 이저벨."

하지만 그건 그녀의 책임이 아니었다, 단연코! 사무실의 질서를 유지하는 일로 돈을 버는 사람은 에이버리였다. 그녀가 아니었다. 이저벨은 타자기에서 종이를 빼내고 다시 편지를 치기 시작했다.

한편 화장실에서는 생각지도 못한 일이 일어나고 있었다. 레노러 스니븐스는 머릿속에서 빙빙 도는 애매한 사과의 말을 짜내면서 도티 브라운을 따라 화장실로 갔다가 정신이 번쩍 드는 일을 당했다. 세면대 앞에 서 있던 도티 브라운이 돌아보며 그녀의 팔꿈치 위 맨살을 세게 쳤기 때문이다. 손날로 쳤기 때문에 소리도 거의 나지 않았지만 레노러는 곧바로 물러서며 비명을 질렀고 느닷없이 앞으로 나서더니 도티의 얼굴에 침을 뱉었다. 딱히 침이라고 하기는 어려웠다. 너무 당황해서 침을 뱉을 만큼 입속에 모으지는 못했기 때문인데, 그래도 그녀의 제스처는 분명했고 몇 방울이 허공을 갈라 도티의 뺨에 튀었다. 도티는 곧바로 뺨을 박박 문지르며 흐느꼈다. "이 구역질나는 여드름쟁이 돼지!"

레노러는 자신의 유감스러운 외모에 대해 지적을 당하자 또 한번 발끈해서 침을 뱉었고, 이번에는 어린아이가 부우우 하고 입을 내밀 때처럼 입술을 격렬하게 떨었다.

뚱뚱이 베브는 세면대 옆에서 그들의 일거수일투족을 기겁하며 지켜보다가, 두 사람 사이로 끼어들어 딸들의 사춘기가 끝난 뒤로는 쓰지 않은 목소리로 버럭 소리를 질렀다. "너희 둘, 당장 그만두지 못해!"

얼마 뒤 뚱뚱이 베브는 이저벨의 책상으로 가서 허리를 숙이고 도티를 집까지 데려다줄 텐데 오후에 돌아올 수 있을지 모르겠다고 말했다.

"그래요." 이저벨은 놀라면서 무슨 일 때문에 상황이 그렇게까지 흘러갔는지 영문을 모른 채 대답했다. "그렇게 하세요, 베브."

레노러 스니븐스는 눈물이 그렁그렁한 채 자기 책상으로 돌아와 입도 벙긋하지 않았다. 사무실은 더없이 조용했다. 창가에서 선풍기가 돌아가는 소리만 들렸는데 심지어 그 소리도 한결 줄어 선풍기마저 경계하고 조심하는 것 같았다. 이따금 의자 삐걱거리는 소리와 찰카닥하고 캐비닛이 닫히는 소리만 들렸다. 레노러는 두 번 코를 풀었다.

이저벨이 흘끗 고개를 들어 보니 베브가 복도에서 이리 오라는 손짓을 하고 있었다. 그녀는 책상 서랍에서 손가방을 꺼내 들고 화장실에 가는 것처럼 조용히 복도로 나왔다.

베브의 차가 시동이 걸리지 않는다고 했다. 더위 때문인 듯하다고, 하루종일 주차장에서 달궈져서 그런 것 같다고 베브는 생각했다. 평소에는 주차장 모퉁이의 나무 밑에 차를 세우는데 오늘은 누가 벌써 그 자리를 차지했더라는 것이다. 베브가 (피둥피둥한 손으로 땀이 흐르는 입술을 닦으며) 말하기를 그건 문제가 아니지만, 도티는 지금 그 차에 타고 있고 집으로 꼭 보내야 한다고 했다. 베브의 생각으로는 도티가 신경쇠약증에 걸린 것 같은데, 당장은 집에 돌려보내는 것이 최선이라고 했다. 도티에게 월리의 직장으로 전화를 걸겠다고 했더니……

이저벨이 베브의 손을 잡았다. "가요. 같이 가요."

그들이 주차장을 빠져나오는데 눈앞에 후끈한 열기가 아른거렸다. 도티는 운전하는 이저벨 옆자리에 표정 없는 얼굴로 다소곳이 앉아 있었다. 뚱뚱이 베브는 뒷좌석에서 다리를 벌리고 담배를 든 손을 차창에 걸친 채 앉아 있었다. 이저벨은 자신의 운전 솜씨가 속속들이 평가되고 있는 것처럼 잔뜩 긴장해서 차를 몰았다. 에이미가 어렸을 때가 생각났는데, 그녀는 학교에서 견학이나 소풍 같은 행사가 있으면 몇 차례 자원해서 차를 몰았다. 지긋지긋하게 말 안 듣는 꼬마들을 한가득 태우고 운전대를 잡으면 남의 시선이 엄청나게 의식되었다.

"내가 때렸어." 도티가 이저벨을 어정쩡하게 돌아보며 무미건조하게 말했다.

"뭐라고요?" 이저벨이 깜빡이등을 켰다. 뒤에서 달리는 차가 바짝 붙어 있었다. 이저벨은 차들이 그렇게 바짝 따라붙는 것이 싫었다.

"내가 레노러를 때렸다고. 화장실에서. 베브가 말하지 않았어?"

"아니요. 어머나." 이저벨은 백미러를 흘끗 보았다. 베브가 그녀와 눈을 맞추면서 순순히 패배를 인정하는 표정을 지었다. "정말요? 때렸다고요?" 이저벨은 도티 쪽으로 얼굴을 돌렸고 도티는 고개를 끄덕였다.

"팔을 때렸어." 도티는 어디를 쳤는지 알려주려고 자기 팔 위쪽을 톡톡 두드린 뒤 손가방을 뒤져 담배를 찾았다.

"흠." 이저벨은 이 일에 대해 생각하며 정지신호에서 오른쪽으로 방향을 틀었다. "열이 받치면 그럴 수도 있죠." 그러고는 뜻밖에도 너그럽게 말했다.

"그래서 레노러가 침을 뱉었지." 뚱뚱이 베브는 뒷자리에 앉아 이저벨의 수용적인 태도에 고무된 듯 이렇게 말했다.

"맙소사."

"레노러를 탓할 수는 없어." 도티가 마침내 한숨지으며 말했다. "내가 먼저 쳤으니까."

"하지만 그건 달라요." 이저벨은 여전히 자신의 운전 솜씨가 불안했는데, 특히 다 큰 여자들이 서로 때리고 침을 뱉는 장면을 상상하면서 몸이 후들거린 뒤로는 더욱 그랬다. (맙소사, 그녀는 생각했다.) "때리는 건 그래도 좀 다른 것 같아요. 물론 때리는 것도 잘못되긴 했지만." 이저벨이 얼른 덧붙였고, 도티의 집으로 향하는 길로 들어서자 예전에 아이들을 태우고 가던 때가 다시 떠올랐다. "적어도……" 그녀는 머뭇거리면서 적당한 말을 찾았다. "적어도 깨끗하긴 하죠. 하지만 침을 뱉는 건. 맙소사."

"도티가 여드름쟁이라고 불렀거든." 베브가 뒷좌석에서 일러주었고, 도티는 이저벨은 쳐다보지도 않은 채 침울하게 고개를 끄덕여 그 말을 확인해주었다.

"'구역질나는 여드름쟁이 돼지'라고 했어." 도티가 기록을 정확히 남기려는 듯 말했다. 그리고 담배를 힘껏 빨았다.

"저런." 이저벨이 내뱉었다. "오, 세상에." 그녀는 좁은 시골길로 조심해서 차를 몰았다. "오, 세상에."

"다음에 왼쪽." 도티가 방향을 일러주었다.

진입로는 길게 강까지 구불구불 이어졌다. 사방이 들판이고 집 앞에는 단풍나무가 무리 지어 선 멋진 곳이었다. 대대로 물려받은 집이라고 이저벨은 알고 있었다. 지금 도티는 이런 집을 마련할 능력이 없었다. 앞문 가까이 차를 대면서 이저벨은 집을 좀 손봐야겠다고 생각했다. 한쪽 포치 난간은 실제로 무너지고 있었고, 회색 빛깔의 페인트는 이번 여름이 되기 한참 전부터 수포 같은 것이 생기기 시작한 듯 보였다. 그 모습을 보자 이저벨은 저 아래 무성한 잡초 사이에 주저앉아 오랜 세월 꼼짝하지 않은 것 같은 녹슨 트럭을 볼 때처럼 마음이 어수선했다.

"잠시만 앉아 있자." 도티가 이저벨을 보며 수줍은 표정으로 물어보듯이 말했다.

"좋아요." 이저벨이 대답하고 시동을 껐다.

그들은 무색의 불볕더위 가운데 조용히 앉아 있었다. 도티의 얼굴에는 땀방울이 송골송골 맺혔고, 이저벨은 신중하게 그녀를 바라보다가 불쑥 말했다. "도티, 살이 빠졌네요." 이저벨은 블라우스 소매 밖으로 나온 도티의 팔이 아주 가느다란 것을 보고 이렇게 말했는데, 이 말을 하면서 그녀 자신을 의식했다. 최근에 A&P 진열창에 반사된 자신의 팔을 보고 같은 생각을 했던 것이다.

도티가 무심히 고개를 끄덕였다.

"자궁절제수술을 받으면 살이 찔 거라고 생각했지." 뒷자리에 처박힌 채 베브가 말했다. "치피가 난소를 적출했을 때 덩치가 탁자만큼 커졌잖아."

도티는 치과 진찰대에 드러누운 것처럼 머리를 뒤쪽으로 깊숙이 기댔다. "나도 난소를 떼어냈어. 오, 맙소사." 그녀가 고개를 천천히 흔들기 시작했다.

"도티. 정말 미안해." 베브가 차창 밖으로 자갈 깔린 진입로에 담배를 버리고 허리를 숙여 친구의 어깨를 잡았다. "젠장. 사람들은 가끔 똥 같은 말을 한다니까." 그러고 연달아 이저벨에게 말했다. "욕해서 미안해."

이저벨은 보일락 말락 고개를 가로젓고 입꼬리에 살짝 힘을 주며, 그런 바보 같은 말이 어디 있어요, 베브, 부디 어떤 표현이든 마음대로 쓰세요, 하는 뜻을 나타냈다. (하지만 어쨌거나 '똥'이라는 단어는 정말로 좋아하지 않았다.)

하지만 도티는 울고 있었다. "괜찮아, 정말이야." 눈물이 코 옆으로 흘렀다. "괜찮다니까, 정말로."

"맙소사, 내가 죽일 년이지." 베브는 '난소를 적출'했다는 말을 한 것에 어쩔 줄 몰라했다. 그녀의 목과 얼굴에 땀방울이 또 다시 맺혔다. 블라우스 앞쪽을 몸에서 떼어내며 다시 뒤로 기댔다. "도티 브라운, 넌 그 수술이 필요했던 거야. 죽을 때까지 매달 피를 흘리면서 살 수는 없어. 거기 생긴 물혹은 꼭 캔털루프 멜론 크기였잖아."

도티는 의자의 등받이에 머리를 대고 계속 도리질을 했다. "그 문제가 아니야. 더 있어."

베브와 이저벨은 잠시 시선이 마주쳤지만 곧 멀거니 창밖을 보았고, 각자 손톱을 쳐다보다가 슬금슬금 다시 도티를 바라보았다. 그들은 끈기 있게 기다렸다. 이제 베브는 땀을 뻘뻘 흘렸다. 바지 속이 흠뻑 젖은 것 같았지만 차문을 열 엄두는 나지 않았다. 도티가 무슨 말을 해도 끼어들 엄두가 나지 않았고 나중에 차에서 내릴 때면 바지에 오줌을 싼 것처럼 보이겠다고 생각했다.

"꿈이었을지도 몰라." 도티가 마침내 입을 열었다. "정말 그걸 봤는지 모르겠어. 헨콕 근처에 사는 누가 UFO를 봤다는 기사를 읽다가 잠이 들었거든. 그날 해먹에 누워서. 꿈이었을 수도 있어."

베브는 다시 앞쪽으로 몸을 기울였다. "괜찮아. 꿈이 지독한 현실로 느껴질 수도 있으니까." 베브는 도티가 그 사실을 털어놓자 마음이 놓였다. 하지만 운전석에 앉아 있어서 도티의 얼굴이 더 잘 보였던 이저벨의 가슴속에는 어떤 조짐이 파도처럼 스쳐 갔다.

"괜찮아." 뚱뚱이 베브는 진심으로 말하고 도티의 어깨를 토닥거렸다.

도티는 눈을 감았다. 이저벨이 보기에 도티의 눈꺼풀은 살이 얇아 도티의 은밀한 부분이 드러난 것처럼 완전히 벌거벗은 느낌이었다. 도티가 말했다. "괜찮은 건 없어."

"다 지나갈 거야." 베브가 안심시켰다. "이런 더위에는 모두 제정신이 아니지. 몇 주 안 돼서 그 이야기는 묻힐 거야. 사무실 얼간이들도 다른 화제를 찾을 거고……"

이저벨은 손을 들고 뚱뚱이 베브에게 고개를 흔들어 보였다. 도티의 눈은 여전히 감겨 있었다. 도티는 천천히 몸을 흔들고 있었다. 이저벨은 베브와 놀란 표정을 주고받은 뒤 몸을 기울여 도티의 가느다란 손목을 감싸쥐었다.

"도티, 무슨 일이에요?" 이저벨이 속삭였다.

도티는 눈을 뜨고 이저벨의 얼굴을 물끄러미 바라보았다. 그리고 입을 벌렸다가 다물었다. 끈적거리는 흰색 침 두 방울이 입술에 맺혀 있었다. 도티는 다시 입을 벌렸다 다물었고, 다시 고개를 가로저었다. 이저벨은 천천히 손을 들어 고통에 빠진 여인의 팔에 내려놓았다.

"괜찮아요, 도티." 이저벨이 다시 속삭였다. "혼자가 아니에요. 우리가 여기 있잖아요." 그녀가 이 말을 한 것은 그것—슬픔에 빠져 혼자 있는 것—이 스스로 느끼는 가장 큰 두려움이기 때문이었다. 하지만 지금 이 말이 나온 것은 무엇 때문인지, 도티 브라운과 알고 지낸 그 오랜 세월 동안 서로 예의를 지키는 거리를 확고히 유지해왔는데 무엇 때문에 이 평일 오후에 실제로 오븐이나 다름없는 차 안에서 이 가련한 여인의 팔을 쓰다듬어주는 친밀한 자리로 들어서고 말았는지는 그녀도 제대로 설명할 수 없었다. 하지만 그 말이 영향을 미쳤는지 도티를 틀어막고 있던 마개가 헐거워졌고, 이제 도티는 가녀리게 흐느끼면서 고개를 가로젓는 대신 끄덕거렸다. 잠시 뒤에는 손으로 얼굴을 닦아, 어린아이처럼 눈물이 그녀의 손가락에 묻었다. "종이 있어?" 그녀가 물었다. "종이와 펜?"

베브와 이저벨은 말이 떨어지기 무섭게 각자 가방을 뒤졌고, 곧 펜과 오래된 봉투, 휴지가 도티의 젖은 손에 쥐여졌다.

도티가 무언가 쓰기 시작하자 이저벨은 베브와 은밀한 시선을 주고받았다. 베브는 이것이 좋은 신호라는 듯 고개를 살짝 끄덕였다. 이 지독한 괴로움, 이 산고가 정말로 마지막에 낳는 것은…… 무엇일까?

도티는 쓰기를 멈추고 담배에 불을 붙인 뒤 이저벨에게 봉투를 건넸고, 이저벨은 베브의 '진정한' 친구 자리를 강탈하고 싶지 않아 베브가 잘 볼 수 있게 봉투를 들었다. 다 읽기까지 시간은 오래 걸리지 않았다.

베브는 숨을 꼴깍 삼켰다. 냉기가 땀에 젖은 몸을 휘감았다. 이저벨은 벌렁거리는 심장으로 불쾌한 단어들을 숨기려는 듯 봉투를 접고 또 접었다. 베브의 얼굴에 눈물이 뚝뚝 흘렀다. "그가 미워." 베브가 조용히 말했다. "미안해, 도티. 하지만 정말 미워."

도티는 베브를 쳐다보려고 고개를 조금 돌렸다.

"미안해." 도티가 자기를 쳐다보는 것을 깨닫자 베브가 다시 말했다. "그는 네 남편이고, 나도 그를 오래 알고 지냈지. 그리고 너는 내 가장 친한 친구고. 그러니까 나는 그런 말을 할 자격이 없는데다 내가 관여할 문제도 아니지만, 그래도 말할 수밖에 없어. 나는 그가 미워."

"괜찮아." 도티가 말했다. "나도 그런걸." 그녀는 다시 앞을 돌아보았다. "아냐, 난 아니야."

이저벨은 말이 없었다. 대시보드와 라디오 다이얼만 쳐다보았다. 그녀가 알기로 도티는 아들이 셋이었다. 지금쯤 스무 살이 넘었을 것이다. 그들이 이제는 한집에 살지 않는다는 것도 알았다. 그녀가 기억하기로, 한 명은 보스턴에 사는데 결혼을 생각하는 중이었다. 이저벨은 앞유리로 눈앞에 펼쳐진 집을 바라보며, 오래전 젊은 아내이자 엄마였던 도티를, 시끌벅적하고 활력이 넘쳤던 집을, 다섯 식구가 모인 크리스마스 아침을(아니, 적어도 여섯—비 브라운이 아주 자주 들렀을 거라고 그녀는 짐작했다), 언제나 할 일이 많아 분주했던 도티를 상상했다.

"그 삶이 전부였잖아요." 이저벨이 도티에게 말했다.

도티는 그녀를 구슬프게 바라보았다. 이저벨을 바라보는 그녀의 촉촉한 푸른 눈동자에 더없이 투명한 뭔가가 어린 듯했다. "그렇지." 그녀가 말했다.

"네가 입원해 있는 동안에." 베브가 나직이, 엄숙하게 말했다.

"도티. 이건 정말 너무한 일이야."

"그래." 이제 도티의 목소리는 아련하고 초월한 듯 들렸다. 하지만 어쩌면 그저 고단했을지도 모른다.

베브는 몸이 안 좋았다. "들어가자." 그녀가 차문을 열며 말했다. (드디어.) "이 더위에 여기 앉아 있다가는 골로 가겠어." 그 말은 진심이었다. 그녀는 자신의 건강에 대해 잘 알고 있었다. 뚱뚱했고 담배를 피웠다. 운동은 전혀 하지 않았다. 이제 젊지도 않았다. 더욱이 이 끔찍한 더위에 충격을 받았다. 그녀가 당장 쓰러져 죽는다고 해도 세상은 눈 하나 깜짝하지 않겠지만—무거운 몸뚱이를 일으킬 때 눈앞에 까만 점들이 어른거리는 것을 느끼면서(바지는 당연히 젖어 있었다)—만약 그렇게 되면 오로지, 그리고 정확히 월리 브라운 탓일 거라고 씁쓸하게 생각했다.

이런, 그녀는 정말 아팠다.

"난 죽는대도 괜찮아." 도티가 여전히 차 안에 앉아 초월한 목소리로 말했다.

"알아." 베브는 도티가 앉은 쪽의 문을 열고 그녀의 팔을 잡았다. "하지만 좀 있으면 괜찮지 않을 거야. 게다가……" 그 순간 베브는 도티가 얼마나 가벼운지, 팔은 또 얼마나 어처구니없이 가늘어졌는지 느꼈고, 그토록 오랜 세월 동안 친구로 지낸 이 여인의 푸른 눈동자 주위로 붉어진 눈시울을 보았다. 그러자 또다시 눈물이 흘러내리면서 죽음이 임박했을 가능성이 높은 사람은 정녕 자신이 아니라 도티라는 생각이 불현듯 들었다. "내가 널 지독히 그리워할 텐데." 베브가 말을 끝냈다. "내가 널 똑같이 그리워할 거라고, 도티 브라운."

이저벨에게는 이 모든 상황이 어색했다. 자신도 집안으로 들어가야 하는지, 아니면, 그럴 공산이 컸지만, 여기서부터는 베브가 떠맡을지 알 수가 없었다. 하지만 이렇게 사적인 장면을 목격한 뒤 혼자 돌아가는 것은 예의가 아닌 것 같았다.

"이저벨." 이제 도티는 차에서 내려 뚱뚱이 베브 옆에 서서 열린 차창으로 이저벨을 들여다보며 말했다. "같이 들어가. 그래주면 좋겠어."

베브의 목소리가 도티의 목소리와 겹쳤다. "그래, 이저벨. 그래야지, 같이 들어가."

부엌은 혼란스러운 느낌을 주었다. 이저벨은 부엌에 들어서자마자 혼란을 느꼈다. 어떻게 보면 아름다웠다. 개수대 위로 난 커다란 창문들이 저멀리 희끄무레한 들판을 보여주었고, 가까이에는 제라늄이 한 줄로 창턱에 놓여 있었다. 선반 위에 놓인, 직접 그림을 그린 머그잔들은 익숙하고 편안한 느낌이었고, 어수선한 책꽂이 가까이에 있는 흔들의자도 그런 느낌을 주었다. 책꽂이에 놓인 필로덴드론 화분에서는 넝쿨이 치렁하게 늘어져 있었다. 흔들의자에 잠들어 있는 회색 고양이 또한 그 풍경에 어울렸지만, 이저벨은 한편 거부감이 들었다. 그 공간에서 '고양이스러운' 냄새가 나는 듯했던 것이다. 아니나 다를까 배변 상자(흘끗 보았을 때 자갈 같은 돌멩이들 속에 갈색 덩어리들이 있는 것 같았는데, 부엌에 어떻게 그런 것을 두고 살 수 있지?)가 놓여 있었다. 회반죽벽에 구멍이 숭숭 뚫려 있다는 사실도 그만큼 심란했다. 벽지도 너덜너덜 찢어져 있었다. 도티도 베브도 그런 말은 하지 않았지만, 주위를 훑어보면서 이저벨은 이 공간은 보수중인 게 틀림없다고 생각했다.

도티는 곧바로 흔들의자로 가서 고양이를 쫓아낸 뒤 비장하게 앉더니 곧장 담배에 불을 붙이고 손가락을 튕겨 제라늄 화분 속으로 성냥을 날렸다. "냉장고에 아이스티가 있어." 그녀가 눈을 감고 연기를 뿜으며 중얼거렸다.

뚱뚱이 베브는 분명히 자기 집에 있는 것처럼(이저벨은 다른 사람의 집을 자기 집같이 돌아다닐 수 있는 이런 친밀한 우정이 부러웠다) 아이스티를 한 잔 따라 도티에게 건넸다. "마셔." 그녀가 명령하듯 말했다. "물 같은 걸 마셔야 해, 도티. 수분을 유지해야지." 도티는 눈을 뜨고 고단한 듯 유리잔을 받아들었다.

"그이는 우리가 함께 나눈 좋은 시간을 생각하래." 도티는 갈피를 잡지 못하는 표정이었다. "하지만 그이는 몰라. 이제 좋은 시간은 없어. 좋은 기억도."

"당연하지." 베브가 아이스티를 이저벨 앞에 놓으면서 잠시 말을 멈춘 뒤 이저벨도 음료를 마셔야 한다는 충고를 권위적인 표정으로 전달하며 말을 이었다. "무슨 말인지 알아. 당연하지. 그걸 이해하지 못하는 남자란. 그런 놈들은 죄다 얼간이들이야. 정말 그래."

이저벨이 차를 홀짝였다. (설탕을 더 넣고 싶었지만 달라는 말은 하지 않았다.) 잠시 뒤 그녀가 천천히 말했다. "그 일로 기억이 송두리째 망가진 걸 알겠어요." 그러자 그녀는 알 수 있었다. 쉽게 알 수 있었다. 누군가의 인생이 어떻게 송두리째 찢기는지를, 도티의 삶이 바로 이 순간 자신이 보는 앞에서 찢기고 있는 것을, 그녀는 더할 나위 없이 분명히 알 수 있었다. 아까 차 안에서 도티에게 "그 삶이 전부였잖아요" 하고 말했을 때 이저벨이 했던 생각이 그것이었다. 또한 도티의 푸른 눈동자가 순간적으로 더없이 투명했던 것은 그에 대한 대답이었다. 그 말이 사실이었으므로. 도티에게는 이 남자와 함께 쌓아올린 시간이 삶의 전부였으니까. 한 해를, 또 한 해를 쌓고—무엇이 될 때까지?

"참담한 기분이 들 것 같아요." 이저벨이 조용히 말했고, 도티는 진심 어린 감사의 표정을 지었다. 이저벨은 불현듯 전에는 (차마) 생각지 못했던 다른 일을 떠올렸다. 캘리포니아의 어느 무더운 여름날 어떤 여자, 어떤 엄마가 부엌에서 주말 계획을 세우고 아마 남편에게 줄 케이크를 만들면서 오랫동안 지켜온 평범한 삶을 꾸려가고 있는데—전화벨이 울린다—느닷없이 삶의 지붕이 내려앉는다.

이저벨은 손으로 입을 가렸다. 온 얼굴에, 겨드랑이에 땀이 쏟아지고 있었다. 넋이 나간 채 흔들의자에 앉아 있는 도티를 애처롭게 바라보면서, 이저벨은 재앙을 눈앞에서 목격한 느낌, 지진의 강한 충격으로 집이 폭삭 주저앉는 장면을 지켜보는 느낌에 사로잡혔다.

하지만 그것은 지진도 아니었고 '신의 섭리'도 아니었다. 아니, 이런 일로는 신을 탓할 수 없었다. 이런 일을 서로 저지르는 것은 인간, 그저 평범한 보통 사람이었다. 사람들은 서로의 삶을 망가뜨렸다. 사람들은 원하는 것을 취했고, 애크미 타이어 회사에서 일한다는 앨시어라는 여자는 월리 브라운을 원해 그를 차지했다.

이저벨은 꼬고 있던 다리를 빠르게 풀다가 옆에 놓인 의자를 쳐서 쓰러뜨릴 뻔했다. 그녀는 얼른 손을 뻗어 의자를 붙잡았고, 원래 자리로 천천히 돌려놓으면서 순간적으로 두 여자에게 미안하다는 표정을 지어 보였다. 앨시어는 스물여덟이었다. 이저벨은 속으로, 완전히 성숙한 여자야, 자기 행동이 어떤 재앙을 불러올지 알고도 남을 나이지, 하고 생각했다. 그렇다고 뭐가 달라졌는가?

"월리와 나는 친구였어." 도티가 갈팡질팡하는 표정으로 말하고 있었다. "그이에게 그렇게 말했어. 월리, 우리는 그 세월 동안 서로 다른 점들을 알게 되었지만 나는 우리가 늘 친구라고 생각했어, 이렇게."

"뭐라고 대답하던?" 베브는 알고 싶어했다. 그녀는 혼자 맥주를 캔째 마시고 있었다. 고개를 젖혀 또다시 맥주를 들이켠 뒤 탁자에 캔을 내려놓고 손으로 빙글빙글 돌렸다.

"내 말이 맞대. 우리는 친구였다고." 이쯤에서 도티는 이저벨과 베브를 애절한 눈빛으로 쳐다보았다. "하지만 친구는 서로 그런 짓을 하지 않잖아."

"안 하지." 베브가 맞장구쳤다.

"안 해요." 이저벨이 베브보다 더 나직한 소리로 맞장구쳤다.

"그렇다면 우리는 친구가 아니었던 거지."

"모르겠어요." 이저벨이 말했다. "아무것도 모르겠어요."

"나 역시 아무것도 모르겠어." 도티가 말했다.

그렇다면 너희 둘 다 바보야, 베브는 말하고 싶었다. 이런 것에 수수께끼란 없으니까. 어떤 남자들은, 그리고 어떤 여자들은 (키 크고 얼굴이 누르께한 앨시어를 떠올리며) 그저 똥 같은 종자들이니까. 베브는 이 말을 입 밖에 내지는 않았다. 그 대신 맥주를 비우고 담배에 불을 붙였다.

# 21장

더위는 여전했고, 세상은 여전히 무색이거나 적어도 예사로운 색깔은 아니었다. 길을 따라 자라는 골든라드는 지저분한 모습으로 고개를 숙이고 있었는데, 구부정하게 엉킨 줄기들 틈에서 피어난 꽃은 전혀 노랗지 않았고 오히려 칙칙한 오렌지 빛깔에 더 가까웠다. 루드베키아가 가득한 들판은 꽃잎이 완전히 자라지 않아 조락한 느낌을 주었고, 어떤 것은 심지어 꽃잎을 펴지도 못해 솜털이 난 줄기에 갈색 움만 트다 만 것 같았다. 길가에 늘어선 채소 가판대는 손글씨로 옥수수 팝니다!!!라고 쓴 팻말을 붙인 채 서로 경쟁하고 있었다. 낡은 부셸 바구니에 담긴 옥수수자루들은 실제로는 절여놓은 잔 마늘 크기이기 일쑤여서, 혹시나 하는 기대를 품고 차를 세운 손님들은 하릴없이 조그만 자루들을 만지작거리며 서 있었다. 허여스름한 연두색 껍질에 단단히 쌓여 있는 이 옥수수자루들이 예정된 운명대로 완전히 성장하지 못한 무능함에는, 뚜렷하지는 않지만 어딘지 불경스럽고 불온한 느낌이 있었다. 사람들은 사거나, 사지 않았다. 농부의 아내들은 뭐라고 평하거나, 가만히 있었다. 삶은 흐르거나, 흐르지 않았다. 이제는 다들 몹시 지쳐 있었다. 지긋지긋하고 더웠다.

하지만 이따금 창문을 죄다 내리고 달리는 폴 벨로스의 새 차 앞좌석에는 바람이 살랑살랑 불어왔다. 에이미를 태우고 가문비나무와 소나무가 양옆으로 빼곡히 늘어선 외딴길을 달릴 때에는 더욱 그랬다. 그러면 실제로 시원하고 촉촉한 숨결이 느껴졌고, 흙과 솔잎의 알싸한 냄새가 스치듯 코를 찔러 에이미는 몸 가운데 거기까지 묘한 전율이 훑고 내려가는 것 같았다. 물론 그녀가 원한 것은 로버트슨 선생이었다.

하지만 그녀가 폴에 대해 깊은 인상을 받은 것은 그가 안겨주는 자유, 계획 없이 무작정 차를 모는 방식이었다. 게다가 그는 그녀에게 잘해주었다. "도넛 좋아해?" 그가 어느 날 물었다.

"도넛 정말 좋아해." 에이미가 대답했다.

그의 미소는 천진하고 소년다웠으며, 늘 간발의 차로 늦는 것처럼 조금은 단절된 느낌이 들었다. 그의 반응은 대부분 이런 식—약간의 틈, 짧은 멈춤—인 것 같았는데 이것이 친밀한 느낌을 가로막았다. 그들이 암묵적으로 합의하고 인정한 것은 서로 다른 사람을 가슴에 품고 있다는 사실이었다.

타운 변두리의 원형 교차로에 있는 도넛가게에서 폴은 말버러를 피우고 커피를 마셨고, 유쾌하지만 단절된 미소로 에이미가 도넛을 두 개째 먹어치우는 모습을 지켜보았다. 말버러는 그녀가 피우기에는 너무 강했으므로(그녀는 담배를 빨면서 몸서리쳤다) 그는 계산대에서 그녀가 숲속에서 스테이시와 피우던 담배를 사주었고, 에이미가 담배를 집으로 가져갔다가 들킬까봐 겁을 내자 앞좌석 서랍에 넣어두어도 좋다고 말했다.

"나중에 갚을게." 그녀가 말했다.

"됐어." 그는 주차장을 가로지르면서 그녀의 등을 가볍게 토닥였다.

그는 차에 타 열쇠를 꽂은 뒤 의자 밑에서 상자를 꺼냈는데 뚜껑이 홱 젖혀지는 구식 시가 상자였다. "이것 봐." 그가 말했고, 그녀는 그쪽으로 몸을 기울였다. 거기에는 외국 동전과 보석이 담겨 있었는데, 특히 그녀의 눈을 사로잡은 것은 여자 귀걸이 한 쌍이었다. 금으로 된 줄에 작고 가는 금띠가 달려 있고, 진주와 연녹색 보석으로 세공한 뒤 맨 아래에는 작고 빨간 보석을 박아놓았다. 그 귀걸이는 더할 나위 없이 아름다운 한 쌍의 느낌표처럼 보였다.

"와, 정말 예쁘다." 에이미가 상자에서 귀걸이를 꺼내 천천히 돌려보며 말했다.

"갖고 싶어?" 폴이 물었다. "그럼 가져."

그녀가 고개를 가로저으며 귀걸이를 다시 시가 상자에 넣었다. "어디서 났어?"

그가 대답하지 않고 어정쩡하게 웃으면서 상자를 내려다보자 에이미는 훔친 물건일 거라고 지레짐작했다.

"옛날 동전에 대해 아는 거 있어?" 그가 하나를 집어올리며 말했다. "이게 어떤 거라거나."

그녀는 예의를 차리려고 하나를 받아 손바닥에 올리고 뒤집어 보았다. "아니, 이런 물건에 대해서는 전혀."

그는 동전을 받아 심드렁하게 쳐다본 뒤 다시 상자에 넣었다. "이걸 팔 수 있을 거라고 생각했지. 하긴 누가 이딴 걸 사겠어?"

"보스턴에 가지고 가봐." 에이미가 의견을 냈다. "거기 가면 그런 곳이 있을 거야."

그는 무릎에 올린 상자를 물끄러미 내려다보았다. 시가 상자의 내용물이 부담스러운 듯 그의 얼굴에 고단한 기색이 묻어났다. "이 귀걸이를 갖고 싶지 않다는 거지?" 그가 거듭 물었다. "너한테 정말 잘 어울리는데."

에이미는 또다시 고개를 흔들었다. "귀를 뚫지 않았어." 그녀가 설명했다. "그건 귀를 뚫어야 할 수 있어."

"아, 그렇군." 그는 몸을 앞으로 숙이고, 귀걸이와 그녀의 귓불을 번갈아 보며 유심히 살폈다. "왜 안 뚫었어? 아플까봐 무서워서?" 질문은 중립적이고 진지했다.

"엄마가 못하게 해서."

"아." 폴은 시가 상자를 다시 의자 밑에 넣고 시동을 걸었다. 그는 자동차에 장착된 시가라이터를 꾹 누른 뒤 담뱃갑을 톡 쳐서 말버러 한 개비를 꺼냈고, 그녀는 앞좌석 서랍을 열고 그가 사준 담뱃갑에서 한 개비를 꺼냈다. 그들은 라이터가 튀어나오기를 기다리면서 담배를 들고 앉아 있었다. 그럴 수 있다는 것은 참 멋진 일이라고 그녀는 생각했다. 내킬 때마다 담배를 피울 수 있다는 것은.

늘 그랬듯이 그가 먼저 불을 붙인 뒤 담배를 꼬나문 채 주차장에서 빠져나갔다. 고속도로로 나오자 속도를 냈다.

"엄마는 귀를 뚫으면 코도 뚫을 거라고 생각하거든." 에이미는 바람에 맞서 목소리를 높였다. "아무튼 그 비슷한 소리를 하는데, 난 모르겠어." 그러고는 담배를 빨았다가 내뱉자 입에서 연기가 뿜어져나왔다. "엄마는 엿 같아." 이렇게 결론을 내렸다. "네 엄마도 엿 같아?"

폴이 어깨를 으쓱했다. "아니." 그가 열어놓은 창문에 팔을 걸치고 엄지와 검지로 담배를 쥐었다. "하지만 자꾸 신경을 건드려."

에이미는 폴이 한 것처럼 담배를 쥐고, 폴이 한 것처럼 팔꿈치를 내밀어 창문에 걸쳤다.

한동안 서로 말이 없다가 이윽고 폴이 짤막하게 말했다. "스테이시는 귀를 뚫었는데."

그가 키스했을 때 그녀는 미안한 마음이 들지 않았다. 그는 그녀를 내려주려고 그녀의 집 앞 진입로에 차를 세웠고, 그가 그녀에게 몸을 기울였을 때(다정하고 단절된 미소가 그의 입술 가득 떠올랐다) 그녀는 바로 그 자리에서 로버트슨 선생과 키스한 사실을 깨달았다. 순간 스스로 대견한 기분이 들었는데, 어렸을 때 걸스카우트 배지를 받았을 때와 다르지 않은 감정이었다. 하나를 더 '모았을' 때 드는 불안한 안도감 같은 것.

이렇게 이제 그녀는 남자들이 원하는 숙녀가 되었다. 한 남자만이 아니라 또다른 남자가 원하는. 폴 벨로스의 입술이 이 순간 그녀의 입술을 덮은 채 움직이고 있다는 사실이 그 증거였다. 그녀가 이 순간 어떻게 하면 되는지 안다는 것이 그 증거였다. 눈을 감고 그의 혀를 받아들일 때 그녀는 주저하지 않았다. 둘 다, 노련한 프로였다.

하지만 달랐다. 폴의 입술은 로버트슨 선생의 입술보다 훨씬 싱싱하고 부드러웠다. 절박하게 폭발하는 강렬하고 다급한 느낌이 아니라, 훨씬 여유가 느껴지는 다정한 '침의 교환'. 그와 키스하는 중에 이 표현이 머릿속을 스쳤는데 어디에서 들었는지 궁금했다. 아마 학교 복도였을 거라고 생각하며, 그녀는 베이지색 금속 사물함이 늘어선 학교 복도를 떠올렸다. 머릿속에서 늘어선 베이지색 금속 사물함을 상상하며 누군가에게 키스하는 것은 얼마나 독특한 일인지. (이쯤에서 폴이 머리를 돌리자 그녀도 순순히 따라 돌렸다.) 그리고 또다시 '침의 교환'이라는 표현을 생각했고, 치과 진찰대에 누워 입속에 잔뜩 고인 침을 의사가 흡입기로 빨아들이기를 기다리는 장면을 상상했다. (폴의 혀가 제 입안으로 되돌아갔고 곧 그들은 떨어져 앉았다.)

"귀걸이는 원하지 않는 게 확실하지?" 그가 물었다. "언젠가 귀를 뚫을지도 모르는데."

"괜찮아." 그녀는 키스하는 동안 치과의사를 생각했다는 것이 마음에 걸렸다.

저녁에 에이미는 소파에 앉아 텔레비전을 보면서 저녁이 흘러가기를 기다렸다. 이전에는 다른 사람과 키스해도 로버트슨 선생과 키스하는 것과 같겠지 하고 막연히 생각했다. 똑같은 느낌이 들 거라고. 서로 혀와 이와 입술이 부딪치면 아찔한 기분이 들 테고 또다시 황홀해질 거라고. 로버트슨 선생, 그가 당장 그녀 옆에 함께할 수 없다면 다른 누구와 그냥 즐기는 정도쯤은 괜찮을 거라고 생각했다.

그녀는 창밖을 보았다. 바깥은 어둑했다. 텔레비전 화면이 유리창에 반사되어 어른거렸다.

"정말이지 진짜." 이저벨은 안락의자에 앉아 실꾸리를 감으며 말했다. "직장에서 이런 불쾌한 일을 본 건 처음이었어."

에이미는 엄마를 흘끗 쳐다보았지만 그 말을 믿지는 않았다. 하지만 사무실 풍경이 서서히 떠올랐다. 뚱뚱이 베브가 보고 싶었다. 사무실 여자들이 한가로이 농담을 주고받으며 대화하던 모습이 그리웠다.

"얼마나 불쾌한 일이었는데요?" 에이미가 퉁명스럽게 물었다.

텔레비전에서는 다른 프로그램이 나오고 있었다. 이저벨은 텔레비전을 보는 것에 대해 점점 너그러워졌다. 뉴스가 끝나면 대체로 금세 꺼버렸지만 요즘은 끄지 않고 다음 프로그램을 보았다. 에이미는 지금처럼 소파 모서리에 다리를 깔고 앉아 뿌루퉁하고 일그러진 표정으로 텔레비전을 보았다. ("제발 소파에서 발 좀 내려." 이저벨이 말하면 에이미는 겨우 몇 인치 발을 옮겨놓곤 했다.)

이저벨은 코에 독서용 안경을 걸친 채 바늘을 휙휙 놀려 아프간 담요를 뜨다가 이따금 손을 멈추고 옆 탁자에 올려놓은 잡지를 흘끔거리며 뜨개질 방법을 익혔다. 다리를 꼬고 앉아 한쪽 발을 계속 까닥거렸다. 바늘을 쳐다보다가 탁자로 눈길을 옮기는 중간에 곁눈질로 텔레비전을 보곤 했다.

에이미는 참을 수 없었다. 그 바보 같은 독서용 안경, 까닥거리는 발, 텔레비전을 보면서도 경멸하는 척하는 것.

"제법 불쾌했다고 할 수 있지." 이저벨이 대답하고 있었다. "도티 브라운과 레노러가 화장실에서 치고받고 싸웠으니 불쾌하다고 말할밖에."

에이미는 발가락을 만지다가 엄마를 경계하듯 흘끔 쳐다보았다. "어떻게 싸웠는데요?"

이저벨이 뜨개실을 휙 당겼다. "몸싸움."

에이미가 고개를 들었다. "농담이겠죠."

"아니, 진짜야."

"화장실에서 싸웠다고요?"

"유감스럽지만 그래."

"머리채를 잡아당기고 싸우는 그런 거요?"

이저벨이 얼굴을 찡그렸다. "오, 에이미. 그 정도는 아니야, 맙소사."

"그럼 두 사람이 어떻게 했는데요? 얘기해주세요."

"그저 불쾌했어, 그게 다야."

"엄마, 어서요." 에이미는 마음속으로 사무실 여자들의 얼굴을 떠올렸다. 이어서 말했다. "레노러 아주머니가 누구를 때리는 건 상상할 수 없어요."

"세게 때린 사람은 아무도 없었어." 이저벨이 대답했다. "도티가 레노러에게 모멸감을 느꼈던 것 같아. 레노러가 UFO 문제로 좀 못되게 굴었다는 말을 먼저 해야겠구나. 도티가 이성을 잃고 화장실에서 레노러의 팔을 쳤거든."

"가볍게 찰싹이요?" 에이미는 실망한 눈치였다.

"그랬더니 레노러가 도티에게 침을 뱉었어."

"정말요?"

이저벨이 한쪽 눈썹을 치켰다. "들은 거야. 눈으로 직접 보지는 못했고."

에이미는 곰곰이 생각했다. 그러더니 "좀 웃겨요" 하고 결론 내렸다. "여자가 같이 근무하는 사람을 때리는 건. 제가 무슨 생각 하는지 아세요?"

"무슨 생각." 이저벨의 목소리에서 피곤함이 묻어났다. 엄마의 말투가 딱딱해지자 딸은 모멸감을 느꼈다.

"아무것도 아니에요." 에이미가 말했다.

밤중에 또다시 비가 내리기 시작했다. 비는 부드럽게 시작되었다. 아주 부드럽게 시작되어, 처음에는 하늘에서 떨어진다기보다 어둑한 대기 속에서 그저 나타나는 것처럼 보였다. 밀 로드에 있는 호텔의 술집 입구에서 어슬렁거리던 남자는 거미줄에 걸린 것처럼 자기 얼굴을 몇 번 찰싹 때렸다. 하지만 이른 새벽이 되자 비는 단풍나무, 오크나무, 자작나무의 넓적한 잎들을 부드럽게, 끊임없이 두드리기 시작했고, 매일 밤 세시쯤 잠에서 깨 하늘이 희끄무레하게 밝아질 무렵까지 깨어 있는 사람들—특히 나이가 지긋한 사람들과 걱정이 많은 사람들—은 처음에는 그것이 무슨 소리인지 의아해했다. 그들은 팔꿈치로 몸을 받치고 일어나 침대의 머리판에 기대앉아, 아, 그렇지, 비로구나, 깨달은 뒤 다시 누웠다. 숨막힐 듯 무덥고 후텁지근한 여름이 끝나고 이 무렵에 내리는 비는 세차고 굉장하며 절정으로 치닫는 폭풍우를 몰고 왔기 때문에, 그들은 뇌우에 대한 각자의 생각에 따라 기대감과 즐거움 혹은 두려움을 느꼈다. 하늘이 갈라져 쪼개지고 천둥이 우르릉 쾅쾅 울리면 우주 자체가 방대한 진동의 격통에 빠진 것처럼 거대한 공기 덩어리들이 다시 배열된다.

하지만 비는 그저 한결같이 지붕과 자동차와 보도 위로 툭툭 떨어졌고, 밤중에 깨어난 사람들은 하늘이 평소처럼 밝아오지 않았기 때문에 다시 누워 깊은 잠을 잤다. 하늘은 그저 저녁 정도로만 밝았다. 아침이 되자 배수관 밑에 웅덩이가 생겼고, 자갈 깔린 진입로에도 작은 구덩이들이 파였다. 비는 컴컴하고 무겁게, 포치 난간과 앞쪽 계단 위로 쏟아져내렸다. 사람들은 램프나 부엌 천장의 형광등을 켜고 아침을 먹었다. 어떤 사람들은 먼 곳으로 떠나기 위해 서둘러 일어나야 했던 옛 시절을 떠올렸다. 실제로는 직장으로 출근할 뿐 다른 곳에는 가지 않겠지만 이 8월의 어두컴컴한 아침에는 그때와 같은 기대감이 떠돌고 있었다.

이저벨도 밤중에 잠시 깨어난 사람들 중 하나였지만 다시 깊은 잠에 스르르 빠졌다. 지금은 깨어 부엌에서 비에 젖은 컴컴한 유리창에 둘러싸인 채 앉아 있었지만, 아직 약효가 사라지지 않은 수면제를 먹은 것처럼 속이 메슥거리고 멍했다. 잠들기 전에는 어지러운 생각들이 머릿속에 돌아다녔는데 그렇게 편안히 잘 수 있었다니 이상하다고 여기며, 커피잔을 가볍게 감싸쥐었다. 어제 도티와 베브와 함께 찜통같이 더운 차 안에 앉아 있었던 것은 얼마나 이상한 일이며, 도티의 부엌에 함께 있었던 것은 또 얼마나 이상한 일인가. 이 순간 내트턱 호숫가 오두막에서 깨어났을 에이버리 클라크를 생각하는 것도 이상했다. 그녀의 어머니와 아버지가 죽은 사실도, 어쩌면 이 비가 여기서 두 시간 거리에 있는 그들의 무덤에도 쏟아지고 있으리라는 사실도 이상했다. 그녀가 자라난 작은 농가가 지금은 다른 가족의 소유이며, 그렇게 된 지가 오래전이라는 사실도 이상했다.

숱한 아침 시간에(그랬던 것 같았다) 어린 에이미는 이저벨보다 먼저 깨어나 잠옷 차림에 밤새 젖어 축 처진데다 똑딱단추로 채운 허리밴드마저 축축해진 기저귀를 차고, 밑창이 플라스틱으로 된 신발을 신고 아장아장 걸어 이저벨의 방으로 건너와서, 키가 작아 심지어 제 머리와 높이가 같은 침대 옆에 서서 참을성 있게 이저벨이 눈뜨기를 기다렸는데, 그러던 딸이 지금은 위층에서 완전히 자란 팔다리를 뻗고 침대에 누워 있다고 생각하니 그것도 이상했다. 그녀 자신은 예쁘지 않은데 예쁜 딸이 있다는 것 또한 참 이상했다.

이저벨은 이쯤에서 커피를 후룩 마셨다. 얼른 일어나서 출근해야 했다. 그녀는 컵을 개수대로 가져가며 비를 맞아 영롱한 빛을 내는 소나무의 거무스름한 줄기를 유리창 너머로 바라보았고, 오늘 아침 일어난 뒤로 그녀를 감싼 얼떨떨하고 야릇한 그 '이상한 기분' 속에서 슬며시 기대감이 일어나는 것을 느꼈다.

무엇일까? 그녀는 궁금한 마음으로 커피잔을 조심스레 개수대에 넣으면서 가운의 허리띠를 조여맸다. 출근을 고대한다고 말할 수는 없었지만(모두가 제정신을 잃어가고 에이버리는 아직 오지 않았는데 고대할 이유가 뭐가 있겠는가?) 목욕을 한 뒤 옷을 입고 집을 나설 때 어떤—'열망'이라고 하기에는 너무 강렬하고—갈망이 일어났다. 마치 그녀가 속할 또다른 자리가 기다리고 있기라도 한 것처럼.

그 기대는 어긋나지 않았다. 베브와 도티가 그녀의 친구가 되었다. 도티는 이저벨의 책상 옆을 지나갈 때마다 허리를 숙여 이저벨의 팔을 가볍게 쳤다. 점심시간에 뚱뚱이 베브는 휴게실에서 이저벨의 자리를 맡아놓고 고갯짓으로 이저벨이 이 특별한 의자에 앉아야 한다고 표시했다. 도티가 다른 쪽 옆에 앉아 모두 자리를 잡자, 이저벨 앞에 입이 벌어질 만큼 풍성한 음식이 차려졌다.

"두 사람은 살 좀 쪄야 해." 뚱뚱이 베브가 중얼거렸다. "소풍 나온 것처럼 해볼까." 그러고는 식탁에 삶은 달걀과 피클과 당근과 닭튀김과 작은 쿠키 두 통, 파라핀지 봉지에 담아온 브라우니

세 개를 내놓았다.

이저벨은 음식과 뚱뚱이 베브를 번갈아 보았다. "먹어봐." 베브가 말했다.

이저벨은 닭다리와 피클을 먹었다. 도티는 삶은 달걀 하나를 물끄러미 쳐다보다가 그건 어쩌면 먹을 수 있겠다고 했다. "먹을 수만 있다면 뭐든 좋지." 뚱뚱이 베브가 껍데기를 까주며 말했다.

"그럼요." 이저벨이 입에 묻은 닭고기 기름을 닦아내며 말했다. "달걀에는 단백질이 아주 많아요. 소금을 뿌려서, 도티, 세 입만 먹으면 없어질 거예요."

하지만 도티는 반쯤 먹다가 겁을 냈고, 이저벨은 그것을 보자 곧바로 이해했다. 위는 얼마나 금세 꽉 찼다고 느끼는지, 식도는 얼마나 단호하게 그 통로를 닫아버리는지 그녀는 잘 알고 있었다. 도티가 먹다 만 달걀을 공포로 가득한 눈빛으로 쳐다보자—초록색이 감도는 포슬포슬한 노른자에 이빨 자국이 남아 있었다—이저벨은 당근을 손목에 톡톡 치며 조용히 말했다. "대신 이걸 먹어요."

당근을 먹자 얹혔던 달걀이 내려갔고, 이저벨은 도티를 유심히 지켜보다가 또하나를 슬쩍 건넸다. 그것도 꿀꺽 넘어갔다. 뚱뚱이 베브는 잘하고 있다는 표정으로 지켜보았고, 얼마 있다가 도티가 초콜릿 쿠키를 씹으면서 초콜릿을 먹으면 늘 우유가 먹고 싶다고 말하자 이저벨과 눈짓을 주고받은 뒤 어기적어기적

자동판매기로 걸어가 우유 버튼을 눌렀다. 도티는 반쯤 마시더니 배가 부르다고 했고, 이저벨은 베브의 초콜릿 쿠키를 먹으니 역시 우유가 먹고 싶어져, 이런 식으로 나눠 마시는 것은 좋아하지 않았지만, 남은 우유를 종이컵에 따라 다 비웠다.

베브는 기뻐했다. "내 죽음과 맞바꿔야 한대도 빼빼 마른 두 사람을 살려놓겠어." 그녀가 담배에 불을 붙인 뒤 만족스레 빨아들이면서 말했는데, 이 말의 어떤 부분 때문에 세 사람 모두 웃음보가 터졌다.

"무슨 농담이야?" 알린 터커가 저만치에서 물어보았다.

"농담 아니야." 베브가 말하고, 풍만한 가슴을 들썩이며 마지막으로 껄껄거린 뒤 브라우니 부스러기들을 가슴팍에서 털어냈다.

"삶." 도티 브라운이 담배에 불을 붙이며 말했다. "농담이 바로 삶 아니겠어." 그러자 그들은 다시 웃음을 터뜨렸지만 아까처럼 요란하지는 않았다.

(집에서는, 비가 끊임없이 유리창을 두드리는 동안, 에이미가 흐리멍덩한 눈으로 텔레비전에서 하는 퀴즈 프로그램을 보고 있었다.)

1마일 떨어진 곳에서는, 에마 클라크가 한 손으로는 전화기를 들고 다른 손으로는 에이버리에게 더러운 빨래를 넣은 더플백을 곧장 지하실로 가져가라고 손짓하며 복도에 서 있었다. 그녀가 손가락을 튕겨 딱 소리를 내며 방향을 가리키자 그제야 그가 알아들은 것 같았다.

“물론 그 사람들은 신경도 안 쓰지.” 에마가 전화기에 대고 말하면서, 갈색 여행가방은 위층으로 가져가면 된다는 뜻으로 남편에게 고개를 까딱했다. “그 사람들은 돈에만 관심 있다니까.” 그 순간 에마는 뜨끔했는데, 지금 통화하고 있는 치과의사의 아내 캐럴린 에린도 돈에만 관심이 있다고 생각했기 때문이었다. 하지만 아버지가 숨지기 전날 밤에 물려준 귀걸이에 감히 값을 매길 수는 없으며(“아무도 매길 수 없지.” 에마는 이렇게 맞장구치면서도 머리가 지끈거렸고 속으로는 빗속에서 휴가를 끝내고 돌아온 것이 여전히 속상했다) 그 귀걸이를 지난 3월에 도둑맞았는데도 불구하고 보험회사가 이제 와서 변상해줄 수 없다고 고집하더라는 에린의 끊임없는 짜증 섞인 불평에 줄곧 맞장구를 쳐줬기 때문에, 에마가 보험회사에 대해 언급한 말로 캐럴린 에린의 기분이 상하지는 않은 것 같았다.

“무능한 작자들 같으니.” 에마는 전화기 옆에 놓인 검은색 의자에 털썩 앉아 말하면서, 속으로는 에이버리도 자기처럼 존이 오두막에 데려온 여자친구 모린 때문에 기분이 별로일 거라고 생각했다. 갈색 눈동자에 날씬하고 똑똑하며 의과대학에 다닌다는 아이. 모든 조건이 아주 인상적이었지만 마음에 들지 않는 구석이 하나 있었다.

"보험회사에서 하는 말은 하나도 믿을 게 없어." 에마가 치과 의사의 아내에게 말했다. "아무튼 이따 다시 전화할게. 남편이 짐을 풀고 있는데 내가 가봐야겠어."

하지만 캐럴린 에린은 전화를 끊기 전에 짤막하게 물었다. 존이 데려온 새 여자친구는 어땠어?

"사랑스러워." 에마는 이제 일어서서 전화를 끊으려고 고개를 전화기 쪽으로 기울이며 말했다. "사랑스러운 아이야. 지금 의과대학에 다니고 있어."

그렇구나, 둘이 결혼하면 수입이 꽤 짭짤하겠네, 안 그래?

"그렇게 되려면 시간이 한참 걸리겠지." 에마가 말했다. "끊을게."

그렇게 되려면 시간이 한참 걸릴 거라는 데 확신은 전혀 없었다. 모린이라는 아이는 에마가 아들의 짝으로 생각해온 그런 여자가 아니었다. 에마는 옷장을 열고 셔츠를 걸었다. 사람들은 의과대학에 다니는 여자라면 소아과 의사가 되거나 산부인과 의사가 되어 아이를 받으리라 생각할 것이다. 하지만 모린은 소화기내과 의사가 될 계획이었다. 에마는 침대에 걸터앉았다. 그런 의사는 하루종일 사람들의 엉덩이만 쳐다본다. 보다 뿐인가, 에마가 가방을 옆으로 옮기면서 생각했다.

"에이버리, 말해봐요." 남편이 침실로 들어오자 그녀가 말했다. "남자로서."

그가 그녀를 경계하는 눈빛으로 쳐다보았다.

"여자 소화기내과 의사에게 진찰을 받겠어요? 꼭 가야 한다면 말이에요."

"오, 맙소사." 그는 얼굴을 살짝 붉히며 침대 위 그녀 옆에 앉았다.

에마가 한숨지었고, 그들은 앞쪽 창문에 빗줄기가 부딪혀 흘러내리는 것을 지켜보았다. "누구든 그런 의사가 되려는 이유는 뭘까요?" 에마는 이 열정적이고 날씬한 모린이라는 아이로 말미암아 자신들의 미래가 송두리째 흔들리는 것 같아 오싹하고 불편한 감정이 울컥 치밀었다.

그 순간 에이버리가 비가 와서 식료품점까지 가기 번거로우니 오늘 저녁에는 캔에 든 스튜를 데워먹으면 좋겠다고 말했다. 자신들이 모린의 일로 지나치게 수선을 떨고 있다고도 했다. 그애는 괜찮은 아이였다. 게다가 존이 그애와 결혼할 거라고 누가 말했는가?

에마가 일어섰다. "흥, 그애랑 결혼하겠다고 할걸요. 두고 봐요." 하지만 자식들은 가정부가 키울 테고 따라서 불안정한 아이들로 성장할 것이며 존도 세월이 흐르면서 홀대를 받게 될 거라는 말은 참았다. 아니, 더는 한마디도 하지 않을 생각이었다. 에이버리도 두고 보면 알 테니까.

타운 저편에서는 집사의 아내 바바라 롤리가 침대에 앉아 있었다. 비는 유리창을 끊임없이 두드렸다. 아래층 거실에서는 텔레비전 소리가 들렸고, 아들 플립은 야구를 보면서 환호성을 지르고 있었다.

그녀가 이겨낼 수 없는 것은 젖가슴이 사라졌다는 사실이었다. 얼마나 간단했는지. 그냥 사라져버렸다.

그녀는 남편이 플립에게 말하는 소리와, 남편이 앉아 있는, 등받이가 뒤로 젖혀지는 안락의자의 발판이 끽끽거리며 제자리로 돌아가는 소리를 들었다. 중요한 것은 이것이었다. 가족의 행복.

그렇기는 해도. 그녀의 젖가슴이 사라졌다. 그녀는 이 사실을 극복할 수도, 믿을 수도 없을 것 같았다. 천천히 욕실 가운을 벌려 그 자리를 쳐다보았다. 쳐다보고 또 쳐다보았다. 젖가슴은 사라지고 없었다.

그 자리에는 길고 붉은 선만 도도록하게 올라와 있었다. 젖가슴이 싹 사라져버렸다.

아침에 비가 조금 누그러지는가 싶었지만 멎지는 않았다. 강을 건너갈 때는 여전히 와이퍼가 필요했다. 와이퍼는 끽끽 소리와 함께 규칙적으로 움직이면서 빗물을 밀어내고 닦아냈다. 타이어가 굴러가면 다리가 흔들거렸고, 그 아래로 황토색 강물은 한동안 쏟아진 비 때문에 오랫동안 잊고 지낸 오만이 되살아난 것처럼 냉혹하고 세차게 바위를 휘감았다.

하늘은 새벽부터 한결같이 아연을 씌운 회색 빛깔을 띠다가 이제는 눈에 띄게 컴컴해졌다. 비는 다시 꾸준한 속도로 투둑투둑, 그러나 이번에는 더 빨리 내렸다. 다리의 마지막 기둥을 지나 밀 로드로 들어오는 사람에게는 틀림없이 세상이 물속에 잠긴 것처럼 보였을 것이다. 차들은 슬금슬금 나아가서 느리게 유영하는 물고기떼처럼 주차장으로 들어갔다. 길가 배수관이 막혀 곳곳에 크고 얕은 웅덩이가 생겼다. 트럭들은 빗물을 튀기며 지나갔다. 사람들은 공장 주차장에서 우비에 달린 모자를 뒤집어쓰거나 우산을 들고는 종종걸음으로 빗속을 뚫고 어깨를 잔뜩 움츠린 채 건물로 들어왔다.

사무실에 켜놓은 전등은 낡은 나무 바닥에 노르스름한 빛을 흩어놓았다. 비가 들이치지 않게 창문을 모조리 닫아놓아서인지 사무실 안은 겨울 느낌이 났는데, 결코 끝나지 않을 것 같던 여름이 끝난 뒤라, 사실 아직 완전히 끝나지 않은 여름의 끝물이라 그 느낌은 더욱 야릇했다.

에이버리 클라크는 내트턱 호숫가 산속에서 한 주를 보내며 찍은 사진을 이저벨에게 보여주지 않았다. 가족 휴가에 대한 다른 언급 없이 약간 무시하는 투로 그곳에도 아무럼, 비가 왔다고만 했다.

"안타깝네요." 이저벨이 어항 입구에 서서 말했다.

"문제는 없었나요?" 에이버리가 물었다. 그는 책상 서랍 속을 여기저기 살폈다. 그러고는 그녀를 흘끗 보았다. "괜찮았던 것 같군요."

"뭐…… 네." 그녀는 그의 사무실로 들어가면서 천천히 대답했다. 레노러에게 문제가 좀 있었다고 슬쩍 말하러 들어갔다가 그가 전혀 흥미를 보이지 않는다는 것을 알았다. 아니, 그렇게 느꼈다. 단순히 흥미가 없는 것이 아니라 아예 알고 싶어하지 않았다.

"좋아요, 그럼. 그 말을 들으니 안심이로군요." 그는 책상 위에 놓인 서류들의 가장자리를 가지런히 정리하고 눈으로는 약속이 기록된 수첩을 보았다. "날씨가 바뀌어 모두 기분이 좀 나아졌겠군요."

"그런 것 같아요. 대부분은. 아시잖아요." 그의 사무실에서 이저벨은 유리벽 너머 책상에 앉아 있는 도티 브라운을 보았다. 일을 하고 있지도 대화를 나누고 있지도 않은 채, 누가 자기를 지켜본다는 사실도 모른 채, 도티는 놀라서 영원히 어쩔 줄 모르는 아이처럼 바스러질 듯 연약한 표정을 숨김없이 드러내고 있었다. 그 모습을 보자 이저벨은 뼛속까지 소름이 돋았다.

# 22장

이틀 더 비가 흩뿌리더니 어둠이 내려앉을 때처럼 한순간 하늘이 걷혔고, 그동안 볼 수 없었던 일몰의 잔광이 지평선을 따라 긴 띠를 드리우며 몇 분간 빛을 뿜었다. 그날 밤 별들이 모두 나와 하늘을 가득 채웠다. 오리온자리, 큰곰자리, 작은곰자리, 흩뿌려진 은하수, 모두 고요한 하늘의 깊은 바다를 배경으로 우리를 안심시키듯 나와 있었다.

이른 아침이 되자 하늘 높이 띠구름이 펼쳐져 푸른색 도자기 그릇 옆면에 얇게 그린 선처럼 보였다. 비둘기들은 가느다란 빛줄기 속에 모습을 감춘 채 애도하듯 울었다. 홍관조와 갈색지빠귀가 노래하며 이 나무 저 나무로 옮겨다녔다. 낙농장의 안주인 에드너 톰슨은 집 뒤쪽 계단에 서서 누구에게랄 것 없이 말했다.

"새소리 좀 들어봐." 새들의 아침 수다는 부드럽고 선뜻한 공기 속에서 더욱 또렷이 들리는 것 같았다.

그럼에도 불구하고 여름 내내 끊임없이 불평을 늘어놓던 사람들이 날씨의 변화를 별로 언급하지 않는다는 사실은 놀라웠다. 어쩌면 모든 것이 간단히 다시 정상으로 보였기 때문이었을지도 모른다. 고단해 보이는 갈색 땅이 군데군데 드러났던 잔디밭은 그주 내내 그리고 사흘 더 비를 맞자 다시 푸른색이 돋아났다. 자작나무의 껍질조차 보드랍고 깨끗하게 되살아난 것 같았고, 나뭇잎들은 바람 없는 햇빛 속에 얌전히 매달려 있었다.

오후가 되자 엄마들은 집 앞 계단에 앉아 있었고, 아이들은 맨 종아리로 보도를 달려왔다. 아빠들은 퇴근하면 또다시 바비큐가 먹고 싶어져 바비큐를 먹었고 저녁때까지 포치에 앉아 있었다. 간단히 말해 여름의 전통이 되살아나서, 이어지는 나날에는 비옥한 흙냄새에서, 공기중에 퍼지는 바비큐 냄새에서, 갓 베어낸 풀의 알싸한 냄새를 맡으면 이따금 느껴지는 영원한 희망의 노스탤지어에서 이런저런 위안을 찾았다.

바버라 롤리는 부엌 입구에서 남편이 잔디 깎는 기계를 차고로 옮기는 것을 지켜보면서 상쾌한 공기를 들이마셨고, 이 방대한 나라의 곳곳에서 브래지어 속에 가짜 젤라틴 가슴을 쑤셔넣고 하루하루를 대면하는 모든 용감한 여자들을 떠올리며 그녀도 그런 생활을 받아들일 수 있을 것 같다고 생각했다.

레니 맨들은 메인 스트리트를 따라 린다 러니어가 그를 기꺼이 즐겁게 해주는 아파트로 차를 몰면서 장차 고상하고 훌륭한 일을 해낼 수 있을 듯한 기분을 느꼈고, 그의 세심한 관심과 정성으로 크게 성장할 학교의 교장으로서 백발과 당당한 풍채로 학교 복도를 돌아다니는 미래를 상상했다.

정말로 공기 때문이었다. 청명한 공기는 이제 저녁이 되면 가을 초입의 선선함을 담아냈고, 종종 가을과 함께 오는, 해묵은 갈망과 새로운 기회가 뒤섞인 미묘하고 겉으로 드러나지 않는 물결을 실어왔다. 이저벨이 에이버리 클라크와 에마를 저녁에 집으로 초대해서 디저트를 대접하면 어떨까 생각하게 된 것은, 도티 브라운과 뚱뚱이 베브와의 깊어진 우정에서 비롯한 자신감과 더불어 이 물결 때문이었다.

어느 날 부엌 개수대에서 설거지를 끝내면서 창턱에 놓인 제라늄과 창밖으로 마지막 저녁 햇살을 붙잡는 마리골드 꽃밭을 바라보다가 이저벨은 자신의 부엌이 정말 근사해 보인다는 생각에 새삼 뿌듯했고, 그러다 그 생각이 떠올랐다. 한번 빠져들자 생각은 서서히 자라고 뚜렷해져서 다른 생각들을 밀어냈다. 그녀가 정말로 원한 것은 다시 한번 에이버리 클라크에게 '괜찮은 여자'로 보이는 것이었고, 그날 밤 자신의 아름다운 부엌을 보면서 그 생각이 들었던 것도 그런 이유에서였다. 그녀는 자기 자신을, 삶을(집까지) 그에게 공개하여 검사받고 싶었고, 실제로 이렇게 말하고 싶었다. 에이버리, 내가 얼마나 깨끗하게 사는지 보이세요? 온갖 힘든 일을 겪었어도 열심히 싸워온 것을 아시겠어요? 하지만 그녀는 먼저 이 질문과 부딪쳐야 했다. 클라크 부부를 초대해도 괜찮을까? 어떻게 생각하면 괜찮을 것 같았다. 어쨌거나 이웃이고 같은 교회에 다녔으니까. 그냥 친근함의 표시로 여길 것이다. 괜찮고말고.

또 어떻게 생각하면 터무니없는 소리 같았다. (직장 상사를 집으로 초대하는 건 터무니없지 않나?) 그녀는 두 시간 거리에 사는 사촌 신디 레이에게 전화를 걸까 생각했지만, 다 털어놓고 상황을 따져보려면 에이버리와 에이미—그리고 에마가 소문을 낸 것—에 관련된 추잡한 내용을 포함해야 했고, 물론 그녀는 그럴 마음이 없었다. 아, 이 문제에 대해서는 철저히 그녀 혼자였다. 사무실 책상 앞에 앉아 타자기를 두드리면서 그녀는 자신감이 사라졌다가 생겼다가 다시 사라지기를 반복했다.

하지만 어느 오후 이저벨은 화장실에서 나오다가 때마침 복도 식수대에서 허리를 숙이고 있던 에이버리 클라크와 마주쳤고, 두 사람만 있는 기회가 생기자 조용한 목소리로 불쑥 말해버렸다. "에이버리, 에마와 언제 디저트를 먹으러 저희 집에 오시지 않겠어요?"

에이버리는 허리를 펴고 그녀를 빤히 쳐다보았다. 그의 길쭉하고 비뚜름한 입가에는 물방울이 묻어 있었다.

"그냥 해본 생각이에요." 이저벨이 더듬거리며 말했다. "제 생각에는 그냥……" 그녀는 이쯤에서 그 생각이 혹은 대화가 더 진행되는 것을 막으려는 듯 손을 올렸다.

"아, 아니, 아니, 아니에요." 에이버리가 잠시 긴장한 듯 손등으로 입을 닦았다. "초대해주셔서 정말 감사해요." 그는 의표를 찔렸다는 분명한 표시를 내며 고개를 끄덕였고, 그녀는 얼굴이 빨갛게 달아오르면서 더럭 겁이 났다. "아주 좋은 생각인데요." 그가 말했다. "한번 맞춰봅시다. 언제가 좋겠어요?"

"토요일에요. 시간이 되시면. 일곱시쯤. 물론 특별히 준비하는 건 없어요."

"일곱시라." 에이버리가 말했다. "괜찮을 것 같은데요. 에마에게 확인해보지요. 아무튼 괜찮은 것 같군요." 그들은 서로 지나치다 싶을 정도로 고개를 끄덕였고 이윽고 에이버리가 먼저 그 자리를 떠났다. "고마워요." 그가 덧붙였다.

이제 됐다.

이저벨은 그날 그뒤로는 책상에서 고개도 제대로 들지 못했다.

강 건너 오이스터포인트에서는 학교가 새 학기를 준비하고 있었다. 바닥은 왁스로 광을 냈는데, 특히 체육관 바닥은 황금 벌꿀 색깔로 반짝거렸다. 화장실 낙서는 말끔히 지웠고 벽은 새로 칠했으며, 위층 여자 화장실의 물이 새는 수도꼭지도 고쳤다. 지하 교무실 옆 비품함에도 갈색 종이수건과 두루마리 휴지, 지우개, 분필 박스들이 채워졌다. 양호 선생 엘드리지가 서류를 검토하고 알코올, 반창고, 요오드 등 신청 목록을 작성하려고 출근했다. 그녀는 창턱에 화분을 올려놓았다.

이 모든 것에 즐거움이 깃들어 있었다. 불안해 보이는 학생들이 어수선하게 돌아다니지 않는 학교는 애초의 목적대로 유능한 어른들이 운영하는 자비로운 배움의 전당이라는 가능성을 간직한 듯 보였다. 교장 퍼디 맨들은 학사 일정의 꼬인 부분을 마지막으로 바로잡고 있었고, 그의 비서가 식당 직원에게 소곤거린 것처럼 예전보다 더 상냥했다.

셜리폴스 학교에는 이십팔 년 동안 일해온 에드 게인즈라는 이름의 관리인이 있었는데, 그는 담배를 피우러 잠시 북쪽 옆문으로 나갔다가 어린 소녀가 학교 앞을 천천히 지나가는 것을 보았다. 소녀는 자꾸만 고개를 돌려 1층 교실의 창문을 한참 쳐다보곤 했다. 소녀의 모습은 평소와 달라 보였지만 에드 게인즈는 대번에 알아보았다. 로버트슨이라는 선생과 종종 학교에서 같이 나가던 아이였다. (이쯤에서 관리인은 연기를 훅 뿜었고, 고개를 흔들며 재를 톡 쳐서 떨어뜨렸다.) 숱한 세월 동안 그는 이 학교에서 온갖 일을 지켜보았지만 판단은 혼자 간직했다. 그는 조용하고 고독한 남자였고 사람들을 늘 좋은 쪽으로 보려고 했는데, 아마 이 때문에 그의 존재는 종종 무시되곤 했다. 어떤 이유에서

인지 학생들보다 교사들이 그를 더 무시하는 것 같았지만, 그는 종종 교직원들이 외설적이고 놀라운 말을 주고받는 것을 엿들었다. 가끔은 목격도 했다. 생물 선생—덩치가 큰 오십대 유부남인데 두꺼운 안경을 써서 눈동자가 확대되고 일그러져 보였다—은 어느 늦은 오후 계단에서 실제로 사서의 엉덩이 위까지 모직 스커트를 훌렁 들어올렸고, 때마침 아래쪽에 있던 에드 게인즈는 빗자루를 탕 쳐서 그들을 새처럼 겁주어 쫓았다. (그들이 달아나는 것을 보았지만 너그럽게 못 본 척했다.)

그랬다. 그는 숱한 세월 동안 한 가지 결론에 도달했다. 인간의 행동은 참으로 오묘하다는 것. 이를테면 에드 게인즈는 그 생물 선생의 웃는 얼굴을 본 적이 없었는데, 자식이 넷이고 항상 쾌활한 여자인 사서가 왜 그런 남자의 손이 그녀의 풍만한 허벅지로 올라오는 것을 허락하는지, 심지어 갈망하는지, 참으로 오묘했다. 취향은 설명할 수 없는 거라고 누이가 입버릇처럼 말했는데 기껏 그 말이 옳다고 생각할 뿐이었다.

소녀가 그를 본 것 같았다. 소녀는 누가 자기를 지켜보고 있었다는 사실에 당황하며 고개를 숙였다. 에드 게인즈는 소녀가 부끄러워한다고 생각했다. 걷는 모양을 보면 알 수 있었다. 길고 가는 다리와 큼직한 맨발로 비둘기처럼 걸었다. 그가 예상한 대로 그녀는 다시 고개를 들었고, 그러자 그는 친근하고 편안하게 손을 흔들어주었다.

소녀는 약간 주저하며 역시 그에게 손을 흔드는가 싶더니 뜻밖에 방향을 틀어 잔디밭을 가로질러 그에게 다가왔다.

"안녕?" 소녀가 얼마 떨어지지 않은 거리에 다다랐을 때 에드 게인즈가 인사했다.

소녀는 해쓱한 얼굴로 겸연쩍은 미소를 지어 보였다. 가까이에서 보니 그가 기억하던 모습과는 사뭇 달랐다.

"머리를 잘랐구나." 그가 말하자 소녀는 움찔하는 듯 보였고, 그는 그것을 알아채고 "잘 어울리는데, 다 큰 숙녀 같구나" 하고 덧붙였다.

소녀는 마음이 놓이는지 웃음이 점점 환해졌다. 소녀가 눈을 내리떴다. 아이들이란 그저 친절하게 대해주면 좋아하지, 그가 생각했다.

"로버트슨 선생님이 어디로 가셨는지 아세요?"

에드 게인즈가 고개를 끄덕이고 시멘트 계단에 담배를 버린 뒤 검은색 작업화로 세게 비볐다. "매사추세츠로 돌아갔을걸." 그가 납작하게 눌린 꽁초를 발로 찼고, 꽁초는 잡초가 자란 잔디밭을 가로질러 2피트는 날아갔다. "지난주에 교실에서 짐을 챙겨가던데."

"지난주에요?"

소녀의 표정을 보자 그는 조심해야겠다고 생각했다. "지난주에 그 근처에서 본 것 같구나. 너도 알겠지만 데이블 선생님이 골반을 다쳐서 일 년 계약으로 왔거든."

"그건 알고 있어요." 소녀는 중얼거리듯 말하고 눈을 내리깔았다가 시선을 돌렸다.

"아니면 머리를 다쳤든가. 머리뼈에 먼저 금이 가고, 아마 그 다음에 골반을 다쳤을 거야." 에드 게인즈는 확신이 서지 않는지 고개를 가로저었다.

"저는 한참 전에 떠나셨다고 생각했는데요. 지난주에 오셨다고요?" 소녀는 다시 그를 돌아보았다. 그녀의 커다란 눈 주위가 살짝 붉어져 있었다.

소녀는 이 소식에 기분이 상한 것 같았고, 그렇다면 그는 이 말을 철회하는 편이 나았을 것이다. 하지만 거짓말을 하는 것은 에드 게인즈의 천성이 아니어서 그저 친절하게 대답했다. "교무실에 가서 물어보면 편지를 보낼 주소를 알려줄지도 모르겠구나."

그녀는 고개를 가로젓고 다시 눈을 내리떴다. "괜찮아요. 그럼," 그녀는 손을 살짝 흔들었다. "또 봬요."

"또 보자. 마지막 여름을 즐기렴." 그는 그녀가 멀어지는 것을 지켜보았다.

이저벨은 물론 꺼림칙한 마음이 남아 있었다. 하지만 혼자 상상으로 사촌 신디 레이와 대화를 나누었는데, 상상 속에서 신디 레이는 클라크 부부를 집으로 초대하는 것은 정말 좋은 생각이며, 이저벨은 수줍음을 지나치게 많이 타는데 사람들은 친절함에 반응을 보인다고 말해주었다. 솔직히, 이저벨은 잘 깨닫지 못하고 있었지만 수줍음은 종종 불친절함으로 오해받았다. 교회 여자들만 봐도—에마 클라크를 포함해서—지금껏 그들이 이저벨을 무시해온 것이 아니라 이저벨이 그들을 무시한다고 생각했을 것이다.

이저벨은 상상 속에서 들은 그 모든 충고를 인정하며 고무되었다. 하지만 그녀는 에마 클라크가 직접 전화해서, 에이버리가 전달했을 초대에 고맙다는 말을 해주기 바랐다.

하지만 아무래도 괜찮았다.

적어도 에이버리는 직장에서 예전의 모습으로 되돌아갔다. 아침마다 그녀에게 즐겁게 손을 흔들어주었는데, 다만 휴가가 끝나고 밀린 일을 처리하느라 긴 잡담을 나눌 시간은 없었다. 하지만 그런 것은 괜찮았다. 그날 식수대에서 처음에는 그도 놀란 것 같았지만 그녀의 초대가 큰 실수였다는 내색은 전혀 없었다.

그녀는 속으로 계획을 세우느라 분주했지만, 도티와 베브에게 이번 주말에 에이버리 클라크를 초대해서 대접한다는 말은 하지 않았다. 그렇게 말하면 그녀를 속물로 여길지도 몰랐다. 게다가 도티는 새로 맞닥뜨린 불행과 싸우고 있는데 자기 혼자 행복한 일을 기대하고 있다는 사실이 예의에 어긋나 보였다. 도티는 쇠꼬챙이처럼 깡마른 몸으로 계속 담배에 생명을 빼앗기고 있었고, 베브는 브라우니와 과일을 가져다 나르며 도티를 감시했다. 이저벨은 자신의 조심하는 마음을 이런 동지애의 맥락에서 이해했지만 거짓말을 한다는 생각 때문에 마음이 개운하지는 않았다. 사실 속마음은 도티의 불행을 지켜보고 그 고통에 대해 생각하는 것이 몹시 끔찍했을뿐더러—에이버리가 자신을 다시 좋아하게 될 가능성을 상상하는 편이 훨씬 좋았다—또 한편 도티가 복숭아 한 개를 말없이 먹어치운 것을 보고 뚱뚱이 베브와 다행이라는 표정을 주고받을 때 속으로는 클라크 부부에게 초콜릿 케이크를 내놓는 대신 피치 멜바*를 내놓는 편이 더 좋지 않을까 고민하고 있었다. 혹은 두 개 다 내놓거나. 아니, 두 개는 너무 많고, 과일을 멋지게 담아 준비하면 아마 케이크와 더 잘 어울릴 것이다.

"도티 남편의 목을 비틀어버렸으면 좋겠어." 베브가 도티를 지켜보며 중얼거렸다. 도티는 휴게실에서 나가다 말고 무슨 말이었는지는 모르겠으나 알린 터커가 거들먹거리듯 내뱉은 말에 귀를 기울이고 있었다(도티는 힘주어 고개를 끄덕이고 있었다). 이저벨은 다시금 어떤 수준에서는 거짓말을 하는 거라고 느끼며—클라크 부부에게 과일을 내놓는 생각에 다시 빠져들면서—

* 시럽에 졸인 복숭아 반쪽과 바닐라 아이스크림 위에 라즈베리 소스를 얹어 내는 디저트.

베브의 말에 고개를 끄덕였다. 하지만 이저벨은 오랫동안 이런 감정의 온갖 형태들과 더불어 살아와서, 누가 이런 그녀에 대해 '비밀스럽다'고 표현했다면 아마 깜짝 놀랐을 것이다. 스스로는 신중하다고 생각했으니까.

금요일 오후 이저벨이 퇴근하려고 일어섰을 때 에이버리는 전화를 받고 있었다. 그녀는 그에게 그 말을 하고 가려고 기다렸지만 더 꾸물거릴 핑계도 없었으므로—책상 위의 서류들도 가지런히 정돈했고 타자기의 비닐 커버를 붙들고 한바탕 씨름도 끝냈다—마침내 어항 입구로 고개를 밀어넣으며 나직이 말했다. "된 거죠, 에이버리?"

그가 잠시 송수화기를 입에서 떼면서 고개를 끄덕였다. "됐어요" 하고 엄지를 세우며 말했다.

이저벨은 저녁식사를 거의 다 마칠 때까지 기다렸다가 에이미에게 말했다. "에이버리 클라크 씨와 에마가 내일 디저트를 먹으러 우리집에 올 거야."

에이미는 먹는 내내 말이 없다가 화들짝 놀라 고개를 들었다. "여기에요? 우리집에 온다고요?"

"그래." 이저벨이 대답했지만, 아이가 너무 놀란 것 같아 마음이 불편했다. "공손히 인사를 한 뒤에 올라가 네 방에서 책을 읽어도 좋아."

"됐어요." 에이미가 의자를 뒤로 밀며 무덤덤하게 말했다. "그 사람들은 전혀 보고 싶지 않아요."

이저벨이 말했다. "에이미 굿로, 제발 말 좀 들어. 엄마가 하라는 대로 해."

하지만 에이미는 접시들을 개수대에 넣다가 잠시 뒤에 회유하듯 엄마에게 말했다. "내일 도서관에서 스테이시를 만나기로 했어요. 자기 집에서 저녁을 먹고 밤새 놀자고 했어요. 엄마는 바쁘실 테니 저는 그렇게 하는 게 좋겠어요."

그러고는 개수대에서 엄마를 돌아보았다. "그래도 괜찮다면요."

이제는 에이미가 공장에서 일하지 않기 때문에 요즘 어디를 돌아다니는지 이저벨은 그것이 걱정이었다. 이 아이는 갈 곳이 별로 없었다. 이저벨은 그 사실을 알고 있었다. 도서관, 이따금 스테이시의 집에 가는 것이 전부여서 이저벨은 딸아이가 어디를 가든 막아서는 안 될 것 같았다. 여름 동안 이저벨은 몇 차례 학교와 아파트로 조심스레 전화를 걸어보았는데, 로버트슨 선생이 떠난 것은 확실한 듯했다. 그녀에게는 그것이 단연코 가장 큰 걱정이었다. 하지만 그저 그뿐, 에이미가 집에 없으면 늘 조마조마했다. 누구라도 그렇지 않겠는가. 하지만 이제 여름은 거의 다 끝났다. 머잖아 아이는 다시 학교로 돌아갈 것이다.

"생각해보자." 이저벨이 에이미에게 말했다. "스테이시가 저녁을 먹자고 초대했다면, 글쎄, 그래, 괜찮겠네. 그건 괜찮을 것 같구나."

이저벨은 그날 밤 잠을 설쳤고 그 사실이 당혹스러웠다. 바버라 롤리(이저벨은 그 여자가 A&P에서 올리브 병을 들고 서 있던 모습이 아직 생생했다. "오늘밤 두 숙녀분은 무슨 계획이 있나요?")도 디너파티를 열기 전에는 잠을 설치는지 궁금했다. 이저벨은 오후에 쉴 시간을 좀 남겨두어야 했다. 손님 접대가 있는 날에는 목욕한 뒤에 낮잠 잘 시간을 비워놓아야 한다는 글을 잡지에서 읽은 적이 있었다.

하지만 그녀는 고소한 냄새가 하루종일 남아서 클라크 부부가 문을 열고 들어섰을 때 그 냄새에 입맛이 돌기 바라면서 먼저 케이크부터 구웠다.

뒤이어 먼지를 털었다. 식탁과 의자의 다리도 포함해서 가구란 가구는 죄다 먼지를 털었다. 창틀도, 전등갓도, 전구알도, 굽도리 널도, 난간도 털었다. 창문과 바닥은 닦았고(그러는 중에 에이미가 스테이시의 집에서 자게 되면 전화하겠다는 말을 남기고 나갔다) 러그의 먼지는 청소기로 빨아들였다. 부엌 옆에 딸린 자그마한 욕실 세면대를 문질러 씻느라 시간을 지나치게 많이 쏟았는데, 에마 클라크가 화장실을 쓰겠다고 하면 그곳을 쓸 것이기 때문이었다.

"그럼요." 이저벨은 말할 것이다. "거기 모서리를 돌면 있어요. 좀 작긴 하지만." 그리고 잠시 뜸을 들인 뒤에 "그래도 깨끗해요" 하고 말한다. 마지막 말은 꽤 쾌활하게 할 것이고, 에마는 평소 이저벨이 예상하는 것보다 더 친절하게 "중요한 건 그런 거죠, 안 그래요?" 하고 말할 것이다. 그러고 나서 욕실 문을 열고 고개를 들이미는데, 무엇이 보이겠는가? 바로 이것. 이저벨은 욕실에 처음 들어가는 사람처럼 몇 차례 문을 열고 또 열면서 욕실의 인상이 좋은지 나쁜지 확인했다.

하지만 확신이 들지 않았다. 욕실에 뭔가 부족한 것 같았다. 그 순간 깨달았다. 그렇지, 꽃이 필요했다.

꽃집으로 들어갈 때, 이저벨은 담배를 피우며 공중전화 부스에 맨발로 서 있는 그녀의 딸을 스쳐지나갔다. 하지만 보지 못했다. 봤다면, 눈을 살짝만 치떴다면, 그날 밤 찾아올 손님들을 위해 집을 아름답게 꾸미려고 꽃을 사느라(이런 일은 처음이었다) 흥분과 묘한 창피함에 얼이 빠져 있지만 않았다면, 상황은 달라졌을지 모른다. 딸이 맨발로 서 있는 것을, 입술에 자줏빛 반투명 립스틱을 칠하고 손에 쥔 담배에 동그랗게 립스틱 자국을 남기며 서 있는 것을 발견하고도—결국 도서관에 있지도, 하물며 스테이시와 함께 있지도 않았다—에이미를 집으로 데려와 위층 침실에 안전하게 가둬두는 상황으로 치닫지 않았으리라고 상상하기는 힘들었다.

하지만 그런 일은 일어나지 않았다. 이저벨은 꽃집으로 들어갔고, 문이 닫히자 등뒤에서 종이 딸랑거렸다. 간발의 차이로 에이미는 공중전화 부스에서 나와 곁눈질을 하며 그 앞을 지나갔고, 담배를 길바닥에 버린 뒤 엄마와는 반대 방향으로, 폴 벨로스의 아파트가 있는 방향으로 걸어갔다. 손가락에 샌들 끈을 헐렁하게 걸쳤는데, 에이미는 꼭 그래야 할 때가 아니면 발에 뭔가를 신는 것을 견딜 수가 없었다.

이 전화를 걸기 전에 에이미는 묘한 공포감에 사로잡혀 있었다. 그날 특별히 할 일은 없었다. 전혀. 스테이시가 부모와 함께 두 주 동안 어디 농가라든가 하는 곳으로 떠났다는 사실은 잘 알고 있었으니, 엄마에게 그날 스테이시의 집에 놀러가서 하룻밤 자고 올지도 모른다고 한 것은 순전히 거짓말이었다. 엄마가 접대를 준비하면서 안절부절못하는 꼴을 구경하고 싶은 생각도, 에이버리 클라크가 이상하고 바보같이 생긴 아내를 데리고 나타났을 때 집에 있고 싶은 생각도 전혀 없었기 때문이었다.

그래서 에이미는 몇 달러만 챙겨 무작정 집을 나섰고, 타운에 도착해 담배를 사고 자줏빛 립스틱을 훔치자(이번이 처음이었는데 의외로 쉬웠다) 남은 시간을 정확히 어떻게 보내야 할지 심각하게 고민이 되기 시작했다. 학교 건물 관리인이 로버트슨 선생을 최근에 타운에서 보았다고 했는데 그렇다고 뭘 어떻게 해야 할지도 몰랐다. 로버트슨 선생은 그녀에게 전화했을 것이다. 확실했다. 그렇다면 그 의미는(생각만 해도 괴로웠다) 그녀가 폴벨로스와 함께 도넛가게에 앉아 담배를 피우는 동안 부엌 조리대에 놓인 전화기가 울렸다는 말이었다. 아니면 도티 브라운이 UFO를 목격하는 바람에 예정보다 일찍 직장으로 돌아온 사실을 모르고 공장으로 전화해서 에이미를 찾았을 것이다. 물론 그런 일은 위험했고 있을 법하지 않았다.

로버트슨 선생이 타운에 돌아와 그녀를 찾지 않았을 거라는 생각은 에이미의 마음속에 그리 오래 머물지 않았다. 오히려 그녀를 사랑하고("넌 항상 사랑받을 거라는 거, 알지?") 새롭게 태어난 그녀의 젖가슴에 사랑을 담뿍 담아 더할 나위 없이 부드럽게 입술을 갖다 댔으며 그녀의 벌거벗은 거기 가운데를 더없이 진지한 눈빛으로 바라보던 남자가 타운으로 돌아온 것은, 그의 교실을 치우기 위해서가 아니라(터무니없었다. 그 일은 더 일찍 할 수도 있었으니까) 그녀를 찾기 위해서였다는 사실에 점점 더 확신이 갔다. 그녀의 마음속에는 늘 로버트슨 선생뿐이었기에 그의 마음속에도 자신에 대한 생각뿐일 거라고 에이미는 확신했다. 로버트슨 선생이 학교에 간 것도 그녀를 그곳 혹은 그 근처에서 볼 수 있을까 하는 희망 때문이었을 거라고 확신했다. 사실 그녀는 공장에서 일을 그만두게 된 뒤로 강박적으로 학교 앞을 지나다녔는데, 그건 이전에 쾌락을 맛본 장소로 자꾸 되돌아가는 심정과 비슷했다.

그녀는 오늘 담배를 사고 립스틱을 훔친 뒤에도 그곳에 갔다. 벽돌 건물을 조심조심 지나서 갔는데, 친절한 게인즈 씨에게 또 다시 들키고 싶지는 않았기 때문이었다. 하지만 오늘은 토요일이니 게인즈 씨는 일을 하지 않을 것이다. 일하는 사람이 없을 거라고 생각하며 에이미는 남쪽 잔디밭을 지나 학교 건물의 정문으로 걸어갔다. 하지만 퍼디 맨들 교장이 주차장을 가로질러 걸어오고 있어서 그녀는 라일락 관목 뒤에 몸을 숨기고 로버트슨 선생의 교실 창문을 들여다보았다. 아무것도 보이지 않았다.

이윽고 그녀는 시내로 다시 돌아가 다리를 건너 베이슨으로 향했다. 오이스터포인트 구역의 보도에서는 노출된 기분이 들었지만, 본능적인 수준에서 느끼기로, 균열이 가고 타르를 칠한 베이슨 구역의 보도에서는, 적어도 자기를 차에 태우고 마음대로 데리고 다녀줄 폴 벨로스와 우연히 마주칠 기회뿐 아니라 더 큰 익명성을 제공받는 듯했다. 만약 그날 하루 동안 뒷골목을 누빈다면 로버트슨 선생이 차를 몰고 지나가다가 자기를 발견할 거라는 생각을 지울 수가 없었다. 하지만 네시가 되자 피곤하고 허기가 져서 그녀는 폴 벨로스에게 전화를 걸려고 공중전화 부스로 들어갔다.

결국 그러기를 잘했다. 마침 폴은 집에서 나가려던 참이었다. 자동차 문제로 헨콕에 가서 보험회사 사람을 만나야 했다. 그는 그녀와 같이 가게 되어 기쁘다고 했다. "배가 고픈 것 같아." 그녀가 손가락을 공중전화 부스 유리에 꾹 누르며 말했다. 손에 쥔 담배에서 그녀의 눈 쪽으로 푸르스름한 나선형의 연기가 곧장 날아왔는데, 에이미는 그 연기를 피하려고 얼굴을 돌리다가 지나가는 엄마를 보지 못했다. "하지만 돈이 많지 않아서."

"그런 건 괜찮아." 폴이 말했다. "도중에 어디 들렀다 가면 돼."

전화를 끊으며 에이미는 스테이시가 그를 차버린 것은 너무 성급했다고 생각했다.

이저벨은 혹시라도 에마 클라크와 마주칠까봐 오이스터포인트에 있는 더 널찍하고 예쁜 꽃집에 가지 않고 메인 스트리트에 있는 허름한 꽃집으로 갔다. 초대한 사람으로서 그들을 맞이할 준비를 하는 모습을 '목격'당할까봐 두려웠다. 결국 같은 편으로 만들어야 할 사람은 에마였다. 오늘밤 집으로 돌아가면서 "여보, 정말이지, 여태 우리가 이저벨에게 좀더 관심을 쏟지 않은 게 미안하네요" 하고 말할 사람은 에마였다. 또한 내일 전화기를 붙잡으면 누구와 통화를 하든 그동안 이저벨 굿로를 잘못 판단했다고 지껄일 사람도 에마였다. 이저벨의 집에 가서 멋진 저녁을 보냈는데 알고 보니 정말 괜찮은 여자더라, 크레인 영감의 별채를 예쁘고 깔끔하게 꾸며놓았더라……

또 뭐가 있을까? 이저벨은 간밤에 잠을 설쳐서 피곤했다. 이런 일로 지나치게 소란을 피운다고 생각하며, 이 허름한 꽃집을 운영하는 늙은 남자에게 고개를 끄덕여 인사했지만 여기는 고를 만한 꽃이 별로 없었다. 맙소사, 조화라니. 차라리 뒤쪽 정원에서 몇 송이 꺾는 편이 더 나을 뻔했다. 하지만 계산대 옆으로 노란색 튤립이 한가득 보였다. 이렇게 늦은 여름에 어찌나 놀라운지. 이저벨은 꽃을 빼내려고 손을 뻗었다. 이거지, 여섯 송이면 될 것이다. 몹시 비쌌다. 주인이 꽃무늬가 인쇄된 종이 두 장으로 튤립을 정성스레 싸는 동안 그녀는 가만히 서 있었고, 이어서 포대기로 꽁꽁 싼 갓난아기를 안 듯 꽃다발을 팔꿈치 안쪽에 조심스레 끼고 차로 돌아갔다.

결국 얼마나 현명한 선택이었던지! 그녀가 찬장에서 백랍이건 컷글라스건 도자기건 꽃병이란 꽃병은 모조리 꺼내서 꽂고 또 꽂으면서 쳐다보니 튤립은 정말 아름다웠다. 식탁에 올려놓은 세 송이는 즐겁게 노래를 부르는 것 같았다. 두 송이는 거실 벽난로 위에 놓았고, 작은 욕실에는 호리호리한 백랍 병에 노란 튤립 한 송이를 꽂아 변기 뒤쪽에 올려놓았다.

전화벨이 울렸다. 에마가 몸이 좋지 않다는 말을 전하려고 에이버리가 전화를 한 것이 아닐까 하는 생각에 두려움이 와락 밀려왔다. 아, 그러면 견딜 수 없을 것 같았다.

하지만 에이미였다. 에이미가 껌을 짝짝 씹으며 말했다. "엄마, 저예요."

"제발, 에이미." 이저벨이 눈을 내리뜨며 손가락으로 콧날을 눌렀다. "껌을 씹으려면 입을 다물고 씹어."

"죄송해요." 자동차 경적 소리가 났다.

"어디니?" 이저벨이 물었다.

"도서관 바깥이요. 스테이시와 같이 있어요. 클라크 부부는 언제까지 우리집에 있어요?"

"글쎄, 잘 모르겠네. 아마 열시? 확실하지는 않아." 이저벨 역시 클라크 부부가 얼마나 오래 머물지 알고 싶었다. 디저트를 먹으러 오면 보통 몇시까지 집에 있지? 아홉시쯤에 떠난다면 그날 저녁은 실패로 여겨야 할 것이다.

"아무튼," 에이미가 말했다. "오늘은 스테이시 집에서 잘게요. 영화를 보러 갈 것 같아요."

"무슨 영화."

"잘 몰라요. 헨콕에 가서 볼 건데, 스테이시의 꼬마 동생들이 봐도 되는 영화겠죠."

"하지만 에이미, 아무 준비도 해가지 않았잖아. 잠옷이라든가 속옷이라든가. 칫솔은?"

"엄마." 에이미가 노골적으로 짜증난 내색을 하며 말했다. "안 죽어요. 별걱정을 다 하세요. 아침에 전화할게요."

"꼭이야, 꼭 전화해." 이저벨은 고개를 돌려 식탁에 놓인 튤립을 보았다. 부엌이 더워 꽃잎이 조금 더 벌어졌다. "그리고 스테이시 부모님 앞에서, 에이미, 제발 껌 좀 짝짝거리지 마."

전화를 끊으면서 그녀는 어쩐지 불안했다. 케이크에 프로스팅을 입히려고 정제설탕을 흔들어 그릇에 담으면서 이저벨은 입술을 앙다물었다. 에이미를 다시 믿기까지는 시간이 걸릴 것이다. 누군가에게 거짓말을 하면 그런 일이 생긴다. 신뢰를 빼앗기니까. 에이미는 그 사실을 알고 있었고, 그래서 이저벨은 짜증이 났다. 어쨌거나 클라크 부부가 나타났을 때 에이미가 없는 편이—솔직히—마음은 더 놓일 것이다.

# 23장

헨콕에서 폴 벨로스는 저녁으로 조개 튀김을 한 접시 먹었고, 나중에 보험회사 사람들이 자기를 환장하게 만들지 않았으면 좋겠다고 말했다. "전에도 그런 일이 있었거든." 그러고 더는 말이 없었다.

에이미는 종업원이 컵에 물을 따라주는 동안 의자에 기대앉았다. 핫도그를 다 먹은 뒤 지금은 접시 위에서 손가락을 움직이고 있었다. 폴이 조개를 주겠다고 손짓했지만 그녀는 고개를 가로저었다. "너 아직 먹는 중인데, 나 담배 피워도 괜찮을까?" 그녀가 물었다. 그녀는 오후 내내 줄담배를 피웠고 이미 즐기는 수준은 지나 있었다. 하지만 담배를 꼭 피워야 할 것 같았다.

"피워." 폴은 케첩 병을 접시 위로 기울여 세게 흔들었다. 케첩이 접시 가장자리에 수북이 떨어지자 뚜껑을 핥고 다시 돌려 닫았다.

저기 앞쪽 계산대에서 띠링 소리가 났다. 커피포트에서 김이 올라왔고, 탁자를 치울 때 접시들이 달그락거렸다. 폴은 조개를 먹을 때 하나씩 케첩을 듬뿍 찍어 입속으로 집어넣었고, 케첩을 입가에 남기며 쩝쩝거렸다. 잠깐 멈추고 콜라를 마시느라 컵을 기울이자 얼음 조각들이 서로 부딪쳤다. 그는 곧 다시 조개를 먹기 시작했다. 이렇게 느긋하고 무심하게 음식을 먹어치우는 모습을 에이미는 홀린 듯 바라보았다. 그녀는 손을 뻗어 조개를 하나 집어 그가 한 것처럼 케첩을 찍었다.

"그애와 결혼하려고 했는데."

튀김 반죽을 입힌 조개의 불룩한 부분이 에이미의 입속에서 뭉개지며 불쾌한 맛이 났다.

"그애 부모님은 나를 꼴통이라고 생각해."

에이미가 냅킨에 조개를 뱉었다. "부모님이 좀 이상한 거 같아." 그녀가 냅킨을 접시 밑에 끼우며 말했다.

"아빠는 쥐똥 같고 엄마는 표정이 멍하고 좀 유별나." 폴은 먹다가 멈추고 담뱃갑을 톡톡 쳐서 한 개비를 꺼냈다. "뭘 하고 싶어?"

"그냥 드라이브나 해."

폴이 고개를 끄덕였다. 그가 어딘지 걱정과 슬픔에 빠져 있는 것 같다고 에이미는 생각했다.

이저벨은 샤워를 마치고 파우더를 바른 뒤 눈을 감고 침대에 누웠다. 창밖에서는 새들이 노래했다. 그녀는 눈을 떴다 감았다 하면서 에이미가 아주 어렸을 때의 기억을 떠올렸다. 에이미는 이따금 낮잠을 잘 자지 않았는데 그럴 때면 이저벨이 이 방으로 데려와 여기 침대에 눕히고 같이 누워 있곤 했다. "엄마도 잘 거야." 그녀가 이렇게 말해도 에이미는 속아넘어가지 않았다. 이저벨이 눈을 뜨면 그 귀여운 소녀는 가만히 누워 그녀를 빤히 쳐다보고 있었다. "눈을 감아봐." 이저벨이 말하면 에이미는 언제나 그렇게 했고, 아이의 보드라운 눈꺼풀은 엄마의 말을 따르려고 애쓰며 바르르 떨렸다. 시간이 조금 지나면 다시 눈을 떴고, 엄마와 딸은 조용한 방에서 서로를 쳐다보았다.

메인 스트리트의 아파트 꼭대기 층에서 레니 맨들은 또다시 옷을 벗고 있었다. 오늘 여기로 올 계획은 없었다. 토요일이었고, 어머니가 오늘밤 브리지 모임이 있으니 그에게 도와달라고 했다. 그는 일을 하려고 학교에 갔다가, 잠시 인사나 하려고 들른 것뿐이었다. 하지만 린다가 냉장고를 열고 뭔가를 꺼내는데 빨간 면 드레스가 엉덩이 위로 살짝 들리면서 허벅지의 하얀 맨살이 드러나자 그는 속에서부터 신음하기 시작했다. 그녀는 돌아서서 그의 얼굴에 어린 표정을 보았고 수줍게 웃으며 그에게 걸어갔다.

그 자신을 그녀 속에 집어넣고 싶은 끊임없는 욕구에—페니스든 손가락이든 혀든 상관없었다—그는 어쩔 줄을 몰랐다. (그녀를 다치게 하지만 않는다면 손가락 전부를 그녀의 목구멍 깊숙이 집어넣었을 것이다.) 지금 그는 눈을 감은 채 그녀의 몸을 움켜잡고 얼굴을 그녀의 거기 가운데로 가져가, 그녀의 피부를 지퍼 열 듯 열고 그녀의 몸속에 자신의 전부를 송두리째 밀어넣고 밖에서 안으로가 아니라 안에서 밖으로 사랑의 행위를 하고 싶었다. 한 사람을 이토록 욕망하는 것은 정상이 아니라고 그는 생각했다. 그의 세계는 지금 광기와 어둠에 사로잡힌 것 같았고 그는 계속 미쳐 있었다.

그녀는 그와 함께 침대로 걸어가 다리를—더없이 너그럽게 활짝—벌렸다. 그는 꽃무늬 이불 위에 놓인 이 굉장한 선물을 지그시 바라보았다. 그녀의 가운데를 벌려 바닷가재 집게발처럼 쪼개보고 싶었다.

끝나고 그는 사과했다. 항상 그랬다. 그녀는 고개를 살짝 흔들었다. "레니," 그녀가 말했다. "당신이라는 남자는 정열이 넘쳐요."

그는 왜 그것이 더는 행복하게 느껴지지 않는지, 그럼에도 불구하고 왜 자꾸만 그것을 욕망하는지 알고 싶었다.

레니 맨들은 바지 단추를 채우고, 이저벨 굿로는 클라크 부부가 왔을 때 어지럽거나 두통으로 곤란해지지 않도록 대충 이른 저녁을 먹으려고 계단을 내려오던 바로 그때, 강의 반대편에서 도티 브라운은 남편이 방마다 돌아다니면서 더플백에 그의 짐을 챙기는 것을 지켜보고 있었다. 그녀는 말없이 따라다녔다. 그가 복도에서 걸음을 멈추고 그녀를 쳐다보았는데, 그의 볼이 씰룩거렸다. "여기서 자고 내일 아침에 갈게." 그가 말했다. "당신이 원한다면."

하늘에는 아직 빛이 많이 남아 있었지만 하루는 벌써 끝나갔다. 그들은 라디오를 크게 틀어놓고 노래를 들으며 한동안 말없이 달렸고, 폴이 라디오를 끄자 차 안에는 돌연 침묵이 흘렀다. 고요한 가운데 그가 입을 뗐다. "그애 부모님이 나를 머저리에 꼴통이라고 생각한 게 자꾸 화가 나."

에이미가 고개를 돌려 그를 쳐다보았다.

"언젠가 삼촌이 나를 회사의 공동 소유자 자리에 앉혀줄 거야." 그가 담배를 세게 빨았다. 그러고는 에이미를 흘끗 보았고 에이미는 고개를 끄덕였다.

"젠장, 엿 같아." 폴이 담배를 창문 밖으로 던졌다.

들어선 길은 흙길로 변했고, 그들은 한쪽으로는 들판을, 반대쪽으로는 숲을 끼고 덜컹거리며 달렸다. "여기는 어디야?" 에이미가 물었다.

"나도 궁금한데." 폴이 눈을 찡그리며 에이미 옆으로 열린 창 밖을 보았다. "아마 우리가 지나온 농장들 중 하나에 속한 길일 거야. 하지만 농사를 짓는 것 같지는 않은데."

"윤작을 하니까." 에이미가 말했다. "흙도 지친대. 농부들이 땅이 많이 필요한 이유가 그거래. 절반은 내버려두고 몇 년간 쉬게 해야 하니까."

폴이 그녀를 보며 싱긋 웃었다. "공부 잘해?"

"그럭저럭. 썩 잘하는 건 아니야."

"나도 그럭저럭 했어." 폴이 말했다. "낙제는 하나도 안 했지."

길은 점점 좁아졌다. 차가 이따금 나뭇가지에 긁혔다. 차체 밑으로 돌멩이가 튀며 툭툭 부딪쳤다. 폴은 속도를 늦추다가 천천히 차를 세웠다. "차를 돌릴 곳을 찾아봐야겠어. 이 녀석이 지프차는 아니거든."

에이미가 고개를 끄덕이며 차창 밖으로 고개를 내밀었다. "뒤로 뺄 거야?"

폴이 뒤를 돌아보았다. "그래야겠는데." 피곤한 듯 말했다. "제길, 어딘지 당최 알 수가 없잖아." 그는 차를 뒤로 빼다가 시동을 꺼뜨렸고, 그러자 그녀를 쳐다보며 얼굴을 쑥 내밀었다. "키스해줄래, 에이미?"

그녀는 미안하기도 하고 어쩐지 쓸쓸한 그림자를 공유하는 것 같아 얼굴을 기울였다. 숲속에서 길을 잃은 헨젤과 그레텔을 떠올렸다.

그녀는 그의 호흡에, 그가 고개를 비트는 방식에, 그가 입술을 포개고 움직이는 방식에 정신이 번쩍 들었다. 하지만 무례하게 행동하고 싶지 않았다.

그는 입술을 떼고 그 단절된 느낌의 미소를 지었다. 이어서 고개를 갸우듬히 하여 그녀의 손을 내려다보았다. "그러니까 에이미. 너도 하고 싶지……"

그녀의 심장이 콩닥콩닥 뛰었다. 열린 창문으로 들어오는 공기는 눅눅한 가을 냄새가 났다. 그녀는 책임감을 느꼈다. 클라크 부부가 돌아갈 때까지 저녁 시간을 뭉개고 싶어서 드라이브를 하자고 조른 건 그녀였다. 그러고 나서 늦게 집으로 돌아가 결국 스테이시 집에서 자지 않기로 했다고 말하면 되는 것이다. 아니면 폴의 집에 그녀가 잘 수 있는 소파가 있을지 몰랐다. 그녀도 거기까지 미리 생각했던 것은 아니었다. 하지만 그는 지금…… 뭔가 하기를 원했고…… 그녀는 어쩌면 자신이 그를 이용한 걸지도 모르겠다는 생각이 불현듯 들었다. 지금쯤 그의 차는 그녀 때문에 긁혀 있을지 몰랐다.

"저기." 그녀가 주저하며 말했다. "음, 그러니까, 네가 좋긴 하지만 이건 좀 이상한 것 같아. 왜냐하면……"

"이상하지 않아." 그의 웃음이 환하게 번졌다. "진실을 알고 싶다면, 이건 아주 자연스러운 거야." 그가 몸을 기울여 다시 키스하기 시작했다.

에이미가 얼굴을 돌려 피했다. "저기, 이건 아닌 것 같아. 그러니까, 알잖아, 나는 스테이시의 친구니까. 어떡하지, 정말 미안해."

"괜찮아. 그런 건 걱정하지 마." 그가 그녀의 얼굴을 어루만지며 손가락을 펴서 그녀의 머리카락 속으로 집어넣었다. "넌 괜찮은 애야, 에이미." 그가 숨을 거칠게 내쉬며 눈썹을 치켰다. "나, 하고 싶어 미치겠어…… 할 수 있다면 좋을 텐데, 하지만 괜찮아." 그가 물러나며 차문을 열었다. "오줌이 마렵네. 그런데 말이야," 그가 차에서 내린 뒤 차창을 들여다보면서 덧붙였다. "너 머리가 굉장히 길지 않았었나?"

에이미가 고개를 끄덕였다.

"그랬던 것 같아서. 아무튼 오래 걸리지 않을 거야. 오줌 눌 곳을 찾아야겠어." 그가 좁은 길을 따라 걷기 시작했다. "어디 가지 마." 그가 돌아보며 소리쳤다.

그녀는 그가 양치식물과 키 작은 관목숲 속으로 거치적거리는 나뭇가지들을 붙잡으며 고개를 숙이고 들어가는 모습을 지켜보았다. 그녀는 로버트슨 선생이 어디 있을지 궁금해하면서 담배에 불을 붙였고, 그녀 전체가 텅 빈 뱃속이 된 것처럼 그에 대한 욕망이 꼬르륵거리는 것을 느꼈다. 그녀는 눈을 감고 고개를 젖힌 채 그날 차 안에서 그의 눈앞에 자신의 젖가슴이, 다리가 드러나고, 그의 손가락들이 천천히 자신을 어루만지던 느낌을 떠올렸다. 그도 틀림없이 그것을 떠올릴 것이다. 그렇다는 것을 그녀는 알았다. 그가 그녀를 찾으러 왔다는 걸 그녀는 알았다.

"에이미!"

그녀는 눈을 떴고 숲을 쳐다봤다. 시간이 얼마 지나지 않았는데 벌써 저녁이었다. 공기는 선선했고 가을 냄새가 났다.

"이봐, 에이미!"

그녀가 서둘러 차에서 내리는 바람에 문짝이 골든라드 줄기에 세게 부딪혔다.

"에이미!"

폴이 번들거리는 얼굴로 나뭇가지들을 닥치는 대로 밀치며 달려왔다. "맙소사, 에이미." 에이미의 손목을 붙잡는데 까무잡잡하게 탄 그의 팔에 작은 생채기들이 새로 생겨 있었다. "너도 가서 봐야 해. 제기랄."

"무슨 일이야." 그녀가 그를 쫓아가며 물었다. 다리가 자꾸 검은딸기나무에 긁혔고, 전나무 가지 하나는 그녀의 얼굴에 부딪혀 툭 부러졌다.

"제기랄." 폴이 고개를 숙이며 또 내뱉었다. 솔잎을 뚫고 올라온 하야스름한 인디언파이프꽃 두 송이가 그의 운동화에 납작하게 짓눌렸다. "저 차를 찾았어. 저기, 봐."

그가 가리켰다. 그들은 공터에 이르렀고, 숲 근처 들판의 가장자리에는 작고 푸른 차가 서 있었다. 폴이 그녀의 팔을 다시 잡고 끌어당겼다. “누가 버린 차 같아서, 어쩌면 타이어나 부품 같은 걸 떼어내서 팔 수 있겠다 싶어 트렁크를 열었는데, 믿을 수 없을걸.”

그녀는 그가 돈을, 어쩌면 돈 가방을 찾았을 거라고 생각했다.

그들이 거의 차에 다다랐을 때, 햇볕 속에 여러 날 방치된 쓰레기통을 지나갈 때처럼 냄새가, 뭔가 잘못된 냄새가 풍기기 시작했다. “썩는 냄새가 나는데.” 그녀가 얼굴을 찡그리며 폴을 쳐다봤다.

그녀에게 손짓하는 그의 얼굴은 땀으로 번질거렸다. 그가 트렁크를 들어올렸다. “믿을 수 없을걸, 에이미, 봐.”

이저벨은 과일을 다 씻었다. 접시도 준비되었고 찻잔도 내놓았다. 어머니가 쓰던 것으로 이저벨이 사랑해마지않는 벨리크 자기 크리머도(그 섬세한 광채가 어머니가 건네는 행운의 속삭임이라도 되는 것처럼 그녀는 잠시 그것을 친근하게 바라보았다) 은쟁반 위 설탕 그릇 옆에 흐뭇하게 놓여 있었다. 케이크는 식탁 한가운데에 놓았고 그 옆에는 과일 그릇을, 그 근처에는 튤립을 놓았다.

아름다워. 마냥 아름다워.

클라크 부부는 금방 올 것이다. 셜리폴스의 오이스터포인트 구역에 사는 사람들은 초대에 늦지 않았다. 일곱시 오분이 되자 이저벨은 크리머를 채웠다. 차를 마실 때 쓰려고 사온 진짜 크림을 채웠다. 커피를 마시겠다면 그것도 좋았다. 둘 다 권할 것이다.

일곱시 십오분이 되자 머리가 지끈거렸다. 그녀는 아스피린 두 알을 먹고 부엌 개수대 옆에 선 채로 크래커를 먹었다. 그리고 거실로 가 소파 모서리에 앉아 잡지를 뒤적였다. 차가 진입로로 들어오는 소리가 들린 것 같아, 들키지 않으려고 살그머니 부엌 창문으로 가서 빼꼼 내다본 것이 벌써 두번째였다. 하지만 아무것도 없었다.

어둠이 깊어지고 있었다. 그녀는 거실 등을 하나 더 켰다. 그러면서 생각했다. 위층으로 올라가 침대 옆의 등을 켜고 내려오면 와 있을 거야.

그들은 없었다. 계단을 내려와 거실로, 부엌으로 들어갈 때 그녀는 집 전체가 자신을 지켜보고 있다는 느낌이 들었다. 공연이 시작되기를 초롱초롱한 눈빛으로 기다리는 얌전한 아이처럼. 일곱시 사십오분이 되자 이저벨은 손을 씻고 잘 닦은 뒤 에이버리 클라크의 집으로 전화를 걸었다. 신호가 네 번 울리자 마음이 놓여 다리의 힘이 풀리는 것 같았다. 오는 중이구나, 아무렴 그렇지.

"여보세요?" 에이버리가 받았다. 주변에서 틀림없는 대화 소리가 들려왔다.

"아." 이저벨이 말했다. "네, 여보세요. 아, 이저벨인데요."

"이저벨." 에이버리가 말했다. "무슨 일로."

"무슨 문제가 생겼나 해서요." 이저벨이 부엌을 둘러보았다. 찻잔도, 쟁반도 잘 놓여 있었고, 과일 그릇 뒤로는 튤립도 봉긋하게 솟아 있었다.

"문제라니요?" 에이버리가 물었다.

"제가 착각을 했나봐요." 이저벨이 눈을 꾹 감았다. "에마와 함께 오시는 걸로…… 생각했는데."

"오늘밤?" 에이버리가 되물었다. "오, 이런, 그게 오늘이었어요?"

"그렇게 알고 있는데요." 이저벨이 기어들어가는 목소리로 말했다. "어쩌면 제가 헷갈렸나봐요."

"오, 맙소사." 에이버리가 말했다. "내가 착각을 했군요. 깜빡했어요. 그런데 오늘밤은 친구들이 놀러와서."

이저벨이 눈을 떴다. "그러면 다른 날로. 정말 괜찮아요."

"미안해요." 에이버리가 말했다. "정말 미안해요. 바빠서 정신이 없었네요. 교회 모임 같은 게 많았거든요."

"정말 괜찮아요." 이저벨이 다시 말했다. 그녀는 교회 모임에 대해서는 들어보지도 못했다. "정말 괜찮아요. 아무 문제 없어요. 언제 다시 날짜를 잡아요."

"다른 때로. 물론 그래야죠. 그리고 이저벨, 정말 미안해요."

"괜찮아요. 그런 생각은 하지 마세요. 아무것도 아니니까요. 대단한 것도 아닌데요." 그녀는 애써 웃음 비슷한 소리를 냈지만 속으로는 어쩔 줄을 몰랐다. "안녕히 계세요."

그녀는 찻잔과 접시와 은제 포크 따위를 치웠다. 얼굴 위로 샘솟 듯 눈물이 흘러내려 시야가 흐려졌다.

튤립은 그녀를 비웃었다.

모든 것이 그랬다. 둥근 케이크는 무겁게 가라앉은 것처럼 보였고, 과일 그릇은 매정하게 그녀를 얕보는 것 같았다. 그녀는 싱크대 밑에서 갈색 식료품 봉지를 꺼내 프로스팅을 봉지 안쪽에 묻히며 케이크를 쑤셔넣었고, 그릇에 담긴 과일들도 버렸다. 또한 튤립도 순식간에 줄기를 부러뜨려 꺾어버렸고, 특별히 구입했던 각설탕도 버렸다.

모든 것을 눈에 띄지 않게 싹 없애버려야 했다. 그녀는 개수대에 크림을 쏟아붓고 벨리크 크리머와 설탕 그릇을 씻었다. 크리머를 닦는데—동작이 신경질적이고 빨랐다—진입로에 차가 들어오는 소리가 나면서 순간적으로 전조등이 앞쪽 포치를 비추었다.

"안 돼." 그녀는 에마와 에이버리가 미안해서 결국 오기로 했는데 자신은 준비했던 것을 그만 깡그리 치워버렸다는 생각에 소리를 질렀다. 어떻게 설명하지? 뭐라고 말하지? "오, 미안해요. 방금 케이크를 버렸는데요" 이렇게?

차문 두 짝이 닫히는 소리가 연거푸 들리고 문을 쾅쾅 두드리는 소리가 들렸는데, 저렇게 세게 두드리는 걸 보면 에마일 리가 없었다. 이저벨은 가슴이 심하게 벌렁거렸다. 악몽이 현실이 되는 것 같았다. 집에서, 어둠 속에서, 이웃사람이 볼 수 없는 곳에서 공격받게 된 것이다.

그녀는 잽싸게 의자를 밀어 문 앞으로 옮기려다가 그만 팔꿈치로 크리머를 치는 바람에 벨리크 크리머가 떨어져버렸다. 크리머는 짤막하고 가벼운 소리를 내며 산산조각 났다. 리놀륨 바닥에 작은 조가비들처럼 부서져 흩어졌다.

문이 쾅쾅 울리자 창문에 내려놓은 블라인드가 실제로 달달거렸고, 이저벨은 날카롭게 외쳤다. "누구세요? 썩 꺼져요! 경찰에 신고하겠어요!"

"우리가 경찰입니다, 부인." 문 저쪽에서 차분한 저음이 들려왔는데, 어딘지 권위적이고 약간 따분하게 들렸다. "주州 경찰이에요, 부인. 에이미 굿로라는 여학생을 찾고 있습니다."

에이미에게, 그날 일어난 일은 흩어진 이미지와 감각의 암울한 압축물이 되어 오랫동안 남았다. 예컨대 시큼하고 짭조름한 맛이 입안에서 가시지 않아, 심지어 세탁소 뒤 골목길로 들어섰을 때는 고개를 숙이고 침을 뱉어야 했고, 침을 모아 또 뱉어야 했다. 부풀어오른 고름 같은 것의 특이하고 짭조름한 맛이(폴의 작고 어두운 욕실에서 두루마리 휴지를 한 움큼 뜯어서 입속에 든 것을 거기에 몽땅 뱉었다) 입안의 보들보들한 세포막 가장 안쪽 가장 미세한 골까지 스며든 것 같았다. 그녀는 그것, 특히 그것에 준비가 되어 있지 않았기 때문에 나중에 세탁소 뒤에서 침을 뱉고 담배를 피워도 그 맛은 사라지지 않았다. 그녀의 마음속에서 그 맛은 차의 트렁크에 처박혀 있던, 더는 사람이 아니던 그 조그만 시체의 이미지(무릎양말과 치아와 한쪽만 남은 금귀걸이를 빼면 그 이미지의 많은 부분은 곧바로 잊혔다)와 뒤섞였다. 폴이 가지런히 박혀 있는 치아를 가리키지 않았다면 그녀는 대번에 알아보지 못했을 것이다. 뒤이은 야릇해진 분위기와 침묵 속에서 커가는—무엇이?

폴(짙은 색 청바지를 입고 계단을 올라가는 그의 장딴지)을 따라 그의 아파트 계단을 올라가면서 그녀는 그에게 돈을 빌려달라고 해야겠다고 생각했다. 문득 꼭 해야 할 일이 떠올랐고, 그러려면 돈이 필요했다. 이러든 저러든 그는 돈을 주리라고 그녀는 거의 확신했다. 하지만 그녀는 돈이 절실했고, 그는 다소 야릇하고 흥분된 상태에서 그녀가 절박하게 필요했으니(그녀가 아니라 그녀의 입과 손이 필요했다는 것은 그녀도 알았다) 그녀가 안 된다고 거부하면서 어떻게 돈을 요구할 수 있겠는가?

어둠 속에서 그는 바지 지퍼를 열고 큼직한 손으로 그녀의 머리 양쪽을 잡았고, 그녀는 그가 자기 머리를 움켜잡은 방식이 좋았다. 하지만 그가 그녀의 얼굴과 입을 자신의 거기에 대고 누르자 불결한 냄새, 지린내와 땀내가 뒤섞인 은밀하고 시큼털털한 냄새가 났다. 그녀는 그가 가장 최근에 배설한 똥에서 희미하게 남은 역겨운 냄새—마지막으로 거기를 닦다가 묻혔을 작은 흔적—도 확실히 맡은 것 같았고, 화장실에 다녀온 그 부분에 얼굴이 눌리고 입안에서 그것이 단단해지자 울고 싶어졌다. 더욱이 무엇을 어떻게 해야 할지 잘 몰랐다.

하지만 그로서도 어쩔 수 없었다. 그것은 처리되어야 했고, 그녀가 거기 있었으니 그를 도왔다. 그는 다정했다. 심지어 끝나고 사과도 했다. 그리고 시체를 발견하면 경찰에 알려야 하니 전화를 걸겠다고 다짐하듯 말했다.

하지만 그녀는 그저 돈이 필요했다. 그가 돈을 주자 그녀는 떠났다.

그녀가 세탁소로 들어간 것은 그곳에 동전 교환기가 있어서였다. 거기 다른 사람들이 있었는지는 끝내 떠오르지 않았다. 그저 그 앞에 서서 부들거리는 손으로 조그마한 입구에 지폐를 집어넣자 윙 소리와 함께 기계가 잠시 주춤하더니, 당기고 밀어내는 듯싶다가 동전을 와르르 떨어뜨려준 것만 기억났다. 또 그 맛을 지우려고 골목길에서 계속 침을 뱉은 것만.

이후에 그녀는 칼리지까지 한참을 필사적으로 걸어갔다. 칼리지 도서관은 토요일 밤에도 열려 있을 테니 그곳에 가야 했다.

차가 한 대 서더니 태워주겠다고 했다. 어둠이 고르지 않게 내린 밤길에서 그녀는 웃음기 없는 뚱뚱한 늙은 남자의 얼굴을 보았다. 아니요, 에이미는 고개를 가로저었다. 아니, 괜찮아요. 하지만 그는 떠나지 않았고, 그녀의 옆에서 천천히 차를 몰았다. 아니요, 괜찮다니까요! 그녀는 빽 소리를 지른 뒤 뛰기 시작했고, 비명 소리 때문에 불안해진 그의 그늘진 얼굴이 언뜻 보였다. 그는 차도로 되돌아가 사라졌다.

천장이 높고 조용한 칼리지 도서관에 들어가자 사람들이 그녀를 지켜보는 것 같았다. 나무책상 위로 말없는 얼굴들이 그녀를 주의깊게 지켜보았고, 그들의 못마땅한 표정이 조용한 파도의 물마루를 이루었다. 그녀는 고개를 숙였다.

안내 데스크 뒤에 앉은 남자도 주의깊게 쳐다보았다. 그가 도서관이 곧 문을 닫을 거라고 그녀에게 일러주었다. 하지만 그는 오래도록 기억에 남을 만큼 예의바르게 그녀를 도와주었고, 어마어마하게 큰 지도책에서 매사추세츠 주가 그려진 어마어마하게 큰 지도를 찾아 보여주었다. 그녀는 연거푸 세 번 고맙다고 인사했다. 하지만 종이와 펜이 필요했다. 그 사실을 문득 깨닫자 그녀는 와락 눈물이 났고 안내 데스크의 남자가 또다시 그녀를 도와주었다.

이윽고 그녀는 지하층에 있는 공중전화 부스로 갔다. 벽마다 지저분한 낙서를 휘갈겨놓은 화장실이나 다름없었다. 내 자지를 빨아줘, 라는 낙서도 있었는데 그것을 보자 그녀는 울음이 터졌다. 불빛을 받아 금색으로 반짝거리는 니스칠한 나무 부스에 주저앉아 P로 시작하는 매사추세츠 주 타운 목록을 들고—그는 P로 시작하는 타운 출신이었고 그녀는 그 사실을 기억하고 있었다—전화번호 안내 서비스에 전화를 걸었다.

로버트슨 선생을 찾아 몇 번이나 전화를 걸었을까? 다섯 번? 그보다는 더 많았다. 어쩌면 열 번? 그 순간 늙은 여자가 전화를 받았고, 여보세요, 하는 그녀의 목소리는 전혀 친절하지 않았다. 기력이 소진되고 넋이 나간 가여운 에이미에게는 그렇게 들렸다.

"토머스 로버트슨 선생님과 통화하고 싶은데요." 에이미가 말했다. "이 번호가 맞나요?" 그 여자는 대답하지 않았고, 순간적으로 침묵이 흐르자 에이미는 그를 찾았음을 직감했다. "제발 바꿔주세요." 그녀가 매달렸다. "아주 중요한 일이에요."

"누구신가요?"

"친구인데요. 정말 중요한 일이에요. 선생님과 이야기를 해야 해요." 에이미는 눈을 감았다. 이 사람이 그의 알코올중독자 엄마인가?

"잠시만 기다려요." 속닥거리는 소리, 소곤거리는 소리가 들렸고, 이어서 누군가가 다가오는 소리가 들렸다. 남자의 깊고 그윽한 목소리가 중얼거리며 가까워졌다. 에이미는 대번에 알았다. 안도의 눈물이 흘러내렸다. 그녀는 공중전화 부스의 나무 벽에 머리를 기댔다. 마침내, 마침내, 마침내 그를 찾은 것이다.

그가 전화기를 들었다. "여보세요?"

"로버트슨 선생님. 저예요. 에이미 굿로."

잠시 침묵. "미안하지만……" 로버트슨 선생의 상냥하고 그윽한 목소리가 흘러나왔다. "전화를 잘못 건 것 같군요."

"아니요, 그렇지 않아요. 저예요. 에이미요. 셜리폴스에 사는. 아시잖아요."

"미안하지만 모르겠군요." 로버트슨 선생이 천천히 말했다. "전화를 잘못 걸었어요." 그는 잠시 망설이다가, 살짝 어조를 바꿔 남부 억양에 가까운 목소리로 단호하게 덧붙였다. "누군지 모르겠습니다. 그러니까 여기로 다시 전화할 필요는 없을 것 같네요."

# 24장

한밤이 되자 집안은 적요했다. 부엌 식탁에 놓인 작은 램프는 아래층 복도 전체에 불빛을 흘렸지만 거실도, 식사실도 어두웠고 빛이 띠처럼 한 줄로 가로지르는 층계참을 제외하면 계단도 어둡기는 마찬가지였다. 이저벨의 방에서 희미한 불빛이 새어나와 주변의 어둠은 진한 초록빛으로 보였다. 불빛을 약하게 하려고 전등갓에 수건을 덮어두었다. 흐트러진 담요 속에는 만사를 잊은 채 일광욕을 하는 사람처럼 팔다리를 아무렇게나 뻗고 곤히 잠든 에이미의 형체가 놓여 있었다. 은은한 불빛에 비치는 그녀의 얼굴은 평화롭지도, 고통스럽지도 않아 보였다. 아마도 혈관을 돌아다닐 진정제의 효과 덕분일 것이다. 하지만 베개를 베고 누운 그녀의 입은 벌어져 있었고 코는 살짝 들려 있었다. 아무튼 약간 방심한 표정이었다.

이저벨은 이 아이가 분리되어 있는 것 같았다. 그녀가 허리를 숙이고 담요를 끌어당겨 에이미의 팔과 목을 잘 덮어주려고 했을 때 그 생각이 마음을 스쳤다. 에이미는 이저벨과 분리되어 있다. 모두와 분리되어 있다. 등받이가 사다리같이 생긴 의자를 침대 가까이 끌어다놓고 앉아, 이저벨은 이 얼굴의 각기 다른 그림자와 형태를 뜯어보았다. 몇 년 사이 아이의 생김새는 마지막으로 자리를 잡아가는 것 같았다. 그래서 어떤 사람이 되었는가?

분리된 사람, 이저벨은 에이미의 뺨에 흩어진 머리카락들을 머뭇거리는 손길로 만지며 또다시 생각했다. 하물며 할머니가 쓰던 벨리크 자기 크리머도 물려받지 못할 아이. 이쯤에서 이저벨은 기대앉았고, 산산조각 난 크리머가 떠오르자 와락 눈물이 솟구쳤다. 그 하얀 도자기는 이저벨에게 섬세하고 비현실적이고 다정한 어머니를 상징했다. 하지만 지금은 사라졌다. 그 최후가 에이버리 클라크가 그녀의 집에 오기로 한 약속을 잊어버린 사건과 동시에 일어났다는 사실은 엄청난 슬픔을 안겨다주었고, 이저벨은 아직도 그 사실을 완전히 받아들이지 못했다. "깜빡했어요, 이저벨." 그의 말은 그녀의 마음 언저리에 가혹한 흰색 스포트라이트를 비추고 있었다.

원의 중심에는 에이미가 있었다. 폴 뭐라는 아이와 숲속에 있었다는, 알 수 없는 에이미가(둘 사이에 아무 일도 없었다며 "아무 일 없었어요, 정말이에요, 없었다니까요" 하고 에이미가 말했을 때 이저벨은 그 말을 믿었지만 뱃속은 울렁거렸다) 버려진 차의 트렁크 속에서 우연히 시체를 발견했다. 오, 어린 소녀가 다른 소녀의 시체를 발견하다니 끔찍하기도 해라! 가엾고 불쌍한 에이미는 집으로 돌아왔을 때 안색이 어둡고 얼굴 꼴이 말이 아니었으며, 눈동자는 깊은 동굴에서 바깥을 내다보는 것처럼 기묘하게 작아져 있었다. 정말로, 아이는 경찰이 자기를 잡아가려고 온 것처럼—실제로는 폴의 이야기가 맞는지 확인하고 더 보탤 말은 없는지 더없이 상냥하게 물어보려고 왔다—그들을 물끄러미 쳐다보았는데 넋이 나간 것 같았다. 나중에는 얼굴을 소파 틈에 파묻었는데 그 모습을 보자 이저벨은 천둥이 치고 비가 쏟아지는 가운데 겁을 집어먹은 강아지가, 그 순수한 동물적 공포가 떠올랐다. 아이는 목구멍에서 꺽꺽거리는 끔찍한 소리를 냈다. "그럴 리가 없어." 소파에 엎드려 울음을 그치지 않았다. "아니야, 믿을 수 없어, 믿지 않을 테야."

경찰은, 특히 나이가 더 들어 보이는 경찰은 매우 친절했다. 소녀가 계속 진정되지 않으면 의사에게 전화로 물어보는 게 좋겠다고 제안한 사람도 그였다. 의사도 친절해서, 토요일 밤 늦게까지 문을 여는 유일한 약국—삼십 분 거리의 헨콕에 있는—에 전화로 처방전을 일러주었다. 약국에서 이저벨은 에이미를 끌어안은 채 고단해 보이는 약사의 친절한 눈을 들여다보며 말했다.

"딸아이가 충격을 좀 받았어요." 약사는 모든 판단을 유보한다는 분위기로 그저 고개만 끄덕였고, 사 년이 지나 그를 다시 만나게 되었을 때 이저벨은, 그날 밤은 세상이 형체 없이 빙글빙글 도는 것 같았기 때문에 그를 기억하지 못했다(하지만 그는 그녀를 기억했고, 자그마한 여인이 키가 크고 겁먹은 딸을 꼭 끌어안은 감동적이고 여자다운 모습을 기억했다).

전화벨이 울렸다.

"이저벨?" 친숙한, 여자 목소리였다. "이저벨, 나 베브야. 깨웠다면 미안해."

"아, 네." 이저벨이 허겁지겁 계단을 내려오느라 가쁜 숨을 몰아쉬며 말했다. "네, 안녕하세요. 아니요, 깨운 거 아니에요."

"이저벨, 문제가 좀 생겼어." 뚱뚱이 베브가 작은 소리로 말했다. "지금 도티의 집에 있어. 월리는 딴 여자랑 살림을 차려서 나가버렸고. 완전히 떠났어."

"저런." 이저벨은 전화벨 소리에 에이미가 깼을지 걱정이 되어 계단 쪽으로 몇 걸음 옮기면서 중얼거렸다.

"도티가 혼자 있기 싫대서 내가 왔어. 하지만 이 집에 있는 것 자체가 도티에게는 너무 힘든가봐. 록샌이 지금 친구 둘을 데려와 거실에서 자고 있지만 않으면 우리집으로 데려갈 텐데, 그건 도티가 결단코 싫어할걸."

"딴 여자랑 살려고 떠났다고요?" 이저벨의 머릿속에 떠오르는 말은 이것뿐이었다.

"그 자식이 바보지." 뚱뚱이 베브가 말했다. "허튼짓을 하는 거야." 그녀는 잠시 말을 멈추었다. "도티가 무척 힘들어해, 이저벨. 오늘밤 여기 있기 싫은가봐."

처음에 이저벨은 베브가 지금 하는 말이 부탁이라는 생각은 하지 않았다. 전화벨이 울렸을 때 이번에도 에이미와 연관되었을 거라 확신하고 있었다. 하지만 잠시, 도티 브라운이 그녀의 집 부엌에 앉아 멀건 눈빛으로 담배를 손가락 사이에 끼우고 있는 모습을 그려보았다.

"잠깐만 기다려줄래요, 베브? 잠깐이면 돼요. 기다려요." 그녀는 송수화기를 부엌 조리대에 조심스레 내려놓고 계단을 올라갔다. 에이미는 같은 자세로 잠들어 있었다. 이저벨은 눈을 가느스름히 뜨고 허리를 숙여 소녀의 가슴이 오르락내리락하는 것을 지켜보았다. 그런 뒤 다시 계단을 내려갔다.

"베브?"

"그래, 말해."

"오늘밤 도티를 여기로 데려오고 싶어요?" 정말로 어처구니없는 일 같았다. 하고 많은 날 중에, 하필 "깜빡했어요, 이저벨"이라고 말하는 에이버리 클라크의 목소리가 머릿속에 하얀 스포트라이트를 비추어 정신이 아뜩한 이 밤에. 에이미가 이런 상태로 있는데……

"괜찮겠어, 이저벨? 괜찮으면 나도 같이 가고 싶은데. 그렇게 하면 도티가 더 편안해할 것 같아서. 어쩌면 두 사람 모두에게 편할 거고. 웅크리고 자든 어떻게 하든 우리가 누울 소파만 있으면 돼. 자기 집이 좁은 건 알고 있으니까."

"네." 이저벨이 말했다. "오세요."

이 얼마나 이상한 일인가. 거실 바닥 한복판에 에이미의 침대에서 가져온 매트리스를 놓고 이불과 담요와 베개를 옮겨와서, 그들 셋이, 다 큰 여자 셋이 함께 앉아 있다니 얼마나 괴이한 일인가. 소파에도 이불과 담요와 베개를 놓았다. 처음에는 당연히 어색할 거라고 생각했다. 도티는 어쩔 줄 모르는 아이처럼 부엌으로 끌려왔고, 이저벨은 도티의 손을 꼭 잡아주며 누가 죽었을 때나 건넬 위로의 말을 중얼거렸고, 뚱뚱이 베브는 커다란 갈색 손가방을 들고 지친 개처럼 피부가 축 늘어진 통통한 얼굴로 따라 들어왔다. 그렇게 세 사람은 거실에서 어색하게 쭈뼛거리며 앉아 있었다. 이저벨이 말했다. "에이미가 오늘밤 시체를 발견했어요. 위층에 있는 제 침대에서 자고 있어요."

그 말이 침묵을 깨뜨린 것 같았다.

"맙소사." 뚱뚱이 베브가 말했다. "대체 무슨 소리야?"

이저벨이 자초지종을 설명했다. 물론 그들도 데비 케이 돈이라는 이름의 소녀를 기억하고 있었다. 아무렴 그랬다. 텔레비전이나 신문에 나온 사진도 기억하고 있었다. "귀여운 아이였는데." 베브가 고개를 절레절레 내두르며 말했고 통통한 뺨은 더욱 밑으로 처졌다.

"천사 같았어." 도티가 말했다. 그녀의 눈에 눈물이 방울졌다.

"에이미가 발견했다니 무슨 말이야?" 베브가 커다란 가죽 손가방을 열어 두루마리 화장지를 꺼내 울고 있는 도티에게 덤덤히 내밀었다. "발견했다는 게 무슨 말이야?"

"친구 차를 타고 돌아다니다가 찾았대요. 크리넥스를 줄까요, 도티?" 이저벨이 일어서려는데 뚱뚱이 베브가 손짓으로 앉혔다.

"오늘밤 타운에 있는 크리넥스를 모조리 다 쓰겠어. 안 그래, 도티? 계속해봐."

"차를 타고 돌아다니고 있었대요. 친구 스테이시가 최근에 아기를 낳았거든요. 아는지 모르겠지만. 도티, 크리넥스를 가져다줄게요. 그걸로 풀면 코가 헐어요." 도티의 코는 새빨갰고, 이만큼 떨어져 있어도 표시가 났다.

하지만 도티는 고개를 가로저었다. "코가 떨어져나간대도 뭐 어때. 어서 본론을 말해봐."

"그래." 뚱뚱이 베브가 말했다.

그래서 이저벨은 그날 저녁에 대해 알고 있는 내용을 되풀이했고(에이버리와 에마 클라크에 대한 것은 빼고) 친절한 의사와, 진정제를 사러 약국에 다녀온 일까지 이야기했다. "에이미가 히

스테리 발작을 일으키는 줄 알았어요." 그녀가 말했다. "그러지만 않았다면 아이들에게 진정제를 먹여서는 안 된다고 생각하지만……"

베브가 그녀의 말을 가로막았다. "이저벨. 에이미가 살해된 소녀를 발견했다면 말이야. 약을 먹어도 괜찮은 때가 있다면 이번이 바로 그런 때야."

"그렇죠, 맞아요." 이저벨이 말했다. "그렇게 생각해요."

"나도 하나 먹을 수 있을까, 이저벨?" 도티가 소파에 어정쩡하게 누운 채로 물었다. "그 진정제 말이야? 한 알만 주면 잠들 수 있을 것 같은데."

"좋은 생각이야." 베브가 말했다. "그렇군, 맞아, 이저벨. 한 알 주지 않을 테야?"

"그럼요." 이저벨이 일어나 부엌으로 가서 약병을 들고 돌아왔다. 겉에는 연방법에 따라 처방받은 사람 외에 다른 사람에게 주는 것은 금한다는 스티커가 붙어 있었다. "부작용은 없죠?" 그녀가 물었다. "페니실린에 알레르기가 있는 사람은 목에 인식표 같은 걸 걸고 다녀야 한다고 알고 있어요."

"이건 페니실린이 아니야. 발륨이지." 베브가 이저벨에게서 병을 가져가며 라벨을 꼼꼼히 살폈다. "친구에게 발륨을 줬다고 잡아갈 사람은 없어."

이저벨이 물잔을 들고 돌아왔고, 도티는 약을 삼킨 뒤 이저벨의 손을 잡은 채 눈시울이 붉어진 푸른 눈동자로 이저벨의 얼굴을 애처롭게 바라보았다. "고마워." 도티가 말했다. "오늘밤 여기 오게 해줘서. 아무것도 묻지 않아서."

"당연하죠." 이저벨이 중얼거렸다. 하지만 내뱉듯 말하고 서둘러 시선을 피했기 때문에 어색함의 안개가 다시 스멀스멀 피어올랐다. 이저벨은 의자에 앉았다. 여자들은 말이 없었다. 이저벨은 아프간 담요를 덮고 소파에 누워 있는 도티를 이따금 흘끔거렸지만 그 외에는 계속 딴 곳을 보고 있었는데, 삶이 얼마나 손쉽게 훼손되고 파괴될 수 있는지 충격을 받았기 때문이었다. 삶은 옷감처럼 얇아서, 제 이익을 추구하는 무작위적 순간들에 의해 가위질을 당하면 이렇게도 저렇게도 잘릴 수 있었다. 위스키가 흘러넘치는 애크미 타이어 회사의 파티에서 서로 몸을 더듬는 순간들이 이어지다가 월리 브라운의 삶이 바뀌었고, 예측하건대 도티와 그들의 장성한 자식들의 삶까지 바뀌었다. 싹둑, 싹둑. 끝장났다.

이저벨이 말했다. "도티, 하고 싶은 말이 있어요." 두 여자가 고개를 돌려 그녀를 보았고, 얼굴에는 기대감과 조심스러움이 담겨 있었다.

이저벨은 병든 사람이 오랫동안 상태가 좋지 않다는 이유로 지치고 낙담하여 울고 싶은 것처럼 그렇게 울고 싶었다. "에이미는," 이저벨이 입을 뗐다. 하지만 아니, 이렇게는 아니었다. 그녀는 손가락으로 의자 팔걸이를 쓸었다. 도티는 지금 무릎을 내려다보고 있었다. 베브는 계속 이저벨을 쳐다보고 있었다.

"에이미를 임신한 게 열일곱 살 때였어요." 이윽고 이저벨이 말했다. "결혼은 하지 않았어요."

도티가 무릎에서 눈을 떼고 이저벨을 올려다보았다.

"결혼은 한 적이 없어요. 우선 그게 한 가지예요." 여기서 이저벨은 잠시 말을 멈추었고 주먹을 쥐었다 펴기를 반복하면서 손을 멍하니 내려다보다가, 이윽고 소리를 지르다시피 말했다. "그는 결혼한 남자였어요, 도티. 자식이 셋이나 있는 유부남." 이저벨은 진지하게 친구의 얼굴을 바라보았고, 도티의 해쓱하고 고단한 얼굴에는 아연한 표정이 떠올랐다.

"난 결백했다고 말할 수 있으면 좋겠어요." 이저벨이 말을 이었다. "아무것도…… 몰랐다고. 어떤 면에서는 그랬을 거예요. 그전에는 누구와 그런 경험을 한 적도, 누구와 사귄 적도 없었으니까. 하지만 우리가 뭘 하는지 난 알고 있었어요. 나쁜 짓을 하고 있다는 걸요. 도티, 나도 그건 알고 있었어요." 이저벨이 바닥을 내려다보았다. "어쨌거나 나는 그러고 싶었으니까 별다른 망설임 없이 했을 거예요."

한동안 아무도 말이 없었고, 이윽고 이저벨이 방금 기억난 것처럼 덧붙였다. "그 사람은 내 아버지의 가장 친한 친구였어요."

뚱뚱이 베브는 숨을 크게 들이쉬었고, 이 문제를 생각하려면 체중을 더 편안히 분산해야 할 것처럼 의자 깊숙이 엉덩이를 옮겼다. "친구였다고." 그녀가 말했다.

그때 도티가 허리를 숙이며 나직이 말했다. "이저벨, 난 앨시어 타이슨이 미워. 자기는 밉지 않고. 자기가 두려워하는 게 그거라면 말이지."

어떤 면에서 이저벨이 두려워해온 것은 그 점이었다. 하지만 더 있었다. 그녀가 두려워한 것은—줄곧, 도티를 사무실에서 집까지 데려다주고 부엌에 잠시 앉아 있던 그날부터—그녀, 이저벨 굿로가 다른 사람에게 그런 고통을 주었다는 사실이었다.

그전에는 그런 생각이 단연코 들지 않았다.

정말 그랬다. 그 세월 동안 이저벨이 에벌린 커닝햄에 대해 생각한 적은 거의 없었고 안쓰럽다는 마음은 더더욱 없었다. 지금 이저벨에게는 이것이 충격이었고 믿을 수 없는 일이었다. 그 사건이 에벌린 커닝햄의 삶에 어떤 영향을 미쳤을지—미칠 수밖에 없었을지—모른 채로 어떻게 이토록 오래 살아올 수 있었을까? 한 해 또 한 해 보내면서, 에벌린 커닝햄은 어떻게 이저벨에게 잡지에 나온 인물처럼 비현실적인 존재로 남을 수 있었을까?

그 여자는 피와 살이 있는 실재 존재였기에, 어쩌면 밤에 일어나서 아픈 아이를 돌보고, 세탁기에 남편의 빨래를 집어넣고, 점심과 저녁을 차리고, 설거지를 하고, 그리고 남편이 감자밭에서 바지 지퍼를 내리고 이저벨에게 올라타는 장면을 머릿속으로 그려야 (한밤중에, 의심의 여지 없이) 했을 것이다. 어쩌면 이 생각을 품고 긴 세월을 살아왔을 것이다. 남편이 죽고 아이들이 자랄 때, 또다른 여자가 이 남자의 자식을 키우고 있다는 사실을 알았을 것이다. 에벌린 커닝햄이 긴 세월 동안 날마다 사랑하고 삶을 같이한 이 남자의 자식을. 그건 어떤 느낌이었을까?

"더 말해줘." 도티가 말했다.

하지만 이저벨은 그러고 싶지 않았다. 어떤 말로 설명할 수 있을까? 그녀는 도티와 베브를 번갈아 바라보다가, 두 사람 다 그녀를 다정하게 바라보고 있다는 것을 깨닫고 깜짝 놀랐다.

"에이미는 알고 있어?" 이저벨이 결국 이야기를 계속하지 않을 것 같다는 생각이 들자 베브가 물었다. "에이미는 이 얘기를 알아?" 베브는 눈썹을 치키고 투실투실한 손가락 하나로 머리를 긁으며 자세를 고쳐 앉았다.

이저벨은 고개를 가로저었다. 자기가 어떤 질병에 걸려 만신창이가 된 것처럼 느껴졌고, 집이 불에 타들어간다 해도 꼼짝할 수 없을 것 같았다. 어깨뼈가 아파왔고 팔의 통증이 손목과 주먹 관절까지 내려갔다. 손은 펴서 무릎 위에 올리고 있었다. "그 일에 대해 말해도 된다면……" 그녀의 목소리는 흔들렸고 두 여자는 고개를 끄덕였다.

이윽고 그녀가 깊은 병 때문에 입은 마르고 모습은 흉측한 딴 사람이 되기라도 한 것처럼 입을 열었다. 그녀의 부모는 좋은 사람들이었다고. 그녀는 흔히 그렇듯 어린 시절에 대해 불만이 많은 사람은 아니었다. 갑자기 눈물을 삼키면서 그 사실을 꼭 알아주었으면 좋겠다고 말했다. ("그래그래." 뚱뚱이 베브가 다정하게 말했다. "어서 말해봐.")

그녀의 부모는 열심히 일했고 주일마다 함께 교회에 갔다. 그녀는 옳고 그른 것을 구별하는 법을 배웠다. 어머니는 수줍음이 많았고, 그들은 친구가 많지는 않았지만 물론 없지도 않았다. (뚱뚱이 베브가 격려하듯 고개를 끄덕였다.) 이를테면 커닝햄 부부가 있었다. 그녀가 말한 것처럼 제이크 커닝햄은 아버지의 가장 친한 친구였다. 두 사람은 웨스트마이놋 타운에서 함께 소년기를 보냈다. 제이크는 그곳 병원에서 일하는 에벌린이라는 여자와 결혼했다. 그녀는 간호사는 아니었지만—어쩌면 간호사였을지도 모르는데, 이저벨은 그녀가 얼마나 간호사 교육을 받았는지 확실히 몰랐다—결혼 후 한동안 일하다가 병원을 그만두었고 그뒤로 줄줄이 아이 셋을 낳았다. 이저벨이 열 살쯤 되었을 때 커닝햄 부부는 이따금 주말 오후에 웨스트마이놋에서 아기들을 데리고 놀러왔다. 이저벨의 어머니가 그녀를 부러워했을지 이저벨은 이제야 새삼 궁금했는데, 어머니는 아이를 더 낳을 수 없었기 때문이었다. 하지만 그녀로서는 알 수 없었다. 그때는 그런 생각조차 하지 않았으니까.

커닝햄 부부는 캘리포니아로 이사를 갔다. 제이크가 그곳에서 지붕 공사 사업에 참여했고 사업은 잘 굴러가는 것 같았는데, 이 부분은 이저벨도 잘 기억나지 않았다. 이제 그들은 크리스마스 때 카드를 받았다.

그러던 어느 날 이저벨이 열두 살이었을 때 아버지가 세상을 떠났다. ("그랬구나." 베브가 중얼거렸다. "전혀 몰랐어.") 주유소에서 기름을 채우는 동안 차 안에서 죽었다. ("이를 어째." 도티가 코를 풀며 말했다.) 그랬다, 힘들었다. 아이 때는 그것이 얼마나 끔찍한 일인지 모른다. 일이 터지면 일어나는 대로 받아들이지만 처음에는 충격이 사라지지 않는다. 그녀에게 장례식은 늘 아름다운 기억으로 남아 있었다. 사람들이 많이 찾아왔다. 제이크 커닝햄이 캘리포니아에서 날아왔고—에벌린은 아이들을 돌봐야 해서 물론 올 수 없었다—사람들은 이저벨에게 아주 잘 해주었다. 장례식 날 그녀는 특별한 아이가 된 것 같았다. 그리고 사람들은 이저벨이 여전히 좋아하는 찬송가 〈내 주는 강한 성이요〉—그 노랫말에서 위로를 얻었다—를 연주했지만, 뭔가 틀어지고 있었다. 그녀의 생각이 계속 머물렀던 곳은 사실 아버지가 아니었다.

그랬다. 그녀는 심호흡을 했다. 어쨌거나. 장례식이 끝나자 힘든 시간이 찾아왔다. 몇 달이 지나자 사람들은 더는 전화를 걸지도, 그 이야기를 꺼내지도 않았다. ("맞아." 베브가 고개를 끄덕였다. "늘 그런 식이지, 안 그래?") 그녀가 어머니를 돌봤고, 어머니가 그녀를 돌봤다. 하지만 그들은 많이 돌아다니지 않았다. 물론 교회에 갔고, 윗동네에는 그녀의 사촌들이 살고 있었다. 이저벨은 열심히 공부했고 성적도 좋았다. 교사가 되고 싶었고, 특히 1학년을 가르치고 싶었다. 아이들은 그 무렵 읽기를 배우는데, 알다시피 좋은 교사를 만나면 결과가 달라질 수 있다. 어머니는 그녀를 자랑스러워했다. 오, 그녀와 어머니는 서로 아주 사랑했다. 이렇게 말할 때 그녀의 목소리가 약간 높아지면서 눈이 다시 깜박거렸다. 진실을, 정말로 슬픈 진실을 말하자면, 그녀의 기억 속에 그 시절은 길고 음울한 일요일 오후처럼 펼쳐져 있었다. 하지만 왜 그런지 그녀는 그 이유를 몰랐다. 어머니와 다시 함께 살 수 있다면 무엇이라도 줄 수 있을 것 같았기 때문이었다. 전혀 음울했다고 여겨지지 않았다.

그녀는 오늘밤 어머니의 벨리크 자기 크리머를 실수로 쳐서 조리대에서 떨어뜨렸다. ("그게 뭐야, 이저벨?" 뚱뚱이 베브가 몸을 숙였다. "뭘 깼다고?") 어머니의 일부를 찬장에 늘 안전하게 보관해둔 느낌이었는데 이제 사라졌다. (이저벨의 얼굴에 눈물이 주르륵 흘렀다.) 언젠가 에이미가 물려받아 그 아이의 집에 둘 거라고 생각하고 있었는데 사라져버렸다. ("그 휴지 좀 줘봐." 베브가 도티에게 손을 내밀자 도티가 이저벨을 위해 한 줄 길게 끊어서 주었다.)

뭐, 아무튼. 이저벨은 코를 팽 풀고 눈물을 닦았다. 어쨌거나 그녀는 좋은 성적을 받았고 졸업 때는 졸업사를 대표로 읽었으며 어머니는 그 사실을 자랑스러워했다. (도티가 필요할 때 쓰라며 휴지를 또 한 줄 길게 끊어 건네면서 "아무렴 그랬겠지" 하고 너그럽게 말해주었다.) 작은 학교여서 한 반에 서른세 명밖에 없었다. ("그게 대수야." 베브가 단호하게 말했다. "자기가 똑똑한 건 다 알아. 얼마든지 자랑해도 괜찮아.")

어머니는 바느질을 좋아했다. 어머니는 그녀에게 졸업식 날 입으라고 예쁜 흰색 리넨 드레스를 만들어주었다. 이쯤에서 그녀는 이야기의 순서를 앞서가고 있었는데, 그 육 주 전인 5월의 어느 화창한 날에(목련이 앞문 근처에서 꽃망울을 터뜨렸고—그녀가 기억하기로—벌들은 포치 방충문에 몸을 부딪히고 있었다) 느닷없이 제이크 커닝햄이 나타났다. 그는 출장 때문에 동부에 왔다가 이저벨과 그녀의 어머니를 보려고 잠시 들렀고, 그들은 그를 보자, 오, 행복했다. 들어와요, 들어와요, 그녀의 어머니가 말했다. 에벌린과 아이들은 잘 지내죠? 그럼요, 잘 지냅니다. 제이크 커닝햄의 눈은 회색이었고 눈빛은 더없이 다정했다. 그는 이저벨을 볼 때마다 웃어주었다. 그리고 지붕을 고쳐주었다. 목재상에 가서 필요한 자재를 사왔고, 사다리를 타고 올라가 물이 새는 곳을 직접 고쳐주었다. 집에 남자가 있다는 건 정말 근사한 일이었다.

그들이 저녁을 준비하는 동안 그는 곱슬곱슬한 금색 털이 난

듬직한 팔을 식탁에 올린 채 부엌에 앉아 있었고, 이저벨은 행복한 마음으로 오븐에서 방금 구워낸 롤빵을 바구니에 담았다. 그날 그녀는 자신이 그때까지 얼마나 불행하게 살아왔는지, 지금은 또 얼마나 불행한지 처음 깨달았고, 그의 눈빛이 약간 슬프지만 더없이 다정하다고 생각했다. 그녀가 쳐다볼 때마다 그는 웃어주었다.

어머니는 하루를 들뜨고 흥분된 마음으로 보내느라 지쳐서 그날 밤 일찍 자러 갔다. 이저벨과 제이크는 거실에 앉아 있었다. 그녀는 늘 이 순간을 기억할 것이다. 밤이 길어지던 무렵이라 어머니가 자러 갈 때는 마침 어스름이 내리고 있었다. "불을 켜지 그래." 어머니는 거실에서 나가면서 아무것도 모른 채 이렇게 말했다.

하지만 그들은 그러지 않았다. 거실이 보드라운 봄의 어둠으로 가득 채워질 때 그들은 소파에 앉아 등받이에 팔꿈치를 걸친 채 얼굴을 마주보며 도란거리고 웃음을 주고받고 눈을 내리뜨고 창밖을 흘끔거렸다. 제이크는 줄무늬 셔츠를 입고 있었다. 뭐, 그런 건 중요하지 않았던 것 같지만, 기억이 나는 건 어쩔 수 없다. 아무튼 그날 보름달이 떴고, 열린 거실 창문을 통해 보이는 밤하늘에는 아름답고 그윽한 달빛이 흐르고 있었다.

그리하여.

그들은 산책을 나갔다. 함께 근처 감자밭으로 걸어갔는데 온실의 흙냄새가 났다. 보름달은 무게가 아주 많이 나가는 것처럼 나지막이 드리워 있었다.

그녀는 몰랐다고 말하고 싶었지만…… 그렇게 말할 수는 없었다. 잘못된 행동이라는 것은 알고 있었다. 하지만 상관하지 않았다. 그것이 진실이었다. 아, 그녀는 알았지만 상관은 하지 않았다. 그녀의 행복이 너무 컸기에! 그 대가가 얼마나 클지는 상관하지 않았다! 그 어느 때보다 행복했기에.

다음날 밤 그들은 또다시 산책을 나갔다. 조금 걷다 그는 그녀의 이마에 키스했고 누가 알아서는 안 된다고 말했다. 그녀는 그를 사랑했다. 오, 어쩌나, 그녀는 그를 사랑했다! 그녀는 그를 얼마나 사랑하는지 말하고 싶었고, 아침이 오면 말하려고 했지만, 아침이 되자 그는 떠나고 없었다.

(두루마리 휴지가 한 바퀴 돌았고 세 여자는 코를 풀었다.)

그녀는 아무에게도 말하지 않았다. 누구에게 말할 수 있었을까? 그녀는 졸업생 대표로 짤막한 졸업사를 읽기로 되어 있었고, 6월의 어느 무더운 날 학교 잔디밭에서 흰색 리넨 드레스를 입고 졸업사를 읽었다. 그러고는 집에 돌아와 흰색 리넨 드레스 앞자락에 토악질을 했고, 영원히 지워지지 않는 얼룩이 남았다. 어머니는 이저벨이 긴장을 많이 한 탓으로 생각해서 드레스에 대해서는 너그러웠다. 퍽 너그러웠다. (더 많은 휴지가 이저벨의 손에 쥐여졌다.)

하지만 그녀는 다음날도, 그다음날도 토했고, 결국 어머니에게 그 안타까운 사정을 모조리 털어놓았다. 두 사람은 거실에서 손을 붙잡고 울었다. 다음날 오후 그녀와 어머니는 목사를 찾아가 그의 격자무늬 소파에 앉았다. 햇빛이 그곳의 회색 카펫 위로 비쳤는데 이저벨은 그 카펫이 몹시 더러웠다는 기억이 언제나 함께 떠올랐다—사람들이 어떤 일을 어떻게 떠올리는지 재미있지 않은가? 경황이 없는 와중에도 그녀는 목사의 러그를 왜 아무도 청소하지 않는지 궁금했다. 목사는 무명천 바지 주머니에 손을 찔러넣은 채 서성거렸다. 하느님은 신비로운 방식으로 일을 한다고 말했고, 그분의 뜻이 이루어질 거라고 했다.

이저벨은 날마다 차를 몰아 고럼에 있는 교육대학에 다녔고 그동안은 어머니가 아기를 돌봤다. 수업이 끝나고 같이 공부하는 친구가 커피를 마시자고 하면 그녀는 늘 안 된다며 서둘러 집으로 돌아갔는데 그것도 이상하게 보였다. 학교에서 아기의 존재에 대해 아는 사람은 아무도 없었다. ("제이크 커닝햄은 알았어?" 베브가 물었다. "그렇지, 제이크 커닝햄은 알고 있었어?" 도티가 똑바로 일어나 앉아 물었다.)

그도 알았다. 어머니가 그와 통화하려고 캘리포니아로 전화를 걸었다. 에벌린이 받았다. 그날 에벌린이 어땠을지 상상해보라.

정말로 그녀는 꿈에도 상상하지 못했다—그것이 진실이었다. 하지만 이제 와 생각하면, 부엌에서 그날 저녁에 무엇을 먹을지

고민하면서 냉장고를 확인하는데 그 순간 전화벨이 울린 것이다. 한순간 세상은 일방통행로가 되고 다음 순간 매몰된다. ("그런데 그 제이크라는 작자는 뭐라고 했어?" 베브가 물었다. "그 몹쓸 자식은 뭐래?")

그는 미안해했다. 물론 그는 몹시 미안해했다. 돈이 부족하면 언제라도 알리라고 했다. 하지만 그들은 그의 돈을 받을 생각이 없었다. ("당연히 받지 말아야지." 도티가 말했는데, 진정제가 그녀를 진정시키기보다는 각성시켰는지 정신이 말똥말똥해 보였다. "개자식." 베브가 말했다. "나라면 한푼도 빼놓지 않고 다 받았을 거야.")

아니, 그것은 그녀의—이저벨의—책임이었다. 그리고 억울할 수도 있지만, 어머니의 책임이었다. 이런 일 중 어머니 입장에서 억울하지 않은 것은 없었는데, 어머니는 그런 고통을 겪을 만큼 잘못한 것이 없었다. ("산다는 건 억울한 거지." 도티가 말했다.) 하지만 그해 1월에 어머니가 숨졌다. 어느 밤 속이 좋지 않다고 일찍 잠자리에 들었는데—좀 메슥거린다고 했다—자는 동안 심장마비로 죽었다. 이저벨은 어머니를 죽인 것이 스트레스라고 생각했다. ("어떤 사람들은 더 지독한 스트레스를 겪고도 백 살까지 살아." 뚱뚱이 베브가 위로했다.)

그래서 그녀는 대학을 중퇴했다. 더럭 겁이 났다. 돌봐야 할 아기가 있었고, 정말로 남편이 필요했다. 하지만 타운이 작아서 남편이 될 만한 사람은 없었고, 그래서 어머니의 집을 팔아 강 하류의 셜리폴스까지 왔다. 목사는 심지어 뜯어말렸다. 하지만 그녀는 셜리폴스로 가면 남편을 찾기가 더 쉬울 거라고 생각했다.

하지만 그건 실수였다. 그녀는 불안한 마음에 울워스에서 결혼반지를 구입했다. 충동적으로 샀지만 일 년 가까이 그 반지를 끼고 있었고, 누가 물으면 남편이 죽었다고 했다. (도티와 베브는 고개를 끄덕였다. 둘 다 그 말을 기억하고 있었다.) 그렇게 거짓말을 한 것은 끔찍한 실수였다. 하지만 한번 거짓말에 빠지면 헤어나오고 싶어도 그러기 어렵다. (도티가 또다시, 더 빠르게 고개를 끄덕였다.) 성장하면서 그녀는 결혼하면 화목하고 화기애애한 가정을 꾸리고 싶다고 줄곧 생각했다. 일이 그렇게 풀리지 않았다는 생각이 들면 이따금 여전히 이상했다.

다 끝났다.

그것이 그녀가 살아온 이야기였다.

세 사람은 생각에 잠겨 말없이 앉아 있었고 서로를 쳐다보며, 또 바닥을 내려다보며 보일락 말락 고개를 주억거렸다. 멀리서 자동차 한 대가 22번 도로를 지나가는 소리가 들렸다. "제이크는 내가 셜리폴스로 이사 오기 직전에 세상을 떠났어요." 이저벨이 방금 생각난 듯 덧붙였다.

"심장마비는 아니었기를." 뚱뚱이 베브가 말했다.

이저벨이 고개를 가로저었다. "골프를 치다가요."

"이런 맙소사, 이저벨." 도티가 말했다. "차에 치여 죽은 사람은 없어? 독약을 먹었거나? 보트를 타고 나갔다가 물에 빠져 죽은 사람은 없고?"

그들 모두 서로를 쳐다보았고, 베브는 눈을 휘둥그레 떴다.

"하지만 에벌린에 대한 생각은 한 번도 하지 않았어요." 이저벨이 잠시 뒤에 말을 이었다. "에벌린에 대해서는 정말로 아무 생각이 없었어요." 그녀가 미안한 듯이 도티를 쳐다보았다.

"흠." 뚱뚱이 베브가 마침내 담배에 불을 붙이며 말했다. "지금 걱정해야 하는 사람은 에이미야."

이저벨이 그날 밤 그 집에서 발륨을 먹지 않은 유일한 사람이 되었다. 저녁 동안 너무 많은 일이 일어나서 베브는 혼란스러운 마음을 쉽게 달랠 수 없었다. 이저벨은 두 사람이 허리를 숙여 그녀에게 키스하자 두 뺨이 발그레해져서 도티가 앉은 소파 옆에 약병을 놓고 일어섰다. 그러자 베브는 쉽게, 특히 이 코딱지만한 거실에서는 쉽게 잠을 청하기 어려울 것 같다는 판단에 마지막 순간 한 알을 꺼내 먹었다. 그리고 베브는 이저벨이 방금 고백한 내용에 대해 잠시—물론 아주 조용히—도티와 이야기를 나누게 될 거라고 생각하면서 욕실에 들어갔다 나왔는데, 도티는 이미 머리를 얻어맞은 사람처럼 깊이 잠들어 있었다. 도티는 앉은 자세로 자고 있었고, 베브가 조심스럽게 소파에 눕힌 뒤 베개를 받쳐주고 아프간 담요를 덮어줘도 눈 한 번 끔뻑하지 않았다.

베브는 이저벨이 아까 에이미의 방에서 가져온—거실 한복판에 내려놓은—매트리스에 몸을 눕히자 그렇게 편안할 수가 없었다. 몇 분이 지나자 발륨의 진정 효과가 나타나기 시작했다. 오, 그녀가 이 약에 손을 자주 대지 않은 것은 참으로 다행스러운 일이었다. 이걸 먹으면 변비가 생긴다. 이저벨 굿로가 그런 줄 누가 알았겠는가—삶은 우스운 것이다. 그 세월 끝에 월리 브라운이 그럴 줄 누가 알았겠는가. 그는 스스로 비웃음거리가 되었다.

위층에서는 이저벨이 딸의 숨소리를 들으며 에이미 옆에 누워 있었다. 그녀는 깬 채로, 아래층에서 올라오는 담배 냄새에 딱히 언짢은 기분 없이, 어렸을 때 부모와 함께 다니던 교회에서 참석한 저녁식사를 떠올렸다. 교회 지하실에 있는 카드 테이블에서 식사를 끝내면 남자들은 둘러서서 담배를 피우며 농작물과 트랙터에 대한 대화를 나누었고, 여자들은 커다란 은색 주전자에 커피를 타고 온갖 종류의 쿠키와 케이크를 차려냈다. 그로부터 몇 년 뒤 장례식이 끝나고 어머니에게 며칠간 캐서롤 요리를 만들어다준 사람들도 그 여자들이었다. 지금 생각하면 그들은 친절한 마음씨를 가진 사람들이었다. 그녀에게 친절이란 (이 소리는 뭐지? 뚱뚱이 베브가 코를 고는구나) 신이 만든 가장 좋은 선물이었다. 그렇게 많은 사람의 내면에 저마다 친절이라는 능력이 자리잡고 있다는 사실이야말로 신의 업적이었다. 지금 아래층에 있는 여자들은 오늘 그녀에게 얼마나 친절했는가! 아까 경찰관들은, 그리고 전화를 받은 의사와 말수가 적은 약사는 (하얀 가운을 입은 체격 좋은 남자가 어렴풋이 떠올랐다) 또 얼마나 친절했는가? 그렇다. 사람들은 그렇게 친절할 수 있다.

지금은 에이버리와 그의 아내 에마를 생각하지 않을 것이다. 가혹하게 그녀를 할퀴는 그 생각을 당장은 견딜 수 없었다. 아래층에 있는 친구들, 그리고 그녀가 오늘밤 어느 시점에 제이크 커닝햄에 대한 사랑을 털어놓았을 때 그들이 함께 울어준 것을 생각할 것이다. 그러지 않았다면 이저벨은 이겨낼 수 없었을 것이다. 이 여자들이 그녀와 함께 울어주었다. 헛되이 살아온 그녀의 삶과 그녀의 행동 때문에 상처입은 다른 삶의 이야기를 들어주었다. 부드럽고 친절하게 잘 자라는 키스를 해주었다.

그녀는 그런 사랑을 받을 자격이 없었다. 그 세월 동안 그녀는 그들과 거리를 두었다. 자기가 더 우월하다고, 자기가 어울릴 사람은 바버라 롤리나 페그 던랩, 에마 클라크라고 생각하면서. 나는 내가 어떤 사람이라고 생각했지? 그녀가 당혹스러운 마음으로 스스로 물었다. 나는 내가 어떤 사람이라고 생각했지?

침대가 아니라 뜨거운 공기 위에 누워 있는 것처럼, 집에 있는 다른 사람들의 몸에서 효과를 내는 발륨 잔존물을 특별한 삼투

압으로 부분 흡수하는 것처럼, 그녀는 얕지만 매끄러운 잠을 잤다. 밤중에 이따금 에이미는 몸을 뒤척이거나 다리에 경련을 일으키거나 소리를 질렀고, 이저벨은 잠을 자고 있었다는 느낌 없이 깨어나곤 했다. "엄마 여기 있어." 그럴 때마다 이저벨은 딸의 팔을 어루만지며 말했다. "엄마 여기 있어, 에이미. 다 괜찮아."

어느 순간 이저벨이 눈을 떴을 때, 이른 아침의 햇빛이 방안으로 흘러들어오고 있었다. 에이미가 이저벨 쪽으로 돌아누워 커다랗고 투명한 눈으로 그녀를 쳐다보고 있었는데, 그 눈동자에 어린 표정을 가늠할 수가 없었다. 아이가 어렸을 때 낮잠을 재우려고 이 침대에 함께 누워 있을 때도 그랬다. 하지만 지금 에이미의 몸은 이저벨보다 더 길어졌고, 턱과 코에는 검은 피지가 박혀 있었고, 뺨에는 성난 여드름이 밀고 올라와 있었다. 하지만 아이의 눈동자는, 아이가 두 살이 채 되지 않았을 때 이저벨이 보았던 수수께끼를 여전히 담고 있었다. 에이미, 이저벨은 묻고 싶었다. 에이미, 넌 누구니? 하지만 그저 나직이 말했다. "더 자."

그러자 소녀는 잠이 들었다. 눈을 감고 입술을 살짝 벌린 채 다시 잠에 빠져들었다.

거실은 약탈을 당한 것 같았다. 바닥 한복판에 놓았던 매트리스에는 침대보가 절반만 씌워져 있고 소파에 두었던 담요와 이불들은 뒤엉켜 떨어질락 말락 걸쳐 있었다. 베개들은 흩어져 있고 전등갓은 비스듬히 기울어 있었다. 담뱃재를 떨었던 접시는 텔레비전 위에 아슬아슬하게 놓여 있고 바닥에는 회색 재가 나뒹굴었다. 두루마리 휴지는 소파 끝에서 탁자까지 풀려 있었는데, 마호가니로 된 탁자 표면에는 마시다 만 물잔이 얼룩을 남겨 놓았다.

부엌 옆 욕실에서는 변기 물 내리는 소리와 뚱뚱이 베브가 노래하는 소리가 들렸다. "당신은 어제의 도넛, 내 사랑, 그리고 난 계속 살아가지……" 욕실 문이 열리고 베브가 손을 내두르며 눈앞에 보이는 어수선한 광경을 가리키며 인사했다. "어젯밤에 파티 비슷한 걸 했거든."

이저벨은 고개를 끄덕이며 안락의자에 놓인 담뱃갑을 치우고 앉았다.

"난장판을 만들어서 미안해." 도티가 소파 구석에 앉아 턱밑까지 무릎을 당기며 말했다. 그녀가 뿜어낸 담배 연기가 그녀의 얼굴을 스쳐 천장으로 올라가면서 회색 안개처럼 넓게 퍼졌다.

"에이미는 어때? 괜찮아?" 뚱뚱이 베브가 풀어진 두루마리 휴지를 다시 말아 탁자에 내려놓았다.

"잘 잤어요." 이저벨이 고개를 끄덕였다. "조금 있다가 내려올 거예요. 악몽을 꿨나봐요."

"아무렴 그렇겠지. 너도 꿈을 꿨어, 도티?"

도티가 피곤한 듯 딱 한 번 고개를 가로저었다. "악몽이 아닌

게 없지. 모든 게 악몽 같은걸."

베브는 소파에 앉아 도티의 손을 잡아올렸다. "한 번에 하루치만, 도티."

"내 사촌 신디 레이가," 이저벨이 안락의자에 앉아 말했다. "코끼리를 먹는 방법은 한 번에 한 입씩 먹는 거라고 말하곤 했어요."

베브가 도티의 담뱃불을 자기 담배에 옮겨붙였다. "그거 참 마음에 드네. 한 번에 한 입씩."

이저벨은 머리가 지끈거렸다. 밤 시간에는 에이버리 클라크를 잊을 수 있었지만 그런 보호막이 지금은 사라지고 없었다. 그의 존재가 또다시 되살아났다. 그는 가까이 사는 실존하는 남자였고, 아내와 함께 그녀의 집에 오기로 한 것을 잊어버린 사람이었다. 그녀는 그의 온화한 얼굴이 사무실을 가로지르는 상상을 하며 동굴처럼 깊숙한 갈망을 느꼈다. 그의 비뚜름한 입술과 길쭉하고 호리호리한 몸을 떠올리자 그가 밉기도 했다(갑자기 키 큰 독일인이 떠올랐다). 가슴이 아팠다.

소녀가 고개를 숙인 채 입구에 서서 놀란 표정으로 주저하며 거실 안을 쳐다보고 있었다.

뚱뚱이 베브가 먼저 인사했다. "에이미 굿로, 이리 와서 이 뚱뚱이 아줌마에게 안기렴."

하지만 소녀는 그저 쳐다보기만 했다. 표정은 변하지 않았다.

"어서." 베브가 다시 힘주어 말했다. "이리 오렴. 믿지 않겠지만 네가 보고 싶었단다." 그녀가 팔을 뻗고 손목을 흔들며 그렇지 않냐는 듯 도티를 돌아보았다. "그렇지, 도티? 내가 날마다 공장에서 그랬잖아. 네가 돌아와서 기쁘지만 에이미 곳로는 사랑스러운 아이였다고."

"그랬지." 도티가 맞장구를 쳤다.

이제 소녀는 수줍은 미소를 띠고 쑥스러운 듯 입꼬리를 올렸다.

"이리로, 어서."

소녀는 쭈뼛쭈뼛 다가가서 허리를 숙였고 베브는 크고 투실투실한 팔로 그녀를 꼭 끌어안았다. 이저벨은 안락의자에 앉아 그 모습을 지켜보면서 속으로는 얼굴을 찡그렸는데, 한편으로는 아이의 동작이 어줍어서 그랬지만 오늘 아침 딸의 입냄새가 지독했던 이유가 더 컸다. 아침에 같이 침대에 누워 있을 때 그 냄새를 직접 맡았다. 익숙하지 않지만 강렬하고 코를 찌르는, 밤 시간 느꼈을 공포가 축적된 냄새.

"고마워." 베브가 마침내 에이미를 풀어주며 말했다. "내 딸들은 다 컸다고 안기지도 않아." (거짓말.) "손녀들이 뛰어노는 걸 보려면 몇 년은 걸릴 테고. 몇 년 뒤에는 그렇게 되면 좋으련만. 난 록샌이 걱정인 게, 처음 나타나는 멍청이와 결혼할걸."

"아니야." 도티가 말했다. "록샌도 생각이 있어." 그러고는 아프간 담요를 옮겨 에이미가 소파에 앉게 해주었다. "오늘 아침에는 왜 이렇게 사람이 많은가 하겠구나." 미안한 듯 에이미에게 말했다. “나한테 문제가 좀 생겨서, 친절한 네 엄마가 어젯밤 여기에서 소소한 파자마파티를 열게 해줬거든.”

에이미가 어정쩡하게 고개를 끄덕였다. 그녀는 오늘 아침 두 번째로 잠에서 깼을 때 엄마에게 도티의 이야기를 들었고, 몽롱한 괴로움 속에서 최근에 가슴을 두들겨맞고 심장이 으스러지는 고통을 당한 사람이 자기 혼자만은 아니라는 사실에 위로를 받았다.

“네 엄마는 정말 친절했어.” 베브가 바닥에서 베개를 집어올리며 맞장구를 쳤다.

“아니요.” 이저벨이 말했다. “실은 두 분이 저한테 정말 잘해주셨죠.”

그랬다. 조난당한 여자들이 있는 이 공간에는 어제도 오늘도 친절함이 존재했다. 하지만 그럼에도 불구하고 혼자 간직해야 할 비밀은 남아 있었다. 에이미에게는 당연히 로버트슨 선생의 어처구니없는 목소리가 남아 있었다. “누군지 모르겠습니다.” 이저벨의 비밀은 에이버리 클라크를 에이버리 자신도 모르고 있었던 위치에서 무의미한 위치로 남몰래 쫓아내는 것이었다. 심지어 도티조차 자신의 슬픔을 베브에게 모조리 털어놓지는 않았다(남편의 손가락이 앨시어의 질을 만지작거리는 생각이 자꾸만 떠올랐다. 깊숙이 들어갈 수 없게 저 안쪽에서 꿰매버린 메마르고 칼질당한 도티의 그것 대신, 깊은 안쪽까지 들어가는 어둡고 축축한 앨시어의 터널을). 그리고 뚱뚱이 베브 역시 말로 표현할 수 없는 혼자만의 고민이 있었고, 그 두려움은 무거운 담요처럼 그녀를 짓눌렀다.

하지만 무엇을 할 수 있겠는가? 계속 나아갈 뿐이다. 사람들은 계속 나아간다. 수천 년 동안 그래왔다. 누군가 친절을 보이면 그것을 받아들여 최대한 깊숙이 스며들게 하고, 그러고도 남은 어둠의 골짜기는 혼자 간직하고 나아가며, 시간이 흐르면 그것도 언젠가 견딜 만해진다는 것을 안다. 도티, 베브, 이저벨 모두 저마다의 방식으로 이것을 알고 있었다. 하지만 에이미는 어렸다. 무엇을 참을 수 있는지 혹은 참을 수 없는지 아직 몰랐고, 이 자리에 있는 세 엄마에게 어리둥절한 아이처럼 말없이 매달려 있었다.

"우리가 거실을 난장판으로 만들었는데." 뚱뚱이 베브가 이저벨에게 말했다. "팬케이크를 구우면서 부엌도 좀 어질러도 될까."

"아, 편하게 쓰세요." 이저벨이 말했다. "상관없어요." 정말 상관없었다. 그날 아침 에이미의 옆에 누워 블라인드의 가장자리로 환한 빛이 새어들어오는 모습을 보면서 이저벨은 뭔가 시작되려는 것을 느꼈다. 그것은 항복하고 단념하고 내려놓는 느낌이었다. 정확히 뭐였을까? 그녀는 도티에게 일어난 일을 에이미에게 곧이곧대로, 이런 일이 없었다면 그러지 않았을 방식으로 말해주었고, '개인적인 문제'라고 얼버무릴 수도 있었지만 윌리 브라운과 앨시어 타이슨에 대해서도 말해주었다. (이저벨은 소파 모서리에 콕 박혀 앉은 아이를 힐끗 쳐다보며 이를 닦고 오라고 말하려다가 그냥 입을 다물었다.) 아침에 깨면서 오늘은 침대를 정리하지도, 교회에 가지도 않겠다고 조그맣게 결심하며 신기하고 온화한 자유의 맛을 느꼈다. 내일도 출근하지 않을 것이다. 에이버리 클라크에게 전화를 걸어 에이미가 아파서 일주일 휴가를 내겠다고 할 것이다. 앞으로 시간은 충분하니 그래도 문제가 되지 않을 것이다. 에이버리가 집에 오기로 한 것을 잊었기 때문에 그를 보기가 민망해서 그런다고 추측해 자기 말을 믿지 않으면 어쩌지? 혹은 자신이 화났다고 생각하면 어쩌지?

그래도 상관없었다. 그가 어떻게 생각하든 상관없었다.

그녀의 집이 난장판이라 해도, 지금 이 순간 탁자의 마호가니 표면에 물 얼룩이 생기고 있어도 상관없었다. 전혀, 상관없었다.

"난 미사 드리러 가야 해." 도티가 에이미를 보며 말했고, 에이미는 무슨 말을 해야 할지 몰라 소파 저 끝에서 도티를 보며 그저 웃었다.

"하느님도 자기가 팬케이크 먹는 걸 보고 싶어할 것 같은데." 뚱뚱이 베브가 부엌에서 소리치자 이저벨은 문득 가톨릭 신자가 되고 싶다는 강렬한 욕망을 느꼈다.

그녀가 가톨릭 신자라면 찬란한 스테인드글라스 창문이 있고 황금 햇살이 머리 위로 떨어지는 성당에서 무릎을 꿇고 고개를 숙일 것이다. 그랬다, 오 그랬다. 무릎을 꿇고, 그녀의 딸 에이미와 도티와 베브를 향해 팔을 내밀 것이다. "하느님, 제발." 그녀는 기도할 것이다. (뭐라고 기도할까?) "제발, 하느님. 우리가 서로 자비를 베풀 수 있게 도와주세요." 그렇게.

"나는 얇게 해서 약간 태운 듯이 굽는 게 맛있어." 뚱뚱이 베브가 말했다. "주걱으로 뒤집어야겠는데."

커피 냄새, 살짝 태운 팬케이크 냄새와 함께 아침이 기운을 차리면서 또 하루가 느릿느릿 시작됐지만, 이곳에는 아무도 말하지 않는 죽음이 존재했다. 소녀의 시체는 차 트렁크 안에 유령으로 존재했고, 도티 브라운에게는 느닷없고 불결한 과부생활을 시작해야 하는 텅 빈 집이 기다리고 있었고, 이저벨에게는 마음 속 깊숙이 은밀하게, 에이버리가 중심에 없는 삶은 어떻게 달라질지에 대한 고민이 있었다. 그리고 소파 한쪽 구석에 앉은 에이미는 베브가 건넨 팬케이크가 먹히지 않았다.

이저벨은 딸의 어쩔 줄 모르는 표정을, 햇살을 받은 얼굴에 떠오른 모순을 보았고, 딸이 모르는 사내아이와 시골길을 누비면서 무슨 짓을 했을지 또다시 궁금해졌으며, 아이의 슬픔에는 어떤 면들이 있는지 알고 싶어졌다. 그것을 알려면 시간이 걸릴 것이다. 사실, 영원히 모를 수도 있었다.

한 번에 한 입씩.

그렇다. 물론, 시간이 걸릴 것이다. 모든 일에는. 그녀는 앞쪽 포치에 서서, 진입로에서 차를 빼는 베브와 도티에게 손을 흔들며 이 사실을 깨달았다. 에이버리를 중심에 놓지 않은 자신을, 자신의 삶을 가다듬는 데는 시간이 걸릴 거라고. 그녀는 벌써 오래된 습관이라는 유혹이 끌어당기는 것을 느꼈다. 이를테면 내일 출근할 때는 무슨 옷을 입을까? 하지만 아니, 한동안은 일하러 가지 않을 것이다. 가지 않는다. 그는 디저트를 먹으러 오기로 해놓고 잊어버렸다. 결국 그녀는 그에게 조금의, 아무 의미도 없었다.

그럼에도 여전히 이따금 자유롭고 머리가 맑아지고 차분해진 느낌이 들었다. 또한 에이미가 있었고, 에이미를 곁에 두고 돌보고 싶다는 욕망이 존재했다. 이를테면 아이는 목욕을 하면 좋아질 것이다.

"목욕을 하면 어떨까?" 이저벨이 말하자 에이미는 어깨를 으쓱하며 고개를 저었다. 에이미는 목욕할 마음이 없었다. "알았어." 이저벨이 말했다. "이따가 해. 목욕하면 기분이 좀 나아질 거야." 그녀는 환기를 시키려고 뒷문과 부엌문을 열고 에이미의 옆에 앉았다. "오늘 교회에는 안 갈 거야." 그녀가 말했다.

에이미가 고개를 끄덕였다.

뒤쪽 나무에서 새들이 지저귀는 소리가 들렸다.

바깥은 화창한, 거의 가을 같은 날씨였다. 회중교회의 창문으로 비쳐든 햇빛이 진홍색 카펫 위로, 뒤쪽의 흰색 신자석으로 부드럽게 떨어졌다. 바람 또한 느릅나무 잎들을 살랑살랑 흔들었고, 교회의 안벽과 제단에는 햇빛이 아롱거리고 나뭇잎들의 그림자가 춤을 추었다. 신자들은 모두 일어서서 파이프오르간 반주에 맞춰 나직한 목소리로 〈만복의 근원 하느님〉을 느리게 합창했고, 파이프오르간이 쏟아내는 음들은 발코니 성가대석에서 웅장하게 울려퍼졌다. 만복의 근원 하느님 온 백성 찬송드리고. 회색 양복을 입고 정장구두를 신은 안내원들이 교회 앞쪽 탁자에 헌금 접시를 올려놓고, 다른 사람의 눈을 의식하는 진지한 표정으로 넥타이를 만지작거리며(에이버리 클라크도 그중 한 명이었다) 조용히 각자의 자리로 돌아갔다. 찬송 성부 성자 성령 아-멘. 신자들이 자리에 앉자 무릎이 신자석 뒤판에 부딪히는 소리, 찬송가 책이 바닥에 툭 떨어지는 소리, 손가방이 딸깍 열렸다 닫히는 소리, 조심해서 코 푸는 소리가 뒤따랐다. (남편에게 화가 난 에마 클라크는 이저벨 굿로가 그들 뒤 어디에 앉아 있지는 않은지 궁금해하면서, 자신의 마땅한 품위가 손상된 것에 모욕감을 느끼면서 성경 강독을 듣는 척하고 있었다.)

흰색과 와인색의 국화꽃이 항아리에 담겨 제단 계단에 층층이 놓여 있었다. 목사가 설교단 위로 손을 올려 앞에 펼쳐진 커다란 성경의 책장을 천천히 넘기자 검은색 예복이 따라 움직였다. 예수께서 몸을 일으켜 그들에게 말씀하셨다. 죄가 없는 사람이…… 교회 뒤쪽에서 달짝지근한 포도주스 냄새가 희미하게 풍겼다. 오늘은 성찬식이 있는 주일이라 작은 사각형 빵을 담은 은색 접시들과 포도주스를 따른 자그마한 잔들이 둥근 쟁반에 담겨 나란히 기다리고 있었다. (티미 톰슨의 눈꺼풀은 자꾸만 아래로 처졌고, 그의 아내 뱃속은 그를 깨울 만큼 요란하게 꾸르륵거렸다.)

또다시 오르간 소리가 들리자 목사는 머리를 숙여 절한 뒤 설교단에서 물러갔고, 그의 머리 위쪽으로 성가대 지휘자 미리엄 랭글리가 검은색 성가대복을 입고 검은색 악보집을 앞에 든 채 신자들을 마주하고 섰다. 경건한 고통이 그녀의 오종종하고 평범한 얼굴을 압도했고, 그녀는 곧 몸을 가볍게 흔들며 독창을 시작했다. (페그 던랩은 남편 옆에 앉아, 그녀의 다리 사이로 제럴드 버로스의 얼굴을 떠올리며 그에 뒤따르는 따스함을 느꼈지만 시선은 흰색 국화가 담긴 항아리에 붙박여 있었다.)

햇빛은 설교단 위를 가로지르며 부드럽게 일렁였고, 메인 스트리트를 지나가는 차소리는 한풀 꺾여 들렸다. 미리엄 랭글리는 성대를 진동시키며 길게 아멘을 뽑아냈고, 발코니석 어딘가에서는 애써 기침을 억누르는 소리가 끊임없이 들렸으며, 또 어딘가에서는 사탕 포장지를 벗기는 바스락 소리가 났다. 마침내 오르간이 미리엄 랭글리의 독창이 끝난 것을 기뻐하듯 즐겁고 우렁차게 울려퍼졌고, 목사는 설교를 하려고 다시 설교단으로 돌아왔다(주보에는 '신 포도 벗기기'라는 제목이 나와 있었다). 신자들이 조금씩 자세를 고쳐 앉았다. 조용한 한숨이 여기저기 새어나오다가 결국 잠잠해졌다.

아기가 울자 아빠가 데리고 나갔는데, 그는 햇볕 좋은 주차장에 세워놓은 차 안에 있으면서 설교를 놓치는 것이 싫지 않은 듯했다. 클래라 윌콕스는 평소처럼 새벽 예배를 드리고 그 이후 휴식 시간부터 지금까지 바버라 롤리와 활동실을 치우면서, 바버라 롤리가 입안에 도넛을 집어넣는 것을 목격할 때마다 당황해서 시선을 피하고 있었다. 햇빛이 창문으로 비쳐들어 커피 주전자가 반짝거렸는데, 주전자는 곧 안쪽 방으로 옮겨졌다.

다시 교회 안으로 돌아가면, 목사는 설교를 끝냈고(성찬식이 있었기 때문에 평소보다 일찍) 이번에는 안내인들이 일어나 성찬식 접시를 나눠주었다. 목사는 설교단 앞에서 그의 앞에 놓인 커다란 성경의 책장을 또다시 넘겼다. 내 몸을 먹는 자는 나를 기억…… 신자들은 예배의 끝이 눈앞에 보이자 한편 안도하는 마음으로 다 함께 일어나 마지막 찬송가를 불렀고, 목사는 마침내 교회 앞쪽에서 아끼고 사랑하는 신자들의 머리 위로 손을 높이 들고 우리가 입으로 하는 말과 가슴으로 하는 묵상이 언제나 당신의 눈에 들게 하소서, 오 주여, 하며 축도를 했는데(누가 빠끔 들여다보았다면 검은 옷을 입은 남자가 눈을 꼭 감고 모두를 축복하며 엄숙하게 서 있는 모습이 보였을 것이다), 그 순간 이저벨 굿로는 담배 연기가 아직 자욱하게 남은 그녀의 조촐한 거실에서 에이미에게 제이크와 에벌린 커닝햄 이야기의 결말과 캘리포니아에서 자란 그들의 세 자녀에 대해 나직이 일러주고 있었고, 지금까지 에이미에게 이 모든 이야기를 하지 않은 것은 자기 잘못이었다고 마무리했다.

에이미는 엄마의 얼굴을 뚫어져라 쳐다보았고, 소파와 창문과 의자를 뚫어져라 쳐다보았다. 뒤따르는 긴 침묵 속에서 에이미의 눈동자는 거실 안을 두리번거리다가 또다시 이저벨에게로 옮겨갔다. "엄마." 마침내 소녀가 입을 뗐다. 이해했다는 듯 눈과 얼굴과 입이 커졌다. "엄마, 저도 저 바깥에 이어진 가족이 있었네요."

# 25장

노동절 이후의 화요일은 쌀쌀했다. 춥다고 말해도 될 정도였다. 사무실 여자들은 카디건을 여미며 한결같이 조용히 일했다. 구내 휴게실에서 커피나 차를 마시며 뭉그적거렸고, 점심을 싸 온 봉지 쪼가리를 한가로이 만지작거렸다. 군청색 터틀넥 상의를 입은 레노러 스니븐스는 유쾌하고 성숙해 보였으며, 로지 탕궤이에게 비프스튜를 만들 때는 어떻게 간을 맞추었는지 물어보았다.

"소금과 후추." 로지가 대답했다. "소금과 후추 외엔 안 넣어."

레노러가 고개를 끄덕였지만 솔직히 궁금해서 물은 것은 아니었다. 그 질문은 오로지 앙숙 관계를 끝내겠다는 의미가 있을 뿐이었다. 모두 그렇게 이해했다. 또한 그들도 똑같이 이제 사무실의 평화를 갈망하는 마음이었다. 지난주에 도티 브라운이 이십팔 년간의 결혼생활 끝에 남편을 젊은 여자에게 빼앗겼지만 그 이야기는 더 하고 싶지 않다고 조용히 선언했다. 여자들은 그녀를 존중해주었다. 이 이야기를 더 하고 싶은 사람들은 저녁때 전화로 했다. 낮 동안에는 조용히 일했다. 도티의 불운을 접하며, 여자들은 저마다 삶에서 나름의 행복을 찾아 감사히 여겼다.

이저벨 굿로의 책상은 손대는 사람 없이 깔끔하게 정리되어 있었고 의자는 책상 안으로 잘 넣어져 있었다. 그녀는 휴가를 냈고, 그것이 여자들이 아는 전부였다. 누가 저 위쪽 헨콕에서 십대 둘이 들판에 세워진 차의 트렁크에서 데비 케이 돈의 시체를 발견했다는 말을 꺼냈을 때 도티 브라운과 뚱뚱이 베브는 서로 쳐다보지 않으려고 애썼다.

"그런 짓을 한 놈은 반드시 찾아내서 체포해야 할 텐데." 로지 탕궤이가 고개를 설레설레 저으며 말했다.

"거꾸로 매달아 죽여야 될 놈이야." 알린 터커가 말을 받았다.

"지문은 못 찾았대?" 로지가 다시 묻고 손에 쥔 머그잔 속의 티백을 당기며 말했다. "아니면 자동차 번호판을 추적하든가."

"지문은 오래 남아 있지 않아." 뚱뚱이 베브가 말했다. "그렇게, 밖에서는. 게다가 그 차는 오랫동안 그 들판의 주인이었던 늙은 농부의 것이었다던데. 이름이 엘빈 메릭이라든가. 그 사람은 늘 그렇게 낡은 차를 바깥에 방치해둔대. 그 땅 일부는 실제로 쓰레기 하치장이나 다름없다고 했어."

"그것 때문에 딱지를 뗐대. 그 기사는 읽었어?"

베브가 고개를 끄덕였다. "하지만 누구 짓인지 밝혀질 거야." 그녀가 말했다. "요즘은 실 쪼가리 하나만 찾아도 머나먼 다른 주에 있는 카펫과 일치하는지 알 수 있다잖아."

"요즘 가능한 것들을 보면 정말 놀라워." 도티 브라운이 맞장구를 쳤다.

(결국 이 사건은 해결되지 못한다. 앞으로 누구도 데비 케이 돈을 누가 죽였는지 밝히지 못한다.)

"티미 톰슨이 헛간에서 시체를 발견한 사건 기억해?" 알린 터커가 물었다. "적어도 이십 년은 됐을걸." 기억하는 사람들도 있었지만 대부분은 몰랐다. 하지만 칠 년 전—팔 년 전이 아니라—11월에 은행이 털린 것은 모두 기억했다. 패티 밸런타인이 손발이 묶이고 입이 틀어막힌 채 금고 안에 갇혔다. 그녀는 몇 시간이 지나서야 밖으로 나올 수 있었다. 그뒤로 패티는 주일학교 교사를 맡았다. 해마다 일곱 살짜리 아이들을 모아놓고, 끈으로 묶이고 얼굴에 총구가 겨누어졌을 때 그녀는 금고 안에서 기도를 했고 그 기도가 그녀를 구출했다고 말했다. 아이들은 기도하는 손을 그려야 했다. 어느 해 어린 소녀가 집으로 돌아가 악몽을 꾸었다. 그녀의 아버지가 반스 목사에게 항의하자 목사는 이를 패티에게 전달했고, 그러는 도중에 패티가 당황해서 반스 목사에게 "씹" 하고 욕을 내뱉었다. 그뒤로 그녀는 주일학교에서 가르칠 수 없게 되었다.

"그 부분은 믿기 힘들지." 로지 탕궤이가 말했다. "아무도 목사에게 그런 식으로 말하지 않잖아."

"아, 하지만 패티는 미쳤으니까." 알린은 이렇게 말하고, 자기가 자초지종을 잘 아는 것은 그 어린 소녀의 어머니와 친구여서 직접 전해 들었기 때문이라고 했다.

"반스 목사의 아내도 제정신이라고 보기는 어렵지." 누군가가 말하자 다른 사람들이 고개를 끄덕였다. "해마다 의류 기부 행사를 하면 오이스터포인트에 사는 돈 많은 여자들이 성공회교회에 기부를 하는데, 그 며칠 뒤에는 반스 부인이 가장 좋은 옷을 입고 돌아다니잖아."

레노러 스니븐스가 고개를 끄덕였다. "자기한테 맞기만 하면 뭐든 입을걸."

이 사실은 다들 알고 있어서 별다른 흥미는 보이지 않았다. 성공회교회에서 일어나는 일은 공장 사무실과는, 대체로 셜리폴스와는 동떨어진 일 같았다. 타운을 지배하는 것은 가톨릭과 회중교회였다. (하지만 이십 년 뒤에 반스 목사의 딸이 어린 시절에 반스 목사가 자신에게 차마 말로 표현할 수 없는 짓을 했다고 고소하여 뒷소문이 파다하게 돌자, 반스 목사는 무수히 많은 신자를 잃고 조금 일찍 은퇴한다.) 어쨌거나 오늘은 버저가 울리고 각자 책상으로 돌아가야 할 때가 되어도 누구도 불평하지 않았다.

한쪽 구석에서는 뚱뚱이 베브와 도티가 묵묵히 일했다. 베브는 친구를 끊임없이 주시하며 도티의 눈에 눈물이 맺히면 언제라도 다독이는 말을 속삭일 준비를 하고 있었다. "버텨, 도티." 그녀가 바로 말했다. "좋아질 거야. 시간이 약이니까. 시간은 언제나 그렇잖아."

도티는 가만히 웃었다. "코끼리를 먹는 방법을 써서. 하지만 이번 건 소화가 잘 안 되네, 확실히."

"당연히 그럴 거야." 베브가 안쓰럽다는 듯 고개를 가로저었다. "이저벨에게 전화하자. 오늘은 좀 어떤지 물어보게."

하지만 이저벨은 집에 없었다. 그녀는 에이미의 머리를 손질하러 미용실에 가 있었다. "모양을 좀……" 이저벨이 앤소니아 헤어살롱의 미용사에게 말하고 있었다. "모양을 좀 낼 수 있는지 보려고요." 여자는 말없이 고개를 끄덕이고 에이미를 뒤쪽으로 데려가 머리를 감겨주었다. 이저벨은 앞쪽에 앉아 근처에 놓인 잡지를 뒤적였다. 이틀 뒤에는 에이미도 새 학기를 시작한다. 머리 손질을 끝내면 함께 옷을 사러 갈 것이다. 이저벨은 무릎에 잡지를 펴놓고 창밖으로 지나가는 사람들을 바라보았다. 근무하는 평일에 밖에 나와 있는 것이 그녀는 늘 이상하게 느껴졌다. 사무실 밖에서 얼마나 많은 삶이 흘러가고 있는지 볼 때마다 놀랐다. 날씨는 쌀쌀했고, 사람들은 스웨터나 재킷을 여며 잡고 은

행으로 걸어가고 있었다. 두 엄마가 유모차를 밀며 보도를 걸어갔고, 한 남자는 잠시 걸음을 멈추더니 주머니에서 종이쪽지를 꺼내 흘끗 들여다본 뒤 다시 걸음을 옮겼다. 이들은 어디로 가고 있을까? 그들의 삶이 다르다면 어떻게 다를까?

에이미는 비닐 천을 두른 채 거울을 똑바로 쳐다보고 있었고, 여자 미용사는 가위로 머리를 자르기 시작했다. 머리카락은 젖어서 까맣고 짤막해 보였지만 드라이기가 바람을 뿜기 시작하자 에이미의 머리는 귀밑으로 둥그스름하게 모양이 잡혀갔고 여러 빛깔의 금발이 다시 나타났다. 이저벨은 아이의 얼굴이 순간 환해지는 것을 보며 마음이 흐뭇했다. 머리를 새로 하니 에이미는 더 성숙해 보였는데 소녀다움이 사라져 깜짝 놀랄 정도였다. 미용사는 결과에 만족해하며 이렇게 말했다. "화장을 조금 해볼까요."

"네, 그러세요." 이저벨은 대답 없이 앉아 있는 에이미를 보면서, 엄마의 반대를 예상해서 그러는 거라 알아채고 의자에서 소리쳤다. 이저벨은 웃으며 고개를 끄덕였고, 다시 창밖을 내다보았다. 자신이 반대만 하는 엄마였다고 생각하니 끔찍했다. 에이미에게 늘 무섭게 대했나? 이런 의문조차 끔찍했다. 그래서 이 아이는 겁이 많은 아이로 자랐고, 늘 고개를 숙이나? 이저벨은 갈피를 잡을 수 없었다. 줄곧 스스로가 신중하고 올바른 엄마라고 믿으면서, 의식하지 못한 사이에 자식에게 해를 끼칠 수 있다는 사실이 혼란스러웠다. 기분이 끔찍했다. 에이버리 클라크가 그녀의 집에 오기로 한 약속을 잊은 일보다 더 끔찍했다. 자식이 겁에 질린 채 자랐다는 사실을 알게 되는 것은. 그녀는 딸을 흘끗 돌아보며, 그 말은 맞지 않아, 완전히 반대야, 하고 생각했다. 내가 줄곧 너를 무서워하고 있었으니까.

오, 그건 슬픈 일이었다. 올바르지 않았다. 그녀의 어머니도 겁에 질려 있었지. (이저벨의 발은 살짝 경련이 일어난 것처럼 빠르게 떨렸다.) 이 세상 어떤 사랑도 끔찍한 진실을 미리 막을 수는 없었다. 사람들은 각자 자기 그대로를 물려준다는 진실을.

이저벨은 잡지꽂이에 잡지를 꽂았다. 에벌린에게, 그녀는 머릿속으로 편지를 썼다. 오랜 세월이 지났지만, 이 편지를 받을 때 당신이 건강하기를 바랍니다. 당신의 삶에 또다시 내가 끼어드는 것에 대해 용서를 구해도 괜찮을까요?

그녀는 고개를 들었고, 깜짝 놀랐다. 그녀 앞에 키 크고 낯선 숙녀가 서서 눈을 천천히 한 번, 두 번 깜박였다. "다 됐어요, 엄마." 에이미가 말했다. "끝났어요."

함께 걸어가는 동안 그들은 서로 수줍어하고 머뭇거렸다. 함께 신발가게의 진열창을 들여다보는데 강에서 불어온 바람이 이저벨의 치마를 휙 들쳤다. "좀 비싸요." 엄마가 앞에 보이는 구두를 가리키자 에이미가 말했다.

"괜찮아." 이저벨이 대답했다. "일단 신어보자."

가게는 카펫이 깔려 있고 손님이 없었으며 교회처럼 조용했다. 종업원이 살짝 머리를 숙인 뒤 에이미의 발에 맞는 구두를 찾으러 안쪽으로 사라졌다.

"그분이 저에 대해 말했을까요?" 에이미는 이저벨 옆에 앉아 속삭이는 목소리로 불쑥 물었다. "엄마도 잘 모르겠지만, 엄마 생각에는 그랬을 것 같아요?"

그러니까 에이미의 마음속에 있는 문제는 이것, 제이크 커닝햄의 자식들에 대한 복잡한 생각들이었다. "에이미, 나는 모르겠구나." 이저벨은 어쩐지 소곤거려야 할 것 같았다. "그분을 마지막으로 봤을 때 나는 어린아이였어. 그분이 어떻게 할지 추측할 수 있을 만큼 잘 알지 못해. 사실 그분에 대해서는 전혀 모르겠어."

"편지를 쓰실 거예요?"

"그래, 곧." 종업원이 돌아왔다. "오늘밤에."

그 남자가 에이미 앞에 무릎을 꿇고 구두를 신겨주었다. 얼마 뒤 그는 구두를 상자에 담아 계산대로 가져갔고 그때 에이미가 물었다. "그 언니 이름이 캘리였다고 했어요?"

"그래, 캐서린을 줄여서. 그럴 거야."

"캘리 커닝햄." 에이미가 새로 한 머리를 손가락으로 쓸어넘기며 말했다. "와, 정말 귀여워요."

이저벨은 그날 밤 여러 번 편지를 고쳐 썼고 다음날 우편으로 보냈다. 그때부터는 하릴없이 기다리는 일이 전부였다. 하루하루는 희망에 찬 아침과 실망의 안개로 자욱한 저녁으로 이루어졌다. 매일 오후 같은 시각에 상처와 실망이 고통스레 찾아왔다. 에이미가 학교에서 돌아오는 길에 진입로에 있는 우편함을 열어 많지 않은 우편물을 꺼내왔지만, 청구서 한두 통이나 치과에서 이저벨에게 치석 제거를 받아야 할 때라고 알리는 편지뿐이었다. 누군가를 맞아주는 것이 경품 양식을 작성해 응모하면 새 여행가방 세트를 증정한다는 약속뿐일 때 세상은 얼마나 쓸쓸하고 따분한가. 이런 거부는, 그저 텅 빈 공간은, 끊임없이 배달되는 침묵은, 부질없는 공상이 둘러싼 이 원형의 '허무'는 얼마나 기이하게 고요한가. 어쩌면 에벌린 커닝햄은 그곳에 더는 살지 않을지도 몰랐다. (하지만 그렇다면 편지는 되돌아올 것이다. 겉봉에 반송 주소를 썼으니까.) 어쩌면 편지가 우체국이나 거리에서 분실되었을지도 모르고, 이 순간 캘리포니아의 어느 계단통 아래에서 먼지를 뒤집어쓰고 있을지도 모른다.

얼마 뒤 그들은 그 이야기를 꺼내지 않게 되었다.

그 가을에는 비가 많이 왔다. 비는 숨막힐 듯 무더웠던 긴 여름 동안의 휴식을 서둘러 보상하려는 듯 가혹하고 줄기차게 퍼부었다. 이제 강물은 화강암 판석 위로 천둥소리를 내며 콸콸 쏟아져내렸고 다리 밑으로는 시커먼 흙탕물이 미친듯이 흘러갔다. 서서 지켜보고 싶은 유혹이 일어났고, 이따금 폭포 같은 비가 쏟아진 다음날 아침에는 행인 한두 명이 이 강물의 힘에 홀린 듯

다리 난간에 기대 아래를 내려다보는 모습도 눈에 띄었다.

이저벨은 다리를 건너 출근하면서 그런 사람을 보면 혹시라도 뛰어내리려는 건 아닌지 순간적으로 생각했다. 거의 가능성이 없는 일이라는 건 알았지만(그녀가 셜리폴스에서 사는 동안 딱 한 번 누가 다리에서 뛰어내렸는데, 늦은 밤이었고 술에 취한 남자였다), 그래도 잠시 백미러로 지켜보았는데, 재앙을 기대하는 버릇이 아직 없어지지 않았기 때문이었다. 그 버릇은 영원히, 완전히 사라지지 않을 것이다. 아니, 이저벨은 변함없이 이저벨이었다.

하지만 물론 그녀는 달라졌다. 그래야 했다. 이제 셜리폴스에도 그녀가 결혼하지 않았고 열일곱 살에 아버지 친구의 아이를 낳았다는 것을 아는 사람들—베브와 도티와 에이미—이 생겼으니까. 그 세월 동안 그녀의 거기 가운데를 눌러온 어두운 속옷을 벗은 기분이었다. 훤히 드러났지만 더 깨끗해진 느낌이었다. 에이미는 물론이고 도티와 베브도 아무에게도 말하지 않겠다고 약속했지만 이저벨은 그저 이렇게 대답했다. "알아서 하세요." 그들에게 비밀의 짐을 지우고 싶지 않았다. 그들이 말했다면 누구에게 말했는지 알고 싶은 마음이 드는 것은 그녀도 어쩔 수 없겠지만. 하지만 이토록 오랜 세월 동안 이 수치심을 끌어안고 끙끙거렸는데 지금 다른 사람이 아는지 모르는지에 관심이 거의 가지 않는 것은 놀라웠다. 부분적으로는 도티와 베브, 심지어 에이미도 이저벨이 혼자 짐작한 대로 자신을 판단하지 않는 것 같아서였지만, 대체로 이저벨의 마음은 다른 데 쏠려 있었다.

이를테면 에이미가 있었다. 에이미 때문에 그녀는 마음이 아팠다. 딸의 눈동자에 가라앉아 있는 불안을 보면서 때때로 마음이 찢어질 듯 아파왔다. 에이미의 배반을 알고 나서 길고 뜨거운 여름을 휘청거리며 보낸 뒤 이저벨은 이따금 울렁거리는 느낌과 함께 에이미가 아주 중대한 위험을 가까스로 넘겼을 뿐이며 에이미가 이저벨을 '배반'한 것이 아니라 그 반대가 더 진실에 가깝다는 생각이 들었다. 그렇게 짧아진 가을날들을 맞았다. 이저벨의 마음속에 에이미의 머리카락을 자른 그날 저녁의 기억이 떠오르면 절망감은 더욱 커졌다. 저지른 일은 돌이킬 수 없었고, 그녀를 가장 괴롭힌 것도 그 엄연한 사실이었다. 우리가 무엇을 하는지가 중요하다는 생각을, 어른이 되고도 한참의 시간이 지난 바로 지금 깨우친 것처럼, 이저벨은 곱씹었다.

하지만 새로 한 머리가 턱 주위로 모양새를 갖추면서 에이미의 얼굴은 밝아졌고 시선이 차분해질 때도 더러 있었다. 그러면서 이저벨은 에이미가 어떤 사람이 될까, 혹은 이미 어떤 사람이 되었나에 대한 단서를 순간순간 확인했고, 그 사실은 그녀에게 편안한 위로가 되었다.

그리고 물론 에이버리 클라크가 존재했는데, 물론 터무니없는 생각이었다. 그는 잊어버린 초대에 대해 더 말을 꺼내지 않았고 그가 그 생각을 하는지조차 그녀는 당최 알 수 없었다. 하지만 그가 독감으로 앓아누웠다가 9월 말에야 다시 출근했을 때 이저벨은 오렌지 한 바구니를 가져다주었다.

"이거 멋진데요." 그녀가 바구니를 그의 책상에 내려놓자 그가 말했다. "아주 좋아요." 그의 코는 헐었고 아주 빨갰다.

"음." 이저벨이 말했다. "비타민 C를 드시면 좋을 것 같아서요."

"그렇겠네요." 그가 맞장구를 쳤다.

이 선물을 받아서 그가 불편한지 그렇지 않은지 그녀는 알 수 없었다. 하지만 어쩐지 그래야 할 것 같았다. 아무튼 그녀에게 이 행위는 어수선한 일을 깔끔하게 정돈하는 의미였다. 오렌지를 그에게 줄 수 있다는 사실이 뭔가를 깨끗이 청소하기라도 하는 것처럼.

"그리고 전 그 색깔이 좋아요." 그녀가 덧붙였고 그건 사실이었다. 이 작고 둥근 과일의 선명하고 단단한 껍질.

"아, 그러네요." 에이버리가 말했다. "정말 좋군요. 고마워요, 이저벨."

그런데 이 남자는 누구였나? 책상 앞에 서서 서류를 뒤적거리는 키 큰 사람. 그의 눈동자를 물끄러미 들여다보면 그저 물기가 어려 있고, 작고, 나이들어 보일 뿐이었다. 그가 저녁에 무엇을 먹는지, 속옷은 어떤 것을 입는지 지금 상상하려고 하면⋯⋯ 흠, 그녀는 그렇게 할 수가 없었다.

하지만 밤중에, 이따금, 어둠 속에서 그녀는 아직 그를 갈망했고, 그가 예전에 자신에게 어떤 존재였는지를 떠올렸다. 그는 소중하고 다정하며, 그녀가 사랑하는 사람이었다.

그녀는 사랑하는 사람이 필요했고, 그래서 그녀의 삶에서 중심이 되는 무언가가 빠진 것 같았다. 그가 느닷없이 그녀를 자극하면, 몸을 숙이고 그녀의 귀에 오래 참았던 사랑의 말을 속삭이거나, 그의 물기 어린 눈동자에 갈망을 담아 그녀를 지그시 바라보면, 그녀는 틀림없이 대번에 반응을 보일 터였다. 하지만 물론 에이버리 클라크는 그녀를 자극하지 않았고, 사무실(혹은 교회)에서 그들 사이에 흐르는 공기는 여전히 시큰둥하고 떨떠름하고 시들시들했다.

한 번 아니면 두 번, 희한하게도 그녀는 타자기 앞에 앉아 순수한 자유를 느꼈다—이 기분을 더 잘 표현할 수 있는 방법은 없었다. 폭풍우가 몰아친 뒤 갑자기 두통이 사라진 것 같았다. 그런 느낌, 그런 명료함이 그녀는 놀라웠다. 억압된 삶에서 벗어난 느낌은 얼마나 다른가! 철물점에서 바버라 롤리와 마주쳐도 가슴이 철렁하지 않는 것. ("안녕하세요, 바버라." 아무렇지 않게 그녀를 지나쳤다.) 사소한 모든 것을 부담으로 느끼지 않는 것. 사무실 책상에 올려놓은 베고니아를 예로 들면, 돌봐주지 않으면 말라죽을 대상으로 보는 대신, 아름다운 것, 꽃봉오리를 맺은 작은 식물로 보았다. 도티와 베브를 좋아하는 마음은 다른 여자들에 대한 애정과 더불어, 사무실을 황무지 같은 장소가 아니라 인간적인 사연들이 가득한 공간으로 바꾸어놓았다.

이저벨은 떠날 것이다. 그녀는 이 명확한 순간에 그것을 깨달았고, 주변 사람들에 대한 따뜻한 마음은 한편으로 거리가 멀어지는 데서 비롯한다는 사실을 인식했다.

하지만 그녀는 어떻게 해야 할지, 혹은 십오 년 동안 일한 이 사무실을 언제 떠나는 것이 좋을지 아직 몰랐다. 그녀는 하루하루의 일상을 흘려보내면서 그녀의 책상이, 그녀의 업무가, 휴게실이, 에이버리 클라크가 다시 한번 중요한 의미를 얻기 전에 떠나야 한다는 것을 알았다. 스스로 몸을 일으켜 떠나야 할 날이 온다는 사실을 그녀도 잘 알고 있었지만, 일어나서 서명을 받을 편지를 들고 에이버리의 어항으로 걸어가면서 이 순간만큼은 팬티스타킹을 신은 다리와, 마룻바닥을 밟을 때 살짝 기울어지는 검은 펌프스를 의식하며 단순하면서도 들뜨지 않은 일관된 기분을 즐겼다.

그러고 나면 그 기분이 사라지면서 다시 에이미에 대한 걱정이 떠오르고, 에벌린 커닝햄은 왜 답장하지 않는지 궁금해지고, 또다시 에이버리 클라크를 갈망한다. 이따금 기도에 대해서도 생각하는데, 그녀가 마지막으로 기도한 것은 오래전의 일로, 일찍이 무더운 여름날 퇴근하고 침대에 누워 하느님의 사랑과 인도를 바란 뒤로 기도라는 걸 하지 않았다. 지금은 그럴 수 없었다. 심지어 그때에도 가짜라고 느껴졌고, 더 어떻게 할 수 있는지도 알 수 없었다. 그래서 이제 그녀는 아무것도 하지 않았다. 그녀가 신을 포기한 것이 아니라(아니, 그건 아니다), 혹은 신이 그녀를 포기했다고 생각한 것이 아니라(아니……), 그녀의 가슴 속 깊이 존재하는 거대하고 근원적인 무지를, 당혹스럽지만 그녀가 무엇을 느끼든 그것과 더불어 불편하지 않게 살아왔다는 진실을 의식하고 있다는 편이 더 맞았다. 그리고 그녀는 이것을 받아들였다.

학교에서 에이미는 새 머리 모양과, 얼굴에 더해진 날카로운 느낌과, 복도를 걸어갈 때 내뿜는 조용한 반항의 기운에 힘입어 아이들의 관심을 끌었고, 그 관심에 에이미 자신도 놀랐다. 에이미는 파티에 초대되었고 이저벨은 허락했다. ("파티는 엿 같아." 스테이시가 숲속 그들만의 공간에서 담배를 빼끔거리며 경고했다. "난 아마 안 갈 거야. 그날 밤에는 조시랑 그의 집에서 놀기로 했거든." 에이미는 지난여름 조시가 스테이시에게 사준 섹스에 관한 책을 떠올리며 그 말이 무엇을 의미하는지 궁금했다. 남자친구의 집에 가면 뭘 하고 노는 걸까?)

파티는 주말 동안 부모가 보스턴에 간 어떤 남학생의 집에서 열렸는데, 그곳에서 에이미는 깜짝 놀랐다. 사람들은 소파와 침대와 바닥에 기분 내키는 대로 드러누워 맥주를 병째 들이켜고 있었지만, 아이러니하게도 얼굴은 지겨워 죽겠다는 표정이었다. 담배 연기가 방마다 자욱했다. 에이미는 누가 건네준 맥주를 들고 욕실을 찾는 척하면서 집안 여기저기를 조심스레 돌아다녔다. 가장 놀란 것은 서로 애무하는 모습이었는데, 대부분은 학교 복도에서 함께 걸어다니는 커플이 아니라, 오히려 닥치는 대로 짝을 이룬 것처럼 보였다. 뒷문으로 나가면서 보니 집사의 딸 샐리 프링글과 여드름쟁이 앨런 스튜어트가 프렌치키스를 하고 있었고, 샐리의 가죽 재킷 주머니 밖으로는 술병이 삐죽이 나와 있었다. 집 건물에서 더 멀어지자 잔디밭 주위로 다른 커플들이 누워 있는 것이 보였는데, 로버트슨 선생이 숲속에서 그녀의 몸 위에서 움직였던 것처럼 사내아이들이 여자아이들의 몸을 타고 움직이고 있었다. 하지만 그녀는 그를 사랑했는데! 이들도 서로 사랑하는 걸까? 이제 앨런 스튜어트는 샐리 프링글을 집 건물의 외벽에 떼밀었고, 그녀의 다리는 그의 허리께로 들어올려졌다. 안 된다. 바로 거기 누구라도 볼 수 있는 곳에서 서로의 몸을 미친 듯이 더듬으며 사랑할 수는 없었다.

부엌을 통과하면서 에이미는 캐런 킨을 보았는데, 머리에는 무스를 잔뜩 발랐고 뺨은 발그레 달아오른 채 블라우스 단추를 채우면서 킥킥거리고 있었다. "방금 누가 오럴섹스를 세 번이나 했는지 알아맞혀봐."

에이미는 폴 벨로스에게 전화했고, 그는 당장 달려와서 그녀를 집까지 데려다주었다.

오, 셜리폴스에는…… 머지않아 어둠이 내릴 것이다. 또 한번의 계절이 지나가고 또 한번의 여름이 사라질 것이다. 영원한 것은 없었다. 아무것도. 가여운 페그 던랩은 애인을 만나려고 서둘러 걸음을 옮기면서, 친구가 없어서 걸스카우트를 그만둔 골격이 우람한 열 살 된 딸을, 친구는 있지만 수학 시험만 치면 번번이 낙제 점수를 받는 아홉 살 된 아들을, 두 아이 다 아무 문제 없는 평범한 아이들이라며 그냥 내버려두자고 말하는 남편을 생각했다. 벗은 몸을 타인의 맨살에 밀착하는 것이 남겨진 유일한 위로인 것처럼 그녀는 걸음을 서둘렀다. 하지만 빠르게 걸음을 옮기면서 페그 던랩은 왜 사랑이 이토록 힘들어야 하는지 생각했다.

사랑은 힘들었다. 바버라 롤리는 남편이 그녀의 겨드랑이 밑에서 시작해 납작한 가슴뼈를 가로지르는 흉터 따위는 신경쓰지 않는다고 했을 때 그 말을 믿었지만, 밤에 그의 옆에 누워 있으면 왜 그렇게 불편한 걸까? 삶은 중요한 것인데, 사랑은. 하지만 그녀는 화가 났고, 화가 난다는 사실이 수치스러웠다. 옷을 벗을 때마다 혼자 몰래 구역질을 했다. 그녀는 예전 모습이 아니었다.

퍼디 맨들이 린다 러니어를 사랑하는 것은 왜 고통스러웠는가? 그는 어머니도 사랑했지만, 어머니는 린다를 좋아하지 않았다. (하지만 사랑스러운 린다는 참을성 있게 버텨서, 이어지는 삼십 년 동안 그를 가슴에, 침대에 품으면서 언제나 꿈꿔온 아이들을 낳기를 포기한 채 이 남자와 노년을 보내고, 그가 늙고 마침내 어머니가 사라졌을 때 그에게 어머니가 되어준다.)

대부분은 할 수 있는 최선을 다했다. 이렇게 말하면 타당한가? 셜리폴스에 사는 사람들은 대부분 할 수 있는 최선을 다했다. 후회는 없어, 생일 축하나 구두공장의 은퇴파티 같은 의례적인 행사에서 누가 이렇게 말하는 것을 더러 듣겠지만, 후회가 없는 사람이 어디 있겠는가? 남편은 사랑을 원했으나 그녀는 주지 않았던 시간들을 회상하며 밤에 침대에 누워 있는 도티 브라운은 단연코 아니었다. 찾아오는 꿈들 때문에 이따금 잠들기가 무서운, 흰색 트레일러에서 앨시어 타이슨 옆에 누워 있는 월리도 단연코 아니었다.

순간순간 일관된 기분과 희망을 느끼면서도 저녁이면 딸의 불안한 얼굴을 지켜보며 자신이 이 아이를 여러 가지로 실망시켰음을 깨닫는 이저벨 굿로 또한 아니었다. 이저벨은 헨콕에 있는 작은 묘지로 차를 몰아 어린 소녀의 무덤을 찾아가면서, 자신이 살해된 아이뿐 아니라 어떤 의미에서는 그녀 자신의 아이를 위해, 또한 가슴을 후비는 후회의 삶을 평생토록 살아가야 할 데비케이 돈의 엄마를 위해 꽃을 놓는다는 것을 알았다.

그렇게 10월이 끝나갈 무렵 편지 한 통이 왔다. 토요일이었고,

이저벨은 A&P에 갔다가 돌아와 코트도 벗지 않은 채 부엌에 서서 곧바로 그 편지를 읽었다. 에이미는 눈을 감고 앉아 있었다. 이윽고 엄마가 말했다. "에이미, 네 언니가 너를 만나고 싶다는구나."

에벌린 커닝햄은 이저벨의 편지에 더 빨리 답장하지 못한 데 대해 사과했다. 그녀는 흉막염에 걸려 입원해 있느라 최근에야 편지를 받았다고 했다. 답장이 늦어서 이저벨이 '무시'당했다는 느낌을 받지 않기 바란다고 썼다. 이저벨은 에이미의 어깨 너머로 한번 더 이 편지를 읽으면서 (그녀가 느끼기로) 이 너그러운 마음에 송구스러워서 눈물이 와락 솟구쳤다. 커닝햄의 세 자녀는 지금은 다 장성해서 몇 년 전에 '아기'의 존재를 알게 되었다. 그들—특히 가장 맏이인 캐서린—은 이복동생을 몹시 만나고 싶어했다. 캐서린은 지금 결혼했고 다시 뉴잉글랜드로 돌아가 매사추세츠 주 스톡브리지에서 살고 있는데 얼마 전에 아기를 낳았다. 두 아들은 아직 캘리포니아에서 살고 있었다. ("이제는 캘리라고 부르지 않나봐요?" 에이미가 물었다. "그런 것 같아." 이저벨이 말했고, 두 사람은 계속 읽어내려갔다.) 10월의 마지막 주에 가족 모두 그 아기의 세례식에 참석하기 위해 스톡브리지에 모이는데, 이저벨도 그 주에 에이미를 데리고 와줄 수 있는지 물었다. 에벌린은 일정이 촉박한 것은 안다면서 미안하다며 편지를 끝맺었다. 그녀는 그 세월 동안 이저벨과 '여자 아기'를 종종 떠올렸지만, 감정이 얼마 동안은 '날것'이었다고 했다. 이에 대해 미안하다고 했다. 시간은 변화를 일으킨다고 썼다. 다 지나간 일이 된다고. 그녀와 그녀의 아이들은 이저벨과 '제이크의 딸'을 따뜻하게 반기고 싶다고 했다. 그녀는 이저벨이 그 주 토요일에 캐서린을 찾아와주면 좋겠고, 그때 다 같이 만나게 되기를 바란다고 했다. 그리고 캐서린의 전화번호를 알려주었다.

"멋진데." 스테이시가 말했다. "하지만 따분할 거야. 친척이란 원래 따분한 존재거든."

에이미는 담배를 빨았다. 그녀는 스테이시에게 이들이 친척 이상이라는 것을, 오빠와 언니라는 것은 말하지 않았다. 그동안 스테이시에게 이 이야기를 하지 않은 이유는 몰랐지만 아무튼 하지 않았고, 지금은 어떻게 말해야 할지 그 방법을 몰랐다. 그저 주말에 엄마와 같이 오래전에 소식이 끊긴 아버지의 친척을 만나러 간다고만 말했다. 그리고 덧붙였다. "그 사람들이 엄마를 좋아하지 않을까봐 엄마는 그게 걱정인가봐."

"왜 좋아하지 않아?" 스테이시는 정말로 관심이 없는 것 같았지만 누가 그녀를 탓하겠는가.

에이미가 어깨를 으쓱했다. "엄마는 좀 부끄러운가봐." 여기까지만.

그들은 말없이 담배를 피웠다. 춥고 구름이 잔뜩 낀 가을날이었다. 이 무렵에는 붉은 단풍잎이 거의 다 떨어져 수북이 쌓였고, 바위와 추워 보이는 양치식물까지 낙엽들로 뒤덮였다. 어떤 나무들은 완전히 헐벗어서 황량한 하늘을 배경으로 갈색 잔가지들의 윤곽을 보여주었지만, 어떤 나무들은 아직 노란 잎을 매단 채 가을바람이 조금만 세게 불어도 바스락거렸다.

그 여름 에이미가 병원 영아실에서 잠깐 본 아기에 대한 이야기는 여기 숲속에서 더는 나오지 않았다. 폴 벨로스나 데비 케이돈의 시체에 대해서도 그랬다. 두 소녀 사이에는 깊은 애정이, 긴 침묵에도 어색하지 않은 친밀함이 흐르고 있었지만 스테이시의 다급했던 불행은 사라져 이제 숲속에서 함께 담배를 피울 때 그녀의 생각은 종종 다른 곳에 가 있는 것 같았다. 에이미의 생각도 다른 곳에 가 있었다. 그것을 보상이라도 하듯 그들은 서로 몸을 자주 건드렸는데, 가끔은 손을 어루만졌고, 때로는 어깨를 맞대고 통나무에 기대앉았으며, 종이 울리면 허겁지겁 담배를 챙긴 뒤 얼굴을 부딪치며 짧게 키스했다.

("세상에." 뚱뚱이 베브는 공장 복도에서 이저벨에게 소곤거렸다. "잘 다녀와.")

서머타임의 마지막날이었다. 타운 곳곳에서는 부엌마다 서로 다른 불빛이 켜졌다. 에마 클라크는 커피잔을 다시 침대로 가져왔고 에이버리는 신문을 읽고 있었다. 네드 롤리는 조금 전에 소변을 보러 일어났다가 지금은 아내 바바라에게 손을 뻗고 있었다. 강 건너 도티 브라운은 한밤중에 잠을 청하며, 낮에 베브와 쇼핑할 생각을 하면서 마음이 편안해졌다. 혼자일 필요는 없었다. 이저벨 굿로는 에이미가 위층에서 샤워하는 소리를 들으며 식탁에 앉아 있었고, 옆으로 난 창문 밖으로 불빛이 노란 은행잎을 비추는 것을 바라보았다(한 잎, 또 한 잎, 또 한 잎이 떨어지는 것을 보면서, 그리고 여행에서 돌아오면 잎들이 모조리 떨어져 있으리라 생각하면서. 은행나무들은 그렇게 거의 동시에 모든 잎을 잃어버렸다).

앞으로 살아가면서 그녀는 사랑하는 사람과 보낸 마지막 순간을 기억하듯 이날을 기억할 것이다. 이저벨의 은밀하고 깊숙한 기억 속에는 이날이 그녀가 에이미를 '가진' 마지막날처럼 느껴질 테니까. 그녀의 기억 속에 나뭇잎들은 항상 금빛이고, 고속도로에는 아침 햇살로 샤워하고 가을 날씨로 빳빳해진 금빛 나뭇잎들이 나부끼는 나무들이 늘어서 있을 것이다.

휴게소 화장실을 쓰려고 차에서 내려 그들은 말없이 나란히 걸었다. 가을날의 쌀쌀하고 날카로운 공기가 그들을 에워쌌다. 그들은 한 명씩 파란색 문 밖에서 보초를 서면서 더러운 화장실을 번갈아 썼다. 주차장을 가로지르며 이저벨이 말했다. "에이미, 배는 고프지 않니? 뭐든 먹을까?" 그러자 에이미는 순간 엄마에 대해 뭐라 말할 수 없는 연민이 느껴져 말도 못하고 그저 고개만 가로저었다. 하지만 이저벨은 앞으로 평생, 에이미가 시무룩하게 고개를 가로저은 것을 딸이 자신의 품을 벌써 떠나버린 증거로 기억할 것이다. 엄마로서 해야 하는 기본적인 노력(먹이는 것보다 더 기본적인 것이 뭐가 있을까?)을 벌써 귀찮아한다고. 이 아이 스스로 벌써 엄마의 품을 떠난 것으로 느낀다고, 벌써 떠나려 안달이 났다고.

하지만 잠시 뒤 목적지에 가까워지자 에이미는 토할 것 같다며 잠깐 쉬면서 뭐든 먹자고 했다. 하워드존슨에서 한 남자가 계산대에서 돈을 내면서 에이미를 흘끔거렸고 거스름돈을 건네받으면서도 계속 쳐다보았다. 에이미는 그 시선을 알아채고 식당에서 나가는 남자를 지켜보았고, 그가 문을 열고 나가려다 말고 다시 그녀를 흘끗 돌아보는 것도 보았다. 그녀는 식당 유리창을 사이에 두고 그와 눈이 마주쳤고, 그 찰나의 순간 에이미 굿로의 삶은 다시 한번 바뀌었다. 이 낯선 남자는 이마가 끝나는 곳에서 머리가 희끗희끗해지기 시작했는데, 그 순간 그녀는 자신이 남자들, 특히 나이 많은 남자들에게 마음이 끌린다는 것을 깨달았다. 여기 93번 도로의 하워드존슨에서 그녀의 가슴속에 또다시 욕망이 일어났다. 욕망, 그녀 자신의 성적 매력, 그리고 로버트슨 선생이 결국 다른 사람으로 대체될지 모른다는(실제로 대체되었다) 약간의 깨달음. 터틀넥 상의 밑으로 에이미는 시어스에서 구입한 브래지어로 받친 그녀의 불룩한 젖가슴을 의식했는데, 그 젖가슴은 욕망으로 눈의 초점이 흐려진 남자들에게 바쳐져왔으며 앞으로도 그럴 것이다. 그 힘은 이저벨의 맞은편에 앉은 그녀의 거기 가운데로 찌릿찌릿 흘렀다. 이저벨은 눈을 찡그리고 메뉴를 쳐다보며 말했다. "에이미, 스크램블드에그를 먹는 게 어떨까."

다시 차에 올라탄 뒤 에이미와 이저벨은 서로 쳐다보았다. 에이미는 "좋아요, 이제 가요" 하고 말하는 것처럼 웃으면서 눈썹을 치키고 숨을 짧게 들이마셨고, 두 사람 다 로켓을 타고 떠나기로 합의한 뒤 카운트다운을 기다리는 것처럼 잠시 하나가 되었다. 이저벨은 오랫동안 그 순간을 기억하며 딸에게 사랑한다고, 영원히 사랑할 거라고 말하지 않은 것을 후회하게 되는데, 고속도로에 다시 들어서자 지금 하늘로 날아오르는 사람, 영원히 떠나는 사람은 에이미뿐이며, 이저벨이 여기 있는 것은 로켓을 조종하여 이 아이를 이저벨의 품이 아닌 가족과 형제와 친척의 품에 데려다주기 위해서라는 느낌이 점점 강하게 밀려왔기 때문이었다.

그들은 말없이 앞만 보고 달렸다.

그렇다. 이저벨은 함께 달리는 이 순간을, 노란 잎들을, 가을의 황금빛을 기억할 것이다. 에이버리 클라크가 어항의 책상에 앉은 채 심장마비로 죽고 나서 한참 뒤, 바바라 롤리가 지역 드러그스토어에서 십사 달러어치의 화장품을 훔치다 붙잡히고 한

참 뒤, 월리 브라운이 도티에게 돌아오고 여러 해가 지난 뒤 어느 시점에 이저벨이 그 친절한 약사와 결혼했을 때, 그녀는 에이미와 함께 달리던 이 순간을 기억할 것이다. 그녀에게 그날은 끝없이 이어지던 에이미의 외로운 유년기와 무더운 날이 이어지던 지독한 여름이 비로소 끝난 날이었기 때문이다. 한때 끝이 없을 것 같던 그 모든 것은 그제야 끝나고, 앞으로 다가올 날들의 다른 장소, 다른 시간에 이따금 정적에 잠기면, 이저벨은 가슴속에서 오직 "에이미"만 외쳐 부를 것이다. "에이미, 에이미." 그것이 그녀의 가슴이 부르는 소리, 그녀의 기도이기에. "에이미." 그녀는 생각할 것이다. "에이미." 이날의 쌀쌀한 황금빛 대기를 추억하면서.

# 인간을 사랑하는 한 가지 방법

강물은 흘러가고, 시간도 흘러가고, 삶도 흘러간다. 하지만 그해 여름 그곳 셜리폴스는 유례없이 무더웠고 강물은 죽은 듯 보였다. 이저벨과 에이미, 삼십대 초반의 어머니와 열여섯 살이 된 딸. 무더웠던 만큼 불같은 감정들이 몰아쳤던 그해 여름, 그 한철을 보낸 뒤 그들의 삶은 어떻게 달라졌을까. 그들이 다시 강물을, 시간을, 삶을 흘러가는 것으로 받아들일 수 있기까지 그들에게는 어떤 아픈 성장의 몸부림이 있었을까.

『에이미와 이저벨』은 1998년에 발표된 엘리자베스 스트라우트의 첫 장편소설이다. 『올리브 키터리지』가 2008년에 발표되어 2009년에 퓰리처상을 받고 2010년에 국내에 소개되어 많은 독자들의 사랑을 받았는데, 이 소설은 정확히 『올리브 키터리지』보다 십 년 전에 발표되었다. 일부를 제외하면(『에이미와 이저벨』은 1999년에 국내에서 『타인의 여름』이라는 제목으로 소개된 적이 있다) 대부분의 독자가 『올리브 키터리지』를 먼저 접했을 것이다. 『에이미와 이저벨』은 오렌지상 최종 후보, 펜/포크너 상 후보에 올랐고, 텔레비전영화로 각색되어 2001년에 방송되었다고 하니, 엘리자베스 스트라우트가 미국에서는 데뷔작부터 상당한 관심을 받았던 듯하다.

『올리브 키터리지』를 감명 깊게 읽었던 독자라면 이 작품 또한 좋아할 거라고 생각된다. 엘리자베스 스트라우트의 작품은 독자를 정신없이 몰아붙이는 강한 힘보다는 인간의 내면을 풀어내는 촘촘한 결과 잔잔한 울림에서 더없이 매력적인데, 이 작품 또한 그러하기 때문이다. 물론 이 소설 속에서 일어나는 사건과 감정선들은 글의 분위기에서 느껴지는 것만큼 그리 잔잔하지는 않아서 내게, 혹은 내 주변에 실제로 이런 일이 일어나고 있다고 상상하면 솟구치고 내려앉는 감정의 급물살을 탄 우리의 모습이 보일 것이다.

이렇듯 격랑에 휩쓸릴 때, 강물은 집어삼킬 듯 넘실거리고 우리 자신은 죽어가는 듯 보일 때, 그럴 때 우리가 할 수 있는 최선은 무엇일까? 그 순간을 어떻게든 넘기는 것 아닐까. 훌륭하게건, 그럭저럭이건, 간신히건, 죽을 뻔하다가건, 그런 건 중요하지 않다. '넘기는 것', 우리를 따뜻하게 만들어주는 이야기들은 대체로 그런 '넘기는' 순간들을 담아내고 있다. 거기에 덧붙여, 이 소설을 번역하면서 나는 인간이 인간에 대한 사랑을 표현하는 아름다운 방법 하나는 그런 순간들의 이면을, 그 순간들을 '건너가는' 사람들의 숨은 마음을 친밀하고 세심히 바라보는 일일 거라고 생각하게 되었다. 바라봄은 이해를 낳고, 이해는 우리를 성장시킨다. 그리고 성장은 인간을 인간으로서 사랑하게 만든다. 엘리자베스 스트라우트의 소설은 그런 바라봄을 안내하는데 탁월하다.

하지만 '바라본다'는 말은 늘 거리를 염두에 두지 않을 수 없다. 너무 가까우면 그렇게 바라볼 수 있는 눈이, 날것처럼 팔딱팔딱 뛰는 자신의 감정 속에 파묻혀버린다. 혹은 자기 자신이라는 단단한 껍데기 속에. 가족간의 거리가 대개 그렇지만, 이저벨과 에이미가 그런 가까운 거리, 바로 모녀간의 거리다. 우리가 엄마나 딸, 혹은 그 둘 다라면 그 거리가 얼마나 지독한 거리인지 안다. 나라는 타원과 엄마라는 타원이 만나는 교집합이 너무 커서 서로 떼어놓고 바라보기 어려운 거리가 되어버리면 서로에 대한 감정을 표현하기조차 버거워진다. 미워한다거나, 사랑한다거나, 혹은 미워하면서 사랑한다거나.

팔자, 대물림, 미혼모, 성性, 불륜, 십대의 감정, 삶의 위기, 우정, 사랑, 가족 등, 이 소설이 던지는 이슈들은 참 많다. 하지만 '거리'에 대한 이야기를 좀더 하고 싶어지는데, 이저벨과 에이미의 거리를 그려놓은 부분들에 주목하게 되면 미움과 사랑 사이를 오가는 그 출렁이는 감정에 젖어들면서 우리 자신이 우리의 인간관계에서, 특히 우리의 가족 구성원들 사이에서 만드는 긴장과 갈등을 더 잘 바라볼 수 있게 되기 때문이다. 그런 긴장과 갈등이 작품 전반에 계속 깔리지만, 거기에는 전제가 있다. 그 전제는 엘리자베스 스트라우트가 말하는 '선'이다. 그 선은 이렇게 묘사된다. "에이미는 자신이 엄마와 검은 선으로 연결되어 있는 것 같았다. 그 선은 고작 연필로 그은 정도의 굵기였지만 늘 거기 존재했다. 이를테면 둘 중 하나가 사무실을 나서서 화장실이나 현관 식수대에 가더라도 검은 선은 끄떡없었다."

이저벨은 수줍음이 많고 논쟁을 일으키는 것을 싫어한다. 대학을 졸업하지 못했다는 사실이 아킬레스건 같은 한이 되었고, 그 때문에 딸이 자신을 무시할지 모른다는 두려움이 있다. 껌을 짝짝 소리 내어 씹는 것이나 차를 달라는 따위의 천박한 기도를 싫어한다. '임시 거주지' 말고 남편과 함께 정착이라는 걸 하고 싶다. 딸에 대해 바라는 건 엄마한테 말할 때는 상냥하게 대하는 것, 흔한 예의를 조금이라도 갖춰주는 것이다. 그리고 나이 많은 남자한테 끌린다(아버지가 열두 살 때 죽었다). 에이미는 수줍음이 많고 경쟁에는 소질이 없다. 머리를 풍성하게 길러 얼굴을 가리고 다닌다. 엄마 몰래 담배를 피우고 시를 좋아한다. 엄마에 대해서는, 사실 에이미는 다른 엄마를 원한다. 텔레비전 광고에 나오는 것 같은 엄마, 퇴근하고 돌아온 남편에게 키스하는 엄마, 근처에 다른 집들이 있고 이웃들이 들락날락하는 집에 사는 엄마. 그리고 나이 많은 남자한테 끌린다(아버지와는 같이 살아본 적도, 만난 적도 없다).

두 사람 사이에는 닮은 점도, 다른 점도 있고, 그건 기질에 의한 것일 수도, 환경에 의한 것일 수도 있지만, 그런 온갖 것들에도 불구하고 '엄마와 딸'로 연결된 선만큼은 더없이 확실하다. 이저벨은 딸에게 걸려온 전화(빈자리로 가득한 그들의 외로운 공간을 그나마 채워줄 전화는 거의 걸려오지 않는다)를 엿들으면서도 "침실 문에 딱 붙어 있으면서도 이저벨은 엿듣는다고는 생각하지 않"고, 에이미도 "물론 엄마는 일기장을 훔쳐볼 것이다. 줄곧 그래왔으니까"라고 생각하며 적응할 뿐이다. 이 끄떡없는 선이 고무줄처럼 당겨졌다 멀어졌다 하면서, 결코 끊어지지 않으면서, 에이미와 이저벨에게, 이 세상 거의 모든 엄마와 딸들에게 서글픔과 서운함과 속상함, 답답함과 숨막힘과 안쓰러움, 불안과 두려움의 감정들을 일으키는 것이다.

그러니 그 선이 존재하는 한은, 심리학에서 말하는 이른바 '분리'라는 말, 어느 시기가 되면 부모와 자식 간이 분리될 수 있어야 한다는 그 말은 좀더 탄력적으로 받아들여야 할 듯하다. 분리라기보다는 '선을 좀더 느슨하게 하기' 정도로. 완전한 분리는 불가능하기에. 감정은, 본능은 그걸 할 수 없기에. 분리라는 건 엄청난 불안과 두려움을 야기하기에. 에이미는 길을 걷다가 갑자기 뭔가를 잃은 듯한 상실감에 조바심을 내며 엄마의 흔적을 찾아 집으로 돌아가고, 엄마는 자신을 배신한 딸을 사촌 신디에게 보내버릴까 생각하지만 딸을 놓아줄 마음의 준비가 되지 않아 그럴 수가 없다. 에이미와 이저벨은 "바보 같은 자신들의 삶이 고단하고 구역질났지만 서로 찰싹 들러붙어 있었다."

지독한 여름이 청명한 가을로 바뀌면서, 소설의 분위기도 전환되고, 에이미와 이저벨의 삶도 무거움을 벗는다. 많은 사건들이 있었다. 그 사건들이 결국 그들의 삶에는 자극이 되었고, 그 자극들을 통해 그들은 가벼워졌고, 격랑을 건너갔으며, 한 순간을 넘겼다. 그들 사이의 선도 조금 느슨해졌다. 한순간 죽은 듯했지만 삶은 훌쩍 흘러가 있었다. "계속 나아갈 뿐이다. 사람들은 계속 나아간다. 수천 년 동안 그래왔다. 누군가 친절을 보이면 그것을 받아들여 최대한 깊숙이 스며들게 하고, 그러고도 남은 어둠의 골짜기는 혼자 간직하고 나아가며, 시간이 흐르면 그것도 언젠가 견딜 만해진다는 것을 안다." 어쩌면 그래서 삶은 그대로인 것 같으면서도 달라지고, 달라지는 것 같으면서도 그대로인가보다.

정연희

지은이 **엘리자베스 스트라우트**
1998년 첫 장편소설 『에이미와 이저벨』로 작품성과 대중성을 동시에 인정받았다. 2008년 출간한 『올리브 키터리지』로 퓰리처상을 수상했다. 이후 『버지스 형제』 『내 이름은 루시 바턴』 『무엇이든 가능하다』, 그리고 『올리브 키터리지』의 후속작인 『다시, 올리브』까지 꾸준히 작품 활동을 이어가며 많은 사랑을 받았다. 2021년 『내 이름은 루시 바턴』의 후속작인 『오, 윌리엄!』을 발표했다.

옮긴이 **정연희**
서울대학교 영어교육과를 졸업하고 미국 펜실베이니아 대학교에서 석사학위를 받았다. 전문 번역가로 활동하고 있으며, 옮긴 책으로 『다시, 올리브』 『내 이름은 루시 바턴』 『무엇이든 가능하다』 『오, 윌리엄!』 『버지스 형제』 『사라진 반쪽』 『디어 라이프』 『착한 여자의 사랑』 『소녀와 여자들의 삶』 『운명과 분노』 『플로리다』 『엘리너 올리펀트는 완전 괜찮아』 『그 겨울의 일주일』 『비와 별이 내리는 밤』 『커먼웰스』 『헬프』 등이 있다.

문학동네 세계문학
에이미와 이저벨

1판 1쇄 2016년 5월 27일 | 1판 6쇄 2023년 6월 21일

지은이 엘리자베스 스트라우트 | 옮긴이 정연희
기획·책임편집 이현자 | 편집 홍유진 윤정민 양재화 | 독자 모니터 전혜진
디자인 김이정 이원경 | 저작권 박지영 형소진 최은진 오서영
마케팅 정민호 김도윤 한민아 이민경 안남영 김수현 왕지경 김혜원 김하연
브랜딩 함유지 함근아 박민재 김희숙 고보미 정승민 배진성
제작 강신은 김동욱 임현식 | 제작처 한영문화사(인쇄) 경일제책사(제본)

펴낸곳 (주)문학동네 | 펴낸이 김소영
출판등록 1993년 10월 22일 제2003-000045호
주소 10881 경기도 파주시 회동길 210
전자우편 editor@munhak.com | 대표전화 031) 955-8888 | 팩스 031) 955-8855
문의전화 031) 955-1927(마케팅) 031) 955-2685(편집)
문학동네카페 http://cafe.naver.com/mhdn
인스타그램 @munhakdongne | 트위터 @munhakdongne
북클럽문학동네 http://bookclubmunhak.com

ISBN 978-89-546-4068-8 03840

잘못된 책은 구입하신 서점에서 교환해드립니다.
기타 교환 문의 031) 955-2661, 3580

www.munhak.com